TODES
KAREN
ROSE
NÄCHTE

THRILLER

Aus dem amerikanischen Englisch
von Andrea Brandl

Die amerikanische Originalausgabe erschien 2018 unter dem Titel
»Death is not enough« bei Berkley,
an imprint of Penguin Random House LLC, New York.

Besuchen Sie uns im Internet:
www.knaur.de

Eigenlizenz Dezember 2021
Knaur Taschenbuch
© 2018 by Karen Rose Books Inc.
Published by Arrangement with KAREN ROSE BOOKS INC.
© 2020 der deutschsprachigen Ausgabe Knaur Verlag
Ein Imprint der Verlagsgruppe
Droemer Knaur GmbH & Co. KG, München
Alle Rechte vorbehalten. Das Werk darf – auch teilweise – nur
mit Genehmigung des Verlags wiedergegeben werden.
Redaktion: Antje Nissen
Covergestaltung: Sabine Schröder
Coverabbildungen: © Artem Avetisyan/shutterstock.com;
© istock.com/cat_arch_angel; © istock.com/ulimi;
© Alesikka/shutterstock.com
Satz: Adobe InDesign im Verlag
Druck und Bindung: CPI books GmbH, Leck
ISBN 978-3-426-52427-5

2 4 5 3 1

Für Robin Rue, die an mich glaubt,
wenn ich an mir zweifle.

Und, wie immer, für Martin.
Ich liebe dich.

Prolog
Neunzehn Jahre zuvor

Chevy Chase, Maryland
Sonntag, 12. Januar, 22.30 Uhr

»Gib mir endlich den verdammten Schlüssel, Sherri«, sagte Thomas.

Sherri Douglas verdrehte die Augen, schloss die Fahrertür ihres alten Ford Escort ab und warf ihm den Schlüssel über den zerschrammten Lack des Wagendachs hinweg zu. »Hier.«

Plötzlicher Schmerz verzerrte Thomas' finsteres, von violetten Malen übersätes Gesicht, als er reflexartig den Arm hob und den Schlüssel auffing. Er erstarrte kurz, dann ließ er den Arm mit einem scharfen Atemzug sinken. »Scheiße!«

»Oh, tut mir leid, Tommy. Das war echt blöd von mir.« Sherri bereute ihre Gedankenlosigkeit sofort.

Thomas setzte eine neutrale Miene auf und schürzte die Lippen, entspannte sie jedoch sofort wieder, denn auch sie hatten einiges abbekommen.

Sherri wäre am liebsten in Tränen ausgebrochen. Sein wunderschönes Gesicht war … immer noch eine Augenweide. Aber übel zugerichtet. Der Anblick seiner Verletzungen ließ ihr das Herz bluten. Sie wünschte, sie könnte auf irgendetwas einschlagen. Auf jemanden. Genauer gesagt, auf vier Typen. Mit zusammengekniffenen Augen rief sie sich die Gesichter der Jungen ins Gedächtnis, denen er all das hier zu verdanken hatte. Sie hasste sie, alle miteinander. Sie rammte ihre zu Fäusten geballten Hände in die Jackentaschen. Sie zu verprügeln würde Thomas auch nicht weiterhelfen.

Und ihr Vater würde sie umbringen, wenn auch sie noch Ärger

bekäme, zumal er ohnehin alles andere als begeistert darüber war, dass sie mit einem weißen Jungen zusammen war. Ha! Ein weißer Junge. Wäre es nicht so traurig und frustrierend, könnte man sich glatt totlachen. Thomas war zu schwarz, um in der Schule akzeptiert zu werden, aber eindeutig nicht schwarz genug für ihren Vater. Wenigstens hatte er ihr nicht verboten, sich mit ihm zu treffen – falls doch, hätte Sherri sich sowieso nicht daran gehalten. Aber was, wenn auch sie jetzt vom Unterricht suspendiert wurde, so wie Thomas? Sollte es dazu kommen, würde ihr Vater dafür sorgen, dass sie sich niemals wiedersahen.

Suspendiert. Sie hatten ihn *suspendiert!* Sie konnte es immer noch nicht fassen. Wie *unfair!*

»Hör sofort auf, dich als blöd zu bezeichnen!«, sagte Thomas leise.

Sie blinzelte verwirrt, ehe der Groschen fiel. Dabei war es tatsächlich dämlich gewesen, das abrupte Auffangen von ihm zu erzwingen. »Ich hätte daran denken müssen«, erwiderte sie. Denn nicht nur sein Gesicht war in Mitleidenschaft gezogen worden, sondern sie hatten auch auf seine Arme und Beine eingeprügelt. Mit zusammengebissenen Zähnen kämpfte sie erneut gegen ihre aufsteigenden Tränen an.

Sie hatten ihm wehgetan. *Diese elenden Dreckschweine.* Sie hatten ihn verletzt.

Thomas schüttelte den Kopf. »Ist schon gut, ich werd's überleben.« Er trat um den Wagen herum und streckte ihr resigniert die Schlüssel hin. »Bitte, Sherri, gib mir den richtigen Schlüssel. Ich bin zu fertig für diese Spielchen. Ich will nur da rein, meinen Bass holen und dann abhauen. Steig ein und lass den Motor laufen, damit du nicht auskühlst.«

Wieder füllten sich ihre Augen mit Tränen, und diesmal konnte sie sie nicht zurückhalten. »Ich gehe mit dir rein«, flüsterte sie eindringlich.

Er zog die Brauen hoch und presste seine aufgeplatzten Lippen aufeinander. »Vergiss es!«

»Ich …« Ihre Stimme brach. Hilflos sah sie ihn an. Er war so groß und kräftig und so … anständig. So viel anständiger als diese verdammten Mistkerle. Hätte er nur einem Gegner gegenübergestanden, wäre die Sache anders ausgegangen. Mit seinen über ein Meter neunzig war er der Größte und auch der Stärkste in seiner Klasse. Aber sie waren zu viert auf ihn losgegangen. Zu viert! *Sie* hatten *ihn* zusammengeschlagen, aber *ihm* hatte man die Schuld gegeben. *Er* hatte die Strafe aufgebrummt bekommen und die Suspendierung kassiert.

Weil Richard Linden – selbst im Geist kam der verhasste Name nur zischend über ihre Lippen – sich einbildete, er könne die Stipendiatinnen befummeln, wann immer es ihm in den Kram passte. *Nur weil wir arm sind und er nicht.* Und weil Thomas den Anblick der völlig verängstigten Angie nicht ertragen hatte, als Richard sie gegen die Wand gedrückt und betatscht hatte. Er hatte ihn von ihr weggerissen, woraufhin sich Richard und seine Vollidioten von Kumpels auf ihn gestürzt und ihm die Seele aus dem Leib geprügelt hatten.

Und am Ende hatte der Rektor Thomas die Schuld gegeben. Was für ein Schock! Dr. Green tanzte nach der Pfeife der Lindens, weil die vor Geld stanken. Und weiß waren. *Und Thomas, Angie und ich eben nicht.* Und um alles noch schlimmer zu machen, war es Richard oder einem seiner Jungs gelungen, Angie am Ende auch noch einzuschüchtern, denn sie behauptete plötzlich steif und fest, Richard hätte sie nie angerührt.

Und deshalb war Thomas bestraft worden. Dabei hatte er sich so angestrengt, um sich die besten Voraussetzungen fürs College zu erarbeiten. Er war auf ein Stipendium angewiesen gewesen. Aber jetzt? Ihm blieb nichts anderes übrig, als die Highschool in seinem Viertel zu besuchen, weil der Schulverweis für immer in seiner Akte verzeichnet bleiben würde. Und damit war keineswegs gewährleistet, dass eines der renommierten Colleges ihn überhaupt noch nehmen würde.

Richard und seine beschissenen Freunde hatten Thomas' Zukunft zerstört, doch sie, Sherri, würde dafür sorgen, dass sie nicht noch größeren Schaden anrichteten. Sie blinzelte, woraufhin sich eine Träne aus ihrem Augenwinkel löste und ihr über die Wange kullerte. »Ich gehe mit dir rein«, sagte sie. »Wir müssen ja nur in den Übungsraum, alles halb so wild.«

»Wenn sie dich erwischen, suspendieren sie dich auch noch«, sagte er, legte seine Pranke um ihr Kinn und wischte ihr zärtlich die Tränen ab. »Das lasse ich nicht zu.«

»Dir hätte es genauso wenig passieren dürfen. Es ist so unfair, Tommy.« Sie biss sich auf die Lippen, um ihre Tränen zurückzuhalten, weil sie wusste, dass es ihn fertigmachte, sie weinen zu sehen.

Er holte tief Luft. »Stimmt.«

»Wir müssen uns wehren. *Du* musst dich wehren. Was du getan hast, war richtig. Du hast Angie beschützt. Du warst ein Held.«

»Aber sich zu wehren, ist doch sinnlos.«

Sie sah ihn eindringlich an. »Wir könnten sie verklagen.«

Er stieß ein ungläubiges Lachen aus. »Was? Vergiss es!«

Sie verschränkte ihre Finger mit seinen und blickte auf ihrer beider Hände, ihre eigene dunkel, seine ein paar Töne heller. »Wir könnten uns einen Anwalt nehmen.«

»Wovon denn?«, spottete er. »Willy zählt jeden verdammten Bissen, den ich mir in den Mund schiebe. Du glaubst doch nicht ernsthaft, dass er mir einen Anwalt bezahlen würde.«

Thomas' Stiefvater war ein brutales Schwein, ein Dreckskerl, der keinen Hehl daraus machte, dass er seinen Stiefsohn für den letzten Loser hielt. Allein beim Gedanken an ihn stellten sich Sherri sämtliche Nackenhaare auf.

Dabei war Thomas besser als alle zusammen – genau deshalb liebte sie ihn von ganzem Herzen.

»Wir könnten uns auch an die Bürgerrechtsunion wenden.«

»Vergiss es«, wiegelte Thomas ab. »Ich verklage niemanden. Vor Gericht lässt sich sowieso nichts lösen.«

»Das stimmt nicht.« Wieder hatte sich ein verräterisches Zittern in ihre Stimme geschlichen. »Tommy, wir reden hier von deinem Leben.«

Erschöpft beugte er sich herunter, bis sich ihre Stirnen und Nasen berührten – eine Maori-Geste, die er von seinem leiblichen, lange verstorbenen Vater gelernt hatte, dessen Andenken er bis heute im Herzen trug.

Mit ihren gerade mal ein Meter zweiundfünfzig musste Sherri sich auf die Zehenspitzen stellen, um zu hören, was Tommy ihr ins Ohr flüsterte. »Mit den Lindens kann ich es nicht aufnehmen, Sher, das weißt du genauso gut wie ich. Keiner würde mir jemals den Rücken stärken. Keiner außer dir.«

»Aber vielleicht einige Lehrer. Coach Marion oder Mr Woods …«

Der Fußballtrainer mochte Thomas, ebenso wie ihr Geschichtslehrer.

Er schloss die Augen und schüttelte den Kopf, sodass seine Stirn gegen ihre rieb. »Das kannst du vergessen.«

»Woher willst du das wissen?«

Er sog gequält den Atem ein. »Weil es eben so ist«, stieß er barsch hervor und seufzte dann. »Sie hatten die Gelegenheit ja schon am Donnerstag.«

»Sie haben die Jungs von dir weggezogen«, murmelte sie. »Und dann sind sie mit dir zum Direktor gegangen.«

Wobei Thomas den Weg nicht auf seinen Füßen zurückgelegt hatte – ihm war schwindlig von all den Tritten gewesen, außerdem hatte er gehumpelt, weil einer der Jungs ihm mit dem Stiefel wieder und wieder aufs Knie getreten hatte. Coach Marion und Mr Woods hatten ihn förmlich hinschleifen müssen.

»Sie hatten die Gelegenheit gehabt, Dr. Green zu sagen, was passiert ist, haben es aber nicht getan.« Thomas zuckte die Achseln.

»Woods wollte es auch, aber Green hat ihn beiseitegenommen und ihm etwas von wegen Vertragsverlängerung erzählt.«

Sherri riss die Augen auf. »Er hat Mr Woods mit Kündigung gedroht?«

»Ja. Und ich nehme an, dasselbe hat er mit Coach Marion getan, denn er hat genauso wenig Partei für mich ergriffen. Und die beiden waren meine einzigen Verbündeten.« Wieder schüttelte er niedergeschlagen den Kopf. »Miss Franklin hätte erlauben können, dass du meinen Bass schon am Freitag mitnimmst, verdammt noch mal. Jetzt müssen wir auch noch ins Schulgebäude einbrechen, um ihn zu holen. Dr. Green hat sie bestimmt auch unter Druck gesetzt, jede Wette.«

So paranoid es auch klingen mochte, es entsprach leider den Tatsachen.

Miss Franklin hatte es sogar zugegeben, als sie Sherri am Freitagnachmittag drei Schlüssel in die Hand gedrückt hatte – einen für die Eingangstür des Schulgebäudes, die sich am nächsten zum Probenraum befand, einen für den Übungsraum selbst und den dritten für den Schrank mit den Instrumenten.

Ich kann ihm seinen Bass nicht selbst geben. Aber wenn jemand einbricht und ihn mitnimmt ... Miss Franklin hatte die Achseln gezuckt. *Das wäre wirklich sehr bedauerlich. Vor allem, wenn es an einem Sonntagabend passieren würde, wenn keiner da wäre, um einen Einbrecher am Diebstahl zu hindern.*

Miss Franklin wollte zwar helfen, konnte sich aber auch nicht durchringen, Thomas in Schutz zu nehmen – eine niederschmetternde Erkenntnis.

»Tommy ...«

Er legte ihr den Finger auf die Lippen. »Keiner wird für mich einstehen, Sher, so sieht es nun mal aus. Dann gehe ich eben auf die Highschool bei mir in der Nähe. Ist schon gut. Viel größere Sorgen macht mir, wie du hier ohne mich klarkommst.«

Am liebsten hätte sie gesagt, dass sie diese schicke Schule mit all den reichen verwöhnten Fratzen verlassen und ihm folgen würde, ganz egal, wohin. Aber ihr Vater würde das nie im Leben erlauben. Ihre Eltern bestanden darauf, ihr eine goldene Zukunft bieten zu wollen, und die Ridgewell Academy war ihre Eintrittskarte dafür. Es musste eine Lösung für Thomas gefunden werden, aber die würde ihr bestimmt nicht hier einfallen, in der Kälte und mitten auf diesem Parkplatz.

Sie straffte die Schultern und reckte das Kinn. »Los, holen wir deinen Bass.« Eigentlich gehörte das Instrument seinem Vater, seinem leiblichen, nicht diesem elenden Mistkerl von Stiefvater. Er war gestorben, als Thomas fünf gewesen war, und das Instrument war das einzige Erinnerungsstück, das er von ihm hatte.

Es war nicht besonders viel wert, für Thomas jedoch bedeutete es die Welt. Normalerweise würde er den Bass niemals über Nacht in der Schule lassen, aber der Rektor hatte ihm am Donnerstag nach dem Vorfall nicht erlaubt, noch einmal zurückzugehen und ihn zu holen. Und Sherri auch nicht. Dieser verdammte Arsch.

Sie verfiel halb in Trab, wohl wissend, dass sie sonst nicht mit ihm mithalten konnte – zumindest normalerweise. Doch nun hatte sie bereits die Hintertür erreicht, während er noch darauf zuhinkte. Sie schloss auf, schlüpfte hinein und hielt ihm die Tür auf.

»Verdammt, Sherri, geh zurück zum Wagen. Wir treffen uns dort.« Er starrte sie finster an.

»Vergiss es«, sagte sie, weil sie nicht sicher war, was sie im Instrumentenschrank vorfinden würde. Zwar hatte sie die Schlüssel, allerdings waren achtundvierzig Stunden vergangen, seit sie den Bass zuletzt gesehen hatte. Deshalb wollte sie an Thomas' Seite sein, falls jemand – Richard Linden oder einer seiner beschissenen Kumpels – schneller gewesen sein sollte. Falls sie den Bass gestohlen ... oder, was noch viel schlimmer wäre, zerstört hätten.

Thomas würde durchdrehen.

Die schwere Tür fiel hinter ihnen ins Schloss. Das Klicken der Verriegelung hallte in der Stille wider. »Los, komm.« Sherri hörte Thomas' schwere Schritte hinter sich, als sie auf den Übungsraum zulief. Normalerweise bewegte er sich mit der geräuschlosen Geschmeidigkeit eines Panthers, doch Richard und seine Gefolgschaft hatte seinem Knie übel zugesetzt.

Abrupt kam er zum Stehen. »Sherri«, zischte er. »Warte.«

Sie drosselte ihr Schritttempo und drehte sich um. »Ich werde nicht zum …«

Thomas humpelte nun einen der Seitenflure entlang und hielt auf die Treppe am Ende zu, wo Sherri ihn einholte. »Sherri!« Panik schwang in seiner Stimme mit.

»Ich bin hier«, sagte sie ein wenig atemlos. »Was ist denn los?« Eine Sekunde später hatten sich ihre Augen an die Finsternis gewöhnt … und sie sah es. Entsetzt wich sie zurück. »O mein Gott. Wer ist das?«, fragte sie – denn jemand hatte so gewaltsam auf den Jungen am Boden eingeprügelt, dass sein Gesicht nichts als eine breiige, blutige Masse war.

Thomas kroch unter den Treppenabsatz und legte dem Jungen zwei Finger an den Hals. »Er … er lebt noch, aber … o Gott, Sher, ich weiß nicht … es sieht aus, als hätte ihn jemand erstochen.«

»Was machen wir jetzt?«

»Ich versuche, die Blutung zu stoppen. Los, ruf den Notarzt.«

»Ich habe keine Münzen.«

»Für den Notruf brauchst du keine. Los, mach schon!« Er zog seine Jacke aus, wobei er das Gesicht verzog, als ein scharfer Schmerz durch seinen Arm schoss. Sie wandte sich ab, sah ihn jedoch aus dem Augenwinkel erstarren.

»Scheiße«, stieß er hervor und sah sie an. »Das ist Richard.«

»O nein«, stöhnte sie. »O nein.«

Thomas' Kiefer spannte sich an. »Los, ruf den Notarzt. Er hat viel Blut verloren. Schnell!«

Sie wandte sich ab, hielt jedoch inne, als sie ihren Namen ein weiteres Mal hörte. Er hatte seine Jacke ausgezogen und zerrte sich den Pulli, den sie ihm zu Weihnachten geschenkt hatte, über den Kopf. »Was ist?« Unter dem Pulli kam ein langärmeliges Poloshirt zum Vorschein, das er ebenfalls auszog, zusammenknüllte und auf Richards Bauch presste. »Wenn du fertig bist, verschwindest du von hier. Ich will nicht, dass du da reingezogen wirst.«

»Aber –«

»Still jetzt!«, schrie er. »Bitte …« Seine Stimme brach, und er blinzelte eine einzelne Träne weg, die ihm über seine violett verfärbte Wange lief. »Geh einfach«, krächzte er.

Erst jetzt begriff sie. Sobald Hilfe eintraf, saß Thomas in der Schule fest. Mit dem sterbenden Richard Linden.

»Sie werden dir die Schuld in die Schuhe schieben«, presste sie erstickt hervor, ließ sich auf die Knie sinken und packte seinen Arm, doch er schüttelte sie ab. »Komm mit mir, Thomas. Wir rufen Hilfe, aber dann verschwinden wir. Zusammen.«

Kopfschüttelnd presste Thomas sein Shirt auf Richards blutende Wunde. »Jemand muss die Blutung stoppen, sonst stirbt er. Er hat schon das Bewusstsein verloren. Ich kann ihn nicht einfach liegen und sterben lassen.«

Sie sah ihn hilflos an. »Tommy …«

Er sah sie gequält an. »Los, mach schon! *Bitte!* Und komm nicht zurück!«

Sie erhob sich, wandte sich um und rannte zum Telefon. Sie würde diesen verdammten Anruf erledigen und dann zurückkehren, um gemeinsam mit ihm zu warten, bis Hilfe kam. Sie würde nicht zulassen, dass man ihm noch etwas vorwarf, was er gar nicht getan hatte. Unter keinen Umständen.

Der öffentliche Münzfernsprecher befand sich direkt neben dem Büro des Rektors. Mit zitternden Fingern wählte sie die 911.

»Notrufzentrale. Wie kann ich Ihnen helfen?«

»Wir …« Sherri holte tief Luft, in der Hoffnung, dass sich ihr rasender Herzschlag verlangsamen würde. »Wir brauchen Hilfe. Da ist ein Junge …«

In diesem Moment wurden die Türen aufgerissen, und mehrere Männer kamen hereingestürmt. Männer in Uniformen.

Bullen.

Bullen? Aber wie …

Ein stämmiger Typ packte sie am Arm und drückte fest zu. »Finger weg vom Telefon!«

»Aber …«

Sie schrie vor Schmerz auf, als er ihr anderes Handgelenk packte. »Ich habe gesagt, weg vom Telefon!«

Er löste ihre Finger vom Hörer, sodass er ihr aus der Hand fiel und an der metallenen Schnur baumelte. Erschüttert starrte sie den Mann an, der sie grob herumriss und mit dem Gesicht an die Wand drückte. Sekunden später schlossen sich klickend Handschellen um ihre Handgelenke.

»Sherri, lauf!«, schrie Thomas vom anderen Ende des Flurs.

Sie verzog das Gesicht, spürte den Schmerz in ihrer Schläfe, als ihr Kopf mit aller Kraft gegen die Wand gepresst wurde. Dafür war es jetzt zu spät.

Montgomery County Detention Center
Rockville, Maryland
Mittwoch, 15. Januar, 11.15 Uhr

Thomas schloss die Augen und ließ den Kopf auf den kalten Metalltisch des Befragungsraums sinken. Er war zu erschöpft, um sich zu fragen, wer hinter dem Einwegspiegel stehen mochte und worum es hier überhaupt ging. Er hatte kein Auge mehr zugetan, seit er vor drei Tagen hergebracht worden war.

Ins Gefängnis.

Ich bin im Gefängnis. Worte, von denen er niemals gedacht hätte, dass er sie je aussprechen würde. *Richard!* Dieser elende Scheißkerl war gestorben. *Ich habe mir mein ganzes Leben versaut, und er ist trotzdem tot.* Verblutet. Als Resultat einer Stichwunde in den Bauch. Thomas' Hilfe war zu spät gekommen, hatte nicht ausgereicht.

Mord. So lautete der Vorwurf.

Er war beinahe zu müde, um Angst zu haben. Beinahe.

Seit er hier war, hatte er Sherri nicht mehr gesehen. Und auch sonst niemanden. Nicht mal seine Mutter. Dafür hatte sie ihm geschrieben. Er lachte bitter. Genau. Einen Brief, in dem sie ihn wissen ließ, wie enttäuscht sie von ihm war. Wie hatte er bloß den netten Richard Linden töten können? *Und, ach ja, glaub bloß nicht, dass wir die Kaution für dich hinterlegen oder einen Anwalt bezahlen.*

Thomas war also völlig auf sich gestellt.

Die Tür ging auf, doch er war zu erschöpft, um den Kopf zu heben.

»Danke«, sagte eine Männerstimme. »Den Rest schaffe ich dann schon.«

»Gut.«

Die zweite Stimme kannte Thomas. Sie gehörte dem Wärter, der ihn vorhin in den Befragungsraum gebracht und allein zurückgelassen hatte. Mit auf dem Rücken gefesselten Händen. »Wenn Sie etwas brauchen, sagen Sie einfach Bescheid«, sagte der Wärter.

»Moment noch«, sagte der Unbekannte. »Nehmen Sie ihm bitte die Handschellen ab.«

Thomas hob den Kopf, gerade weit genug, um den dunklen Anzug und die Krawatte des Mannes zu erkennen. Und einen Rollstuhl. Er fuhr abrupt hoch.

Der Mann war nicht alt, sondern ziemlich jung, dreißig Jahre vielleicht, schwer zu sagen. Er trug sein Haar kurz geschnitten, sein Anzug sah teuer aus. Er musterte Thomas forschend.

»Thomas White?«

Nicht mehr lange. Er würde den Nachnamen seines Stiefvaters so schnell ablegen, wie es nur ging. Bestimmt hatte er es ihm zu verdanken, dass seine Mutter sich von ihm abwandte. Womöglich hatte er sie sogar gezwungen, diesen Brief zu schreiben. Ein Anflug von Besorgnis stieg in ihm auf. Aber er war zu erschöpft, um sich jetzt darüber Gedanken zu machen.

»Wer sind Sie?«, fragte er.

»Ihr Anwalt«, antwortete der Unbekannte ohne Umschweife und wandte sich ein weiteres Mal an den Wärter. »Nehmen Sie ihm die Handschellen ab. Bitte.«

Das »Bitte« klang keineswegs höflich, sondern … autoritär. Ohne die Möglichkeit einer Widerrede.

»Wenn Sie sicher sind«, gab der Wärter achselzuckend zurück.

»Bin ich«, entgegnete der Anwalt.

Thomas biss die Zähne zusammen, als der Wärter seine Arme hochriss, um die Handschellen zu lösen. »Ein Mucks, Bürschchen, dann …«, knurrte er.

Thomas rieb sich nur wortlos die wunden Handgelenke.

»Das wäre dann alles«, sagte der Anwalt und wartete, bis sie allein im Raum waren, ehe er die Augen verdrehte. »Also gut, Mr White, dann wollen wir mal …«

»Thomas«, unterbrach Thomas ihn. »Nicht White. Nur Thomas.«

»In Ordnung. Zumindest für den Moment.« Der Anwalt rollte zum Tisch und musterte Thomas von oben bis unten. »Haben Sie etwas gegessen?«

»Nein.«

»Das habe ich mir fast gedacht. Ob Sie schlafen, brauche ich gar nicht erst zu fragen. Dass Sie es nicht tun, sagen mir die Ringe unter Ihren Augen.«

Als würde es dich in deinem teuren Anzug und deinem Gutsherren-Getue interessieren. »Wer sind Sie?«, wiederholte er, diesmal eine Spur barscher.

Der Mann zog ein silbernes Etui aus der Innentasche seines Jacketts und reichte Thomas eine Visitenkarte. »Ich heiße James Maslow.«

Die Karte bestand aus solidem, hochwertigem Karton, keines dieser Billigdinger. *Maslow and Woods, Anwälte.*

Den Typen kann ich mir nie im Leben leisten. »Ich habe schon einen Anwalt.«

»Weiß ich. Den Pflichtverteidiger. Falls Sie sich lieber von ihm vertreten lassen wollen, respektiere ich das natürlich, aber vorher sollte ich Ihnen erklären, wieso ich hier bin. Mein Kanzleipartner ist der Bruder Ihres Geschichtslehrers. Er hat mich gebeten, ihm den Gefallen zu tun und mit Ihnen zu reden, weil er Sie für unschuldig hält. Ich habe mir Ihre Akte angesehen und denke, er könnte recht haben.«

Mr Woods hat mit diesem Anwalt geredet? Wegen mir? Wieso? Er stieß den Atem aus. »Sie glauben mir?«, fragte er leise. Bisher hatte das keiner getan.

Maslow nickte knapp. »Ja.«

»Wieso?«, krächzte Thomas.

Maslow lächelte. »Erstens hat Ihr Lehrer mir erzählt, was wirklich an dem Tag passiert ist, als Sie versucht haben, das Mädchen vor Richard Linden zu beschützen.«

»Aber Mr Woods wird seine Stellung verlieren«, flüsterte Thomas, als ihm die kaum verhohlene Drohung des Rektors wieder in den Sinn kam. Waren seitdem tatsächlich erst sechs Tage vergangen?

»Er hat beschlossen, das Risiko einzugehen.« Ein Fünkchen Stolz glomm in Maslows Augen auf. »Mr Woods hat einen Brief an das Schulamt geschrieben, in dem er sich für Sie einsetzt.«

»Wow.« Thomas räusperte sich. »Das ist … sehr nett von ihm.«

»Na ja, er ist auch ein netter Kerl. Und Sie auch, wenn ich es richtig sehe.«

Thomas sah Maslow in die Augen. »Ich habe Richard Linden nicht getötet.«

»Ich glaube Ihnen, aber der Staatsanwalt denkt, er könnte eine Verurteilung erwirken. Ich soll Ihnen von ihm ausrichten, dass er Totschlag anbietet. Acht bis zehn Jahre.«

Thomas schob abrupt seinen Stuhl zurück und sprang auf. »*Was? Acht bis zehn Jahre?*«

Maslow klopfte auf den Tisch. »Setzen Sie sich wieder hin, bevor der Wärter zurückkommt.«

Thomas zitterte am ganzen Leib, gehorchte jedoch. Tränen brannten in seinen Augen. »Aber ich war's nicht.«

»Ich weiß«, sagte Maslow beruhigend. »Trotzdem bin ich verpflichtet, Ihnen das Angebot der Staatsanwaltschaft mitzuteilen. Wir besprechen jetzt Ihren Fall, und dann können Sie eine Entscheidung treffen, wer Sie weiter vertreten soll.«

Unwirsch wischte Thomas sich die Tränen ab. »Ich kann Sie nicht bezahlen. Ich kriege ja noch nicht mal das Geld für die Kaution zusammen.«

»Machen Sie sich wegen meines Honorars keine Gedanken. Wenn Sie mich haben wollen, übernehme ich den Fall pro bono. Das bedeutet, ohne Kosten für Sie.«

Thomas runzelte die Stirn. »Ich weiß, was das heißt. Im Sprachteil habe ich fast die volle Punktzahl für den Abschluss.« Nicht dass seine Noten jetzt noch irgendeine Rolle spielen würden, weil er ohnehin an keinem anständigen College mehr einen Stipendienplatz kriegen würde, aber trotzdem. Andererseits konnte der Anwalt nichts dafür. Er holte tief Luft. »Bitte entschuldigen Sie, Sir. Ich bin einfach nur … müde.«

»Das sehe ich«, erwiderte Maslow mitfühlend. »Die Kaution ist ebenfalls hinterlegt.«

Thomas blieb der Mund offen stehen. »Was? Woher hat meine Mutter das Geld bekommen?«

»Es kam nicht von Ihrer Mutter. Tut mir leid.«

Sein Magen verkrampfte sich. *Also nicht von Mom.* »Dann hat sie mich also doch abgeschrieben.«

Maslow zog die Brauen zusammen. »Sieht ganz so aus, fürchte ich.«

»Deshalb will ich auch den Namen loswerden. White. So heißt der Mann, mit dem sie verheiratet ist. Aber ich will den Namen nicht mehr, sondern den meines richtigen Vaters.«

»Und wie lautet der?«

»Thorne. Ich will Thomas Thorne heißen.«

1. Kapitel
Gegenwart

Er lehnte sich auf seinem Stuhl nach hinten und wartete geduldig, während einer seiner zuverlässigsten Mitarbeiter mit einem leuchtend gelben Aktendeckel in der Hand das Büro betrat. Er hoffte inbrünstig, dass Ramirez ihn nicht enttäuschen würde, allerdings bezweifelte er es. Was ziemlich übel wäre.

»Hier ist die Information, die Sie haben wollten«, sagte Ramirez und legte die Akte auf den Tisch. Er wirkte wie immer völlig gelassen und entspannt.

Dass Ramirez ihn so lange hintergangen hatte …

Hätte er die Beweise nicht mit eigenen Augen gesehen, hätte er sich schlicht geweigert, es zu glauben. Ramirez war wie ein Sohn für ihn gewesen. Ein Sohn, der sein vollstes Vertrauen genoss.

»Setzen Sie sich«, forderte er ihn auf, sorgsam darauf bedacht, dass sein Tonfall ihn nicht verriet, schlug die Akte auf und blätterte darin. Und seufzte. »Die Unterlagen sind unvollständig.«

Ramirez runzelte die Stirn. »Das kann nicht sein. Ich habe die Daten eigenhändig zusammengestellt. Das ist alles, was über Thomas Thorne bekannt ist.«

»Das kann nicht sein«, erwiderte er, wobei er mit Absicht dieselbe Formulierung wie sein Mitarbeiter wählte. »Das weiß ich deshalb, weil ich Patton mit derselben Suche beauftragt habe. Seine Akte war doppelt so dick. Ihre hingegen liefert nichts, was ich nicht auch über Google hätte herausfinden können.« Er klappte die Akte zu und faltete die Hände darauf. »Wie sollte ich Ihrer Ansicht nach darauf reagieren?«

Ramirez fuhr sich mit der Zunge über die Unterlippe. Seine Nerven schienen zu versagen. »Reagieren? Inwiefern?«

»Was Sie betrifft, mein Freund.« Er öffnete seine Schreibtischschublade und nahm die Fotos heraus, die Patton von Ramirez geschossen hatte. Und von Thomas Thorne. Bei einem heimlichen Treffen. »Möchten Sie mir das vielleicht erklären?«

Ramirez sog den Atem ein. »Sie haben jemanden auf mich angesetzt?«

»Ja. Thorne scheint eine ganze Menge über meine Operationen zu wissen, und ich habe mich gefragt, wie das möglich ist. Ich habe jeden aus meinem unmittelbaren Umfeld überwachen lassen – von dem Mann, der den Job desjenigen bekommt, der sich als der Verräter entpuppt.« Er lächelte. »Patton ist extrem gründlich vorgegangen. Er wird einen erstklassigen leitenden Angestellten abgeben.«

Ramirez schluckte. »Ich habe Sie niemals verraten.«

»Ich glaube Ihnen kein Wort.«

»Patton hat die Aufnahmen mittels Photoshop manipuliert.«

Er schaltete sein Handy ein und scrollte durch die Fotos. »Ah, hier ist es ja. Sie mit Thorne.« Er hielt das Telefon so hin, dass Ramirez das Foto sehen konnte. »Das hier habe ich selbst aufgenommen.«

Ramirez wurde blass, doch dann drückte er die Schultern durch, reckte das Kinn und sah ihn an, fügte sich in sein Schicksal. »Meine Frau hatte nichts damit zu tun.«

Er zuckte die Achseln. »In dem Fall ist es bedauerlich, dass auch sie sterben muss.«

»Nein!« Ramirez sprang auf und riss die Hände vor, als wollte er ihm an die Gurgel gehen, erstarrte jedoch, als er die auf ihn gerichtete Waffe sah. Sein Atem kam stoßweise.

»Wieso?«, fragte er seinen Angestellten nur, ohne den Blick von ihm zu wenden. »Wieso haben Sie Thorne die Informationen gegeben?«

»Das habe ich nicht«, erwiderte Ramirez beharrlich.

»Sie werden sowieso sterben, alter Freund, egal was Sie sagen. Ich kann dafür sorgen, dass es schnell geht, oder es aber in die Länge ziehen. Und dasselbe gilt für Ihre reizende Frau. Schnell oder lieber langsam und qualvoll? Also – warum?«

Ramirez schloss die Augen. »Sie haben meinen Neffen ermordet.«

Er zog die Brauen hoch. »Tatsächlich?«

»Ihre Leute. Er war erst sechzehn, noch ein Junge. Vor zwei Jahren geriet er ins Kreuzfeuer, als Sie Ihre Leute zu einem Ihrer Feinde geschickt haben, damit sie ihn im Vorbeifahren abknallen. Das Problem war nur, dass sie das falsche Haus ins Visier nahmen und den Sohn meiner Schwester mit Kugeln vollgepumpt haben.« Wut und Trauer spiegelten sich in Ramirez' Augen. »Und es hat Ihnen noch nicht mal leidgetan. Seit zwanzig Jahren arbeite ich für Sie, und es hat Ihnen nicht mal leidgetan.«

»Tut es auch jetzt nicht«, erwiderte er, richtete die Waffe auf Ramirez' Bauch und feuerte in rascher Folge drei Schüsse in einem Radius von nur wenigen Zentimetern ab. Mit einem Stöhnen ging Ramirez zu Boden.

Er erhob sich und blickte auf den Mann, der sich auf dem Fußboden wand. Zu der Wut und dem Kummer in seinen Augen gesellten sich nun der Schock der Erkenntnis, unsägliche Schmerzen und abgrundtiefer Hass, als Ramirez ihn ansah. »Sie haben gesagt, es würde schnell gehen«, presste er hervor. »Sie haben gelogen.«

»Genauso wie Sie.«

»Nein. Nein«, stöhnte Ramirez. »Ich habe die Wahrheit gesagt. Ich habe Ihnen gesagt, wieso ich Thorne die Informationen gegeben habe.«

»Zu wenig und zu spät, mein alter *Freund*.« Das letzte Wort kam voll höhnischem Abscheu über seine Lippen. »Sie haben mich jeden Tag belogen, den Sie zur Arbeit gekommen sind, haben Gehalt kassiert und mich gleichzeitig die ganze Zeit verraten.«

Ramirez' glasige Augen wurden schmal. »Und wieder mal geht es bloß um Sie, was? Mein alter *Freund?*«

Er blinzelte. »Natürlich. Das tut es doch immer.« Er starrte Ramirez eine volle Minute lang an. Wie hatte er diese Trauer übersehen können? Diese Wut? Diesen tiefschürfenden Hass?

Schließlich setzte er sich wieder hin. Die Antwort lag auf der Hand: Er hatte all das in Ramirez' Augen nicht erkannt, weil er es von sich so gut kannte, es jeden gottverdammten Tag aufs Neue im Spiegel sah. Seit ihm das Gefängnis seinen Sohn in einem Leichensack überbracht hatte, nur ohne seine Eingeweide. Die hatten sich auf den Schmutz des Gefängnishofs ergossen, wo man ihn aufgeschlitzt und förmlich ausgeweidet hatte, schnell und fachgerecht. Und qualvoll.

Er schloss die Augen, als eine neuerliche Woge des Schmerzes über ihn hinwegwusch und sich wie ein Schraubstock um seine Brust legte, die ihm den Atem abschnürte. Sein Sohn hatte Höllenqualen leiden müssen, bis zum letzten Atemzug.

Ramirez kam noch viel zu gut weg, dachte er kalt.

Er drückte die Taste der Gegensprechanlage. »Jeanne, schick mir bitte Patton rein. Und sag ihm, er soll Mrs Ramirez mitbringen. Und zwei Leichensäcke. Mr Ramirez ist noch nicht tot, aber lange wird es nicht mehr dauern. Und in ein paar Minuten schick jemanden mit einem Wischmopp herein. Mein Fußboden ist voller Blut.«

»Natürlich, Sir«, erwiderte Jeanne mit bewundernswerter Gelassenheit. Seine Büroleiterin ging stramm auf die sechzig zu, und schon heute graute ihm vor dem Tag ihrer Pensionierung. Immerhin brachte sie bereits ihre Nachfolgerin in Stellung, die zugegebenermaßen über dasselbe Organisationstalent verfügte wie ihre Mutter: Margo, die Jüngere von Jeannes zwei Mädchen, war wie eine Tochter für ihn.

Ihre Ältere dagegen, Kathryn, war zu einer Seelenverwandten für ihn geworden, in einer Art, wie er es nicht mehr für möglich gehalten hatte. Kathryn wärmte ihm nicht nur das Herz, sondern auch das Bett, obwohl sie beide wussten, dass er für den Rest seines Lebens um Madeline trauern würde. Sie selbst hatte Kathryn zu ihrer Nachfolgerin auserkoren, was zwar den Übergang ein wenig leichter gemacht hatte, trotzdem würde er sie niemals in den Status seiner Ehefrau erheben. Zum Glück erwartete sie das auch gar nicht, sondern gab sich damit zufrieden, die Geliebte eines sehr mächtigen Mannes zu sein.

»Noch etwas?«, fragte Jeanne.

»Ja. Sag Margo, dass ich sie in einer halben Stunde sprechen muss.« Sein Enkel Benny und dessen Mutter waren alles, was ihm von seinem Sohn Colin geblieben war. Er registrierte den neuerlichen Schmerz, der ihn erfasste, hieß ihn willkommen. Den Tod seines Sohnes zu rächen, war die Motivation, die ihn jeden Morgen aus dem Bett aufstehen ließ. »Ich habe eine Aufgabe für sie.«

»Sie elendes Schwein«, stöhnte Ramirez, als die Tür aufging und seine weinende gefesselte Frau hereingebracht wurde.

Er lächelte. »Wie lautet noch mal das Sprichwort über den Topf und den Deckel? Ziemlich mutig von Ihnen, Mr Ramirez. Ihr Verrat zieht weite Kreise. Sie können uns jetzt entschuldigen, Mr Patton, aber bleiben Sie in der Nähe. Wir werden die Leichensäcke bald brauchen.«

Er erhob sich wieder, zog seine Sachen aus und legte sie sorgsam gefaltet in den Wandschrank. Er mochte seinen Anzug und wollte nicht, dass er Blutflecke bekam. Vorsichtig streifte er das Lederband mit der kleinen Phiole über den Hals. Sie enthielt Madelines Asche, und bald würde er etwas von Colins dazugeben. Wieder flammte die Wut in ihm auf, als er das Band auf seine Sachen legte und die Schranktür schloss. »Also, Mrs Ramirez. Ich entschuldige mich im Voraus für die Schmerzen, die ich Ihnen gleich zufügen werde. Sollten Sie jemanden verfluchen wollen, nehmen Sie Ihren Ehemann. Sein Verrat ist der Grund, weshalb Sie hier sind.«

»Nein«, erwiderte Mrs Ramirez fest. »Ich würde meinen Mann niemals verfluchen.«

Aber genau das tat sie. Am Ende verfluchten sie immer denjenigen, dessen Verfehlungen sie ihm ans Messer – oder in diesem Fall den Bohrer – geliefert hatten. Alle. Mrs Ramirez musste entsetzlich leiden, ehe er Gnade walten ließ und sie mit einer Kugel in den Kopf erlöste.

Dann erledigte er seinen einstigen Mitarbeiter mit einer letzten Kugel ins Herz, ging unter die Dusche, um die Schweinerei abzuwaschen, und zog sich an. Schließlich rief er Patton herein, damit er die Leichen wegschaffte, setzte sich an seinen Schreibtisch und zog die deutlich dickere Akte seines neuen leitenden Angestellten zu sich heran.

Patton war in der Tat mit großer Sorgfalt vorgegangen und hatte im Grunde alles herausgefunden, was er selbst bereits ausgegraben hatte. Nichts Neues. Schon seit Monaten arbeitete er an seinem Plan, Thomas Thorne in die Knie zu zwingen.

Thorne würde ebenso um Gnade winseln wie Ramirez' Frau gerade – vergeblich, genauso wie in ihrem Fall.

Baltimore, Maryland
Samstag, 11. Juni, 23.45 Uhr

»Ich bin raus«, schnaubte J. D. und warf die Spielkarten auf den Tisch. »Verdammt, Thorne, musst du eigentlich immer gewinnen?«

Mit einem selbstzufriedenen Grinsen in die Runde stapelte Thomas Thorne die Chips vor sich auf. »Ja.«

Meuternd zückten die fünf Männer am Pokertisch ihre Brieftaschen.

»Ganz schön viel Glück für einen einzigen Abend«, murmelte Sam und warf einen Zehner auf den Tisch. Die Regel lautete, dass keiner von ihnen mehr als zehn Dollar an einem Abend verlor. Sie spielten aus reinem Spaß. Und aus Freude am Gewinnen, natürlich. Keiner hier verlor gern.

Grayson verdrehte die Augen. »Wenn ihr mich fragt, hat er viel zu viel Glück für einen Abend. Vielleicht sollten wir den Fall mal genauer untersuchen. Sam? J. D.?«

»Möglichkeiten der Veruntreuung gibt es massenhaft«, meinte J. D.

Grayson Smith, Oberstaatsanwalt, J. D. Fitzpatrick, hochdekorierter Detective des Morddezernats, und Sam Hudson, ehemaliger Officer beim Baltimore PD, kannten sich damit definitiv aus, aber Thorne wusste, dass keiner von ihnen wirklich verärgert war. Oder dass sie ernstlich glaubten, er ziehe sie über den Tisch.

Er hatte sich ihr Vertrauen erarbeitet. Und umgekehrt galt dasselbe.

»Tut euch keinen Zwang an, Jungs«, meinte er lässig, ehe er betont auf seine Uhr sah. »Aber gebt Gas. Bald ist Zapfenstreich, und ihr armen Ehemänner müsst brav nach Hause gehen.«

J. D. schnaubte. »Blödmann«, brummte er gutmütig. J. D. war mit Lucy verheiratet, einer Rechtsmedizinerin, die nach Ende ihrer Elternzeit auf Teilzeitbasis wieder in der Gerichtsmedizin von Baltimore arbeitete, doch sie und Thorne waren bereits Freunde gewesen, noch bevor J. D. in Lucys Leben getreten war. Seit acht Jahren betrieb sie gemeinsam mit ihm und Gwyn Weaver einen Nachtklub namens Sheidalin.

Gwyn Weaver. An die Thorne bewusst den ganzen Abend keinen Gedanken verschwendet hatte.

Lügner.

Na gut. Ja, er hatte den ganzen Abend an sie gedacht und sich gefragt, ob sie tatsächlich zu dem Date gegangen war, von dem sie so geschwärmt hatte. Falls der Kerl auch nur einen Funken Vernunft im Leib hatte, lautete die Antwort Nein. Aber Thorne würde wohl oder übel bis morgen warten müssen, um es zu erfahren.

»Er ist kein Blödmann«, widersprach Sam. »Zumindest kein völliger.« Sam war im Jahr zuvor aus dem Dienst bei der Polizei von Baltimore ausgeschieden, um als Privatermittler in Thornes Anwaltskanzlei zu arbeiten. Thorne selbst bezeichnete dies als seinen »Tagesjob«, da Gwyn hauptsächlich mit der Leitung des Nachtklubs betraut war, wohingegen seine und Lucys Beteiligung sich mittlerweile auf gelegentliche Auftritte beschränkte.

Aber auch dafür hatte Thorne in letzter Zeit wenig Gelegenheit gehabt. Genauer gesagt, seit sechs Jahren. Dabei vermisste er seine Auftritte als Bassist vor Live-Publikum. Aber er hatte so viel anderes zu tun gehabt. Zum Beispiel, sich um seinen Patensohn Jeremiah zu kümmern, Lucys und J. D.s Sprössling, den er heiß und innig liebte.

Und um Gwyn, zumindest soweit sie es zuließ – was nicht allzu häufig vorkam.

Sein Hauptaugenmerk lag auf seiner Kanzlei, die er zunächst im Alleingang betrieben hatte und die mittlerweile zu einem kleinen Unternehmen mit zwei weiteren Anwälten, einer Anwaltsgehilfin, einer Büroleiterin für alles Administrative und einer Forensikerin angewachsen war. Und Sam, der sich als überaus fähiger Ermittler entpuppt hatte. Thorne war heilfroh, ihn im Team zu haben.

Sam lachte leise. »Thorne ist doch bloß neidisch, weil er keinen hat, der die Schweinerei für ihn aufräumt.«

Genau, dachte Thorne insgeheim. Er war eifersüchtig auf die verheirateten Männer, in deren Leben es jemanden gab, zu dem sie abends gerne heimkehrten, wohingegen es in seinem Haus viel zu still wäre, wenn seine Gäste erst gegangen waren. Aber das würde er ihnen natürlich nicht auf die Nase binden, weil sie sonst bloß versuchen würden, ihn zu verkuppeln. Die Jungs waren schlimmer als ein Damenkränzchen.

»Ruby räumt also hinter dir her?«, fragte er stattdessen und zog eine Braue hoch, während er sein Handy herauszog. »Soll ich sie das vielleicht mal fragen?« Sams Frau Ruby, Lucys einstige Pathologieassistentin, arbeitete inzwischen als Forensikerin ebenfalls für Thorne, und er bezweifelte stark, dass sie Sam hinterherputzen würde.

Sam lachte. »Bitte nicht, ich hänge an meinem Leben.«

»Wir Unverheirateten sollten jetzt auch aufbrechen.« Seufzend schob Jamie mit routinierter Beiläufigkeit seinen Rollstuhl zurück – aufgrund seiner angeborenen Spina-bifida-Erkrankung war er seit der Kindheit auf das Hilfsmittel angewiesen. »Ich werde allmählich zu alt für diese langen Abende.«

Jamies Bewegungen hatten sich in den neunzehn Jahren, seit er und Thorne sich kannten, kaum nennenswert verlangsamt. Anfangs war Jamie Maslow sein Anwalt gewesen, hatte sich jedoch sehr schnell zu einem engen Freund und Mentor entwickelt. Und zu einer Art Ersatzvater, da sein leiblicher Vater verstorben war, als Thorne noch ein kleiner Junge gewesen war. Inzwischen hatte Jamie sich aus seiner eigenen Kanzlei in den Ruhestand zurückgezogen und übernahm Thornes Pro-bono-Fälle.

»Das müsstest du nicht sein, wenn du Phil endlich heiraten und zu einem ehrbaren Mann machen würdest«, erklärte Thorne rundheraus. In den ersten Monaten, als die beiden Männer ihn als völlig verstörten Teenager aufgenommen hatten, war es schlicht unmöglich gewesen, seinen ehemaligen Geschichtslehrer mit »Phil« statt mit »Mr Woods« anzusprechen.

Phil hatte die Schule in dem Nobelvorort verlassen, die Thorne damals besucht hatte, um stattdessen Kinder aus ärmeren innerstädtischen Vierteln zu unterrichten. Thorne bewunderte die beiden Männer aus tiefstem Herzen – sie waren die Vorbilder gewesen, die er damals so dringend gebraucht hatte, als er sonst niemanden mehr auf der Welt gehabt hatte, der sich um ihn kümmerte.

»Ich mache ihm einen Antrag nach dem anderen«, erwiderte Jamie mit einem verschmitzten Funkeln in den Augen. »Er meint, wenn er in den Ruhestand geht, hauen wir nach Vegas ab und lassen uns von Elvis persönlich trauen.«

Frederick schnaubte. »Das gäbe einen Riesenaufstand, wenn ihr es heimlich machen würdet.« Frederick Dawson, hochkarätiger Strafverteidiger und jüngster Zuwachs ihrer Pokerrunde, war erst kürzlich aus Kalifornien hergezogen, hatte sich hier anwaltlich registrieren lassen und unterstützte Jamie und Thorne ebenfalls auf Pro-bono-Basis. Er deutete auf die leeren Bierflaschen und Chipstüten. »Ernsthaft. Du brauchst doch bestimmt Hilfe, oder?«

»Nein, nein, das geht ganz schnell.« Thorne war bewusst, wie dankbar er für so loyale und anständige Freunde sein konnte. Es hatte eine Zeit gegeben, als ihn anständige Leute noch nicht mal zur Kenntnis genommen hätten. Aber selbst die besten Freunde kehrten irgendwann einmal in die eigenen vier Wände zurück. *Und dann bin ich allein. Wie immer.*

Es klopfte an der Eingangstür, und sie wurde aufgerissen, noch bevor er Gelegenheit hatte, sie zu öffnen. »Darf ich reinkommen?« Es war Lucy.

J. D.s Züge erhellten sich beim Anblick seiner Frau. »Ich dachte, du hast Bürodienst.«

Thorne, Lucy und Gwyn hatten zwar Mitarbeiter, die das Sheidalin für sie schmissen, trotzdem bemühten sie sich, dass an den Haupttagen, freitags und samstags, abends einer von ihnen im Büro war. Normalerweise übernahm Gwyn das, aber Lucy war eingesprungen, damit sie ihre Verabredung wahrnehmen konnte.

Da Lucy hier war, konnte Thorne davon ausgehen, dass Gwyns Date nicht aufgetaucht war. Erleichterung durchströmte ihn.

»Gwyn hat übernommen«, sagte sie und lachte, als J. D. sie packte, hintenüberkippte und ihr einen feuchten Schmatzer auf den Mund drückte. »Ich soll nach Hause gehen, mich aber auf keinen Fall amüsieren, hat sie gemeint.«

J. D. zog die Brauen hoch. »Wieso das denn?«

»Sie ist mies drauf.« Lucy seufzte.

»Und wir hören auf sie und amüsieren uns nicht?«, fragte J. D.

Lucy schüttelte den Kopf. »Nein, verdammt.« Sie wackelte vielsagend mit ihren rotblonden Brauen. »Die Kinder übernachten heute bei Stevie und Clay, deshalb genießen wir unsere sturmfreie Bude in vollen Zügen und erzählen Gwyn, wir hätten uns beinahe zu Tode gelangweilt.«

»Ich hole nur meine Waffe aus Thornes Safe, dann können wir los.« Beschwingten Schrittes verließ J. D. den Raum.

»Angeber.« Thorne umarmte Lucy. »Ich habe noch eine Schüssel von dir in der Küche. Komm mit, ich suche sie.« Er ging voran, außer Hörweite seiner Freunde, die fürchterliche Klatschbasen waren. »Wieso ist Gwyn schon zurück?«, fragte er, in der Hoffnung, dass sich seine Vermutung bestätigte. »Ich dachte, sie hätte eine Verabredung?«

Lucy verzog das Gesicht. »Hatte sie auch, aber sie wurde versetzt. Schon wieder.«

Ja! Der Typ hatte also doch Verstand. »Das ist ja übel«, bemerkte er nüchtern. Bei jedem anderen hätte diese Tour funktioniert, aber Lucy und er waren seit fast zehn Jahren Freunde, und sie kannte ihn viel zu gut.

»Stimmt«, bestätigte sie und sah ihn nachdenklich an. »Das ist schon der dritte Mann, der kurzfristig abgesagt hat. Sie hatte gerade mal ein Date, seit sie beschlossen hat, sich wieder auf den Markt zu werfen, und auch der Typ hat sie danach nicht wieder angerufen.«

Weil auch er kapiert hat, dachte Thorne beschämt. »Vielleicht taugt ja die Dating-Seite nichts, bei der sie sich angemeldet hat.«

Lucy kniff die Augen zusammen. »Sie hat sich nirgendwo ange-
meldet, sondern ihre Freundinnen fädeln diese Dates ein. Das
weißt du ganz genau. Der Typ von heute Abend ist ein netter
Kerl, der keiner Fliege etwas zuleide tun würde. Und schon gar
nicht kurzfristig kneifen. Ich würde die Hand für ihn ins Feuer
legen. Du hast nicht zufällig etwas damit zu tun, Thorne?«
Absolut, verdammt noch mal! Thorne sah sie ungläubig an. »Was?
Wie kommst du denn darauf?«
»Weil du dich genauso ärgern müsstest wie ich, tust du aber nicht.
Was ist hier los? Sie war so lange allein und fängt gerade an, die
Fühler ein bisschen auszustrecken und du … was treibst du da?«
*Ich gebe den Burschen zu verstehen, dass sie die Finger von ihr
lassen sollen.* Natürlich nicht explizit. Aber mit seinen knapp
zwei Metern und rund hundert Kilo Kampfgewicht kamen selbst
indirekte Ansagen glasklar rüber. »Gar nichts.«
Lucy sah ihn an. »Du lügst mich doch an!«
Er zuckte zurück. »Äh … nein, eigentlich nicht.« Er brauchte
einfach noch etwas Zeit, um Gwyn zu erklären, wie er empfand.
Sie gehört mir.
Lucy musterte ihn forschend, ehe sie die Augen aufriss. »O Gott.
Du …« Sie suchte nach dem richtigen Wort. »Du willst sie für
dich haben?«
Thorne spürte, wie ihm die Hitze ins Gesicht stieg. Einen Ge-
richtssaal konnte er problemlos an der Nase herumführen, aber
nicht Lucy, die, wie es aussah, mehr mitbekommen hatte als
Gwyn selbst. Seit Wochen machte er Andeutungen, flirtete sogar
ganz offen mit ihr, doch sie merkte es offenbar nicht.
Wortlos wandte er sich um, nahm die Glasschüssel aus dem
Schrank und drückte sie Lucy in die Hand. »Ich habe sie ge-
spült.«
»O nein.« Sie schüttelte den Kopf. »Du servierst mich nicht einfach ab. Verdammt, Thorne, was soll das? Willst du sie nun oder
nicht?«

Mit jeder Faser meines Herzens, dachte Thorne. Seit Jahren, aber sie waren nie zur selben Zeit Single gewesen. Und dann ... Gwyn war von einem brutalen Killer überfallen worden, der ihr nicht nur etliche Knochen gebrochen, sondern auch jegliches Selbstvertrauen geraubt hatte. Sechs Jahre war das her. Danach hatte sie sich in ihr Schneckenhaus zurückgezogen und ihre körperlichen und seelischen Wunden geleckt. Er hatte gewartet. Geduldig. Bis sie endlich herausgekommen war und er ab und zu einen Blick auf die Frau erhascht hatte, die sie einst gewesen war.

Die Frau, die das Leben und die Musik liebte, die so gern gelacht hatte. Sie war immer noch da, stärker noch als zuvor. Schöner. Eine Frau, die wusste, wie man überlebte.

Wenn sie die Fühler ausstreckte, dann gefälligst in seine Richtung, verdammt noch mal!

Dir ist schon klar, wie das klingt, oder? Bei diesem Thema meldete sich die leise Stimme in seinem Kopf durchaus hörbar zu Wort ... um nicht zu sagen, ganz, ganz laut. *Du bist ein beschissener Stalker!,* trompetete sie.

Wenn ich sie frage, ob sie mit mir ausgehen will, und sie Nein sagt, werde ich die Finger von ihr lassen, beschwichtigte er die Stimme so vernünftig, wie er nur konnte. Er musste sich nur ein Herz fassen und fragen. Am besten irgendwann in diesem Jahrhundert. Das Problem war nur ... sollte sie ihm einen Korb geben, wäre er am Boden zerstört, und er wusste nicht, ob er sich von dem Schlag je wieder erholen würde.

»Das geht dich leider nichts an, Luce«, sagte er leise.

»Schwachsinn«, konterte Lucy ebenso leise. »Was du da treibst, verletzt sie, Thorne, auch wenn du es noch so gut meinst. Und das willst du doch nicht.«

»Stimmt«, räumte er ein. »Ich brauche nur noch ein bisschen Zeit.«

Sie warf ihm einen finsteren Blick zu. »Morgen. Länger nicht.«

»Und wenn ich es nicht schaffe, den Mut aufzubringen?«, fragte er gereizt.

»Lassen wir es lieber nicht so weit kommen«, erwiderte Lucy. »Sie hat geweint, Thorne. Du weißt selbst, wie selten das vorkommt. Logischerweise zerbricht sie sich den Kopf darüber, wieso all die Männer sie zurückweisen, bevor sie auch nur Gelegenheit hatte, sie persönlich kennenzulernen. Ich musste sie trösten. Also sieh zu, dass du es auf die Reihe kriegst.«

Thorne ließ den Kopf hängen, während Lucys Worte sich tief in sein Herz schnitten. Sie hatte recht. Vollkommen. »Das werde ich. Versprochen.«

»Also spätestens morgen?«

»Ja.«

Lucy seufzte. »Gut.« Sie packte ihn am Kragen und zog ihn herunter, um ihm einen Kuss auf die Wange zu geben. »Ich habe euch beide lieb«, raunte sie. »Aber wenn du ihr weiter wehtust, schneide ich dir die Eier ab. Ich schwör's.«

Thorne zuckte zusammen. »Ich glaube dir. Und jetzt geh nach Hause und mach J. D. glücklich.«

»Das werde ich.« Sie ließ von ihm ab und strich sein Hemd glatt. »Und ich wünsche mir, dass du auch glücklich wirst. Wie gesagt, ich habe euch beide lieb.«

Thorne begleitete sie zur Tür, wo seine Freunde bereits mit klimpernden Wagenschlüsseln warteten, verabschiedete sich und schloss die Tür hinter ihnen, ehe er sich mit einem Seufzer dem Chaos zuwandte, das sie hinterlassen hatten. Normalerweise würde er sofort mit dem Aufräumen anfangen, aber heute war er zu müde dafür.

Nein, das war nicht der Grund. Er hatte Liebeskummer. Schon lange. Aber er konnte etwas dagegen tun. Vielleicht. Sollte er jemals den Mut aufbringen, Gwyn zu gestehen, wie er empfand.

Sag es ihr endlich, du elender Feigling. Du weißt doch, wo du sie findest. Im Büro im Sheidalin. Dort ist sie mindestens bis zwei Uhr früh. Warte nicht bis morgen. Sie leidet, und zwar jetzt.

Er musste seinen Mann stehen. Er schnappte die Wagenschlüssel, zog seine Schuhe an, schloss sämtliche Türen ab und stieg in seinen Audi SUV.

Nur wenige Minuten vom Sheidalin entfernt läutete sein Handy. Sein Telefonnachrichtendienst. »Thorne.«

»Hallo, Mr Thorne, hier ist Brooke vom Anrufdienst. Ich habe eine Frau in der Leitung, die Sie dringend sprechen möchte. Sie sagt, sie heißt Bernice Brown.«

»Ich kenne sie.« Mrs Brown war eine Mandantin, die er erst seit Kurzem vertrat. Sie war fünfundvierzig Jahre alt und wurde des versuchten Mordes an ihrem Ehemann verdächtigt. Noch war er unschlüssig, was er glauben sollte – ob sie es wirklich getan hatte oder nicht, tendierte aber zu Letzterem. Gerade versuchten sie, den Vorfall aufzuarbeiten und die Verteidigungsstrategie zu entwickeln. Mrs Brown schien kein Mensch zu sein, der ihn aus einer Laune heraus anrufen würde. »Sie können sie durchstellen.«

»Mr Thorne?« Mrs Browns Stimme klang unsicher, war kaum mehr als ein Flüstern. »Können wir uns treffen? Heute noch? Es ist wichtig. Sonst hätte ich Sie nicht angerufen.«

»Was ist passiert?«

»Jemand hat vorhin versucht, mich von der Straße abzudrängen.«

Thorne runzelte die Stirn. »Ist alles in Ordnung?«

»Ja. Ich … ich konnte ausweichen. Aber ich habe Angst.« Ihre Stimme brach. »Große Angst.«

»Wo genau sind Sie jetzt?«, fragte Thorne mit einem Blick auf die Uhr am Armaturenbrett.

»In einer Bar. Das Barney's. Es war das Erstbeste, was offen hatte.«

»Diese Bar kenne ich. Ich bin gleich da. Bleiben Sie, wo Sie sind, und nehmen Sie nichts zu sich, was andere Ihnen hinstellen.«

»Aber ich habe schon einen Whiskey getrunken.«

»Gut. Aber lassen Sie es dabei bewenden. Sie müssen nüchtern bleiben. Bitten Sie den Barkeeper um etwas zu schreiben und notieren Sie alles, woran Sie sich erinnern können ... wie der Wagen aussah, dergleichen. Ich bin auf dem Weg.«

Baltimore, Maryland
Sonntag, 12. Juni, 06.15 Uhr

»Ich bringe ihn um. Eigenhändig, verdammt noch mal!«

Gwyn Weaver umfasste das Steuer so fest, dass ihre Finger schmerzten, was ihr zumindest dabei half, nicht in Tränen auszubrechen. »Ich werde ...« Sie schluckte. »Wie konnte er nur, Lucy?«, flüsterte sie. »Wieso?«

Wieso hatte Thorne *absichtlich* ihr Date verhindert? Das war ... grausam.

Ihre beste Freundin seufzte am anderen Ende der Leitung. »Das wirst du ihn selbst fragen müssen«, sagte sie mit leiser, fast besänftigend säuselnder Stimme. Lucy war bereits wach, um ihre einjährige Tochter und Gwyns Patenkind Bronwynne zu stillen. In den letzten Monaten hatte es so einige dieser Säusel-Telefonate gegeben, meistens in den frühen Morgenstunden.

Lucy war schon immer Frühaufsteherin gewesen, und Gwyn schlief nicht sonderlich viel. Nicht mehr. Seit sechs Jahren schon. Obwohl es in letzter Zeit besser geworden war. Bis jetzt.

Thorne ... Warum bloß? Sie biss sich auf die Innenseite ihrer Wange, um die Tränen zurückzuhalten. Nein, sie würde nicht weinen. Würde nicht zulassen, dass er sah, wie sehr er ihr wehtat. Denn genau das tat es. Verdammt weh.

»Ich dachte, wir sind ...« Gerade als das Wort »Freunde« über ihre Lippen drang, fiel der Groschen. »Moment mal ... Du wusstest Bescheid?«

Wieder seufzte Lucy. »Erst seit gestern Abend. Ich habe ihm gesagt, er soll das in Ordnung bringen, sonst …« Ihr Tonfall veränderte sich unvermittelt. »Danke, Taylor«, sagte sie freundlich.

Gwyn runzelte die Stirn. »Wo steckst du denn?«

»Bei Stevie und Clay. Taylor hat gestern Abend auf die Kinder aufgepasst. Ich bin wach geworden und …« Sie lachte verlegen. »Ich habe meine Süße vermisst, außerdem haben sich meine Brüste angefühlt, als würden sie gleich platzen, deshalb bin ich rübergefahren. Taylor war so nett, mir eine Tasse Tee zu machen.«

Klang einleuchtend. Taylor war Anfang zwanzig und die leibliche Tochter ihres gemeinsamen Freundes Clay Maynard. Und ein echter Glücksfall – seit Lucys Rückkehr in die Rechtsmedizin kümmerte sie sich mit Hingabe um Baby Wynnie und Jeremiah, Lucys und J.D.s zweijährigen Sohn, wenn sie Hilfe brauchte. Gwyn war regelmäßig als Babysitter eingesprungen, bevor Taylor vergangenen Sommer zu ihnen gestoßen war, und trotz all der neu gewonnenen Freizeit vermisste sie die beiden Kinder, die sie liebte, als wären es ihre eigenen.

Sie hatte ein einziges Mal die Gelegenheit bekommen, Mutter zu werden, und es gründlich vermasselt. *Nein,* dachte sie, *das stimmt so nicht. Du hast es nicht vermasselt, sondern deinem Sohn die Chance für ein normales Leben geschenkt.* Mit zwei Elternteilen, die ihn liebten und umsorgten. Das war die Wahrheit. Zumindest sagte das ihr Verstand. Doch ihr Herz blutete, wann immer sie Lucys Babys in den Armen hielt. Im Lauf der Zeit war es wenigstens leichter geworden und …

Und ich werde jetzt nicht darüber nachdenken. Nein. Nicht jetzt. Es war nicht der richtige Zeitpunkt, über Fehler in der Vergangenheit nachzugrübeln. Sondern um ihre Wut auf Thorne zu kultivieren, damit sie den Schmerz übertönte, den er ihr zugefügt hatte. Denn was er getan hatte, war sehr schmerzhaft gewesen. Verdammt!

»Also …?«, nahm sie den Faden wieder auf. »Du hast es gestern Abend erfahren?«

»Ich habe J. D. vom Pokern abgeholt, und Thorne wollte wissen, wie dein Date gelaufen ist.«

»Das *er* sabotiert hat?«

»Ich … denke schon.« Wieder hatte sich dieser Säuselton in ihre Stimme geschlichen, dessen besänftigende Wirkung normalerweise bei Gwyn ebenso seine Wirkung zeigte wie bei Bronwynne, aber nicht heute. »Und wie bist du draufgekommen?«

»Ich bin sauer geworden, als Jase abgesagt hat, und habe mich gefragt, wieso die Typen einen Rückzieher machen, bevor ich sie auch nur einmal getroffen habe. Allmählich kriege ich schon Komplexe.«

»Verständlich«, sagte Lucy leise. »Und dann?«

»Bin ich stundenlang in der Wohnung herumgetigert, bis ich irgendwann meine Laufsachen angezogen habe und zur Highschool gefahren bin, wo du auch immer läufst, weil ich dachte, dass Jase auf kurz oder lang dort auftauchen würde.« Jase war Lucys Jogging-Kumpel. Und Arzt, verdammt noch mal.

Immerhin hätte meine Mutter ausnahmsweise mal keinen Grund zum Meckern gehabt. Wobei ihr problemlos eine Million andere Kritikpunkte einfallen würden. Das hieß, sofern sie in Kontakt stünden, was sie seit Gwyns sechzehntem Lebensjahr nicht mehr taten.

»Du bist allein losgefahren?« Ein Anflug von Besorgnis schwang in Lucys Stimme mit.

»Nein.« Auch dieses Eingeständnis schmerzte. Sechs Jahre waren seitdem vergangen, verdammt noch mal. Trotzdem verließ sie nur selten allein das Haus, schon gar nicht nach Einbruch der Dunkelheit. »Ich habe Tweety mitgenommen.« *Denn mit einer siebzig Kilogramm schweren Dogge legt sich so schnell keiner an.*

»Sehr klug von dir. Und ich nehme an, Jase hat auch heute Morgen seine Runde gedreht?«

»Ja. Ich hatte Glück«, erwiderte Gwyn bitter. »Ich brauchte nicht lange zu warten, weil er loswollte, solange die Sonne noch nicht aufgegangen war und es zu heiß wurde. Er meinte, Thorne hätte ihn aufgesucht. Persönlich. Und ihm *gedroht*.«

Lucy schnappte nach Luft. »Was? Nie im Leben. Thorne hätte ihm gedroht? Das hat er gesagt?«

»Na ja, nicht explizit. Aber er hätte ihm ›ans Herz gelegt‹, sich jemand anderen zu suchen, und zwar unmissverständlich. So nett es ja sein mag, aber in meinem Leben ist kein Platz für noch ein Drama.«

Lucy gab einen erstickten Laut von sich. »Thorne!«, zischte sie, als stünde er vor ihr. »Was hat er sich bloß dabei gedacht?«

»Das wüsste ich auch gerne.« Und genau das machte es ja so schwer. Sie war völlig schockiert. »Was hat er dir erzählt?«

»Dass es nicht meine Angelegenheit ist.«

»Einen Scheißdreck ist es! Moment mal, du hast doch nicht etwa auf Lautsprecher geschaltet?«

Lucy lachte leise. »Wenn ich mit dir rede, niemals, Süße. Ich denke …« Sie zögerte. »Du solltest ihn fragen. Aber …«

Inzwischen war Gwyn nur noch ein kleines Stück von Thornes Haus entfernt. »Aber was?«

»Lieber Gott.« Lucy sog hörbar den Atem ein. »Hast du Thorne jemals … na ja, so gesehen?«

Gwyn blinzelte. »Wie gesehen?« Erst jetzt begriff sie. »Als Mann, meinst du? Im Sinne einer Liebesgeschichte?«

»Oder vielleicht auch nur körperlich.« Der Anflug eines Zögerns lag in Lucys Stimme.

Das *Nein* lag Gwyn bereits auf der Zunge, doch sie schluckte es hinunter. Weil es eine Lüge gewesen wäre. Eine glatte.

»Oh«, flüsterte Lucy. »Gut zu wissen.«

»Ein, zwei Mal vielleicht.« *Lügnerin.* »Vor langer Zeit.« *Dreckige Lügnerin.* »Wir sind Kollegen.« Zumindest *das* stimmte. »Es … es hätte niemals funktioniert.« Selbst in ihren eigenen Ohren klang ihr Protest lahm.

»Okay«, erwiderte Lucy gedehnt und räusperte sich. »Vielleicht warst du ja nicht allein … mit dem, was du damals empfunden hast … oder auch nicht … ein, zwei Mal … vor langer Zeit.«

Der Gedanke war ein Schock. »Ehrlich?«

»Könnte sein. Aber … nur die Ruhe. Hör dir an, was er zu sagen hat. Und wenn du ihn danach immer noch umbringen willst, ruf mich an. Ich hole dich ab, und du kannst dich so lange an J.D.s Boxsack im Keller abreagieren.«

Gwyn atmete zittrig aus. »Geht klar.« Sie beendete das Gespräch, als sie in Thornes Einfahrt bog. Sie schaltete den Motor aus und zog Thornes Haustürschlüssel aus ihrer Tasche, den sie schon seit einer Ewigkeit hatte. Wann immer einer von ihnen unterwegs war, goss der andere die Blumen, nahm die Post aus dem Briefkasten, fütterte die Haustiere.

Sie warf im Rückspiegel einen Blick auf Tweety, der in seinem Geschirr auf dem Rücksitz hockte. »Du kennst dich aus, Kumpel.« Thorne hatte in seinem Garten eigens einen Bereich für ihn abgeteilt, da sein Kater üblicherweise die Flucht ergriff, wenn er kam.

Tweety hatte seinen Namen Thornes kleinem zweifarbigen Kater Sylvester zu verdanken, was ihr damals als eine niedliche Idee erschienen war. Ironischerweise liebte die Dogge Sylvester heiß und innig, da diese Zuneigung jedoch nicht auf Gegenseitigkeit beruhte, mussten sie die beiden voneinander getrennt halten.

Noch ein weiterer Grund, weshalb es zwischen ihnen niemals funktioniert hätte.

Allerdings … Gwyn schloss die Augen und rief sich Thomas Thorne ins Gedächtnis, jeden einzelnen seiner prachtvollen, fast zweihundert Zentimeter, das dunkle Haar, den markanten Kiefer und das gerade richtige Maß an Bartstoppeln. Und die Muskeln. Viele Muskeln. Der Mann war der reinste Gott. Ernsthaft. Er könnte es problemlos mit jedem Hollywoodstar aufnehmen. Wo er auftauchte, gerieten die Frauen reihenweise ins Schwärmen. Aber er ließ sich auf niemanden ein. Grundsätzlich nicht.

Zumindest nicht in jüngerer Vergangenheit.

Nicht in den letzten sechs Jahren. Gwyn schluckte. Nicht mehr seit … Evan, dem Mörder, den sie in ihr Bett eingeladen hatte. Der völlig besessen von Lucy gewesen war. Der so viele Menschen getötet hatte … *der mich benutzt hat. Um an Lucy heranzukommen. Damit er sie töten kann. Nachdem er mich getötet hat.* Was schon schlimm genug gewesen wäre. Aber er hatte mehr getan, als sich nur an Gwyn heranzumachen. Er hatte …

Sie riss die Augen auf und blinzelte rasch, um die Bilder zu verjagen, die sich in ihr Gedächtnis geschlichen hatten. Bilder, die ihr immer noch das Blut in den Adern gefrieren ließen.

Er hatte so viel mehr getan. Dinge, die sie niemals jemandem anvertraut hatte – nicht einmal Lucy. Und schon gar nicht Thorne. Sie hatte keinen Sinn darin gesehen, nachdem alles vorüber gewesen war.

Evan war tot. Über Monate hinweg hatte er sie belogen, sie glauben lassen, sie sei »die Richtige«. *Er hat mir erzählt, er liebt mich.* Damit er an Lucy herankommt. Und jeder, der einen Internetzugang besaß, wusste von ihrer Blamage.

Aber dass sie auch vergewaltigt worden war? Nein, sie wollte nicht noch mitleidigere Blicke hervorrufen. Deshalb hatte sie dieses grauenvolle Detail für sich behalten. Bis sie vor sechzehn Monaten eine Therapeutin gefunden hatte, die ihr half, allmählich zu genesen.

Sie hatte ihre Stimme im Ohr. *Es passiert nicht jetzt. Wiederholen Sie, was ich sage, Gwyn. Es passiert nicht jetzt.* Gwyn hatte gehorcht und sich den Satz wieder und wieder vorgesagt. *Es passiert nicht jetzt.* Und irgendwann, nach Monaten, hatte sie endlich angefangen, es auch zu glauben.

Mit zitternden Händen rief sie die Fotos auf ihrem Handy auf und ging sie durch, um den Albtraum von damals mit Gesichtern echter Menschen zu verjagen, so wie die Therapeutin es ihr gezeigt hatte. Echte Menschen. Die sie liebten.

Lucy. J.D. Ihre beiden Kinder Jeremiah und Bronwynne. *Die nach mir benannt ist, nach meinem zweiten Vornamen.* Ein anderer Schmerz erfasste ihr Herz, so wie jedes Mal, wenn sie Lucys Kinder ansah. Sie liebte sie wie ihr eigen Fleisch und Blut, aber das waren sie nun einmal nicht. Doch auch sie war Mutter gewesen. Einmal. Ganz kurz.

Beim Anblick von Jeremiahs Foto spürte sie, wie die vertraute Sehnsucht in ihrem Innern aufstieg und ihr die Luft abschnürte. Ihren Sohn zur Adoption freizugeben, war das Schwerste, was sie je in ihrem Leben getan hatte, gleichzeitig war es das Richtige für ihn gewesen. Das wusste sie. Nach zehn Jahren hatte sie aufgehört, ständig darüber nachzudenken, was wohl aus ihm geworden sein mochte, doch mit dem Moment, als sie Lucys Sohn das erste Mal in den Armen hielt, hatte alles wieder angefangen.

Sie hatte es Lucy nie erzählt. Auch Thorne nicht. Es war zu persönlich. Und obwohl sie wusste, dass es richtig gewesen war, schämte sie sich dafür.

Ihr Herz begann zu rasen. *Nein, ich werde nicht daran denken. Nicht heute.* Sie zwang sich, den Blick wieder auf die Fotos zu richten. Ihre Freunde, ihr Hund, die PR-Fotos der tanzwütigen Gäste im Klub … Sie betrachtete sie einige Sekunden lang, ehe sie zu Thornes Foto gelangte.

Alles in ihr schien sich zu entspannen. Er war real. Und er liebte sie. Wenn auch nur als Freund.

Aber was, wenn es mehr als Freundschaft war? Erst letzte Woche hatte sie das Foto geschossen, um den Ausdruck auf seinem Gesicht festzuhalten, als er das Geschenk entdeckte, das sie ihm im Sheidalin auf den Schreibtisch gelegt hatte. Das Malbuch, genauer gesagt, das Kamasutra-Malbuch.

Ihr Geschenk an ihn, nachdem er ihr eine Kamasutra-Spielkarte hinterlassen hatte, als Anspielung auf ihre Fähigkeit, wildere Verrenkungen mit ihrem Körper zu vollführen als irgendjemand sonst auf der Bühne – eine recht waghalsige Geste, selbst für Thorne, doch sie hatte sie mit einem Lachen abgetan.

Auf die erste waren einundfünfzig weitere Karten gefolgt, weil sie Bestandteil eines ganzen Kartendecks gewesen waren, alle paar Tage eine neue. Sie hatte sich regelrecht darauf gefreut, eine neue vorzufinden. Schließlich war sie über das Malbuch gestolpert, das perfekte Gegengeschenk. Na ja, gestolpert traf es nicht ganz, vielmehr hatte sie »Kamasutra Produkte« in ihren Browser eingegeben. Ja, okay, sie hatte zurückgeflirtet. Seit der Zeit vor einem Jahr, als sie wieder auf die Bühne des Sheidalin zurückgekehrt war, diesmal mit einem Programm mit Aerial Silks, vertikalen Seidenakrobatiktüchern.

Anfangs war es aus reiner Zweckmäßigkeit passiert. Lucy war das zweite Mal in Elternzeit gewesen und hatte damit Lücken in ihren Veranstaltungsplan gerissen, die Gwyn nicht mit vertrauenswürdigen Bands hatte füllen können. Aber nach anfänglichem Lampenfieber hatte es sich als die richtige Entscheidung entpuppt. Es war höchste Zeit gewesen, wieder aufzutreten. Und Thorne war begeistert über ihre Rückkehr gewesen.

Es war Jahre her, seit Gwyn das letzte Mal aufgetreten war. Nicht mehr nach *ihm*.

Und auch darüber würde sie nicht nachdenken. Nicht jetzt. Und auch sonst nie wieder, hätte sie am liebsten gelobt, doch sie wusste, dass sie das Versprechen nicht würde halten können. Ihre Therapeutin hatte sie in ihrem Glauben bestärkt und recht behalten.

Was würde sie wohl zu Thorne sagen? Darüber, dass er den Mann bedroht hat, mit dem ich ausgehen wollte? Und vielleicht all die anderen auch?

Was, wenn Lucy recht hatte? Wenn Thorne Gefühle für sie hegte? *Für mich?* Sie blickte wieder auf das Foto. Im ersten Moment waren ihm beim Anblick des Geschenks die Gesichtszüge entglitten, doch dann hatte er sich umgedreht und ihr einen Blick zugeworfen. Voller Intensität.

Damals hatte sie es nicht zugeben wollen, aber jetzt … Ja. Es gab keinen Zweifel.

Und diese Tatsache jagte ihr eine Heidenangst ein.

All die Jahre waren sie und Thorne dicke Freunde gewesen. Was, wenn sie jetzt etwas miteinander anfingen und das Ganze in die Hose ging? In diesem Fall würde sie ihrer aller Glück aufs Spiel setzen.

Sie zuckte zusammen, als ihr Handy summte. Eine Nachricht von Lucy.

Und?

Gwyn seufzte. *Ich sitze immer noch im Wagen,* schrieb sie zurück. Erst jetzt merkte sie, dass sie ziemlich lange hier gesessen hatte, verloren in ihren Gedanken und Träumen.

REIN JETZT, schrieb Lucy.

»Schon gut«, brummte Gwyn, schrieb *GEH JA SCHON* und drückte auf *Senden.*

Nachdem sie Tweety im Garten eingesperrt und ihm einen Wassernapf hingestellt hatte, nahm sie all ihren Mut und ihre Würde zusammen und öffnete die Haustür. »Thorne?«, rief sie. »Bist du da?«

Sie betrat das Wohnzimmer. Runzelte die Stirn. Es herrschte das blanke Chaos. Chipstüten und halb leere Dip-Schälchen standen auf dem Couchtisch herum, daneben leere Bierflaschen und Coladosen. Die Soßen waren eingetrocknet, der Käse auf den Nachos betonhart.

In all den Jahren, die sie Thorne kannte, hatte sie sein Haus noch nie in so einem Zustand gesehen. Nie.

Vielleicht ist er ja krank. Besorgt ging sie zu seinem Schlafzimmer und klopfte. »Thorne? Ich bin's. Alles in Ordnung?«

Stille. Leise öffnete sie die Tür. Obwohl draußen bereits die Sonne aufgegangen war, herrschte drinnen völlige Dunkelheit. Thorne hatte lichtabsorbierende Jalousien installiert, weil er manchmal nach einer langen Klubnacht ausschlafen wollte, außerdem litt er gelegentlich an Migräneanfällen und empfand Tageslicht als zu grell.

»Thorne?« Vorsichtig betrat sie das Schlafzimmer und stolperte prompt über etwas auf dem Boden. Ein Schuh. Ein Damenschuh. Sie bückte sich und beäugte ihn im Lichtkegel, der aus dem Flur hereinfiel. Ein teurer Schuh. Louboutin. Siebenhundert Mäuse. *Und definitiv nicht meiner.*

Wut brodelte in ihr auf. »Du elender Mistkerl!« Hatte er etwa eine Frau hier? *Nachdem er meine Dates sabotiert hat?*

Sie richtete den Lichtstrahl der Taschenlampe ihres Handys auf den Boden, über das schwarze Cocktailkleidchen, den schwarzen Stringtanga und den dazu passenden Spitzen-BH. *Wahrscheinlich ein Push-up,* dachte sie verächtlich. Sie selbst hatte diese Dinger nie nötig gehabt.

Vorsichtig hob sie ihn am Träger hoch und schnüffelte daran. Parfum. Ebenfalls teuer. *Und ebenfalls nicht meins.* Sie ließ den BH auf den Boden fallen.

Mitten auf dem Bett lag der Herr des Hauses, auf dem Bauch, wobei ein Arm über die Kante hing, sodass seine Finger den Boden berührten.

»Du Drecksack«, stieß Gwyn hervor und stapfte zum Bett, sorgsam darauf bedacht, mit dem Schuh die zarte Spitze der Dessous zu erwischen. »Los, wach auf!« Sie bohrte ihren Zeigefinger in seinen prallen Bizeps, während beim Anblick der Gestalt unter dem Laken neben ihm erneut die Wut in ihr hochkochte. *Elende Schlampe.* »Los, wach sofort auf, verdammt noch mal.«

Weder er noch die Frau rührten sich. Gwyn schlug ihm mit der Faust auf den Arm. »Aufwachen!«

Nichts. Erst jetzt, da sie dichter neben ihnen stand, stieg ihr der metallische Geruch nach Blut in die Nase. Angst stieg in ihr auf. Sie knipste das Licht an. Und schrie.

Thorne lag vollkommen reglos da. Seine Gesichtszüge waren erschlafft.

Die Frau neben ihm … hatte gar kein Gesicht mehr. Und das Laken war blutgetränkt.

Gwyn sah auf den Boden, als sie etwas Hartes unter ihrem Schuh spürte. Ein Fleischermesser. Ebenfalls voller Blut.

»O Gott. O Gott.« Sie begann zu hyperventilieren. Stand wie angewurzelt da. »Thorne? O Gott. Bitte nicht. Du darfst nicht tot sein. Bitte nicht«, flehte sie laut. Ihre Stimme riss sie aus ihrer Erstarrung. Sie presste zwei Finger an seinen Hals, spürte zu ihrer Erleichterung einen Puls. Aber nur schwach. Verdammt schwach.

Sie schloss die Augen und holte tief Luft. Dann zog sie ihr Handy heraus. »Lucy, Handy«, flüsterte sie.

Lucy hob beim ersten Läuten ab. »Und?« Fahrgeräusche drangen durch die Leitung.

Gwyn zwang sich zu atmen. »Lucy. Du musst kommen. Schnell. Thorne.«

Stille, dann ein entsetztes Flüstern. »Gwyn? Was hast du getan?«

»Gar nichts. Ich habe ihn gefunden. Er ist bewusstlos, lebt aber noch. Glaube ich.«

»Was ist passiert?«

»Keine Ahnung. Aber hier liegt ein Messer. Und überall ist so viel Blut.« Ihre Stimme schwoll an, als die Hysterie neuerlich die Oberhand gewann. »Bitte, komm schnell«, flüsterte sie. »Beeil dich.«

»Ich bin gleich da.« In Lucys Stimme lag diese typische Ruhe, die sie wie einen schützenden Umhang umlegte, wenn es schwierig wurde. »Ich will, dass du dieses Haus verlässt. Geh raus, und zwar auf demselben Weg, wie du reingekommen bist.«

»Nein. Ich lasse ihn nicht allein.«

»Hör mir zu, Gwyn. Wer auch immer das getan hat, könnte noch im Haus sein. Geh. Jetzt sofort!«

Daran hatte Gwyn nicht gedacht. »Aber ich habe Pfefferspray dabei. Ich bleibe.«

»Hast du den Notruf gewählt?«

»Nein, noch nicht.«

»Ich erledige das.«

»Warte, Lucy. Es ist noch jemand hier. Eine Frau. In seinem Bett. Ich glaube, sie ist tot.«

»Verdammte Scheiße«, fluchte Lucy. »Okay. Ich fahre gerade in die Einfahrt.«

»Wie das denn?«

»Ich dachte, ich werde vielleicht zum Schlichten gebraucht, deshalb bin ich gleich bei Stevie und Clay losgefahren, nachdem wir aufgelegt hatten. Ich rufe jetzt die Polizei.«

Gwyn hörte das Quietschen von Bremsen, dann das Schlagen einer Autotür, gefolgt von der Haustür. »Gwyn?« Lucy war hier. Alles würde wieder gut werden. Lucy wusste immer, was zu tun war.

»Hier … hier hinten. In seinem Schlafzimmer.«

Lucy kam mit dem Handy in der Hand hereingelaufen. »O Gott. Thorne.« Sie drückte Gwyn das Telefon in die Hand und schob sich den Knopf ins Ohr. »Ja, ich bin noch da«, sagte sie und warf Gwyn einen Blick über die Schulter zu. »Ich habe J. D. angerufen. Er ist schon unterwegs.«

Sie presste zwei Finger auf Thornes Hals. »Sein Puls ist schwach und unregelmäßig. Gott. Höchstens vierzig.« Sie runzelte die Stirn. »Ich habe Ihnen doch gesagt, ich bin Ärztin. Dr. Lucy Fitzpatrick. Ich arbeite für die Rechtsmedizin.« Sie verdrehte die Augen. »Ja, ich kann auch noch Lebende behandeln. Haben Sie den Krankenwagen losgeschickt?« Sie holte Luft und nickte. »Gut. Wir haben eine Leiche und einen Verletzten.«

Wieder sah sie über die Schulter. »Kennst du die Tote?«

Gwyn schüttelte den Kopf. »Nein.« Sie sah sich um und begann hektisch, mit ihrem Handy Fotos vom Schlafzimmer zu machen. »Die Sanitäter werden den Tatort ruinieren, wenn sie kommen. Ich muss so viele Fotos machen, wie ich kann.«

»Sehr gut«, lobte Lucy, deren Ruhe auch jetzt ihre Wirkung auf Gwyn nicht verfehlte.

»Meine besten Freunde sind ein Strafverteidiger und eine Rechtsmedizinerin, die mit einem Cop von der Mordkommission verheiratet ist«, erklärte sie grimmig. »Da schnappt man zwangsläufig das eine oder andere auf.«

2. Kapitel

»Er ist nicht tot.«

Margos Worte ließen ihn erleichtert aufseufzen. Seine Männer hatten Thorne genug GHB, auch als Liquid Ecstasy bekannt, verpasst, um einen Elefanten niederzustrecken. Idioten. »Ist er bei Bewusstsein?«

»Noch nicht«, antwortete sie, während im Hintergrund das Geräusch eines startenden Motors zu hören war, »aber er wurde stabilisiert. Ich musste mit meinem Anruf warten, bis ich allein war.«

»Danke für die Informationen, meine Liebe.« Nicht minder dankbar war er ihr für das Risiko, das sie einging. *Für mich. Für Colin.*

»Gerne, Papa«, erwiderte sie voller Wärme, worauf die Enge in seiner Brust ein wenig nachließ. Seine Schwiegertochter war einer der wenigen Menschen in seinem Leben, die ihm echte Freude bereiteten. Ihr kleiner Sohn war der zweite.

»Bringst du Benny mit, wenn du heute Abend zum Essen kommst?«

»Ich habe einen Babysitter engagiert, weil ich dachte, wir würden Geschäftliches besprechen, aber ich kann ihn gerne mitbringen, wenn du willst.«

Natürlich würde er Margos Wunsch respektieren, wenn sie nicht wollte, dass der Kleine mitbekam, worüber sie sprachen. Er selbst hatte Colin bis zu seinem sechzehnten Lebensjahr von den dunkleren Seiten seiner Tätigkeiten ferngehalten, trotzdem hatte sein Sohn immer gewusst, was Sache war.

»Ich würde ihn sehr gern sehen«, meinte er. »Heute vermisse ich Colin ganz besonders.«

Sie seufzte. »Ich auch, Papa. Ich bringe Benny mit. Wenn er sein Abendfläschchen bekommen hat, lege ich ihn einfach in das Bettchen im Kinderzimmer, und wir können in Ruhe reden.«

Das Kinderzimmer. Margo hatte es mit herzzerreißender Hingabe eingerichtet. *Gemeinsam mit Madeline.* Beim Gedanken an seine verstorbene Frau zog sich seine Brust so fest zusammen, dass ihm ein gewöhnlicher Atemzug allein schwerfiel. Du fehlst mir, *mi alma. Meine Seele.* »Danke. Ich lasse das Tor offen.«

»Danke, Papa. *Te amo.*«

»*Te amo*, Margo.«

Er legte auf, ging in den Raum, den er für disziplinarische Maßnahmen nutzte, schloss die Tür hinter sich und sah die beiden auf zwei Stühle mitten im Raum gefesselten Männer an. Idioten. Und schon bald tote Idioten. »Er lebt noch.«

Die beiden entspannten sich sichtlich.

Der Linke schluckte. »Dann … lassen Sie uns laufen, oder? Ich meine, er kommt wieder auf die Beine, stimmt's?«

Er verdrehte die Augen. *Großer Gott. Ich hätte es am besten selbst tun sollen.* Und genau das hätte er auch getan, wäre Thomas Thorne kein verdammter Koloss von einem Mann. Er hätte es niemals geschafft, ihn in sein Haus zu verfrachten.

»Das würde ich nicht sagen.«

Die Nasenlöcher des Mannes zu seiner Rechten blähten sich, und sein Gesicht wirkte leicht grünlich – vielleicht wegen des leichten Schwankens der Jacht, die ein gutes Stück vor der Bucht vor Anker lag und so abgeschottet und schalldicht wie ein Bunker war, aber hauptsächlich schien seine panische Angst schuld zu sein. »Was würden Sie nicht unbedingt sagen?«

Er gestattete sich den Anflug eines Lächelns. Der Rechte schien nicht ganz so dämlich zu sein wie der Linke. »Weder noch.« Bedächtig begann er sich auszuziehen, hängte seine Kleider in den Antikschrank an der hinteren Wand, Sakko, Hose, Seidenhemd, Krawatte. Die Schuhe nebst Socken stellte er in das Garderobenfach. Dann schlüpfte er aus seinen Boxershorts, faltete sie ordentlich zusammen und legte sie auf die Schuhe.

Zögernd griff er nach der kleinen Phiole an dem Band, zog sie über den Kopf und verstaute sie sorgfältig in der Hosentasche.

Dann schloss er den Schrank und wandte sich den beiden Männern zu, die ihn entsetzt anstarrten. *Wunderbar. Es war gut, dass den beiden die Düse ging.* Um ein Haar hätten sie alles ruiniert, noch bevor er angefangen hatte.

Der Blick des Linken hatte sich auf seinen Unterleib geheftet. Seine Augen waren angstgeweitet. »Was zum Teufel haben Sie vor?«, krächzte er.

Wieder verdrehte er die Augen. »Du lieber Gott, wer denkt denn so was? Ich werde euch beide nicht vergewaltigen. Sondern bloß töten.« Er nickte in Richtung Kleiderschrank. »Das ist ein Zweitausend-Dollar-Anzug, und Blutflecke sind bei der Reinigung immer so schwer zu erklären.«

»Aber Thorne wird doch überleben!«, stammelte der Rechte. »Das können Sie nicht machen.«

»Doch, das kann ich. Und ich werde es auch.«

Der Rechte versuchte, seinen Stuhl zum Kippen zu bringen, doch er war am Boden festgeschraubt. *Das ist keine Premiere.* Im Lauf der Jahre hatte er dazugelernt. Unter anderem, dass es wichtig war, sein Opfer anständig zu fixieren.

Er musterte die beiden eingehend.

»Was?«, stieß der Linke hervor, der vor Angst beinahe den Verstand zu verlieren schien.

»Ich überlege nur, welche meiner Fähigkeiten ich an euch beiden verfeinern sollte. Ich habe euch klare Anweisungen erteilt, welche Dosis ihr Mr Thorne verabreichen sollt, aber aus irgendeinem Grund habt ihr sie nicht befolgt. So etwas kann ich nicht durchgehen lassen.«

Der Linke schluckte. »Aber … Der Typ war ein Riese, Mann! Ein echtes Schwergewicht. Wir wollten … eben sichergehen, dass er nicht aufwacht, während wir ihn in sein Haus schleppen.«

»Mag sein, aber jetzt wäre er um ein Haar überhaupt nicht mehr aufgewacht. Hättet ihr ihm so viel verpasst, wie ich es gesagt habe, wäre er bloß ein paar Stunden weg gewesen, aber so habt ihr ihn fast umgebracht. Was wäre das für ein Signal an meine restliche Mannschaft, wenn ich eine derartige Inkompetenz ungestraft durchgehen ließe?«

Ohne eine Antwort abzuwarten, öffnete er seinen Waffenkoffer und nahm einen einfachen Knüppel heraus. Er hatte sich für die nicht-technische Variante entschieden. Um ein bisschen angestauten Frust abzubauen.

Baltimore, Maryland
Sonntag, 12. Juni, 14.20 Uhr

Thorne schluckte und begriff nicht, wieso sich sein Hals so wund anfühlte. Und auch sein Kopf tat weh. *Verdammt.* Und dieses merkwürdige Piepsen. Irgendetwas piepste hier.

Dann hörte er ein Murmeln, dicht neben sich. Er holte Luft und entspannte sich. Lavendel. *Gwyn ist hier.* Sie roch danach, weil sie nach ihren Auftritten im Klub immer in Epsomsalz badete, damit sich ihre Muskeln entspannten.

Er wandte den Kopf und atmete den Duft ein zweites Mal ein. »Du bist hier«, flüsterte er, ehe er hochschreckte. Nein, sie sollte doch nicht hier sein. Er lag im Bett, und sie war hier … in seinem Schlafzimmer.

Er riss die Augen auf und fuhr hoch, als ein stechender Schmerz durch sein Handgelenk schoss. Instinktiv zog er den Arm weg, was den Schmerz nur noch verschlimmerte. Zwei Handpaare, beide eindeutig weiblich und eindeutig vertraut, drückten ihn ins Kissen zurück.

Sein Stöhnen, gepaart mit metallischem Klappern, drang an seine Ohren, dann durchbrach Gwyns Stimme den Tumult. »Thorne. Nicht. Hör auf. Sonst tust du dir noch weh.«

Wieder riss er die Augen auf, sah zuerst Gwyns dunkelblaue Augen über sich, dann Lucys bleiches Gesicht. Beide drückten ihn nach unten. Mit einem Mal erfasste ihn eine tiefe Erschöpfung, und er ließ den Kopf ins Kissen fallen, ehe sein Blick auf die Handschelle fiel, deren Metall sich in sein Handgelenk geschnitten hatte.

Er war gefesselt. An ein Bett. Er ließ den Blick durch den Raum schweifen. Weiße Wände. Monitore, die unablässig piepten. Er war mit einer Handschelle an das Gestell eines *Krankenhausbetts* gefesselt.

Er holte tief Luft, in der Hoffnung, dass sich sein rasender Herzschlag dadurch beruhigen würde. Fehlanzeige. »Was ist passiert?« Seine Stimme klang heiser.

Lucy kehrte ihm abrupt den Rücken zu und stellte sich so hin, dass er die Tür nicht sehen konnte.

Gwyns Blick glitt über Lucys Schulter hinweg, ehe er sich wieder auf Thorne richtete. »Du wurdest unter Drogen gesetzt«, flüsterte sie eindringlich. »Du bist im Krankenhaus. Die Polizei wird dir Fragen stellen, aber du darfst nichts sagen, sondern musst auf Jamie warten.«

»Gwyn. Lucy.« Auch diese Stimme und das Seufzen kannte er. J. D. Fitzpatrick war hier. Das war kein gutes Zeichen. »Tretet vom Bett weg, alle beide.«

Gwyn reckte trotzig das Kinn. »Er redet nicht mit dir. Erst wenn Jamie kommt.«

»Das habe ich mir fast gedacht.« J. D. klang beinahe … gekränkt.

»Trotzdem muss ich hier sein, für den Fall, dass er etwas sagen möchte. Und ihr beide braucht mich nicht wie den Erzfeind höchstpersönlich zu behandeln.«

Erst als Lucy zur Seite trat, dämmerte Thorne, dass sie nicht versucht hatte, *seinen* Blick zur Tür zu blockieren, sondern J.D.s Blick auf *ihn.* »Ich wusste nicht, dass du hereinkommen würdest«, sagte sie hörbar erleichtert zu ihrem Ehemann, »sondern dachte, Lieutenant Hyatt hätte übernommen.«

Hyatt? Am liebsten hätte Thorne laut gestöhnt, doch seine Kehle schmerzte viel zu sehr. Wenn dieser arrogante, grobschlächtige Selbstdarsteller vom Morddezernat auf dem Plan war, musste es so richtig übel aussehen. *Aber Moment mal. Morddezernat? Was zum Teufel ist hier eigentlich los?*

»Hat er auch«, meinte J.D. »Allerdings musste er einen Anruf annehmen und kommt gleich nach. Also, würdet ihr beide jetzt von dem Bett weggehen, bitte?«

Weder Lucy noch Gwyn machten Anstalten, sondern traten lediglich einen Schritt zur Seite, direkt neben Thornes Kopf. Wie zwei Wächterinnen.

Würde sich sein Schädel nicht anfühlen, als platze er gleich, hätte Thorne gelächelt. »Könnte ich einen Schluck Wasser kriegen? Und vielleicht ein Aspirin oder so? Mein Kopf fühlt sich an, als hätte jemand damit Fußball gespielt.«

Ebenso der Rest seines Körpers. Überall. Er war häufig genug in Schlägereien verwickelt gewesen, um zu wissen, dass er schon bald von blauen Flecken übersät sein würde. Falls das nicht schon der Fall war.

Wie spät ist es? Er befand sich in einem Einzelzimmer. Ohne Fenster. Im Krankenhaus. *Was zum Teufel ist passiert?*

J.D. musterte ihn mit aufrichtiger Besorgnis. »Das muss die Ärztin entscheiden. Aber sie ist schon auf dem Weg.«

Gwyn strich ihm mit ihrer zierlichen Hand das Haar aus der Stirn. »Wo tut es dir sonst noch weh, Thorne?«

»Überall.« Er schloss die Augen, kämpfte gegen die aufsteigende Panik an. »Was ist passiert?«

J. D. trat ans Fußende des Betts. »Erinnerst du dich nicht?«

Nein. Und das war verdammt beängstigend, weil er an ein Krankenhausbett gefesselt war und ein Detective des Morddezernats in seinem Zimmer herumstand, für den Fall, dass er etwas sagte. *Was ist passiert? Was zum Teufel habe ich getan?*

Er wollte etwas erwidern, doch Gwyn legte ihm die Hand auf den Mund. »Warte auf Jamie.«

Sie hatte recht. Eigentlich hätte er von selbst darauf kommen müssen, aber erst jetzt fiel ihm wieder ein, was sie gesagt hatte. *Du wurdest unter Drogen gesetzt.* Er blickte sie an, mitten in ihre dunkelblauen Augen, von denen er so oft geträumt hatte. Geträumt, sie beim Aufwachen vor sich zu sehen. *Nur nicht unter solchen Umständen.*

Unter Drogen gesetzt. Das erklärte einiges. Bis auf … *Wie denn? Und von wem?*

»Kannst du nicht die Handschellen aufschließen?«, fragte Lucy ihren Mann. »Von Fluchtgefahr kann ja hier keine Rede sein.«

J. D. runzelte die Stirn. »Wer hat ihm die überhaupt angelegt?«, fragte er.

Lucy presste die Lippen aufeinander. »Der Detective, der die Einlieferung begleitet hat. Brickman.«

»Und gegen ärztliche Anweisung«, sagte eine Frau in Krankenhauskluft, die in dieser Sekunde mit gerunzelter Stirn den Raum betrat.

Sie blickte auf den Monitor, leuchtete Thorne mit einer Taschenlampe in die Augen und nickte zufrieden. »Wenn er schon gefesselt sein muss, könnten wir auch weichere verwenden.«

J. D. schloss die Handschelle auf und löste sie von Thornes Handgelenk. »Muss er gar nicht.«

Thorne bewegte die Finger, ehe er behutsam Gwyns Hand von seinem Mund löste und sie nach einem Moment des Zögerns auf seine Wange legte. Erleichtert stellte er fest, dass sie sie nicht wegzog, sondern stattdessen etwas fester um sein Gesicht legte.

»Ich warte auf Jamie«, murmelte er und sah die Schwester an. »Kann ich etwas zu trinken haben?«

»Lassen Sie mich erst Ihre Werte überprüfen, dann hole ich Ihnen einen Becher und ein paar Tupfer. Ohne die Erlaubnis der Ärztin dürfen Sie nichts trinken, aber es spricht nichts dagegen, wenn wir zumindest Ihre Schleimhäute ein wenig befeuchten.« Sie sah Lucy an. »Könnten Sie bitte zur Seite gehen?«

Lucy trat neben J.D. und verfolgte jede Handbewegung der Schwester. Thorne schloss die Augen in der Gewissheit, dass Lucy es zu verhindern wüsste, falls das Krankenhauspersonal ihm wehtun sollte, und Gwyn dafür sorgen würde, dass er in seinem angeschlagenen Zustand nicht versehentlich etwas sagte, bevor Jamie eintraf.

»Stehe ich unter Arrest?«, fragte er leise.

»Nein.« J.D. seufzte. »Noch nicht. Aber es sieht nicht gut aus, Thorne.«

Was sieht nicht gut aus?, hätte er am liebsten gerufen, verkniff es sich aber. Er war so schrecklich müde.

Die Schwester kam mit einem Plastikbecher und einem kleinen Schwamm auf einem Stäbchen zurück. »Ein Glatzkopf ist auf dem Weg hierher. Er sieht ziemlich wütend aus. Falls er Ärger macht, rufe ich den Sicherheitsdienst.«

Lieutenant Hyatt war im Anmarsch. Eigentlich war er ein verlässlicher Polizist, allerdings neigte er dazu, erst Entscheidungen zu treffen und dann Fragen zu stellen. Und auch seine tiefe Abneigung gegen Strafverteidiger war kein Geheimnis. Und wenn es »nicht gut« aussah – die Chance, dass Hyatt auf seiner Seite stand, war so gering, dass Thorne lieber gar nicht erst darüber nachdenken wollte.

»Danke.« Gwyn nahm der Schwester die Utensilien aus der Hand. »Ich mache das schon.« Sie beugte sich weit über Thorne und strich ihm mit dem Schwämmchen über die Lippen. *So nahe,* dachte er, gerade als sie flüsterte: »Ich habe dich heute Morgen um kurz nach sechs bewusstlos in deinem Bett gefunden. Neben einer Frau. Sie war tot – erschlagen und erstochen.«

Seine Augen weiteten sich vor Entsetzen. Mit einem flüchtigen Blick in Richtung Tür beugte Gwyn sich noch näher und befeuchtete mit viel Tamtam seine Lippen mit dem Schwämmchen. »Auf dem Boden lag ein Messer, so platziert, damit es aussah, als hättest du es fallen lassen, bevor du das Bewusstsein verloren hast.« Sie lehnte die Stirn gegen die seine, sodass er hören konnte, wie sie schluckte. »Du bist fast gestorben. Hätte ich dich nicht gefunden –«

»Miss Weaver«, ertönte eine dröhnende Stimme, die auch Thorne auf Anhieb erkannte. Leider. Lieutenant Peter Hyatt war hier – ein Detective, mit dem Thorne im Lauf der Jahre schon häufig aneinandergeraten war. Zu häufig. Gleichzeitig schien Hyatt ein loyaler Mensch zu sein, und Thorne hatte dem Morddezernat den einen oder anderen Gefallen getan, zwischen ihren Kabbeleien. Vielleicht sah es ja nicht ganz so übel für ihn aus.

»Sag nichts«, raunte Gwyn und richtete sich auf. »Ich befeuchte ihm nur die Lippen«, erklärte sie Hyatt mit einem zuckersüßen Lächeln, das jeder, der sie kannte, auf Anhieb als aufgesetzt erkennen würde. Gwyn hatte viele Eigenschaften – und die meisten davon waren positiv –, aber ein zuckersüßes Naturell besaß sie nicht.

Was sie umso begehrenswerter für Thorne machte.

Auch jetzt schien sein Verstand erst mit Verzögerung einzusetzen. *Eine tote Frau in meinem Bett? Erstochen? Erschlagen? Was ist hier los, verdammt noch mal?*

Er biss die Zähne zusammen. Kein Wort käme mehr über seine Lippen.

»Mr Thorne.« Mit grimmiger Miene trat Hyatt vor, ehe er J. D.

stirnrunzelnd ansah. »Wer hat ihm die Handschellen abgenommen?«

»Ich«, antwortete J. D. rundheraus. »Es besteht keinerlei Verdunklungsgefahr. Er kann ja kaum den Kopf heben, ganz zu schweigen davon, aufzustehen und wegzulaufen, außerdem hat das Metall seine Haut aufgescheuert.«

»Mr Thorne ist ein Verdächtiger in einem Mordfall«, brummte Hyatt. »Deshalb wird er auch genauso behandelt. Sie müssen jetzt gehen, damit ich mit ihm reden kann. Sie alle.«

»Ohne seinen Anwalt sagt er kein Wort«, schaltete sich Gwyn ein. Inzwischen war jeglicher Anflug von Nettigkeit in ihrem Verhalten verschwunden.

»Sein Anwalt ist da.« Jamie Maslow fuhr in seinem Rollstuhl ins Zimmer. »Und es müssen tatsächlich alle den Raum verlassen, damit *ich* mit ihm reden kann.«

Thorne sah etwas in Hyatts Augen aufflackern. Erleichterung? Es sah ganz danach aus. J. D.s Erleichterung hingegen war unübersehbar.

Und meine eigene? Unbeschreiblich. Endlich würde er erfahren, was hier eigentlich los war.

Gwyn trat vom Bett weg, doch Thorne griff nach ihrer Hand. »Bleib«, murmelte er mit einem Blick auf Jamie. »Sie muss bleiben. Bitte.«

Sie hat mich gefunden. In meinem Bett. Neben einer toten Frau. Diese Tatsache war immer noch nicht zur Gänze in seinen Verstand gesickert, weil die Worte so … surreal waren. Und was hatte Gwyn überhaupt in seinem Schlafzimmer zu suchen gehabt? Und wieso war eine andere Frau bei ihm gewesen? Noch dazu eine tote? Du lieber Himmel.

»Es ist Ihr gutes Recht, sich mit Ihrem Anwalt zu beraten«, bemerkte Hyatt knapp. »Aber mit sonst niemandem.«

Thorne spürte, wie die Wut in ihm hochkochte. Mit einem Mal ertrug er es nicht länger, flach auf dem Rücken zu liegen. Er schlug auf die Taste mit dem Aufwärtspfeil am Bettgestell und stemmte sich ein paar Zentimeter hoch. Obwohl sich sofort alles zu drehen begann, biss er die Zähne zusammen und starrte Hyatt finster an. »Stehe ich unter Arrest, Lieutenant?«

Hyatt schürzte die Lippen. »Noch nicht.«

»Dann kann ich reden, mit wem ich will«, erklärte er kalt. »Und Miss Weaver arbeitet als Gehilfin in meiner Kanzlei, falls Sie sich dadurch besser fühlen.«

Hyatts Augen verengten sich zu Schlitzen. »Sie leitet doch Ihren Nachtklub.«

»Ich bin ein Universalgenie«, warf Gwyn ein, »denn ich bin gleichzeitig auch ausgebildete Anwaltsgehilfin.«

»Und arbeitet stundenweise für mich«, sagte Jamie. »Erst letzte Woche hat sie mir bei der Erstellung eines Mandats geholfen.«

In einem überaus heiklen Fall, den Thorne niemand anderem überlassen wollte. Jamie und Gwyn hingegen genossen sein vollstes Vertrauen.

Hyatt nickte knapp. »Nun gut. Ich warte draußen, damit wir danach Ihre Aussage aufnehmen können, Mr Thorne.«

Jamie rollte ein Stück zur Seite, um Hyatt durchzulassen.

Kopfschüttelnd drückte Lucy Thorne einen Kuss auf die Wange. »Wir warten auch draußen. Keine Sorge, wir stehen hinter dir.«

Plötzlich konnte er seine Furcht nicht länger im Zaum halten. »Was habe ich getan, Luce?«, flüsterte er.

»Nichts Schlimmes«, flüsterte sie zurück. »Ich kenne dich, Thorne. Du hast diese Frau nicht getötet. Wir finden schon heraus, was vorgefallen ist, versprochen.« Sie zwang sich zu einem Lächeln. »Und jetzt muss ich mir eine ruhige Ecke suchen und meine Milch abpumpen. Meine Brüste fühlen sich an, als würden sie zehn Kilo wiegen. Jede einzelne.«

Prompt zuckten seine Lippen, wie sie es beabsichtigt hatte. »Zu viel Information, Luce. Viel zu viel.«

Sie zwinkerte ihm zu. »Bis später.« Sie nahm J. D.s Hand und verließ mit ihm den Raum.

Thorne wandte sich Gwyn zu. »Was habe ich getan?«, fragte er auch sie.

Seine Kehle wurde eng, als er sah, wie ein verschlossener Ausdruck auf ihre Züge trat. Aber vorher sah er den Vorwurf in ihren dunkelblauen Augen aufflackern, in die er schon so oft geblickt hatte.

Mit einem Mal überkam ihn eine tiefe Erschöpfung, die ihn in die Kissen zurücksinken ließ. Sie glaubte, dass es stimmte. Gwyn dachte, er sei schuldig.

Nicht schon wieder, dachte er. Das durfte nicht passieren.

Annapolis, Maryland
Sonntag, 12. Juni, 15.40 Uhr

Er hob den Kopf, als Patton hereinkam, auf dessen Zügen sich Ekel und auch ein Anflug von Angst abzeichneten. Natürlich wusste er, weshalb, doch ihm ging das Ganze nicht einmal annähernd so sehr an die Nieren, wie es bei Patton der Fall zu sein schien.

Andererseits hatte Patton die Leichen von Ramirez und seiner Frau entsorgt, die beide eines qualvollen Todes gestorben waren. Daher wusste er, was passierte, wenn jemand nicht spurte. Folglich war es nur nachvollziehbar, wenn er Nerven zeigte.

»Ja?«, sagte er. »Sie wirken ziemlich mitgenommen, Mr Patton.«

Der Mann nannte sich George Patton, doch sein richtiger Name lautete Arthur Ernest, und er war der Sohn eines Farmerehepaars aus Kentucky. Ganz traditionell. Er war unehrenhaft aus der Armee entlassen worden und nach dem Tod eines Soldaten bei einer Kneipenschlägerei nur knapp einer Gefängnisstrafe entgangen. Eigentlich spielte das keine Rolle, aber Patton bildete sich allen Ernstes ein, all diese Details seien bei der Überprüfung seines Hintergrunds nicht zutage getreten. Wie dumm von ihm. Gleichzeitig war Patton ein machtgieriger Mann, dessen Loyalität man sich jederzeit erkaufen konnte.

Ich werde seine Gier für meine Zwecke nutzen, solange ich etwas davon habe. Und danach warteten da draußen zahllose Pattons bloß auf ihre Chance, sich zu profilieren.

Patton straffte die Schultern. »Thorne wurde zu früh gefunden. Die Person, die ich dafür vorgesehen hatte, stand schon in den Startlöchern, aber seine Geschäftspartnerin war schneller. Der Tatort war so hergerichtet, wie Sie es wollten, aber da er zu früh gefunden wurde, hatte er das GHB noch im Blut.«

Er sah Patton in die Augen und musste widerstrebend anerkennen, dass der Ex-Soldat seinem Blick standhielt. »Das ist bedauerlich, aber keine Überraschung. Ich habe Augen und Ohren im Krankenhaus«, erklärte er. »Allerdings enttäuscht es mich, dass Sie es mir erst jetzt sagen.«

Patton starrte ihn finster an. »Ich wollte warten, bis er wieder bei Bewusstsein ist, um herauszufinden, woran er sich erinnern kann.«

Er blinzelte. »Sie waren im Krankenhaus?« Dort befanden sich gefühlt eine Million Überwachungskameras. *Großer Gott.*

Pattons Miene wurde noch finsterer. »Natürlich nicht. Aber auch ich habe Augen und Ohren dort.«

Immerhin etwas. »Und woran erinnert er sich?«

»Bislang an gar nichts. Das Problem ist, dass die Polizei wegen des GHBs in seinem Blut Zweifel an seiner Schuld haben wird. Er hat kein Alibi, andererseits wurde er eindeutig unter Drogen gesetzt und verprügelt. Ihre beiden Schläger waren nicht gerade vorsichtig.«

Weil er es so gewollt hatte. Thorne sollte leiden. Ein paar gebrochene Knochen wären ganz wunderbar gewesen, allerdings hatten seine Handlanger leider versagt. »Das spielt keine Rolle. Die

Polizei hätte seine Schuld ohnehin angezweifelt. In den letzten Jahren hat er ihnen viel zu viele Gefallen erwiesen.«

Patton runzelte die Stirn. »Moment mal … wie bitte? Sie wollten also gar nicht, dass er wegen Mordes verhaftet wird?«

»Doch, genau das sollte passieren.« *Aber das ist nicht das eigentliche Ziel.* »Keine Angst, Mr Patton, sobald alles erledigt ist, wird er festgenommen werden.«

Patton sah ihn forschend an. »Worum geht es hier wirklich? Ich hätte ihm mindestens schon zwanzig Mal eine Kugel in den Kopf jagen können. Aber ab jetzt wird er auf der Hut sein.«

»Er soll keine Kugel in den Kopf bekommen«, schnauzte er und hielt inne. Dieser Ausrutscher war nicht beabsichtigt gewesen. In Sekunden hatte er zu seiner gewohnten Ruhe zurückgefunden. »Es gibt Schlimmeres als den Tod, Mr Patton.« Zum Beispiel, den Rest seines Lebens allein verbringen zu müssen. *Zusehen zu müssen, wie die eigene Familie stirbt, in dem Wissen, dass der Mensch, der dafür verantwortlich ist, immer noch lebt.*

Er wollte nicht, dass Thomas Thorne starb. Stattdessen sollte der Anwalt Höllenqualen leiden. Täglich aufs Neue. Am besten hinter Gittern, wo man ihn jagen würde wie das Tier, das er in Wahrheit war.

»Stimmt«, bestätigte Patton. »Was soll ich jetzt tun?«

»Die zwei hier.« Er schob ihm ein Foto über den Schreibtisch zu. »Bringen Sie sie her.«

Patton betrachtete das Foto ausdruckslos. »Wo finde ich sie, und was haben sie getan?«

»Was sie getan haben, spielt keine Rolle.« Tat es auch nicht. Die beiden Männer auf dem Foto waren lediglich Mittel zum Zweck. Mehr nicht. »Sie werden heute Abend im Sheidalin sein.«

Patton faltete das Foto zusammen. »Ich gebe Bescheid, wenn es erledigt ist.«

»Danke. In der Zwischenzeit entsorgen Sie bitte die beiden, die nebenan an die Stühle gefesselt sind.«

Pattons Kiefer spannte sich an. »Verstehe. Und werden Sie mich auch töten?«

»Nein. Erstens haben Sie mir von dem Missgeschick erzählt. Zweitens können Sie nichts dafür, dass die beiden solche Idioten sind. Aber passen Sie auf, wenn Sie reingehen. Der Boden ist rutschig.« Denn die beiden Schwachköpfe, die Thorne zu viel von dem GHB verpasst hatten, waren verblutet. Wegen der zahllosen Wunden.

Es war ... geradezu erlösend gewesen.

»Wo sollen sie hin?«

»Werfen Sie sie einfach über Bord. Sie sind ziemlich übel zugerichtet, trotzdem sollten Sie noch ein bisschen nacharbeiten. Ich will nicht, dass irgendwelche Körperteile angespült werden, anhand derer sie identifiziert werden könnten.«

»Natürlich. Kann ich jetzt gehen?«, fragte Patton.

»Ja. Einen schönen Nachmittag, Mr Patton.«

Baltimore, Maryland
Sonntag, 12. Juni, 15.50 Uhr

Seufzend massierte sich Frederick Dawson die Stirn. Er hatte gehofft, die Lektüre der Akten würde ihn vergessen lassen, dass er in einem Krankenhaus saß, doch leider vergeblich. Er hasste Krankenhäuser aus tiefster Seele, andererseits teilten das runde Dutzend Menschen, die sich im Warteraum versammelt hatten und in einer Mischung aus Anspannung und Ungläubigkeit auf Neuigkeiten zu Thomas Thornes Zustand warteten, seine Abneigung sicherlich.

Es sah nicht gut aus. Bei der Einlieferung am Morgen war Thorne ohne Bewusstsein gewesen, was an sich schon schlimm genug war, doch die Umstände, unter denen er aufgefunden worden war ...

Keiner der Anwesenden glaubte, dass er die Frau neben ihm im Bett tatsächlich getötet hatte. »So etwas würde er nie im Leben tun«, hatte Frederick von allen Seiten unablässig gehört.

Aber diese Menschen waren Thornes Freunde, Arbeitskollegen und Mitarbeiter. Natürlich mussten sie so etwas sagen, und die meisten von ihnen waren vermutlich auch fest davon überzeugt.

Frederick wünschte sich nichts mehr, als es ebenfalls glauben zu können. Er wollte nicht denken, dass Thorne zu so einer abscheulichen Tat fähig wäre, andererseits hatte er das Vertrauen in sein Urteilsvermögen verloren. Immerhin hatte er dieser Lügnerin, die er all die Jahre als seine Ehefrau bezeichnet hatte, geglaubt, ohne dass auch nur einen Moment die Alarmglocken geschrillt hatten.

Trotzdem. Obwohl er Thorne erst seit zehn Monaten kannte, war er von der Moral und der Leidenschaft beeindruckt, mit der dieser Mann Gerechtigkeit erlangen wollte, vor allem für Mandanten, die sonst keiner auch nur mit der Kneifzange anfassen würde. Nicht etwa, weil sie schuldig gewesen wären – viele von ihnen waren es allerdings eindeutig –, sondern weil sie sich keinen anständigen Anwalt leisten konnten. Mit einem Pflichtverteidiger an ihrer Seite bekämen sie höchstwahrscheinlich eine deutlich höhere Strafe aufgebrummt, oder in dem seltenen Fall, dass ein Angeklagter tatsächlich unschuldig war, würde er im Hauruckverfahren in den Knast wandern, weil er niemanden hatte, der ihn vor dem Richter vertrat.

Frederick hatte großen Respekt davor, dass Thorne sich dieser Mandanten annahm. Er war genau die Sorte Anwalt wie Frederick früher, bevor er gezwungen gewesen war, seiner Kanzlei den Rücken zu kehren und unterzutauchen, um seine Adoptivtochter Taylor vor ihrem leiblichen Vater zu beschützen, von dem er geglaubt hatte, er sei hinter ihr her. Zumindest hatte seine Frau und Taylors Mutter ihn in diesem Glauben dazu gebracht –

allesamt nur Lügen, die erst nach ihrem Tod ans Licht gekommen waren.

Für zehn lange Jahre hatte Frederick sein ganzes Leben aufgegeben, und alles nur wegen einer unverzeihlichen Lüge. Schlimmer noch, er hatte seine Familie gezwungen, im Verborgenen zu leben, und seine Töchter damit all ihrer Freiheit beraubt ... zu einem unermesslich hohen Preis, sowohl für seine Töchter als auch den Mann, vor dem er sie versteckt hatte – einen hochanständigen Mann, der sich nichts hatte zuschulden kommen lassen. All die Jahre nicht.

Ich habe ihn verurteilt, ihn einer Straftat bezichtigt, ihm seine Tochter vorenthalten. Und ich habe mich geirrt. Auch jetzt noch, ein Jahr danach, war diese Tatsache nur schwer zu ertragen.

Besagter leiblicher Vater setzte sich in diesem Moment seufzend mit zwei Bechern Kaffee aus der Starbucks-Filiale in der Eingangshalle neben ihn.

Clay Maynard war nicht das Ungeheuer, als das man ihn Frederick beschrieben hatte, und inzwischen zählte er ihn sogar zu seinen Freunden, was an ein Wunder grenzte. Weil Clay ihm verziehen hatte. Könnte Frederick sich doch bloß selbst auch verzeihen ...

»Hey«, sagte Clay leise und hielt ihm einen der Becher hin.

Frederick schlug die Akte zu und nahm dankbar den Becher entgegen. Der Kaffee war deutlich besser als die Brühe aus der Kanne im Wartebereich. »Danke. Irgendetwas Neues?«

»Nein. Ich habe bei den Schwestern nachgefragt, aber sein Zustand ist unverändert. Ich musste eine Weile raus, mich bewegen. Die Stille war mir zu heftig.« Clay schnitt eine Grimasse. »Aber bei dem Auftrieb da draußen habe ich es mir anders überlegt.«

»Wie viele Ü-Wagen stehen denn da?«

»Mindestens sechs. Elende Geier.«

Frederick sah zu dem Fernseher an der Wand hinauf, wo ein Cartoon lief, obwohl gar keine Kinder im Raum waren. »Wir mussten einen anderen Sender einschalten. Die Medien haben ihn schon schuldig gesprochen.«

»Dreckspack«, schnauzte Clay, ehe er tief Luft holte und auf die Akte blickte. »Ich wollte dich nicht stören. Lies ruhig weiter.«

»Nein, nein, ich habe sowieso nicht kapiert, was ich da lese, sondern bloß versucht, mich zu beschäftigen. Ich habe mich mit Anne in der Kanzlei getroffen, die mir die Akten gegeben hat, nachdem wir gehört haben, was passiert ist.« Anne Poulin war Thornes Büroleiterin und überaus loyal. Ein wahrer Fels in der Brandung. »Was auch immer mit Thorne passiert, wir müssen die Privatsphäre unserer Mandanten schützen.«

»Wir boxen ihn da raus«, presste Clay mit zusammengebissenen Zähnen hervor.

»Das weiß ich.« So große Zweifel er an seinem eigenen Urteilsvermögen hegen mochte – Clays Menschenkenntnis vertraute er voll und ganz. »In der Zwischenzeit müssen Jamie und ich uns überlegen, wie wir Thornes Fälle zwischen uns aufteilen. Schließlich gilt es Gerichtstermine einzuhalten. Aber das kriegen wir schon hin.«

Clay musterte ihn mit zusammengekniffenen Augen. »Du bist dir nicht sicher, stimmt's? Ob er tatsächlich unschuldig ist, meine ich.«

»Ich bin sicher, dass du von seiner Unschuld überzeugt bist, und das genügt mir schon.«

Clay seufzte. »Wie oft muss ich dir das noch sagen, Frederick. Donna hat uns beide belogen. Du musst all das endlich hinter dir lassen. Ich habe es getan und Taylor auch. Also, was sagt dir dein Bauchgefühl zu Thorne?«

»Dass er eine so abscheuliche Tat niemals begehen würde.«

»Na also. Er wurde ausgetrickst. Ich weiß es, und …« Ein Lächeln trat auf seine Züge, als ihre gemeinsame Tochter mit einem rothaarigen Baby auf dem Arm durch die Tür des Warteraums trat.

Auch Frederick lächelte – Clays Strahlen war ansteckend und erschien unweigerlich auf seinem Gesicht, wann immer Taylor den Raum betrat. Er schien die Tatsache, dass er über zwanzig Jahre keinen Kontakt zu seiner Tochter gehabt hatte, überwunden zu haben. Und wann immer Frederick dieses Lächeln sah, hegte er die Hoffnung, sich eines Tages selbst zu vergeben.

»Hallo, Schatz«, sagte er und erhob sich halb, während Taylor zuerst ihm, dann Clay einen Kuss auf die Wange drückte.

»Und? Gibt es etwas Neues?«, fragte sie und seufzte, als beide Männer den Kopf schüttelten. »Tja, Miss Wynnie hier hatte Sehnsucht nach ihrer Mama.« Sie drückte dem Baby einen Kuss aufs Köpfchen. »Ich habe J. D. eine Nachricht geschrieben, der meinte, ich soll sie herbringen, damit Lucy sie hier irgendwo stillen kann. Und, bevor du fragst, Paps, ich habe Ford zum Babysitten abkommandiert. Mason ist in besten Händen.«

Ford Elkhart war Taylors Verlobter, auch ihn mochte Frederick sehr gerne. Mason war Clays und Stevies gerade einmal sechs Wochen alter Sohn. Dass Clay mit ihm die Freuden der Vaterschaft zum ersten Mal ganz von Anfang an genießen durfte, machte Frederick sehr glücklich.

»Ich hätte auch nicht gedacht, dass du ihn allein lassen würdest«, meinte Clay milde. »Und nenn mich nicht Paps.«

Taylor grinste nur. »Du liebst es doch, gib's zu.« Mit dem Baby auf dem Schoß setzte sie sich neben Frederick. »Ach ja, Dad, Daisy hat sich gemeldet. Sie kommt zu Masons Taufe.«

Frederick hob die Brauen. Seine mittlere Tochter genoss gerade ihre neu gewonnene Freiheit – da sie nicht länger gezwungen gewesen war, sich zu verstecken, war sie nach Europa geflogen und reiste dort seit vier Monaten mit dem Rucksack herum. Eigentlich sollte sie erst in zwei Monaten zurück sein. »Geht es ihr gut?«

Taylor zuckte die Achseln. »Keine Ahnung. Sie behauptet es jedenfalls. Aber ich mache mir trotzdem ein bisschen Sorgen um sie.«

Frederick ging es genauso. Dass seine fünfundzwanzigjährige Tochter heute als trockene Alkoholikerin leben musste, war nur ein Tribut, den Fredericks Entscheidung, seine Familie über Jahre hinweg versteckt zu halten, gefordert hatte.

»Hör auf, Dad«, sagte Taylor. »Ich sehe dir an, dass du schon wieder in den Schuldmodus schaltest.«

»Meine Rede«, brummte Clay.

Die Seufzer, die die beiden ausstießen, waren einander so ähnlich, dass Frederick grinsen musste. »Schon gut. Wollte sie es mir sagen, oder soll ich überrascht tun?«

»Sie wollte dir eine Nachricht schicken, meinte sie. Ich weiß es nur, weil ich um fünf Uhr heute Morgen online gegangen bin und gesehen habe, dass sie neue Fotos auf Facebook gepostet hat … die du lieber nicht sehen willst«, fügte sie hinzu, als Frederick sein Handy zücken wollte. »Sie hat da so einen Typen kennengelernt. Er hat ein Motorrad. Deshalb tu deinem Blutdruck einen Gefallen und lass es gut sein.«

Frederick nickte nur. Er würde sich die Fotos später ansehen. Und den Kerl checken, um sicherzugehen, dass er sauber war. Seine Töchter fasste keiner an, der Dreck am Stecken hatte.

»Jedenfalls habe ich gesehen, dass sie auch gerade online ist, angerufen und eine Weile mit ihr geplaudert, während ich den Stall ausgemistet habe, bevor die Therapiestunden anfingen.«

Taylor war Praktikantin bei Healing Hearts with Horses, einem Reitzentrum, in dem minderjährige Trauma-Opfer von Gewalttaten mithilfe von Reittherapie behandelt wurden. Sie liebte die Arbeit, und Frederick platzte beinahe vor Stolz auf sie.

»Jazzie war heute übrigens auch da«, fuhr Taylor fort. »Sie macht sich ganz hervorragend. Inzwischen hat sie ihre Angst vor Pferden überwunden und lächelt auch viel häufiger. Siehst du?« Sie zog ihr Handy heraus und zeigte den beiden Männern das Foto eines kleinen Mädchens auf dem Rücken eines der Therapiepferde. »Ich dachte, ich könnte es Thorne zeigen, wenn er aufwacht.

Sie weiß immer noch nicht, was er für sie getan hat, aber … na ja, er erkundigt sich regelmäßig nach ihr.«

Jazzie war eine von Taylors ersten kleinen Patientinnen – sie hatte die Leiche ihrer brutal erschlagenen Mutter zu Hause gefunden und fortan in der ständigen Furcht gelebt, der Mörder könnte herausfinden, dass sie ihn beobachtet hatte, wie er den Tatort verließ. Und als er sie tatsächlich verfolgt hatte, war Thorne derjenige gewesen, der die Beweise lieferte, damit die Polizei ihn schnappen und hinter Schloss und Riegel bringen konnte. Damit hatte er ihr gewissermaßen das Leben gerettet.

Die Erinnerung an den Fall vertrieb jeden Rest eines Zweifels, den Frederick noch gehegt haben mochte. *Siehst du? Er ist ein grundanständiger Kerl.* »Schick mir das Foto«, sagte er zu Taylor. »Ich sorge dafür, dass er es sieht, wenn er das Bewusstsein wiedererlangt.«

Taylor lächelte. »Danke.« Sie drehte sich um, als alle anderen aufstanden.

Lucy und J.D. waren hereingekommen. Beim Anblick ihrer erleichterten Mienen ging ein Raunen durch den Raum.

Lucy trat zu ihrer Tochter. »Thorne ist zu sich gekommen«, sagte sie. »J.D. soll euch alles erzählen. Ich muss mich jetzt um mein Baby kümmern.« Sie nahm Wynnie auf den Arm. »Danke«, sagte sie nachdrücklich. »Du hast mich gerettet. Ich dachte schon, wenn ich nicht gleich abpumpe, platze ich. Aber so ist es natürlich viel besser.«

Ohne ein weiteres Wort ging sie mit dem Baby hinaus, während Taylor eine Grimasse zog. »Ab und zu ertappe ich mich bei dem Gedanken, wie süß Babys doch sind, aber dann erzählt sie mir wieder von drohenden Explosionen und solchen Dingen … ich sage es euch nur ungern, aber ich fürchte, es wird noch eine Weile dauern, bis ich euch zu Großvätern mache.«

»Bei mir rennst du damit offene Türen ein«, sagte Clay. »Du bist ohnehin noch viel zu jung.«

»Älter als du, als ich zur Welt kam«, konterte sie.

»Was auch viel zu jung war«, erwiderte Frederick. »Genieße erst mal dein Leben, Schatz. Flieg nach Paris, so wie Daisy. Amüsier dich.«

Clay stand auf. »Das sehe ich genauso. Wenn ihr mich entschuldigen wollt. Ich will hören, was J. D. zu erzählen hat«, sagte er und ließ die beiden in der Ecke des Warteraums zurück.

Taylor legte ihren Kopf auf Fredericks Schulter. »Ich bin nicht so der Paris-Typ. Und ich amüsiere mich auch so. Mein Leben ist toll, Dad. Ehrlich. Kein Grund, ein schlechtes Gewissen zu haben, okay?«

Er drückte ihr einen Kuss aufs Haar. »Okay. Ich gehe jetzt auch rüber zu J. D. Wolltest du noch eine Weile bleiben?«

»Bis Lucy zu Ende gestillt hat, dann bringe ich Wynnie nach Hause zurück.« Sie zupfte ihn am Ärmel. »Dad, sag Bescheid, wenn ich etwas für Thorne tun kann, okay? Er ist ein anständiger Kerl und kann das unmöglich getan haben.«

»Mache ich«, versprach Frederick. »Und ich sehe das genauso«, sagte er und stellte erfreut fest, dass es der Wahrheit entsprach. Sein neuer Chef war ein guter Mann, und er würde nicht zulassen, dass seine eigenen lächerlichen Unsicherheiten ihn daran zweifeln ließen.

3. Kapitel

Gwyn schloss die Augen. Eine lastende Stille hatte sich über den Raum gelegt. »Wer war sie?«, fragte sie mit weit weniger fester Stimme, als sie sich erhofft hatte.

»Ich weiß es nicht«, flüsterte Thorne kaum hörbar. »Aber ich …«

Seine Stimme brach. »Ich habe sie nicht getötet.«

Gwyn riss die Augen auf und stellte zu ihrer Verblüffung fest, dass er sie zerknirscht ansah. »Das weiß ich selbst, du blöder Idiot«, fauchte sie.

Er runzelte die Stirn. »Was dann?«

»Was dann?«, äffte sie ihn finster nach. »Da lag eine Frau in deinem Bett, Thorne.« Und nach dem ersten Schock war der Anblick zutiefst verletzend gewesen.

Aus dem Augenwinkel sah sie Jamie von einem zum anderen blicken. »Oh.« Der Laut verriet ihr, dass er bereits den falschen Rückschluss gezogen hatte.

Gwyn starrte ihn mit zusammengekniffenen Augen an. Seit Jahren war sie nicht mehr so kurz davor gewesen, die Beherrschung zu verlieren. »Nein. Da gibt es kein ›Oh‹. Und auch sonst nichts. Sondern bloß eine tote Frau in seinem Bett.«

Thorne sah verwirrt zu ihr hoch. Wieso musste der Mann auch so gut aussehen? Am liebsten hätten sie ihn mitten in sein attraktives Gesicht geschlagen. Und dasselbe galt auch für Lucy, weil sie ihre Hoffnungen geschürt und angedeutet hatte, dass er ihre Dates sabotierte, da er Gefühle für sie hegte. Sie schnaubte. *Gefühle. Scheiß auf Gefühle!*

Er hatte eine andere Frau im Bett gehabt. Eine nackte Frau in seinem Bett! Tränen brannten in ihren Augen, was ihre Wut nur noch weiter schürte. Sie sog den Atem ein und konzentrierte sich darauf, gegen die Tränen anzukämpfen. Nein, sie würde nicht weinen.

»Gwyn?« Thornes Stimme hallte in der Stille wider.

Sie wandte den Blick ab. »Was?«

»Sieh mich an. Bitte.«

Mit zusammengebissenen Zähnen zwang sie sich, den Kopf zu wenden. »Was?«, blaffte sie so eisig, wie sie nur konnte. Doch es war nicht annähernd eisig genug, denn seine Augen verrieten, dass er verstand. Das und noch etwas anderes, das sie sich lieber gar nicht erst zu interpretieren traute.

»Ich habe gestern Abend einen Anruf bekommen«, sagte er leise. »Von Bernice Brown.«

Jamie rollte näher an Thornes Bett heran. »Um wie viel Uhr?«

»Gegen Mitternacht«, antwortete Thorne, ohne den Blick von Gwyns Gesicht zu lösen. »Mein Anrufservice hat mich benachrichtigt. Es muss Aufzeichnungen dazu geben.«

Gwyn versuchte zu atmen, als sie feststellte, dass sie die Arme so fest um ihren Oberkörper geschlungen hatte, dass es ihr die Luft abschnürte. Sie zwang sich, den Griff zu lösen, und stellte sich mit geschlossenen Augen vor, wie sie die Arme sinken ließ. Zu ihrer Erleichterung gelang es ihr. Diese Entspannungsmethode hatte sie in ihrer Therapie gelernt. Wenn sie es sich bildlich vorstellen konnte, gelang es ihr auch, es umzusetzen.

»Gwyn?«

Seine Stimme war tief, sanft und ... beruhigend. Diese Wirkung hatte er schon immer auf sie gehabt. *Er schafft es, dich zu beruhigen. Du vertraust ihm*, sagte sie sich. *Das hast du schon immer getan. Er hat diese Frau nicht getötet.* Stattdessen war er in eine Falle gelockt worden. Daran gab es nichts zu rütteln. Vielleicht war auch die Frau eine Falle gewesen.

Sie schlug die Augen auf und sah, wie er vor Erleichterung die

Schultern sacken ließ, als er ihre Miene korrekt interpretierte – noch etwas, das er schon immer gekonnt hatte. »Wer ist Bernice Brown?«, fragte sie.

»Eine Mandantin. Sie versteckt sich vor ihrem Ehemann, von dem sie sich gerade scheiden lässt.«

Nun war es an Gwyn, ihn verwirrt anzusehen. »Aber du bist doch gar nicht auf Scheidungen spezialisiert.«

»Nein. Dafür hat sie einen Kollegen engagiert.« Er blinzelte und rieb sich die Augen. »Was für eine Droge hat man mir verabreicht, verdammt noch mal?«

»Die Ärzte wissen es noch nicht.« Die Erinnerung, wie er in diesem Bett gelegen hatte, so reglos … Gwyn erschauderte. »Lucy hat deine Ärztin gebeten, alle möglichen Zusatztests zu machen, aber was es auch gewesen sein mag, die Menge war riesig.« Wegen seiner Körpergröße. Er war so groß, dass seine Füße selbst in dem ausziehbaren Krankenhausbett noch gegen das Fußende stießen.

Für Gwyn war Thorne stets unverwundbar gewesen. Unerschütterlich. Doch heute Morgen hätten sie ihn beinahe verloren.

»Hey«, sagte er leise, als er auch jetzt instinktiv zu spüren schien, was in ihr vorging. »Ich bin hier.«

Ja, das war er. Hier. Und am Leben. Sie ließ sich auf den Stuhl neben seinem Bett sinken. »Aber wieso vertrittst du diese Frau, und wieso hat sie dich um diese Uhrzeit angerufen?«

»Man wirft ihr versuchten Mord an ihrem Noch-Ehemann vor. Sie ist mit dem Messer auf ihn losgegangen. Aus Notwehr, sagt sie, was ich ihr auch glaube. Sie wurde auf Kaution freigelassen, versteckt sich aber, weil ihr Mann sie stalkt. Was er natürlich leugnet. Sie hat mich angerufen, da jemand versucht hat, sie mit dem Wagen von der Straße abzudrängen.« Unvermittelt sog er den Atem ein. »Beschreib mir die tote Frau.«

»Brünett, ungefähr einen Meter fünfundsiebzig«, sagte Gwyn. »Von ihrem Gesicht war nichts mehr zu sehen. Wer auch immer sie getötet hat, wollte sichergehen, dass sie nicht auf den ersten Blick identifiziert werden kann.«

Thorne stieß abrupt den Atem wieder aus. »Dann ist es nicht Bernice Brown. Sie ist nicht mal einen Meter sechzig.« Er wandte sich an Jamie. »Könntest du sie anrufen? Ich habe es ja nicht mehr geschafft, mich mit ihr zu treffen. Ich hoffe, es geht ihr gut.«

»Wo wart ihr verabredet?«, fragte Jamie.

»Oh.« Thorne rieb sich die Stirn. »Verdammt. Mein Hirn ist völlig benebelt. Sie hat mich aus dem Barney's angerufen. Ich habe ihr gesagt, sie soll dort bleiben, wo die Leute sie sehen können, und auf mich warten. Gegen Viertel nach zwölf bin ich auf den Parkplatz gefahren, und …« Er schloss die Augen. »Ich kann mich nicht erinnern, ob ich in die Bar reingegangen bin, aber möglich wäre es.«

»Wir überprüfen das«, sagte Jamie. »Und dann?«

»Bin ich hier aufgewacht.«

Jamie seufzte. »Das wissen wir. Gwyn hat dich um kurz nach halb sieben in deinem Bett gefunden. Du warst ohne Bewusstsein, und dein Blutdruck war gefährlich niedrig. Auf dem Boden neben dem Bett lag ein Messer, damit es aussah, als hättest du es fallen lassen. Es passt in den Block in der Küche.«

»Falls ich schuld sein sollte«, stieß Thorne mit zusammengebissenen Zähnen hervor.

Jamie nickte knapp. »Das Blut auf dem Messer entspricht dem des Opfers. Deine Fingerabdrücke sind auf dem Griff.«

»Natürlich«, stieß Thorne hervor. »Das Scheißmesser gehört mir.«

»Sowohl unter als auch über dem Blut des Opfers«, fuhr Jamie fort, noch immer ruhig. »Und an deinen Händen wurden ebenfalls Blutspuren gefunden.«

»Auch logisch.« Thorne starrte an die Decke. »Hyatt wird mich festnehmen, stimmt's?«

»Heute wahrscheinlich nicht«, meinte Jamie. »Erst wenn er alles sorgfältig vorbereitet hat.«

Denn die Behörden waren verpflichtet, innerhalb von zweiundsiebzig Stunden offiziell eine Anklageerhebung vorzubringen.

»Außerdem«, fuhr Jamie fort, »kann ich mir nicht vorstellen, dass er dich für den Täter hält.«

Thorne hob den Kopf. »Nein?«

Gwyn teilte Jamies Einschätzung. Sie hatte die Erleichterung in den Augen des Lieutenants gesehen, als Jamie aufgetaucht war und seine erste Befragung unterbunden hatte. Sie konnte Hyatt nicht leiden, weil er ein arrogantes, herablassendes Arschloch war, der aus allem ein Riesendrama machen musste. Außerdem erinnerte er sie an ihren Vater. Beide Männer schafften es im Handumdrehen, dass sie sich wie ein wertloses Stück Scheiße vorkam.

Hyatt hatte damals sogar angedeutet, dass sie es nicht anders verdient hatte, weil sie sich so schnell mit einem Wildfremden eingelassen hatte. Dabei hatte es mehrere Monate gedauert, bis sie ihn an sich herangelassen hatte. Evan war fest entschlossen und aalglatt gewesen. Damit hatte er alle hinters Licht geführt.

Jeder hatte ihr das bestätigt. Nur Lieutenant Hyatt nicht. Stattdessen hatte er sich bei der Befragung im Krankenhaus benommen, als sei es ihre Schuld, dass Evan reihenweise Menschen getötet hatte – schlimmer noch … als hätte sie insgeheim sogar darüber Bescheid gewusst. Dabei hatte Evan sie alle getäuscht.

Wenigstens ließ Hyatt nicht die Fäuste sprechen, was ihn ein klein wenig erträglicher als ihren Vater machte. Trotzdem packte sie allein bei seinem Anblick die blanke Wut. Wenn sie nur daran dachte, dass er Lucy als Köder benutzt hatte, um einen gefährlichen Mehrfachmörder zu schnappen … ihm war es völlig egal, wen er für seine Zwecke einspannte und ob dadurch jemand zu Schaden kam.

Und nun lag Thornes Zukunft in seinen Händen. Sie würde wie

ein Schießhund aufpassen, um sicherzugehen, dass Hyatt streng nach Vorschrift vorging. Immerhin glaubte sie nicht, dass Hyatt Thorne nach dem derzeitigen Stand der Ermittlungen für den Täter hielt. Sollte sich daran allerdings etwas ändern …

»Die ganze Situation war viel zu eindeutig«, sagte sie. »Dein Blutalkoholspiegel lag unter 0,2 Promille, als der Notarzt eintraf. Kaum der Rede wert. Außerdem hast du überall blaue Flecke, einige weisen sogar die Form von Fingern auf, als hätte dich jemand gepackt. Andere sind groß und stark verfärbt wie von heftigen Tritten. Was auch immer vorgefallen sein mag, du hast dich massiv gewehrt.«

Jamie nickte. »Und all das weiß auch Hyatt. Aber …« Jamie zuckte die Achseln. »Die Staatsanwaltschaft hat ihn im Visier, um sicherzugehen, dass er keine Gefälligkeiten verteilt, weil so viele seiner Leute dich gern mögen. Er wird sich bei den Ermittlungen streng an die Vorschriften halten, sowohl um dich damit zu schützen als auch alle anderen. Du hast Hyatts Leuten in der Vergangenheit hier und da unter die Arme gegriffen. Er weiß ganz genau, woher die vielen entscheidenden Hinweise kamen. Der Mann mag ein Elefant im Porzellanladen sein, aber fair ist er. Und zu einem gewissen Grad auch loyal. Wir müssen nur überlegen, wie wir das Ganze angehen.«

Ein neutraler Ausdruck war auf Thornes Gesicht getreten, was bedeutete, dass er seine Gefühle beiseiteschob und kühl nachdachte. Gut. »Der Tatort ist durch den Einsatz der Notärzte in Mitleidenschaft gezogen worden, daher hat die Spurensicherung keine Aufnahmen vom ursprünglichen Zustand.« Seine Worte waren nicht als Frage formuliert. »Das könnte gut oder schlecht für mich sein, je nachdem, wie sorgfältig die Falle arrangiert war, die man mir gestellt hat.«

Jamie reichte Thorne sein Handy. »Gwyn hat Fotos vom Schlafzimmer, dem Wohnzimmer, der Küche und dem Badezimmer gemacht, bevor der Krankenwagen kam.«

Thorne sah Gwyn an. »Wirklich?«

Gwyn nickte. »Ja.« *Weil ich völlig aufgelöst war und mich beschäftigen musste. Weil ich Angst hatte, dass du stirbst. Und weil da eine Frau in deinem Bett lag.*

Die jemand hineingelegt hatte. Die Frau war nicht aus freien Stücken in das Bett gestiegen. So viel stand fest.

Es sei denn – oder bis – jemand das Gegenteil beweisen konnte. *Denn jeder lügt in irgendeiner Form.* Nur Thorne nicht. Er hatte sie nie belogen. In zwölf Jahren nicht.

Sie zwang sich, ihre Zweifel zu verdrängen, die immer noch an ihr nagten. Was hier gerade aus ihr sprach, war ihre eigene Unsicherheit – ein verlogenes, hinterhältiges Miststück.

Thornes Lippen hatten sich zu einem Lächeln verzogen. »Danke. Ich hätte vermutlich nicht die Geistesgegenwart besessen, wenn ich dich in derselben Situation vorgefunden hätte.«

Sein Lob war wie eine behagliche Decke, die sich um ihre Schultern legte, sie tröstete und wärmte. Und ihre Zweifel besänftigte. Doch bevor sie etwas erwidern konnte, sah er zu Jamies Handy. »Und wie hast du ihm die Fotos geschickt?«

»Ich habe sie in die Cloud geladen und dann von meinem Telefon gelöscht. Dann habe ich Jamie von einem Wegwerf-Handy aus angerufen und ihm die Zugangsdaten meines Cloud-Accounts durchgegeben.«

Thorne nickte. »Gut. Das lässt sich zwar zurückverfolgen, aber nur wenn die Staatsanwaltschaft einen Durchsuchungsbefehl für deinen Account beantragt.«

»Der nicht auf meinen Namen läuft.« Es ärgerte Gwyn ein wenig, dass er nicht von selbst darauf gekommen war.

»Hervorragend.« Ein flüchtiges Lächeln erschien auf seinem Gesicht, das jedoch sofort wieder verschwand. »Was wäre passiert?«

»Du meinst, wenn Gwyn nicht aufgetaucht wäre?«

»Genau.« Thorne sah sie an. »Wieso warst du überhaupt da?«

Gwyn öffnete den Mund, schloss ihn aber sofort wieder und

schüttelte den Kopf. »Das können wir später besprechen. Gerade ist es nicht so wichtig.« Aber das war es vielleicht doch. Vor allem, wenn Lucy mit ihrer Vermutung recht haben und Thorne tatsächlich etwas für sie empfinden sollte.

Aber empfinde ich selbst etwas für ihn?

Ja, verdammt. Vor allem bin ich gerade stocksauer wegen dieser anderen Frau in seinem Bett. Was unter diesen Umständen ziemlich idiotisch ist. Ganz offensichtlich habe ich Gefühle für ihn. Gefühle, die wichtig sein könnten. Aber darum kümmern wir uns später.

Thorne musterte sie ein paar Sekunden lang. »Okay«, sagte er dann. »Was wäre also passiert, wenn du nicht um halb sieben vorbeigekommen und mich halb tot mit einer toten Frau neben mir im Bett vorgefunden hättest? Wäre ich gestorben? War das der Plan?«

Gwyn biss sich auf die Lippe. »Es kommt mir ziemlich unlogisch vor, dass sie so einen Aufwand betreiben würden, nur um dich zu töten. Das hätten sie doch gleich erledigen können, nachdem sie dir die Drogen verabreicht hatten. Sie hätten dich einfach hinter dem Barney's liegen lassen können. Stattdessen haben sie dich nach Hause geschleppt und diesen Tatort inszeniert.« Sie deutete auf ihr Handy. »Wenn wir erst mal wissen, was sie dir verabreicht haben, gibt uns das vielleicht ein paar Antworten, aber wahrscheinlich kommen mehrere Szenarien infrage.«

Thorne reichte Jamie sein Telefon zurück und ließ sich mit geschlossenen Augen aufs Kissen zurücksinken. Sein Kiefer war angespannt, als hätte er Schmerzen. »Beispielsweise?«

Gwyn trat neben ihn und begann, behutsam mit den Fingerspitzen seine Schläfen zu massieren. Er stöhnte vor Wonne. »Schlimm?«

»Es tut weh wie der Teufel«, murmelte er.

»Wahrscheinlich geben sie dir keine Schmerzmittel, solange sie nicht sicher sein können, dass dein Körper die Drogen abgebaut hat.«

»Das habe ich mir fast gedacht. Aber du machst es damit ein bisschen besser. Erzähl mir, was deiner Meinung nach passiert sein könnte. Hyatt gibt uns bestimmt nicht mehr lange Zeit.«

»Erstens hättest du sterben können, und einer von uns hätte dich und die tote Frau morgen gefunden, wenn du nicht zur Arbeit erschienen wärst.« *Was vermutlich ich gewesen wäre.* Sie sandte ein kurzes Dankesgebet gen Himmel. *Ich bin heilfroh, dass es nicht dazu gekommen ist.*

Thorne verzog das Gesicht. »Wir müssen herausfinden, ob sich das Zeug, das man mir verabreicht hat, im Lauf der Zeit in meinem Körper abgebaut hätte, um es so aussehen zu lassen, als wäre ich gestorben, nachdem ich anscheinend stocknüchtern diese Frau getötet habe.«

Gwyn sah, dass Jamie sich auf seinem Handy Notizen machte. Er sah auf und nickte ihr zu. »Weiter, Gwyn.«

»Du wärst von allein zu dir gekommen und hättest die tote Frau neben dir im Bett entdeckt. Wie hättest du wohl reagiert?«

»Wahrscheinlich genauso wie du. Ich hätte Lucy angerufen.« Er lächelte grimmig. »Ich meine, wieso ist man mit einer Rechtsmedizinerin befreundet, wenn man sie nicht anrufen kann, falls man zufällig mal neben einer Leiche im Bett aufwacht?«

»Und sie hätte wiederum J.D. angerufen«, warf Gwyn ein. »So wie sie es auch getan hat.«

»Weiß ich. Trotzdem hätte ich sie angerufen. Und auch den Notruf.«

Sie sah, wie die beiden Männer einen vielsagenden Blick tauschten. »Was ist?«, fragte sie. »Was sollte das gerade eben?«

»Das ist nicht das erste Mal, dass jemand versucht, Thorne einen Mord in die Schuhe zu schieben«, erklärte Jamie leise. »Dass seine Freundin den Notruf gewählt hat, war der Faktor, der ihn beim letzten Mal davor bewahrt hat, ins Gefängnis zu gehen.«

Gwyn öffnete den Mund, um etwas zu erwidern. Wie sollte sie so etwas auch einfach stehen lassen? Natürlich hatte sie gewusst, dass er wegen Mordes vor Gericht gestanden hatte und freigesprochen worden war, aber die Details kannte sie nicht. Sie hätte nachforschen können, hatte allerdings stets die Meinung vertreten, dass er ihr bestimmt alles erzählt hätte, wenn er wollte, dass sie es wusste.

Thorne schüttelte den Kopf. »Weiter. Uns läuft die Zeit davon.«

»Okay«, sagte sie unsicher. »Wäre geplant gewesen, dass du irgendwann zu dir kommst, hätte dich vielleicht jemand anderes finden sollen. Oder womöglich hat derjenige, der das getan hat, auch selbst Fotos gemacht.«

»Um mich damit zu erpressen«, sagte Thorne.

»Was nur funktioniert hätte, wenn du von allein zu dir gekommen wärst und nicht den Notarzt gerufen hättest«, folgerte Jamie.

»Was hätten die Erpresser von dir wollen können?«, fragte Gwyn.

»Keine Ahnung. Geld. Einflussnahme bei einem laufenden Verfahren.« Thorne runzelte die Stirn. »Oder vielleicht hatte es ja etwas mit dem Klub zu tun. Ich kriege ständig Drohungen. Kleinstadtganoven, die versuchen, das Sheidalin als Umschlagplatz für ihre Drogengeschäfte zu benutzen. Erst letzte Woche habe ich so einen Aushilfsmafioso vor die Tür gesetzt, weil er mich bedroht hat. Und meinen Wachhund zu Hause. Ich habe ihm nicht auf die Nase gebunden, dass ich bloß einen Kater habe.«

»Das hast du mir gar nicht erzählt!«, rief Gwyn.

»So etwas erzähle ich dir lieber nicht.« Wieder schloss er die Augen. »Du hast mit der Leitung des Klubs schon mehr als genug am Hals.«

»Und deshalb denkst du, ein paar kleine Gangster sind zu viel für mich?«

Er seufzte. »Ich wollte nur helfen, weil ich nicht will, dass du dich mit so etwas herumschlagen musst.« Er zuckte zusammen. »Und schrei mich nicht an. Mein Kopf tut weh.«

Sie sog den Atem ein und stieß ihn wieder aus. »Na gut, aber wenn Ihre Kopfschmerzen abgeklungen sind, werden wir beide uns in Ruhe unterhalten, Mr Thorne.«

»In dem Fall behalte ich die Kopfschmerzen lieber noch«, sagte er verdrossen. »Ernsthaft«, fügte er hinzu, als Jamie lachte. »Moment mal … Wo ist überhaupt mein Kater? Geht es ihm gut?«

»Clay holt ihn gerade«, sagte Gwyn. »Und Tweety auch.« Was eine Beruhigung war. Taylor war bei Clay zu Hause und passte dort auf Lucys Kinder auf, die ihren Hund vergötterten.

»Gut.« Thorne sah Jamie an. »Und was soll ich jetzt tun?«

»Erst einmal gar nichts. Zu Hyatt sagst du nichts. Wir müssen erst herausfinden, womit wir es zu tun haben. Wir haben unsere Quellen. Die Ärzte werden uns sagen, was man dir gegeben hat, und dann überprüfen wir die verschiedenen Ansätze. Ich rufe Bernice Brown an und erkundige mich, ob es ihr gut geht. Bei der Gelegenheit kann ich sie auch fragen, wer sonst noch gewusst haben könnte, dass du dich mit ihr in der Bar treffen wolltest.«

»Ich habe Kameras im und ums Haus installiert«, sagte Thorne. »Die Aufnahmen werden direkt auf einen externen Server gespielt und von dort aus auf den Festplattenrekorder in meinem Büro zu Hause geschickt.«

»Dann überprüfen wir, ob der Rekorder noch da ist, und vergleichen die Aufnahmen mit denen auf dem Server.« Jamie sah auf sein Handy. »Eine Nachricht von Phil. Hyatt ist im Anmarsch.«

»Phil ist auch hier?« Der hoffnungsvolle, fast jungenhafte Unterton in Thornes Stimme war unüberhörbar. Gwyn wusste zwar nicht genau, wie sich die drei gefunden hatten, aber die beiden Männer waren ein fester Bestandteil von Thornes Leben, schon seit sie ihn kannte, beinahe wie Väter.

Jamies Lächeln war sanft. »Er wollte unbedingt herkommen und tigert schon die ganze Zeit auf dem Flur auf und ab. Keine Angst, Thorne, wir kriegen das schon wieder hin. Wir lassen dich nicht hängen.«

Thorne sah ihn einen Moment lang an, dann schloss er die Augen und räusperte sich. »Noch ein bisschen von diesem Wasser wäre gut, Gwyn.«

Gwyn betupfte seine Lippen. »Bitte schön, Mr Knallhart.«

»Ich bin tatsächlich ein knallharter Bursche«, murmelte Thorne, wenngleich mit leicht brüchiger Stimme.

»Weiß ich.« Gwyn streichelte seine Wange. Dieser Mann war der eine ihrer zwei engsten Freunde, Gefühle hin oder her. »Jamie hat recht. Wir stehen hinter dir. Lass es auch zu.«

Nickend fuhr er sich mit der Hand über die Augen und wischte sie am Laken ab. »Ich hasse es, wenn jemand versucht, mir einen Mord in die Schuhe zu schieben.«

Sie gab ihm einen Kuss auf die Stirn. »Wir kriegen das wieder hin. Versprochen.«

In diesem Moment klopfte es an der Tür, und Hyatt trat ein. »Ich habe Neuigkeiten«, sagte er. »Wir konnten das Opfer identifizieren.«

Stille. »Und?«, fragte Jamie dann.

Hyatt zog die Brauen zusammen. »Ihr Name ist Patricia Segal. Sie ist mit einem hiesigen Richter verheiratet.«

Gwyn und Jamie sahen Thorne an, der schweigend an die Decke starrte. »Auf Anraten seines Anwalts wird er nicht mit Ihnen reden, Lieutenant«, erklärte Gwyn.

Hyatt trat ein Stück weiter herein, baute sich am Fußende des Betts auf und starrte Thorne durchdringend an. »Ihr Mädchenname war Linden.«

Thorne wurde stocksteif. Ebenso wie Jamie. Dennoch machte Thorne keine Anstalten, den Blick von der Raumdecke zu lösen. *Wer ist das?*, hätte Gwyn am liebsten laut ausgerufen, verkniff es sich aber und bemühte sich stattdessen um eine neutrale Miene.

Hyatt stieß einen leisen Fluch aus. »Herrgott noch mal, Thorne, ich kann Ihnen nicht helfen, wenn Sie mir nicht helfen.«

Erst jetzt sah Thorne ihn an. »Bei allem Respekt, Lieutenant, aber ich kenne das alles. Ich mache von meinem Recht auf Zeugnisverweigerung Gebrauch.«

Hyatt schnaubte. »Ihr verdammten Anwälte. Aber das hatte ich mir ohnehin schon gedacht.«

»Werden Sie meinen Mandanten festnehmen?«, schaltete sich Jamie ein.

Hyatt nickte. »Nicht zu diesem Zeitpunkt. Aber bitte verlassen Sie die Stadt nicht, Mr Thorne.« Er wich zurück, zögerte jedoch. »Ich lasse Sie und auch Ihr Haus überwachen.«

Thorne runzelte argwöhnisch die Stirn. »Wieso erzählen Sie mir das?«

Hyatt schien die Zähne so fest zusammenzubeißen, dass sich seine Kiefermuskeln anspannten. »Weil das Opfer mit einem Richter verheiratet war. Ich muss mich hier streng an die Vorschriften halten. Aber es dient auch Ihrem eigenen Schutz.«

»Tatsächlich?«, schoss Thorne höhnisch zurück.

»Ja. Tatsächlich.« Hyatt senkte die Stimme. »Weil Richter Segal behauptet, Sie beide hätten eine Affäre gehabt. Er könne es sogar beweisen. Und weil irgendjemand die Frau von oben bis unten aufgeschlitzt hat. Während Sie bewusstlos neben ihr lagen. Wer auch immer das getan hat, scheint etwas gegen Sie zu haben und schreckt auch vor brutalster Gewalt nicht zurück, Mr Thorne. Sie haben mir in der Vergangenheit immer wieder unter die Arme gegriffen. Betrachten Sie's als Gegenleistung.«

Hyatt verließ den Raum. Einen langen Moment herrschte Stille im Raum.

»Was für eine Scheiße«, stieß Thorne schließlich hervor. »Nicht schon wieder. Ich werde das nicht noch mal mitmachen, Jamie. Nicht mit den Lindens.«

Jamies Hände zitterten leicht, als er sich übers Gesicht fuhr, doch dann wurde seine Miene entschlossen. »Doch, das wirst du. Genauso wie ich. Und wir lassen uns nicht unterkriegen, genauso wenig wie beim letzten Mal.« Er zog seine Brauen hoch. »Sieh es doch mal positiv. Heute bin ich ein noch besserer Anwalt als damals.«

Thorne starrte ihn zuerst ungläubig an, dann lachte er. »Das bist du. Ich habe vom Allerbesten gelernt.«

»Das ist die richtige Einstellung.«

Gwyn riss der Geduldsfaden. »Würde mir vielleicht mal endlich einer erklären, was hier gerade los ist, verdammt?«

Thorne seufzte. »Ja. Aber hol bitte Lucy herein. Ich will es bloß einmal erzählen.«

»Und Frederick«, fügte Jamie hinzu. »Er ist im Wartebereich. Mit Sam, Ruby, Clay, Stevie und Paige. Sie alle sind hier, um dir zu helfen.«

Weil Thorne ihrer aller Leben bereichert hatte. So wie meines.

Sam, der ehemalige Polizist, und Ruby, Lucys einstige Assistentin in der Rechtsmedizin, unterstützten heute beide Thorne als Ermittler, und Sam sprang auch als Bodyguard ein, wenn ein Mandant besonderen Schutz benötigte. Gwyn wusste, dass die beiden Thorne ihr Leben anvertrauen würden, weil er alles stehen und liegen gelassen hatte, als sie selbst Hilfe brauchten.

Dasselbe galt für Clay, Stevie und Paige, die ihre eigene Privatdetektei betrieben. Clay und Stevie waren ebenfalls Ex-Cops und wussten, dass das Gesetz nicht immer zwingend griff, wie es eigentlich sollte. Vor allem Stevies Unterstützung wäre hilfreich, weil sie jahrelang unter Lieutenant Hyatt gearbeitet hatte und folglich seine nächsten Schritte vorhersagen könnte. Paige war für den Personenschutz in Clays Detektei zuständig und somit Sams Pendant. Mit den beiden an seiner Seite würde Thorne nichts passieren.

Mit einem Mal spürte Gwyn, wie eine überwältigende Erleichterung in ihr aufstieg. Thorne war nicht allein in dieser ganzen

Angelegenheit, sondern hatte … eine Familie. Keiner mochte blutsverwandt mit ihm sein, dennoch lag ihnen allen sein Wohlergehen sehr am Herzen.

Und am allermeisten mir. Na ja, Jamie und Phil vermutlich auch, da Thorne wie ein Adoptivsohn für sie war. Aber das war nicht dasselbe. Noch konnte Gwyn nicht recht benennen, was sie empfand, aber …

Ihre Gefühle waren zu übermächtig, um sie in der Schachtel zu verstauen, in der sie sie so lange verborgen hatte. Die Erkenntnis kam mit einer Wucht über sie, die ihr den Atem verschlug.

Thorne öffnete den Mund, klappte ihn jedoch sofort wieder zu und nickte knapp, ehe er sich erneut übers Gesicht fuhr und seine Hand am Laken trocknete.

Gwyn ergriff sie und drückte sie liebevoll. »Ich schätze, wir werden ein größeres Zimmer brauchen.«

4. Kapitel

»Herrgott noch mal, Gwyn, wurde deine Bude für Schlümpfe gebaut, oder was?« Thornes Gemaule war nichts Neues – das sagte er jedes Mal, wenn er einen Fuß in ihre Wohnung setzte –, diesmal klang es allerdings etwas sanfter, und sein Stöhnen war eine Spur ernster zu nehmen, als er sich auf ihr niedriges Sofa sinken ließ, das eigens für einen kleinen Menschen konzipiert war. Schließlich war sie keine Riesin.

»Ist ja nicht für immer«, erwiderte sie barsch, obwohl sie in Wahrheit heilfroh war, dass er endlich nicht mehr in diesem Krankenhausbett herumliegen musste. Sie hob seine Füße vom Boden auf das Sofa und schob ihm ein Kissen in den Rücken. »Sondern nur, bis die Polizei deine eigene Bude freigibt und wir sicher sein können, dass sie auch sauber ist.«

Denn er fürchtete – durchaus berechtigt –, sein Haus könnte verwanzt oder mit Kameras ausgestattet worden sein.

Die Haustür ging auf, und Lucy kam hereingerauscht, dicht gefolgt von einer ganzen Horde Menschen. Ein Willkommenskomitee, keine Frage, aber eindeutig mehr Menschen, als Gwyn je bei sich willkommen geheißen hatte. Unmittelbar nach Hyatts Abgang war die Ärztin ins Zimmer gekommen, und Thorne hatte sich entgegen ihrem Rat selbst entlassen. Die Ärztin hatte ihn noch eine Nacht zur Beobachtung dabehalten wollen, da es allem Anschein nach ziemlich knapp gewesen war, auch wenn er inzwischen die Droge offenbar vollständig abgebaut hatte.

Aber Thorne hatte nicht länger bleiben wollen, was Gwyn ihm nicht verdenken konnte. Auch sie hegte eine tiefe Abneigung gegen Krankenhäuser. Der Hauptgrund war jedoch, dass er seine vermutlich überaus schmerzliche Geschichte nicht an einem so öffentlichen Ort preisgeben wollte.

Lucy trug eine kleine Reisetasche in der einen Hand und Thornes Bass in der anderen, den sie nun vorsichtig in die Ecke stellte. Von all seinen Sachen war das Instrument das Allerwichtigste, weil es seinem verstorbenen Vater gehört hatte. Deshalb bewahrte er es in einem Spezialsafe auf. Gwyn hatte ihn nur ein einziges Mal darauf spielen hören. Normalerweise benutzte er bei seinen Auftritten neuere Instrumente von weniger emotionalem Wert.

»Ich habe dir auch ein paar Sachen mitgebracht«, sagte Lucy und ließ die kleine Tasche auf den Boden fallen. »J. D. und dieser grässliche kleine Mistkerl Detective Brickman haben mich keine Sekunde aus den Augen gelassen, als ich bei dir zu Hause war, deshalb kannst du dir jeden Kommentar sparen, der dir vielleicht jetzt auf der Zunge liegt.«

Thorne warf ihr einen finsteren Blick zu. »Danke«, brummte er. »Auch für den Bass.« Er hielt Lucy die Wange zum Kuss hin. »Und belagern die Medien schon das Haus?«

»Allerdings«, bestätigte sie. »Mit Sack und Pack, aber das war ja zu erwarten.«

»Weiß ich, aber gefallen muss es mir trotzdem nicht. Wenigstens war es leichter, hier ins Haus hineinzugelangen als aus dem Krankenhaus heraus.«

Denn Gwyns Wohnung war ein echter Bunker. Zwar blätterte sie für die Security ein halbes Vermögen hin, doch in Verbindung mit einem erstklassigen Überwachungssystem und den Handfeuerwaffen in ihrem Safe konnte sie nachts wenigstens schlafen. Manchmal.

Lucy musterte Thorne forschend und nickte zufrieden. »Du siehst schon besser aus. Haben die dir schon gesagt, welche Droge sie gefunden haben?«

»Ja. Ich erzähle es euch gleich.« Mit einem Seufzer sah er zur Tür. »Sobald alle hier sind.«

Innerhalb von fünf Minuten war Gwyns Wohnzimmer endgültig proppenvoll. Jamie hatte seinen Rollstuhl ans Sofaende gerollt, Phil saß zu seinen Füßen, Ruby, Sam und Paige hatten es sich auf dem Fußboden bequem gemacht, Clay und Stevie bekamen die einzigen Stühle, weil beide aufgrund ihrer mehrfachen Verwundungen, die sie sich in den letzten Jahren zugezogen hatten, nicht auf dem Boden sitzen konnten. Auch jetzt noch, fast drei Jahre nach einer schweren Schussverletzung, ging Stevie am Stock und würde ihn vermutlich für den Rest ihres Lebens brauchen. Und Clay war spürbar langsamer geworden, nachdem er im vergangenen Sommer eine Kugel abbekommen hatte bei dem Versuch, Taylor zu beschützen.

Clay hatte auch Tweety hergebracht, der Gwyn nicht von der Seite wich und verwirrt die vielen Leute im Wohnzimmer beäugte.

Taylors Stiefvater Frederick zog die beiden Obstkisten heran, in denen Gwyn ihre Vinylalben aufbewahrte, stapelte die Schallplatten vorsichtig auf dem Boden und stellte die Kisten zu einem behelfsmäßigen Stuhl zusammen. »Ich habe jahrelang auf einer Ranch gelebt und schon auf unbequemeren Untergründen gehockt, glaub mir«, meinte Frederick, als Clay ihm seinen Stuhl anbieten wollte.

»Passt Taylor auf die Kinder auf?«, erkundigte sich Gwyn.

»Ja«, antwortete Lucy.

»Mit Begeisterung«, fügte Frederick hinzu, ehe er sich Thorne zuwandte. »Also, was zum Teufel ist passiert, Thorne? Wer ist Patricia Segal, und was hatte sie in deinem Bett zu suchen?«

»Und wieso ist sie tot?«, fügte Clay hinzu, woraufhin alle Anwesenden nickten.

Thorne seufzte. »Es ist wirklich sehr schwierig für mich. Ich habe seit neunzehn Jahren nicht mehr darüber gesprochen, deshalb …«

»Deshalb?«, warf Clay ein.

»Nimm dir alle Zeit, die du brauchst«, warf Paige leise ein. »Wir gedulden uns. Richtig, Clay?«

»Nein«, widersprach Clay. »Weil es echt übel aussieht.«

Wieder Nicken, begleitet von allgemeinem Murmeln.

Mit Tweety zu ihren Füßen setzte Gwyn sich auf die Armlehne des Sofas und lehnte sich gegen Thorne, der stocksteif dasaß. Auf diese Weise konnte sie ihm Unterstützung gewähren und gleichzeitig im Spiegel an der gegenüberliegenden Wand sein Gesicht erkennen. Überall in der Wohnung hingen Spiegel. Nie wieder würde sich jemand ungesehen Zutritt zu ihrem Zuhause verschaffen. Nie wieder. »Immerhin ist er ehrlich«, raunte sie. »Soll ich ihnen erzählen, was wir bislang wissen?«

Thorne nickte dankbar. »Bitte.«

Gwyn gab wieder, was sie, Thorne und Jamie im Krankenhaus besprochen hatten, ebenso wie die diversen Szenarien. »Bei der Frau handelt es sich um Patricia Linden Segal, ein Name, der Thorne und Jamie etwas sagt, wohingegen ich nur weiß, dass sie die Schwester von Richard Linden war, des Jungen, dessen Ermordung Thorne vor neunzehn Jahren vorgeworfen wurde.«

Thorne fuhr herum und blickte sie über die Schulter hinweg an. »Habe ich dir das erzählt?«

»Nein, aber ich habe schon mal was von Google gehört«, erwiderte sie. Sarkasmus war sowohl ihre Waffe als auch der Schutzschild, den sie gern und ziemlich häufig schwenkte. »Es war nicht ganz leicht herauszufinden, aber ich wollte es unbedingt. Außerdem musste ich mich irgendwie beschäftigen, während die Ärztin dich durchgecheckt hat.« Sie hatte stets großen Respekt vor seiner Privatsphäre gehabt, doch der Anblick dieser toten Frau in seinem Bett hatte einiges verändert.

Der Artikel über den Mord, der Thorne vor all den Jahren vorgeworfen worden war, wäre nahezu unauffindbar gewesen, hätte sie nicht seinen früheren Nachnamen gekannt – White. Mit achtzehn Jahren hatte er ihn geändert, aber sie hatte ihn nie nach dem Grund gefragt. Doch jetzt glaubte sie ihn zu kennen. Der Antrag auf Namensänderung war nur wenige Tage nach dem Freispruch bei Gericht eingegangen.

Sie fragte sich, weshalb er sich für Thorne und nicht für Maslow, Jamies Nachnamen, entschieden hatte. Aber das würde sie ihn fragen, sobald sie allein waren. Und noch vieles mehr. Ihre Liste persönlicher Fragen wurde mit jeder Stunde länger.

»Der Mord an Patricia Segal ist also eine absichtliche Verbindung zu deiner Vergangenheit«, folgerte Clay.

»Eine absichtliche und schmerzhafte«, murmelte Phil, während Gwyn einfiel, dass er Thornes Lehrer auf der Highschool gewesen war, bevor sie ihn bei sich aufgenommen hatten. Aber das war auch schon alles. Weder Thorne noch Jamie oder Phil sprachen jemals über diese Zeit in ihrem Leben.

»Absolut«, murmelte Thorne und stieß sie auffordernd an.

»Ansonsten weiß ich nur, dass Thorne laut der Ärztin GHB, also Liquid Ecstasy, verabreicht wurde, und zwar eine heftige Menge. Das Zeug kann sogar tödlich sein, und Thorne stand kurz vor einem massiven Herzversagen.«

Aufgebrachtes Murmeln erhob sich. »Außerdem hätte sich die Droge vollständig in Thornes Körper abgebaut gehabt, hätte Gwyn ihn nicht so früh heute Morgen gefunden, hat die Ärztin uns erklärt. Offenbar ist die Halbwertszeit sehr gering. Der Pegel im Blut hatte schon bei Einlieferung beträchtlich abgenommen. Sie war nicht sicher, wann er den Stoff verpasst bekommen hat, war aber wenigstens zu einer Mindestangabe anhand seines Körpergewichts und der Tatsache, dass er vollständig ohne Bewusstsein war, bereit. Mindestens vier Stunden, bevor Gwyn ihn gefunden hat, schätzt sie, vielleicht auch ein bisschen länger.«

»Und was ist mit dem Todeszeitpunkt des Opfers?«, fragte Stevie.

Lucy zuckte die Achseln. »Die Wunden waren noch ganz frisch.

Wegen meiner Freundschafts- und Geschäftsbeziehung mit Thorne konnte ich die Autopsie nicht selbst vornehmen. Neil Quartermaine übernimmt, und ich vertraue ihm. Den endgültigen Bericht müssen wir erst noch abwarten, aber ich kann schon jetzt sagen, dass die Leichenstarre gerade erst eingesetzt hatte. Als ich nach ihrem Puls getastet habe, fiel mir auf, dass ihr Kiefer ordentlich etwas abbekommen hat. Also, ihre Extremitäten ließen sich noch gut bewegen. Ich gehe davon aus, dass sie höchstens zwei bis vier Stunden tot war.«

»Weiß Hyatt das?«, wollte Stevie wissen.

»Ja«, antwortete Lucy. »Na ja, meine Theorie mit den zwei bis vier Stunden, weil ich sie ihm gesagt habe, als Thorne eingeliefert wurde. Aber sofern Thorne der behandelnden Notärztin keine Erlaubnis gegeben hat, der Polizei medizinische Einzelheiten über ihn mitzuteilen, durfte sie Hyatt noch nicht sagen, in welchem Zeitrahmen er unter Drogen gesetzt wurde.«

»Ich habe keine Erlaubnis erteilt«, erklärte Thorne. »Und bin auch nicht sicher, ob ich es tun soll. Kommt darauf an, was wir sonst noch herausfinden.«

»Wir müssen uns eine Strategie überlegen, aber das können wir erst, wenn wir die ganze Geschichte kennen.« Clay verzog das Gesicht, als Paige ihn mit dem Ellbogen anstieß. »Au, verdammt, Paige, das hat wehgetan.«

»Du solltest doch Geduld haben«, zischte sie.

»Und du sollst mich nicht schlagen«, konterte er.

Stevie verdrehte die Augen. »Schluss jetzt. Seht ihr, womit ich mich hier tagtäglich herumplage? Sie bezeichnen sich als professionelle Geschäftspartner, dabei kabbeln sie sich wie kleine Kinder.«

Clay hatte Paige erst vor drei Jahren in seine Detektei geholt, doch ihre Arbeitsstile – und ihre Persönlichkeiten – ergänzten sich, als würden sie sich schon Jahre kennen. Die beiden grinsten einander an, ehe sie sich erwartungsvoll wieder Thorne zuwandten.

Thorne schüttelte den Kopf. »Das tut mir wirklich leid für dich, Stevie. Ich hätte die beiden schon längst gepackt und ihnen den Marsch geblasen.«

»Das würde ich gern mal sehen«, murmelte Paige, wenn auch gutmütig. Paige war internationaler Sparring-Champion und stolze Inhaberin eines schwarzen Gürtels. Thorne mochte gute zwanzig Zentimeter größer sein und etliche Kilo mehr Muskelmasse auf die Waage bringen, außerdem hatte Paige erst kürzlich ein wunderschönes Mädchen zur Welt gebracht, trotzdem wäre sie eine mehr als ebenbürtige Gegnerin.

Gwyn lachte leise. »Ich kaufe schon mal die Eintrittskarten.« Sie hatte größten Respekt vor Paige, die ihr in den vergangenen Jahren eine enorme Hilfe gewesen war. Dank ihrer Selbstverteidigungskurse hatte Gwyn das Selbstvertrauen zurückgewonnen und konnte wieder allein das Haus verlassen. Mittlerweile hatte sie es zum braunen Gürtel gebracht und sich fest vorgenommen, bis zu ihrem Vierzigsten den schwarzen zu schaffen. Damit blieben ihr noch zwei Jahre Zeit, was durchaus realistisch war. Paige war ihre Heldin und eine ihrer wichtigsten Verbündeten.

Sie bedachte Gwyn mit einem ermutigenden Zwinkern, das Mitgefühl und Verschmitztheit gleichermaßen ausdrückte – ein stummer Gruß, der sowohl an sie, Gwyn, als auch an Thorne gerichtet war, wie ihr erst jetzt bewusst wurde. Paige war im Lauf der Zeit zu einer wahren Freundin geworden. Eigentlich hätte es sie nicht überraschen müssen, trotzdem tat es das. *Vielleicht waren wir ja schon eine ganze Weile Freundinnen, nur habe ich es nicht gemerkt.*

»Eigentlich solltest du doch auf meiner Seite sein«, brummte Thorne.

Gwyn beugte sich zu ihm. »Bin ich doch, das weißt du ganz genau«, flüsterte sie ihm ins Ohr.

Er holte tief Luft. »Ja, das weiß ich. Also, bringen wir's hinter uns.«

Ein Blick in den Spiegel zeigte ihr, dass auch er sie ansah. Und in seinen Augen lag ein Ausdruck … voll grimmiger Entschlossenheit, aber auch mit einem Funken Hoffnung.

»Genau. Bringen wir's hinter uns.« Sie spürte einen winzigen Anflug von Angst, weil sie ihm etwas versprach … etwas, das sie nicht genau benennen konnte. Und das ihr eine Heidenangst einjagte. Ein Schritt nach dem anderen. Das war die vergangenen Jahre ihre Devise gewesen. Sie würde erst einmal die nächsten Tage überstehen. Und dann sehen, wie es weiterging.

Baltimore, Maryland
Sonntag, 12. Juni, 19.30 Uhr

Diese Geschichte … Thorne wollte lieber nicht darüber nachdenken. Niemals. Aber er tat es ständig. Wann immer er das Sheidalin betrat, kam sie ihm in den Sinn. Genauso wie Sherri.

»Ich bin nicht hier geboren, sondern als Kind aus Neuseeland in die USA gekommen«, begann er.

Allgemeines Erstaunen. »Darauf wäre ich nie gekommen. Du hast keinerlei Akzent«, meinte Stevie.

»Weil ich noch klein war. Und … als wir herkamen, hat man mich überredet, ihn abzulegen.«

Lucy kniff die Augen zusammen. »Wer?«

»Mein Stiefvater, aber dazu komme ich gleich. Mein leiblicher Vater hieß Thomas Thorne jr., und ich bin eigentlich der Dritte, der diesen Namen trägt.« Bei der Erinnerung an seinen Dad musste er schlucken. Daran, wie sehr der Mann ihn geliebt hatte. *Und ich ihn.* »Mein Dad ist gestorben, als ich fünf war, und meine Mutter hat wieder geheiratet. Sie hat allen erzählt, sie hätte sich in Willy White verliebt, aber das stimmte nicht. Der Mutter meines leiblichen Vaters hat sie gestanden, dass sie es sich nicht mehr leisten konnte, mich allein großzuziehen, aber auch das stimmte nicht, weil meine Großmutter alle Rechnungen bezahlt und dafür gesorgt hat, dass ich jede einzelne zu sehen bekomme, für den Fall, dass ich mich eines Tages selbst darum kümmern muss. Die Lebensversicherung, die mein Vater abgeschlossen hat, reichte problemlos aus.«

»Wie kam deine Großmutter auf die Idee, du müsstest die Rechnungen bezahlen, wo du gerade einmal fünf warst?« Erst jetzt, als Lucys Frage im Raum stand, merkte Thorne, dass er innegehalten hatte.

»Natürlich hat sie das nicht ernsthaft getan, aber sie war schon ziemlich alt und hatte Angst, was passieren würde, wenn sie erst tot wäre, weil meine Mutter nach dem Tod meines Vaters zu trinken angefangen hatte. Viel. Jedenfalls hat sie in einer Bar diesen Willy White kennengelernt und mit nach Hause gebracht. Er war kein netter Mann. Aber inzwischen war meine Mutter auch keine nette Frau mehr, deshalb kamen die beiden gut miteinander klar. Mit mir war das ein bisschen anders. Er hat gerne die Fäuste sprechen lassen und war sehr groß. Im Gegensatz zu mir.«

»Weil du noch ein Baby warst«, murmelte Ruby mit belegter Stimme und schmiegte sich noch ein wenig enger an Sam, der sie fest in den Armen hielt. »Er hat dich geschlagen?«

Thorne lächelte sie an. Ruby besaß eine unerschütterliche Loyalität; nicht zuletzt deswegen hatte er sie vom ersten Tag an gemocht, als sie bei Lucy in der Rechtsmedizin angefangen hatte.

»Ist schon gut, Ruby, ich habe es überwunden.«

Tränen glitzerten in ihren Augen, als sie das Lächeln erwiderte, was aber darauf zurückzuführen war, dass sie schwanger war und ihre Hormone komplett verrücktspielten. Umso schwerer würde es ihr fallen, sich anzuhören, was er als Nächstes sagen würde. Er warf Sam einen Blick zu, von dem er hoffte, dass er die Warnung darin erkennen würde. Zu seiner Erleichterung zog Sam Ruby noch ein wenig enger an sich. *Also gut.*

»Meine Mutter hat ihn geheiratet, weil sie schwanger wurde, und er hat mir weiter die Seele aus dem Leib geprügelt. Was ich damals nicht wusste, war, dass er auch sie geschlagen hat. Am Ende hat sie eine Fehlgeburt erlitten. Sie fingen an, sich sehr häufig zu streiten, aber natürlich habe ich damals nicht verstanden, warum. Später allerdings habe ich eins und eins zusammengezählt. Jedenfalls brauchte er ein Visum, um als Amerikaner in Neuseeland arbeiten zu dürfen, das ihm im Falle einer Verhaftung wegen häuslicher Gewalt natürlich entzogen worden wäre. Folglich hätte er seine Arbeit verloren. Das weiß ich nur, weil es bei ihren Auseinandersetzungen häufig genau darum ging. Meine Mutter hat ihm gedroht, ihn anzuzeigen, und ich habe immer gehofft, dass sie es eines Tages auch tut. Hat sie aber nicht. Irgendwann wurde er von seiner Firma zurück in die USA versetzt, und wir gingen logischerweise mit. Ein paar Jahre später bekamen wir die Staatsbürgerschaft, etwa um die Zeit, als er seinen Job verlor, weil er zu häufig betrunken aus der Mittagspause zurückgekommen war. Er hat mir und meiner Mutter die Schuld dafür gegeben. Bis zu dem Jahr, als ich fünfzehn wurde.«

»Und du größer warst als er«, folgerte Sam leise.

Thorne hatte gewusst, dass er ihn verstehen würde, denn Sams Vater war Junkie gewesen, daher wusste er, wie der Hase lief.

»Stimmt. Ich habe ihm ins Gesicht gesagt, dass er uns das letzte Mal angefasst hat. Danach war sein Hass auf mich noch größer. Außerdem herrschte ständig Geldnot. Wir mussten jeden Penny zweimal umdrehen. Aber wie durch ein Wunder ...« – er verzog das Gesicht, weil das Wort immer noch einen schlechten Beigeschmack im Mund hinterließ – »habe ich ein Stipendium für eine noble Privatschule bekommen.«

»Die Ridgewell Academy«, warf Gwyn ein. »Das stand in dem Artikel über den Mord an Richard Linden.«

Thorne nickte. »Genau. Ich habe die Schule gehasst, dabei hatte ich anfangs so große Hoffnungen. Auf diese Schule gehen zu dürfen, war meine Fahrkarte in ein neues, besseres Leben, weg von meiner Mutter und meinem Stiefvater. Ich habe mich unglaublich angestrengt.«

»Absolut«, bestätigte Phil leise. »Du warst mein bester Schüler.«

Auch diese Bemerkung löste allgemeine Verwirrung aus. »Du kanntest ihn damals schon?«, fragte Clay.

»Phil war mein Geschichtslehrer«, sagte Thorne und lächelte den älteren Mann an. »Und der Einzige, der für mich Partei ergriffen hat, als es richtig eng wurde.«

»Weil die anderen verdammte Feiglinge waren«, brummte Phil. Jamie tätschelte seinem Partner den Arm. »Nur die Ruhe«, meinte er beschwichtigend. »Am Ende ist alles gut geworden, schon vergessen? Wir haben unsere Sache richtig gut gemacht.«

Thorne musste ein Lachen unterdrücken. »Allerdings, das habt ihr, alle beide.«

Jamie zwinkerte. »Und du warst ja schon aus den Windeln raus. Das war ein Zusatzbonus.«

Thorne räusperte sich, als er die Blicke der anderen bemerkte. »Jamie und Phil haben mich sozusagen adoptiert. Aber dazu komme ich gleich noch. Es gab noch ein paar andere Stipendiaten, die genauso enttäuscht waren wie ich. Die Schule wollte uns eigentlich gar nicht haben, bis auf eine Handvoll Lehrer wie Phil. Vielleicht auch noch Coach Marion, aber nur, weil ich beim Fußball so viele Tore geschossen habe. Solange ich im Team war, haben wir es jedes Jahr in die Landesauswahl geschafft. Trotzdem ist er nicht für mich eingestanden, als es schwierig wurde. Anfangs schon, aber der Rektor hat ihm mit Entlassung gedroht. Dasselbe hat er auch bei Phil versucht, der sich aber nicht davon hat beeindrucken lassen.«

»Coach Marion hatte eine Frau und fünf Kinder zu ernähren«, warf Jamie leise ein. »Phil hatte nur mich, und ich hatte einen Treuhandfonds.«

Nach einem fragenden Blick auf Jamie, den dieser mit einem Nicken quittierte, wandte Phil sich Thorne zu. »Coach Marion hat sich an der Kaution beteiligt, allerdings mussten wir ihm versprechen, es dir nicht zu sagen. Er … hat es nie verwunden, dass er sich vom Rektor so hat ins Bockshorn jagen lassen. Aber es war ihm wichtig, dir zu helfen, das solltest du wissen.«

Thorne starrte Jamie fassungslos an. »Ernsthaft? Ich … darüber muss ich später in Ruhe nachdenken. Jetzt will ich das hier erst mal hinter mich bringen.« Denn nun kam der schlimmste Teil. Sherri. Er stieß zittrig den Atem aus. »Ich hatte damals eine Freundin. Sherri.«

Er hörte Gwyn hinter ihm scharf Luft holen. »Deine drei Buchstaben«, flüsterte sie.

Er hatte immer gewusst, dass sie es eines Tages erfahren würde. »Genau.« Er schloss die Augen und rief sich Sherris Gesicht ins Gedächtnis. Ihr Lachen. Wie sie ihn an diesem letzten Tag angesehen hatte.

»Als wir den Klub eröffnet haben«, erklärte Lucy den Anwesenden, »hat jeder drei Buchstaben des Namens eines geliebten Menschen beigetragen, den wir verloren hatten. Das L-I-N am Ende steht für meinen Bruder Linus, der gestorben ist, als ich vierzehn war. S-H-E ist offensichtlich für Sherri.«

Alle blickten zu Gwyn. Thorne spürte, wie sie hinter ihm stocksteif wurde.

»Das I-D-A stand für meine Tante«, sagte sie hölzern. Er war ziemlich sicher, dass das eine Lüge war. Aber weshalb sollte sie lügen?

Ein Blick in den Spiegel zeigte, dass sich ihre Miene verschlossen hatte. »Keiner von uns hat den anderen verraten, wofür die Buchstaben stehen«, erklärte er, um die allgemeine Aufmerksamkeit wieder von Gwyn abzulenken. Wahrscheinlich setzte es ihr ohnehin zu, auf einmal so viele Leute in ihrem Zuhause zu haben. Bevor Evan in ihr Leben getreten war, hatten sich Freunde bei ihr die Klinke in die Hand gegeben. Aber nach der Tragödie war sie in dieses Apartment gezogen, und seither waren nie mehr als zwei oder drei Leute gleichzeitig hier gewesen. »Statt-dessen haben wir uns auf den Namen geeinigt und uns dann in die Arbeit gestürzt.«

Sein Ablenkungsmanöver hatte leider nicht funktioniert, denn noch immer starrten alle Gwyn an, die unbehaglich hinter ihm auf dem Sofa herumrutschte.

Bis Paige das Wort ergriff. »Moment mal. Wie kann man seine Kinder Lucy und Linus nennen? Schlimmere Eltern als deine gibt es wohl nicht, Lucy.«

Lucy verdrehte die Augen. »Als ob ich das nicht selbst wüsste.«

Dass Lucys Vater sie ebenso verprügelt hatte wie Mr White sei-nen Stiefsohn, blieb unausgesprochen, da alle erleichtert lachten.

Thorne spürte, wie Gwyn sich hinter ihm wieder entspannte. Im Spiegel sah er den dankbaren Blick in Paiges Richtung, den diese mit einem lässigen Lächeln quittierte. *Gern geschehen.*

»Aber zurück zu Sherri.« Alle Blicke richteten sich wieder auf Thorne, der erneut tief Luft holte. »Wir waren die ganze High-school-Zeit zusammen. Ihr Vater konnte mich nicht sonderlich leiden, aber ich habe immer brav ›Sir‹ zu ihm gesagt und Sherri wie einen kostbaren Schatz behandelt. Was sie auch war.« Seine Stimme brach ein wenig, doch er sammelte sich. »Deshalb hat er mich nicht ganz so sehr gehasst.«

»Und wer war dieser Richard Linden?«, fragte Clay. »Der Bruder unseres Opfers?«

»Der Oberschläger in der Schule.« Ein bitterer Unterton schwang in Phils Stimme mit. »Ich konnte den Jungen auf den Tod nicht ausstehen.« Er sah Jamie herausfordernd an. »Heute darf ich es ja sagen, weil ich praktisch im Ruhestand bin.«

Jamie lächelte. »Mich hat es auch damals nicht gestört. Er war ein verdammtes Arschloch. Genau wie seine Eltern.«

Das stimmte. »Sie waren stinkreich und haben die Schule immer wieder mit Spenden unterstützt, rein zufällig sogar für die Sti-pendien ... haben aber auch dafür gesorgt, dass wir das bloß nicht vergessen.« Thorne zog eine Braue hoch. »Wir haben Richard immer ›Richie Rich‹ genannt, weil uns damals nichts Originelleres einfiel. Aber er war tatsächlich ein Arschloch. Bildete sich ein, ihm würde alles gehören, was er sieht. Und jeder.«

Sam runzelte die Stirn. »Er hat sich an Sherri herangemacht?«

Thorne stellte fest, dass er heute sogar darüber lachen konnte. Aufrichtig. »Du liebe Güte, nein. Sherri war zwar gerade mal einen Meter zweiundfünfzig, hätte ihm aber ordentlich in den Hintern getreten, wenn er es auch nur versucht hätte. Nein, es war ein anderes Mädchen, auch eine Stipendiatin. Angie. Und Richard hat geglaubt, sie sei sein Spielzeug. Ich habe das allerdings anders gesehen. Kurz bevor alles passierte, hatten wir uns deshalb in die Wolle gekriegt. Ich habe ihn beschimpft, er sei ein …« Thorne hielt inne. »Na ja, jedenfalls nichts Nettes.«

Phil lachte. »Du hast ihn als ›privilegierten, kleinen schlappschwänzigen Napoleon‹ bezeichnet.«

»Das weißt du noch?« Thorne war verblüfft.

»Ich fand es großartig. Du hast es geschafft, eine echte Beleidigung in einen historischen Kontext zu stellen, dafür hast du von mir eine glatte Eins gekriegt.« Phil seufzte. »Allerdings hatte Richard eine Clique hinter sich, Thorne dagegen leider nicht.«

»Ich war zwar als Schläger verschrien, habe ihn aber nie angerührt«, sagte Thorne betrübt. »Schon damals war ich annähernd einen Meter neunzig und immer noch im Wachstum. Und meine Haut war ziemlich dunkel, weil mein leiblicher Vater Halb-Maori war. Ich habe schlicht nicht auf die Ridgewell Academy gepasst, und dass ich die zweithöchsten Punktzahlen hinter Sherri hatte, hat Richard noch mehr geärgert. Er hat sich mit Absicht an Angie herangemacht, als er wusste, dass ich es mitbekomme. Er hat sie betatscht, auf dem Flur, gleich neben meinem Spind. Ich habe ihn weggezogen. Das war das erste Mal, dass ich ihn überhaupt angerührt habe. Und dann sind seine Freunde auch schon auf mich losgegangen.«

Phils Lächeln war verflogen. »Coach Marion und ich mussten sie von Thorne wegziehen. Die Jungs waren wirklich ganz üble Schläger, allesamt Sportler und ziemlich groß. Nicht so groß wie er, aber dafür waren sie zu viert. Und haben ihm Tritte gegen den Kopf und in die Rippen verpasst. Es war … schockierend. So eine Schlägerei hatte ich noch nie gesehen. Natürlich war ich damals noch ein bisschen verwöhnt, weil es eine elitäre Vorstadtschule war, aber auch später, nach meiner Versetzung in die Innenstadt, gab es so etwas praktisch nie. Coach Marion und ich sind dazwischengegangen, haben Thorne beim Aufstehen geholfen und ihn zur Schulschwester gebracht. Er konnte kaum noch gehen. Sie hatten ihm das Knie kaputt getreten.«

»Na ja, ganz so schlimm war es nicht. Nach einer Weile wurde es wieder besser«, brummte Thorne.

»Es hat ein Jahr gedauert, mehrere Operationen und stundenlange Physiotherapiesitzungen«, warf Jamie nachsichtig ein. »Aber weil die Jungs behauptet haben, Thorne hätte angefangen, wurde er suspendiert. Das Mädchen, Angie, hat Richard vermutlich mit Drohungen zum Schweigen gebracht. Jedenfalls hat sie bestritten, dass er sie jemals angerührt hat. Damals gab es ja noch keine Kameraüberwachung in der Schule. Damit stand Thornes Wort gegen Richards.«

Thorne zuckte die Achseln. »Meine Mutter war stinkwütend. Mein Stiefvater nach außen hin auch, aber in Wahrheit hat er sich diebisch darüber gefreut. Er hätte ja schon immer gewusst, dass ich ein nichtsnutziger Schlägertyp sei, wie mein Vater, meinte er.«

»Dein Vater war ein Schläger?«, fragte Stevie erstaunt.

»Mein Vater war Rugby-Profi und ein anständiger Mann.« Wieder brach Thornes Stimme. »Ein verdammt anständiger Mann.«

»Es tut mir so leid.« Gwyn streichelte flüchtig seinen Arm, ehe sie ihre Hand zurückzog. Aber die Geste hatte genügt.

»Danke«, presste er hervor. »Mein Vater hat auch Bassgitarre gespielt, und an diesem Tag hatte ich das Instrument in die Schule mitgenommen, weil wir für einen Musikwettbewerb geprobt haben. Der Rektor hat mir verboten, ihn mit nach Hause zu nehmen, und wollte auch der Lehrerin nicht erlauben, dass Sherri ihn später abholt.«

Alle Blicke schweiften zu dem Bass in der Ecke, dann wieder zu Thorne.

»Wieso nicht?«, fragte Ruby und seufzte dann. »Er hatte Schiss vor den Lindens. Wegen ihrer dicken Brieftasche.«

»Darauf lief es hinaus«, bestätigte Thorne. »Das war an einem Donnerstag. Am Freitag hat die Musiklehrerin Sherri die Schlüssel zum Probenraum zugeschoben, und Sonntagabend sind Sherri und ich in die Schule eingebrochen, um mein Instrument zu holen. Dabei haben wir Richard aufgefunden. Er war verprügelt worden, und jemand hatte ihm ein Messer in den Bauch gerammt. Er hat sehr stark geblutet. Eigentlich wollte ich abhauen.«

»Aber dann hast du es nicht getan«, warf Lucy voller Überzeugung ein.

»Auf keinen Fall«, fügte Gwyn hinzu und suchte neuerlich Thornes Blick im Spiegel. Trotz und Wut spiegelten sich in ihren Augen. *Genauso wie die Gwyn von einst.* Der Gedanke ließ ihn beinahe lächeln, doch dann kehrte seine Erinnerung zu Sherri und den nachfolgenden Ereignissen zurück und erstickte den Impuls im Keim.

»Nein. Ich habe Erste Hilfe geleistet und versucht, die Blutung zu stoppen, dann habe ich Sherri gesagt, sie soll einen Krankenwagen rufen und verschwinden. Ich wollte nicht, dass sie mit hineingezogen wird, weil mir schon klar war, dass die Polizei mich verdächtigen würde. Richard und ich haben uns gehasst, trotzdem hätte ich ihn niemals einfach liegen lassen und riskiert, dass er stirbt.« Er holte tief Luft. »Sherri hatte gerade den Notruf gewählt und wollte erklären, was passiert ist, als die Cops auch schon hereingestürmt kamen. Jemand hatte sie offenbar gerufen.«

»Wir haben nie herausgefunden, wer das war«, sagte Jamie seufzend. »Aber dass Sherri angerufen hatte, war später ein wesentlicher Faktor, der Thorne gerettet hat. Das und die Tatsache, dass draußen im Gebüsch ein blutverschmiertes Messer mit Fingerabdrücken gefunden wurde, die nicht zu seinen passten.«

Lucy setzte sich aufrecht hin. »Heute Morgen hat jemand ein blutverschmiertes Messer mit deinen Fingerabdrücken am Tatort platziert.«

»Genau«, bestätigte Thorne grimmig. Auch ihm war das Messer auf Gwyns geistesgegenwärtig geschossenen Fotos sofort aufgefallen. »Damals wurde ich verhaftet, weil ich mich ein paar Tage zuvor mit Richard in der Wolle hatte. Es war völlig unerheblich, dass er angefangen hatte und seine Freunde mich grün und blau geprügelt hatten. Entscheidend war nur, dass ich dabei beobachtet wurde, wie ich ihn am Kragen gepackt hatte.«

»Aber Sherri war eine wichtige Zeugin, die bestätigen konnte, dass du Richard Linden nicht ermordet hast«, sagte Clay und musterte Thorne forschend.

»Stimmt. Auch sie wurde festgenommen. Wegen unerlaubten Eindringens in ein öffentliches Gebäude. Ihr Vater hat sie auf Kaution rausgeholt, aber gegen mich war offiziell noch keine Anklage erhoben worden, deshalb saß ich in Untersuchungshaft.« Er schloss die Augen. »Auf der Rückfahrt vom Gefängnis wurden sie und ihr Vater von einem Pick-up von der Straße abgedrängt. Sie haben beide nicht überlebt.«

Schwere Stille breitete sich im Raum aus.

Wieder spürte Thorne, wie sich Gwyns Hand um seinen Arm legte und ihn drückte. Er schloss seine Finger um sie und hielt sie einen Moment fest, während sie den Kopf tröstend an seinen Rücken schmiegte.

»Ich war ... am Boden zerstört«, gestand Thorne, noch immer mit geschlossenen Augen, die sich unerwartet mit Tränen gefüllt hatten.

»Laut Polizei wurde der Unfall absichtlich herbeigeführt«, sagte Jamie in die Stille hinein. »Zeugen hatten den Truck beobachtet, wie jemand auf den Wagen von Sherris Vater gewartet hat. Der Fahrer hätte plötzlich Gas gegeben, hätte sie von der Fahrbahn gedrängt und sei dann davongefahren. Das Nummernschild sei schmutzverkrustet gewesen, deshalb konnte niemand das Kennzeichen erkennen. Der Pick-up selbst wurde nie gefunden. Das war der zweite Faktor, der Thorne gerettet hat. Die einzige Tatzeugin war ermordet worden.«

»Jamie und mein Bruder hatten damals noch eine eigene Kanzlei«, warf Phil ein. »Mein Bruder war nicht auf Strafrecht spezialisiert, Jamie aber schon, deshalb habe ich ihn gebeten, den Fall zu übernehmen.«

Jamie nickte. »Ich hätte dir den Gefallen ohnehin getan, aber nach einem Gespräch mit Thornes Mutter und seinem Stiefvater war ich noch entschlossener, mich für ihn einzusetzen. Er war ein unglaublicher Junge, und sie haben ihn wie Dreck behandelt«, sagte er betrübt. Die Erinnerung schnürte Thorne ein weiteres Mal die Luft ab.

Jamie räusperte sich. »Mr White hat Thorne als gewalttätigen Nichtsnutz hingestellt, vor dem sogar er Angst hätte. Der Polizei hatte er genau dieselbe Story aufgetischt, und vor Gericht hat er behauptet, Thorne hätte sogar seine eigene Mutter verprügelt und ihn genauso, als er versucht hätte, dazwischenzugehen. Er hat sich als glaubwürdiger Zeuge präsentiert, und dass Thorne ein gutes Stück größer war als er, hat natürlich noch zu dem Eindruck beigetragen. Die Geschworenen haben Willy White alles abgekauft, das war nicht zu übersehen.«

»Aber am Abend seiner Aussage«, warf Thorne bitter ein, »ist Willy nach Hause gefahren und hat sich mit meiner Mutter gestritten. Und danach war sie tot.«

»Oh, Thorne«, murmelte Lucy. »Das tut mir so leid.«

Thorne zuckte die Achseln. Trotz ihres Verrats vermisste er sie.

Bis heute. »Mein Stiefvater musste sich wegen des Mordes an ihr verantworten und ist schließlich im Gefängnis gestorben.«

»Gut so«, stieß Ruby aufgebracht hervor, was Thorne abermals ein Lächeln entlockte.

»Du bist ganz schön blutrünstig, Ruby«, sagte er.

Sie presste ihre zitternden Lippen aufeinander. »Aber hallo.«

Sam drückte ihr einen Kuss aufs Haar, als sie sich in seine Arme schmiegte.

»Jamie hat den Richter dazu gebracht, die Geschworenen anzuweisen, die Aussage meines Vaters unberücksichtigt zu lassen. Der Staatsanwalt hat mitgespielt, weil er den Streit zwischen meiner Mutter und meinem Stiefvater mitbekommen hat. Wie es aussieht, hatte meine Mutter doch so etwas wie ein Gewissen. Sie wollte am nächsten Tag die Wahrheit aussagen und dem Richter erklären, dass mein Stiefvater gelogen hat und ich sie nie angerührt habe. Aber dazu kam es nicht, denn noch am selben Abend war sie tot.«

Er spürte die Nässe von Gwyns Tränen durch den Stoff seines Hemds, als sie ihr Gesicht gegen seinen Rücken schmiegte. Sie weinte. *Wegen mir.* Der Gedanke ließ … Hoffnung in ihm aufsteigen. »Am Ende wurde ich freigesprochen, weil es Aufzeichnungen über einen Notruf gab. Außerdem war Sherris Aussage als Beweismittel zugelassen worden, in der sie zugab, dass wir ins Schulgebäude eingedrungen waren. Direkt nach dem Prozess habe ich meinen Namen geändert und bin als Thomas Thorne zu Jamie und Phil gezogen. Und habe versucht, all das hinter mir zu lassen.«

»Bis heute.« Frederick war die ganze Zeit so still gewesen, dass Thorne seine Anwesenheit beinahe vergessen hatte. Frederick hatte die Gabe, notfalls auch mit der Holzvertäfelung zu verschmelzen, wenn er unbemerkt bleiben wollte. Doch sein Blick, klar und scharf, war direkt auf Thorne gerichtet, was die Frage aufwarf, was er wohl gerade dachte. Frederick sprach nicht häufig über seine eigene Vergangenheit, besaß aber eine Stärke, die ihn wie ein unsichtbarer Umhang einzuhüllen schien, gepaart mit einem stets wachsamen Blick und einer bemerkenswerten Art, sich zu bewegen. Clay bewegte sich auf dieselbe Weise, ebenso wie J. D. Fitzpatrick. Thorne nahm an, dass es etwas mit ihrer militärischen Ausbildung zu tun hatte.

Thorne hingegen war viel zu groß, um mit dem Hintergrund eins zu werden. Und er hatte auch nie den Wunsch verspürt. Seine Stärke lag in seiner physischen Präsenz, die er zu seinem maximalen Vorteil zu nutzen gelernt hatte.

Ganz egal, wie es auf der körperlichen Ebene um Frederick bestellt sein mochte, sein Verstand arbeitete jedenfalls stets auf Hochtouren. In der kurzen Zeit, seit er die Pro-bono-Fälle ihrer Kanzlei bearbeitete, hatte er sich als unersetzlich erwiesen. Thorne war gespannt, welche Strategie er gleich vorschlagen würde, denn dass er eine parat hatte, stand außer Zweifel.

»Bis heute«, bestätigte Thorne.

Stevie hatte die Stirn gerunzelt. »Und wurde jemals ein anderer Verdächtiger wegen des Mordes an Richard Linden verhaftet?«

»Nein«, antwortete Phil. »Ich bezweifle, dass gründlich weiterermittelt wurde.«

»Deshalb läuft der Mörder bis heute frei herum«, meinte Stevie nachdenklich. »Aber mindestens eine Person weiß, was wirklich an diesem Tag passiert ist.«

Die Hände auf Thornes Schultern, stand Gwyn auf. Im Spiegel sah er, dass sie grimmig den Blick über die Anwesenden schweifen ließ.

»Jemand weiß über Thornes Vergangenheit Bescheid. Jemand, der ihm wehtun will. Dass ausgerechnet die Schwester des Opfers von damals tot neben Thorne aufgefunden wird, könnte zu allerlei Spekulationen und Vermutungen führen und einen Skandal heraufbeschwören, der im Zweifel seine gesamte Karriere zerstört. Wir müssen uns überlegen, wie wir das verhindern können.«

Lächelnd gesellte er sich wieder zu Margo, die mit ihrem Brandy in der Hand in die Bibliothek gegangen war und es sich dort auf dem Sofa bequem gemacht hatte. »Na, wie viele Male musstest du vorlesen?«, fragte sie grinsend.

Er lachte. »Nur dreimal. Eigentlich sogar nur zweieinhalb, weil er auf der Hälfte der dritten Runde eingeschlafen ist.«

»Du verwöhnst ihn«, meinte sie nachsichtig.

»Er ist mein Enkel.« Mit einem Mal wurde seine Kehle eng, als die Trauer um Colin ihn neuerlich übermannte. »Mein einziger Enkel. Alles, was mir von meinem Sohn geblieben ist. *Lo extraño.*« *Ich vermisse ihn.* Manchmal war der Schmerz so übermächtig, dass er glaubte, daran zu sterben. Dass sein Herz einfach aufhören würde zu schlagen.

Er vermisste auch Madeline. Sie war seine bessere Hälfte gewesen, seine Seele. Aber sie war lange Zeit schwer krank gewesen, deshalb hatte er Gelegenheit gehabt, sich innerlich darauf vorzubereiten. Colin dagegen ... »Er war noch so jung.«

Margo lehnte sich vor und strich ihm über den Arm. In ihren dunklen Augen lag ein gequälter Ausdruck. »Ich vermisse ihn auch.«

»Ich weiß«, murmelte er, schloss die Augen und streckte ihr die Hand hin, die sie ergriff, um seinen Schmerz mit ihm zu teilen. »Wie könnte es auch anders sein?«

Sie waren gemeinsam aufgewachsen, sie und Colin, waren schon von Kindesbeinen an dickste Freunde gewesen, bevor aus ihrer Freundschaft mehr geworden war.

»Wann ist dir das erste Mal klar geworden, dass du ihn liebst?«, fragte er, noch immer mit geschlossenen Augen.

»Ich habe ihn immer geliebt«, flüsterte sie mit brüchiger Stimme. »Vom ersten Tag an, seit ich denken kann. Aber wann ich gemerkt habe, dass es eine Liebe ist, wie ich sie heute empfinde …«

Sie räusperte sich. »Wir waren fünfzehn, und er hat mir eine DVD mit meinem Lieblingsfilm gebracht, als ich mit einer Erkältung im Bett lag.« Ein tränenersticktes Lachen drang über ihre Lippen. »Er konnte ihn nicht ausstehen, hat ihn aber trotzdem brav mit mir angesehen. Da wusste ich es.«

Er lächelte, voller Dankbarkeit für den kurzen Moment der Vertraulichkeit, der Gelegenheit einer weiteren liebevollen Erinnerung an seinen Sohn. »Und was war das für ein Film?«

»*Twilight*.«

Er schnitt eine Grimasse. »Mein Junge ist tapferer als ich.« Er hielt inne, merkte, was er gerade gesagt hatte. »War«, korrigierte er sich.

Lange Zeit schwiegen sie. Lediglich das Ticken der Standuhr hallte in der Stille wider.

»Wir werden ihn dafür bezahlen lassen«, flüsterte Margo schließlich.

»Ja.« Selbst in seinen eigenen Ohren klang seine Stimme tonlos. »Das werden wir.«

Sie drückte seine Hand. »Dann lass uns loslegen, Papa.«

Er schlug die Augen auf, holte tief Luft und setzte sich auf. »Du hast alle Informationen, die wir brauchen?«

»Natürlich.« Margo sah ihn beinahe gekränkt an. »Ich weiß doch, wie man sie sich beschafft, Papa.«

Er ließ ihre Hand los und tätschelte sie liebevoll. »Natürlich.« Seine Schwiegertochter hatte viele Talente, darunter auch, dass sie sechs Sprachen fließend beherrschte, was für seine internationalen Geschäfte unbedingt erforderlich war. Er hatte schon lange geplant, ihr die Leitung seines Büros zu übertragen, aber jetzt … jetzt überlegte er, sie aufzubauen, um ihr eines Tages die gesamte Organisation anzuvertrauen, sein Lebenswerk. Vielleicht würde sie sich sogar besser schlagen, als Colin es vermocht hätte. *Ich habe meinen Sohn sehr geliebt, war mir aber immer dar-*

über bewusst, wo seine Stärken lagen … und seine Schwächen.

»Sieh's mir bitte nach. Die haben dich doch nicht im Verdacht, oder?«

»Nein, nicht mal ansatzweise.« Ihre Lippen verzogen sich zu einem katzenhaften Lächeln. »Im Moment sind sie mit anderen Dingen beschäftigt.«

»Alles Teil des Plans«, murmelte er. »Also, erzähl mir alles, was du herausgefunden hast.«

5. Kapitel

»Thorne, wach auf! Wach auf, Schatz. Los, Thorne, wach endlich auf, verdammt noch mal!«

Thorne blinzelte. Die Stimme war ihm vertraut, ganz im Gegensatz zur Umgebung. Gwyn rüttelte ihn so fest an der Schulter, dass er vor Schmerz zusammenzuckte. »Gwyn! Das tut weh!«

Sofort ließ sie von ihm ab. »Entschuldige. Aber ich habe dich nicht wach bekommen und Angst gekriegt.«

Er rollte sich auf den Rücken und sah sich im Raum um. Gwyns Schlafzimmer. Im Lauf der Jahre hatte er so einige Fantasien gehabt, was hier eines Tages passieren könnte. In diesem Bett. Aber nichts davon war jemals wahr geworden. Und heute Abend schon gar nicht, denn er schien vollständig bekleidet zu sein. Verdammt! »Wie bin ich hierhergekommen?«

Sie setzte sich auf die Bettkante. »Dass du das nicht mehr weißt, sollte dir eigentlich sagen, wie dringend du den Schlaf brauchtest. Du bist ein verdammter Sturkopf, Thorne«, schimpfte sie, wenngleich ihre Stimme so sanft war wie ihre Finger, mit denen sie ihm über die Wange strich. »Ich habe auf dich eingeredet, dass du dich hinlegen solltest, aber du wolltest nicht. Und auf einmal bist du eingeschlafen … und beinahe vom Sofa gefallen.«

Wenigstens das klang halbwegs plausibel. »Weil es viel zu kurz ist.«

»Für mich nicht, und es steht nun mal in meiner Wohnung. Deshalb hat alles seine Richtigkeit.«

Er schnitt eine Grimasse. »Wie bin ich überhaupt hier hereingekommen?«

»Sam, Clay und Paige haben dich getragen.« Gwyn lächelte. »Stevie hat die Regie übernommen, und ich habe das Ganze gefilmt, damit wir uns später darüber kaputtlachen können.«

»Das hast du nicht getan.«

Sie strich ihm mit dem Daumen über die Lippe. »Nein. Ich nicht. Aber Lucy.«

Thorne verdrehte die Augen. »Haha. Wenn ich du wäre, würde ich lieber nicht den Komiker auf der Bühne geben, sonst fliegen am Ende noch faule Eier oder Tomaten.«

»Ich werde es mir merken. Die anderen wollen mit dir die nächsten Schritte besprechen. Wir haben Pläne geschmiedet, während du geschlafen hast.«

Die anderen? Die nächsten Schritte? Er runzelte die Stirn, ehe der Groschen fiel. »Verdammt«, flüsterte er, inzwischen vollständig wach. »Es ist echt übel, Gwyn. Richtig übel.«

»Ich weiß, aber wir haben schon Schlimmeres überstanden. Wir schaffen auch das.«

Er hob die Hand und strich ihr durchs Haar, das in dunklen Wellen um ihr hübsches zartes Gesicht fiel. In den letzten sechs Jahren hatte sie es wieder länger wachsen lassen, und nun reichte es ihr bis zur Mitte des Rückens. Doch ihr Gesicht sah noch ganz genauso aus wie an jenem Morgen vor zwölf Jahren, als sie zu einem Casting für die Leadsängerin der Band erschienen war, in der er damals spielte. »Du wirst überhaupt nicht älter.«

Sie schmiegte die Wange in seine Handfläche. Prompt zog sich sein Herz für einen kurzen Moment zusammen. »Natürlich werde ich älter. Ich habe einfach eine gute Feuchtigkeitscreme.«

Er legte ihr den Zeigefinger auf die Lippen. »Sag einfach Danke.«

Ihre Wangen röteten sich, und sie schluckte. Thorne starrte sie fassungslos an. Eine Gwyn Weaver wurde nicht rot. Niemals.

»Danke«, flüsterte sie an seinem Finger.

Nun war er derjenige, der schluckte. »Wieso warst du heute Morgen bei mir zu Hause?«

Sie kniff die Augen zusammen. Schlagartig war der Moment der Zärtlichkeit vorüber. »Weil *du* derjenige warst, der mein Date verhindert hat. Er meinte, du hättest anklingen lassen, ich sei emotional instabil.«

Verdammt! Erwischt! Er hätte nicht gedacht, dass sie die Typen, mit denen sie verabredet war, nach dem Grund für die Absage fragen würde. »Das habe ich so nie gesagt.«

Ihre Augen verengten sich noch weiter. »Wie dann?«

»Äh …« Er versuchte, sich aufzusetzen. »Du meintest, die anderen wollen mit mir reden?«

Sie drückte ihn auf die Matratze zurück. »Die können auch noch ein paar Minuten warten. Sie sitzen bei Pizza und Bier.«

Er war völlig von den Socken, weil es ihr so problemlos gelungen war, ihn wegzuschieben. »Entweder hast du ungeahnte Kräfte, oder aber ich wurde stärker außer Gefecht gesetzt, als ich dachte.«

»Beides. Also, raus damit, Thorne.« Ihr war bewusst, wie verletzlich sie sich in diesem Moment fühlte – eine Regung, die sie sich normalerweise nicht anmerken ließ. »Es stand dir nicht zu, so etwas zu tun.«

Er schloss die Augen, damit sie nicht sehen konnte, was in ihm vorging, was er empfand. Sie sollte nicht wissen, dass er es jederzeit wieder tun würde, ohne mit der Wimper zu zucken. »Ich habe nicht gesagt, du seist emotional instabil, sondern dass sie es bitter bereuen würden, wenn sie mit dir ausgingen.«

»Weil mit mir etwas nicht stimmt, oder was?«

Er riss die Augen auf und erkannte entsetzt die Kränkung in ihrem Blick.

Scheiße. Scheiße, scheiße, scheiße. Er hätte wissen müssen, dass sie diesen Rückschluss ziehen würde. Dass sie unwissentlich einen Killer in ihr Bett gelassen hatte, war Gift für ihr Selbstwertgefühl gewesen – was nicht hätte sein müssen, weil dieser elende Dreckskerl sie alle nach Strich und Faden belogen und hinters Licht geführt hatte. »Nein. Gott, nein!« Doch er sah, wie ihre Unterlippe gefährlich zitterte. »Weil ich sonst durchgedreht wäre«, platzte er heraus. »Die Vorstellung, dass dich irgendeiner von diesen Typen anfasst, hat mich völlig verrückt gemacht.«

Sie wandte den Blick ab und fuhr sich mit der Hand über die Augen. »Warum?«, fragte sie argwöhnisch, als sie sich ihm wieder zuwandte.

Ihm stieg die Hitze ins Gesicht. »Liegt das nicht klar auf der Hand?«

»Nein. Du bist doch der geniale Anwalt, ich leite bloß einen Nachtklub.«

Trotz ihrer scheinbar lässigen Erwiderung sah er ihr an, dass sie es ernst meinte. Und dass sie stocksauer war. »Von ›bloß‹ kann keine Rede sein, Gwyn. Du arbeitest härter als ich, und was du jeden Tag tust, ist mindestens genauso anstrengend wie mein Job.«

Sie schüttelte den Kopf. »Okay. Das war's.« Sie wollte aufstehen, doch er packte sie am Handgelenk, wenn auch nicht zu fest, damit er ihr nicht wehtat und sie sich jederzeit aus dem Griff befreien konnte.

»Was ist? Wo willst du hin?«

»Was du daherredest, ist blanker Unsinn, Thorne. Natürlich ist mein Job nicht mal annähernd so wichtig wie deiner, das ist doch völlig klar. Wenn du mir bloß Lügen auftischst, kann ich dir überhaupt nichts mehr glauben.«

Er starrte sie finster an. »Hast du schon immer so gedacht? Oder ist das noch so eine Scheiße, die du diesem Arschloch Evan zu verdanken hast?«

Das Arschloch, das sie belogen, ihr das Gefühl gegeben hatte, etwas ganz Besonderes zu sein; das Arschloch, das sie überall berührt hatte, während er sie bloß als Tarnung für die Mordserie benutzt hatte, die sowohl Lucys Leben als auch ihrem eigenen ein Ende hätte bereiten sollen. *Am liebsten würde ich ihn umbringen.* Zu schade, dass das elende Dreckschwein bereits tot war.

Sie wandte den Kopf ab. »Lass das, Thorne. Ich will nicht über ihn reden.«

»Na gut, dann reden wir eben über dich. Wie viele Leute sind im Sheidalin angestellt, Gwyn?«

»Im Augenblick einunddreißig«, antwortete sie sofort. »Zwanzig davon auf Teilzeitbasis. Wieso?«

»Wie viele davon haben Familie? Jemanden, den sie ernähren müssen?«

»Alle bis auf zehn«, sagte sie. »Und?«

»Wie viele von diesen einundzwanzig Angestellten haben Kinder?«

»Fünfzehn.«

»Wie viele brauchen das Geld, das sie im Sheidalin verdienen, um Miete, Lebensmittel und ihre Krankenversicherung davon zu bezahlen?«

Sie verdrehte die Augen. »Alle. Das ist doch ein schwachsinniges Argument, Thorne, das weißt du genauso gut wie ich. Du kämpfst für die Rechte deiner Mandanten. Manchmal beschützt du sie sogar vor dem Tod.«

»Dasselbe tust du auch, Gwyn. Und diese Menschen verdienen deine Unterstützung mehr als meine Mandanten, weil wir mit Sicherheit sagen können, dass keiner von ihnen ein Verbrechen begangen hat.«

Ihre Lippen zuckten. »Das ist wiederum tatsächlich ein Argument. Aber trotzdem … ernsthaft?«

»Ernsthaft. Du leitest den Klub sehr effizient und mit ruhiger Hand. Die Leute arbeiten sehr gern bei uns. Sie sind froh über die Sicherheit, die der Klub ihnen bietet, und die Gewissheit, dass sie ihre Kinder ernähren können. Das ist alles dein Werk, Gwyn. Also erzähl mir nicht, ich sei besser oder schlauer als du. Das stimmt einfach nicht.«

»Na gut«, lenkte sie – viel zu schnell – ein. Doch dann verengten sich ihre Augen zu Schlitzen, und ihr hübscher Mund blieb offen stehen. »Du elender Dreckskerl. Du hast das Thema gewechselt. Ich habe dich gefragt, wieso du nicht willst, dass mich einer der Typen, mit denen ich ausgehen wollte, anfasst.«

Er lachte. »Siehst du? Du bist ein wirklich heller Kopf. Dir kann ich nichts vormachen.«

Wieder verpasste sie ihm einen Schlag, diesmal jedoch sanfter und auf die einzige Stelle, an der kein blauer Fleck prangte. »Also, raus damit.«

Sein Magen verkrampfte sich, als sich das letzte Quäntchen Hoffnung verflüchtigte, ungeschoren davonzukommen. Er holte tief Luft. Schloss die Augen. »Verdammt, Gwyn. Ich will dieses Gespräch nicht heute führen. Ich bin gerade nicht ... ich selbst. Ich will erst darüber reden, wenn ich wieder im Vollbesitz meiner geistigen Fähigkeiten bin, damit ich die richtigen Worte finde.«

Sie beugte sich näher an ihn heran. Obwohl er die Augen immer noch geschlossen hatte, war er sich ihrer gerunzelten Stirn bewusst. Der Lavendelduft kitzelte ihn in der Nase. Eine Haarsträhne streifte seinen Hals. »Welche Worte, Thorne? Wie kommst du auf die Idee, diesen netten, von meinen engsten Freunden handverlesenen Männern zu erzählen, sie sollen sich von mir fernhalten?«

Ihre Stimme war ohne jede Emotion, als wollte sie ihn provozieren, dass er etwas sagte. Oder auch den Mund hielt. Aber egal, was er tat, er saß in der Klemme. Er musste die Karten auf den Tisch legen, um ihr Klarheit zu verschaffen und ihr zu zeigen, dass die Absagen rein gar nichts mit ihrer Person zu tun hatten.

Und zugleich alles.

Er stieß den Atem aus. »Weil ich dich für mich haben will«, platzte er heraus und stöhnte. »Ich hatte mir mindestens zwanzig bessere Formulierungen überlegt.«

Der Lavendelduft wurde schwächer, als sie sich aufrichtete. Tödliche Stille senkte sich über den Raum – so intensiv, dass er die Augen aufschlug und ihren Blick sah, der auf ihn geheftet war.

Er verdrehte die Augen und gelangte zu dem Schluss, dass es die klügere Wahl war, sich für das Theater, das er hier veranstaltete, in Grund und Boden zu schämen, denn die Alternative wäre die abgrundtiefe Enttäuschung, die schon jetzt Besitz von ihm ergriff und sein Herz zu zerquetschen drohte. Denn er hatte gehofft. Aufrichtig gehofft.

Nach ihrem Blick, den sie ihm im Wohnzimmer über diesen verdammten Spiegel zugeworfen hatte. Er hatte es aufrichtig gehofft. Aber er hatte sich geirrt.

»Wirklich, Gwyn? Du wusstest es wirklich nicht?«

»Nein«, murmelte sie. »Lucy hatte so einen Verdacht, aber ... nein, ich wusste es tatsächlich nicht.«

Er massierte sich die Stirn, hinter der sich erneut ein dumpfer Schmerz bemerkbar machte – eine willkommene Abwechslung zu dem scharfen Brennen in seiner Brust. »Vergiss einfach, dass ich etwas gesagt habe.«

»Das kann ich nicht.«

Na prima! Nun hatte er auch noch eine der innigsten Freundschaften an die Wand gefahren. »Wir sind Freunde. In allererster Linie.«

»Aber ... du willst mehr.«

Die Vorsicht in ihrem Tonfall ließ ihn innehalten. Er kannte ihn gut genug von sich selbst, weil er ihn immer dann anschlug, wenn er versuchte, möglichst behutsam mit einer Frau Schluss zu machen. »Könnten wir bitte später darüber reden?«

»Nein. Das ist eine ganz einfache Frage, die sich mit Ja oder Nein beantworten lässt, Thorne. Willst du mehr?«

Er blickte in ihr bleiches Gesicht, in dem die dunklen Schatten unter ihren Augen deutlicher als sonst hervortraten. »Nein, das ist keine einfache Frage«, erwiderte er barsch. »Ja, ich will mehr, aber wenn du das nicht willst, muss ich es respektieren und werde es auch tun. Weil du meine beste Freundin bist und ich dich nicht verlieren will.«

Sie nickte leicht. »Seit wann schon?«

»Seit wann ich so für dich empfinde, meinst du? Genau weiß ich es nicht. So konkret bestimmt fünf Jahre, aber insgesamt seit mindestens sieben.«

Ihr blieb der Mund offen stehen. »Seit sieben Jahren?«

»Das habe ich doch gerade gesagt.«

»Aber ... du hast nie etwas verlauten lassen.«

»Weil wir nie zur selben Zeit verfügbar waren. Und dann ... kam er.« Evan, dieses elende Dreckschwein, der alles vergiftet hatte, was er anfasste. »Anfangs sah es aus, als wärst du so verdammt glücklich. Bis du es auf einmal nicht mehr warst.«

»Bis ich es auf einmal nicht mehr war«, murmelte sie. »Also. Wie geht es jetzt weiter?«

»Jetzt? In dieser Minute? Wir gehen ins Wohnzimmer und reden mit unseren Freunden, denen hoffentlich eine Strategie eingefallen ist, um zu verhindern, dass ich ins Gefängnis gehe.«

Sie nickte. »Na gut. Aber in dieser Angelegenheit ist das letzte Wort noch nicht gesprochen.«

»Davon bin ich auch nicht ausgegangen«, erwiderte er grimmig.

Sie zog die Brauen hoch. »Ich habe nicht Nein gesagt, Thorne.«

»Aber auch nicht Ja.«

Sie reckte das Kinn – eine typische Gwyn-Geste. »Ich muss in Ruhe darüber nachdenken, alle Aspekte beleuchten.«

Was ihre Spezialität war. Sie war eine der brillantesten Strateginnen, die er je kennengelernt hatte. Wieder schloss er die Augen und widerstand dem Drang, sich die Hand aufs Herz zu pressen. Weil es fürchterlich schmerzte. »Lauf nicht weg, bitte«, stieß er hervor. »Das würde ich nicht ertragen. Wir werden alles tun, was nötig ist, um Freunde zu bleiben, ganz egal, was.«

»Das werden wir, so viel kann ich dir versprechen. Und jetzt komm. Es gibt viel zu tun.« Sie erhob sich.

Er schlug die Augen auf und blickte auf ihre ausgestreckten Hände, so als glaube sie ernsthaft, ihn auf die Füße ziehen zu können. »Schon gut. Ich schaffe das allein.« So wie er es immer getan hatte.

Bedauern flackerte in ihren dunkelblauen Augen auf. Sie trat zur Schlafzimmertür. »Sam!«, rief sie. »Hier werden noch mal Muskeln gebraucht.« Sie wandte sich ihm noch einmal zu. »Wir reden später weiter«, murmelte sie und ging hinaus.

Was hast du erwartet, dachte er bitter. *Dass sie sich dir an den Hals wirft?* Das hätte sie auch nicht getan, bevor dieses Schwein Evan in ihr Leben getreten war.

Ich hätte mich raushalten sollen und mich nie in ihre Dates einmischen dürfen. Ich habe alles vermasselt. Aber er hatte so verdammt lange darauf gewartet, dass sie endlich aus ihrem Schneckenhaus kam, hatte sich solche Mühe gegeben, ihr das Gefühl von Sicherheit zu vermitteln, damit sie sich überwand. Allein die Vorstellung, dass sie mit einem anderen Mann zusammen sein könnte, hatte ihn in den Wahnsinn getrieben.

So sehr, dass er sie vergrault hatte. Andererseits hatte sie nicht Nein gesagt. Aber wollte er gezwungen sein, sie zu jedem weiteren Schritt erst mühsam überreden zu müssen? Wäre er dazu überhaupt fähig?

Sein Stolz sollte eigentlich überwiegen. Die große Frage war nur, ob dem wirklich so war.

»Komme schon, Boss.« Sam trat mit ausgestreckten Armen ins Schlafzimmer, aber Thorne winkte genervt ab.

»Ich komme schon klar.«

Sam musterte ihn wissend. Mitfühlend. »Von mir aus.«

Trotz Thornes vernichtendem Blick machte Sam keine Anstalten, sich ins Bockshorn jagen zu lassen. Das hatte er schon immer an dem jungen Mann gemocht. Thorne war bewusst, dass er allein durch seine Körpergröße einschüchternd wirken konnte, aber Sam hatte sich davon nie beeindrucken lassen. Er war kein Jasager, so viel stand fest. Genau deshalb vertraute Thorne ihm einen so wichtigen Teil seiner Arbeit an – Nachforschungen über Mandanten anzustellen und ihre Behauptungen zu überprüfen, konnte eine heikle Angelegenheit sein, die eine Menge Fingerspitzengefühl, einen scharfen Verstand und die Gabe erforderte, Menschen lesen zu können. Und nun vertraute er Sam und auch den anderen eine noch viel komplexere Aufgabe an.

Sie mussten ihm helfen, seine eigene Verteidigungsstrategie auf die Beine zu stellen. Denn sollte irgendjemand verhindern, dass Thorne sich vom Vorwurf des Mordes reinwusch, würde er den Rest seines Lebens hinter Gittern verbringen, ganz egal, ob Gwyn Ja oder Nein sagte.

Mit einem Seufzer stemmte Thorne sich hoch. »Wollt ihr mich davor bewahren, dass ich in den Knast wandere?«

Sam nickte entschlossen. »Absolut. Los, wir besorgen dir erst mal etwas zu essen, dann besprechen wir alles.«

»Einen Moment noch.« Thorne griff nach seinem Handy und ging die Nachrichten durch. Bei rund einem Viertel handelte es sich um Interviewanfragen oder Bitten um ein Statement. Er scrollte weiter, bis er fand, wonach er gesucht hatte.

Er runzelte die Stirn. Es war genau die Antwort, die er sich erhofft und zugleich gefürchtet hatte.

Alles ruhig. Keiner will Ihnen ans Leder. Allerdings wollen die sich jetzt den Klub unter den Nagel reißen. Auf Schnee, Powder und Thai-H achten.

Na toll. Er hatte Ramirez gleich eine Nachricht geschickt, nachdem Frederick ihm ein neues Handy besorgt hatte – sein altes, das er bei sich gehabt hatte, war unter Garantie von den Typen manipuliert worden, die ihn am Morgen schachmatt gesetzt hatten.

Ramirez war seine Kontaktperson innerhalb von Cesar Tavillas

Organisation – an ihn, eine der zentralen Figuren im organisierten Verbrechen der Stadt, hatte Thorne gleich als Allererstes gedacht, als er sich gefragt hatte, wer ein Motiv und die Mittel haben könnte, ihm eine so heimtückische Falle zu stellen. Der Drogenbaron hasste ihn schon seit Jahren und machte ihn für die Verhaftung seines Sohnes verantwortlich. Bereits in der Vergangenheit hatte er Thorne zu ermorden versucht, was Thorne bewogen hatte, sich einen Insider innerhalb seiner Organisation zu suchen, der ihn vor dem nächsten Angriff warnen konnte. In den letzten Monaten hatte Tavilla zwar die Füße stillgehalten, verfügte aber sowohl über die erforderlichen finanziellen Mittel als auch über das Personal. Allerdings versorgte Ramirez Thorne seit mehreren Jahren mit genauen und verlässlichen Informationen, daher bestand kein Grund zur Annahme, dass sich daran etwas geändert haben könnte.

Trotzdem wünschte er sich voller Inbrunst, dass Tavilla dahintersteckte, um seine Wut auf ein konkretes Ziel lenken zu können. Gleichzeitig graute ihm davor, weil der Mann als ausgesprochen skrupellos und sehr mächtig galt. Bislang war es Thorne gelungen, sich Versuche des Drogenbarons vom Leib zu halten, den Klub zu übernehmen und ihn, Thorne, im Zuge dessen für seine Zwecke einzuspannen. Aber er hatte stets gewusst, dass es eines Tages unweigerlich zu einer Konfrontation kommen würde.

Immerhin beschränkte Tavilla seine Ambitionen derzeit auf das Sheidalin. Und Thorne wusste, wonach er die Augen offen halten musste. Schnee, Powder und Thai-H. Kokain, Heroin und Fentanyl.

Na prima!

6. Kapitel

Gwyn zerrte die Kisten, auf denen Frederick gesessen hatte, an die Wand und setzte sich. Tweety, der mit gewohnter Verlässlichkeit ihre Stimmung wahrnahm, kam herüber und legte mit einem Seufzer den Kopf auf ihrem Oberschenkel ab. Sie kraulte ihn hinter den Ohren, während sie zusah, wie Thorne sich auf das Sofa sinken ließ, sorgsam darauf bedacht, bloß nicht in ihre Richtung zu sehen.

Fairerweise musste sie zugeben, dass es einiges anderes im Raum zu sehen gab – inzwischen hatten die anderen riesige Flipchart-Seiten mit Klebeband an den Wänden befestigt – das allerdings keine Spuren an der Wandfarbe hinterlassen würde, wie Clay versprach – und die nächsten Schritte und sonstige Anmerkungen darauf notiert. Unter Fredericks Leitung hatten sie sich in Teams aufgeteilt, um die diversen Hinweise abzuarbeiten und eine Strategie zu entwickeln. Gwyn war zutiefst beeindruckt von seiner geradezu klinischen Sachlichkeit.

Sollte sie jemals wieder in Schwierigkeiten geraten, wollte sie ihn unbedingt an ihrer Seite wissen. Für den Moment war sie heilfroh, dass er zu Thorne stand. Allein beim Anblick der Menge an Notizen und der Komplexität der Pläne löste sich der Knoten in ihrem Magen. Zumindest ein bisschen.

Was nicht zuletzt daran lag, dass dieser Knoten keine Reaktion auf Thornes derzeitige Zwangslage war. Dass es sich um eine Falle handelte, lag auf der Hand, daher bezweifelte sie nicht, dass er schon sehr bald von der Last des Vorwurfs befreit werden würde. Oberstes Ziel war, die Auswirkungen auf sein berufliches und privates Leben möglichst gering zu halten, während sie seine Unschuld bewiesen. So groß Thornes Angst sein mochte, er könnte ins Gefängnis wandern, stand diese Befürchtung nicht sonderlich weit oben auf ihrer Prioritätenliste.

Nein, Thorne selbst beschäftigte sie am meisten. Sieben Jahre. Seit sieben Jahren träumte er davon, mit ihr zusammen zu sein? Doch er hatte nie ein Wort verlauten lassen, kein Sterbenswörtchen.

Aber, nein, wenn sie jetzt darüber nachdachte, stimmte das nicht. Die Zettel. Die kleinen Geschenke. Seine Neckereien. Die langen Blicke, wenn er sich unbeobachtet glaubte. Sie hatte all die Signale bloß nicht ernst genommen.

Oder vielleicht hatte auch sie ein wenig Angst gehabt. Jetzt hatte sie jedenfalls Angst – vor dem, was auch immer da zwischen ihnen schwelte, davor, den nächsten Schritt zu gehen. Was, wenn es nicht funktionierte? Ihre Freundschaft sei das Allerwichtigste für ihn, hatte er beteuert, und das konnte sie nur bestätigen.

Doch sosehr sie sich auch davor fürchtete, den nächsten Schritt zu machen, so groß war auch ihre Angst, es nicht zu tun. Was, wenn es tatsächlich funktionierte? Wenn es jemanden in ihrem Leben gäbe … für immer? So wie bei Lucy und J. D.? Was, wenn so etwas auch zwischen Thorne und mir möglich wäre?

Und was, wenn sie es gegen die Wand fuhren? O Gott, am liebsten würde sie sich jedes Haar einzeln ausreißen.

Lucy setzte sich neben sie auf den Boden und legte den Kopf auf ihren anderen Oberschenkel. »Ich bin total fertig«, sagte sie. »Und ich muss noch mal abpumpen. Kann ich dein Schlafzimmer benutzen, wenn wir hier fertig sind?«

Gwyn streichelte mit der einen Hand Tweetys Kopf, mit der anderen Hand das Haar ihrer Freundin. »Natürlich.«

Lucy seufzte wohlig – offenbar genoss sie die Zärtlichkeit ebenso wie die Dogge. »Geht es dir gut?«, fragte sie ernst.

Jeden anderen konnte sie belügen, Lucy aber nicht. »Nein.«

»Hat er dir gesagt, wie er empfindet?«, fragte sie so leise, dass Gwyn sich vorbeugen musste.

»Ja«, flüsterte sie zurück.

»Und?«

Prüfend sah Gwyn sich im Raum um, doch die anderen waren viel zu sehr damit beschäftigt, über die unterschiedlichen Strategien zu diskutieren. »Und … ich denke in Ruhe über alles nach und beleuchte die einzelnen Aspekte.«

Tröstend rieb Lucy die Wange an Gwyns Bein. »Aber nicht zu lange, okay? Und sag Bescheid, bevor du etwas unternimmst. Bitte. Ich wäre gern vorgewarnt, für den Fall, dass jemand die Scherben aufsammeln muss. Von beiden.«

Die Vorstellung, dass Lucy in Betracht zog, sie könnte Thorne einen Korb geben, war … beunruhigend. Gleichzeitig aber auch ein klein wenig befreiend, wenn sie ganz ehrlich war. In erster Linie war es jedoch ernüchternd, weil ein Nein für sie alle Konsequenzen hätte.

»Gut«, sagte Gwyn und sah zu Thorne hinüber, der mit hoch konzentrierter Miene die Notizen an der Wand las.

»Wir haben die Arbeit aufgeteilt«, erklärte Frederick gerade. »Ich fasse alles gern für dich zusammen, okay?«

»Ich glaube, mehr kann ich im Moment auch nicht aufnehmen«, erwiderte Thorne leise, obwohl Gwyn sah, dass dem keineswegs so war. Er hatte die Augen zusammengekniffen und schien voll und ganz bei der Sache zu sein. Typisch für ihn. Er besaß die Gabe, sich ohne Umschweife einer Situation mit hundertprozentiger Aufmerksamkeit zu widmen.

Zu Beginn ihrer Freundschaft hatte Gwyn sich oft gefragt, ob er dieselbe Hingabe auch bei seinen Partnerinnen an den Tag legte. Und schon bald hatte sie eine Antwort darauf bekommen: Die Liste seiner Eroberungen, die sich nur zu bereitwillig über seine horizontalen Fähigkeiten ausgelassen hatten, war lang gewesen.

Gwyn hatte unwillkürlich die Zähne zusammengebissen. So wie jetzt. Sie zwang sich, ihren Kiefer zu entspannen.

Immerhin würden alle außer Lucy denken, die Situation bereite ihr Kopfzerbrechen, auch wenn Frederick alles im Griff zu haben schien.

»Also, bisher haben wir folgende Ansatzpunkte«, sagte er. »Bernice Browns Anruf und die Weiterleitung durch deinen Anrufservice. Dann die Verbindung zu dem Mord an Richard Linden, der Zeitpunkt, als du zur Bar kamst und dort abgefangen wurdest, sowie der inszenierte Tatort bei dir zu Hause.« Er deutete auf die einzelnen Flipchart-Bögen. »Relevant ist auch das Opfer selbst, Patricia Linden Segal, ebenso wie ihre Beziehung zu ihrem Ehemann und ihre Aktivitäten in den Tagen unmittelbar vor ihrer Entführung … Denn wir gehen davon aus, dass sie nicht freiwillig bei dir zu Hause aufgetaucht ist, sich ausgezogen und sich als Opfer zur Verfügung gestellt hat.«

»Davon ist auszugehen«, bemerkte Thorne sarkastisch. »Dass Patricia da war, habe ich immer noch nicht ganz begriffen. Und auch nicht, dass sie tot ist. Ich erinnere mich nur sehr vage aus der Highschool an sie. Sie war zwei Jahre jünger als wir, deshalb habe ich nicht viel von ihr mitbekommen. Ich kannte sie so gut wie gar nicht. Und jetzt ist sie tot. Das Ganze ist so surreal, dass ich noch nicht einmal Mitgefühl mit ihr und ihrer Familie haben kann.«

Das würde noch kommen, daran bestand nicht der geringste Zweifel für Gwyn. Jeder Fall, den Thorne übernahm, beschwor eine Traurigkeit in ihm herauf, ein tiefes Bedauern, ganz egal, ob die Mandanten nun ihre Schuld eingestanden oder weiter auf ihrer Unschuld beharrten. Er vertrat sie alle mit demselben Engagement, weil sie einen fairen Prozess oder zumindest den bestmöglichen Deal verdienten, den er für sie herausschlagen konnte.

Doch Schuld oder Unschuld hin oder her – jeder seiner Mandanten hatte Opfer hinterlassen, seien es die Menschen, denen sie die vorgeworfenen Straftaten tatsächlich angetan hatten, häufig genug waren aber auch die eigenen Familienmitglieder die Opfer, die Mühe hatten, ohne sie über die Runden zu kommen, solange die Delinquenten im Gefängnis saßen.

Dass jemand Patricia Linden Segal in die Sache hineingezogen hatte, war unfassbar grausam – sowohl ihrer Familie als auch Thorne gegenüber. Er würde den Rest seines Lebens in der Gewissheit zubringen müssen, dass sie ihrer Familie entrissen worden war, weil jemand ihm hatte schaden wollen.

»Wir werden so lange graben, bis wir wissen, weshalb sie sterben musste«, sagte Clay. »Stevie, Paige und ich überprüfen Mrs Segal und ihren Mann, der immerhin Richter ist. Was, wenn es gar nicht um dich ging, Thorne? Sondern um ihn? Wenn jemand ihm drohen oder sich an ihm rächen wollte? Durchaus möglich, dass du gar nicht das Opfer warst, sondern nur der Kollateralschaden.«

Thornes Miene verriet, dass er diese Möglichkeit noch gar nicht in Betracht gezogen hatte. »Oh. Guter Punkt«, sagte er leise.

Ein grimmiges und zugleich sanftes Lächeln erschien auf Clays Zügen. »Genau das fanden wir auch. Wir überprüfen ihren Mann, klopfen ihn auf irgendwelche Racheaktionen ab, finden heraus, ob er Urteile gefällt hat, die anderen vielleicht gegen den Strich gehen. Und wir sehen uns auch an, was Mrs Segal in den letzten beiden Wochen so getan hat, befragen ihre Freunde, solche Dinge.«

»Mir wurde das Barney's zugeteilt«, sagte Sam. »Ich finde heraus, wann du dort angekommen bist und mit wem du die Bar verlassen hast. Den Besitzer kenne ich noch aus meiner Zeit beim Militär. Er ist kein übler Typ. Hoffentlich spielt er mit.«

»Ich werde Bernice Brown befragen«, sagte Frederick, »und herausfinden, was gestern Abend passiert ist. Ich habe sie schon angerufen und ihr erzählt, du seiest unerwartet ins Krankenhaus eingeliefert worden und dass ich ihren Fall übernehme, bis du wieder auf dem Posten wärst. Sie lässt dich schön grüßen.«

Thornes Brauen schossen in die Höhe. »Hat sie denn ihren Anruf gar nicht erwähnt?«

Frederick schüttelte den Kopf. »Nein, aber ich habe ohnehin alle Anrufprotokolle und Transkripte aus der Telefonzentrale angefordert.«

»Du glaubst, jemand hat sich als Bernice ausgegeben?«, fragte Thorne.

Frederick zuckte die Achseln. »Keine Ahnung, aber ich werde es herausfinden.«

»Ruby und ich nehmen uns den Tatort vor«, sagte Lucy. »Wir haben Kontakte bei der Spurensicherung, die uns noch die eine oder andere Gefälligkeit schuldig sind. Ich halte uns J. D. allerdings vom Leib.« Sie verzog das Gesicht. »Natürlich würde er helfen wollen, aber ich will nicht, dass er Ärger mit Hyatt bekommt. Offiziell ist er nicht mit dem Fall betraut, weil er befangen wäre. Trotzdem wird er uns helfen, aber wenn wir die Informationen aus anderen Ecken bekommen, ist die Gefahr geringer, dass man ihn im Verdacht hat.«

»Wieder mal vereint«, bemerkte Ruby mit einem feinen Grinsen. Sie hatte mehrere Jahre unter Lucys Leitung in der Rechtsmedizin gearbeitet. »Und diesmal kannst du dann den Kaffee holen.« Lucy lachte. »Ich habe dir immer einen Kaffee mitgebracht, als ich noch deine Chefin war.«

»Stimmt.« Rubys dunkelrot lackierte Nägel funkelten im Schein der Lampe, als sie abwinkte. »Dann ist ja alles beim Alten.«

»Nur dass er jetzt koffeinfrei ist«, warnte Sam.

Ruby schnaubte. »Weiß ich doch. Das brauchst du mir nicht auch noch unter die Nase zu reiben.«

Jamie lächelte Ruby an. Er war ein so herzlicher Mann. Das hatte Gwyn schon immer gedacht, doch nun, da sie wusste, was er und Phil für Thorne getan hatten, diesen zutiefst verängstigten, unter

Mordverdacht stehenden Jungen, konnte sie noch besser verstehen, weshalb Thorne so große Stücke auf die beiden hielt. »Es dauert ja nicht mehr lange«, sagte Jamie zu Ruby.

»Von wegen!«, warf Lucy ein. »Wenn sie stillen will, kann sie sich alles, was wirklich lecker ist, noch für eine ganze Weile abschminken. Apropos – legen wir einen Zahn zu, ich muss gleich wieder abpumpen.«

Jamie verdrehte die Augen. »Dann geh ruhig. Was als Nächstes kommt, betrifft dich ohnehin nicht.«

»Vergiss es«, widersprach Lucy. »Es geht um Thorne, das heißt, es betrifft mich sehr wohl.«

Jamie nickte knapp. »Das stimmt. Also, Phil und ich fahren nach Chevy Chase, um herauszufinden, wer in Thornes Vergangenheit kramt. Vielleicht hat sich ja jemand bloß die Gerichtsakten beschafft. Aber auch das lässt sich in Erfahrung bringen.«

»Ich komme mit«, sagte Thorne in einem Tonfall, der keinen Widerspruch duldete.

»Das haben wir uns fast gedacht«, sagte Phil. »Ich habe noch Kontakt zu einigen Lehrern von früher und kann deshalb Fragen stellen, ohne allzu viel ungewollte Aufmerksamkeit zu erregen. Du, Junge, sorgst für das genaue Gegenteil. Deshalb wirst du dich rarmachen müssen.«

»Das bedeutet, du verbringst die meiste Zeit im Wagen«, meinte Jamie und schüttelte den Kopf, als Thorne protestieren wollte. »Wir beschützen dich, Thorne, so gut, wie wir nur können. Deshalb müssen wir gewährleisten, dass immer jemand bei dir ist. Ab sofort muss dein Alibi absolut wasserdicht sein.« Er sah Gwyn an. »Bist du bereit, bei ihm zu bleiben?«

»Natürlich«, antwortete Gwyn wie aus der Pistole geschossen. »Versuch mal, mich davon abzuhalten.«

»Also gut.« Frederick klatschte in die Hände. »Alle wissen, was sie zu tun haben. Auf geht's.«

»Moment noch.« Thorne stemmte sich hoch und sah sich um.

»Danke. Ich … ich hätte all das nie erwartet und weiß nicht, wie ich es jemals wiedergutmachen kann.«

»Wir sind diejenigen, die hier etwas wiedergutmachen«, erwiderte Stevie. »Du hast uns immer wieder geholfen, Thorne, jedem Einzelnen hier. Nicht dass jemand Buch führen würde, aber trotzdem. Du gehörst zur Familie.«

Thorne schluckte. »Danke. Aber passt auf euch auf. Und geht keine unnötigen Risiken ein. Ich will nicht, dass jemand Schaden nimmt, weder physisch noch jemandes Karriere oder guter Ruf. Das ist es mir nicht wert. Noch ist Zeit, einen Rückzieher zu machen.«

Einen Moment lang herrschte Stille, dann setzte Betriebsamkeit ein. Flipchart-Bögen wurden von der Wand genommen, Pizzakartons und leere Bierflaschen eingesammelt und Gwyns Wohnzimmer wieder in den ursprünglichen Zustand versetzt.

Lucy entschuldigte sich und ging in Gwyns Schlafzimmer, um ihre Milch abzupumpen. Gwyn blieb zurück und musterte Thorne, der inmitten der Betriebsamkeit ein klein wenig verloren wirkte. Und verblüfft. Als begreife er immer noch nicht, weshalb sich all diese Menschen für ihn einsetzten.

Es war ihm immer schon schwergefallen, Hilfe von anderen anzunehmen, nicht einmal von ihr oder von Lucy, allenfalls hier und da erlaubte er ihnen, sich ein wenig um ihn zu kümmern. Sie konnte sein Widerstreben durchaus nachvollziehen – auch sie war nicht daran gewöhnt, dass andere Menschen nett zu ihr waren, aber immerhin wusste sie, wo ihre Unsicherheit herrührte. Es war traurig, dass sie erst seit heute wusste, wo die Ursachen für Thornes lagen.

Und dass sie sich nie die Mühe gemacht hatte, ihn danach zu fragen.

Ich bin ein grauenvoller Mensch! Verdammt!

Ihr wurde die Brust eng, als ihr bewusst wurde, dass es sinnlos war, sich etwas vorzumachen. Sanftmut und Zärtlichkeit waren

Gefühle, die sie nicht häufig empfand, und wenn doch, dann für den Mann auf dem Sofa vor ihr und üblicherweise in Momenten, wenn er sich unübersehbar nicht der Tatsache bewusst war, was für ein wunderbarer Mensch er doch war.

Vorsichtig setzte sie sich wieder auf die Armlehne des Sofas, während er auch jetzt noch überall hinsah, nur nicht ihr ins Gesicht. *Ich habe ihn gekränkt. Dabei wollte ich das doch gar nicht.* Aber noch viel kränkender wäre es gewesen, sich seine Liebeserklärung anzuhören, bevor sie bereit dafür war, nur um dann zurückzurudern. Stattdessen spendete sie ihm den Trost und Beistand, den sie ihm geben konnte.

»Keiner macht einen Rückzieher«, sagte sie leise.

»Ich weiß. Ich verstehe es zwar nicht, aber trotzdem bin ich dankbar dafür.«

Einen Moment lang herrschte Schweigen, und zum ersten Mal in all den Jahren, seit sie sich kannten, war die Stille angespannt und unangenehm. Schließlich räusperte er sich. »Ich fahre mit Jamie und Phil nach Hause und übernachte in ihrem Gästezimmer, bis wir ein bisschen klarer sehen.«

Enttäuschung keimte in ihr auf, während sie überlegte, wie sie ihn zum Bleiben überreden könnte, aus Angst, es könnte vorüber sein, wenn er erst gegangen wäre. Zwar wusste sie nicht, was »es« war, doch ihr Instinkt sagte ihr, dass sie ihn nicht gehen lassen durfte.

Und sei es nur, um sich um ihn zu kümmern. Als seine beste Freundin. Das stand ihr doch zu. Oder etwa nicht? Gleichzeitig würde sie als seine beste Freundin eher sterben, als zuzulassen, dass sie ihm noch mehr Schmerz zufügte, als sie es ohnehin schon tat. »Wenn du das willst.«

Sein Lachen klang ein wenig spröde. »Was ich will und was ich höchstwahrscheinlich kriege, sind oft zwei Paar Stiefel.«

»Das kannst du doch nicht wissen. Ich weiß es jedenfalls nicht. Aber eins weiß ich sicher, nämlich, dass du bleibst. Ich habe ein

Gästezimmer, und die Alarmanlage ist wesentlich besser als bei Jamie und Phil. Das weiß ich deshalb, weil Clay sie höchstpersönlich installiert hat.«

Nach Evan hatte sie nicht schlafen können, weil sie ständig Angst gehabt hatte, jemand könnte in ihre Wohnung eindringen. Auch wenn sie Evan aus freien Stücken in ihr Leben gelassen hatte. Und …

Hör auf. Du wirst jetzt nicht über ihn nachdenken. Evan war tot. *Und ich bin noch hier.* Und Thorne war nicht Evan. Allein die Vorstellung, dass die beiden irgendetwas gemeinsam haben könnten, war schlicht absurd. Thorne würde ihr niemals etwas antun.

»Und«, fügte sie hinzu, als ihr ein weiterer, durchaus realistischer Gedanke kam, der ihre Angst zusätzlich befeuerte, »ich selbst bin auch sicherer, solange ich in deiner Nähe bleibe. Du bekommst Polizeischutz, selbst wenn Hyatt es lieber als Überwachung bezeichnet.«

Denn es war durchaus möglich, dass wieder ein Täter versuchen würde, an sie heranzukommen. Wieder einmal. Wegen ihrer Freunde. Allein die Vorstellung jagte ihr eine Heidenangst ein.

Er musterte sie scharf. »Du hast mit alldem doch nichts zu tun.«

Sie zuckte die Achseln und bemühte sich, logisch und klar zu denken. »Wenn jemand deine Vergangenheit genug ausgeleuchtet hat, um einen Mord zu fingieren, bei dem die Schwester des Opfers zu Tode kam, dessen Ermordung dir vor neunzehn Jahren zur Last gelegt wurde, weiß derjenige auch, dass deine feste Freundin von damals getötet wurde, weil sie eine Zeugin war.«

Er presste die Lippen aufeinander. »Aber du bist nicht meine feste Freundin.«

Das saß. »Stimmt, trotzdem weiß jeder, wie nahe wir uns stehen. Und jemandem wehzutun, der einem am Herzen liegt, ist immer noch die beste Methode, um jemanden zu quälen. Alle um dich herum müssen wachsam sein.«

Thorne stieß erschüttert den Atem aus. »O Gott. Daran habe ich gar nicht gedacht. Wieso bin nicht selbst darauf gekommen?«

»Du warst eben ein bisschen beschäftigt«, meinte sie und widerstand dem Drang, ihm auf die Schulter zu klopfen, wie sie es getan hätte, bevor er die Siebenjahresbombe hatte platzen lassen. Doch sein Geständnis hatte eine Verlegenheit zwischen ihnen heraufbeschworen, die davor nie existiert hatte. Am liebsten wäre sie ihm deswegen an die Gurgel gegangen.

Aber ... was, wenn er recht hatte? Wenn sie tatsächlich mehr als Freunde sein, ein gemeinsames Leben haben konnten?

Herrgott noch mal, konzentrier dich! Jeder in Thornes Dunstkreis könnte in Gefahr schweben. Auch die beiden Männer, die gewissermaßen seine Adoptiveltern waren. »Vielleicht solltest du doch lieber zu Jamie und Phil gehen, und ich komme mit, denn hier kann Jamie nicht bleiben. Das Haus ist nicht behindertengerecht. In diesem Fall sind wir durch Hyatts Überwachungsmannschaft auf der sicheren Seite. Außerdem können wir so gleich morgen früh in deine alte Heimatstadt aufbrechen. Okay?«

Thornes Kiefer mahlte. »Jamie und Phil haben nur ein Gästezimmer.«

»Macht doch nichts. Ich schlafe auf dem Sofa. Ich bin so klein, dass ich praktisch überall ein Plätzchen finde.«

Jamie fuhr neben sie. »Wir sehen das genauso.«

Gwyn hob die Brauen. »Dass ich klein bin?«

Jamie grinste. »Das auch. Aber hauptsächlich die anderen Argumente, Gwyn. Alle hier sind entweder selbst Polizisten oder leben mit einem Polizisten zusammen und können daher auf sich selbst aufpassen. Wir vier jedoch sollten uns zusammentun. Und im Übrigen hat unser Haus ein hochmodernes Überwachungssystem. Vielleicht nicht so hochklassig wie eines aus Clays Werkstatt, aber trotzdem tadellos. Bei uns seid ihr sicher.«

»Ihr alle wärt sicherer, wenn ich alleine bliebe«, brummte Thorne. »Ich will niemanden in Gefahr bringen, deshalb bleibe ich lieber für mich.«

Jamie sah ihn stirnrunzelnd an. »Thomas«, sagte er leise, fast missbilligend.

Der Tonfall schien jeden weiteren Protest im Keim zu ersticken. *Spitzenmäßige Taktik,* dachte Gwyn.

»Ich will nicht, dass jemand zu Schaden kommt«, murmelte Thorne. »Nicht meinetwegen.«

»Also, nachdem du ja jetzt weißt, dass Vorsicht geboten ist, und du dich langsam von dem GHB erholst, sind wir wohl sicherer, wenn *du* bei *uns* bist, oder etwa nicht?«, erklärte Jamie mit einer Geste auf Thornes beeindruckende Körpergröße. »Würde ich dich nicht kennen, hätte ich allein bei deinem Anblick die Hosen voll.«

Thorne blickte auf seine Hände. »Puh. Danke.«

»Gern geschehen«, meinte Jamie knapp. »Müssen wir dieses Gespräch schon wieder führen?«

Gwyn sah von einem zum anderen. »Was für ein Gespräch?«

Thorne ließ resigniert die Schultern sacken. »Das, bei dem er mir vor Augen hält, dass ich kein übler Schläger bin, auch wenn ich so aussehe, aber gefälligst den maximalen Nutzen für mich herausziehen soll, wenn die Leute blöd genug sind, sich vor mir zu fürchten.«

»Ach, dieses Gespräch, das wir beide auch schon hundert Mal geführt haben?«, fragte sie. »Mir war nicht bewusst, dass andere dir genau dieselbe Predigt halten.« Sie bemühte sich um einen etwas freundlicheren Tonfall, um ihre Verärgerung beim Anblick seiner hängenden Schultern zu kaschieren. »In dem Fall sollte doch allmählich etwas hängen bleiben, oder nicht?«

Er lächelte nicht. »Es geht nicht nur um meine Größe.«

»Ich weiß«, sagte sie sanft.

Sie hatte die rassistischen Bemerkungen im Lauf der Jahre oft genug zu hören bekommen, sowohl als seine Anwaltsgehilfin in den Anfangszeiten seiner Kanzlei wie auch später im Nachtklub. Thornes Hautfarbe hatte einen satten Bronzeton. Und zwar überall.

Ohne einen einzigen Bräunungsstreifen am ganzen Körper. Was sie wusste, weil sie versehentlich einmal hereingekommen war, als er im Klub gerade unter der Dusche gestanden hatte. Bei seinem Anblick hätte sie sich um ein Haar verschluckt, und auch jetzt noch hatte sie allein bei der Erinnerung das Bedürfnis, sich Luft zuzufächeln.

Seine makellose Haut machte ihn nur noch attraktiver, aber viele Leute waren nun einmal echte Arschlöcher, und dass Thorne die Mehrzahl von ihnen mindestens um Haupteslänge überragte, schien die Dämlichsten unter ihnen nicht von Gemeinheiten abzuhalten. Üblicherweise wurden die Rassisten immer dann am fiesesten, wenn sie aus dem Sheidalin flogen oder wenn Thorne sich aus irgendwelchen Gründen weigerte, ihren Fall zu übernehmen. Und wenn er es doch tat und am Ende verlor, verstiegen sich manche sogar zu regelrechten Morddrohungen.

Was auch hier der Fall sein könnte. Womöglich hatten sie es mit einem wütenden Ex-Mandanten oder einem rachsüchtigen Familienangehörigen zu tun. Was Gwyn nur umso wütender machte, weil Thorne der wunderbarste Mensch war, den sie kannte.

»Was macht dir denn wirklich Angst?«

Einen Moment lang schwieg er, dann zuckte er die Achseln. »Dass wir ständig über früher geredet haben, hat wohl einige schlimme Erinnerungen heraufbeschworen. Der Staatsanwalt hat mich als jugendlichen Verbrecher dargestellt und sogar angedeutet, dass ich mit einer der lokalen Banden herumziehe, obwohl es keinerlei Beweise dafür gab. Es war gerade die Anfangszeit der Gangs in der Stadt, und in den weißen Vierteln hatten die Leute Angst vor jedem … der nicht so aussah wie sie. Was auf mich ja zutraf. Jamie hat dem Staatsanwalt sehr schnell die Luft rausgelassen und Einspruch erhoben, dass seine Anschuldigungen keinerlei Grundlage hätten, aber es war trotzdem schlimm, mir anhören zu müssen, dass jemand mich für einen gewöhnlichen Straßendieb hält. Schließlich hatte ich mich so sehr bemüht, mich von jeglichem Ärger fernzuhalten.«

Auch das war keine Überraschung. Thornes ethnische Herkunft war nicht eindeutig zu definieren: Er ging problemlos als Angehöriger unterschiedlicher Minderheiten durch und hatte sich diese Tatsache schon häufiger zunutze gemacht, um undercover Erkundigungen über künftige Mandanten einzuholen. Er war sehr wählerisch bei der Entscheidung, welchen Fall er annahm und welchen nicht, und wollte sämtliche Fakten in der Hand haben, ehe er sich bereit erklärte, einen Mandanten zu vertreten.

Er genoss diese verdeckten Ermittlungen sehr. Früher hatte Gwyn ihn gerne begleitet, sich an seinen Abenteuern aber nicht mehr beteiligt, seit ... Sie seufzte stumm. Seit sechs Jahren. Verdammt. Seit Evan hatte er alles allein getan. Wie viele Dinge, die ihr eigentlich Spaß machten, hatte sie nur wegen dieses Mistkerls sausen lassen? Viel zu viele.

»Wie gut, dass du damals noch nicht all die Tätowierungen hattest«, sagte sie sarkastisch. Sie konnte sich noch gut an das erste Mal erinnern. Damals hatten sie sich gerade erst kennengelernt, trotzdem hatten beide vom ersten Moment an diese tiefe, instinktive Verbindung gespürt. So tief, dass er ihr sogar erlaubt hatte, ihn zu einem Tattookünstler zu begleiten. Die erste Sitzung fand am Todestag seines Vaters statt, und er hatte sich dasselbe Motiv stechen lassen, das auch die Haut seines Vaters geziert hatte. Die ganze Prozedur hatte vier Sitzungen erfordert. Und bei jeder war sie an seiner Seite gewesen und hatte ihm die Hand gehalten.

Sie und Thorne, sie hatten eine gemeinsame Geschichte.

Mit dieser Bemerkung gelang es ihr endlich, ein Lächeln auf sein Gesicht zu zaubern. »Dem Himmel sei Dank dafür«, meinte er.

»Ich hatte auch so schon eine Heidenangst, dass ich keinen fairen Prozess kriege.«

»Aber du hast ihn bekommen«, erklärte Jamie fest und riss sie beide ins Hier und Jetzt zurück. »Ich bin jedenfalls überglücklich, dass du ein Riese bist. Da fühle ich mich heute Abend gleich viel besser.« Er nickte Gwyn zu. »Also, dann pack mal deine Sachen. Und vergiss nicht, einen dicken Pulli mitzunehmen. Phil bringt die Klimaanlage im Wagen immer auf arktische Temperaturen.«

»Und was ist mit Tweety?«, fragte sie.

»Bring ihn mit. Er kann bei uns im Garten bleiben. Dort ist genug Schatten. Schwimmt er gern?«

»Wie ein Fisch.«

»Dann kann er den ganzen Tag draußen bleiben und im Pool schwimmen, wenn ihm zu heiß wird.«

Gwyn glitt vom Sofa. »Ich beeile mich.«

College Park, Maryland
Sonntag, 12. Juni, 23.30 Uhr

Mit einem Lächeln nahm Frederick die Tasse Kaffee am Tisch in der Küche von Mrs Browns Cousin entgegen. »Danke, dass ich so spät noch vorbeikommen durfte, Mrs Brown.«

Stirnrunzelnd setzte Bernice Brown sich ihm gegenüber. »Ich habe in den Fernsehnachrichten von Mr Thorne erfahren und keine Ahnung, was eigentlich los ist.«

»Das wissen wir auch noch nicht, sondern nur, dass er unschuldig ist. Und es scheint, als wären Sie in diese Geschichte verwickelt worden.«

Sie riss die Augen auf. »Ich? Wie das denn? Ich habe nie …« Sie hielt inne, schien nicht zu wissen, was sie sagen sollte.

»Bernie?« Ihr Cousin kam mit besorgter Miene herein. »Was ist hier los?«

Bernice warf ihm einen panischen Blick zu. »Die glauben, ich hätte etwas mit dem Mord an dieser Frau zu tun, Wayne. Aus den Nachrichten!«

»Moment, Moment«, warf Frederick besänftigend ein. »Das glaube ich natürlich nicht. Ich habe lediglich gesagt, dass Sie offenbar in die Angelegenheit verwickelt wurden … von jemand anderem.« Er wandte sich an Mrs Browns Cousin. »Möchten Sie sich vielleicht zu uns setzen?«

Wayne ließ sich auf den Stuhl neben Bernice sinken und legte den Arm um sie. Wayne Bullock war in den Fünfzigern, seine Cousine zehn Jahre jünger. Aus Thornes Akten ging hervor, dass er eine Art Vaterfigur für sie gewesen war. Mittlerweile war er im Ruhestand und lebte in einem Trailer, was ein überaus geeigneter Ort für seine Cousine war, um für eine Weile abzutauchen. Als Bernice' Ehemann angefangen hatte, sie zu stalken, war er mit seinem Wohnwagen einfach in einen Trailerpark in einem anderen, ein Stück entfernten Bezirk gezogen – ein klarer Vorteil eines mobilen Zuhauses.

»Also, Mr Dawson, sagen Sie uns, was hier los ist!«, forderte Wayne Frederick auf.

»Natürlich. Seit etwa einem Jahr bin ich Partner in Mr Thornes Kanzlei und habe Ihren Fall übernommen, Mrs Brown, solange die Ermittlungen gegen ihn laufen. Wie gesagt, wir sind sehr zuversichtlich, dass sich alles bald klären und er von jedem Verdacht freigesprochen werden wird.«

»Und inwiefern ist Bernice in all das verwickelt?«, fragte Wayne.

»Mr Thorne wurde gestern Abend vor einer Bar namens Barney's überwältigt und entführt.«

Bernice runzelte die Stirn. »Von dem Laden habe ich noch nie gehört. Was hat das mit mir zu tun?«

»Er war auf dem Weg, um sich mit Ihnen zu treffen, Mrs Brown. Zumindest dachte er das.«

Sie schnappte nach Luft. »Mit mir? Ausgeschlossen!«

Frederick nickte ruhig. »Ich glaube Ihnen.« Hauptsächlich, weil er den Anruf überprüft und festgestellt hatte, dass er von einem Wegwerf-Handy aus getätigt worden war. »Der Anruf wurde über Mr Thornes Anrufservice an ihn weitergeleitet, und die Anruferin hat sich als Sie ausgegeben, Mrs Brown. Sie hat Mr Thorne erzählt, sie hätte schreckliche Angst, weil jemand versucht hätte, sie mit dem Wagen von der Straße abzudrängen.«

»Also ist er hingefahren«, flüsterte sie. »Natürlich.«

»Stimmt«, bestätigte Frederick. »Das ist das Letzte, woran er sich erinnern kann. Er wurde zusammengeschlagen und unter Drogen gesetzt.«

Bernice schüttelte den Kopf. »Aber ich habe ihn nicht angerufen.«

»Das dachte ich auch gar nicht. Ich habe den Anruf zu einem Wegwerf-Handy zurückverfolgt.«

»Ich habe so eines«, sagte Bernice langsam, als wäge sie jedes Wort einzeln ab, »benutze es allerdings nie.« Sie sah ihn bestürzt an. »Mr Thorne hat es mir gegeben und meinte, es sei nur zu meiner Sicherheit.«

»Sie können es auch weiterhin benutzen«, sagte Frederick. »Es sei denn, Sie wollen, dass ich Ihnen ein anderes besorge. Trotzdem muss ich Sie fragen, wo Sie sich gestern gegen Mitternacht aufgehalten haben.«

»Hier«, antwortete sie. »Wir haben uns auf Netflix einen Film angesehen, aber natürlich kann ich das nicht beweisen.«

Waynes Arm schloss sich noch ein wenig fester um seine Cousine. »Wird die Polizei Bernice befragen? Sie hat wegen dieses Mistkerls von Ehemann schon mehr als genug Ärger am Hals.«

»Thorne hat sie der Polizei gegenüber nicht erwähnt.«

Bernice' Augen weiteten sich. »Aber das ist doch Teil seines Alibis. Ich könnte ihnen sagen, dass ich ihn nicht angerufen habe und er von jemandem zu dieser Bar gelockt wurde.«

»Er möchte Ihren Namen nicht preisgeben, Ma'am. Die Identität seiner Mandanten sollte nicht bekannt werden. Das will er nicht.«

Bernice schien sich zu entspannen, doch dann biss sie sich auf die Lippe. »Was kann ich tun?«

Frederick lächelte. »Für den Moment? Halten Sie sich weiterhin versteckt und passen Sie gut auf sich auf. Er war besorgt um Sie. Gleich nachdem er zu sich kam, wollte er wissen, wie es Ihnen geht, und hat uns gebeten, nach Ihnen zu sehen, um sicherzugehen, dass Sie in Sicherheit sind. So können Sie ihm momentan am besten helfen.«

Wayne runzelte die Stirn. »Aber wenn jemand sich am Telefon für Bernice ausgegeben hat, weiß diejenige doch, dass er sie vertritt.«

»Das stimmt«, räumte Frederick ein. »Andererseits ist es kein Geheimnis, dass Thorne Mrs Browns Mandat übernommen hat.«

»Trotzdem kannten diese Leute die Details«, fuhr Wayne beharrlich fort. »Immerhin wussten sie genug, um davon auszugehen, dass tatsächlich jemand versuchen würde, Bernice von der Straße abzudrängen.«

Frederick nickte. Auch ihm war dieser Gedanke bereits gekommen. »Das ist ebenfalls wahr. Aber dass Mr Brown seine Frau stalkt, ist nichts Neues, weil die Zeitungen bereits darüber berichtet haben. Trotzdem können wir nicht ausschließen, dass es in unserer eigenen Kanzlei eine undichte Stelle gibt.« Diese Befürchtung hatte Frederick sich vorhin in Gwyns Wohnzimmer nicht zu äußern getraut. Thorne beschäftigte lediglich eine Handvoll Mitarbeiter, die allesamt loyal waren, soweit er wusste. Trotzdem konnte die Gefahr nicht ausgeschlossen werden. »Dieser Möglichkeit gehe ich gerade auf den Grund«, fügte er hinzu.

Wayne nickte ein wenig unsicher. »Gut. Sollen wir noch mal auf einen anderen Platz ziehen?«

Frederick seufzte. »Das wäre vielleicht keine schlechte Idee. Nur für alle Fälle.« Er übergab ihnen seine Visitenkarte. »Falls Sie sich dazu entschließen, geben Sie mir bitte Bescheid. Außerdem sollten Sie dieses Wegwerf-Handy immer geladen bei sich tragen. Falls Sie Angst bekommen, dass jemand sich Ihnen nähert, wählen Sie den Notruf und rufen mich danach sofort an. Okay?«

Mit zitternden Fingern nahm Bernice die Karte entgegen. »Okay. Danke, Mr Dawson.«

Frederick stand auf. »Das ist mein Job, Ma'am. Wir kümmern uns natürlich auch weiter um Ihre Verteidigung.«

Wayne erhob sich ebenfalls. »Zum selben Honorar? Mr Thorne hat ihr nämlich einen Rabatt gewährt.«

»Ich arbeite pro bono«, erklärte Frederick. »Zwar stelle ich Mr Thorne die Spesen und sonstigen Auslagen in Rechnung, meine Arbeit ist aber gratis.«

Bernice ließ die Schultern sacken. »Danke.«

Er lächelte. »Gern geschehen.«

Gerade als er die Tür öffnete, hörte er sie seinen Namen rufen und wandte sich um. »Ich … bitte danken Sie auch Mr Thorne. Dafür, dass er mir sofort zu Hilfe geeilt wäre, obwohl ich ihn gar nicht gebraucht habe«, bat sie.

»Ich werde es ihm ausrichten.« Etwas in ihren Augen sagte Frederick, dass sie ihm etwas vorenthielt. »Sollte Ihnen sonst noch etwas einfallen, was ihm helfen könnte, rufen Sie mich bitte an.«

»Das mache ich.« Sie holte Luft. Er wartete. »Ich habe da eine Freundin. Sally Brewster. Sie hat mich am Freitag angerufen, weil sie einen etwas merkwürdigen Anruf von einem Polizisten bekommen hatte. Man suche nach mir, weil man mir ein paar Fragen zu meinem Ehemann stellen wolle, hätte er behauptet. Aber sie hat gesagt, sie wisse nicht, wo ich sei, was auch stimmt. Und dass er sich schämen solle. Ich hätte solche Angst vor meinem Mann, dass ich mich nicht aus meinem Versteck trauen würde. Der Mann hatte sie auf dem Handy angerufen. Weil sie nach

Wayne mein nächster Notfallkontakt ist. Vielleicht setzen Sie sich ja mal mit Sally in Verbindung.«

Frederick lächelte sie an. »Danke, das werde ich. Und ich sage ihr, dass auch sie vorsichtig sein soll.«

Baltimore, Maryland
Sonntag, 12. Juni, 23.40 Uhr

»Setz dich, Thorne.« Phil legte ihm die Hand auf die Schulter.

Thorne wandte sich von dem großen Küchenfenster ab, hinter dem sich der im Dunkel liegende Garten des Hauses befand. Tagsüber war er ein wahres Paradies der Stille, mit einem von Trauerweiden umgebenen Pool, zwischen denen ein Bächlein plätscherte, und einem gepflasterten Weg, sodass Jamie sich mit seinem Rollstuhl ungehindert bewegen konnte. Nun jedoch lag er in Tintenschwärze vor ihm, da die dicht stehenden Bäume nicht nur die Lichter der Stadt, sondern auch die funkelnden Sterne zu schlucken schienen.

Thorne wusste nicht, wie lange er dort gestanden hatte, aber es musste lange genug gewesen sein, um Phils Besorgnis heraufzubeschwören, was er unter keinen Umständen wollte, deshalb ließ er sich brav auf den Küchenstuhl sinken.

»Ich habe heiße Schokolade gekocht«, meinte Jamie. »So, wie du sie magst.«

Mit dem Milchaufschäumer. Auch dafür war Thorne dankbar, denn das Summen hatte das Rauschen der Dusche übertönt – mit Gwyn darunter … nackt.

Sie hatte nicht Nein gesagt, führte er sich zum x-ten Mal an diesem Abend vor Augen. Dass sie nicht sofort abgewinkt hatte, war … Er seufzte. Ein erbärmlicher Strohhalm, an den er sich verzweifelt klammerte.

Jamie schob ihm den Becher zu. Thorne fragte sich, ob Jamie mit

Absicht den Milchaufschäumer genau in dem Moment eingeschaltet hatte, als das Rauschen des Wassers eingesetzt hatte. Das
Mitgefühl in Jamies Augen war die Antwort.

Na wunderbar, dachte er verärgert und blickte auf das Getränk,
das tatsächlich genauso war, wie er es am liebsten mochte. Er
verdrängte die Gedanken an Gwyn und zwang sich, sich jenen
Tag ins Gedächtnis zu rufen, als er das erste Mal hier gesessen
hatte, genau an diesem Tisch. »An jenem Tag hast du mir auch
eine heiße Schokolade gekocht.«

Jamie drückte seinen Arm. »Ein genialer Schachzug von mir«,
meinte er.

»An welchem Tag?«, fragte Gwyn vom Türrahmen herüber. Ihr
Gesicht war leicht gerötet vom heißen Wasser und unge-
schminkt, so wie Thorne es am liebsten mochte. Sie hatte ihr
noch feuchtes Haar zu einem Zopf zusammengenommen, was
sie so verdammt jung aussehen ließ, und trug eine weite Jogginghose und ein Oversize-Sweatshirt, deren Anblick Thorne das
Herz bluten ließ – genau diese Sachen hatte sie auch in den Wochen und Monaten angezogen, nachdem Evan Lucy zu ermorden versucht hatte. Es war, als versuche sie, sich in den weiten
Klamotten zu verstecken, als hätte sie dieses Schwein auch noch
gereizt, seine Aufmerksamkeit auf sich zu ziehen versucht, was
natürlich keineswegs so war.

Sie betrachtete ihn. Ihre Unsicherheit, ob sie willkommen war,
ebenso wie die Tatsache, dass sie sich vor ihm zu verhüllen versuchte, schmerzte ihn nur umso mehr. *Verdammt, ich bin so blöd.*
Ich hätte niemals etwas sagen dürfen. Ich habe alles vermasselt.

»Komm rein«, forderte Phil sie mit einer Geste auf den Stuhl gegenüber von Thorne auf. »Wir gönnen uns noch etwas Leckeres
vor dem Schlafengehen.«

»Jamie hat mir an dem Tag, als er und Phil mich auf Kaution aus
dem Gefängnis geholt haben, auch heiße Schokolade gemacht.
Du wirst sie lieben.«

Phil stellte einen Becher vor sie und setzte sich ans Kopfende des kleinen Tischs, gegenüber von Jamie. »Das Rezept ist von mir«, erklärte Phil, »aber Jamie übernimmt gern das Aufschäumen.«

»In meinem Alter reduziert sich nun mal die Auswahl an Amüsements«, frotzelte Jamie, was Thorne mit einem Schnauben quittierte, weil Jamie bis zum heutigen Tag an sportlichen Rollstuhlwettbewerben teilnahm. Mit Erfolg.

»Ich habe die Fotos deiner eingeschränkten Amüsementauswahl gesehen«, erwiderte Gwyn trocken. »Thorne hat seine Bürowände damit vollgepflastert. Das vom Fallschirmspringen gefällt mir am besten. Wenn ich in deinem Alter auch bloß halb so agil bin, kann ich mich glücklich schätzen.« Beim Wort *Alter* zeichnete sie Anführungszeichen in die Luft. Jamie war noch nicht einmal sechzig. »Was ist das?«, fragte sie mit einer Geste auf die säuberlich auf dem Tisch gestapelten Akten.

»Ich stelle eine Fallakte zusammen, so wie ich es für jeden Mandanten tun würde«, antwortete Jamie.

»Das hier sind die Unterlagen, die wir über die Hauptbeteiligten des Prozesses vor neunzehn Jahren zusammengetragen haben«, fügte Phil hinzu. »Wir wollten gerade die Befragungen für morgen vorbereiten. Wir gehen davon aus, dass jemand all die Informationen über das Verfahren den Zeitungen entnommen hat, aber …« Er ließ seine Stimme verklingen und sah Jamie an.

»Jemand hat den ganzen Mist nicht ohne Grund ausgegraben«, erklärte Jamie. »Weil der Vorfall von letzter Nacht Thornes Unschuld in Zweifel zieht … sowohl jetzt als auch damals.«

Gwyn biss sich auf die Lippe, wie immer, wenn sie Mühe hatte, ruhig zu bleiben. Thorne war sich nicht sicher, ob sie sich dessen bewusst war. »Das ist alles so daneben«, sagte sie. »Komplett verkehrt.«

Jamie zögerte. »Mir geht immer noch Stevies Hinweis im Kopf herum. Richard Lindens Mörder läuft nach wie vor frei herum. Er ist irgendwo da draußen. Und er ist der Einzige, der weiß, was wirklich an diesem Tag passiert ist. Immer vorausgesetzt, dass es ein Mann war.«

Thorne sah Jamie an. »Ist das etwa ein Vorschlag, dass *wir* versuchen, den wahren Mörder zu finden?«, fragte er mit mühsam verhohlenem Sarkasmus.

Jamie erwiderte seinen Blick ungerührt. »Ja. Wieso denn nicht?«

Thorne holte tief Luft und zwang sich, wieder seine gewohnte Höflichkeit an den Tag zu legen. Er konnte noch nicht einmal sagen, wieso ihn der Gedanke so wütend machte. Weil er wünschte, es längst getan zu haben? Was völlig unlogisch war. Er war damals ein Junge gewesen, kein ausgewachsener Polizist. *Aber ich hätte es wenigstens versuchen können.* Richards Mörder lief frei herum, genauso Sherris. *Es tut mir so leid, Sherri.* »Weil die Polizei es vor neunzehn Jahren nicht hingekriegt hat?«

»Wir nehmen das Ganze noch mal unter die Lupe, mit einem frischen, unverstellten Blick«, erklärte Jamie und nippte seelenruhig an seiner Schokolade.

Gwyn schlug die oberste Akte auf und begann zu blättern. Nach einer Weile hielt sie inne und betrachtete die Kopie eines körnigen Fotos aus einem alten Zeitungsartikel. »Ist das Richard mit seiner Familie?«

Thorne drehte sich der Magen um. »Ja. Woher weißt du das?«

»Weil sie reich aussehen«, murmelte sie. »Wie die Touristen, die meinen Vater im Sommer angeheuert haben, damit er mit ihnen zum Krabbenfischen rausfährt.«

Thorne horchte auf. Gwyn sprach so gut wie nie von ihrer Familie und von ihrem Vater schon gar nicht. Anscheinend war einiges zwischen ihnen vorgefallen, aber sie hatte ihm nie genau davon erzählt. Was auch immer es gewesen sein mochte, es hatte sie bewogen, mit sechzehn von zu Hause wegzulaufen.

»Dein Vater war Krabbenfischer?«, fragte Phil.

Sie nickte knapp. »Leute wie die Lindens kamen als Tagesausflügler an den Strand, in Klamotten, die mehr kosten, als meine

Familie in einem ganzen Jahr verdiente, und kommandierten uns herum, als wären wir ihre Hausangestellten.« Ihr Mundwinkel hob sich, als sie auf Richards Gesicht tippte. »Der sieht wie Draco Malfoy aus.«

Thorne lachte. Richard hatte tatsächlich Ähnlichkeit mit dem Widerling aus *Harry Potter*. »Wir haben ihn immer Richie Rich genannt.«

Gwyn lachte. »Und Richards Vater? War er auch so ein Tyrann wie Dracos Daddy?«

»Schlimmer«, sagte Phil ernst. Sein ganzer Körper hatte sich angespannt. »Er hat gegen Thorne ausgesagt und seinen süßen kleinen Richard wie einen Märtyrer beschrieben. Thorne dagegen hat er dargestellt, als wäre er ein eiskalter Verbrecher, der skrupellos einen Mord begeht.« Phil schluckte schwer. »Er hat ausgesagt, Thorne hätte seinen Sprössling in seiner Gegenwart bedroht. Linden senior hat im Zeugenstand eine schamlose Lüge nach der anderen ausgepackt, ohne mit einer Wimper zu zucken … es sei denn, um sich eine Krokodilsträne abzuwischen.«

Wieder biss Gwyn sich auf die Lippe. »Er hat Meineid begangen? Wieso? Ich verstehe ja, dass er Gerechtigkeit für seinen toten Sohn wollte, aber hatte die Staatsanwaltschaft so wenig in der Hand, dass er lügen musste, um sicherzugehen, dass die Geschworenen Thorne schuldig sprechen? Oder war er völlig durch den Wind?«

»Ich tippe auf Ersteres«, meinte Jamie. »Eigentlich hätte es gar nicht erst zu einem Verfahren kommen dürfen. Die Staatsanwaltschaft hatte tatsächlich nicht viel in der Hand, aber der Polizeichef und der Staatsanwalt wollten den Prozess um jeden Preis durchdrücken. Niemand wollte die Lindens als Feind haben.«

Gwyn hob den Kopf. »Aber hatten sie denn Feinde? Außer Thorne?«

»Bestimmt«, meinte Jamie. »Du überlegst, wer außer Thorne noch ein Mordmotiv gehabt haben könnte? Genau diese Frage habe ich damals auch gestellt, aber überall nur auf Granit gebissen. Linden wollte, dass Thorne schuldig gesprochen wird, und er hat nicht zugelassen, dass irgendein anderer Verdächtiger in Betracht gezogen wird. Ja, ich fand das damals auch verdächtig, habe aber niemanden gefunden, der bereit war, mit mir zu reden.«

»Aber«, warf Phil ein, »vielleicht ist ja jetzt jemand dazu bereit.«

»Wen haben wir auf unserer Liste?«, fragte Thorne, wenn auch eher aus Neugier denn aus echter Hoffnung. Die Chancen, heute einen neunzehn Jahre zurückliegenden Mord aufzuklären, standen praktisch bei null.

Sanfter Tadel lag in Phils Blick, als kenne er Thornes Gedanken nur zu genau. »Beispielsweise der Detective, der den Fall damals bearbeitet hat. Prew.«

Gwyn sah verblüfft von einem zum anderen. »Ihr glaubt, die Cops haben mit Linden unter einer Decke gesteckt?«

»Prew nicht«, sagte Phil. »Aber bei ihm könnten wir gut anfangen, weil er uns vielleicht sagen kann, wer mit Linden senior auf Kriegsfuß stand. Jamie mag damals auf Granit gebissen haben, aber vielleicht ist Prew ja auf etwas gestoßen.«

»Klingt nachvollziehbar.« Sie beugte sich über Phils Liste. »Wer noch?«

Wieder sah Phil Thorne an und deutete auf den nächsten Namen. »Die junge Frau, die du an dem Tag beschützen wolltest, als alles anfing. Angie Ospina. Und auch Richards drei Freunde, die dich aus Rache zusammengeschlagen haben.«

Thorne drehte sich der Magen um. Keinen dieser Menschen wollte er jemals wiedersehen. »Ich weiß nicht, was aus ihnen geworden ist.«

»Ich schon«, warf Phil ein. »Zumindest teilweise. Detective Prew hat gerade seine Arbeit beim Montgomery County PD beendet und sich in den Ruhestand verabschiedet. Er erwartet uns morgen zum Kaffee.«

»Du hast ihn schon angerufen?« Thorne sah ihn verblüfft an.

»Sobald ich mitbekommen habe, dass Patricia das Opfer ist«, sagte Phil. »Ich hatte im Wartezimmer nicht viel zu tun. Außer mir Sorgen zu machen. Außerdem kenne ich Prew seit vielen Jahren. Er ist kein übler Kerl. Einer seiner Söhne war bei mir in der Klasse. Nicht an der Ridgewell Academy, sondern an der Schule, an der ich danach unterrichtet habe. Ein anderer seiner Söhne ist ebenfalls Geschichtslehrer und hat selbst wiederum zwei Jungs. Zwillinge, etwa ein Jahr alt. Macht euch darauf gefasst, dass der Detective uns die Fotos seiner Enkel zeigen wird.«

»Von mir aus«, sagte Thorne. »Und was ist mit Angie?«

»Wo sie steckt, weiß ich nicht, aber ich hoffe, Prew kann uns weiterhelfen.«

»Und was ist mit den Arschlöchern, die Thorne verprügelt haben?«, fragte Gwyn scharf. Trotz der Enge in seiner Brust musste Thorne angesichts ihrer leidenschaftlichen Loyalität lächeln.

Phil zog ein weiteres Blatt Papier aus dem Stapel. »Zwei von ihnen haben wir gefunden. Darian Hinman ist inzwischen Direktor im Transportunternehmen seines Vaters.«

»Klar«, bemerkte Thorne verbittert.

Phil zuckte die Achseln. »Altes Geld, Thomas. Du weißt doch, dass es so was gibt, und kennst die Privilegien, die damit einhergehen.«

»Hey«, warf Jamie mit gespielter Empörung ein, »ich stamme auch aus einer Familie mit altem Geld.«

Thorne grinste. »Und das meiste davon verschenkst du.«

Jamie winkte ab. »Halten wir uns mit einem Urteil über den jungen Hinman zurück, bis wir persönlich mit ihm gesprochen haben. Vielleicht ist er ja erwachsen geworden.« Denn genau das hatte Jamie auch getan, obwohl er als Jugendlicher ein ziemlicher Hitzkopf gewesen war – teils aus normaler Rebellion, aber auch, weil er das Bedürfnis gehabt hatte, seine körperlichen Grenzen über den Rollstuhl hinaus auszutesten, an den er gefesselt war, seit er groß genug war, um aufrecht sitzen zu können.

Phil schien seinen Optimismus nicht zu teilen. »Wir werden sehen. Freund Nummer zwei, Chandler Nystrom, ist inzwischen Polizist.«

Thorne blieb der Mund offen stehen. »Das kann nicht sein! Er war doch der schlimmste Schläger von allen!«, stieß er ungläubig hervor, gleichzeitig war ihm bewusst, dass viele Cops genau aus diesem Grund ihre Berufswahl trafen. Um hochoffiziell und mit dem Gesetz im Rücken zuschlagen und andere drangsalieren zu dürfen.

»Hoffentlich ist auch er erwachsen geworden«, bemerkte Phil philosophisch. »Ansonsten ist er ein Schläger mit Hundemarke und Waffe.«

»Und der Dritte?«, fragte Gwyn.

»Colton Brandenberg«, antwortete Thorne leise. »Ihn konnte ich nie recht einordnen. Ich weiß noch, wie überrascht ich war, dass er überhaupt zugetreten hat. Er wirkte immer so sanft, wenn er nicht mit Richard zusammen war. Habt ihr auch ihn aufgestöbert?«

»Nein, noch nicht.« Phil schüttelte den Kopf. »Aber ich hoffe, Detective Prew kann uns auch hier weiterhelfen.«

Thorne zog die andere Akte zu sich heran. »Das ist deine Akte, Jamie?«

»Ja, was ich im Moment habe. Hauptsächlich die Fotos, die Gwyn geschossen hat. Ich gehe davon aus, dass ich die offiziellen Tatortfotos von Lieutenant Hyatt erst zu sehen bekomme, wenn offiziell Anklage erhoben wurde. Daher sage ich es noch mal – gut gemacht, Gwyn. Ohne deine Geistesgegenwart stünden wir jetzt mit leeren Händen da.«

Thorne schlug die Akte auf und breitete die vergrößerten Fotos auf dem Tisch aus. Beim Anblick seines entblößten Hinterteils zuckte er zusammen. »Mussten die mich unbedingt komplett ausziehen?«, bemerkte er.

»Na ja, es sollte ja so aussehen, als hättest du eine Frau bei dir im Bett gehabt«, erwiderte Gwyn.

Thorne sah keinerlei Vorwurf in ihren blauen Augen, als er aufblickte. Keine Wut. Sie glaubte ihm. Dafür war er ihr unendlich dankbar. »Na ja, das stimmt natürlich«, murmelte er. »Trotzdem hätten sie mir ein klein wenig Würde lassen können, verdammt noch mal.«

Sie zog eines der Fotos heran und verzog das Gesicht. »Die Täter haben sie nicht nur erstochen, sondern regelrecht aufgeschlitzt.«

»Du brauchst dir all das nicht anzusehen.« Jamie wollte die Fotos an sich nehmen, doch sie blickte ihn nur an.

»Ich habe die Aufnahmen selbst gemacht und sie gesehen, Jamie. Außerdem arbeite ich für Thorne und habe schon Schlimmeres zu Gesicht bekommen. Leider.« Sie runzelte die Stirn. »Was ist das, Thorne?« Sie erhob sich, schob ihm das Foto hin und beugte sich über den Tisch. »Es ist … keine Ahnung. Heute Morgen ist es mir gar nicht aufgefallen.«

Thorne blickte auf die Stelle, auf die sie mit dem Finger zeigte. Und spürte, wie ihm das Blut in den Adern gefror. »Phil«, krächzte er. »Hast du noch deine Lupe?«

Phil stand auf, kramte in einer Schublade und kehrte mit einer Lupe zurück, die er Thorne wortlos reichte.

Mit zitternder Hand hielt Thorne sie über das Foto und erschauderte. »Heilige Scheiße«, stieß er hervor und sah Jamie an. »Es ist eine Medaille. Und ein Schlüssel.«

Jamie riss die Augen auf. »Verdammt!« Er schnellte in seinem Rollstuhl hoch, riss Foto und Lupe an sich und ließ sich zurückfallen. »Lieber Himmel«, flüsterte er.

Gwyn sah zwischen ihnen hin und her, als hätten beide plötzlich den Verstand verloren. »Eine Medaille?«

»Ja, im Sinne einer Auszeichnung.« Er fuhr sich mit beiden Händen übers Gesicht. Mit einem Mal war er wie betäubt. »So eine Medaille steckte auch in Richard Lindens Wunde, etwa an derselben Stelle. Eine Medaille mit einem Schlüssel daran.«

»Also haben wir es mit einem Nachahmungstäter zu tun«, stellte Gwyn fest.

Thorne schüttelte den Kopf. »Dieses Detail wurde damals nicht offiziell preisgegeben. Ich habe die Medaille zwar gesehen, als ich versucht habe, die Blutung zu stoppen, aber als seine Leiche in die Rechtsmedizin überführt wurde, war sie verschwunden.«

7. Kapitel

Gwyn starrte Thorne ungläubig an. »*Verschwunden?* Wie kann eine Medaille aus einer Leiche einfach verschwinden?«

Mit zitternden Händen legte Jamie die Lupe beiseite.

Patricia Linden Segals Mörder war kein gewöhnlicher Nachahmungstäter. Sondern jemand, der Details kannte, die niemals an die Öffentlichkeit gekommen waren.

Erschöpft fuhr er sich mit der Hand über das Gesicht. »Wir dachten damals, einer der Sanitäter oder jemand aus der Rechtsmedizin hätte sie genommen, allerdings konnten wir uns nicht erklären, warum. Wir haben nicht weiter nachgeforscht, weil es für Thorne vorteilhafter war.«

Gwyn runzelte die Stirn. »Wieso?«

»Weil ich auch so eine hatte.« Thorne schluckte gegen die aufsteigende Galle in seiner Kehle an. »Jeder aus der Fußballmannschaft, der in jenem Jahr an der Landesmeisterschaft teilgenommen hat, bekam eine. Meine lag bei meinen anderen Pokalen und Auszeichnungen in meinem Zimmer, aber Richard hat in seine ein Loch bohren lassen und einen Schlüsselring daraus gemacht. Den der Täter in seine Bauchwunde gedrückt hat. Der Schlüssel hing sogar noch dran.«

»Aber danach war er plötzlich weg«, erklärte Jamie. »Und Thornes genauso.«

Phil trat hinter Thorne und legte ihm die Hände auf die Schultern. »Thornes Mutter und sein Stiefvater haben sein Zimmer ausgeräumt, während er in Untersuchungshaft saß. Als es uns gelungen war, ihn auf Kaution freizubekommen, hatten sie bereits alles an den Straßenrand gestellt, damit die Müllabfuhr es mitnehmen konnte.«

Thorne verfolgte die Gefühlsregungen auf Gwyns Miene, von Entsetzen über Mitgefühl bis hin zu Wut.

»Alles?«, fragte sie.

»Alles«, bestätigte Thorne. »Jedes Foto, jeden Comic, alle meine Kleider, meine CDs, meine Pokale, meine Schulsachen. Mein Fahrrad. Absolut alles.«

»Als er zu uns kam, trug er nicht mal mehr ein Hemd, weil er seine Shirts ausgezogen hatte, um Richards Blutung zu stoppen«, erklärte Jamie bitter.

Gwyn setzte eine betont neutrale Miene auf, ein sicheres Zeichen, dass sie innerlich kochte. »Also wusstest du nicht, wo deine Auszeichnungen waren, und konntest folglich auch nicht beweisen, dass es sich bei der Medaille, die in Richards Leiche gefunden wurde, nicht um deine handelte.«

»So in etwa«, bestätigte Thorne leise.

»Und wer wusste, dass sich das Ding in Richard Lindens Leiche befand?«

Jamie seufzte. »Thomas. Und der wahre Mörder, schließlich hat er sie in die Wunde gedrückt. Der Notarzt muss sie gesehen haben. Wahrscheinlich auch der Rechtsmediziner, sofern sie noch da war, als die Leiche für die Autopsie vorbereitet wurde. Und derjenige, der sie herausgenommen hat, wusste es natürlich, wer auch immer das gewesen sein mag.«

»Die Polizei auch.« Bei der Erinnerung spannte Thorne den Kiefer an. »Weil ich es ihnen gesagt habe. Detective Prew. Allerdings hatte ich nicht den Eindruck, dass er mir geglaubt hat.«

»Ich habe Thorne geraten, die Angelegenheit nicht weiterzuverfolgen«, fuhr Jamie erschüttert fort. »Aber vielleicht war das ja ein Fehler.« Seine Hand zitterte, als er sich durchs Haar fuhr. »Verdammt.« Doch dann sah er Phil über Thornes Schultern hinweg in die Augen. »Auch das kriegen wir wieder hin«, sagte er, sichtlich um Ruhe bemüht.

»Weiß ich doch.« Ein Anflug von Unsicherheit schwang in Phils Stimme mit, als er seinen Griff um Thornes Schultern verstärkte. Schützend, beinahe schmerzhaft.

»Das heißt aber, dass Patricia Segals Mörder seine Informationen nicht allein aus den Gerichtsakten haben kann«, sagte Thorne in dem Bemühen, seine rasenden Gedanken unter Kontrolle zu bekommen.

»Aber im Polizeibericht muss es doch gestanden haben.« Gwyn legte den Kopf schief. »Oder? Wenn du der Polizei erzählt hast, dass du die Medaille gesehen hast, muss der Detective das doch in seinem Bericht vermerkt haben. Vielleicht hat Patricias Mörder sich die Informationen auch dort beschafft.«

Thorne schüttelte den Kopf. »Nein. Im Polizeibericht ist das nicht aufgetaucht.«

»Wieso nicht?«, fragte sie ungläubig.

»Keine Ahnung.« Er schloss die Augen. »Ich habe den Bericht gesehen, aber es stand nichts davon drin. Eine Zeit lang dachte ich sogar, meine Fantasie hätte mir einen Streich gespielt und ich hätte mir all das nur eingebildet.«

»In so einer Situation ist das vermutlich ganz normal«, erwiderte sie leise. »Du warst ein Teenager und standest unter enormem Stress. Und dann noch die Trauer um Sherri.« Eine Sekunde lang herrschte Stille im Raum. »Hat Sherri die Medaille gesehen?«

Überrascht sah Thorne sie an. Gwyn hatte die Augen nachdenklich zusammengekniffen. »Ich glaube nicht«, sagte er. »Mir ist sie ja selbst erst ganz am Ende aufgefallen. Unmittelbar bevor die Cops kamen. Ich hatte mein Poloshirt als behelfsmäßigen Verband benutzt, um Druck auf die Wunde auszuüben, aber sie war so riesig, dass es sofort durchgeblutet war. Deshalb habe ich auch noch mein T-Shirt ausgezogen. Und als ich mein Polo weggenommen habe, fiel mir die Medaille mit dem Schlüssel daran auf. Sherri war zu dem Zeitpunkt am Telefon, um den Krankenwagen zu rufen. Sekunden später wimmelte es nur so von Polizei. Solltest du also überlegen, ob sie getötet wurde, weil sie die Medaille gesehen hat … nein. Zumindest ist es höchst unwahrscheinlich.«

»Genau das habe ich mich gefragt. Was war das überhaupt für ein Schlüssel? Wozu gehörte er?«

Thorne sah sie verblüfft an. »Keine Ahnung. Ehrlich gesagt, habe ich nie darüber nachgedacht.«

»Glaubst du, jemand hat die Medaille wegen des Schlüssels an sich genommen?«, fragte Jamie, hörbar beeindruckt.

Gwyn zuckte die Achseln. »Ich finde es nur seltsam, dass jemand das Ding mitnehmen sollte. Wertvoll war die Medaille schließlich nicht. Richard war ja kein Prominenter oder hat die Medaille bei den Olympischen Spielen gewonnen. Und brillantbesetzt war sie vermutlich auch nicht, außerdem … derjenige, der sie genommen hat, musste sie aus einer tiefen Bauchwunde klauben. Das ist ja widerlich.«

»Nicht, wenn es jemand aus dem Notarztteam war«, gab Jamie nachdenklich zurück. »Sanitäter sehen tagtäglich Blut, und Rechtsmediziner können sich Ekel vor Leichen nicht erlauben, sonst haben sie wohl keine große Zukunft in ihrem Job. Wir müssen sie alle auf die Liste derjenigen setzen, die wir befragen.«

Mit einem Mal fühlte sich Thorne steinalt. »Ich weiß aber nicht mehr, wie sie hießen.«

»Ich auch nicht«, sagte Jamie. »Aber in den Prozessakten stehen die Namen, weil sie als Zeugen der Staatsanwaltschaft geladen waren. Den Karton mit allen Unterlagen habe ich noch im Keller.«

»Ich kann ihn für dich holen«, erbot sich Thorne, doch Jamie schüttelte den Kopf.

»Schon gut. Ich weiß, wo ich danach suchen muss.« Außerdem

gab es den kleinen Lift, der ihn ins Untergeschoss und wieder nach oben befördern würde.

Thorne nickte nur.

»Also«, seufzte Gwyn, »der Rechtsmediziner wird die Medaille in Patricias Leiche finden, wenn er es nicht schon getan hat. Er wird Hyatts Leuten davon erzählen, die dich wiederum dazu befragen werden. Was wirst du ihnen sagen?«

»Die Wahrheit«, antwortete Thorne wie aus der Pistole geschossen und zuckte vor Schmerz zusammen, als Phil ein weiteres Mal seinen Griff um seine Schultern verstärkte, sagte jedoch nichts, weil er spürte, dass sein Ziehvater Mühe hatte, die Fassung zu wahren.

»Das halte ich im Augenblick für das Klügste«, sagte Phil leise. »Nichts von dir aus preisgeben, aber antworten, wenn dich jemand fragt. Außerdem haben damals viele gesehen, dass Richard die Medaille zu einem Schlüsselanhänger umfunktioniert hatte. Coach Marion fand es übrigens total schwachsinnig, ein Loch hineinzubohren. Jedenfalls weiß jeder aus dem damaligen Lehrkörper, dass sie Richard gehörte, selbst heute noch.« Mit einem letzten Tätscheln löste Phil die Hände von Thornes Schultern und begann, die leeren Becher in die Spüle zu räumen. Erschrocken bemerkte Thorne, dass Phils Gesicht ganz grau aussah. »Geht es dir gut, Phil? Ist alles in Ordnung?«

»Natürlich, ich bin bloß müde«, wiegelte Phil lächelnd ab und deutete auf die Wanduhr. »Um halb zehn morgen früh sind wir mit Prew verabredet. Deshalb sollten wir zusehen, dass wir in die Koje kommen. Der Berufsverkehr ist ziemlich übel. Ich hole dir noch ein Laken und Bettzeug, Gwyn.« Er bewegte sich auffällig langsam, was Thorne vor Augen führte, dass das Alter vor seinen beiden Ziehvätern nicht haltmachte.

Zumindest galt das für Phil, wohingegen Jamie locker zehn Jahre jünger wirkte. So war es schon immer gewesen. Am Tag ihrer ersten Begegnung war er zwar knapp vierzig gewesen, doch

Thorne hatte ihn auf höchstens dreißig Jahre geschätzt – nach seinem damaligen Empfinden also uralt.

Er legte Phil die Hand auf den Arm. »Ich nehme das Sofa«, sagte er. »Gwyn kann in meinem Zimmer schlafen.«

Gwyn runzelte die Stirn. »Nein, ich schlafe auf dem Sofa. Für dich ist es doch viel zu kurz.«

»Das spielt keine Rolle, weil ich sowieso nicht vorhatte zu schlafen.«

Drei skeptische Augenpaare richteten sich auf ihn. »Thorne.« Jamie schüttelte den Kopf. »Bitte. Tu dir das nicht an.«

»Ich muss«, sagte er leise. »Die könnten jederzeit auftauchen und versuchen, an euch heranzukommen.« *Wegen mir.* Der Gedanke allein war entsetzlich.

»Und du bist unser Aufpasser, ja?«, bemerkte Gwyn mit einem unerwarteten Anflug von Verärgerung in ihrer Stimme. Thorne wandte sich ihr zu.

»Genau. Hast du ein Problem damit?«, fragte er barsch.

Trotzig reckte sie das Kinn. »Allerdings. Ich habe dich nie darum gebeten, und ich will es auch nicht. Jamies und Phils Haus hat eine erstklassige Alarmanlage, außerdem ist ein Cop vor dem Haus postiert. Du musst morgen ausgeruht und wachsam sein, falls jemand versuchen sollte, am helllichten Tag auf dich loszugehen. Und du musst hellwach sein, damit du mitbekommst, was die Leute dir erzählen und was nicht. Denn wenn du dir einbildest, sie packen aus, weil du der neue Perry Mason bist, hast du dich geschnitten.«

Er starrte sie finster an. »Lass gut sein, Gwyn. Du bist doch diejenige, die mir aufs Auge drücken musste, dass jeder in meinem Dunstkreis in Gefahr schwebt. Und dass du sicherer wärst, solange ihr euch in meiner Nähe aufhaltet. Ihr alle.«

Sie setzte sich aufrechter hin. »Nein, das habe ich nicht gesagt.«

Aus dem Augenwinkel registrierte er, dass Jamie blass wurde, als hätte er soeben begriffen, was er mit seinen Worten angerichtet hatte, doch dann wandte er sich wieder Gwyn zu, die aufsprang und sich so weit über den Tisch beugte, dass ihm der Geruch nach Lavendel und Vanille in die Nase stieg.

»Ich habe gesagt, dass ich *dich* in Sicherheit wissen will, und zwar in der Nähe von Menschen, denen du wichtig bist.« Sie deutete auf Jamie und Phil. »Ich wollte, dass die Menschen, denen du am Herzen liegst, davon profitieren, dass Hyatt einen Beamten zu deiner Überwachung abgestellt hat. Es stimmt, dass ich gesagt habe, jeder in deinem Dunstkreis schwebe in Gefahr, aber ich habe nie behauptet, es sei deine Aufgabe, auf andere aufzupassen.«

»Aber ich«, schaltete sich Jamie leise ein. »Und das war ein Fehler. Es tut mir leid, Junge.«

Hilflosigkeit stieg in Thorne auf, während ein frustriertes Stöhnen über seine Lippen drang. »Du brauchst dich nicht zu entschuldigen, das war völlig richtig«, herrschte er Jamie an, ehe er mit dem Finger auf Gwyn zeigte. »Und du irrst dich, all das passiert nämlich bloß meinetwegen. Und dass es nicht meine Schuld ist, spielt dabei keine Rolle. Wichtig ist nur, dass ihr in Sicherheit seid. Ihr alle. Deshalb werde ich mich auf dieses verdammte Sofa setzen und Wache halten.«

Gwyn spannte ihren Kiefer an, bemühte sich jedoch um einen ruhigen Tonfall. »Ich werde nicht in deinem Bett schlafen, Thorne.«

Dass es ihr gelang, im Gegensatz zu ihm Ruhe zu bewahren, machte ihn nur noch wütender. Was natürlich lächerlich war, das war ihm bewusst, trotzdem gelang es ihm nicht, sich zu beherrschen.

»Na schön.« Er erhob sich langsam und sah, wie sich ihre Augen verengten – ohne ihre Stilettos überragte er sie mühelos um fast einen halben Meter. Drohend beugte er sich über den Tisch, wobei er die Verächtlichkeit in ihren Augen aufblitzen sah. »Dann bleib doch die ganze Zeit wach, aber halt dich gefälligst von mir fern.« Er schnappte sich eines der Tatortfotos und knallte es vor ihr auf den Tisch. »Genau hierzu sind diese Typen fähig. Glaubst du, ich will, dass dir so etwas passiert? Oder sonst jemandem hier?«

Sie musste den Kopf in den Nacken legen, um ihm ins Gesicht sehen zu können. »Natürlich nicht«, antwortete sie, noch immer mit einer Ruhe, die ihn in den Wahnsinn trieb. »Das hat niemand gesagt. Aber da draußen sitzt ein Cop in einem Wagen am Straßenrand, dessen Aufgabe es ist, uns vor jedem zu beschützen, der sich uns nähern will.«

So souverän sie auch wirken mochte, ihm entging das Zucken an ihrem einen Auge nicht, ein sicheres Zeichen, dass sie drauf und dran war, die Fassung zu verlieren. Und mit einem Mal brauchte er genau das – eine Bestätigung, dass er nicht der Einzige hier war, der vor Angst nicht mehr wusste, wo ihm der Kopf stand. »Als könnten die Cops neuerdings auf die Leute aufpassen.« Er hasste die Verächtlichkeit in seiner Stimme, doch sie musste wissen, wie real die Bedrohung war. Vier Wände und ein Cop vor der Haustür bedeuteten noch lange nicht, dass ihr nichts passieren könnte. »Erinnerst du dich, wie gut es damals bei dir und Lucy funktioniert hat?« Denn Evan war es gelungen, sie beide zu schnappen, trotz des Polizeischutzes für Lucy.

Gwyn wurde blass und wich zurück. Thorne wusste, dass er zu weit gegangen war.

»Thorne!«, stieß Phil entsetzt hervor. »Schluss jetzt! Sofort.«

»Es tut mir …«

Gwyn unterbrach ihn mit einer Geste. »Nicht«, flüsterte sie, doch selbst bei dem einen Wort brach ihre Stimme. Sie trat vom Tisch zurück. Weg von ihm. Als sie wieder sprach, war nur noch der Anflug eines Zitterns in ihrer Stimme. »Wie du meinst«, sagte sie. »Dann bleib eben die ganze Nacht wach. Morgen wirst du gute Reflexe brauchen, sie aber nicht haben, weil du eigentlich immer noch im Krankenhaus liegen solltest. Deine Reflexe werden sagen, ›Tut uns leid, aber wir sind völlig am Arsch‹, und dann wirst du verletzt werden. Und was dann? Wer wird dich dann verbinden, den Krankenwagen rufen und hoffen, dass du verdammt noch mal nicht stirbst?« Sie fuchtelte mit dem Finger in der Luft herum, während ihr Tränen in die Augen stiegen.

Die Tränen schockierten ihn mehr, als ihre Worte es jemals vermocht hätten. »Gwyn, es tut …«, begann er noch einmal, doch wieder brachte sie ihn mit einer unwirschen Handbewegung zum Schweigen.

»Ich«, stieß sie aufgebracht hervor. »Ich werde diejenige sein, die zusehen muss, wie du verblutest. Oder so still daliegst, dass ich nicht weiß, ob du noch lebst oder schon tot bist. Ich musste die beiden heute Morgen anrufen.« Sie deutete auf Jamie und Phil, die ihnen mit weit aufgerissenen Augen lauschten. »Ich musste ihnen sagen, dass du nicht bei Bewusstsein bist und nicht reagierst. Sie waren halb verrückt vor Angst, Thorne. Weil sie dich wie einen gottverdammten Sohn lieben, wofür du verdammt noch mal dankbar sein kannst, weil nicht jeder solche Menschen in seinem Leben hat. Also, mach nur.« Sie blinzelte, woraufhin die Tränen über ihre Wangen kullerten. »Geh und bleib die ganze Nacht auf, denn du scheinst ja zu glauben, das sei das Einzige, wofür wir dich brauchen.«

»Gwyn …« Er wusste nicht, was er sagen sollte, doch es spielte auch keine Rolle mehr, weil sie die Küche bereits verlassen hatte. »Ich nehme an, das mit den Postern von Pamela Anderson im roten Badeanzug ist Thornes Zimmer?«, rief sie.

Phil hustete. »Ja«, rief er. »So ist es.«

Thorne rieb sich die Brust, als hoffe er, damit den Schmerz zu vertreiben. Sie hat geweint. *Wegen mir.* Und er hatte sie verletzt, obwohl er genau das niemals tun wollte. Aber er konnte die Worte nicht mehr rückgängig machen. Er zwang sich, die Augen zu verdrehen. »Ernsthaft, Leute? Ich habe die Poster doch schon vor Jahren abgenommen.«

Jamies Augen waren immer noch weit aufgerissen. »Wir haben sie heute wieder aufgehängt, weil wir uns schon gedacht hatten, dass du herkommst, um dich zu erholen. Und wir dachten, es bringt dich zum Lachen.«

Er seufzte. »Klar«, sagte er gedehnt. »Ich kriege gleich einen Lachanfall.«

Phil schürzte die Lippen. »Gwyn hat völlig recht. Sie hatte schreckliche Angst um dich. Ich wusste, dass es schlimm sein muss, weil sie völlig durcheinander war. In all den Jahren, die ich sie kenne, habe ich sie nie so verängstigt gesehen.«

Erschöpft ließ Thorne sich auf seinen Stuhl zurücksinken. »Ich weiß.« Natürlich war ihm bewusst gewesen, wie es für sie gewesen sein musste, eine nackte Frau neben ihm im Bett vorzufinden, aber nicht diese Ungewissheit, ob er noch lebte. Sie war immer so ... stark. Gwyn eben.

Bis auf die Zeit nach Evan, und selbst dann hatte sie ihren Schmerz nicht offen gezeigt. Keiner wusste, dass sie stundenlang in Thornes Bett gesessen und sich vor und zurück gewiegt hatte, nachdem sie in Sicherheit gewesen war. Nur Thorne, weil er sie in den Armen gehalten hatte, jede einzelne schmerzliche Minute, während sie in Gedanken noch einmal die schlimmste Katastrophe ihres Lebens durchlebt hatte. Er hatte sie festgehalten und gehofft, dass sie wieder zu sich kam, ins Hier und Jetzt zurückkehrte.

Vor niemandem sonst hatte sie sich jemals gestattet, die Fassung zu verlieren. Bis heute.

»Du hast dich wie ein Idiot benommen«, stellte Jamie fest.

Stöhnend vergrub Thorne das Gesicht in den Händen. »Ich weiß, und ich werde mich entschuldigen, sobald sie sich ein wenig beruhigt hat. Ich ... ich habe einfach die Beherrschung verloren. Es war ein echter Scheißtag.«

»Mit deiner Entschuldigung wirst du vermutlich bis morgen warten müssen, weil sie wirklich sauer ist«, sagte Phil mit seinem gewohnten Pragmatismus. »Und jetzt hat sie das Bett, also wirst du mit dem Sofa vorliebnehmen müssen. Aber wir haben auch noch eine aufblasbare Gästematratze, die ganz bequem sein soll. Ich gehe sie holen.«

Jamie und Thorne blieben allein zurück. Jamie streckte die Hand aus und drückte Thornes Arm. »Willst du darüber reden?«

Thorne wich zurück. »Nein. Großer Gott, nein.«

Jamie ließ sein vertrautes leises Lachen hören. »Tja, jedenfalls bedeutest du ihr sehr viel, das steht fest.«

»Aber nur auf freundschaftlicher Ebene«, erwiderte er und musste die Tränen zurückkämpfen. Er hatte schon einmal die Fassung verloren und würde ganz bestimmt jetzt nicht auch noch in Tränen ausbrechen.

»Vielleicht. Oder vielleicht auch nicht. Sie hat sechs Jahre lang wie in einer Blase gelebt, Thorne. Gib ihr noch etwas Zeit, zur Besinnung zu kommen. Gib ihr das Gefühl, als hätte sie ihre Entscheidungen selbst in der Hand. Lass sie ihre Entscheidung selbst treffen.«

»Und wenn sie zu dem Entschluss gelangt, dass ich das Risiko nicht wert bin?«

Jamie seufzte. »In dem Fall würde ich zwar ihren Verstand anzweifeln, andererseits bin ich nicht ganz objektiv. Aber im Ernst. Sollte sie zu dem Entschluss gelangen, musst du ihn respektieren und darüber hinwegkommen. Natürlich weiß ich, dass das leichter gesagt als getan ist, aber du bist ja nicht allein. Noch hast du Familie, Thorne. Und wir werden dich nicht im Stich lassen. Niemals.«

Thornes Augen brannten. »Danke.«

Jamie rollte vom Tisch weg. Sekunden später spürte Thorne zwei starke Arme, die sich um ihn schlangen. Arme, die sein halbes Leben stets für ihn da gewesen waren. Dieselben Arme, in die er nach Sherris Todesnachricht gesunken war, zu erschüttert, um zu weinen. Stattdessen hatte er so heftig gezittert, dass er Angst gehabt hatte, seine Knochen würden gleich brechen, und Jamie war derjenige gewesen, der ihn gehalten, dafür gesorgt hatte, dass er nicht völlig zusammenbrach.

»Danke«, flüsterte er noch einmal. »Dafür, dass du immer für mich da warst.« Er hob den Kopf und legte die Stirn gegen Jamies, so wie er es von seinem leiblichen Vater gelernt hatte und seitdem immer wieder mit Jamie praktizierte.

Jamie berührte Thornes Wangen, dann löste er sich von ihm. »Ich brauche jetzt eine Mütze voll Schlaf. Gwyn hat völlig recht. Wir alle müssen morgen frisch und ausgeruht sein. Und auch die nächsten Tage, so lange, bis all das hier nur eine schlimme Erinnerung ist.«

»Auch das geht vorüber«, murmelte Thorne und erhob sich ebenso mühsam wie Phil vor wenigen Minuten. »Ist mit Phil alles in Ordnung, Jamie?«, fragte er besorgt.

Jamie versteifte sich. »Warum fragst du?«

Thorne verdrehte die Augen, doch mit einem Mal schien eine neue, andere Beklommenheit die Stimmung im Raum zu dominieren. »Netter Versuch, Jamie«, bemerkte Thorne, doch selbst ihm entging die unterschwellige Panik in seiner Stimme nicht. »Los, sag mir, was du weißt.«

Jamie fuhr sich mit den Händen übers Gesicht. »Er war beim Kardiologen. Es ist nichts Schlimmes, aber wahrscheinlich ist ein kleiner Eingriff nötig. Eine Angioplastie. Nichts Schlimmes.«

Thorne stockte der Atem, als die Angst, diesmal noch schlimmer als zuvor, sich wie eine eiserne Faust um seine Kehle legte. »Wen versuchst du zu überzeugen? Mich oder dich selbst? Wie lange geht das schon so?«

»Noch nicht lange. Erst ein paar Wochen. Er wollte es dir selbst sagen, hat aber nicht den richtigen Zeitpunkt gefunden. Heute war jedenfalls nicht der passende Tag dafür. Warte bitte, bis er es dir selbst erzählt, Thomas. Und wenn er es tut, vergiss nicht, dass er wieder auf die Beine kommt.« Jamies Lippen zitterten, doch er presste sie entschieden zusammen. »Er ist hart im Nehmen. Härter, als es aussieht.« Er hob eine Braue. »Und jetzt ist Schluss für heute. Ruh dich aus und mach ihm nicht noch mehr Sorgen, okay?«

Thorne stieß den Atem aus. Allein bei der Vorstellung, Phil zu verlieren, wurde ihm ganz elend. Dazu durfte es nicht kommen. Selbst Jamie schien sehr besorgt zu sein, auch wenn er sich bemühte, es zu kaschieren. Thorne bemühte sich um einen lässigen Tonfall. »Jetzt bin ich wieder schuld.«

Jamie rang sich ein Lächeln ab. »Funktioniert doch, oder? Gute Nacht, Thomas.«

»Gute Nacht.« Thorne wartete, bis Jamie den Raum verlassen hatte, ehe er auf dem Küchenstuhl zusammensank und den Kopf in den Händen barg.

Baltimore, Maryland
Montag, 13. Juni, 00.30 Uhr

Leise schloss Gwyn Thornes Zimmertür und ließ sich mit dem Rücken dagegen sinken, obwohl sie am liebsten mit dem Kopf gegen das Holz geknallt wäre. *Gott, ich bin unmöglich!* Einen derartigen Wutanfall zu bekommen, vor ihren Gastgebern. *Wieso kann ich nicht einfach meine blöde Klappe halten?*

Aber genau das hatte sie getan. Sechs Jahre lang hatte sie alles in sich hineingefressen.

Und Thorne hatte gewartet. All die Jahre.

Der Gedanke beschwor in ihr gleichermaßen Angst und Euphorie herauf.

Sie fuhr zusammen, als es leise an der Tür klopfte. Vorsichtig öffnete sie und sah einen erschöpft wirkenden Phil vor sich. »Tut mir leid, wenn ich störe, Gwyn. Aber ich suche die aufblasbare Matratze.«

Ihre Wangen wurden heiß. Sie trat zur Seite und ließ ihn eintreten. »Das ist wirklich nicht nötig. Ich kann auf dem Sofa schlafen.« Ihr Blick fiel auf das riesige Bett, das fast den gesamten Raum einnahm. »Das ist sein Bett. Außerdem ist dieses ganze *Baywatch*-Ambiente nichts für mich.« Sie deutete auf die Poster. »Viel zu viel Oberweite.«

Phil zuckte zusammen. »Du kannst die Poster gern runternehmen. Das war als Scherz gemeint, nur leider hat es nicht ganz funktioniert. Solltest du noch mal versuchen wollen, Thorne zu überreden, doch nicht auf dem Sofa zu schlafen, kann ich dir nur viel Glück wünschen, obwohl Jamie und ich fanden, dass du deine Sache ziemlich gut gemacht hast.«

Gwyn seufzte. »Normalerweise bin ich nicht so unhöflich.«

»Wir haben es nicht persönlich genommen. Ganz im Gegenteil. Es zeigt ja nur, dass er dir viel bedeutet. Und du hattest grauenvolle Angst, dass er tot sein könnte. Wenn du mich fragst, hast du jedes Recht, ein bisschen aufgebracht zu sein.«

Allein bei der Erinnerung fühlten sich ihre Knie wie Gummi an, und sie musste sich auf die Bettkante setzen. »So habe ich ihn noch nie gesehen. So reglos. Ich hatte wirklich Angst.«

»Durch dein schnelles Handeln hast du ihm vermutlich das Leben gerettet. Wir sind dir sehr dankbar dafür.«

»Ich … mir bedeutet er auch sehr viel.«

Phil tätschelte ihr die Schulter und setzte sich neben sie aufs Bett. »Wusstest du nicht, dass er Gefühle für dich hat?«

»Nein«, flüsterte sie und runzelte die Stirn. »Wieso? Hat er dir davon erzählt?«

»Nein. Thorne gibt nicht viel über sein Gefühlsleben preis, aber die Art, wie er über dich redet und dich ansieht, spricht Bände. Außerdem war uns klar, dass etwas passiert sein musste, sonst wärst du wohl kaum so früh zu ihm gefahren. Ihr wirktet beide ziemlich aufgewühlt. Du schienst durcheinander zu sein. Und er am Boden zerstört.«

Gwyn schloss die Augen, als sich die Reue in ihr Herz bohrte. »Ich wollte ihm nicht wehtun, aber ich wusste es einfach nicht.« Erst nachdem Lucy die Sprache darauf gebracht hatte. *Zumindest war mir nicht bewusst, dass ich es eigentlich wusste.* Sie blickte in die freundlichen Augen von Thornes Ziehvater und beschloss, ihm zu vertrauen. Weil Thorne genau dasselbe tat. »Ich bin tatsächlich durcheinander. Natürlich will ich ihm unter keinen Umständen wehtun, aber ich weiß einfach nicht, was ich tun soll.«

»Das steht dir auch zu. Es steht dir zu, dir Zeit zu nehmen, um dir über deine Gefühle klar zu werden. Und wenn du es weißt, steht es dir auch zu, Nein zu sagen. Allerdings«, fuhr er fort, als ihr die Kinnlade herunterfiel, »sehe ich beim besten Willen keinen Grund, weshalb du das tun solltest. Er ist ein erstklassiger Fang.«

»Das ist er, völlig richtig. Sämtliche Frauen sind hinter ihm her.«

»Aber seit Jahren gab es niemanden mehr.«

»Sechs Jahre«, murmelte sie. Und wieder war es da – das Wissen, dass er die ganze Zeit auf sie gewartet hatte. »Keine Ahnung, wieso er sich überhaupt mit mir aufhält. Ich bin … total verkorkst. Und nicht immer nett.«

»Er scheint dich trotzdem zu mögen«, bemerkte Phil. »Du brauchst die Entscheidung ja nicht heute zu treffen, noch nicht einmal morgen. Sieh einfach zu, dass er nicht allzu lange in der Luft hängt. Allerdings muss ich zugeben, dass sein Timing nicht gerade das beste ist. Ausgerechnet an einem so ereignisreichen Tag wie diesem damit herauszuplatzen, sieht dem Thorne, wie wir ihn kennen, so gar nicht ähnlich. Wieso ausgerechnet heute?«

Sie schürzte die Lippen, dann zuckte sie die Achseln. »Ich bin heute Morgen zu ihm gefahren, weil ich herausgefunden habe, dass er alle meine Verabredungen sabotiert hat, und wollte ihn deswegen zur Rede stellen … ihn anschreien, wenn ich ehrlich sein soll.«

Phil lachte leise. »Aha. Das klingt tatsächlich nach unserem Thorne. Das war echt mies, gleichzeitig kann ich mir gut vorstellen, dass er so etwas tut.«

»Heute Abend habe ich ihn gezwungen, mir den Grund dafür zu sagen. Lucy hatte mich gewarnt, dass er es getan haben könnte, weil er mich für sich alleine haben will, deshalb kam es nicht ganz … aus heiterem Himmel.«

»Aber?«

Sie schüttelte unbehaglich den Kopf. Allein die Vorstellung, dass Thorne seit geschlagenen sieben Jahren so empfand, war purer Wahnsinn. Ein Fünftel seines Lebens. Vergeudete Lebenszeit.

»Er muss sich jetzt konzentrieren«, sagte sie nur. »Wir alle.«

»Das stimmt«, erwiderte Phil. »Und deshalb wünsche ich dir jetzt eine gute Nacht. Ich überlasse es dir, dafür zu sorgen, dass Thorne schläft. Laken und eine Decke findest du im Schrank.«

Er verließ das Zimmer, doch Gwyn blieb wie angewurzelt auf der Bettkante sitzen und starrte zu den Postern von Pamela Anderson und all den anderen vollbusigen Neunzigerjahre-Schönheiten hinauf, die sie nicht in seinem Zimmer erwartet hätte. Und deren Anblick sie … wütend machte. *Tja, wenn Thorne auf so etwas steht, hat er wohl Pech gehabt. Denn das bin ich nicht und werde es auch nie sein.*

Nicht dass sie unzufrieden mit ihrem Körper wäre, keineswegs. Sie war achtunddreißig, sah aber wie höchstens dreißig aus. Zumindest bekam sie das immer wieder gesagt. Und sie war eitel genug, um es auch glauben zu wollen.

Thorne war gebaut wie ein Gott. Natürlich. Daran gab es nichts zu rütteln. Und zu behaupten, sie hätte sich nie ausgemalt, wie es wäre, mit ihm zusammen zu sein, wäre eine glatte Lüge. Sie war nicht etwa aus Sportbegeisterung zu all den Freizeitfußballspielen gegangen, Herrgott noch mal, sondern weil Thorne in kurzen Hosen ein Anblick war, den man sich nicht entgehen lassen durfte. Gleichzeitig hatte sie sich nie mehr als müßige Fantasien gestattet – na schön, vielleicht auch einige lustvoller Natur –, weil sie so gute Freunde waren.

Und weil sie nie im Leben geglaubt hätte, auch nur den Hauch einer Chance bei ihm zu haben. Er war immer nur mit Frauen ausgegangen, die wie die braun gebrannten Tussis auf den Postern aussahen – Stewardessen, Handelsvertreterinnen auf der Durchreise oder Sängerinnen, die auf ihren Touren im Sheidalin aufgetreten waren. Keine von ihnen hatte sich dauerhaft gehalten. Genau genommen hatte sie nie erlebt, dass er eine feste Beziehung gehabt hätte.

Weil er immer auf mich gewartet hat.

Schwachsinn, sagte die leise Stimme in ihrem Kopf sehr laut. *Das kann er doch nicht ernst meinen.*

Aber so schien es zu sein. Und sie vertraute ihm. Mehr als irgendjemandem sonst, mit Ausnahme von Lucy vielleicht. *Ich werde eine Lösung finden, aber nicht heute.* Sie holte eine Decke und Bettwäsche aus seinem Schrank, ehe sie sich auf die Suche nach ihm machte, in der Hoffnung, ihn zu überreden, dass er sich schlafen legte.

Auf dem Weg in die Küche hörte sie Thorne und Jamie miteinander reden. Über Phils Herz. *Du lieber Gott. Nicht das jetzt auch noch. Verdammt!*

Die Angst und der Schmerz in Thornes Stimme schnürten ihr die Luft ab. Jamie bemerkte sie nicht, als er aus der Küche rollte, da sie schnell kehrtmachte und den Flur in die andere Richtung hinunterhastete. Trotzdem entging ihr nicht, dass er nach ein paar Metern stehen blieb, sich erschöpft übers Gesicht fuhr und die Schultern durchdrückte, ehe er sich wieder in Bewegung setzte.

Armer Phil. Armer Jamie und armer Thorne. Leise legte sie das Bettzeug auf dem Sofa ab und ging in die Küche, wo Thorne am Tisch saß, den Kopf in den Händen vergraben.

Jeder mühsame Atemzug brannte wie Feuer in Thornes Brust. Er bewegte sich nicht, als ihm unvermittelt Lavendelduft in die Nase stieg, sah auch nicht auf. Augenblicke später saß sie neben ihm, so dicht, dass er auch ihr Vanilleshampoo riechen konnte. Der nächste Atemzug fiel ihm leichter, der nächste sogar noch leichter.

»Es tut mir leid«, flüsterte sie.

»Dass du mich angeschrien hast?«, fragte er.

»Nein. Es tut mir nicht leid, dass ich gesagt habe, du sollst dich ausruhen oder dass du mehr bist als nur unser Aufpasser. Mir tut noch nicht mal mein Tonfall leid.«

»Was dann?«

»Dass ich dir dein Bett weggeschnappt habe.«

Er stieß ein halbherziges Lachen aus. »Ehrlich?«

»Na ja, eigentlich nicht. Ich hätte ja in dem Zimmer geschlafen, aber ich ertrage die Pamela-Poster nicht. So viel Oberweite, Thorne ... das ist ... einfach widernatürlich.«

Er lachte leise und erstarrte, als sie ihm die Hand aufs Knie legte. Eilig zog sie sie wieder zurück. »Und das mit Phil tut mir auch leid.«

Er seufzte. »Du hast mitbekommen, was Jamie gesagt hat?«

»Ja. Ich wollte gerade reinkommen und dir sagen, dass du in deinem Bett schlafen sollst.«

Wieder seufzte er, ohne den Kopf zu heben. »Ich muss mir etwas einfallen lassen, damit Phil nicht merkt, dass ich Bescheid weiß. Er kommt jede Sekunde mit der Matratze herein.«

»Nein. Er war in deinem Zimmer, um sie zu suchen, und ich habe ihm gesagt, dass ich auf dem Sofa schlafe.«

Nun hob Thorne den Kopf und sah sie an, sah das Mitgefühl, die Sanftmut und die Zuneigung in ihren Augen – er spürte, wie ihm beinahe die Tränen kamen. »Ich erinnere mich noch an den Tag, als ich heimkam und die Poster an den Wänden hingen.«

»Du hast sie gar nicht selbst aufgehängt?«

Er schnaubte. »Du liebe Güte, nein. Sie haben das getan, weil sie dachten, ich als siebzehnjähriger Hetero würde auf so etwas stehen. Aber solche Frauen sind überhaupt nicht mein Typ.« *Sondern solche wie du,* hätte er am liebsten gesagt, verkniff es sich aber. Er würde ihr die Zeit geben, ihre eigenen Entscheidungen zu treffen, und wenn es ihn umbrachte. »Ich habe sie abgenommen. Dass sie sie heute wieder aufgehängt haben, war als Scherz gedacht.«

»Wieso hast du ihnen denn nicht gesagt, dass du nicht auf Pamela stehst? Ich dachte, die zwei würden alles für dich tun.«

»Würden sie. Und haben sie auch.« Die Erinnerung war bittersüß. »Ich hatte ja kein Zuhause mehr. Und niemanden, der sich um mich kümmerte. Sherri war tot, und ich dachte, das war's für mich, mein Leben sei zu Ende. Mit siebzehn. Aber Jamie und Phil waren für mich da, als es sonst keiner war.«

Ihr Schlucken war deutlich hörbar. »Und genau dafür liebe ich die beiden. Weil sie genau das sind, was du damals gebraucht hast.«

»Das waren sie. Während des Prozesses habe ich weiter den Unterrichtsstoff gelernt, mit einem Nachhilfelehrer, den Jamie bezahlt hat, weil Phil meinte, ich solle nicht aufgeben und fest daran glauben, dass ich nicht ins Gefängnis wandere. Er hatte vollstes Vertrauen in Jamies Fähigkeiten, deshalb hatte ich es auch.«

»Wann ist dir klar geworden, dass die beiden ein Paar sind?«

»Gleich am ersten Tag.« Er lächelte. »Sie haben es mir gesagt, weil sie nicht wollten, dass ich mich verpflichtet fühle, zu bleiben, obwohl ich es vielleicht gar nicht wollte. Aber Phil wusste eigentlich schon damals, dass ich kein Problem damit habe. Er hat den Debattierklub geleitet, in dem Sherri und ich Mitglied waren. Einmal haben wir das Thema gleichgeschlechtliche Ehe behandelt, daher kannte er unsere Einstellung dazu. Außerdem hatten wir beide schon so viel Diskriminierung erlebt, dass wir so etwas niemals jemand anderem angetan hätten. Aber sie wollten es mir trotzdem sagen. Und ich habe es positiv gesehen … dass sie mir vertrauen und mich in ihr Zuhause lassen, dass sie keine Angst hatten, ich würde sie umbringen, etwas klauen oder sie verraten.«

»Ich bin so froh, dass du Menschen hattest, die dich lieben«, flüsterte sie mit Nachdruck.

Er sah sie an. »Hattest du das denn nicht?«, fragte er, denn in all den Jahren, die sie sich kannten, hatte sie nie darüber gesprochen. Er wusste so gut wie nichts über Gwyns Leben vor der Zeit, als sie in seiner Kanzlei angefangen hatte. Sie hatte ihre Geheimnisse, das hatte er stets respektiert. Doch nun … wollte er es wissen. Alles.

»Eigentlich nicht. Ich hatte meine Tante, aber mit meiner Familie hatte ich schon nichts mehr am Hut, lange bevor ich abgehauen bin.«

»Um dich einem Wanderzirkus anzuschließen«, sagte er. Das wusste er aus ihrem Lebenslauf – ein faszinierendes Detail, hatte er damals gefunden. Und auch heute noch.

»Genau.«

Es war nicht genug, nicht einmal annähernd, aber er hatte noch Jamies Stimme im Ohr, die ihn ermahnte, ihr Zeit und Raum zu geben. Deshalb bedrängte er sie nicht, sondern sog stattdessen ihren köstlichen Duft ein und genoss die beruhigende Wirkung, die dieser wie gewohnt auf ihn hatte.

»Ich hatte Riesenglück«, fuhr er fort. »Nach dem Prozess haben sie sich sehr um mich bemüht, und es hat eine halbe Ewigkeit gedauert, bis ich es einfach annehmen und Danke sagen konnte.«

»So wie heute?«, fragte sie mit einem Anflug von Wehmut in der Stimme. »Als alle sich versammelt haben, nur um dir zu helfen?«

»Genau.«

Sie nickte nachdenklich. »Es ist schwer zu akzeptieren, dass Leute einem bloß helfen und für einen da sein wollen, ohne einen wirklichen Grund.«

»Vielleicht ist ihre Liebe ja schon Grund genug.«

Sie schwieg einen Moment. »Ich glaube, das war am schwersten zu akzeptieren«, sagte sie, ohne recht zu wissen, zu wem – zu ihm, zu sich selbst? Sie erhob sich mit einer fließenden, anmutigen Bewegung. »Geh ins Bett, Thorne. Und bitte schlaf in diesem Zimmer, unter all den Pamela-Postern. Mir reicht das Sofa voll und ganz. Versprochen. Und Tweety bleibt bei mir.«

Er schluckte und ballte die Fäuste, als der Drang, sie zu berühren, übermächtig wurde. »Na gut. Um acht müssen wir los.«

»Ich werde bereit sein.«

Annapolis, Maryland
Montag, 13. Juni, 03.15 Uhr

Das Gefühl kalter Füße an der Rückseite seiner Beine ließ ihn aus dem Schlaf schrecken. »Was ...«, begann er, doch dann stieg ihm der Geruch nach Kokos in die Nase. Kathryn hatte das Duschgel benutzt, das er eigens für sie gekauft hatte, damit sie damit nach der Arbeit den Gestank abwaschen konnte. »Hmm«, murmelte er, als sie die Hände über seine Brust wandern ließ. Einer der Vorteile einer Mittzwanzigerin war ihr enormer sexueller Appetit – eine Tatsache, die er in vollen Zügen genoss.

»Lief alles nach Plan?«, fragte er.

»Ja«, schnurrte sie dicht an seinem Ohr und begann, an seinem Ohrläppchen zu knabbern. »Präzise wie ein Uhrwerk. Wie war dein Tag?«

»Ich musste die beiden Schwachköpfe loswerden, die ich Thorne auf den Hals gehetzt hatte. Diese Idioten hätten ihn beinahe umgebracht.«

»Und ich habe es verpasst? Hast du es wenigstens gefilmt?«

Er lachte leise. Kathryn war genauso blutrünstig, wie Madeline es immer gewesen war. »Nein.«

Sie gab ihm einen Klaps auf die Schulter. »Was sage ich dir ständig? So was ist hervorragendes Übungsmaterial. Wenn du das deinen Neulingen zeigst, werden sie es niemals vermasseln, das schwöre ich dir.«

»Nächstes Mal darfst du es filmen«, versprach er.

»Gut. Können wir uns jetzt ein bisschen amüsieren?«

»*Absolutamente*.« Er rollte sich herum und sah in ihr bildhübsches Gesicht. »Das heißt ›absolut‹«, neckte er.

Sie lachte leise. »Darauf bin ich selbst gekommen.«

Kathryn besaß nicht Margos Talent für Zahlen oder Sprachen, das sie von ihrer Mutter geerbt hatte. Sie sprach sechs Fremdsprachen fließend, wohingegen Kathryn gelegentlich sogar Mühe mit dem Englischen hatte, und auch ihr Spanisch ließ zu wünschen übrig. Dafür war Kathryn eine erstklassige Strategin mit einem Hammerkörper, und er freute sich darüber, sie auf unabsehbare Zeit als Gespielin in seinem Bett zu haben.

Margo hätte er ohnehin nicht gewollt. Sie hatte immer Colin gehört, schon seit sie klein waren. Bei dem Gedanken seufzte er.

»Ohhh, sei nicht traurig«, raunte Kathryn.

»Ich … er fehlt mir so.«

»Weiß ich doch.« Sie rollte ihn auf den Rücken und setzte sich rittlings auf ihn. »Aber ich kann dafür sorgen, dass du das alles für eine kleine Weile vergisst.«

Das war ein willkommener Gedanke. »Dann mach auf jeden Fall weiter.«

8. Kapitel

Eigentlich sah alles noch ganz genauso aus wie damals, dachte Thorne, als Jamie durch die Straßen von Chevy Chase fuhr. Die Häuser waren auch früher schon feudal und gut gepflegt gewesen, mit Luxuslimousinen davor und Schildern im Vorgarten, die vor dem Betreten der Grundstücke warnten.

Jamie fuhr weiter, vorbei an bescheideneren Heimen in Mittelklassevierteln, bis er vor einem in einem fröhlichen Gelb gestrichenen Bungalow mit einem Rosengarten anhielt und die Automatik des Minivans auf »Parken« stellte. Sie hatten sich für diesen Wagen entschieden, weil er ihm ein bequemes Ein- und Aussteigen mit dem Rollstuhl garantierte.

Der Wagen mochte nicht der wendigste sein, aber Jamie war ein erstklassiger Fahrer, was gut war, da sie sage und schreibe fünf Ü-Wagen und vier normale Fahrzeuge hatten abhängen müssen, darunter auch jenes mit dem Cop am Steuer, der zu ihrer Überwachung abgestellt gewesen war. Ohne die ständige Polizeipräsenz fühlte Thorne sich gleich viel besser, vor allem, da sie hofften, dass Prew ihnen echte Informationen liefern würde und vermutlich nicht gerade begeistert wäre, wenn er wüsste, dass seine einstigen Kollegen es mitbekamen. Schließlich war der Mann auf seine Pension angewiesen.

»Detective Prew erwartet uns«, sagte Jamie in die Stille hinein – keiner hatte auch nur ein Wort gesprochen, seit sie losgefahren waren.

Angelockt von Kaffeeduft, war Thorne in die Küche gekommen, wo Jamie, Phil und Gwyn bereits am Tisch gesessen hatten, allesamt bis zu den Ellbogen in Unterlagen vergraben. Jamie hatte den Karton mit den Verfahrensakten von damals aus dem Keller geholt, und sie hatten bereits einen der Sanitäter und den Rechtsmediziner gefunden, der Richards Autopsie vorgenommen hatte.

Thorne hatte schlaftrunken in die Runde geblinzelt. Er war erst eine Stunde davor eingeschlafen, nachdem er die ganze Nacht hellwach an die Decke gestarrt hatte – hin- und hergerissen zwischen Gedanken an die tote Frau neben ihm im Bett und an die sehr lebendige Frau drüben im Wohnzimmer. Jede Faser seines Körpers hatte sich danach gesehnt, zu ihr zu gehen, sich in ihrem Duft zu verlieren, in der Weichheit ihrer Haut, aber er hatte es nicht getan.

Er hatte gesagt, was es zu sagen gab, nun lag der Ball in ihrem Feld.

Doch als er sie am Morgen am Tisch sitzen sah, gab es keinen Zweifel, dass sie genauso durcheinander war wie er. Ein Blick auf sie hatte genügt, um zu erkennen, dass auch sie kein Auge zugetan hatte. Sie hatte dunkle Ringe unter den Augen, die trotz des Make-ups für jeden klar ersichtlich waren, der sie kannte. Und Thorne kannte sie, kannte jedes Detail ihres Gesichts.

Mit einem Anflug von Verärgerung bemerkte er ihre konservative Kleidung. Gwyn war sonst nie so angezogen, sondern auffällig, modisch, bunt. Eben Gwyn. Aber ihm war klar, dass sie einen guten Eindruck machen wollte, deshalb schwieg er, obwohl es ihn noch mehr ärgerte, dass sie zu glauben schien, sich verkleiden zu müssen, um einen guten Eindruck zu hinterlassen … und dass sie beim Packen ihrer Sachen daran gedacht hatte, Kleider mitzunehmen, die sie sonst nur für Gerichtstermine und bei Begräbnissen trug.

Dabei war rein gar nichts an ihr auszusetzen. Er hatte hin und her überlegt, wie er es ihr sagen sollte, doch ihm war nichts Passendes eingefallen, daher hatte er die Gelegenheit verstreichen lassen.

Inzwischen standen sie vor Prews Haus, und Thorne stellte fest, dass er nervös war – ein Gefühl, das ihm alles andere als gefiel.

»Wer übernimmt Prew?«, fragte er, als sie aus dem Wagen stiegen.

»Ich«, antwortete Phil. »Zumindest am Anfang. Ich denke aber, Jamie sollte übernehmen, wenn Prew nichts dagegen hat, mit uns allen zu reden.«

Thorne blieb abrupt stehen. »Was meinst du damit? Weiß er nicht, dass wir kommen?«

»Nein«, antwortete Phil. »Er erwartet nur mich allein, weiß aber, dass es um dich geht, deshalb macht es ihm vermutlich nichts aus, dass wir alle auf der Matte stehen. Los, mach schon, Thorne, wir wollen uns nicht verspäten.«

Thorne folgte ihm mit verdrossener Miene, bis er Gwyns ebenso finsteren Blick wahrnahm. »Was ist?«

»Reiß dich zusammen«, zischte sie. »Phil ist schon nervös genug.«

»Ich auch«, zischte er zurück.

»Aber du solltest schließlich wissen, wie so etwas geht. Wie oft hast du schon das Büro eines Detectives betreten, um ihm ein paar Fragen zu stellen?«

»Das ist aber nicht sein Büro, sondern sein Zuhause. Und um mich ging es bei den Unterredungen nie!«

»Dann tu einfach so, als wäre es auch jetzt nicht so. Tu so, als hätte jemand mich in eine Falle gelockt und versucht, mir einen Mord anzuhängen. Sieh zu, dass du zu deiner alten Form aufläufst, damit das Ganze hier ein Ende hat. Ich will nicht, dass dieses Thema noch ewig wie ein Damoklesschwert über dir hängt.«

Er starrte sie an. Sie hatte vollkommen recht. Er schüttelte unwillig den Kopf. Wie hatte er zulassen können, dass er sich von einem pensionierten Detective so aus der Fassung bringen ließ? Es war nur … »Ich komme mir auf einmal wieder wie siebzehn vor«, gestand er.

Sie lächelte nachsichtig. »Ich weiß. Denk einfach daran, wer du bist. Thomas Thorne, ein Anwalt, der Staatsanwälte zum Frühstück verspeist und ihre Knochen einzeln wieder ausspuckt.«

Er lachte unterdrückt. »Behalt das Bild lieber für dich. Immerhin versucht jemand gerade, mir einen Mord in die Schuhe zu schieben.«

»Das ist wohl wahr.«

»Danke.« Das war genau das gewesen, was er gebraucht hatte. Das Lachen, die Tatsache, dass sie ihm den Kopf geraderückte.

Sie nickte knapp. »Gern geschehen.«

An der Haustür wurden sie von einem grauhaarigen Afroamerikaner in Jamies Alter empfangen, und mit einem Mal waren all die Jahre schlagartig vergessen. Thorne erinnerte sich noch genau an ihn, an seine Augen, in denen sich kaum widergespiegelt hatte, was in ihm vorging. Er hatte Prew stets nur im Anzug mit Krawatte gesehen, doch nun trug er ein Poloshirt und eine Freizeithose. Ein Satz Golfschläger lehnte an der Wand in der Diele. Allem Anschein nach genoss der Detective seinen Ruhestand in vollen Zügen. Er schien ein wenig erstaunt zu sein, außer Phil noch drei weitere Besucher vor sich zu sehen, sagte aber nichts.

»Bitte, setzen Sie sich doch«, lud er sie ein, nachdem er sie ins Wohnzimmer geführt hatte.

»Danke, dass Sie bereit waren, uns so kurzfristig zu empfangen«, sagte Phil. »Christopher Prew, das sind Jamie Maslow, Gwyn Weaver und Thomas Thorne.«

Er nickte allen der Reihe nach zu, ehe sein Blick an Thorne hängen blieb. »Ich habe Ihre Karriere verfolgt und muss zugeben, dass ich beeindruckt bin, obwohl ich persönlich ja finde, dass Strafverteidiger nur eine winzige Stufe über Finanzbeamten stehen.«

Thorne musste lächeln. »Danke.«

Prew grinste. »Gern geschehen. Bitte sehen Sie mir nach, dass ich Ihnen keine Erfrischung anbieten kann, aber meine Frau ist nicht da, und … nun ja, ich wusste nicht, dass Sie gleich zu viert auftauchen würden. Deshalb werden Sie sich wohl oder übel die zwei Plunderstücke teilen müssen, die ich heute Morgen gekauft habe.«

»Bitte entschuldigen Sie, dass wir Sie so ohne Vorwarnung überfallen. Wir waren nicht sicher, ob Thorne fit genug für die Fahrt wäre«, warf Gwyn ein. »Er lag gestern im Krankenhaus.«

Prew runzelte die Stirn. »Ich habe davon gehört. Sie stecken in Schwierigkeiten, richtig, Mr Thorne? Obwohl ich Sie ja eigentlich unter dem Namen White kenne.«

»Nach dem Prozess habe ich den Namen meines leiblichen Vaters angenommen. Mein Stiefvater war ein grausamer Mensch, wie Sie sich bestimmt erinnern. Ich wollte seinen Namen nicht länger tragen müssen.«

»Das kann ich Ihnen nicht verdenken«, meinte Prew. »White war ein echter Mistkerl und ein ganz mieser Schläger, das ist nicht zu leugnen. Also, was kann ich für Sie alle tun?«

»Wir wollten mit Ihnen darüber sprechen, was mit Thorne vor neunzehn Jahren passiert ist«, erklärte Jamie. »Der Mord von gestern weist etliche Ähnlichkeiten mit dem Mord an Richard Linden auf.«

Prews Brauen schossen hoch. »Großer Gott.«

Gwyn beugte sich vor und sah dem pensionierten Polizisten in die Augen. »Jemand will Thorne ans Leder. Wir müssen herausfinden, wie der oder die Täter an Informationen über den Linden-Fall gekommen sind.«

»Vielleicht haben sie ja die Gerichtsakten gelesen«, erwiderte Prew keineswegs unfreundlich.

»Mag sein, aber einige Details werden darin gar nicht erwähnt«, gab Jamie zu bedenken. »Weil das Montgomery County PD sie aus irgendwelchen Gründen zurückgehalten hat.«

»In einer von Patricia Segals Wunden befand sich ein Schlüsselring mit einer Medaille daran.« Thorne beobachtete Prews Gesicht aufmerksam. »Es hing sogar noch ein Schlüssel dran.«

Prews Brauen schossen abermals hoch. »Dieses Detail haben wir nie publik gemacht.«

»Genau«, erwiderte Thorne leise. »Trotzdem wusste offenbar jemand davon und hat absichtlich die Schwester des Jungen als Opfer ausgewählt, wegen dessen Ermordung ich damals angeklagt war. Und die Tat selbst glich dem Mord an Richard. Ich will wissen, warum und wie das möglich ist. Wir hatten gehofft, Sie könnten uns etwas dazu sagen oder zumindest helfen, einige der Leute zu finden, die damals mit meinem Fall zu tun hatten.«

»Zum Beispiel?«, fragte Prew, auch jetzt keineswegs unfreundlich.

»Das Notarzt-Team, das Richard ins Krankenhaus gebracht hat«, antwortete Jamie. »Die ersten Polizisten am Tatort. Die Ärzte in der Notaufnahme, die ihn für tot erklärt haben. Der Rechtsmediziner und alle anderen in der Pathologie, die mit seiner Leiche in Kontakt kamen. Jeder, der in den Vorfall verstrickt war, der zu Thornes Suspendierung geführt hat, weil diese Leute allesamt entweder die Aussage verweigert oder im Zeugenstand gelogen haben oder gar verschwunden sind. Aber vorher wüsste ich gerne, wieso die Polizei sich entschlossen hat, den Schlüsselring zu unterschlagen.«

Prew kniff die Augen zusammen. »Fangen wir mal mit der einfachsten Frage an.« Er seufzte. »Eigentlich dürfte ich gar nicht mit Ihnen reden.«

»Wieso tun Sie's dann?«, fragte Gwyn sanft.

Prew sah sie an. »Wer genau sind Sie noch mal? Phil kenne ich, und an Jamie erinnere ich mich auch. Aber Sie sind neu.«

»Na ja, so neu nicht.« Gwyn schenkte dem Ex-Cop ein Strahlen, bei dessen Anblick Thorne am liebsten laut aufgelacht hätte, weil er wusste, dass es überall herkam, aber nicht aus den Tiefen ihres Naturells. »Ich arbeite mit Thorne zusammen und war mehrere Jahre lang seine Gehilfin in der Kanzlei. Und jetzt bin ich Partnerin in seinem Klub.«

»Dem Sheidalin«, sagte Prew zur Verblüffung aller.

»Sie kennen es?«, hakte Thorne nach.

»Vor ein paar Jahren habe ich mal meine Frau dorthin ausgeführt. Sie hatte von dieser Violinistin gehört, die ebenfalls eine Ihrer Partnerinnen ist, wenn ich mich recht entsinne. Ein sehr gelungener Auftritt, wenn auch … anders, als man es erwarten würde.«

»Das war Lucy«, sagte Gwyn. Thorne sah ihr an, dass sie ganz genau wusste, worauf der einstige Detective abzielte – in puncto Gerissenheit schlug sie Prew um Längen. »Die, wie Sie sicherlich ebenfalls wissen, hauptberuflich Rechtsmedizinerin und inzwischen mit dem Star des Baltimore Police Department, J. D. Fitzpatrick, verheiratet ist. Also, haben wir die Prüfung bestanden, Detective Prew?«

Seine Lippen zuckten amüsiert. »Ja. Fitzpatrick ist ein guter Polizist, und mit Lucy Trask habe ich in der Vergangenheit auch schon zusammengearbeitet. Meine Frau hat mich begleitet, weil ich sie darum gebeten habe. Ich konnte mir beim besten Willen nicht vorstellen, dass die blitzsaubere Rechtsmedizinerin tatsächlich die Künstlerin sein soll, die in der Zeitung abgebildet war. Aber sie war es.« Er warf Gwyn einen verschmitzten Blick zu. »Sie betreiben den Laden also selbst?«

»Mit der Hilfe einiger leitender Angestellter, ja. Warum?«

»Weil ich nach Phils Anruf gestern neugierig war. Und … na ja, auch ein wenig argwöhnisch. Deshalb bin ich noch mal hingefahren. Allerdings herrschte eine völlig andere Stimmung als beim letzten Mal, aufgeheizter, und zwar auf keine angenehme Art und Weise.«

Thorne versteifte sich und warf Gwyn einen Blick zu. Er hatte seit gestern Abend nicht einmal einen Gedanken an den Klub verschwendet. Gwyn zog eine Braue hoch und wandte sich wieder Prew zu. »Inwiefern? Laut dem Schichtleiter gab es keine Schlägereien oder sonstige Auseinandersetzungen. Alle fanden die Band gut.«

Prew zuckte mit keiner Wimper. »Nun ja, da hat Ihr Schichtleiter

Ihnen wohl einiges unterschlagen, denn es gab sehr wohl einen Vorfall, und zwar nicht gerade eine Bagatelle. Ihr Türsteher hat zwei Typen am Kragen gepackt, rausgetragen und sie dann vor der Tür fallen lassen wie zwei volle Mülltüten.«

»Was sie, wie sich herausgestellt hat, im Grunde auch waren. Abfall.« Sie sah Thorne an. »Noch eine Handvoll Arschlöcher, die den Klub als Umschlagplatz benutzen wollten.«

Thorne zuckte die Achseln, während die Anspannung ein wenig von ihm abfiel. »So was passiert fast jeden Abend, Detective. Leider ist das nichts Neues. Aber unser Klub ist clean, und wir setzen alles daran, dass es auch so bleibt.«

»Das haben mir Ihre Angestellten auch erzählt. Und Sie waren unüberhörbar das Thema Nummer eins, Mr Thorne. Ihre Mitarbeiter sind sehr loyal. Und sie haben mir nicht über den Weg getraut.«

»Weil sie Sie nicht kennen«, warf Gwyn, noch immer liebenswürdig, ein. »Aber sie wissen, dass wir ehrliche Menschen sind und keine krummen Dinger dulden. Sie wissen, dass wir ihre Löhne pünktlich bezahlen, ihre Krankenversicherung abführen und ein sicheres Umfeld für sie schaffen. Inzwischen gibt es sogar einen Hort, den sie stundenweise nutzen können, schalldicht und mit ausgebildetem Personal.«

Ihr Tonfall war sanft, doch sie hatte das Kinn gereckt, und Thorne sah den Stolz in ihren Augen blitzen, als sie ihn ansah. »Stimmt's, Thorne?«

»Absolut. Keine leichte Aufgabe, aber Gwyn hat alles fest im Griff. Was hat das mit Jamies Frage zu tun?«

»Gar nichts. Ich beantworte nur Miss Weavers Frage.«

»Ah.« Sie nickte. »Die lautete, weshalb Sie bereit waren, mit uns zu reden. Ich verstehe es immer noch nicht ganz. Wir hätten unsere Leute ja anweisen können, nur Gutes über uns zu erzählen. Schließlich sind wir alle Künstler. Wenn sie ihre Rollen nicht spielen können, taugen sie für die Bühne nicht. Richtig?«

Prew lachte leise. »Ja.« Er wurde ernst. »Mich hat viel mehr interessiert, was die Typen zu sagen hatten, die vor der Tür gelandet sind. Also bin ich ihnen ein paar Blocks weit gefolgt. Natürlich war mir klar, dass es Drogendealer sind, schließlich liegen meine Polizistentage noch nicht allzu lange zurück. Die beiden waren ganz schön angeschlagen. An der nächsten Ecke sind sie stehen geblieben und haben ihren Boss angerufen, der offenbar dachte, er hätte leichtes Spiel, nun, da Sie nicht im Hause waren, Mr Thorne. Was er gesagt hat, konnte ich natürlich nicht hören, aber nach den Gesichtern der beiden zu schließen, war er nicht allzu begeistert. Den beiden Burschen haben regelrecht die Beine geschlottert.« Er zuckte die Achseln. »Ich dachte, das spricht für Sie, deshalb bin ich bereit, Ihnen zu helfen und zu sagen, was ich weiß.«

Jamie verschränkte die Arme. »Dann fangen Sie am besten damit an, wieso die Polizei damals den Schlüsselring unterschlagen hat, den Thorne in Richards Leiche gefunden hatte.«

Prew wirkte ein wenig unbehaglich. »Das hat mein Vorgesetzter veranlasst. Er wollte die Existenz beziehungsweise das Verschwinden des Schlüsselrings verschweigen, für den Fall, dass er im Zuge der Ermittlungen wieder auftaucht. Derjenige, der ihn hatte, könnte sich folglich nicht als Nachahmungstäter ausgeben, weil rein theoretisch bloß der eigentliche Mörder davon wusste. Ich konnte es nicht ganz nachvollziehen, aber damals war ich erst seit kurzer Zeit im Morddezernat und kannte ihn noch nicht so gut, deshalb habe ich nicht weiter gedrängt. Ich wollte, dass es im Bericht steht, weil ich ganz zu Beginn nicht sicher war, ob Sie Richard getötet hatten oder nicht, Mr Thorne. Aber mein Vorgesetzter hat mich zurückgepfiffen. Ich hätte ja keine Ahnung, was ich da lostrete, meinte er. Mir war nicht klar, wie sehr er unter dem Druck der Öffentlichkeit stand.«

»Sie meinen damit Richards Vater?«, fragte Thorne. »Aber warum? Das ergibt doch keinerlei Sinn.«

»Ich weiß es nicht«, räumte Prew ein. »Später habe ich gehört, Mrs Linden hätte einen Nervenzusammenbruch erlitten, und die ›Verstümmelung‹ ihres Stiefsohns hätte letztlich dazu geführt.«

»Stiefsohn?«, hakte Gwyn nach.

Prew nickte. »Richards Mutter war die erste Mrs Linden. *Sie* hatte allerdings keinen Nervenzusammenbruch. Ehrlich gesagt, hat es mich ein bisschen gewundert, wieso das Ganze der zweiten Mrs Linden so an die Nieren ging. Sie wirkte viel zu beherrscht dafür. Zumindest nach außen hin. Außerdem gab es mir zu denken, dass ausgerechnet diese Medaille sie so aus der Bahn geworfen haben soll. Immerhin wurde Richard aufgeschlitzt wie ein Stück Wild. Dass jemand etwas in die Leiche stopft, hat es für mein Empfinden auch nicht viel schlimmer gemacht. Jedenfalls rührte seine Entscheidung, die verschwundene Medaille aus dem Bericht herauszuhalten, meiner Ansicht nach eher daher, dass Linden ihn unter Druck gesetzt hatte, als von dem Wunsch, die Ermittlungen zu schützen. Ein aus einer Sportmedaille angefertigter Schlüsselring wäre ein wichtiger Hinweis gewesen, vor allem, wenn man bedenkt, dass auch Ihre Medaille verschwunden war, Mr Thorne.«

»Genau aus dem Grund habe ich nicht weiter darauf gedrängt«, sagte Thorne. »Aber jetzt schon. Weil dieser verdammte Schlüsselring oder zumindest eine Replik davon beim aktuellen Fall wieder aufgetaucht ist.«

»Ich wünschte, ich hätte damals mehr darauf beharrt«, sagte Prew bedauernd.

Jamie seufzte. »Ich auch. Aber gut. Wir wissen jetzt, dass dieser Schlüsselring von enormer Bedeutung ist. Kommen wir noch einmal auf die Leute zurück, die damals damit in Berührung gekommen waren.« Er reichte Prew eine Liste der ersten Polizisten am Tatort und der Mitarbeiter der Rechtsmedizin, die Richards Leiche obduziert hatten. »Kennen Sie jemanden davon?«

Prew überflog sie. »Sie alle hätte ich im Zuge der Ermittlungen befragen müssen. Ich habe meine Aufzeichnungen noch und kann nachsehen, aber ich erinnere mich nicht … oh, Moment. Der Name hier sagt mir etwas. Der Pathologieassistent. Kirby Gilson.«

Prew zögerte. »Was wissen Sie über ihn?«, fragte Thorne ungeduldig.

Prew sah auf. »Nun ja, in erster Linie, dass er tot ist. Erschossen, als er zu einem Tatort gerufen wurde. Die ersten Polizisten vor Ort wussten nicht, dass sich noch ein bewaffneter Täter am Tatort befand, deshalb haben sie die Rechtsmedizin ins Haus gelassen. Ich habe den Fall damals nicht bearbeitet, erinnere mich aber an die Beerdigung. Er hat eine Frau und ein Kind zurückgelassen, das unter Leukämie oder so etwas litt. Wir haben für sie gesammelt.«

»Wann war das?«, fragte Thorne und machte sich eine Notiz. Er würde Lucy den Namen und die Details überprüfen lassen.

Prew runzelte die Stirn. »Vor zehn Jahren vielleicht. Maximal fünfzehn. Wieso, glauben Sie etwa, er wurde absichtlich erschossen?«

»Wir wissen nicht, was wir denken sollen«, erwiderte Thorne frustriert. »Aber irgendwo müssen wir nun mal anfangen. Was ist mit den anderen Namen?«

Prew gab Jamie die Liste zurück. »Den Notarzt kenne ich persönlich, weil meine Jungs oft Sport getrieben haben und wir deswegen etliche Male in der Notaufnahme gelandet sind. Aber auch er ist verstorben. Schlaganfall, glaube ich, vielleicht auch Herzinfarkt. Er war ein anständiger Kerl. Die anderen Namen auf der Liste sagen mir nichts. An sie habe ich keine Erinnerung mehr, tut mir leid. Neunzehn Jahre sind eine lange Zeit.«

»Und was ist mit Angie Ospina?«, fragte Phil. »Das Mädchen, das Thorne damals beschützen wollte. Was das ganze Debakel überhaupt erst ausgelöst hat. Sie konnte ich auf die Schnelle nicht finden.«

»Das ist ganz einfach. Sie betreibt einen Friseursalon in Bethesda. Nobler Laden. Viele reiche Kundinnen.«

»Wie schön für sie«, murmelte Thorne. Sie hatte sich also am eigenen Schopf aus dem Sumpf gezogen.

Der pensionierte Detective verzog das Gesicht. »Vielleicht. Vielleicht aber auch nicht. Ihnen ist bewusst, dass wir damals versucht haben, sie zu einer Aussage vor Gericht zu Ihren Gunsten zu bewegen?«

Erstaunt rutschte Thorne auf seinem Stuhl zurück. »Nein, das wusste ich nicht. Danke.«

»Gern, aber ich habe nur meine Pflicht getan. Angie Ospina war ein wichtiges Bindeglied, das hätte Licht ins Dunkel bringen können, aber nach Ihrer Verhaftung ist sie spurlos verschwunden. Ihr Vater hat behauptet, sie sei von zu Hause weggelaufen, aber das haben wir ihm nicht abgekauft. Normalerweise sind Eltern heilfroh, wenn die Polizei ihnen hilft, ihre halbwüchsigen Kinder zurückzubringen, aber er schien es kaum erwarten zu können, uns loszuwerden.«

»Und wo hat sie gesteckt, was glauben Sie?«, fragte Thorne.

»Sie war bei ihrer Tante in …« Prew hielt stirnrunzelnd inne. »Keine Ahnung, irgendwo im Westen. Kansas, Iowa oder Nebraska. Irgendwo, wo Mais angebaut wird.«

Thorne ertappte sich dabei, dass er leise lachte. »Aha. Aber was ist passiert, nachdem sie wieder zu Hause war? Haben die Lindens sie unter Druck gesetzt?«

Prews Miene wurde noch eine Spur missbilligender. »Im Gegenteil. Sie haben ihr den Laden finanziert. Etwa zwei Jahre nach Ihrem Prozess war sie plötzlich wieder da. Offenbar hatte sie in diesem Mais-Bundesstaat die Schule zu Ende gemacht und sich in einem der hiesigen Schönheitssalons einen Job gesucht. Dann, vor etwa zehn Jahren, hat sie plötzlich diesen neuen Salon eröffnet. Gerüchten zufolge haben die Lindens ihr eine beträchtliche Summe zur Verfügung gestellt.«

»Gerüchte?«, hakte Jamie nach. »Oder Tatsachen?«

»Gerüchte«, antwortete Prew. »Ich habe sie nach ihrer Rückkehr genau im Auge behalten, weil ich mich immer gefragt hatte, ob die Lindens ihr damals auf die Pelle gerückt waren, damit sie die Stadt verlässt und im Prozess nicht aussagen kann, dass es Richard war, der durch sein Verhalten alles überhaupt erst ins Rollen gebracht hat. Falls ja, hätte es den Tatbestand der Zeugenbeeinflussung erfüllt, und ich wollte etwas Konkretes gegen Linden senior in der Hand haben. Außerdem hatte ich die Befürchtung, dass sie ihr mit Ärger gedroht hatten, aber sie hat steif und fest behauptet, sie seien immer sehr nett zu ihr gewesen.«

Thorne schnaubte. »Ja, klar.«

»Ich habe ihr das auch nicht abgekauft«, räumte Prew ein, »konnte aber nicht tiefer graben, solange sie den Mund nicht aufmacht.«

»Und wieso hatten Sie darauf gehofft, etwas zu finden, das Sie gegen Linden senior verwenden können?«, fragte Phil neugierig.

»Weil ich das kalte Grausen kriege, wenn ich ihn bloß sehe. Dasselbe galt für seinen Sohn. Seine Tochter kannte ich nicht gut genug, um mir eine Meinung bilden zu können, aber Dick Linden senior ist ein Hai. Ich traue ihm nicht über den Weg, deshalb behalte ich seine Geschäfte immer schön im Auge. Nur für den Fall, dass mir irgendetwas spanisch vorkommt.« Er zuckte die Achseln. »Ich bin pensioniert. Ihr Fall ist bis heute ein dunkler Fleck in meiner Laufbahn, Mr Thorne. Ich habe nie ernsthaft geglaubt, dass Sie es waren, konnte es aber leider nicht beweisen. Und das habe ich immer zutiefst bedauert.«

»Sie reden heute mit mir«, erwiderte Thorne. »Das ist mehr, als ich je erwartet hätte. Und läuft Angies Geschäft gut?«

»Das kann ich Ihnen nicht sagen. Aussehen tut es danach, zumindest von außen. Ich habe sie erst vor Kurzem bei einer städtischen Wohltätigkeitsveranstaltung gesehen. Sie trug Schuhe, die locker ein ganzes Monatsgehalt kosten. Bevor Sie fragen …

das habe ich von meiner Frau, und die kennt sich mit so was aus.«

»Ihr Laden heißt Heavenly Salon«, sagte Gwyn, den Blick auf ihr Handy gerichtet. »Ich habe Angie gegoogelt. Sie ist als Besitzerin eingetragen. Ich überlege, ob ich nicht mal etwas ganz Neues ausprobieren soll.« Sie warf ihre Locken zurück, die sie in dem natürlichen Look trug, den Thorne am allerliebsten mochte, wild und offen, geradezu eine Einladung, die Hände darin zu vergraben.

Genug jetzt, ermahnte er sich. *Konzentrier dich.*

»Und was versprechen Sie sich davon?«, fragte Prew.

»Informationen. Wenn sie bei Linden in der Kreide steht, wüsste ich es gern. Sollte ihr Laden auch ohne ihn florieren, umso schöner für sie, aber wenn sie jeden Cent zweimal umdrehen muss …« Gwyn hob eine Schulter. »In diesem Fall wäre sie für jemanden zugänglich, der entweder zahlt oder Informationen unterschlägt.«

»Vielleicht wusste sie auch nichts von dem Schlüsselring«, gab Prew zu bedenken, doch dann nickte er. »Aber irgendetwas weiß sie, sonst hätte Linden ihr mit Sicherheit keinen Cent gegeben. Ich dachte immer, das sei die Gegenleistung dafür, dass sie nicht vor Gericht ausgesagt hat, aber solange sie nicht mitspielt, hatte ich ja nichts Konkretes in der Hand. Deshalb habe ich die Angelegenheit nie weiterverfolgt.«

»Wir müssen herausfinden, wann sie das Darlehen bekommen hat«, sagte Gwyn nachdenklich. »Wieso ausgerechnet zu diesem Zeitpunkt, meine ich, und nicht schon damals, vor neunzehn Jahren, als sie in Richtung Maisland abgehauen ist?«

»Wir wissen nicht, ob sie ihr damals nicht vielleicht auch Geld gegeben haben«, wandte Thorne ein. »Vielleicht ist sie ja zurückgekommen, weil sie mehr wollte.«

Gwyn zuckte die Achseln. »Möglich. Wie auch immer, ich gehe hin und rede mit ihr. Schlimmstenfalls komme ich mit einer hübschen neuen Frisur zurück, aber vielleicht gelingt es mir auch, etwas aus ihr herauszuholen.«

»Glaubst du wirklich, das funktioniert?«, fragte Jamie.

Gwyn lächelte verschmitzt. »Ich weiß, wie man Friseurinnen zum Reden bringt, Herr Anwalt. Das ist eine meiner Stärken.«

»Das ist wahr«, bestätigte Thorne mit einem Anflug von Stolz. »Am Anfang unserer Zusammenarbeit hat Gwyn sich als alles Mögliche ausgegeben, um für unsere Fälle Leute auszuquetschen.« Diese Zeit lag so lange zurück, dass er es fast vergessen hatte. »Ich bin bloß froh, dass sie ihre Talente für Recht und Ordnung und nicht für das Böse auf der Welt eingesetzt hat.«

»Obwohl das Böse meistens lukrativer ist«, konterte sie und zückte erneut ihr Handy. »Sobald der Salon um zehn aufmacht, vereinbare ich einen Termin.« Mit melodramatischer Geste presste sie sich den Handrücken gegen die Stirn. »Ich sage einfach, es sei ein Beauty-Notfall.«

Jamie grinste. »Ich will lieber gar nicht wissen, was das genau bedeutet.« Er zog sein eigenes Handy mit den Namen derjenigen heraus, die sie sonst noch befragen wollten. »Die Nächsten auf meiner Liste sind Richards drei Freunde, die Thorne damals verprügelt haben. Chandler Nystrom und Darian Hinman haben wir aufgestöbert. Aber Colton Brandenberg haben wir nicht gefunden.«

Prews Lächeln verflog. »Hier ist Vorsicht geboten. Darian ist aus demselben Holz geschnitzt wie sein Vater, was kein Kompliment ist. Und Chandler …« Er schüttelte den Kopf. »Manche Leute sollten lieber gar nicht erst eine Dienstmarke bekommen. Er war in einige Auseinandersetzungen verwickelt und hat offiziell von der Innenrevision eine Abmahnung kassiert. Genaueres kann ich Ihnen nicht sagen, weil ich es nicht weiß, aber jedenfalls hat er ziemlich überstürzt den Dienst quittiert und einen Job in einer privaten Sicherheitsfirma gefunden.«

»Und was ist mit Colton?«, fragte Thorne.

»Keine Ahnung«, räumte Prew ein. »Nach dem Mord an Richard hat er für eine Weile die Stadt verlassen. Zwar kam er wieder, um im Prozess auszusagen, aber er war irgendwie komplett neben der Spur.«

»So habe ich ihn gar nicht in Erinnerung«, sagte Thorne.

»Ich schon«, erklärte Jamie rundheraus. »Ich hatte Angst, dass er irgendetwas eingeworfen haben könnte. Er hat sich wie ein Zombie bewegt. Ich hatte mich schon darauf vorbereitet, zum Richter zu gehen und seine Aussage für ungültig erklären zu lassen, wenn er irgendwelchen Blödsinn verzapft hätte, aber er hat bloß die Fakten bestätigt, die wir ohnehin längst hatten – bis auf die Tatsache, dass Richard Linden mit dir in Streit geraten ist, weil er Angie Ospina betatscht hat. Daran, so hat er behauptet, könne er sich nicht mehr erinnern.«

Prew nickte. »Nach dem Prozess hat Colton erneut die Stadt verlassen und ist meines Wissens auch nie wieder zurückgekommen. Seine Schwester wohnt immer noch hier und arbeitet als Näherin. Sie ist vor allem auf Vorhänge spezialisiert und ziemlich gut. Das sagt zumindest meine Frau. Ich sage ihr, sie soll mir die Adresse und Telefonnummer geben, und schicke sie Ihnen.«

»Danke«, sagte Thorne. »Vielen Dank. Sie hätten uns all das nicht sagen müssen.«

»Doch, irgendwie schon. Jeder von uns hat einen dieser Fälle, der einen nicht mehr loslässt. Ich war an diesem Abend in der Schule und kann mich erinnern, wie ich mit Sherri geredet habe und dachte, Herrgott noch mal, hätte man dem armen Jungen seine Gitarre gegeben, wäre all das niemals passiert. Und dann kam auch noch Sherri um. Das war das Allerschlimmste. Sie schien so ein nettes Mädchen zu sein.«

Thorne schluckte. »Das war sie auch. Sehr sogar.«

Prew seufzte. »Dann habe ich mit Ihnen geredet, und Sie wirkten so … verloren. Ihre Mutter und Ihr Stiefvater hatten Sie einfach hängen lassen, Linden wollte Sie im Knast sehen. Deshalb …

doch, Mr Thorne, ich fand, dass ich es Ihnen schuldig bin. Sehen Sie einfach zu, dass Sie nicht noch mehr Ärger machen, okay? Meiner Meinung nach haben Sie auch damals keinen gemacht, aber offensichtlich hat es jemand auf Sie abgesehen. Sie sollten denen keine Angriffsfläche bieten.«

Thorne rang sich ein Lächeln ab. »Ich bemühe mich«, erwiderte er knapp.

Prew zuckte zusammen. »Autsch. Ich sollte wohl lieber erst denken, dann reden. Nicht dass ich Sie jemals für schuldig gehalten hätte. Damals nicht. Und nach allem, was der Flurfunk so sagt, auch jetzt nicht.«

Jamie legte den Kopf schief. »Was sagt denn der Flurfunk?«

»Nun ja, Gil Segal, der Mann des Opfers, ist Richter, okay? Gerüchten zufolge haben er und seine Frau wohl gerade eine schwere Zeit durchgemacht. Sie haben ein Riesenhaus gebaut, und dann ging Patricias Geschäft den Bach runter. Das war übel. Aber meine Frau hat gehört, Patricia hätte eine Affäre gehabt.«

Alle vier starrten ihn fassungslos an. »Wo hat sie denn das her?«, fragte Phil.

Prew grinste. »Aus dem Schönheitssalon.«

»Sage ich doch«, bemerkte Gwyn. »Und weiß der Flurfunk auch etwas darüber, wer der Glückliche ist?«

»Meine Frau hat es mir nicht erzählt, aber ich werde sie noch einmal danach fragen.« Prew zuckte die Achseln. »Mrs Segal war nicht sonderlich beliebt. Deshalb sollten Sie all das, was Sie hören, mit Vorsicht genießen.«

»In welcher Branche war sie überhaupt tätig?«, fragte Thorne.

»Genau weiß ich es nicht, aber es hatte irgendetwas mit ihrem Vater zu tun. Auch danach frage ich noch mal meine Frau.«

»Und welchen Schönheitssalon sucht Ihre Frau so auf?«, fragte Gwyn.

»Ich habe nicht die leiseste Ahnung. Aber ich erkundige mich.« Er sah auf seine Uhr. »Ich muss bald los. Ich habe eine Startzeit-

Reservierung für elf Uhr auf dem Golfplatz. Aber halten Sie mich gern auf dem Laufenden. Sollte die Polizei Linden hopsnehmen, wäre ich gerne dabei. Sie wissen schon, um der alten Zeiten willen.«

»Machen wir«, versprach Thorne.

Baltimore, Maryland
Montag, 13. Juni, 10.30 Uhr

Frederick stand auf der verwaisten Tanzfläche des Sheidalin und drehte sich einmal um die eigene Achse. »Hallo?«, rief er. »Jemand hier?«

»Sekunde!« Eine Stimme drang durch eine offene Tür hinter der Bar. Augenblicke später erschien Sheldon Mowry, der stellvertretende Klubmanager, mit einem iPad in der Hand und runzelte die Stirn, als Frederick auf ihn zugeeilt kam. »Was gibt's? Geht es Thorne gut?«

»Ja«, antwortete Frederick. »Ich habe gerade mit Phil und Jamie gesprochen. Thorne ist … na ja, Sie wissen schon … Thorne eben.«

Mowry verdrehte die Augen. »Ja, das sagt mir etwas.«

Frederick musterte ihn einen Moment lang. Er war Anfang dreißig, groß, schlank, mit wild abstehendem Haar, das aussah, als hätte es seit mindestens zehn Jahren keinen Kamm mehr gesehen, und komplett tätowierten Armen. Doch sein Blick war direkt und ohne jede Arglist. Beinahe … unschuldig. Thorne legte die Hand für ihn ins Feuer, dennoch ließen diese Unschuldsaugen bei Frederick sämtliche Alarmglocken schrillen. Er hatte Mowry am Morgen überprüft, jedoch nichts aus der Zeit vor dem Sheidalin finden können, was ihn ebenfalls stutzig machte. Irgendetwas stimmte mit dem Kerl nicht, und Frederick musste herausfinden, was das war.

Zwei Vorhaben hatten ihn ins Sheidalin geführt: Erstens würde er den Mitarbeitern auf den Zahn fühlen, vor allem jenen, die Thorne seit langer Zeit kannten. Wer auch immer hinter alldem stecken mochte, kannte Thorne gut genug, um zu wissen, wo man in seiner Vergangenheit graben musste. Zum anderen wollte er sich mit Sally Brewster treffen, Bernice Browns Freundin, die von einem angeblichen Detective kontaktiert worden war, und herausfinden, was genau der Typ von ihr gewollt hatte. Miss Brewster sollte in zwanzig Minuten hier sein, deshalb blieb ihm noch ein wenig Zeit, sich zuerst um die Mitarbeiter zu kümmern.

»Wie lange kennen Sie Thorne schon?«, fragte er Mowry.

Der Mann lächelte ironisch. »Wenn Sie eine Frage an mich haben, dann nur raus damit.« Sein Lächeln wurde eine Spur breiter. »Sonst werden Sie bei mir nicht fündig.«

Fredericks Lippen zuckten. »Das bleibt abzuwarten.«

Mowry zuckte die Achseln. »Wie Sie wollen! Also, wieso sind Sie hier? Ich habe keinen Anwalt bestellt.«

»Ich musste sichergehen, dass alles glatt läuft. Gwyn und Thorne werden sich eine Weile lang nicht wie gewohnt um den Klub kümmern können.«

Argwöhnisch kniff Mowry die Augen zusammen, protestierte jedoch nicht. »Ich habe den Laden schon geschmissen, lange bevor Gwyn das Ruder übernommen hat. Sie hat anfangs die Buchhaltung gemacht und ein paar Veranstaltungen organisiert, aber hauptsächlich hat sie Thorne in der Kanzlei unterstützt. Ich war für das Tagesgeschäft zuständig. Außer auf der Bühne zu stehen, hat sie nicht viel getan, so wie Thorne und Lucy heute. Deshalb weiß ich, was ich hier tue.«

Trotz schwang in Mowrys Stimme mit. Und vielleicht auch eine Spur Verbitterung? »Wurde Ihr Gehalt reduziert, nachdem Gwyn das Ruder übernommen hat?«

Mowry stieß einen ungeduldigen Seufzer aus. »Nein. Moment,

bitte.« Er drehte sich zu der Tür um, durch die er herausgekommen war. »Laura?«, rief er, woraufhin die Barkeeperin den Kopf herausstreckte. »Könntest du die Lagerbestände allein prüfen?«

»Klar. Gib mir das iPad.« Sie kam ihm auf halbem Weg entgegen, um es an sich zu nehmen, und warf Frederick einen besorgten Blick zu. »Wieso sind Sie hier, Frederick? Geht es Thorne gut?«

»Ja«, antwortete Frederick. Laura war sechsundzwanzig, russischer Abstammung und als Kleinkind von einer Familie in Virginia adoptiert worden. Auf den meisten ihrer Facebook-Fotos war sie mit ihrem kleinen Sohn zu sehen. Der Vater des Kleinen schien keine Rolle in ihrem Leben zu spielen, allerdings war Lauras Mutter ihr eine große Hilfe. Laut ihrer Personalakte, die Thorne in der Kanzlei aufbewahrte, hatte Laura in den sechs Monaten, die sie schon im Klub arbeitete, keine einzige Schicht versäumt.

Auch sie beäugte ihn argwöhnisch, wie Mowry. »Na gut. Ich bin hinten, falls du mich brauchst«, sagte sie, an ihren Kollegen gewandt, und verschwand.

»Sollten Sie hergekommen sein, weil Sie glauben, es gäbe schmutzige Wäsche zu waschen, hätten Sie sich den Weg sparen können. Wir stehen alle voll und ganz hinter Thorne«, erklärte Mowry sichtlich verärgert.

»Das bezweifle ich gar nicht«, erwiderte Frederick, was Mowry mit einem Schnauben quittierte.

»Kommen Sie mit.« Er ging zu einem Tisch nahe der leeren Bühne. »Setzen wir uns. Ich habe noch einen langen Tag vor mir und gönne meinen Füßen gern eine kleine Pause.« Er wartete, bis Frederick Platz genommen hatte. »Sie wissen, was mit Gwyn passiert ist?«, meinte er unvermittelt. »Vor sechs Jahren?«

Frederick nickte. »Ich habe den Polizeibericht gelesen.« Er wusste, dass Gwyns vermeintlicher Freund sie, angetrieben von irgendwelchen kranken Rachefantasien, benutzt hatte, um an Lucy heranzukommen, weil er glaubte, sie sei schuld am Tod seiner Schwester. Was natürlich nicht der Fall war, Evan hatte die wahren Verantwortlichen unbedingt töten wollen, wobei Lucy ins Kreuzfeuer geraten war. »Der Killer hat sie in seine Gewalt gebracht, um Lucy anzulocken. Am Ende wurden beide gerettet, und Gwyn hat dabei auch noch Lucys Mutter das Leben gerettet.«

Mowry sah ihn verächtlich an. »Das ist alles?«

»Das stand im Polizeibericht. Zumindest zu Gwyns Person.«

»Genau. Leider machen sich die Medien nie die Mühe, nachzuhaken, wie es Verbrechensopfern ein paar Jahre später geht. Ja, Gwyn ist tatsächlich noch mal davongekommen, und Lucys Mutter hat sie auch das Leben gerettet. Aber sie musste Lucy in den Händen eines brutalen Killers zurücklassen. Weil Lucy sie dazu gezwungen hat.«

Frederick stieß den Atem aus. »Verstehe.«

Mowry warf ihm einen ironischen Blick zu. »Tatsächlich?«

Frederick nickte. »Ich war bei der Armee. Spezialeinsätze. Einmal musste ich einen Mann zurücklassen, um zwei andere retten zu können. Ich bin zurückgegangen, um ihn zu holen, aber es war zu spät. Er war bereits tot.« Frederick schluckte und zwang sich, die Erinnerung zu verdrängen. »Er war mein Freund. Einer meiner besten.«

Normalerweise sprach er nicht über diesen Vorfall. Niemals. Aber es schien richtig gewesen zu sein, dies jetzt zu tun, denn Mowrys Miene wurde eine Spur sanfter.

»Na gut, vielleicht tun Sie's. Welche Auswirkungen es auf Sie hatte, weiß ich nicht, aber ich weiß, was es mit Gwyn angerichtet hat. Sie wurde von einem Mann benutzt, der behauptet hat, er würde sie lieben. Zum allerersten Mal war sie bis über beide Ohren verliebt.« Er schüttelte den Kopf. »Eigentlich dachte ich immer, sie und Thorne kämen eines Tages zusammen, deshalb war es ein echter Schock, als sie plötzlich diesen Evan angeschleppt hat.«

»Wie fanden Sie ihn?«

Er seufzte. »Ich wünschte, ich könnte sagen, dass ich ihn nicht ausstehen konnte und ihn ›seltsam‹ fand, aber das kann ich nicht. Auch mich hat er eingewickelt. Ich habe mich gut mit ihm verstanden und mir sogar ab und zu mal ein Spiel mit ihm angesehen. Er war ein umgänglicher Typ.«

»Das Böse verbirgt sich häufig hinter einer netten Fassade«, bemerkte Frederick. Weil auch er sich bestens damit auskannte. Taylors Mutter hatte ihn jahrelang für dumm verkauft, deshalb verstand er Gwyn besser, als ihm bislang bewusst gewesen war.

Mowry gab ein freudloses Lachen von sich. »Auf Evan trifft das jedenfalls zu. Und Gwyn hat ihm geglaubt. Sie … früher war sie ganz anders. Lebhaft. Quirlig.«

»Und nicht pessimistisch und sarkastisch?«

»Wenn Sie wüssten. Sie haben sie erst kennengelernt, als sie schon auf dem Weg der Besserung war. Aber die Geschichte mit Evan hat ihr komplett den Boden unter den Füßen weggezogen. Sie wollte nicht mehr auftreten. Für niemanden. Lucy hat sie angebettelt, bei ihrer Hochzeit mit J. D. zu singen, aber sie konnte es nicht.« Er stieß einen resignierten Seufzer aus. »Eines Tages habe ich sie überrascht, als sie gerade am Klavier saß. Es war niemand hier, und kein Licht brannte. Sie weinte, weil sie sich nicht überwinden konnte, die Hände auf die Tasten zu legen.«

»Aber letzten Sommer hat sie es getan. Ich habe das Video einer Hochzeit gesehen, auf der sie und Lucy für die musikalische Untermalung gesorgt haben. Es war wunderschön.«

»Ja, wie gesagt, ganz allmählich kommt sie aus ihrem Schneckenhaus. Sie singt wieder, und seit Kurzem tritt sie wieder mit ihren Aerial Silks auf.« Er deutete auf die Konstruktion auf der Bühne, ein rund sieben Meter hohes A-förmiges Gestell, von dem zwei lange weiße Seidentücher herabhingen. »Es ist wie bei Cirque du Soleil. Gwyn ist unglaublich anmutig. Ich gebe zu, dass ich wie ein Baby geweint habe, nachdem ich sie das erste Mal wieder auf der Bühne sehen durfte.« Sein Mundwinkel hob sich. »Und ich war nicht allein. Kein Auge blieb an dem Tag trocken. Alle hier mögen sie sehr gerne. Deshalb war ich auch sofort bereit, als Thorne mich gebeten hat, meine Aufgaben ein bisschen runterzufahren und Gwyn das Ruder zu überlassen. Nicht dass es mir leichtgefallen wäre, das gebe ich zu, aber ich habe es trotzdem gern getan.«

»Sie wollten aber nicht kürzertreten.«

»Nein, damals nicht. Und manchmal nervt es mich auch heute noch. Aber Thorne ist ein anständiger Kerl. Er wusste, dass ich nicht gern untätig herumhänge. Und er wusste auch, dass ich nie die Chance hatte, aufs College zu gehen, deshalb finanziert er mir das Studium. Ich belege Kurse, wenn ich nicht gerade hier arbeite. Ein Jahr noch, dann habe ich meinen Abschluss in der Tasche. Management im Hotel- und Gastgewerbe. Damit stehen mir alle Möglichkeiten offen.«

»Werden Sie das Sheidalin dann verlassen?«

Er lächelte. »Wahrscheinlich nicht. Mir gefällt's hier. Es ist wie ein Zuhause, und Gwyn, Thorne und Lucy sind meine Familie. Keiner von ihnen hat selbst eine große Familie, deshalb haben wir uns zusammengetan. Es ist nicht nötig, herzukommen und mir auf die Finger zu sehen, Freddie. Ich weiß, was ich tue, und bin gut in meinem Job. Ich kann meine Chefs gut leiden. Wir alle tun das. Wir lassen sie nicht hängen.«

»Also denken Sie nicht, dass Thorne es getan hat.«

Mowry schnaubte abfällig. »Ich bitte Sie. Muss ich es ernsthaft noch laut aussprechen? Er war's nicht. Ende der Durchsage.«

»Und die anderen Mitarbeiter? Sind die genauso überzeugt davon?«

»Fragen Sie sie doch selbst. Ming!«, rief er. »Laura! Kommt mal bitte her.«

Ming trat durch die Tür zum Büro im hinteren Teil des Klubs, Laura kam aus dem Lager.

Ming war der Leiter des Sicherheitsteams – mit anderen Worten, der Chefrausschmeißer – und so groß wie Thorne. Eigentlich hieß er Clive, aber Frederick vermutete, dass niemand ihn so nannte, schon aus purer Angst nicht. Er war ein Mann der ersten Stunde im Klub und hatte gemeinsam mit Thorne auf dem College Rugby gespielt. Als Thorne Muskelunterstützung für den Klub gebraucht hatte, war Ming die erste Adresse gewesen, gleichzeitig war der Mann ein ehrenhafter Bürger, wie er im Buche stand. Er kümmerte sich rührend um seine Mutter, ging brav sonntags in die Kirche und engagierte sich ehrenamtlich für Essen auf Rädern. Er arbeitete sogar als Freiwilliger auf der Säuglingsstation, wo er sich um von ihren drogenabhängigen Müttern verlassene Frühchen kümmerte und regelmäßig in den sozialen Medien Fotos von den Winzlingen in seinen Pranken veröffentlichte.

Allein bei so einem Anblick waren Frederick Tränen in die Augen getreten. Aber Ming kannte Thorne besser als die meisten anderen, mit Ausnahme von Jamie und Phil, daher stand auch er auf seiner Liste der Verdächtigen.

Die beiden zogen Stühle heran und setzten sich. Ming legte ein Tablet vor sich auf den Tisch, auf dem die Aufnahmen der Überwachungskameras zu sehen waren. Der Mann war auf der Hut.

»Was gibt's?«, fragte Ming.

»Frederick hat Angst, wir kriegen das Tagesgeschäft nicht auf die Reihe«, erklärte Mowry mit hochgezogener Braue, »weil Thorne und Gwyn eine Weile nicht hier sein können.«

Frederick entging nicht, dass Laura und Ming ihm die Ausrede ebenso wenig abkauften wie Mowry. »Genau. Also … brauchen Sie irgendetwas?«

»Nein«, antwortete Laura. »Ich habe gerade die Bestandsaufnahme zu Ende gebracht und die Bestellungen aufgegeben.«

»Und ich habe den Dienstplan für die Woche erstellt«, fügte Ming hinzu. »So weit sieht alles gut aus. Keiner hat gekündigt, keine der angekündigten Bands hat abgesagt.«

»Jeder, der gerade hier auftritt, hat Angst um seinen Ruf«, bemerkte Mowry.

Das klang durchaus einleuchtend, fand Frederick. »Wie ich höre, gab es gestern Abend Ärger?«

»Das Übliche«, wiegelte Ming ab. »Im Schnitt setzen wir jede Woche drei Dealer vor die Tür. Diese Typen waren Opportunisten und dachten, sie versuchen ihr Glück ... jetzt, wo Thorne nicht da ist.«

Wut blitzte in Mowrys Augen auf. »Diese elenden Dreckskerle«, brummte er. »Aber ernsthaft. Wir haben alles im Griff. Ja, die Medien berichten ständig über uns, aber wir nutzen das für uns. Thorne und Gwyn brauchen sich keine Sorgen zu machen.«

»Haben sie auch nicht. Sondern bloß ich«, bemerkte Frederick.

Ming sah ihn argwöhnisch an. »Und seit wann sind Sie der Boss hier?«

Frederick lächelte. »Alte Gewohnheiten legt man nicht so einfach ab. Ich bin daran gewöhnt, das Kommando zu übernehmen, außerdem liegt mir Thorne sehr am Herzen. Er ist ein anständiger Kerl, und ich will, dass der Laden läuft, wenn er zurückkommt. Außerdem muss ich mich um eine Kanzleiangelegenheit kümmern und habe deswegen einen Termin hier vereinbart. Ich hoffe, Sie haben nichts dagegen.«

»Fühlen Sie sich wie zu Hause«, sagte Mowry. »Sollten Sie Ruhe brauchen, können wir uns gern für eine Weile rarmachen.«

»Danke.« Frederick sah auf seine Uhr. »Sie sollte jeden Moment hier sein.«

Ming blickte auf sein Tablet. »Ich glaube, da ist Ihr Termin.« Eine der Kameras zeigte eine Frau, die sich der Hintertür näherte. »Wie hat sie es geschafft, in den Hinterhof zu kommen? Es stehen doch überall Ü-Wagen herum.«

Eins musste man Sally Brewster lassen: Sie hörte zu und tat, was man ihr sagte. »Ich habe ihr gesagt, sie soll vor dem Kino parken und durch die Buchhandlung nebenan herkommen. Sie schulden Thorne einen Gefallen, deshalb waren sie so nett, sie durch die Hintertür rauszulassen.«

Frederick stand auf, während er sich fragte, ob die drei am Tisch tatsächlich so loyal waren, wie es den Anschein hatte. Er konnte es nur hoffen, weil Thorne es verdiente, dass die Leute hinter ihm standen. »Danke, dass Sie meine Zweifel zerstreut haben. Und wenn Sie Hilfe brauchen sollten, melden Sie sich bitte.« Er legte seine Visitenkarte auf den Tisch. »Da steht auch meine Handynummer. Ich meine es ernst, wenn ich sage, dass ich Thorne unbedingt helfen möchte. Wenn Sie mich jetzt bitte entschuldigen würden, aber ich muss meine Besucherin hereinlassen, bevor die Reporter sie sehen.«

9. Kapitel

Als er aus der Dusche seines Disziplinarraums trat, stand Patton an der Tür und starrte angewidert auf das, was von den beiden Drogendealern von gestern Abend noch übrig war.

»Stimmt etwas nicht, Mr Patton?«, fragte er.

Langsam drehte Patton sich zu ihm um und schluckte. »Nein … Sir«, antwortete er. »Es ist … in Ordnung. Alles in Ordnung.«

Er musste ein Lächeln unterdrücken. Selbst die kräftigsten Kerle verwandelten sich beim Anblick von etwas Blut und Hirnmasse in grüngesichtige kleine Mädchen. Sorgsam darauf bedacht, nicht in die Schweinerei auf dem Fußboden zu treten, ging er zu seinem Kleiderschrank und begann, sich anzuziehen.

»Ich habe eine Liste von Dingen zusammengestellt, die Sie heute Vormittag erledigen müssen«, sagte er, schlüpfte in seine seidenen Boxershorts und in seine Hose, in deren Tasche noch der Zettel steckte. Er zog ihn heraus und hielt ihn auffordernd in die Höhe. »Mr Patton?«

Patton hatte sichtlich Mühe, den Blick von dem Boden zu lösen und zu ihm zu treten, wobei er darauf achtete, die Blutlachen zu vermeiden. Sein Schlucken war in der Stille des Raums unüberhörbar.

»Ohne eine kleine Schweinerei kann man nun mal keinen Menschen ausweiden, Mr Patton«, erklärte er amüsiert.

»Ich weiß. Ich erinnere mich.«

»Das möchte ich doch hoffen. Es liegt schließlich nicht einmal achtundvierzig Stunden zurück.«

Doch der Anblick von Patricias Leiche schien Patton nicht annähernd so aus der Bahn geworfen zu haben. Wahrscheinlich, weil er bei ihr nicht mit derselben Sorgfalt und Umsicht vorgegangen war wie bei diesen beiden Idioten von gestern Abend. Bei ihnen hatte er sich ganze zwei Stunden Zeit genommen, sie in ihre Einzelteile zu zerlegen, wohingegen es bei Patricia ziemlich schnell gegangen war.

Weil ich wütend war. Zu wütend. Thomas Thorne bewusstlos auf dem Bett liegen zu sehen, war weitaus schwerer zu ertragen gewesen, als er angenommen hatte. Er hatte regelrecht danach gelechzt, sein Messer in ihn hineinzurammen … hatte sich jedoch beherrscht. Weil der Tod noch viel zu gnädig für ihn wäre. Nein, der Mann sollte leben. Und trauern.

So wie ich. Deshalb war er zügig vorgegangen, hatte Patricia zuerst die Kehle aufgeschlitzt und sie dann von oben bis unten aufgeschnitten, um den verwitterten Schlüsselring in die Wunde zu schieben. Danach hatte er Thornes Finger zuerst um das Messer gelegt und es dann direkt neben ihm auf den Boden fallen lassen.

Schließlich hatte er den Raum verlassen, um sich auf die Plane zu legen, die sie auf dem Rücksitz von Thornes exklusivem Geländewagen ausgebreitet hatten. Thorne einfach liegen zu lassen, war ihm unendlich schwergefallen. Doch er hatte es getan in dem Wissen, dass die Belohnung dafür umso befriedigender ausfallen würde.

Die Plane hatte er mitgenommen, als er dann in seinen eigenen Wagen gestiegen war, um sicherzugehen, dass keine Spuren von ihm in Thornes Audi zurückblieben. Schließlich hatte er es Patton überlassen, den Audi in Thornes Garage zurückzufahren und den Tatort vollends zu präparieren. Er hatte sich gefragt, ob Patton wohl genauso dreingesehen hatte, nachdem er Patricia bis zur Unkenntlichkeit verprügelt hatte.

»Was soll das?« Pattons wütende Stimme riss ihn aus seinen Tagträumen. Er stand immer noch mit dem Zettel in der Hand neben ihm. »Sie hätten mir eine SMS schicken oder anrufen können.«

»Natürlich.« Seelenruhig zog er sich weiter an, während er Patton aus dem Augenwinkel musterte.

»Stattdessen haben Sie mich den ganzen Weg herunterkommen lassen.«

»Stimmt.« Er steckte sich das Hemd in die Hose und band seine Krawatte.

Pattons Züge wurden eisig. »Sie *wollten*, dass ich das hier sehe.« Er deutete hinter sich auf die beiden Leichen.

Er lächelte. »Nur eine kleine Erinnerung daran, welche Strafe Versagen nach sich zieht.«

»Aber die zwei dort haben nicht versagt.«

»Tja, in Anbetracht der Tatsache, dass sie meinem größten Rivalen Treue geschworen haben, muss ich Ihnen leider widersprechen.« Er schlüpfte in sein Jackett. Sehr gut. Sobald er einen Anzug trug, fühlte er sich gleich viel souveräner. »Erledigen Sie die Aufgaben von der Liste, und rufen Sie mich nach jeder einzelnen an. Danach kommen Sie wieder her. Diese beiden hier müssen zu ihren Herren und Meistern zurückgebracht werden.«

Pattons Augen weiteten sich. »Wie bitte?«

»Sie haben mich verstanden. Ich will, dass die beiden um Punkt sieben vor dem Lagerhaus der Circus Freaks abgeliefert werden.«

»Wieso ausgerechnet um sieben?«

Weil dann das Sheidalin öffnete. Er wollte Ehrfurcht und Entsetzen sehen, wenn die Polizei den Laden stürmte. Und Reporter, die das Ganze dokumentierten. »Es steht Ihnen nicht zu, meine Gründe zu hinterfragen, Mr Patton. Oder soll ich vielleicht nach einem Ersatz suchen?«

Wieder war Pattons Schlucken überdeutlich. »Nein. Sir.«

»Gut. Dann los. Sie wollen doch nicht zu spät kommen.«

Frederick lief mit schnellen Schritten zur Hintertür und öffnete sie. »Miss Brewster?«

Ihre Augen weiteten sich, allerdings zuckte sie nicht zurück, sondern ließ lediglich die Hand sinken, mit der sie hatte anklopfen wollen. »Ja. Sie sind Mr Dawson, nehme ich an?«

»Ja. Danke, dass Sie hergekommen sind. Bitte, hier entlang.«

Sie folgte ihm in den Korridor und blinzelte, während sich ihre Augen an die Dunkelheit gewöhnten. Sally Brewster war die Freundin, die Bernice Brown davor gewarnt hatte, dass ein Mann, der sich als Detective ausgab, herumschnüffelte und Erkundigungen über sie einzog. Sie war zweiundfünfzig, Witwe und Mutter von zwei erwachsenen Kindern und arbeitete als Kinderkrankenschwester in einer der hiesigen Kliniken. Nebenbei half sie ehrenamtlich im Tierheim aus und spielte in einem Freizeitorchester Cello. In ihrer restlichen »Freizeit« ging sie reiten. Letzten Monat hatte sie ihren Urlaub in Ocean City verbracht, wo sie in ihrem sehr züchtigen Badeanzug eine erstklassige Figur abgab. Und sie musste *dringend* ihren Facebook-Account für die Öffentlichkeit sperren.

Er zog einen Stuhl für sie heran. »Bitte, setzen Sie sich doch.«

Sie sah sich neugierig um. »Ich war hier schon mal bei einem Konzert, allerdings sieht der Klub ohne Gäste und bei Tag ganz anders aus.«

»Sonst voller Magie, nehme ich an. Mr Thorne, der Anwalt Ihrer Freundin Bernice, ist Mitbesitzer des Klubs.«

»Ich weiß. Deswegen bin ich ja hergekommen. Ich wollte den Mann sehen, der Bernie hilft. Das Ganze war der reinste Albtraum für sie. Ich habe keine Ahnung, was sie tut, falls er das Mandat niederlegt.«

»Ich übernehme den Fall«, erklärte Frederick. »Kostenlos. Mrs

Brown hat mir erzählt, Sie hätten sie am Freitag angerufen und gewarnt, dass jemand sich nach ihr erkundigt?«

»Ja. Er hat sich als Detective Hopper vorgestellt, aber ich rede nicht mit Leuten am Telefon, die ich nicht kenne. Heutzutage hört man so oft von Betrügern. Außerdem hätte Bernies Mann ihn engagiert haben können, dieses miese Schwein.«

»Sie haben diesem Detective Hopper also nichts erzählt?«

»Nein. Na ja, ich habe ihm eine Adresse gegeben, wo er Bernie finden kann, aber in Wahrheit war das bloß ein leerer Standplatz im Trailerpark. Außerdem hat er mich so unter Druck gesetzt, dass ich es mit der Angst bekommen habe. Deshalb habe ich auf dem Revier angerufen, dem er anscheinend zugeteilt ist, aber dort hatte man den Namen noch nie gehört.«

»Es war sehr klug von Ihnen, so vorsichtig zu sein.«

»Manche Leute behaupten, ich sei paranoid.«

»Manche Leute sind eben leichtsinnig. Aber Sie nicht.« Genau diese Art von Vorsicht und Argwohn hatte er seinen Töchtern jahrelang eingetrichtert. Insofern war er heilfroh, dass Miss Brewster so übervorsichtig gewesen war – auch wenn es nichts daran änderte, dass sie sich um ihre Facebook-Seite kümmern musste. »Haben Sie zufällig die Nummer, von der aus er Sie angerufen hat?«

»Ja.« Sie rief sie in der Anrufliste ihres Handys auf. »Ich gehe davon aus, dass sie falsch ist, weil ich versucht habe, ihn zurückzurufen.«

»Von Ihrem Handy aus?«

Sie lächelte. »Nein. Von einem öffentlichen Fernsprecher im Supermarkt. Wie gesagt, der Typ hat mir wirklich Angst gemacht.«

»Gut.« Er notierte die Nummer. »Woran erinnern Sie sich sonst noch? Gab es Hintergrundgeräusche?«

Sie runzelte nachdenklich die Stirn. »Vögel.«

»Vögel? Auf dem Baum, im Freien?«

»Nein, eher am Strand. Möwen.«

Fredericks Puls beschleunigte sich. »Das ist ein sehr guter Hinweis. Was noch?«

»Er hatte einen leichten Südstaatenakzent. Anfangs nicht, aber als er wütend wurde, hat er sich plötzlich verstärkt. Da habe ich aufgelegt. Verzeihen Sie, ich wünschte, ich könnte Ihnen mehr sagen.«

»Würden Sie seine Stimme wiedererkennen, wenn Sie sie noch mal hören, was glauben Sie?«

Sie wirkte etwas verunsichert. »Vielleicht. Ich habe gelesen, Zeugen, die eine Stimme wiederzuerkennen glauben, seien noch unzuverlässiger als Augenzeugen.«

Auch das war durchaus richtig. »Mag sein. Aber manchmal genügt so etwas auch schon, um einen Durchsuchungsbeschluss der Polizei zu erwirken.«

Sie zog die Brauen hoch. »Ich dachte immer, das wollen Sie eher verhindern?«

Er nahm die Bemerkung nicht persönlich. Die Fehleinschätzung, Verteidiger hätten nichts anderes im Sinn, als die Polizei in ihrer Arbeit zu behindern, war durchaus verbreitet. »Nicht unbedingt. Wenn die Durchsuchung korrekt ausgeführt wird und es eine legale Grundlage dafür gibt, dient sie schließlich der Wahrheitsfindung. Und genau das sollte eigentlich jeder Beklagte von der Exekutive erwarten dürfen.«

Sie nickte langsam. »Verstehe. Glauben Sie, Bernie hat eine Chance vor Gericht?«

»Ja, absolut. Ich habe ihre Akte gelesen, mit ihr gesprochen und mich mit den beiden anderen Anwälten in der Kanzlei beraten. Ich tue alles in meiner Macht Stehende für sie.«

Wieder nickte sie und straffte dann die Schultern. »Ich habe Sie überprüft, bevor ich hergekommen bin«, erklärte sie rundheraus. »Ich wollte wissen, mit wem ich es zu tun habe. Sowohl zu meiner eigenen als auch zu Bernies Sicherheit. Immerhin liegt ihr Leben in Ihren Händen.«

Frederick setzte sich auf seinem Stuhl zurück, während er sich fragte, worauf das Ganze hinauslief. Weshalb sie so abwehrend war. »Das war sehr besonnen von Ihnen. Aber ich will Ihnen nicht vorenthalten, dass ich Sie ebenso überprüft habe. Und Sie sollten dringend die Einstellungen Ihres Facebook-Profils ändern und es für die Öffentlichkeit sperren.«

Sie schnappte verblüfft nach Luft. »Oh. Ich hatte ja keine …« Ihre Wangen färbten sich rosa. »Das werde ich. Danke.«

»Gern geschehen.« Er wollte aufstehen, doch sie hielt ihn zurück.

»Ich bin noch nicht fertig.« Sie wartete, bis er sich wieder gesetzt hatte. »Ich habe noch ein bisschen tiefer gegraben als Sie bei mir.« Sie zog die Brauen hoch. »Sie haben keinen Facebook-Account.«

»Das stimmt«, erwiderte er mit einem Anflug von Selbstgefälligkeit.

»Trotzdem findet man im Internet einiges über Sie. Oder zumindest über Ihre Töchter.«

Er sog scharf den Atem ein. »Was meinen Sie damit?«, fragte er unheilvoll.

»Ich meine, dass Ihre Tochter Taylor letztes Jahr in der Zeitung stand, weil sie geholfen hat, den Mann zu schnappen, der seine Frau ermordet und seine kleine Tochter bedroht hat. Jazzie«, erklärte sie ungerührt. »Übrigens habe ich versucht, sie anzurufen. Taylor, meine ich. Ich habe mich als Reporterin ausgegeben. Aber sie wollte keine meiner Fragen beantworten. Ihre andere Tochter dagegen schon.«

»Das ist völlig ausgeschlossen«, erwiderte er tonlos. Daisy nahm keine Anrufe von Nummern entgegen, die sie nicht kannte, sonst hätte sie ihr gesamtes Reisebudget für Handygebühren verpulvert, statt sie in Pinsel und Farben zu investieren. Außerdem überwachte er ihre Ausgaben, und zwar ganz genau. Natürlich würde er ihr das niemals sagen, aber er checkte ihre Kreditkartenabrechnungen regelmäßig, um sicherzugehen, dass sie keinen Alkohol kaufte. Beim ersten Mal hatte er viel zu lange über ihre Sucht hinweggesehen, ein Fehler, der ihm nicht noch einmal unterlaufen würde.

Schließlich war er schuld, dass es überhaupt so weit gekommen war – er hatte ihr »Freiraum« gegeben, was völlig schwachsinnig war, wenn man bedachte, dass er ihnen allen eine Isolationshaft über ihre gesamte Jugend hinweg auf einer kalifornischen Ranch aufgezwungen hatte, und damit nicht genug, denn er hatte ja schon einmal eine Tochter an die Abhängigkeit verloren. Der Gedanke an Carrie war so schmerzhaft, dass er sich tunlichst auf jene seiner Kinder konzentrierte, bei denen noch die Chance auf eine Rettung bestand.

Deshalb – ja, er behielt Daisy im Auge, und nach allem, was er aus ihrem Umfeld hörte, war sie clean, trocken und guter Dinge. So wie es sein sollte. Und genau deshalb war er sich ziemlich sicher, dass sie keine Anrufe von unbekannten Nummern angenommen hatte, zumindest nicht von einer amerikanischen.

Er musterte Miss Brewster kühl. »Das muss ein Irrtum sein.«

»Nein, ist es nicht. Julie war recht zugänglich am Telefon.«

Frederick schnappte entsetzt nach Luft. »Was?« Julies Namen aus dem Mund einer Fremden zu hören, war, als hätte jemand einen Stromschlag durch seinen Körper gejagt. Julie war die jüngste seiner vier Töchter und … besonders. Sie litt seit ihrer Geburt an einer Zerebralparese, zudem waren ihre geistigen Fähigkeiten eingeschränkt. Mit inzwischen einundzwanzig befand sie sich auf dem Entwicklungsstand einer Viertklässlerin, allerdings hoffte er, dass sich ihr Zustand in dem neuen Therapiezentrum, das sie besuchte, noch weiter verbessern würde. Julie stand unter seinem ganz besonderen Schutz, und er hielt alles von ihr fern, was ihr irgendwie schaden könnte – und jeden, der ihr zu nahe kam.

Allein bei der Vorstellung, dass jemand – diese Frau – den

Schutzwall rings um Julie überwunden hatte, packte ihn die blanke Wut. »Das ist völlig unmöglich«, stieß er zornbebend hervor.

Sie sah ihn mitfühlend an. »Sie mögen vielleicht keine Facebook-Seite haben, Mr Dawson, aber Julie sehr wohl.«

»Julie hat noch nie einen Computer auch nur angefasst«, erklärte er im Brustton der Überzeugung.

Sie zog die Brauen hoch. »Weil sie unter Zerebralparese leidet? Vielleicht sollten Sie noch mal genau nachdenken, Mr Dawson. Sie müssen wissen, dass ich keinerlei Interesse daran habe, Ihnen oder Ihren Kindern in irgendeiner Weise zu schaden. Ich bin selbst Mutter und Krankenschwester, möchte aber gern unversehrt weiterleben, und diese Geschichte mit Bernie ist verdammt beängstigend. Ihr Mann verfolgt sie. Also wehrt sie sich und verletzt ihn, woraufhin er sie nur noch vehementer verfolgt. Und dann wird sie *verhaftet!* Du liebe Güte!« Mit jedem Satz schwoll ihre Stimme weiter an. »Und dann wird auch noch ihr Anwalt wegen Mordverdachts festgenommen! Und sein Vertreter will sich mit mir treffen? Ganz allein?« Eine Mischung aus Wut und Angst schwang in ihrer Stimme mit. »Da ist es doch nur logisch, dass ich mir vorher ansehe, mit wem ich es zu tun habe. Und einer Kontaktperson ganz genau sage, wo und mit wem ich mich treffen werde, damit man weiß, wo man nach mir suchen muss, wenn ich mich nicht wie versprochen zurückmelde.«

Sie wandte den Blick ab und rang sichtlich um Fassung. Nach ein paar Momenten fuhr sie ruhiger fort: »Ich wollte nur wissen, was für ein Mann Sie sind. Ihre Tochter Julie liebt Sie im Übrigen heiß und innig. Das war alles, was ich Ihnen sagen wollte. Um ihretwillen. Ich habe den Eindruck, als bekäme sie in dem Therapiezentrum mehr mit, als Ihnen bewusst ist. Für Sie ist sie vielleicht bloß ein Kind, aber nur weil sie nicht so gut lesen kann wie andere, ist sie das noch lange nicht. Sie spricht nicht wie ein

Kind, sie denkt nicht wie ein Kind, und sie hat die Bedürfnisse und Wünsche eines Erwachsenen.«

Frederick konnte sie nur fassungslos anstarren. *O Gott.* Julie hatte eine Pflegerin, die sich um sie kümmerte und bei ihr blieb, solange Frederick arbeitete, was nicht allzu häufig der Fall war. Eigentlich war er davon ausgegangen, dass er ganz genau wusste, was sie brauchte. *Aber offenbar habe ich mich geirrt.* Schon wieder. Verzweiflung schnürte ihm die Luft ab. Schon wieder hatte er bei einer seiner Töchter versagt.

»Ich weiß nicht, was ich sagen soll«, presste er mit brüchiger Stimme hervor.

Sally Brewster lächelte traurig. »*Danke* genügt völlig. Und dann sehen Sie zu, dass Sie Ihre Tochter in Sicherheit bringen. Es könnten sich ganz schnell die falschen Leute an sie heranmachen, und ich würde mir nie verzeihen, wenn ihr etwas zustieße und ich Sie nicht gewarnt hätte.« Sie erhob sich und streckte ihm die Hand hin. »Danke, dass Sie Bernie helfen. Sie ist genauso dankbar. Das weiß ich. Und sollte es Fragen geben, rufen Sie mich bitte an. Sie ist meine beste Freundin.«

Frederick erhob sich ebenfalls. Seine Knie zitterten, als er ihre Hand ergriff. »Danke. Ich bringe Sie noch zum Wagen.«

»Das wäre nett. Danke. Tagsüber ist das hier eigentlich keine schlechte Gegend, trotzdem kann man nie vorsichtig genug sein.«

Wie in Trance ging er vor ihr her zur Hintertür, als ihn ein Gedanke innehalten ließ. »Moment mal. Wie sind Sie überhaupt an meine Privatnummer gekommen?«

»Julie hat sie mir gegeben, nachdem ich ihr über Facebook geschrieben habe.«

Er biss die Zähne zusammen. »Dazu hatten Sie kein Recht. Sie ist ein *Kind*. Mein Kind.«

Wieder blitzten ihre Augen auf – sie waren blau, wie er aus der Nähe feststellte. Wie der Himmel. Sie öffnete den Mund, um etwas zu erwidern, als ihre Wut unvermittelt verrauchte, sie die Schultern sacken ließ und ihm ins Gesicht sah. »Ja, Sie haben recht. Es stand mir nicht zu, und dafür entschuldige ich mich. Aber wie gesagt, Julie ist kein Kind mehr. Trotzdem stand es mir nicht zu. Aber sind Sie mir nicht wenigstens ein klein wenig dankbar, dass ich es war und nicht jemand ... anderes? Jemand, der ihr tatsächlich wehtun will? Jetzt wissen Sie immerhin, womit Sie es zu tun haben.«

Er schüttelte den Kopf, brachte es nicht über sich, ihr Gewissen zu beruhigen, ihr Absolution zu erteilen – weil Julie tabu war. »Gehen Sie einfach.«

Sie legte die Hand über seine Finger, als er nach dem Türknauf griff. »Ich hatte Angst. Aber Sie haben recht, wie ich bereits sagte. Ich hätte keinen Kontakt zu ihr aufnehmen dürfen.«

Er nickte abrupt, während er sich ihrer Hand um die seine überdeutlich bewusst war. Sie fühlte sich weich an und ... Er schluckte und versuchte, sich daran zu erinnern, wann ihn das letzte Mal eine Frau berührt hatte. Das war Jahre her. Lange vor Donnas Tod. Sie war lange krank gewesen. Aber das war nicht der einzige Grund. Über Jahre hinweg hatte sie ihm eingeredet, Clay sei hinter Taylor her, deshalb müssten sie sich vor ihm verstecken ... als er herausgefunden hatte, dass alles eine Lüge gewesen war und sie ihnen damit so viele Jahre ihres Lebens gestohlen hatte, war jede Berührung unmöglich geworden, weil er nichts als Verachtung für sie empfunden hatte.

Deshalb war es viele Jahre her. Vielleicht war dies sogar die erste Berührung seit dem Tod seiner ersten Frau, der Mutter von Carrie, Daisy und Julie. Einundzwanzig Jahre. Verdammt lange. Und viel zu lange, wenn etwas so Unverfängliches ihm komplett die Sprache verschlug.

Er starrte auf Miss Brewsters schmale Hand mit den kurzen, unlackierten Nägeln – Hände, die jeden Tag andere Menschen berührten, sie pflegten, ihnen halfen. Dies war keine Frau, die Böses im Schilde führte. Andererseits hatte er seiner Frau und Taylors Mutter jedes Wort abgekauft, deshalb wollte er lieber nicht mehr auf sein Urteilsvermögen vertrauen, vor allem nicht, wenn es um Frauen ging.

Er schluckte und versuchte, sich in ihre Lage zu versetzen. Ja, ihre Vorsicht war durchaus angebracht gewesen. »Na ja, eigentlich verstehe ich, dass Sie Angst hatten.«

»Wie nett von Ihnen«, murmelte sie. Er wartete darauf, dass sie ihre Hand wegnahm, doch sie tat es nicht. Stattdessen ruhte nun auch ihr Blick auf ihren Fingern über seiner Hand. »Aber ich glaube, in dem einen oder anderen Punkt irren Sie sich, Mr Dawson.«

»Ach so? In welchem denn?«

»Na ja, Julie ist eindeutig kein Kind mehr. Das habe ich Ihnen nun schon mehr als einmal erklärt, aber Sie scheinen mir nicht zuzuhören. Sie ist eine junge Frau. Einundzwanzig Jahre alt. Mag sein, dass es mit dem Lesen bei ihr hapert, aber ihre Interessen und Wünsche und Sehnsüchte sind eindeutig die einer erwachsenen Frau. Und ihre Hormone auch.«

Wieder sog er entsetzt den Atem ein. »Was wollen Sie damit sagen?«

Der Anflug eines Lächelns spielte um ihre Lippen, als sie ihn ansah. »Sie hat einen Freund.«

Schockiert blinzelte er. »Wie bitte? Wie heißt er?«

»Er heißt Stan, und sie haben sich im Therapiezentrum kennengelernt. Ich bin sicher, dass jemand auf sie achtgibt, während sie sich sehen, trotzdem wäre es vielleicht sinnvoll, wenn Sie mit ihr darüber reden. Sie wissen schon … über Verhütung und solche Dinge.«

Frederick zuckte zusammen. »O mein Gott.«

Miss Brewster lächelte wehmütig. »Fassen Sie sie nicht zu hart an. Sie hat Angst, Sie würden komplett Ihre ›Shorts fressen‹.«

»Sieht sie sich jetzt etwa auch noch *Die Simpsons* an? Offensichtlich kriege ich ja überhaupt nichts mehr mit«, stöhnte er.

Miss Brewsters Lächeln verblasste. »Sie macht sich wirklich Sorgen um Sie.«

Wieder sah er sie erstaunt an. »Um mich? Aber wieso?«

Ein trauriger Ausdruck erschien in ihren schönen Augen. »Sie sollten mit ihr reden, Mr Dawson.«

Die Angst legte sich wie ein Zentnergewicht auf seine Brust, deshalb hatte er Mühe, tief Luft zu holen. »Das hilft mir nicht gerade weiter, Miss Brewster.« Er sah, dass sie ihre Worte mit Bedacht wählte. »Sie machen mir wirklich Angst. Deshalb … spucken Sie's aus. Bitte.«

Sie seufzte. »Also gut. Julie bekommt mehr mit, als Ihnen bewusst ist. Sie weiß, dass Sie sich wegen Daisy Sorgen machen.«

»Sie hat Ihnen von Daisy erzählt?«

Miss Brewster nickte. »Sie liebt ihre Schwestern sehr. Sie hat mir auch von Taylor erzählt, die ja eine Kreuzung aus Wonder Woman und Annie Oakley sein muss.«

Er konnte sich ein kleines Lächeln nicht verkneifen. »Das trifft den Nagel auf den Kopf.«

Miss Brewster blieb hingegen ernst. »Und sie hat mir auch erzählt, dass sie Carrie sehr vermisst.«

Frederick spürte, wie er blass wurde, während sich der Druck der Hand um seine Finger ein wenig verstärkte.

»Sie weiß, dass Sie ein schlechtes Gewissen haben, weil Daisy zu viel getrunken hat«, fuhr sie fort, »und dass Sie sie deswegen gewissermaßen weggeschickt haben, damit sie sich ›erholt‹. Sie weiß auch von den leichten Schlaganfällen, die Sie letztes Jahr erlitten haben, und hat Zweifel, ob Sie die Wahrheit sagen, wenn Sie behaupten, es ginge Ihnen gut.«

Er fühlte sich, als hätte ihm jemand einen Schlag in die Magengrube versetzt. Oder gleich mehrere. »Ich … mir war nicht bewusst, dass sie all das mitbekommen hat.«

»Wie gesagt, sie scheint mehr zu verstehen, als Sie glauben. Und sie will nicht, dass Sie sich noch größere Sorgen machen, als Sie es ohnehin schon tun. Sie weiß, dass Sie große Opfer für Ihre Töchter gebracht haben. Für alle, auch für sie. Ihr ist wichtig, dass Sie wissen, wie dankbar sie Ihnen dafür ist. Und sie hat Angst, Sie könnten glauben, dass sie Sie nicht liebt, denn genau das tut sie.«

Die Flut an Informationen machte ihn sprachlos. »Wie lange haben Sie denn mit ihr gechattet?«, stammelte er schließlich.

»Etwa eine Stunde. Sie schien es sehr zu genießen, endlich mit jemandem reden zu können. Ihre Pflegerin hat eine Schwäche für *The View*, deshalb darf Julie sie nicht stören, wenn die Talkshow gerade läuft.«

Wieder konnte er sie nur fassungslos anstarren. »Wir haben sie auf Empfehlung engagiert.«

Miss Brewsters Lächeln war nachsichtig. »Das glaube ich Ihnen. Und wie Sie damit umgehen, ist Ihre Sache, keine Frage. Ich kann Ihnen aber gern andere Agenturen empfehlen. Natürlich nur, wenn Sie möchten.«

Er nickte, obwohl auch jetzt noch ein Fünkchen Argwohn blieb. Dies wäre eine hervorragende Methode, um sich weitere Informationen zu beschaffen. Gleichzeitig schien sie sich in seinem Leben bereits bestens auszukennen. Und sie kannte seine Geheimnisse; vielleicht nicht alle, aber definitiv genug.

»Oder lieber nicht«, fügte sie hinzu, als ahne sie seinen Verdacht. Sie strich mit den Fingern ein letztes Mal ermutigend über seine Hand, ehe sie sie löste. »Ich will Sie nicht länger aufhalten.«

Er schüttelte den Kopf, als wollte er seine Gedanken klären. »Oh. Ja. Natürlich. Ich wollte Sie doch zum Wagen begleiten.« Er öffnete die Hintertür. »Bitte. Nach Ihnen.«

Gwyn beendete das Telefonat mit einer Mischung aus Befriedigung und Frust. »Ich habe einen Termin in Angies Salon.«

Phil drehte sich auf dem Beifahrersitz zu ihr um. »Und wann?«

Sie verzog das Gesicht. »Leider erst morgen um halb sechs. Sie schiebt mich ein.«

Phils Augen leuchteten. »Ich war wirklich beeindruckt. Also, ich hätte dir jedenfalls sofort einen Termin gegeben. Und vielleicht noch eine Aussteuer dazu.«

Gwyns Wangen wurden heiß. Anfangs war sie nicht sicher gewesen, ob es nicht zu grausam wäre, mit Thorne auf dem Platz neben ihr die Nummer der Braut abzuziehen, die durchbrennt, um ihren Geliebten zu heiraten, aber es eilte, deshalb war ihr so ziemlich jedes Mittel recht. »Ich hatte Zweifel, ob sie mir die Geschichte abkaufen würde, aber wie es aussieht, schlummert eine Romantikerin in ihr. Durchbrennen zieht immer als Argument für einen Beauty-Notfall. Außerdem hat es den Vorteil, dass sie mir eine Hochsteckfrisur machen kann, ohne zu schneiden.«

Thorne musterte sie mit zusammengekniffenen Augen. »Lass sie bloß nicht mit der Schere an deine Haare. Sie sind perfekt, so, wie sie sind.«

Gwyns Herz vollführte ein kleines Freudentänzchen – wegen des Kompliments ebenso wie wegen des leidenschaftlichen Blicks, den er ihr zuwarf. War dieser Blick immer schon da gewesen, und sie hatte es bloß nicht gemerkt? Fest stand, dass er seine Wirkung nicht verfehlte. »Nein, auf keinen Fall. Ich habe vier ganze Jahre gebraucht, um sie wieder so lang zu bekommen.« Evan hatte ihr die Haare abgeschnitten, weil er wusste, dass sie ihre Mähne heiß und innig liebte. Kaum kamen die Worte über ihre Lippen, bereute sie sie, als sie den Schatten sah, der über Thornes Gesicht huschte.

»Entschuldige«, sagte er leise. »Ich habe nicht nachgedacht.«

»Schon gut, Thorne. Wir können nicht ewig um den heißen Brei herumreden. Evan hat …«

Mir schreckliche Dinge angetan. Und ich kann nicht darüber reden. Nicht jetzt. Und nicht mit Thorne. Niemals. Sie hatte den Vorfall bei der Therapie erzählt. Das würde genügen müssen. Ihr Haar abzusäbeln, war das Geringste, was er ihr angetan hatte.

Sie atmete tief durch. »Ich lerne allmählich, all das zu überwinden und nicht mehr jede meiner Entscheidungen davon bestimmen zu lassen. Und, ganz ehrlich, dass er mir die Haare abgeschnitten hat, ist doch eine Bagatelle im Vergleich zu den Dingen, die er anderen angetan hat.« *Und mir genauso.*

»Trotzdem hat es dich jedes Mal daran erinnert, wenn du in den Spiegel gesehen hast«, warf Phil sanft ein.

Gwyn zuckte unbehaglich die Schultern. Danach hatte sie monatelang keinen Blick mehr in den Spiegel geworfen, weil ihr völlig gleichgültig gewesen war, wie sie aussah. »Wie auch immer, jedenfalls ist es nachgewachsen.«

Jamie warf ihr einen Blick im Rückspiegel zu. »Und wer ist Amber Kelly?«

Unter diesem Namen hatte sie sich im Salon angemeldet. »Mein Alter Ego. Amber Kelly war mein Bühnenname, als ich noch beim Zirkus gearbeitet habe. Ich war gerade zehn, als die erste Staffel von *California Highschool* ausgestrahlt wurde, und ein Riesenfan.«

»Dachte ich's mir doch.« Phil nickte wissend.

Jamie runzelte die Stirn. »Ich verstehe den Zusammenhang nicht ganz.«

»Weil du nie auf einer Mittelschule oder einer Highschool unterrichtet hast«, erwiderte Phil mit einem nachsichtigen Lächeln in Gwyns Richtung. »Tiffani Amber Thiessen spielte die Hauptrolle Kelly Kapowski in der Serie, das beliebteste Mädchen an der Schule und eine echte Überfliegerin.«

»Und ich wollte unbedingt so sein wie sie«, gestand Gwyn. »Ich habe mir dieselbe Frisur zugelegt, dasselbe Styling, alles.«

»Wieso das denn?«, fragte Phil.

»Weil sie es einfach draufhatte. Sie sah gut aus, hatte gute Noten, massenhaft Freunde. Sie war die oberste Cheerleaderin, und alle fanden sie toll.« *Wenn das nicht absolut erbärmlich klingt, weiß ich auch nicht mehr weiter.* Sie zuckte die Achseln. »Ein klarer Fall von Eskapismus.«

»Und warst du tatsächlich beim Zirkus?«, wollte Jamie wissen. »Ich dachte immer, das ist bloß Teil deiner Bühnenbiografie.«

»Ja, ich war das Mädchen, das von zu Hause weggelaufen ist und sich einem Wanderzirkus angeschlossen hat«, antwortete sie mit einem selbstironischen Lachen. »Das waren noch Zeiten. Jedenfalls müssen wir morgen um halb sechs in Bethesda sein. Also, was steht als Nächstes an?«

Überrascht von dem abrupten Themenwechsel, warf Thorne ihr einen fragenden Blick zu, hakte jedoch nicht weiter nach. Er kannte einen Teil ihrer Zirkusgeschichte, aber längst nicht alles. Und schon gar nicht die schmerzlichen Details. Bei ihrer ersten Begegnung war sie viel zu befangen gewesen, um irgendwelche Einzelheiten preiszugeben, und in den letzten Jahren hatte ihr die Stabilität gefehlt. Deshalb würden auch diese Geschichten unter Verschluss bleiben, bis sie bereit war, sie ihm anzuvertrauen.

»Wir sind gleich bei Brent Kiley, einer der Sanitäter, der damals Richard in die Notaufnahme gebracht hat«, sagte Jamie.

»Woher hast du seine Adresse?«, fragte Thorne.

»Von Anne.« Wieder sah Jamie in den Rückspiegel. »Ich habe ihr die Namen von allen gegeben, die uns noch gefehlt haben. Sie recherchiert schon den ganzen Morgen.«

»Anne ist in der Kanzlei?«, fragte Thorne scharf. »Ganz allein? Das könnte gefährlich werden. Außerdem wird das Büro doch bestimmt von einer Million Reportern belagert.«

»Eher vier Millionen«, erwiderte Jamie grimmig. »Und nein, sie ist nicht in der Kanzlei. Frederick hat allen Angestellten gesagt, sie sollen heute zu Hause bleiben. Anne hat praktisch von überall Zugriff auf jene Suchwebseiten, die wir bevorzugt nutzen, außerdem verwendet sie ein Proxy-Programm, damit niemand sehen kann, wo sie sich physisch aufhält. Trotzdem hat sie ein wenig Angst um ihren Job. Verständlicherweise.«

Das war keine Überraschung für Gwyn. Die Büroleiterin war noch jung und ein wenig zaghaft, und dass ihr Boss nun des Mordes verdächtigt wurde, war sicherlich ein schwerer Brocken für sie.

»Hast du sie beruhigt, dass kein Anlass zur Sorge besteht? Dass ich es nicht war?«, fragte Thorne knapp.

»Natürlich«, erwiderte Jamie nachsichtig. »Sie kennt dich eben bloß nicht so gut wie wir.«

Thorne schnaubte. »Sie arbeitet seit einem Jahr für mich.«

»Und ich kenne dich seit neunzehn Jahren«, seufzte Jamie. »Außerdem ist sie beschäftigt, wenn sie Adressen für uns recherchiert, und kann sich nicht so viele Sorgen machen. Damit haben alle etwas davon.«

»Es wundert mich, dass sie sie nicht alle auswendig wusste«, bemerkte Gwyn trocken. Die junge Frau war organisiert bis in die Haarspitzen. Gleich in ihrer ersten Arbeitswoche hatte sie sich kopfüber in ihre Arbeit gestürzt und die komplette Ablage der Kanzlei neu strukturiert. Außerdem hatte sie die Geburtstage sämtlicher Mitarbeiter im Kopf, sowohl die Crew der Kanzlei als auch des Sheidalin, und sorgte dafür, dass Thorne allen zumindest eine Karte schrieb.

»Anne mag gut sein, aber so gut dann auch wieder nicht. Lucy hat sich übrigens gemeldet.« Thorne blickte auf sein Handy. »Sie hat Infos zu Kirby Gilson.«

»Den Pathologieassistenten, der erschossen wurde«, murmelte Gwyn, während ein mulmiges Gefühl in ihr aufkam. Worauf würden sie wohl stoßen, wenn sie tiefer gruben? »Und was hat sie herausgefunden?«

»Dass Eileen Gilson, Kirbys Witwe, inzwischen in Chevy Chase lebt, und zwar im nobelsten Viertel. Ihr Sohn, der damals glücklicherweise nicht an der Leukämie gestorben ist, studiert an einer Privatuniversität. Mrs Gilson geht keiner Arbeit nach, die ihr einen regelmäßigen Verdienst einbringt, sondern ist vor allem mit irgendwelchen Wohltätigkeitsveranstaltungen beschäftigt.«

»Ein sorgenfreies Leben«, bemerkte Phil leise. »Also nehmen wir sie auf unsere Liste?«

Gwyn nickte. »Absolut. Ich kann verstehen, wenn man seine Seele verkauft, um die Gesundheit des eigenen Kindes zu finanzieren, aber das klingt ja, als bekäme sie auch jetzt noch großzügige Unterstützung von irgendjemandem, wer auch immer das sein mag. Vielleicht gelingt es uns ja, einen Blick auf ihre Kontoauszüge zu werfen.«

»J. D. kann das veranlassen, wenn wir ihm davon erzählen.« Jamie hielt vor einem Apartmentgebäude. »Aber jetzt reden wir erst mal mit diesem Sanitäter. Brent Kiley fährt seit fünfundzwanzig Jahren Rettungswagen. Mehr wissen wir im Augenblick nicht über ihn. Ich warte immer noch auf die Adresse seines Kollegen von damals. Sollte Anne ihn nicht aufgestöbert haben, wenn wir hier fertig sind, nehmen wir uns zuerst Richards Schlägerfreunde vor. Darian Hinman, inzwischen im Vorstand der Firma seines Daddys, ist der Erste auf der Liste.«

»Und wer geht rein?«, fragte Thorne. »Die Wohnungen hier scheinen nicht allzu groß zu sein, und wir wollen den Mann ja nicht überfordern, indem wir gleich zu viert aufschlagen.«

Betrübt ließ Phil den Blick durch die Eingangshalle des Gebäudes schweifen. »Ich sehe zwar eine Treppe, aber keinen Aufzug. In welchem Stockwerk wohnt er?«

»Im dritten«, murmelte Jamie. »Verdammt.«

»Thorne und ich gehen«, sagte Gwyn eilig. Sie wollte nicht, dass

Phil sich die Treppe hinaufquälen musste, würde es aber nicht laut sagen, da sie offiziell nichts von seinem Zustand wussten. »Ihr bleibt hier und findet so lange heraus, wer als Nächstes an der Reihe ist.«

Thorne warf ihr einen vielsagenden Blick zu. *Danke,* formte er lautlos mit den Lippen.

»Du brauchst Zeugen, Thorne«, stieß Jamie mit zusammengebissenen Zähnen hervor. »Schon vergessen? Hieb- und stichfeste Alibis.«

»Gwyn kann doch meine Zeugin sein. Ich mache keinen Ärger, Jamie, versprochen.«

Er wartete, bis sie in der Lobby standen, ehe er sich zu ihr herunterbeugte. »Danke. Ich wusste nicht recht, wie ich Phil daran hindern sollte, sich zu überanstrengen.«

Sie tätschelte seinen Arm. »Weiß ich doch. Wir passen gut auf ihn auf, okay?«

Sein Arm spannte sich unter der Berührung an, und er musste den Blick abwenden. »Okay. Also, dann wollen wir mal sehen, ob Brent Kiley zu Hause ist. Falls nicht, müssen wir unser Glück eben auf der Feuerwache versuchen.«

Brent Kiley war zu Hause. Er wirkte schlaftrunken und reichlich zerknittert, als er die Tür aufmachte. Grasflecken zierten die Knie seiner Jogginghose, er trug sein T-Shirt nach links gekehrt, und sein graues Haar stand in sämtliche Richtungen ab. Sie hatten ihn eindeutig aus dem Bett geholt. »Kein Interesse«, blaffte er barsch und wollte die Tür wieder zuschlagen.

»Wir wollen nichts verkaufen.« Gwyn legte die flache Hand auf die Tür. »Versprochen. Sondern Ihnen nur ein paar Fragen stellen.«

Kileys Blick war nach unten gewandert und auf ihren Brüsten hängen geblieben. Gwyn spürte, wie eine vertraute Angst in ihr aufstieg. Ihre Bluse war konservativ und zeigte keinerlei Dekolleté, doch das schien keine Rolle zu spielen. Sie widerstand dem Drang, einen Schritt zurückzutreten, die Flucht zu ergreifen, was ihr nur mit Mühe gelang.

Und das auch nur, weil Thorne hinter ihr stand. Allein seine Gegenwart gab ihr das Gefühl von Sicherheit.

»Mr Kiley«, sagte sie scharf und beschwor ihre gewohnte Stärke herauf.

Sein Blick löste sich und wanderte nach oben zu ihrem Gesicht, während sich seine Miene verfinsterte. »Wenn es um den Bettuzi-Fall geht … dazu kann ich nichts sagen.«

Gwyn blinzelte überrascht, ehe sie sich sammelte und den Kopf schüttelte. »Es geht um einen Notruf vor neunzehn Jahren.«

Erst jetzt schien Brent Kiley Thorne zu bemerken. Seine Augen weiteten sich, und er wich zurück. »Was wollen Sie von mir?« Panik schwang in seiner Stimme mit.

»Nichts Schlimmes«, antwortete Thorne ruhig. »Erkennen Sie mich wieder?«

Brent schüttelte den Kopf, doch seine Augen sagten etwas anderes. »Ich habe Sie in den Nachrichten gesehen. Sie haben eine Frau umgebracht. Wie kann es überhaupt sein, dass Sie frei herumlaufen?«

»Weil er unschuldig ist«, schnauzte Gwyn. »Hören Sie, wir werden Ihnen jetzt eine Frage stellen und wären sehr dankbar, wenn Sie sie ehrlich beantworten würden. Könnten wir vielleicht reinkommen? Das ist wohl nichts, was Sie vor den Nachbarn besprechen wollen.« Sie nickte in Richtung einer Tür zu ihrer Linken, die einen Spaltbreit geöffnet worden war. »Und da drüben hört schon jemand ganz genau zu.«

Mit finsterer Miene hielt Brent sein Handy hoch. »Na gut, aber ein Mucks, und ich rufe die Polizei.«

Dass er so schnell einknickte, war ein mehr als klares Zeichen, dass er etwas wusste – und ihnen hoffentlich auch bereitwillig mitteilen würde. Kein Mensch, der bei halbwegs klarem Verstand war, würde einen Mann von Thornes Größe ohne konkreten

Grund in seine Wohnung lassen, schon gar nicht, wenn jener auch noch eines heimtückischen Mordes verdächtigt wurde.

Kileys Apartment selbst war eine typische Männerbude, mit leeren Pizzakartons, die sich auf dem Klapptisch stapelten, und einem von Bierdosen und Papptellern überquellendem Mülleimer. Der Anblick machte sie umso dankbarer für Thornes Reinlichkeit. Sie hatte sein Haus noch nie unordentlich gesehen, mit Ausnahme des gestrigen Morgens, was wiederum ein erster Indikator dafür gewesen war, dass irgendetwas nicht stimmte.

Brent ging in die Küche. »Wollen Sie ein Bier?«, rief er.

»Nein danke, zu viele Kohlehydrate«, antwortete Gwyn.

Er kam mit einer Dose in der Hand heraus und öffnete sie. »Puh. Und ich dachte schon, Sie sagen etwas von wegen, dass es noch nicht mal Mittag ist.«

Gwyn zuckte die Achseln. »Ich leite einen Nachtklub. Und irgendwo auf der Welt ist es gleich fünf Uhr und damit Zeit für einen Drink.«

»Stimmt. Mein Dienstplan auf der Feuerwache bringt mich komplett aus dem Takt. Ich weiß nie, wie viel Uhr es gerade ist.« Er deutete auf ein Sofa, das eigentlich ganz annehmbar aussah. Und sauber. »Möchten Sie sich setzen?«

»Klar«, sagte Gwyn.

»Ich stehe lieber«, brummte Thorne.

»Sicher doch.« Brent ließ sich in einen abgewetzten Sessel sinken. »Nur zu. Also, wie lautet nun Ihre Scheißfrage?«

»Richard Linden«, sagte Gwyn ruhig. Ihr war bewusst, dass Thorne neben dem Sofa Posten bezogen hatte – in unmittelbarer Nähe, falls sie ihn brauchen sollte. »Sie fuhren in jenem Krankenwagen, der als Erstes zum Tatort kam.«

»Stimmt«, antwortete er knapp. »Ich erinnere mich. Der Täter hatte den Jungen wie ein Stück Wild aufgeschlitzt.« Er sah zu Thorne hinüber. »Sie wurden doch damals deswegen festgenommen.«

»Und vor Gericht gestellt und freigesprochen.« Die Drohung in Thornes Tonfall war unüberhörbar.

»Ja, auch daran erinnere ich mich. Also, was wollen Sie wissen?«

»Das gestrige Opfer war Patricia Linden Segal, Richards Schwester.«

Brent erstarrte, die Bierdose auf halbem Weg zum Mund. Langsam ließ er sie sinken und stellte sie auf einem Beistelltisch ab. »Was?«

»Genau.« Gwyn legte den Kopf schief. »Es wundert mich, dass Sie es noch nicht gehört haben.«

»Ich hatte gestern Schicht und habe kurz vorher von dem Mord gehört, allerdings gab es noch keine Informationen über das Opfer. Nach der Arbeit bin ich direkt nach Hause gefahren und sofort ins Bett gefallen. Sie haben mich geweckt.«

»Entschuldigung«, murmelte Gwyn. »Ich arbeite auch hauptsächlich nachts und kann es nicht leiden, wenn mich jemand aus dem Schlaf reißt.«

Er winkte ab. »Nicht so wichtig. Also, wie lautet Ihre Frage nun?«

Gwyn musterte ihn, suchte sein Gesicht nach Anzeichen von Gewissensbissen ab. »Ist Ihnen an dem Abend, als Sie Richard Linden in die Notaufnahme gebracht haben, irgendetwas in seinem Körper aufgefallen, das dort nicht hingehört?«

»Ja«, antwortete er ohne Umschweife. Gwyn blinzelte verblüfft, und Thorne versteifte sich neben ihr.

»Was?«, fragte er. »Ist das Ihr Ernst?«

»Klar.« Brent zuckte die Achseln. »Ich habe es dem Cop gesagt. Nicht dem Detective, sondern dem Beamten, der als Erstes am Tatort war. Keiner hat je wieder danach gefragt oder es erwähnt. Und wenn Sie irgendjemandem verraten, dass Sie das von mir haben, werde ich behaupten, Sie lügen.« Abrupt fuhr er aus dem Sessel hoch und starrte sie finster an. »Sind Sie etwa verkabelt?«

Gwyn verdrehte die Augen. »Nein.«

»Gut. Weil *mich* nämlich nie jemand bedroht hat.«

Der abrupte Übergang und die Betonung des Wortes *mich* ließen Gwyn innehalten. »Aber Ihren Kollegen?«, fragte sie.

Brent prostete ihr nur mit seiner Bierdose zu. »Er hat nachgehakt, weil das Detail nicht im Polizeibericht auftauchte. Die Cops haben ihn vollgelabert, von wegen, es sei zurückgehalten worden, damit sie Informationen in der Hand haben, die nur der Mörder kennt. Ich hielt es für klüger, die Klappe zu halten.« Er deutete mit einer ausschweifenden Geste um sich. »Und jetzt bin ich hier.«

»Und wo ist Ihr Partner von damals?«, fragte Thorne leise.

Bislang war es weder Jamie noch Anne gelungen, ihn ausfindig zu machen.

Brent zuckte die Achseln. »Keine Ahnung. Ein paar Monate nach dem Prozess hat er die Kurve gekratzt. Hinkend. Er hatte einen Autounfall. Irgendein Arschloch ist seitwärts in ihn reingedonnert und hat seinen Wagen von der Straße abgedrängt, direkt in eine Schlucht. Er hat es geschafft, mit einem gebrochenen Bein aus dem Wrack zu klettern. Aber sobald der Gips weg war, hat er den Job hingeschmissen und ist von der Bildfläche verschwunden. Ich habe nie wieder etwas von ihm gehört.«

»Wieso erzählen Sie uns das ausgerechnet jetzt?«, hakte Thorne nach.

»Tue ich gar nicht.« Der Anflug eines Lächelns spielte um Brents Lippen. »Ich habe nichts gesagt.«

»Mit anderen Worten, Sie sagen es auch sonst niemandem«, folgerte Thorne stirnrunzelnd. »Wie beispielsweise den Cops. Obwohl es wirklich wichtig ist.«

Brent schüttelte den Kopf. »Sie waren ein netter Junge«, murmelte er. »Sind bei Richard geblieben und haben alles getan, was Sie konnten, um ihn zu retten. Wären Sie nicht freigesprochen worden, hätte ich mich an die Zeitung gewandt und alles erzählt. Dass Beweise manipuliert wurden. Aber Sie haben ja Ihren Freispruch bekommen. Und ich wollte meine Beine gern behalten, unversehrt und nicht gebrochen. Deshalb habe ich den Mund gehalten.«

Aus dem Augenwinkel sah Gwyn Thorne nicken. »Und hat Ihr ehemaliger Kollege den Laster gesehen, der ihn von der Straße gedrängt hat?«, fragte er.

Brent hob in gespieltem Salut die Hand an die Schläfe. »Alles klar. Ich merke ganz genau, was Sie hier abziehen. Ich habe nie behauptet, dass es ein Laster war.«

»War es denn einer?«, fragte Thorne ruhig.

Wieder zuckte Brent die Achseln. »Ja. Genauso einer wie der, durch den ein Jahr zuvor Ihre Freundin zu Tode gekommen war. Ich hatte eine Scheißangst. Deshalb habe ich nichts gesagt. Sie können mich gern als Feigling bezeichnen, aber ich hatte schließlich Kinder zu ernähren.« Er sah sich betrübt um. »Jetzt nicht mehr. Sie gehen aufs College, und wenn sie heimkommen, sind sie bei ihrer Mutter.«

»Sie sind also geschieden. Seit wann?«, fragte Gwyn leise.

Wieder ein Salut. »Sie sind ein schlaues Mädchen«, sagte er mit unverhohlener Bewunderung, während er den Blick ein weiteres Mal zu ihren Brüsten wandern ließ, jedoch sofort abrupt wieder löste, als Thorne ein leises Knurren von sich gab. »Meine Frau hat mich unmittelbar nach dem Prozess verlassen.« Er deutete auf Thorne. »Ich habe angefangen zu trinken. Teilweise, weil ich so derart die Hosen voll hatte, meine Kinder oder ich würden auch von diesem Laster umgenietet werden. Aber auch, weil ich den Mund nicht aufgemacht hatte … nur um meine eigene Haut zu retten. Ich habe mich geschämt. So, jetzt wissen Sie alles. Ich werde nie wieder darüber reden. Mit niemandem.«

»Alles klar«, murmelte Gwyn. »Okay. Danke für Ihre Aufrichtigkeit. Passen Sie gut auf sich auf, ja?«

Kiley nickte, machte jedoch keine Anstalten, aus dem Sessel aufzustehen. »Sie finden ja alleine raus.«

Gwyn erhob sich und ging zur Tür, dicht gefolgt von Thorne.

»Das war ja sehr aufschlussreich«, bemerkte er auf dem Weg zur Treppe.

»Ja. Ich schätze, seinen Kollegen von damals werden wir wohl nicht finden. Sollte er noch leben, hat er sich längst eine neue Identität zugelegt.«

»Das sehe ich genauso. Du hast das wirklich gut gemacht. Danke.«

Sie lächelte ihn an. »Los, gehen wir zurück zu den anderen, damit du aufhören kannst, nach irgendwelchen Ninja-Kämpfern Ausschau zu halten.«

Denn genau das tat er – unablässig ließ er den Blick umherschweifen, um sicherzugehen, dass sich niemand hinter irgendwelchen Ecken versteckte. »Na gut«, brummte er. »Nur fürs Protokoll. Ich kann es nicht leiden, wenn solche Arschlöcher dich anstarren.«

Verblüfft sah sie ihn an. »Ich … aber ich habe ihn doch nicht provoziert.«

Er erwiderte ihren Blick erschrocken. »Das weiß ich. Wieso? Habe ich irgendetwas in diese Richtung behauptet?«

»Nein.«

»Ich habe es nicht einmal angedeutet, und falls du es so verstanden hast, tut es mir leid. Ich wollte nur sagen, dass ich es nicht leiden kann, weil es respektlos ist.« Er zögerte. »Und am liebsten hätte ich ihn in Stücke gerissen, weil er dir Angst gemacht hat.«

»Ich hatte keine Angst.«

»Nicht?«

Sie lächelte. »Nein. Ich wusste ja, dass du da bist.«

Sein angespannter Kiefer lockerte sich ein wenig. »Gut«, sagte er, als sie aus dem Apartmentgebäude traten. Die Sonne war so grell, dass Gwyn abrupt stehen blieb und mit gesenktem Kopf in ihrer Handtasche nach ihrer Sonnenbrille kramte.

In diesem Moment verschwamm alles rings um sie herum. Glas zerbarst, sie wurde auf den Rasenstreifen links vom Bürgersteig geschleudert und keuchte, als Thorne auf ihr landete. Sie bekam kaum noch Luft, weil ihr Gesicht in das dichte Gras gedrückt wurde, und als sie protestieren wollte, war ihre Stimme nur ein gedämpftes Murmeln.

Augenblicke später löste sich das Gewicht über ihr, als Thorne sich auf die Unterarme stützte. »Unten bleiben«, befahl er barsch. »Jemand hat auf uns geschossen. Auf dich.«

Was zum Teufel soll das bedeuten? Sie spürte die Wärme ihrer rascher werdenden Atemzüge in ihrem Gesicht, das sich auch jetzt nur Zentimeter über dem Rasen befand. *Thorne.* Er könnte getroffen werden. Sie versuchte, sich unter ihm hervorzuschieben, um ihn zur Seite zu ziehen, in Sicherheit, doch er bewegte sich keinen Millimeter.

Hinter ihnen heulte ein Motor auf, und ein Wagen kam herangeprescht. Wie war das möglich? Sie waren doch mindestens fünfzehn Meter vom Parkplatz entfernt. Mit quietschenden Reifen kam der Wagen auf dem Bürgersteig zum Stehen. Unvermittelt löste sich Thornes Gewicht von ihr, dann wurde sie von einem Paar starker Arme hochgehoben und mehr oder weniger durch die geöffnete Seitentür von Jamies Minivan geschleudert, wo sie im Fußraum zwischen den Vorder- und Mittelsitzen landete. Ein scharfer Schmerz schoss durch ihren Rücken.

»Los, Beeilung!«, bellte Jamie.

Thorne warf sich hinter ihr herein, und dann schoss der Wagen davon, bevor er auch nur die Tür zuschieben konnte. Nach ein paar Metern fiel sie ins Schloss. Gwyn sah Phils kreidebleiches Gesicht, während er sich mit dem Handy in der Hand hektisch umsah. Er hatte den Notruf gewählt und redete mit der Einsatzzentrale.

Jamie schoss rückwärts über den Rasenstreifen auf den Parkplatz zurück und raste mit quietschenden Reifen davon. »Unten bleiben. Alle.«

»Wo fährst du hin?«, wollte Phil wissen.

»Ich hab keine verdammte Ahnung!«, stieß Jamie hervor, ehe er die Hand seines Partners packte und sich um einen ruhigen Tonfall bemühte. »Doch. Ich fahre ins Krankenhaus. Ihr lasst euch alle durchchecken. Keine Widerrede.«

»Na gut«, sagte Phil ruhig und hob das Telefon erneut ans Ohr. »Wir fahren ins nächste Krankenhaus ... Nein, ich halte es für keine gute Idee, zu bleiben, wo wir sind.« Er sah Thorne an. »Sie können Ihre Leute zu der Adresse schicken, die ich Ihnen gerade gegeben habe. Wir sind im Krankenhaus, falls sie Fragen an uns haben.« Er gab seine Handynummer durch und legte auf. »Mir geht's gut, Jamie«, sagte er leise.

Jamie nickte hektisch. »Trotzdem lässt du dich durchchecken, okay?«

Gwyn blickte in Thornes bleiches Gesicht. »Was zum Teufel war das?«

»Du wurdest beinahe in den Kopf geschossen«, flüsterte er. »Wärst du nicht stehen geblieben, um etwas in deiner Handtasche ...«

»Meine Sonnenbrille«, murmelte sie, noch immer wie betäubt. »Meine Tasche muss noch dort liegen. Mit meinem Ausweis drin. Ich brauche sie.«

»Die Cops sollen sie an sich nehmen. Wir fahren nicht zurück. Auf keinen Fall.« Thorne hatte sein Handy herausgezogen und tippte bereits eine Nummer ein. »J. D.? Hier ist Thorne. Wir haben ein Problem.«

10. Kapitel

»Ja, Jeanne?«, sagte er, als die Gegensprechanlage summte.

»Mr Patton ist auf Leitung eins, Sir.«

Er drückte die blinkende Taste. »Ja, Mr Patton? Was haben Sie für mich?«

»Ich habe getan, was Sie wollten«, sagte Patton, noch immer hörbar verstört.

»Hervorragend.« Er blickte auf seine Notizen. »Ihre nächste Zielperson verlässt schon bald ein griechisches Restaurant namens Kaia's Kouzina an der Ecke Old Georgetown und Wisconsin.«

»Dieselben Anweisungen?«

»Ja. Rufen Sie mich an, wenn es erledigt ist. Dann gebe ich Ihnen das nächste Ziel und den dazugehörigen Ort durch.«

»Ja, Sir.«

Zufrieden legte er den Hörer auf. Patton befolgte seine Anweisungen ohne Wenn und Aber. Endlich. Außerdem legte er sich allmählich Manieren zu. Wurde auch Zeit.

Ein leises Klopfen ertönte. Er sah auf. Und lächelte. Seine Schwiegertochter stand im Türrahmen. Ihr blondes Haar schimmerte wie flüssiges Gold im Licht, das durch das Bullauge fiel. »Margo. Was kann ich für dich tun?«

Sie erwiderte sein Lächeln nicht. Im Gegenteil. Sie wirkte besorgt. »Der Babysitter hat gerade angerufen. Benny hat leicht erhöhte Temperatur, wenn auch nur ein klein wenig.«

Er setzte sich aufrecht hin. »Aber gestern ging es ihm doch noch gut.«

»Ja, aber bei Babys ist das manchmal so. Könnte sein, dass es am Zahnen liegt. Trotzdem würde ich gerne nach Hause fahren und nach ihm sehen, wenn du nichts dagegen hast. Ich kann mich auch von zu Hause in den Computer einloggen und alles erledigen, was du wolltest.«

»Natürlich.« Er musste sich zusammenreißen, um nicht panisch zu werden. Sie hatte völlig recht – Babys bekamen schnell mal Fieber. »Sollen wir mit ihm zum Arzt gehen?«

»Nein, Papa. Aber wenn es nicht besser wird, tue ich das, versprochen.«

»Sicher«, sagte er. Die Vorstellung, Benny zu verlieren, war … der Kleine war schließlich alles, was ihm von seinem Sohn geblieben war. »Ruf mich an und sag Bescheid, wie es ihm geht.«

»Mache ich.«

Er runzelte die Stirn, weil ihre Besorgnis unverhältnismäßig wirkte. »Was verschweigst du mir?«

Sie holte tief Luft. »Das wird dir nicht gefallen.«

Er zwang sich, Ruhe zu bewahren. »Es ist also nicht nur ein kleiner Fieberschub wegen der Zähne, hab ich recht?«

»Doch! Wirklich. Benny geht es gut, das wird im Handumdrehen wieder. Nein, es geht um etwas anderes.«

»Das mir nicht gefallen wird.«

»Genau.« Sie drückte die Schultern durch. »Du erinnerst dich doch an Bernice Brown?«

»Ja. Es ist gerade einmal zwei Tage her. Noch bin ich nicht senil«, fügte er in einem leicht spöttischen Tonfall hinzu, in dem jedoch eine unüberhörbare Warnung mitschwang. Nur weil sie seine Schwiegertochter und Mutter seines Enkels war, hieß das noch lange nicht, dass sie ihm gegenüber respektlos sein durfte.

Prompt lief sie rot an. »Entschuldige. So habe ich es nicht gemeint.«

»Gut. Also, Bernice Brown, ja? Die Frau, die angeblich am Samstagabend Thorne angerufen hat, um ihn aus seinem Haus zu locken.« Dabei wäre es deutlich einfacher gewesen, ihn gleich dort zu überfallen, was sich jedoch als äußerst kompliziert entpuppt hatte, weil es über eine erstklassige Alarmanlage verfügte. Deshalb hatten sie sich für eine andere Taktik entschieden.

»Ja. Nun ja, bevor wir sie letztlich als Lockvogel benutzten, haben wir sie aufgestöbert und dafür gesorgt, dass sie niemandem erzählen kann, dass sie Thorne gar nicht angerufen hat.«

»Genau. Patton hat sie ausfindig gemacht und eliminiert.«

»Na ja, das dachte er zumindest«, erwiderte sie unbehaglich.

Er sprang wutschnaubend auf. »Was meinst du damit?«

»Er hat ihren Trailer in Brand gesteckt. Das dachte *er*. Aber sie wohnt gar nicht mehr dort, und der Trailer gehörte inzwischen jemand anderem. Sie und ihr Cousin sind in einen anderen Park gezogen. Es war nicht Pattons Schuld«, fügte sie eilig hinzu. »Er hat Kontakt zu ihrer besten Freundin aufgenommen und sich am Telefon als Cop ausgegeben. Sie hat ihm ihre neue Adresse genannt, die sich allerdings als falsch herausgestellt hat.«

»Und woher weißt du das alles?«, fragte er eisig.

»Weil wir Thornes Nachtklub stets im Blick behalten und sich diese Freundin namens Sally Brewster heute Vormittag mit einem von Thornes Anwälten getroffen hat. Worüber sie gesprochen haben, weiß ich nicht, aber dass die beiden überhaupt in Verbindung stehen, machte mir Sorgen. Ich habe überprüft, wer bei dem Brand ums Leben kam, den Patton gelegt hatte. Es waren nicht Bernice Brown und ihr Cousin, sondern eine Professorin, die ein Sabbatjahr einlegte, und ihr Ehemann. Sie waren gerade erst mit ihrem Trailer im Park angekommen.«

Er ließ sich auf seinen Stuhl zurücksinken. »Verstehe.«

Sie blickte ihn aus weit aufgerissenen Augen flehend an. »Bitte, Papa, wenn du jemandem die Schuld geben musst, dann mir. Patton wusste es nicht. Ich hätte hinfahren und mich vergewissern müssen, dass alles seine Richtigkeit hat.«

Er nickte langsam. »Es war ein echter Fehler«, sagte er steif. Fehler kamen vor. Er selbst hatte auch schon einen oder zwei begangen. *Oder eine Million,* dachte er bitter. »Weiß Patton davon?«

»Ja.« Sie zögerte. »Ich habe es ihm gerade gesagt. Verständlicherweise ist er sehr besorgt, wie du reagieren wirst.«

Das sollte er auch. »Gut.« Er erwog kurz seine Optionen: Er könnte Patton eliminieren und den Nächsten in der Hierarchie beauftragen. Erst vor wenigen Stunden hatte er seinen Mitarbeiter vor den Konsequenzen gewarnt, falls er versagte, deshalb wäre es umso vernünftiger gewesen, wenn er fortan noch größere Vorsicht walten lassen – und seine Arbeit mit noch größerem Gehorsam erledigt hätte.

»Was würdest du tun?«, fragte er. Eines Tages könnte Margo hinter diesem Schreibtisch sitzen. Deshalb war es an der Zeit, mit ihrer Ausbildung zu beginnen.

Sie biss sich auf die Lippe. »Ich denke, in einer solchen Situation Gnade walten zu lassen, würde ihn zu einem noch loyaleren Mitarbeiter machen. Ich mag Patton. Er ist schlau und ehrgeizig und scharf darauf, noch mehr Verantwortung zu übernehmen. Ich würde ihn weitermachen lassen. Ganz bestimmt wird er sich noch mehr ins Zeug legen, um dich zufriedenzustellen.«

»Genau das denke ich auch. Mrs Browns Freundin hat sich also mit einem von Thornes Anwälten getroffen? Mit welchem?«

»Frederick Dawson. Er ist ziemlich neu in seiner Kanzlei. Erst kürzlich aus Kalifornien hergezogen.«

Er hob die Brauen. »Dawson?«, wiederholte er, obwohl ihm der Name nur allzu bekannt war. »Dawson?«

Sie nickte und verstand auf Anhieb. »Er ist mit der Frau verwandt, die letztes Jahr in den Jarvis-Fall verwickelt war. Seine Tochter Taylor betreut Jarvis' Tochter Jazzie in der Reittherapie.«

Das Mädchen hatte mit ansehen müssen, wie seine Mutter brutal ermordet worden war. Jarvis hatte versucht, auch die Reittherapeutin zu ermorden, aber Taylor Dawson hatte zurückgeschossen und ihn schwer verletzt.

Das war das Ende seiner Beziehung mit Jarvis gewesen. Leider erst, nachdem er mit diesem Widerling in Verbindung gebracht worden war. Von Thomas Thorne. Er hatte der Polizei ein Foto als Beweis vorgelegt, das ihn und Jarvis bei einem gemeinsamen Abendessen bei seinem Lieblingsitaliener zeigte.

Natürlich war er fuchsteufelswild gewesen. Und war es immer noch. Aber die Frage, wie Thorne an dieses Foto gekommen sein mochte, hatte ihn veranlasst, sämtliche Mitarbeiter zu überprüfen, wobei sich Ramirez als Verräter entpuppt hatte. Und nun war Ramirez tot. Aber die ganze Angelegenheit hatte dazu geführt, dass die Polizei ihn neuerdings im Visier hatte. Deshalb musste er aufpassen, wo und wann er sich in der Öffentlichkeit zeigte, und ständig galt es jemanden abzuschütteln, der sich an seine Fersen geheftet hatte.

Aus diesem Grund hatte er seine Geschäfte auf seine Jacht verlagert, von deren Existenz die Polizei nichts wusste, was ihm wiederum die Gelegenheit gab, nach eigenem Gutdünken zu schalten und zu walten.

Dass nun jemand, der mit dem Desaster um den Jarvis-Fall in Verbindung stand, auch noch seine Nase in seine Angelegenheiten steckte, war überaus ärgerlich.

»Wissen wir, wo wir diesen Mr Dawson finden können?«, fragte er knapp.

»Das lässt sich sicher klären.«

»Dann tu das bitte. Sobald du nach Benny gesehen hast, kannst du dich von zu Hause aus darum kümmern. Geh jetzt und ruf mich an, falls sich sein Zustand verschlechtert.«

Sie nickte. »In Ordnung. Ich schicke dir Dawsons Adresse und halte dich auf dem Laufenden.« Sie schloss die Tür hinter sich.

Margo war eine gute Mutter. Er konnte ihr vertrauen. Trotzdem würde er veranlassen, dass sein Privatarzt am Nachmittag nach dem Kleinen sah. Es wäre tatsächlich ihre Aufgabe gewesen, die Adresse zu überprüfen, bevor Patton einen Wohnwagen abfackelte, in dem sich ihre Zielpersonen gar nicht aufhielten. Er würde in nächster Zeit ihre Entscheidungen sicherheitshalber hinterfragen, trotzdem war er überzeugt, dass mit der entsprechenden Ausbildung aus ihr eine würdige Nachfolgerin werden könnte. Nun, sie war noch jung, und ihnen blieb jede Menge Zeit.

Baltimore, Maryland
Montag, 13. Juni, 12.45 Uhr

Es ist alles meine Schuld. Verdammt! Ruhelos tigerte Thorne in der Behandlungseinheit der Notaufnahme auf und ab. Im Gegensatz zu dem Krankenhaus, in dem er gestern gelegen hatte, waren die Betten hier lediglich durch einen Vorhang voneinander getrennt. Richtige Zimmer gab es nicht. Und folglich auch keine Türen, die man schließen konnte.

Die im Zweifelsfall Kugeln abhalten würden. Oder zumindest einen gewissen Schutz boten. Fluchend schlug er mit einer Hand gegen den Vorhang.

»Lass das, Thorne«, herrschte Gwyn ihn an. »Du machst mich noch ganz verrückt. Dadurch steigt mein Blutdruck, und dann lassen sie mich nicht nach Hause gehen.« Sie sog so heftig den Atem ein, dass sich ihre Nasenflügel blähten. »Komm jetzt her.«

Vorsichtig ließ er sich neben ihr auf die Bettkante sinken. »Jamie und Phil sind direkt nebenan«, flüsterte sie. »Phils Zustand könnte davon abhängen, dass du jetzt nicht die Nerven verlierst. Okay?«

Er schloss die Augen. »Du bist beinahe so gut darin, anderen ein schlechtes Gewissen zu machen, wie ich.«

»Ich sehe eben zu und lerne«, erwiderte sie verschmitzt, nahm seine Hand und drückte sie. »Mir geht's gut. Ich habe ein paar blaue Flecke, mehr nicht. Dir ist auch nichts passiert. Phil und Jamie haben einen kleinen Schreck bekommen, aber ansonsten geht es auch ihnen gut.« Sie zog ihn am Hemdkragen zu sich heran und strich ihm zärtlich über die Wange. »Du hast mir das Leben gerettet. Danke.«

Ihre Stimme besänftigte ihn augenblicklich. »Du wirst nicht noch mal mit mir gemeinsam losziehen.«

»Oh, doch«, widersprach sie leise. »Je früher wir herausfinden, was los ist, umso schneller können wir unser gewohntes Leben wieder aufnehmen, das sich derzeitig in Bearbeitung befindet.«

Er lachte leise, doch im selben Moment kehrte die Erinnerung an das grauenvolle Geräusch von berstendem Glas zurück. Es war die riesige Scheibe in der Lobby des Apartmentkomplexes gewesen, die in eine Million Scherben zersplittert war. Wahrscheinlich klebten immer noch winzige Reste in seinem Haar. Aber das war nicht wichtig. Es zählte nur, dass es Gwyn gut ging. Sie war in Sicherheit. Aber jemand hatte ihr nach dem Leben getrachtet. Hatte auf sie geschossen. *Verdammt. Nur wegen mir.*

»Es ist nicht deine Schuld«, murmelte sie, als hätte sie seine Gedanken gelesen. »Aber wissen die anderen schon Bescheid? Sie sollten vorbereitet sein.«

Die anderen. Ihre engsten Freunde. Die Menschen, die sich zusammengetan hatten, um ihm seinen erbärmlichen Arsch zu retten. Wenn einer von ihnen verletzt wäre, auch nur einen Tropfen Blut vergießen würde … *Das würde ich mir niemals verzeihen.*

»Sie müssen sich verstecken«, sagte er. »In einem verdammten Bunker Unterschlupf suchen.«

»Dazu wird es nicht kommen«, widersprach Gwyn mit ihrem gewohnten Pragmatismus. »Sieh mich an.« Sie tippte mit dem Finger gegen seine Wange, bis er gehorchte. »Sie wollen dir helfen. Clay, Stevie. Paige. Sam und Ruby. Sie alle verdienen ihren Lebensunterhalt mit der Jagd auf Verbrecher. Und die anderen haben früher dasselbe getan, in ihren jeweiligen Jobs. Sie haben ihr Leben riskiert, Thorne. Für wildfremde Menschen, denen sie noch nie vorher begegnet sind. Du hingegen gehörst zur Familie. Sie werden dir alle helfen. *Ich* werde dir helfen. Also nimm die Hilfe einfach an und lass uns weitermachen.«

Familie. Bei dem Wort zog sich sein Herz zusammen. Er schloss neuerlich die Augen und genoss die Weichheit ihrer Hand auf seiner Wange, die süßen Worte in seinen Ohren.

Der Vorhang wurde zurückgezogen. Gwyn ließ die Hand sinken, worauf Thorne verlegen zurückwich und geflissentlich die belustigte Verblüffung auf den Gesichtern seiner Ziehväter ignorierte, während er spürte, wie seine Wangen heiß wurden. Thorne musterte Phil, der inzwischen wieder deutlich besser aussah, und atmete auf.

»Es geht dir gut«, murmelte er.

»Ja«, bestätigte Jamie. »Wir hatten Glück.«

Phil winkte ungeduldig ab. »Gwyn hat vollkommen recht. Du wirst uns schon erlauben müssen, dir zu helfen, Thorne. Also, geht es *dir* denn gut, Gwyn?«

Sie strahlte ihn an. »Ich fühle mich pudelwohl. Und du?«

Er sah sie verdrossen an. »Gleichfalls. Aber jetzt kennst du mein Geheimnis.«

»Das haben wir gestern auch schon getan«, erwiderte sie achselzuckend. »Erzählt hat es mir keiner, falls du dich dadurch besser fühlen solltest, aber ich habe gelauscht, ich geb's zu.«

Phils Lippen zuckten amüsiert. »Du bist von jeder Schuld freigesprochen. Im Gegensatz zu diesen beiden hier.«

»Einen Scheißdreck! Von wegen von jeder Schuld freigesprochen!« Der Vorhang wurde abrupt zurückgerissen, und ein wutschnaubender J. D. Fitzpatrick kam zum Vorschein.

Gwyn zog die Schultern hoch. »Bitte, J. D., schalt einen Gang runter. Ich habe Kopfschmerzen«, jammerte sie.

»Ich dachte, du fühlst dich *pudelwohl*«, äffte er Gwyn nach und riss den Vorhang hinter sich wieder zu. »Was zum Teufel soll das, Thorne? Man hat dir doch ausdrücklich verboten, dich in die laufenden Ermittlungen einzumischen.« Er legte sich einen Finger auf die Lippen und formte lautlos *Hyatt*.

Thorne verkniff sich die patzige Erwiderung, die ihm auf der Zunge gelegen hatte, als er verstand: J. D. spielte vor Hyatt den aufgebrachten Cop.

Er runzelte die Stirn. Das war völlig unlogisch, denn offiziell hatte J. D. gar nichts mit dem Fall zu tun. Interessenskonflikt und so. Es sei denn, Hyatt hatte ihn angestiftet, Informationen zu beschaffen – etwas, was Thorne dem Lieutenant ohne Weiteres zutrauen würde.

Aber J. D. vertraust du. Er hat es sich verdient. Du liebe Güte, er hatte sie sogar gewarnt, dass Hyatt sie belauschte. Thorne verdrängte seine Wut und seine Paranoia. Vorläufig.

J. D. senkte die Stimme. »Ernsthaft, Leute, was zum Teufel sollte das?«

»Du wusstest doch, was wir vorhaben«, flüsterte Gwyn verärgert.

J. D. verdrehte die Augen. »Nicht genau«, flüsterte er. »Lucy und ich haben vereinbart, dass sie mir nichts sagt. Damit ich später behaupten kann, ich hätte nichts gewusst.« Er ließ den Blick über das Quartett schweifen. »Geht es euch gut? Sicher?«

Gwyn zuckte die Achseln. »Ein paar blaue Flecke, mehr nicht.«

Weil Thorne sie zu Boden gerissen und dann wie einen Sack Kartoffeln in Jamies Van geworfen hatte. Gewissensbisse keimten in ihm auf.

»Hör auf«, herrschte sie ihn ein weiteres Mal an, wenn auch ein wenig sanfter. Sein Pokerface schien neuerdings komplett zu versagen. »Du hast mir das Leben gerettet, Thorne. Ein paar blaue Flecke sind ein recht überschaubarer Preis dafür.«

»Habt ihr bei den Kollegen vor Ort schon eure Aussage gemacht?«, fragte J. D.

»Mehr oder weniger.« Thorne zuckte die Achseln. »Wir haben gesagt, wir hätten einen alten Freund besucht, und plötzlich hätte jemand auf uns geschossen.« Er schürzte die Lippen und kämpfte gegen die Schuldgefühle an, obwohl er Gwyn, Jamie und Phil am liebsten auf eine einsame Insel verfrachtet hätte, wo sie sich den Rest ihres Lebens verstecken konnten, auch wenn es noch so irrational und idiotisch sein mochte. »Aber eigentlich wurde nicht auf ›uns‹ geschossen, sondern nur auf Gwyn. Denn sobald ich mich auf sie geworfen hatte« – nein, er würde jetzt nicht darüber nachdenken, wie gut sie sich an seinem Körper angefühlt hatte –, »hörte es auf.«

Gwyns Augen weiteten sich, als hätte sie gerade erst begriffen. »Du dachtest, die hätten auf *dich* geschossen. Aber du hast trotzdem … Verdammt noch mal, Thorne. Du dachtest, der Schütze hätte es auf dich abgesehen, und hast dich trotzdem zum Ziel gemacht?«

»Was hätte ich denn deiner Meinung nach tun sollen?«, blaffte er. »Dich sterben lassen?«

Sie holte scharf Luft. Ihre Lippen zitterten, und ihre dunkelblauen Augen glitzerten mit einem Mal verdächtig. »Nein«, flüsterte sie. »Aber … verdammt, Thorne. Ich will doch nicht, dass dir etwas passiert. Ich bin klein, aber dein Rücken ist so breit, dass man ihn sogar aus dem All erkennen kann.«

Das stimmte. Trotzdem war das nicht der Punkt. Aber was dann? Er blinzelte und zwang sich, J. D. wieder anzusehen. »Als Gwyn in Deckung war, haben sie sofort aufgehört. Sie hätten mich töten können, haben es aber nicht getan. So wie sie es auch schon am Samstagabend hätten tun können, und auch da wurde ich verschont.«

»Dafür hätten sie dich am Sonntagmorgen um ein Haar umgebracht«, wandte Gwyn ein.

»Das war vermutlich ein Versehen«, sagte J. D. »Sie haben ihm zu viel GHB verpasst.« Er wandte sich Thorne zu, der kreidebleich geworden war. »Ich glaube, du hast recht. Die wollten nicht dich töten, Thorne, sondern Gwyn. Weil sie dir wichtig ist.«

Genauso wie Lucy, dachte er, sprach es aber nicht laut aus. Und auch alle anderen, die sich in Gwyns Wohnzimmer versammelt und ihm ihre Unterstützung zugesagt hatten, um zu verhindern, dass er ins Gefängnis wanderte. *Das ist ... grauenvoll. Eine Katastrophe.* Erschöpft ließ er den Kopf sinken. »Ich würde mich ja jederzeit stellen, wenn ich sicher wäre, dass es dann aufhört.«

»Thorne«, stieß Phil entsetzt hervor. »Hör sofort auf damit!«

»Shh«, beschwichtigte Jamie. »Das wird er nicht tun. Er wird es nicht einmal in Erwägung ziehen. Das stimmt doch, Thorne?«

Thorne brachte nicht die Energie auf, ihm zu widersprechen.

»Nein«, sagte Gwyn an seiner Stelle und strich ihm übers Haar. »Und falls doch, sperren wir *ihn* in einen Bunker.«

»Ich glaube nicht, dass das helfen würde«, erwiderte J. D. mit düsterer Resignation. »Wer auch immer hinter alldem steckt, will dein Leben ruinieren, Thorne. Dich zu töten, ist nicht die oberste Priorität. Deshalb gibt es nur einen Weg, alldem ein Ende zu bereiten. Wir müssen die Mistkerle schnappen, damit es aufhört.«

Thorne sah nicht auf, weil Gwyn ihm noch immer übers Haar strich und es sich so verdammt gut anfühlte. Trotzdem hörte er zu. J. D. hatte völlig recht. »Dann werde ich genau das tun«, sagte er leise.

Gwyn hielt inne, packte eine Strähne und zog behutsam daran. »Aber nicht alleine, Thorne. Wir alle haben da ein Wörtchen mitzureden. Ich werde dich jedenfalls nicht im Stich lassen, weil irgendein elendes Schwein dir wehtun will. Und J. D. hat recht. Das würde ohnehin nicht helfen, denn solange wir dir am Herzen liegen, hast du eine Schwachstelle. Deshalb stehen wir das Ganze mit dir zusammen durch. Also gewöhn dich dran, Zuckerschnute.«

Er stieß ein schnaubendes Lachen aus. »*Zuckerschnute?*« Er hob den Kopf und blickte geradewegs in ihr grinsendes Gesicht. »Ernsthaft?«

»Ja, ernsthaft.« Sie wandte sich J. D. zu. »Was haben die Kollegen am Tatort vorgefunden?«

»Deine Handtasche. Sie ist als Beweismittel sichergestellt, deshalb solltest du vorsichtshalber alle deine Karten sperren lassen und einen neuen Führerschein beantragen. Es wird wohl eine Weile dauern, bis du sie wiederbekommst.«

»Mist«, stöhnte Gwyn. »Was für ein Aufwand. Was noch? Haben sie die Kugel gefunden?«

»Ja. Sie steckte in einer Wand in der Lobby. Wir hatten Glück, dass die Mauern aus Beton sind, denn wenn sie sie durchschlagen hätte, wäre vielleicht eines der Kinder in der Wohnung dahinter getroffen worden.«

Thorne stockte das Blut in den Adern. »O Gott.«

»Aber dazu kam es nicht«, ermahnte Gwyn ihn streng. »Niemand ist verletzt worden. Richtig, J. D.?«

»Richtig«, bestätigte J. D. »Hyatt übernimmt den Fall vom Montgomery County PD, weil er in Zusammenhang mit dem Mord an Patricia Linden Segal steht. Ich kann im Moment nur so viel sagen, dass niemand etwas beobachtet hat. Natürlich.«

»Hilft all das, Thorne zu entlasten?«, fragte Phil hoffnungsvoll.

»Jetzt sofort? Leider nicht, auf kurz oder lang dagegen schon. Zumindest gehe ich davon aus. Wer wusste, dass ihr euch in dem Apartmentgebäude aufhaltet?«

Thorne blickte Jamie an, der ihn bestürzt musterte. »Detective Prew wusste es«, sagte Jamie.

»Er hat gesagt, er hätte den Sanitäter nicht gekannt«, flüsterte Phil erschüttert.

Jamie schüttelte den Kopf. »Er hat doch die Liste gesehen und wusste, dass wir ihn irgendwann aufsuchen würden.«

»Wer ist Prew?«, hakte J. D. nach.

»Der Detective, der damals den Mord an Richard Linden bearbeitet hat«, antwortete Jamie. »Inzwischen ist er im Ruhestand.«

»Und was hat er euch erzählt?«

»Nicht viel«, antwortete Jamie ausweichend, was J. D. mit einem finsteren Blick quittierte, während Jamie über J. D.s Schulter zum geschlossenen Vorhang sah. Hinter dem aller Wahrscheinlichkeit nach Hyatt stand und lauschte. *Alles, was wir wissen, haben wir Lucy gesagt,* formte er lautlos mit den Lippen.

J. D. spannte den Kiefer an, nickte jedoch. »Ihr seid also zu dem Apartmentgebäude gefahren, in dem Brent Kiley wohnt. Wieso?«

Diesmal ergriff Thorne das Wort. »Er war der Sanitäter, der damals am Tatort war, als Richard Linden getötet wurde. Er war ziemlich aufsässig und hat uns kein Wort gesagt.« *Später,* formte er lautlos mit den Lippen.

Er würde J. D. alles erzählen, doch Lieutenant Hyatt traute er nicht über den Weg. Zumindest nicht, solange das Leben seiner Freunde in Gefahr war.

J. D. nickte abermals. »Wie lange wart ihr bei ihm?«

»Nur ein paar Minuten«, antwortete Gwyn. »Ziemlich unwahrscheinlich, dass er in der Kürze der Zeit einen Scharfschützen rufen und in Position bringen kann.«

»Wohl nicht«, stimmte J. D. zu. »Und wer wusste noch davon?«

Die vier sahen einander an, ehe Jamie seufzte. »Eigentlich dachte ich, wir hätten heute Morgen sämtliche Verfolger abgeschüttelt, aber vielleicht ist ja doch irgendjemand drangeblieben. Ich habe mehrere Nachrichtentransporter gesehen, und ein paar Zivilfahrzeuge. In einem davon saß wahrscheinlich Hyatts Mann.«

»Ja, aber ihn hast du abgehängt«, bestätigte J. D. »Hyatt war stocksauer deswegen.«

»Ja!«, stieß Jamie befriedigt hervor. »Ich hab's immer noch drauf. Die Typen abzuhängen, meine ich. Die Gabe, Cops zu ärgern, ist mir gar nicht erst abhandengekommen.« Er wurde wieder ernst. »Ich habe alle angerufen, die uns helfen wollten, und sie gewarnt, nur damit du Bescheid weißt.«

Thorne starrte ihn verblüfft an. »Ehrlich? So schnell?«

»Er brauchte Beschäftigung«, warf Phil nachsichtig ein. »Deshalb habe ich gesagt, dass er es tun soll.«

J. D. checkte sein Handy. »Lucy hat mir schon eine Nachricht geschickt. Ihr sollt vorsichtig sein, schreibt sie.« Der Anflug eines liebevollen Lächelns spielte um seine Lippen. »Und dass sie euch lieb hat.«

Thorne strich sich mit der Hand über die Brust, während ihn eine bittere Süße durchströmte. Es war eine wunderschöne Gewissheit, dass Lucy ihm zugetan war. Er konnte nur inbrünstig hoffen, dass diese Liebe sich nicht als Todesurteil für sie entpuppte, und das galt auch für Gwyn und all die anderen.

»Wir müssen hier raus«, krächzte er. »Wir haben viel zu tun.«

Wieder wurde der Vorhang zur Seite gezogen, und diesmal stand ein sichtlich verärgerter Lieutenant Hyatt dahinter. »Ja, Sie haben viel zu tun, Mr Thorne, unter anderem, mit mir zu reden. Kommen Sie jetzt bitte mit. Wir bringen Sie an einen sicheren Ort.«

Thorne machte keine Anstalten, sich zu erheben, ebenso wenig wie die anderen. »Und worüber, Lieutenant Hyatt?«

Hyatt sah ihm ins Gesicht. »Über all die Leute, die Sie hassen.«

»Um die aufzuzählen, würde nicht mal eine Woche genügen«, bemerkte Gwyn.

Thorne bedachte zuerst sie, dann Hyatt mit einem vernichtenden Blick. »Bin ich festgenommen?«

»Noch nicht«, antwortete Hyatt – dieselbe Erwiderung, die er Thorne tags zuvor im Krankenhaus gegeben hatte. Doch im Gegensatz zu seinem Frust und seiner Wut, weil Thorne sich geweigert hatte, mit ihm zu reden, zeichnete sich jetzt etwas anderes auf seiner Miene ab … so etwas wie Angst. »Aber wir müssen auch über Ihre Freunde reden.«

Ja, dachte Thorne und spürte, wie ihm erneut das Blut in den Adern gefror. Es war tatsächlich Angst, die sich in den Augen des Lieutenants spiegelte. »Was ist mit ihnen?«, fragte er mit betont ruhiger Stimme.

»In Ihrer Beschützerclique gibt es mindestens vier Menschen, die mir sehr am Herzen liegen«, antwortete Hyatt zu Thornes grenzenloser Verblüffung. »Und auf eine dieser Personen wurde heute geschossen. Sie wurde nicht getroffen, weil die Reflexe ihres Ehemanns genauso gut funktionieren wie die Ihren vorhin.«

»O Gott«, stöhnte Gwyn.

»Stevie«, flüsterte Thorne. Sie war die Einzige, die infrage kam, weil sie jahrelang unter Hyatts Leitung gearbeitet hatte.

»Genau. Sie ist in dieser Sekunde auf dem Weg in mein Büro.« Der Lieutenant holte vorsichtig Luft. »Deshalb werden Sie mit mir reden, Mr Thorne.«

Thorne schloss die Augen. »Gut. Lassen Sie uns gehen.«

Wight's Landing, Maryland
Montag, 13. Juni, 13.30 Uhr

Frederick überprüfte noch einmal den Inhalt von Julies Koffer, war sich jedoch sicher, dass er alles eingepackt hatte, was sie brauchen würde. Falls nicht, könnte er es jederzeit später noch holen, doch wichtig war jetzt, sie aus dem Haus und in Sicherheit zu bringen.

Das Surren ihres Elektrorollstuhls ertönte hinter ihm. »Wo fahren wir denn hin, Daddy?«, fragte sie. Die Worte kamen zwar etwas mühsam, aber dennoch gut verständlich über ihre Lippen. Seit Frederick mit ihr nach Maryland gezogen war, machte sie beachtliche Fortschritte, wohingegen es so gut wie unmöglich gewesen war, in der Abgeschiedenheit ihrer Farm in Nordkalifornien eine angemessene Physio- oder Ergotherapie zu bekommen.

Er zog den Reißverschluss zu. »Du fährst für eine Weile in die Ferien, zu Clay und Stevie.« Die beiden hatten sich großzügigerweise angeboten, Julie in ihrem Gästezimmer aufzunehmen, als

Frederick ihnen von seinem Gespräch mit Sally Brewster erzählt hatte. Er war umso erleichterter über das Angebot, da die Pflegerin bei seiner verfrühten Rückkehr tatsächlich vor dem Fernseher gesessen hatte, so wie Julie es Sally erzählt hatte.

Er hatte die Frau ohne großes Federlesen auf die Straße gesetzt, doch der Gedanke an den unverbrämten Hass in ihren Augen jagte ihm einen Schauder über den Rücken. So viel zu Empfehlungen. Nach all den Jahren in Kalifornien war kein Verlass mehr auf seine Menschenkenntnis. Dabei hatte genau das früher einmal zu seinen Stärken gezählt, was für seine Arbeit auch unerlässlich gewesen war. Er musste diesen Instinkt wieder schärfen, sowohl für seine Arbeit bei Thorne als auch, um seine Familie zu beschützen.

Trotzdem würde er bei der nächsten Pflegekraft sicherheitshalber eine Nanny-Cam installieren.

Julies blaue Augen begannen zu leuchten. »Und zu Taylor?«

Julie und Daisy hatten das blonde Haar und die Augenfarbe seiner ersten Frau geerbt, nur Carrie war nach ihm gekommen. Der vertraute Stich im Herzen machte sich bemerkbar, rasch und heftig, ehe er wieder verflog, als Julie ihn anstrahlte.

»Ja, genau. Sie hat einen neuen Wagen für die Reittherapie und freut sich schon darauf, dich mitzunehmen.«

Taylor scharrte buchstäblich mit den Hufen, um der sogenannten »Pflegerin«, die Julie so sträflich vernachlässigt hatte, einen kräftigen Tritt zu verpassen. Sie vermisste ihre kleine Schwester schmerzlich, deshalb war der Besuch eine wunderbare Idee, außerdem würde er sich um seine Kleine keine Sorgen machen müssen, solange sie sich in Taylors Obhut befand.

»Super!« Julie klatschte in die Hände – auch jetzt noch wirkte die Bewegung ein wenig ungelenk, trotzdem erfüllte sie Frederick mit Freude. Es war so schön, sein Mädchen glücklich zu sehen. Er setzte sich auf die Bettkante, damit sie sich auf Augenhöhe befanden. »Wir müssen uns noch kurz unterhalten, Schatz.«

Julie senkte den Kopf. »Bist du sauer auf mich?«

»Natürlich nicht«, sagte er sanft und hob ihr Kinn an. »Aber ich habe heute mit Miss Brewster gesprochen und bekam dabei ein wenig Angst.«

Julie lächelte. »Sie war nett.«

»Das stimmt. Aber trotzdem ist sie eine Fremde, Jules, und du hast ihr unsere Nummer gegeben.«

Julie sah ihn bange an. »Stecke ich in Schwierigkeiten?«

»Nein, Schatz, aber so etwas darfst du nicht noch einmal tun. Miss Brewster war nett, aber das gilt nicht für jeden.«

Verwirrung zeichnete sich auf ihrer Miene ab. »Aber Taylors Dad war doch am Ende auch nett.«

Ihre Logik war durchaus einleuchtend. Und es war richtig von ihr, ihn zu hinterfragen. Schließlich hatte er Clay die schlimmsten Dinge unterstellt und seine Töchter damit schrecklichem Leid ausgesetzt.

»Ja, das stimmt. Trotzdem gibt es ganz schlimme Menschen auf der Welt, die versuchen könnten ...«, er suchte nach dem passenden Wort, bis er sich für das einfachste entschied, »die versuchen könnten, dir wehzutun.«

»Na gut«, sagte sie, obwohl sie nicht ganz überzeugt zu sein schien. »Aber darf ich trotzdem weiter ins Therapiezentrum gehen?«

»Ja. Ein paar Tage lang vielleicht nicht, aber dann gehst du wieder hin.« Er lächelte verschmitzt. »Und willst du mir vielleicht von Stan erzählen?«

Eine bezaubernde Röte erschien auf ihren Wangen. »Daddy.«

Er beugte sich vor und küsste sie auf die Wange. »Ich würde ihn gerne mal kennenlernen. Nur so«, fügte er neckend hinzu. »Damit ich auch sicher sein kann, dass er gut genug für mein Mädchen ist.«

»Er ist sogar sehr gut«, beteuerte sie und wackelte vielsagend mit den Brauen, was ihn auflachen ließ.

Miss Brewster hatte recht. Sein kleines Mädchen war kein Kind mehr. *O Gott. Ob es mir je gelingt, alles richtig zu machen?*

Er verstaute ihre Sachen im Wagen, ehe er ihren Rollstuhl einlud. Noch war sein Grundstück in Kalifornien nicht verkauft, doch er hatte genug Vermögen angelegt, um alles zu besorgen, was sie nach ihrem Umzug gebraucht hatte. Dafür war er von Herzen dankbar.

Es gab so vieles, wofür er dankbar sein musste. Er hatte sich ein neues Leben aufgebaut. Neue, gute Freunde gefunden. Und eine Arbeit, die ihm großen Spaß machte.

»Daddy?«, fragte Julie, als er sich hinters Steuer setzte.

»Ja, Schatz?«

»Ich habe noch eine Nachricht bekommen. Von Miss Brewster.«

Stirnrunzelnd drehte er sich auf dem Sitz zu ihr um. Wieso zum Teufel nahm diese Frau ein zweites Mal Kontakt zu Julie auf? Erschrocken löste Julie den Griff um das Tablet – von dem er nicht einmal gewusst hatte, dass sie es überhaupt besaß.

»Wo hast du das her?«, fragte er.

»Von Miss Selma«, antwortete sie mit angstvoll geweiteten Augen.

Die Pflegerin. Wahrscheinlich hatte sie es Julie in die Hand gedrückt, um sie ruhigzustellen, während sie vor der Glotze saß. Was nicht ihren Vereinbarungen entsprach. Nur gut, dass die Frau weg war. Er musste sich das Tablet ansehen, um sicherzugehen, dass sämtliche gefährlichen Webseiten geblockt waren.

»Aha.« Er zwang sich, seine Stimme ruhig klingen zu lassen. »Was schreibt sie?«

»Dass sie mich noch mal anrufen möchte. Aber ich bin doch jetzt gar nicht zu Hause.«

»Ich rufe sie an«, versprach er und wählte Sally Brewsters Handynummer. »Miss Brewster«, sagte er barsch, als sie an den Apparat ging.

»Mr Dawson?«, erwiderte sie vorsichtig.

Er sah keine Veranlassung, um den heißen Brei herumzureden. »Wieso haben Sie Julie ein zweites Mal kontaktiert?«

Julie blickte von einem Katzen-Video auf ihrem Tablet auf.

»Aber das habe ich nicht getan!«, rief Miss Brewster. »Ich schwöre.«

»Oh.« Tiefe Verlegenheit ergriff Besitz von ihm. Und Angst. Alles gleichzeitig. Denn …

»Jemand hat ihr eine Nachricht geschickt?« Auch in ihrer Stimme schwang Furcht mit. »Und sich für mich ausgegeben?«

Die Frau kam ohne Umschweife zur Sache. Ihr machte keiner etwas vor. »Genau.«

Sie schwieg einen Moment. »So wie jemand Mr Thorne angerufen und sich als Bernie ausgegeben hat? Und bei mir, mit der Behauptung, Polizist zu sein?«

Ein Schauder lief ihm über den Rücken. »Vielleicht«, antwortete er, weiterhin um Julies willen betont ruhig. »Ich gehe der Sache sofort nach. Wo sind Sie jetzt?«

»Ich bin gerade zur Arbeit gekommen. Heute habe ich die zweite Schicht.«

»Dann bleiben Sie bitte dort. Halten Sie sich dort auf, wo möglichst viele Menschen sind. Gehen Sie nicht weg, machen Sie auch keine Pause, wenn es geht.«

»Mache ich«, versprach sie. Inzwischen klang sie tatsächlich recht verängstigt. »Rufen Sie mich bitte an und geben Bescheid, dass es Julie gut geht, ja?«

»Sie ist gerade bei mir. Wir ziehen vorübergehend um.«

»Sehr gut. Sagen Sie einfach Bescheid.«

»Und Sie können mich auch jederzeit anrufen.«

»In Ordnung.«

Sie beendeten das Telefonat. Frederick holte tief Luft. »Julie, Schatz, darf ich mal dein Tablet sehen?«

Sie runzelte die Stirn. »Aber nur, wenn ich es gleich wiederkriege.«

»Natürlich.«

Sie reichte es ihm. Er öffnete die Nachrichten-App und sah ihre Kommunikation durch.

»Und wie liest du das?«, fragte er. Julies Leseverständnis war nicht sehr weit entwickelt.

»Über VR, Daddy.«

Er sah sie fragend an. »Was ist das denn?«

»Sprachsteuerung«, erklärte sie. »Ich tippe auf die Nachricht, und dann liest der Computer sie mir vor.«

Er tippte auf die Nachricht. Eine Computerstimme ertönte. »Von Sally: Darf ich dich noch mal anrufen?«

Noch mal. Die Angst durchzuckte ihn wie ein elektrischer Schlag. Wenn Sally Brewster die Wahrheit sagte, wusste jemand, dass sie bereits mit Julie in Kontakt gestanden hatte. Er dachte daran zurück, wie er sie bei ihrem Wagen gebeten hatte, ihm Bescheid zu sagen, falls Julie sich noch einmal bei ihr melden sollte, und sie hatte es versprochen. Vielleicht war ihnen jemand gefolgt und hatte alles mit angehört. Dann hätten diejenigen gewusst, dass Julie auf eine Nachricht von Sally reagieren würde. Oder, wenn Sally log, könnte es eine Falle sein. Wie auch immer – er musste der Sache auf den Grund gehen.

Er tippte. *Ich bin nicht zu Hause. Wieso wollen Sie mich anrufen?* Sofort kam die Antwort. *Ich habe ein Geschenk für dich und will wissen, wo ich es hinschicken soll.*

Mit zitternden Fingern klickte Frederick auf die Nachricht und schnappte beim Anblick der Nummer nach Luft.

Es war dieselbe, die auch für den Anruf bei Sally Brewster verwendet worden war – und stammte von dem Mann, der sich als Cop ausgab.

Das ist ein beschissener Albtraum, dachte Gwyn, als sie, Thorne, Phil und Jamie Lieutenant Hyatt aus dem Aufzug und durch das Labyrinth aus Schreibtischen zum Konferenzraum des Hauptreviers der Polizei von Baltimore folgten – ein reichlich erbärmlicher Haufen mit ihren deprimierten Gesichtern und ihren schweren Schritten. Selbst Jamies Rollstuhl schien nicht so zügig und mühelos durch die Gänge zu gleiten wie sonst.

Erschüttert beobachtete sie Thorne, der sich wie in Trance bewegte. Seine Miene war ausdruckslos, seine Schultern hingen erschöpft herab. Seit Hyatt sie informiert hatte, dass auch auf Stevie geschossen worden war, schien er auf einen Schlag um zwanzig Jahre gealtert zu sein und jeglichen Biss verloren zu haben.

»So geht das nicht«, murmelte sie. Sie gab Phil und Jamie ein Zeichen, vorzugehen, während sie Thornes Jackenärmel packte und ihn zwang, stehen zu bleiben.

Zum x-ten Mal wünschte sie sich, ein Stück größer zu sein.

»Komm mit«, sagte sie, zog ihn hinter sich her zum nächstbesten Schreibtisch und drückte ihn auf den leeren Stuhl. Dass er keinerlei Widerstand leistete und noch nicht einmal wissen wollte, was das sollte, zeigte ihr, dass er am Ende seiner Kräfte war. *So geht das nicht. Absolut nicht.*

Sie trat zwischen seine gespreizten Beine und legte beide Hände um sein Gesicht.

»Komm schon, Thorne«, flüsterte sie eindringlich, wohl wissend, dass mehrere Detectives an den Schreibtischen ringsum jede ihrer Bewegungen neugierig verfolgten.

»Und was soll ich tun?«, flüsterte er mit tonloser Stimme, die sich wie ein Dolch in ihr Herz bohrte.

»Erinnerst du dich an den Tag, als du mich aus dem Krankenhaus mitgenommen hast? Nach Evan?«

Er nickte langsam. »Ein echter Scheißtag.«

»Wieso?«, fragte sie, obwohl sie die Antwort längst kannte.

»Du warst am Leben. Aber das Licht in deinem Innern war erloschen. Es war, als wärst *du* verschwunden.«

»Trotzdem hast du nicht aufgegeben. Du hast gewartet, mich trauern, mich meinen Schmerz ausleben und wieder gesund werden lassen. Und das hat sechs Jahre gedauert.«

Er schloss die Augen. »Die längsten Jahre meines Lebens.«

»Ja, für mich auch.« Sie strich mit dem Daumen über seine Wangen, spürte das angenehme Kratzen seiner Bartstoppeln. Sie liebte sein Gesicht. Schon immer. »Du hast gewartet, während ich in deinem Bett gesessen und mich vor und zurück gewiegt habe, und mich in den Armen gehalten, bis ich eingeschlafen bin.«

»Daran erinnerst du dich?«

»Ich erinnere mich an alles«, sagte sie leise. An alles, was Evan ihr angetan, wie er sie gequält hatte. Und an alles, was Thorne getan hatte, um ihr zu helfen, den Weg aus ihrem Tal des Leids zurückzufinden.

Er riss die Augen auf und sah sie bestürzt an. »Ich hatte gehofft, du wüsstest das alles nicht mehr. Ich konnte nicht zu dir durchdringen, deshalb hatte ich gehofft, du hättest dich in einen Winkel in deinem Inneren zurückgezogen, wo es dir besser geht.«

»Nein, ich war immer da. Und ich war dir sehr dankbar für alles, was du für mich getan hast, für deine Freundlichkeit.« Sie seufzte. »Heute ist wieder ein Scheißtag, aber ich werde nicht so viel Geduld mit dir haben wie du damals mit mir. Stattdessen sage ich dir jetzt, dass du dich wieder ins Getümmel stürzen sollst. Und zwar sofort. Denn wenn du es nicht tust, finden wir nie heraus, wer dich so sehr hasst, dass er uns alle über die Klinge springen lassen will.« Sie tätschelte seine Wangen. »Ich kann dir nicht die Zeit geben, durchzuhängen und dich hundeelend zu fühlen. Weil wir dich brauchen, Thorne. Jetzt sofort. Also hör auf, den Kopf hängen zu lassen und wie ein Zombie durch die Gegend zu schlurfen. Wir brauchen dich.« Sie beugte sich vor und legte die Stirn gegen die seine, sodass sich ihre Nasenspitzen leicht berührten. »*Ich* brauche dich.«

Er stieß den Atem aus und legte die Hände auf ihre Hüften. »Also gut.«

Von ihm auf diese Weise gehalten zu werden, fühlte sich so gut an, so natürlich. Als wäre es immer so gewesen … aber das war es nicht. Dieser Moment war viel zu intim für gewöhnliche Freunde, gleichzeitig aber keineswegs unangenehm, sondern fühlte sich an, als müsste es so sein. Sie zögerte einen Moment, ehe sie ihrem Bauchgefühl folgte und ihm einen Kuss auf die Stirn drückte.

Er sah sie forschend an und ließ wortlos von ihr ab, als sie einen Schritt nach hinten trat. Aus einem weiteren Impuls heraus streckte sie die Hand nach ihm aus und seufzte unmerklich vor Erleichterung, als er sie ergriff und sich erhob.

Er straffte die Schultern und hielt ihre Hand fest. »Also, lass uns herausfinden, wer mich so hasst.« Doch statt sich in Bewegung zu setzen, zögerte auch er einen kurzen Moment, dann hob er ihre ineinander verschlungenen Hände an die Lippen und küsste ihre Finger. »Danke.«

Ihre Kehle wurde eng, und ein Schauder überlief sie. »Gern geschehen.«

Sie gingen den Korridor hinunter und betraten den Konferenzraum. Thorne hatte die Schultern durchgedrückt und den Kopf erhoben. Bis er Stevie sah, die sich mit einer Hand einen Eisbeutel auf die Hüfte drückte und mit der anderen ihren Stock so fest umklammert hielt, dass ihre Fingerknöchel weiß hervortraten. Auf ihrer Wange prangte eine Schürfwunde, und ihr Gesicht war schmerzverzerrt.

»Stevie«, stöhnte er. »Ich …«

Stevie starrte ihn finster an. »Wenn du jetzt sagst, es tut dir leid, verpasse ich dir einen Tritt in den Hintern, Thorne. Ich schwöre bei Gott.«

Seine Lippen zuckten. »So weit kriegst du doch dein Bein gar nicht hoch.«

Clay, der hinter seiner Frau stand und ihr die Hände auf die Schultern gelegt hatte, stieß ein unterdrücktes Prusten aus. Beide waren blass, aber gefasst. »Du würdest staunen, wohin sie Tritte verteilt, wenn sie es sich in den Kopf gesetzt hat«, bemerkte er. »Ich würde sie nicht unnötig reizen, Thorne. Außerdem hat sie recht. Es war nicht deine Schuld, und wir werden dafür sorgen, dass es aufhört.«

»Allerdings.« Hyatt saß mit seiner gewohnt finsteren Miene neben Stevie und hatte die Arme vor seinem ausladenden Brustkasten verschränkt.

Gwyns Blick fiel auf Special Agent Joseph Carter, der neben Hyatt saß. Seine Miene verriet nichts, doch das war nichts Neues. Joseph leitete eine kleine Task Force aus FBI- und BPD-Leuten und war ein Mann, der sich grundsätzlich nicht in die Karten schauen ließ. J. D. arbeitete häufiger in seinem Team, deshalb war es nachvollziehbar, dass er hinzugezogen worden war.

J. D. saß mit grimmiger Miene am anderen Ende des Tischs neben seiner Frau Lucy, die Thorne und Gwyn besorgt musterte.

»Es geht uns gut«, beruhigte Gwyn sie und runzelte die Stirn, als ihr Blick auf einen weiteren Detective fiel, der gegen die Wand gelehnt stand und sie mit einer Mischung aus Verachtung und Argwohn beäugte. Gwyn schoss einen finsteren Blick zurück. Der Mann, Brickman, war ein Arschloch – er war derjenige, der Thorne tags zuvor mit der Handschelle an das Krankenhausbett gefesselt hatte.

Thorne erkannte ihn entweder nicht wieder, oder aber er hatte beschlossen, den sauertöpfischen Cop zu ignorieren, denn er holte tief Luft und drückte Gwyns Hand. »Also gut. Dann wollen wir mal anfangen.« Er zog einen Stuhl für Gwyn heran, ehe er sich neben sie setzte und Stevie ansah. »Was ist passiert?«

Stevie warf Hyatt, der mit versteinerter Miene am Tisch saß, einen Seitenblick zu. »Kopf hoch«, sagte sie zu ihrem Vorgesetzten. »Niemand ist umgekommen.«

»Noch nicht«, brummte Hyatt. »Ich hätte Sie alle gestern Abend einlochen sollen.«

»Aber dann stünden Sie jetzt mit leeren Händen da«, konterte Stevie. »Er hat uns alle heute überwachen lassen, Thorne. Das war einer der Gründe, weshalb du das Krankenhaus ohne große Diskussionen verlassen durftest.«

Elender Dreckskerl, dachte Gwyn, verdrängte den Gedanken aber wieder. »Ich wusste doch, dass das alles eben ein bisschen zu einfach ging.«

Thorne hatte sich auf seinem Stuhl versteift. »Dass Sie mich überwachen würden, wusste ich ja, aber alle meine Freunde? Wieso das denn? Weil Sie mich für schuldig halten?«

Hyatt verdrehte die Augen. »Nein«, schnauzte er. »Weil ich ziemlich sicher war, dass Sie es nicht getan haben, und wusste, dass sich alle Ihre Freunde schön um Sie scharen würden, wie …«

»Wie Freunde es nun mal tun?«, half Stevie bereitwillig aus, als Hyatt das passende Wort nicht einzufallen schien.

Clay kaschierte sein unterdrücktes Lachen mit einem Hüsteln. Lucy legte sich die Hand vor den Mund, und J. D. schürzte die Lippen, um nicht laut aufzulachen, ganz im Gegensatz zu Joseph Carter, der keinerlei Hehl aus seiner Belustigung machte. »Das war eine durchaus plausible Vermutung, Peter«, sagte er zu Hyatt. »Ihr habt uns ganz schön in Atem gehalten, muss ich zugeben.«

Gwyn verkniff sich einen weiteren Fluch. »Du wusstest Bescheid?«

»Es war sogar meine Idee«, erwiderte Joseph milde. »Und bevor du jetzt einen Wutanfall kriegst, hör mir erst mal zu. Ich weiß, dass Thorne unschuldig ist. Ich wusste aber auch, dass ihr nicht herumsitzen und Däumchen drehen würdet, während wir ermitteln. Deshalb haben wir euch einfach tun lassen, was ihr ohnehin getan hättet, nur haben wir eben dafür gesorgt, dass jemand auf euch aufpasst.«

Gwyn hatte Mühe, vor Frust nicht auf die Zähne zu beißen. »Und dass ihr dabei auch noch einen schönen Überblick über alles bekommen habt, war eine angenehme Begleiterscheinung.«

»Gott, nein«, erwiderte Joseph. »Einen Überblick zu bekommen, war unser eigentliches Ziel und euer Schutz die angenehme Begleiterscheinung. Na ja, bei euch hat es nicht ganz so gut funktioniert, da ihr unseren Mann ja heute Morgen abgehängt habt.«

Gwyn warf Jamie, der sehr zufrieden mit sich wirkte, rasch einen Seitenblick zu. Hyatts Miene hingegen verdüsterte sich zusehends.

Thorne runzelte die Stirn. »Ich dachte, Clays erstklassige Reflexe hätten Stevie gerettet.«

»So war es auch«, warf Clay ein, der wieder ernst geworden war. »Ich habe Glas von dem Fehlschuss splittern hören und sie zur Seite gestoßen.«

»Daher auch die Schürfwunde«, sagte Stevie. »Clay hat sich auf mich geworfen, nur war leider der Asphalt im Weg.«

Wie auf Kommando tauschten Gwyn und Thorne einen Blick. »Kommt dir das bekannt vor?«, sagte sie leise.

Thorne nickte. »Allerdings.« Er wandte sich den Anwesenden zu. »Genau dasselbe ist uns auch passiert, nur sind wir auf Rasen und nicht auf dem Asphalt gelandet. Und wurde bei euch auch nur ein Schuss abgegeben?«

Stevie nickte. »Ja. Ich hatte schreckliche Angst, Clay könnte getroffen werden.« Sie sah ihren Mann an. »Schon wieder.«

»Bei uns war es genau dasselbe«, sagte Thorne leise. »Ich war sicher, dass noch ein zweiter Schuss abgefeuert wird, aber es kam nichts.«

»Einen Unterschied gibt es«, schaltete sich Joseph wieder ein. »Clay und Stevie hatten ihren Schatten nicht abgehängt, der übrigens einer meiner besten Männer ist. Er konnte das Modell des

Tatfahrzeugs und einen Teil des Kennzeichens ausmachen, allerdings befand er sich in einer Einkaufsgegend, wo es vor Passanten nur so wimmelte, deshalb konnte er das Feuer nicht erwidern. Es war ein weißer Kastenwagen. Ist euch so ein Fahrzeug auch aufgefallen?«

Jamie schüttelte den Kopf. »Mir nicht, aber ich habe auch nicht danach Ausschau gehalten, sondern nur zugesehen, dass ich uns da heil rauskriege.«

Phil sah unsicher in die Runde. »Ich glaube, mir auch nicht. Es ging alles so schnell.«

Thorne warf Phil einen beruhigenden Blick zu, ehe er sich wieder an Stevie und Clay wandte. »Wo wart ihr, als die Schüsse fielen?«

»Wir kamen gerade aus einem Restaurant«, antwortete Stevie. »Kaia's Kouzina, ein ziemlich teurer Laden in Bethesda. Patricia Segal hätte dort an einem Meeting eines ihrer Wohltätigkeitskomitees teilnehmen sollen. Clay und ich haben zu Mittag gegessen, allerdings kann ich es nicht empfehlen. Selbst die Vorspeisen gibt es erst ab fünfzig Mäuse aufwärts.«

Clay zuckte zusammen. »Allerdings. Hat ein ziemliches Loch in die Haushaltskasse gerissen, aber immerhin haben wir einiges über Patricia in Erfahrung gebracht. Wie es aussieht, konnte keiner aus dem Komitee sie sonderlich leiden, deshalb waren mehrere Flaschen Wein nötig, bis sie mit der Sprache rausgerückt sind.«

»Aber dann haben sie ihrem Unmut lautstark Luft gemacht«, fügte Stevie hinzu. »Patricia hatte eine Affäre. Vielleicht sogar gleich mehrere.«

Genau das, was auch Prews Frau gesagt hat, dachte Gwyn. »Hat jemand auch gesagt, mit wem?«

Stevie verzog das Gesicht. »Mit einem Jungen, der halb so alt war wie sie. Und sie selbst war gerade mal vierunddreißig.«

»Na prima«, murmelte Jamie, während Phil genervt aufstöhnte.

»Keine Namen?«, drängte Gwyn, die lieber gar nicht erst darüber nachdenken wollte, was es bedeutete, einen Siebzehnjährigen zum Sex zu verführen.

»Nein«, sagte Clay. »Sie hat nach ein paar Cocktails zu viel bei ein paar Ladys damit angegeben, allerdings hatte sie Angst, ihr Mann könnte ihr auf die Schliche kommen.«

»Das Problem ist«, fuhr Stevie mit einem weiteren Blick auf Hyatt hinzu, »dass Patricias Sohn selbst gerade erst achtzehn geworden ist. Den jungen Mann, mit dem sie … *zusammen* war, könnte sie also über ihn kennengelernt haben.«

Ein Sohn, der gerade erst achtzehn geworden ist.

Gwyn holte tief Luft und bemühte sich um eine neutrale Miene, obwohl sich ihr die Kehle zuschnürte. Im Lauf der Jahre hatte sie eine Menge Übung darin gewonnen, sich nichts anmerken zu lassen, wenn andere von irgendwelchen Söhnen erzählten. Vor allem, wenn sie im selben Alter waren wie ihr eigener. Achtzehn Jahre und vier Monate, um genau zu sein, und nur unwesentlich jünger als sie, als sie schwanger geworden war.

Sekunden später ließ der Schmerz nach. Wie immer. »Dann ist sie ja sehr früh Mutter geworden«, bemerkte sie leise.

Hyatts Miene blieb finster. »Woher wissen Sie all das, Stevie? Und woher wissen Sie, dass das Komitee sich heute in diesem Restaurant treffen wollte?«

»Wahrscheinlich haben sie und Clay Maynard sich in den Computer des Opfers gehackt«, meldete sich Detective Brickman zu Wort – der Typ war tatsächlich ein Arschloch vor dem Herrn.

Stevie verdrehte die Augen. »Sie sind doch nur sauer, weil Sie von einem Minivan mit einem Anwalt am Steuer abgehängt wurden, Brickman. Ansonsten wissen Sie einen Scheißdreck, also sparen Sie sich Ihre Beleidigungen.«

Brickman wollte etwas erwidern, aber Hyatt hob die Hand. »Also«, sagte er leise, »wenn das nicht der Fall war, woher wissen Sie es dann?«

»Über Facebook«, erwiderte Stevie leichthin. »Patricias Account ist für jedermann zugänglich. Jeder kann dort sehen, was sie tut. Selbst ein Cop wie Sie, Brickman.«

Autsch. Stevie konnte den Kerl offensichtlich genauso wenig ausstehen wie Gwyn.

»Wir haben ihren Account gecheckt«, erklärte Brickman steif. »Von einem Lunch stand da nichts.«

»Richtig«, bestätigte Stevie mit übertriebener Geduld. »Diesen Monat nicht. Hätten Sie sich aber die Zeit genommen und ein bisschen nach unten gescrollt, wäre Ihnen aufgefallen, dass sie sich jeden zweiten Montag im Monat im selben Restaurant mit ihnen trifft.«

Brickmans starrer Blick hätte einen Felsbrocken zum Bröseln bringen können. Stevie wandte gelangweilt den Kopf ab. »Der springende Punkt ist«, fuhr sie fort, »dass es durchaus Gründe gegeben haben könnte, weshalb jemand sie beseitigen wollte, außer der Verbindung zu Thorne über ihren toten Bruder. Immerhin war da ihre angebliche Affäre. Hätte ihr Mann davon erfahren, wäre es nicht auszuschließen, dass er sie umbringt. Zumindest glauben das die Komitee-Damen. Übrigens haben sie auch spekuliert, ob sie eine Affäre mit Thorne hatte.«

Thorne biss die Zähne so fest aufeinander, dass sie knirschten. »Hatte ich aber nicht«, presste er eisig hervor.

»Weiß ich doch.« Stevie winkte ab. »Aber sie haben allerlei Mutmaßungen angestellt. Und nachdem sie dein Foto gesehen hatten, waren sie völlig hin und weg.«

Clay nickte. »Sie hätten es Patricia nicht verdenken können, wenn sie wegen dir den Zorn ihres Ehemannes riskiert hätte, meinten sie. Die Medien spekulieren, dass das Ganze eine Falle war, weil du ja nicht verhaftet wurdest und zudem bewusstlos warst. Die Damen haben es mitbekommen und sich deshalb gefragt, ob es vielleicht der Ehemann war. Und falls ja, wäre der jugendliche Liebhaber vielleicht ebenfalls in Gefahr.«

»Und weil wir ja weder ihre E-Mails noch sonst etwas gehackt haben, konnten wir die Identität des Jungen nicht feststellen«, fügte Stevie mit einem vernichtenden Blick in Brickmans Richtung fort. »Noch nicht.«

Gwyn war sich nicht sicher, worauf sich das *Noch nicht* bezog – darauf, dass sie Patricias Account hackten oder auf die Identität des Jungen. Hyatt ging es offensichtlich genauso, denn er machte ein Gesicht, als hätte er in eine Zitrone gebissen.

»Wie wollten Sie sie herausfinden?«, fragte er.

»Auf dem traditionellen Weg«, antwortete Stevie. »Indem wir uns eine Liste der Klassenkameraden und Teamkameraden von Patricias Sohn beschaffen und überlegen, wie sie ihn sonst kennengelernt haben könnte.«

Thorne sah sie zweifelnd an. »Wäre ich nicht die Zielperson, würde ich mich kaputtlachen. Aber heute wurde auf dich und auf Gwyn geschossen.«

»Aber nicht getroffen«, bemerkte Stevie.

Gwyn wusste, worauf Stevie hinauswollte. »Sie haben uns beide verfehlt, Thorne, und die Täter haben weder dich noch Clay getötet. Wir dachten, hier geht es darum, dir wehzutun, indem sie deinen Freunden wehtun oder sie töten. Aber vielleicht versuchen sie auch nur, es so aussehen zu lassen, als hätten sie dich im Visier? Dass sie auf uns geschossen haben, um die Aufmerksamkeit auf dich zu lenken und weg von dem eigentlichen Täter, der Patricia aus so tiefer Seele gehasst haben muss, dass er sie von oben bis unten aufschlitzen würde?«

11. Kapitel

Ist es möglich?, dachte Thorne. Könnte es sein, dass der Angriff heute lediglich ein Versuch war, von Patricia Linden Segals eigentlichem Mörder abzulenken?

»Vielleicht«, meinte er langsam. »Möglich wäre es. Aber was ist mit dem Schlüsselring?«

Joseph zog die Brauen hoch. »Woher weißt du denn davon?«

»Von den Fotos vom Tatort«, erklärte Jamie mit einem angedeuteten Lächeln.

Hyatt schüttelte den Kopf. »Völlig ausgeschlossen. Wir haben sie Ihnen gar nicht zur Verfügung gestellt, weil Thorne nicht offiziell unter Verdacht steht.«

Thorne warf Gwyn einen bedauernden Blick zu, ehe er mit einem Anflug von Stolz ihr trotzig gerecktes Kinn bemerkte.

»Ich habe ein paar Fotos gemacht, bevor der Krankenwagen eintraf«, sagte sie. »Ich wusste sofort, dass das eine Falle war und die Sanitäter den Tatort kontaminieren würden, deshalb habe ich ein paar Aufnahmen geschossen.«

Wut blitzte in Hyatts Augen auf. Er sog scharf den Atem ein und stieß ihn wieder aus. »Vielleicht hätten Sie uns die Fotos überlassen können, Miss Weaver?«

»Wieso denn?«, herrschte sie ihn aufgebracht an. »Sie haben uns doch beschatten lassen.«

»Was Sie sehr wohl wussten«, erwiderte Hyatt eisig. »Ich hatte Ihnen doch gesagt, dass ich Thorne überwachen lasse.«

»Das stimmt, aber Sie haben auch jemanden auf unsere Freunde angesetzt. Wäre einem von ihnen irgendetwas in die Hände gefallen, das Thorne weiter belastet, hätten Sie sich doch sofort darauf gestürzt. Sie behaupten zwar, dass Sie an seine Unschuld glauben, aber letzten Endes sind Sie alle Cops … mit Ihren ganz eigenen Motiven und Zielen. Ihnen wäre doch jeder Beweis recht, der Ihnen auch nur halbwegs in den Kram passt, auch wenn er völlig aus dem Zusammenhang gerissen ist.«

Hyatt starrte sie durchdringend an. »Sie haben ja keine allzu hohe Meinung von mir, Miss Weaver.«

Sie runzelte die Stirn. »Stimmt, das habe ich tatsächlich nicht. Okay, die meiste Zeit verhalten Sie sich korrekt, aber ich habe durchaus auch schon Situationen erlebt, in denen es nicht so war. Ich habe viele Jahre als Rechtsanwaltsgehilfin gearbeitet und Hunderte von Fällen bearbeitet, bei denen Unschuldige vor Gericht gestellt wurden. Leute wie Sie führen Durchsuchungen nach eigenem Gutdünken durch und verdrehen Aussagen so lange, bis sie so sind, wie Sie sie haben wollen. Wenn auch nicht alle von Ihnen.« Sie warf zuerst J. D., dann Stevie einen entschuldigenden Blick zu, ehe sie sich erneut Hyatt zuwandte und ihn finster anstarrte. »Ich kenne Cops, die ihre Arbeit anständig erledigen, die wissen, was Integrität bedeutet, und ihre Dienstmarke tragen, weil sie aufrichtig daran interessiert sind, für Recht und Ordnung zu sorgen. Aber auf viele andere trifft das nicht zu. Und einige davon haben auch unter Ihnen gearbeitet, Lieutenant.«

Sie zuckte die Achseln. »Aber ich arbeite nicht für Sie. Es steht mir frei, was ich Ihnen gebe oder erzähle, es sei denn, ich werde vorgeladen. Oder festgenommen. Ja, wir wissen von dem Schlüsselring. Und hätten Sie die richtigen Fragen gestellt und uns respektvoll behandelt, statt einfach davon auszugehen, dass wir Ihre Arbeit für Sie erledigen, hätten Sie vielleicht darauf kommen können, dass wir zu Brent Kiley gefahren sind. Mit oder ohne einen Beamten, der uns folgt.«

Wohlige Wärme breitete sich in Thornes Brust aus. Stolz. Ja, aber noch mehr. Sie war wieder da. Die Gwyn, die sie war, bevor Evan ihr jedes Selbstwertgefühl genommen hatte. *Sie ist wieder da. Und sie kämpft. Für mich.* Es war regelrecht berauschend.

Frustriert fuhr Hyatt sich mit der Hand über seinen kahlen Schädel. »Es ist ewig das Gleiche mit euch Verteidigern …« Er verkniff sich alles, was ihm sonst noch auf der Zunge gelegen hatte. »Vertrauen Sie uns nun oder nicht?«

»Nicht«, antwortete Gwyn mit fester Stimme und in derselben Sekunde wie Jamie.

Joseph nickte ruhig. »Ich verstehe dich durchaus, Gwyn. Ehrlich gesagt, erwarte ich auch gar nicht, dass du mir traust. Allerdings erwarte ich, dass du mir gegenüber ehrlich bist, damit ich meine Arbeit machen und für deine Sicherheit sorgen kann.«

Thornes Euphorie verebbte, und er seufzte. »Ich traue ebenfalls keinem von euch zu hundert Prozent«, sagte er mit einer Geste auf Hyatt und Joseph. »Allerdings glaube ich nicht, dass einer hier lügen oder mich austricksen würde.«

»Zumindest Joseph nicht«, murmelte Gwyn.

Thornes Mundwinkel hob sich für einen kurzen Moment, ehe es ihm gelang, wieder eine neutrale Miene aufzusetzen. »Ich will aber auch nicht in dem Wissen weitermachen, dass jemand, der mir am Herzen liegt, verletzt werden könnte, nur weil ich wichtige Informationen für mich behalte. Der Schlüsselring ist sehr wichtig. Einer, der genauso aussieht, wurde in Richard Lindens Bauchwunde gesteckt. Ich habe ihn gesehen, als ich versucht habe, seine Blutung zu stoppen.«

Joseph sah ihn argwöhnisch an. »Ich habe die Gerichtsakten gelesen, kann mich aber an keinen Schlüsselring erinnern.«

»Das liegt daran, dass er verschwunden ist«, sagte Thorne.

»Brent Kiley ist Rettungssanitäter«, sagte Hyatt langsam. »Gehörte er zu dem Trupp, der als Erstes am Tatort eingetroffen ist?« Der Mann mochte ein Arschloch sein, aber sein Verstand war messerscharf, das musste man ihm lassen. »Ja. Aber er erinnert sich an nichts mehr.«

Es war sinnlos, irgendetwas anderes zu behaupten, da Kiley sie bereits gewarnt hatte, jedem, der ihn fragen sollte, genau dasselbe zu erzählen.

»Trotzdem wart ihr mehrere Minuten in seiner Wohnung«, bemerkte Joseph. »Das sagt zumindest seine neugierige Nachbarin.«

»Das stimmt«, bestätigte Thorne nur.

Joseph verdrehte die Augen. »Aha, so läuft das jetzt also? Ernsthaft, Thorne? Gwyn und Stevie wurden beide angeschossen, und ihr veranstaltet lustige Ratespielchen mit mir?«

»Ich habe dir die Information gegeben, von der ich glaube, dass sie das Bindeglied darstellt«, erwiderte Thorne gelassen. »Der Schlüsselring. Die Medaille, die ich in Richard Lindens Körper gefunden habe, gehörte ihm. Oder glich ihr zumindest. Der Rettungssanitäter konnte uns jedenfalls nicht sagen, wo sie abgeblieben ist.«

»Habt ihr Kileys Kollegen aufgestöbert?«, fragte Joseph. »Vielleicht hat er ihn ja gesehen.«

»Kiley hat uns erzählt, sein Kollege sei wenige Monate nach meinem Prozess abgetaucht. Er hatte einen Unfall. Ein Truck hat aus heiterem Himmel versucht, ihn von der Straße abzudrängen.« Er zog die Brauen hoch. Hyatts Miene verfinsterte sich noch weiter.

»Deine damalige Freundin kam auf dieselbe Weise ums Leben«, sagte er widerstrebend. »Sie war eine potenzielle Zeugin. Was ist aus Kileys Kollegen geworden?«

Thorne zuckte die Achseln. »Er ist einfach verschwunden. Hat seinen Job gekündigt und ist nie wieder aufgetaucht.«

»Wir suchen ihn«, sagte Joseph. »Wer ist sonst noch mit Richard Lindens Leiche in Berührung gekommen?«

Thorne warf Lucy einen Blick zu, die bislang kein Wort gesagt hatte.

Thorne neigte kaum merklich den Kopf, woraufhin sie sich räusperte. »Ich habe den Polizeibericht zum Mord an Richard Linden gelesen«, sagte sie. »Richard wurde in der Notaufnahme für tot erklärt. Der zuständige Arzt ist vor einigen Jahren gestorben, an der Stelle kommen wir folglich nicht weiter. Aber laut Bericht konnte in der Notaufnahme ohnehin nichts mehr für Richard getan werden. Er war vermutlich noch vor Einlieferung tot.«

Alle sahen Thorne an. »Ist das so?«, fragte Joseph.

Thorne zuckte die Achseln. »Ich weiß es nicht. Als ich ihn gefunden habe, hatte er noch einen Puls. Zumindest dachte ich das.«

»Er war sogar so überzeugt davon«, warf Jamie säuerlich ein, »dass er bei Richard geblieben ist, um ihm das Leben zu retten, obwohl er wusste, dass man ihm später vorwerfen könnte, er hätte ihn angegriffen.«

Tiefe Freundlichkeit und Respekt standen in Josephs Blick, als er Thorne ansah. »Das habe ich den Gerichtsprotokollen entnommen«, sagte er. »Das war ein hochanständiger Zug, Thorne.«

Wow. Einen Moment lang wusste Thorne nicht, was er darauf erwidern sollte, ehe er sich darauf besann, was ihn die Kunst der Zeugenbefragung gelehrt hatte. Joseph Carter machte seine Sache ganz ausgezeichnet. Nicht dass er unaufrichtig gewesen wäre oder schlichtweg lügen würde. Aber er wusste definitiv, wie man Zeugen manipulierte.

Thorne machte keinen Hehl aus seiner Belustigung. »Danke.«

Joseph sah ihn einen Moment lang fest an. »Das war mein voller Ernst.«

»Ich weiß. Und es hätte auch beinahe funktioniert.« Er konzentrierte sich wieder. »Richard hatte definitiv noch einen Puls, als ich ihn gefunden habe. Ich habe versucht, die Blutung zu stoppen. Als Rettungsschwimmer hatte ich zwar Erste-Hilfe-Kenntnisse, aber mit einer Wunde wie dieser war ich natürlich völlig überfordert. Außerdem war ich gerade mal siebzehn. Mir war klar, dass er sterben könnte … schließlich konnte ich seine Eingeweide sehen.« Er schluckte bei der Erinnerung an den Anblick. Und an seine grauenvolle Angst. »Dann kamen plötzlich die Cops hereingestürmt und haben mich von ihm weggerissen. Ich wurde mit dem Gesicht auf den Boden gedrückt und bekam Handschellen angelegt, bevor ich auch nur ein Wort sagen konnte.«

Gwyn versteifte sich neben ihm. »Es sah sehr schlecht für mich aus. Ich hatte mich über ihn gebeugt, und alles war voller Blut. Deshalb konnte ich den Cops keinen Vorwurf machen, dass sie dachten, ich sei es gewesen.«

»Ich konnte es schon«, bemerkte Jamie tonlos.

»Und ich habe es getan«, fügte Phil hinzu.

Mit einem wehmütigen Lächeln richtete Thorne seine Aufmerksamkeit wieder auf Joseph. »Was danach mit Richard passiert ist, weiß ich nicht, sondern nur, was ich in diesen Minuten gesehen hatte, als ich ihm helfen wollte. Der Schlüsselring steckte in seiner Bauchwunde. Das weiß ich sicher.«

»Im Zuge der Prozessvorbereitung habe ich den Arzt in der Notaufnahme befragt«, ergriff Jamie neuerlich das Wort. »Auch nach dem Schlüsselring, weil Thorne so sicher war, dass er ihn gesehen hatte und er zu dem Zeitpunkt bereits verschwunden war. Der Arzt meinte, er hätte ihn gar nicht eingehend untersucht, sondern ihn nicht einmal eine Minute nach der Einlieferung bereits für tot erklärt. Außerdem hätte er die Leiche so wenig wie möglich berührt, weil ihm klar gewesen sei, dass es eine Mordermittlung geben würde. Die ganze Zeit sei die Polizei zugegen gewesen. Die Cops hätten sogar die Leiche auf dem Weg in die Pathologie begleitet. Das war das einzige Mal, dass der Arzt mit der Leiche in Berührung gekommen war. Und auch zu den Lindens bestand keinerlei Kontakt.« Er sah Lucy an. »Ich habe damals auch den Rechtsmediziner befragt, der ebenfalls sagte, er hätte den Schlüsselring nicht gesehen.«

»Ich kenne ihn«, sagte Lucy. »Er war mein Vorgesetzter bis zu seiner Pensionierung und immer ein integrer Mann, sowohl in beruflicher Hinsicht als auch als Mensch. In seinem Autopsiebericht tauchen keinerlei Gegenstände auf, die an oder in der Leiche gefunden wurden, und laut Gerichtsprotokoll hat auch die Polizei nichts als Beweismittel sichergestellt, was der Beschreibung entspricht. Damit bleibt der Pathologieassistent, der die Leiche vorbereitet hat, als Einziger in der Reihe all jener übrig, die mit Richards Leiche in Berührung kamen. Und dieser Pathologieassistent ist tot. Er wurde vor vierzehn Jahren am Tatort einer Schießerei getötet.«

»Ziemlich viele verschwundene und tote Menschen«, bemerkte Joseph. »Welche Bedeutung hat dieser Schlüsselring?«

»Das weiß ich nicht«, antwortete Thorne. »Richard hat ihn aus einer Medaille, einem Abzeichen, anfertigen lassen. Soweit ich mich erinnere, hing nur ein einzelner Schlüssel dran, und beides befand sich in seiner Leiche. Und dann war er plötzlich weg. Könntest du den Schlüsselring beschreiben, der in Patricia Segals Wunde gefunden wurde?«

Brickman, der immer noch gegen die Wand gelehnt stand, gab ein missmutiges Grunzen von sich. »Diese Information ist vertraulich«, erklärte er steif. »Sie ist Teil einer laufenden Mordermittlung. Dasselbe gilt für Sie, Mr Thorne.«

Thorne wurde stocksteif und registrierte, wie Gwyn neben ihm tief Luft holte, während sich ihre Wangen dunkelrot verfärbten. Sie setzte zu einer scharfen Erwiderung an, doch er drückte ihre Hand und schüttelte kaum merklich den Kopf.

Joseph warf Brickman einen missbilligenden Blick zu, sagte jedoch nichts, vermutlich, da Brickman Hyatt zugeteilt war und nicht seiner Abteilung.

»Halten Sie den Mund, Detective«, blaffte Hyatt. »Wir versuchen hier zusammenzuarbeiten, und Mr Thorne ist aus freien Stücken hier. Wir sind überaus dankbar für seine Hilfe.« Er wandte sich Thorne zu. »Also, viel können wir Ihnen nicht über den Schlüsselring sagen, aber nur, weil er gerade im Labor untersucht wird.«

Thorne nickte langsam, in der Hoffnung, dass seine Miene seine Ungläubigkeit widerspiegelte. »Verstehe.«

»Ich denke, wir sollten jetzt gehen«, sagte Gwyn und nahm seine Hand. »Die arbeiten doch nie im Leben mit uns zusammen.«

Hyatt verdrehte die Augen. »Der Schlüsselring wird tatsächlich gerade im Labor untersucht, Herrgott noch mal, und zu wissen, dass es sich um ein Sportabzeichen handelt, hilft uns erheblich weiter. Leider ist die Inschrift wegen des Bluts und Gewebes noch nicht zu erkennen, aber das Labor gibt uns Bescheid, sobald sie Genaueres sagen können. Lieber Gott.«

Gwyn nickte knapp. »Danke. *Das* verstehe ich unter Zusammenarbeit.«

Wieder verdrehte Hyatt die Augen. »Noch besser für unsere Zusammenarbeit wäre es, wenn Sie uns verraten würden, wer Ihrer Meinung nach hinter alldem steckt.«

Thorne holte tief Luft. Frederick hatte eine Liste von Mandanten zusammengestellt, die mit ihrem Urteil nicht einverstanden gewesen waren, auf der ihm jedoch niemand ins Auge gestochen war. Abgesehen von Cesar Tavilla gab es wohl niemanden, der ihn so sehr hasste oder über ausreichend Personal für eine derart ausgeklügelte Masche verfügte. Und laut Ramirez war es nicht Tavilla gewesen. »Ich weiß es nicht. Wirklich nicht. In meiner Branche macht man sich nun einmal schnell Feinde.«

Wieder gab Detective Brickman ein abfälliges Schnauben von sich. »Wer hätte das gedacht?«

Gwyn ballte die Fäuste. »Elender –«

Thorne schloss seine Pranke um ihre winzige Hand und drückte sie. »Genau das will er doch erreichen«, sagte er leise. »Verschaff ihm nicht die Genugtuung.«

»Entschuldige, aber er ist so ein Arschloch«, flüsterte sie.

»Das ist er«, stimmte Thorne zu, als wären sie allein im Raum. »Aber er versucht bloß, mich auf die Palme zu bringen, deshalb brauche ich dich, um dafür zu sorgen, dass ich Ruhe bewahre, okay?«

Gwyn riss sich sichtlich zusammen. »Okay.«

Er drückte abermals ihre Hand, ehe er sich wieder Hyatt und Joseph zuwandte. »Keiner hat mich explizit bedroht, aber unterschwellig passiert das praktisch jeden Tag.«

Josephs Blick war … beunruhigend. So als wüsste er etwas, das Thorne nicht wusste. »Dann erzähl mir von den unterschwelligen Bedrohungen, Thorne. Gib mir irgendetwas in die Hand, womit ich arbeiten kann.«

»Wieso bist du überhaupt hier, Joseph?«, fragte Thorne. »Ich dachte, du und J. D. wolltet euch aus den Ermittlungen heraushalten, weil wir in einer … nun ja, nicht unfreundlichen Beziehung zueinander stehen.«

Clay, der noch immer hinter Stevie stand, lachte auf. »Nicht unfreundliche Beziehung. Das ist gut. Aber ich habe mich dasselbe auch schon gefragt. Also, was verschafft uns die Ehre, Joseph?«

Josephs Lippen hatten bei Thornes Beschreibung belustigt gezuckt, doch nun wurde seine Miene wieder ernst. »Eigentlich hätte ich die Frage schon erwartet, als ich hereingekommen bin.«

»Da war er gerade anderweitig beschäftigt«, erklärte Phil und sprang Thorne damit mit genau der richtigen Dosis väterlicher Verärgerung zur Seite.

»Das habe ich gesehen.« Joseph war sehr ernst. »Und das verstehe ich auch sehr gut, glaubt mir.«

»Dann beantworte bitte seine Frage«, warf Gwyn leise ein. »Bitte.«

»Also gut.« Joseph schob Thorne ein einzelnes Blatt Papier über den Tisch hinweg zu. »Ich habe heute Morgen selbst ein bisschen recherchiert. Wusstest du, dass Cesar Tavillas Sohn tot ist?«

Thorne schnappte das Blatt und überflog es. Colin Tavilla war bei einer Schlägerei im Gefängnishof getötet worden. Vor genau drei Wochen.

Das ist unmöglich. Ramirez hätte mir doch davon erzählt.

»Das wusste ich nicht«, sagte er knapp und setzte eine neutrale Miene auf. Aber was, wenn es tatsächlich stimmte? Das Ganze sah sehr, sehr übel aus.

Frederick konnte erst wieder durchatmen, als er und Julie sicher bei Clay und Stevie eintrafen, wo Taylor sie bereits mit einem breiten Lächeln erwartete.

»Julie, na, so was! Dein Haarschnitt ist total süß!« Verzückt strich sie ihrer Schwester übers Haar.

Frederick blinzelte. Julies Haar war tatsächlich ein gutes Stück kürzer. Das war ihm gar nicht aufgefallen.

Taylor lachte. »Ist schon okay, Dad. So was ist eher Mädelssache, stimmt's, Jules?«

Julie strahlte. »Die Friseure sind ins Therapiezentrum gekommen. Ich finde es wunderschön.«

»Hallo, Süße.« Taylors Verlobter trat zu ihnen und drückte Julie einen Kuss auf die Wange. »Lange nicht gesehen.«

Julie kicherte. »Hi, Ford.«

»Heute ist doch Montag, wieso bist du nicht bei der Arbeit?«, fragte Frederick.

Ford musterte ihn vorsichtig. »Ich habe ein paar Tage freigenommen«, antwortete er mit einem Seitenblick auf Julie. »Um Clay und Stevie bei den Vorbereitungen für die Taufe zu helfen.«

Die in nicht einmal einer Woche stattfinden würde. *Verdammt.*

Taylor spielte, immer noch lächelnd, mit Julies Haar. »Wir passen auf alle Kinder auf, damit die anderen ihre Aufgaben erledigt bekommen.«

Erst jetzt bemerkte Frederick die verräterische Wölbung an Taylors Seite unter ihrem weiten T-Shirt. Sie war bewaffnet. Im Haus. Während sie auf die Kinder aufpasste. Sein Blick fiel auf sie, dann auf Ford.

Ford erwiderte grimmig Fredericks Blick, ehe er sich mit einem Lächeln Julie zuwandte. »Ich habe alle möglichen tollen Sachen für dich unten, und Cordelia hat ein paar DVDs herausgesucht, die dir bestimmt Spaß machen.«

Julie klatschte in die Hände. Sie liebte Stevies zehnjährige Tochter – eine Zuneigung, die durchaus auf Gegenseitigkeit beruhte.

Es war die richtige Entscheidung, sie herzubringen, dachte Frederick. Immerhin eine Sache hatte er richtig gemacht.

Er gab Julie einen Kuss auf die Stirn. »Viel Spaß, mein Schatz.« Er sah Ford an. »Kannst du sie die Treppe runtertragen?«

»Daddy.« Julie runzelte die Stirn. »Das kann ich doch selbst. Sie haben einen Fahrstuhl.« Winkend fuhr sie mit Ford im Schlepptau davon.

»Sie kennt den Weg«, murmelte Frederick.

»Stimmt«, bestätigte Taylor. »Und Ford kennt sich auch aus. Er lässt sie alles allein machen, ist aber zur Stelle, falls sie Hilfe braucht.«

Frederick sah Taylor in Augen, die genauso dunkel waren wie Clays. »Seit wann haben sie denn einen Aufzug?«

Taylor grinste, als Julies und Fords Gelächter herüberwehte. »Seit ein paar Monaten schon. Stevie fiel das viele Treppensteigen schwer, und eines Tages ist sie sogar ausgerutscht. Am nächsten Tag hat Clay eine Firma für Treppenlifte kommen lassen.« Ihr Blick wurde sanft. »Stevie war sauer wegen der Kosten, aber Clay meinte nur, wenn es einen Aufzug gäbe, könnte Julie mit Cordy spielen. Das hat gereicht, um Stevie zu überzeugen.«

Fredericks Herz zog sich schmerzhaft zusammen. Er konnte dem Mann nur dankbar sein, dass er sie alle mit offenen Armen aufgenommen hatte. Nicht viele Menschen wären so versöhnlich gewesen.

»Ja«, sagte Taylor leise, als hätte sie seine Gedanken gelesen. »Er ist ein ganz besonderer Mensch.« Sie räusperte sich. »Wir hatten hier ein kleines Problem.«

Frederick ließ die Schultern sacken. »Abgesehen davon, dass jemand versucht hat, an Julie heranzukommen?«

Taylors Blick war so grimmig wie Fords. »Ja. Auf Stevie wurde geschossen.«

Er schnappte nach Luft. »Was? Wann?«

»Als sie gemeinsam mit Clay nach dem Mittagessen aus einem Restaurant kam. Ihr ist nichts passiert, aber auf Gwyn wurde ebenfalls geschossen.«

»Clay hat nichts davon gesagt, als ich mit ihm telefoniert habe.«

»Er meinte, du hättest schon genug um die Ohren, und ich sollte es dir persönlich sagen, wenn du kommst.«

Frederick war verärgert und dankbar zugleich. »Ich nehme an, das ist der Grund, weshalb du eine Waffe trägst.«

»Keiner tut meiner Familie etwas«, erklärte sie inbrünstig. »Komm.«

Er folgte ihr in Clays Arbeitszimmer, wo Sam, Thornes Ermittler, am Schreibtisch vor einem riesigen Monitor saß. Alec Vaughn, sein Computergenie, hockte inmitten von halbkreisförmig verteilten Papierstapeln mit einem Laptop auf dem Schoß auf dem Fußboden.

Beide Männer blickten mit ebenso grimmigen Mienen auf. »Hast du deine Tochter sicher untergebracht?«, fragte Sam.

»Ford ist bei ihr«, antwortete Frederick. »Und was machst du?«

»Ich sehe mir das Material der Überwachungskameras der Bar an, in der Thorne überfallen wurde, und der Geschäfte ringsum«, antwortete Sam.

»Schon was gefunden?«, wollte Alec wissen.

Sam schüttelte den Kopf. »Nein. Aber ich schicke es dir, sobald ich auf etwas stoße.«

Alec nickte. »In der Zwischenzeit überprüfe ich die Telefonnummer, von der aus jemand Bernice Browns Freundin und auch Ihre Tochter Julie kontaktiert hat. Bislang weiß ich allerdings nur, dass es sich um ein Wegwerf-Handy handelt.«

»Ich wäre erstaunt, wenn es anders wäre«, meinte Frederick.

Taylor stellte sich auf die Zehenspitzen und küsste ihn auf die

Wange. »Julie ist bei uns sicher. Ich gehe nach unten und helfe Ford.«

»Er hat extra freigenommen, um zu helfen.« Wieder einmal konnte Frederick über die Hilfsbereitschaft dieser Menschen nur staunen.

Sie grinste. »Ich sage dir doch ständig, dass er ein anständiger Kerl ist.«

»Das habe ich dir von Anfang an geglaubt. Und ich bin sehr froh darüber.«

Sie nickte. »Wir waren viel zu lange auf uns gestellt, Dad. Es ist schwer, sich daran zu gewöhnen, dass immer jemand zur Stelle ist, der einen unterstützt. Und? Bleibst du hier?«

»Nein. Wer auch immer zu Julie Kontakt aufgenommen hat, wusste, dass Sally Brewster sich an sie gewandt hatte. Miss Brewster könnte in der Sache mit drinstecken. Aber wenn sie tatsächlich die Wahrheit gesagt hat, wurden wir belauscht. Und in diesem Fall muss ich wissen, wo das passiert ist.«

Taylor schien protestieren zu wollen, nickte jedoch nur. »Pass auf dich auf, okay?«

»Zu Befehl, Ma'am«, erwiderte er.

»Sie hat dir von Stevie und Gwyn erzählt?«, fragte Sam unvermittelt.

»Nur, dass auf sie geschossen wurde.«

»Das stimmt, aber nur auf sie. Sowohl Thorne als auch Clay haben sich schützend über die beiden geworfen und sich damit selbst zum Ziel gemacht, aber auf sie hat niemand geschossen.«

Das erklärte die angespannte Miene des jungen Mannes. Jemand versuchte systematisch, Thornes Freunde zu verletzen, ging dabei aber aus irgendwelchen Gründen überaus wählerisch vor. »Wo ist Ruby?«

»Sie und meine Mutter wollten Babysachen einkaufen gehen. Ich habe ihnen gesagt, sie sollen auf dem direkten Weg zu meiner Mutter nach Hause fahren, und ich hole sie gleich dort ab.« Sam fuhr den Computer herunter. Als er aufstand, bemerkte Frederick, dass auch er eine Waffe trug.

Großer Gott. Es musste wirklich schlimm stehen, wenn sie sogar in einem so gut abgesicherten Haus wie Clays Waffen trugen.

»Armer Thorne, er muss am Boden zerstört sein«, murmelte Frederick.

»Wir haben noch nicht mit ihm geredet. Gerade sind sie noch alle auf dem Polizeirevier, wo Hyatt und Joseph sie in die Mangel nehmen, aber danach kommen sie wohl hierher.«

Frederick stieß einen Pfiff aus. »Das wird Thornes Laune in geradezu schwindelerregende Höhen befördern.«

»Genau aus dem Grund wollten wir alle hier sein, wenn er kommt«, meinte Sam. »Wir müssen ihm zeigen, dass wir hinter ihm stehen und die Sache in den Griff kriegen, bevor es noch schlimmer wird.«

Baltimore, Maryland
Montag, 13. Juni, 14.45 Uhr

Thornes Magen krampfte sich zusammen. Colin Tavilla war tot. *Wie kann es sein, dass ich nichts davon wusste? Ramirez hätte es mir doch sagen müssen.* Hätte er kein Wort von seinem Informanten innerhalb von Tavillas Organisation gehört, wäre er besorgt gewesen. Aber das hatte er. Gestern erst.

Sein Blick fiel auf Gwyns schmale zitternde Hand, die den Bericht über Colins Tod zu sich heranzog. »Scheiße«, flüsterte sie und reichte das Blatt an Jamie und Phil weiter. Beide Männer waren kreidebleich geworden. Sie alle wussten, was das bedeuten könnte.

Mit einem tiefen Seufzer sah Thorne Joseph an. »Woher wusstet ihr, dass ihr genau dort ansetzen musstet?«

»Ich habe Cesar Tavilla schon seit letztem Sommer im Visier«, antwortete Joseph. »Seit du uns den Beweis geliefert hast, der uns geholfen hat, Gage Jarvis festzunehmen.«

»Wie bitte?«, hakte Jamie nach. »Thorne hat das getan?«

Verdammt. Er hatte seine Gründe dafür gehabt, seinen Ziehvätern nichts davon zu erzählen – weil er die Angst in ihren Gesichtern nicht sehen wollte, so wie jetzt.

Joseph sah ihn erstaunt an. »Du hast ihnen nichts davon gesagt?«

»Nein«, presste Jamie hervor. »Das hat er nicht. Aber jetzt ist ja der perfekte Moment, um diesen Flüchtigkeitsfehler zu korrigieren, Agent Carter.«

Joseph warf Thorne einen fragenden Blick zu, dann zuckte er die Achseln. »Letzten Sommer hat ein Anwalt namens Gage Jarvis seine Ex-Frau getötet und wollte sich seine kleine Tochter schnappen, weil sie gesehen hatte, wie er den Tatort verließ. Sie war elf.«

»War?«, wiederholte Phil scharf.

»Entschuldigung. Sie *ist* elf«, korrigierte Joseph sofort. »Es geht ihr gut, und sie befindet sich in Therapie. Einer sehr intensiven, um genau zu sein.«

»Gott sei Dank.« Phil atmete auf. »Ich dachte schon, sie sei tot.«

»Nein.« Ein kleines Lächeln spielte um Josephs Mundwinkel. »Aber genau das haben wir auch Thorne zu verdanken. J. D. hat sich an ihn gewandt, weil dieser Gage ebenfalls Strafverteidiger war, und er hoffte, Thorne wüsste vielleicht, mit wem er in engerem Kontakt stand, damit sie ihn aufstöbern könnten. Aber Thorne hat uns noch einen viel größeren Gefallen getan, denn er hat uns ein Foto von Gage mit Tavilla beim Abendessen geliefert, das erst wenige Tage zuvor aufgenommen worden war, was uns verriet, dass er sich in der Stadt aufhielt. Und für wen er arbeitete. Allerdings hat Tavilla ganz schnell einen Rückzieher gemacht, als wir ihm auf die Pelle gerückt sind. Tavilla ist nicht dumm. Er wusste, dass wir Insider-Informationen hatten. Thorne hat uns damals erzählt, er hätte den Verdacht, dass Tavilla ihn schon einmal im Visier gehabt hatte, und dass er einen Informanten innerhalb von Tavillas Organisation hätte. Mir war nicht ganz wohl bei dem Gedanken, wie Tavilla reagieren würde, wenn er es herausfände. Deshalb habe ich ihn im Auge behalten. Er ist übrigens abgetaucht und wurde seitdem bloß wenige Male gesehen, normalerweise in dem Restaurant, in dem er sich damals auch mit Gage Jarvis getroffen hat. Er weiß, dass wir ihn auf dem Schirm haben, und schafft es jedes Mal wieder, unseren observierenden Beamten abzuschütteln. Auch das sehen wir uns gerade ein bisschen genauer an.«

»Verstehe«, sagte Jamie leise und kontrolliert. »Das ist sehr aufschlussreich. Sowohl Thornes Hilfe letztes Jahr als auch die Tatsache, dass er einen Insider bei Tavilla hat.«

Thorne spürte Jamies Wut und kämpfte gegen den Drang an, den Blick zu senken wie ein Kind, das eine Schimpftirade über sich ergehen ließ. »Es tut mir leid, ich wollte nur nicht, dass ihr euch Sorgen macht.«

Jamie schluckte hörbar. »Tja, zu schade, denn ich tu's trotzdem. Du hättest es mir sagen müssen.«

»Jamie«, murmelte Phil. »Nicht hier.«

Auch Gwyn war ungewöhnlich still neben ihm geworden, und er war sich nicht sicher, ob er den Mut aufbringen würde, ihr jetzt ins Gesicht zu sehen.

Stattdessen richtete er seine Aufmerksamkeit wieder auf Joseph und Hyatt. »Ich hätte eigentlich gedacht, dass die Medien Colin Tavillas Tod aufgreifen.«

Joseph hob die Brauen. »Hat dein Informant denn nichts gesagt?«

»Nein. Dabei hat er sich erst kürzlich gemeldet.« *Und ich kontaktiere ihn, sobald ich hier raus bin.* »Wie wurde das unter Verschluss gehalten?«

»Gute Frage«, schaltete sich Hyatt ein. »Es sieht so aus, als wäre Colin beim Hofgang in einen Streit verwickelt worden. Der ziemlich … unschön ausging. Die Typen, die auf ihn losgegangen sind, haben ihn offensichtlich einfach liegen lassen, als sie mit ihm fertig waren. Er wurde mit dem Hubschrauber ins Krankenhaus gebracht, und die Gefängnisverwaltung hat offiziell verlautbaren lassen, er hätte die Notoperation überstanden und befände sich auf dem Weg der Besserung, aber in Wirklichkeit ist er in diesem Gefängnishof gestorben. Wir gehen davon aus, dass die Gefängnisleitung Publicity verhindern wollte, weil es sonst einen Aufstand unter den rivalisierenden Gangs gegeben hätte. Natürlich muss ihnen klar gewesen sein, dass jemand, der wusste, dass das nicht stimmte, schön den Mund halten und nicht sich selbst und seine Mittäter belasten würde.«

»Entweder das, oder aber Tavilla wollte es unter Verschluss halten«, wandte Thorne ein.

»Das ist definitiv eine Möglichkeit«, stimmte Joseph zu. »Ich muss sagen, es hat mich überrascht, weil ich eigentlich gedacht hätte, dass ich es ebenfalls erfahren würde, wenn Colin stirbt. Aber der Totenschein wurde ausgestellt, und als ich nichts über seine ›Genesung‹ finden konnte, habe ich eben danach gesucht. Ich gehe davon aus, dass das deine Meinung darüber ändert, wer hinter alldem steckt.«

Thorne nickte, während seine Gedanken wild umherwirbelten. »Ja. Tavilla war ja mein erster Gedanke, aber …«

»Aber du hättest von deiner Quelle davon erfahren«, meinte Joseph. »Wenn du uns seinen Namen gibst, überprüfen wir, ob es ihm gut geht.«

Thorne lächelte dünn. »Vergiss es, Joseph.«

Joseph zuckte die Achseln. »Es war den Versuch wert.«

Hyatt ließ sich nicht so einfach abschütteln. »Wir brauchen den Namen, Thorne, damit wir wissen, mit wem wir es zu tun haben. Wenn Tavilla hinter alldem steckt, müssen wir ihn zur Strecke bringen.«

Thorne schüttelte den Kopf. Er würde Ramirez' Identität keinesfalls preisgeben, weil die Cops ihn bloß kassieren würden, um an Tavilla heranzukommen. Dafür stand er viel zu tief in Ramirez' Schuld.

Hyatt seufzte frustriert. »Können Sie uns wenigstens verraten, wieso Cesar Tavilla Sie so sehr hasst? Denn die Erklärung, die ich bekommen habe, kaufe ich nicht. Dass Sie sich geweigert haben, seinen Jungen zu verteidigen, ist mir schlicht nicht Grund genug, einen derartigen Rachefeldzug gegen Sie zu veranstalten, falls er es überhaupt getan hat.«

Thorne massierte sich die Stirn. »Nein, das wohl nicht. Ich habe mich sogar zweimal geweigert, ihn zu vertreten. Das erste Mal ist fünf Jahre her. Cesar war sauer, aber einem anderen Kollegen ist es gelungen, ihn rauszuboxen. Das zweite Mal liegt etwa zwei Jahre zurück.«

»Und wieso?«, hakte Hyatt nach.

Thorne unterdrückte das Bedürfnis, die Augen zu verdrehen. »Weil ich nicht will, dass jemand wie Cesar Tavilla mich in der Hand hat. Genauso wenig wollte ich ihn gegen mich aufbringen, aber genau das habe ich wohl getan. Colin Tavilla wurde wegen des Mordes an seinem Komplizen eingesperrt, einem der jungen Mitglieder von Cesars Gang. Die beiden hatten ein Juweliergeschäft ausgeraubt und Diamanten im Wert von mehreren Millionen erbeutet. Der Ladenbesitzer war abgelenkt, weil er eine Lieferung von einem weiteren jungen Mann namens Avery entgegennahm, den Colin dafür engagiert hatte. Avery ist der Sohn eines verfeindeten Gang-Bosses, was ich damals aber nicht gewusst habe. Avery wusste es auch nicht, aber …«

»Moment mal«, unterbrach Hyatt. »Dieser Avery wusste nicht, dass sein Vater der Kopf einer Gang ist?«

»Offenbar hatte er noch nicht mal eine Ahnung, wer sein Vater war«, erwiderte Thorne. »Seine Mutter hatte ihn allein großgezogen. Sein Vater wusste von Avery und hat ihn im Auge behalten, aber die beiden sind sich nie persönlich begegnet. Offenbar hat es aber jemand anderes herausgefunden, denn Colin wusste es sehr wohl und hat es mit Absicht so hingedreht, dass der Junge den Kopf für den Überfall hinhalten musste.«

»Um dem Boss der Gang eins auszuwischen«, folgerte Hyatt langsam. »Okay, und was ist dann passiert?«

»Avery konnte natürlich nicht beweisen, dass er über den Tisch gezogen worden war, und selbst als ich erfahren hatte, wer sein Vater ist, habe ich hinter ihm gestanden. Nur wegen seines Vaters wurde ihm ein Verbrechen in die Schuhe geschoben, das er nicht begangen hatte.«

»Wieso erinnere ich mich nicht an den Fall?«, fragte Hyatt argwöhnisch.

»Zum einen, weil es kein Mordfall war«, antwortete Thorne. »Aber vor allem, weil das Ganze in D. C. passiert ist. Das DCPD hat den Fall bearbeitet, und der Prozess fand vor einem Washingtoner Gericht statt.«

Hyatt kniff die Augen zusammen. »Mir leuchtet immer noch nicht ein, wieso Tavilla Sie so sehr hasst.«

»Weil es zum Mordfall wurde«, erklärte Joseph. »Colin Tavillas Komplize hat sich die gesamte Beute unter den Nagel gerissen, statt bloß seine Hälfte zu nehmen. Colin hat es herausgefunden und ihn getötet.«

Thorne schnitt eine Grimasse. »Und das war wirklich unschön. Colin hat ihn aufgeschlitzt, ganz ähnlich, wie es jetzt mit Patricia passiert ist. Cesar kam auf mich zu, ob ich seinen Sohn vertreten wollte, und ich habe nicht nur abgelehnt, sondern Avery musste auch noch in dem Prozess aussagen. Seine Aussage war glaubhaft, weil es mir inzwischen gelungen war, die Anklage wegen schweren Diebstahls gegen ihn abzuschmettern. Deshalb war es von größter Bedeutung, dass Colin schuldig gesprochen wurde. Am Ende bekam Colin zwanzig Jahre. Die er nicht abgesessen hat, wie wir mittlerweile wissen, weil er vorher getötet wurde.«

Hyatt runzelte immer noch die Stirn. »Aber wieso hasst Tavilla Sie deswegen so sehr und nicht diesen Avery?«

»Weil ich beim Prozess neben Avery gesessen habe. Er war damals erst sechzehn und hatte Angst vor der Aussage. Aber er ist ein anständiger Junge und hat das Richtige getan. Und als man ihn später befragt hat, meinte er, dass er den Mut aufgebracht hätte, den Mund aufzumachen, sei einzig und allein mir zu verdanken.«

»Ah. Verstehe. Das klingt schon wesentlich einleuchtender«, meinte Hyatt. »Und was ist aus Avery geworden?«

»Er hat einen neuen Namen angenommen und studiert inzwischen. Ich bin sicher, Cesar kennt seine Identität, aber falls Avery auch nur ein Härchen gekrümmt würde, wüsste sein Vater sofort, dass Tavilla schuld ist, und das würde einen Bandenkrieg auslösen.«

»Und Tavilla sitzt nicht sicher genug im Sattel, um das zu überleben«, meinte Joseph. »Zumindest nicht im Moment.«

»Hat er schon früher versucht, Sie umzubringen?«, hakte Hyatt nach.

Thorne zuckte die Achseln, wohl wissend, dass Phil, Jamie und Gwyn mit angehaltenem Atem auf seine Antwort warteten. »Mehrmals. Aber ohne Erfolg, wie man sieht. Mir hat es allerdings gereicht, deshalb habe ich mir zur Sicherheit einen Informanten innerhalb seiner Organisation gesucht, mit dessen Hilfe ich Cesar im Auge behalte, seit Colin ins Gefängnis gewandert ist.« Er sah zuerst Joseph, dann Hyatt an. »Kann ich jetzt gehen?«

»Natürlich«, antwortete Joseph. »Du stehst nicht unter Arrest.«

Ein verärgertes Grunzen drang von der anderen Seite des Raums herüber, wo Detective Brickman immer noch gegen die Wand gelehnt stand. »Sie lassen ihn laufen? Schon wieder?«

»Genau«, erwiderte Joseph barsch. »Genau das tun wir.«

Hyatt warf dem Detective einen warnenden Blick zu. »In mein Büro, Brickman. Sobald wir hier fertig sind.« Er wandte sich wieder Thorne zu. »Ja, wir lassen Sie laufen, aber wider besseres Wissen. Nicht weil ich Sie für schuldig halte, sondern weil ich weiß, dass Sie ein Dummkopf sind. Unterstehen Sie sich, weitere Ermittlungen auf eigene Faust anzustellen.« Er wandte sich Stevie zu und starrte sie finster an. »Und dasselbe gilt auch für Sie.«

»Ich fahre jetzt nach Hause«, sagte Stevie. »Wo mein hungriges Baby auf mich wartet, ich meine Hüfte kühlen und die Taufe meines Sohnes vorbereiten kann.«

Erst jetzt wagte Thorne es, Gwyn anzusehen, die beängstigend still und mit im Schoß gefalteten Händen auf ihrem Stuhl saß. *Mist,* dachte er. *Sobald wir hier raus sind, kriegt sie einen Tobsuchtsanfall.*

»Wir fahren jetzt auch nach Hause«, sagte er. »Muss ich davon ausgehen, dass ich weiter observiert werde?«

»Natürlich«, sagte Joseph milde. »Meine Handynummer hast du. Solltest du es dir noch mal überlegen und uns doch den Namen deines Informanten geben wollen, helfe ich gerne weiter.«

So weit kommt's noch, dachte Thorne, stand auf und half Gwyn hoch, ehe sie zur Tür gingen, dicht gefolgt von Jamie, der ihn immer noch finster ansah, und einem resigniert und erschöpft wirkenden Phil.

Ich hätte es ihnen sagen müssen. Aber er hatte tatsächlich nur verhindern wollen, dass sie sich Sorgen machten. Und ich bin sechsunddreißig Jahre alt, verdammt noch mal! Alt genug, um seine eigenen Entscheidungen zu treffen und mit den Konsequenzen leben zu können. Trotzdem hatte er sie verletzt, was nicht seine Absicht gewesen war. Er stieß einen stummen Seufzer aus. Noch ein Fehler, den es schleunigst auszumerzen galt.

Clay und Stevie folgten ihnen, wobei Stevie Clays Hand wegschlug, als er sie zu stützen versuchte, das Schlusslicht bildeten J. D. und Lucy. Keiner sprach etwas, bis sie vor dem Aufzug standen.

»Wir fahren erst mal alle zu uns«, sagte Clay leise zu Thorne.

»Dort sind wir sicher und können uns Hyatts Leute am besten vom Leib halten. Keiner kriegt mit, was wir reden.«

Thorne nickte knapp. Kurz überlegte er, Clay zu fragen, ob er sich ernsthaft dieser Scheiße aussetzen wollte, die Thorne an diesem Morgen ausgelöst und in die er sie alle mit hineingezogen hatte. Aber er hatte großen Respekt vor Clay Maynard, deshalb nahm er ihn beim Wort. »Gut. Danke.«

Baltimore, Maryland
Montag, 13. Juni, 15.35 Uhr

Wortlos ging Gwyn neben Thorne her zu Jamies Minivan, wobei ihr bewusst war, dass er wie ein lebender Schutzschild neben ihr aufragte. Auch jetzt noch.

Sie erhob keine Einwände, hauptsächlich, weil sie mittlerweile überzeugt war, dass derjenige, der hinter alldem stecken mochte, es nicht auf Thorne abgesehen hatte, sondern ihm lediglich Schmerz zufügen wollte.

Und wenn Cesar Tavilla der Strippenzieher war? Sie schluckte und zwang sich, ihre Nerven zu beruhigen. Doch sie spielten nicht mit. Nicht einmal ansatzweise. Stattdessen fühlte sie sich, als würde sie jederzeit die Fassung verlieren.

Sie wandte sich Phil und Jamie zu, die sie flankierten und schützten, während Thorne ihr Rückendeckung gab.

»Ich wusste es auch nicht, deshalb braucht ihr euch nicht mies zu fühlen«, sagte sie, als sie einstiegen.

Jamie sah sie scharf an. »Du meinst Tavilla?«

Sie nickte. Sie hatte zwar gewusst, dass Thorne Joseph und J. D. Informationen über Jarvis, den drogensüchtigen Anwalt, gegeben hatte, der seine Frau getötet hatte, aber dass Tavilla ebenfalls damit zu tun gehabt hatte, war ihr nicht klar gewesen – falls doch, hätte sie keine ruhige Minute gehabt. »An dem Abend, als er J. D. das Foto gebracht hat, war ich bei Lucy und ihm zu Hause und habe ihr geholfen, ihren Kleinen zu baden. Als wir nach unten kamen, waren sie bereits fertig. Ich dachte damals, Thorne würde alles sagen, was ich wissen muss, und mir nur verschweigen, was unter die anwaltliche Schweigepflicht fällt.«

»Es war nicht nötig, dass du über all das Bescheid wusstest«, beharrte Thorne bedrückt. »Ich wollte nur nicht, dass du dir Sorgen machst. Und ich bin direkt hinter dir, also hör auf, über mich zu reden, als wäre ich nicht da.«

»Ich weiß ganz genau, wo du bist«, sagte sie tonlos. Sie war so unfassbar wütend – wütend, weil er ihnen all das vorenthalten hatte. Wütend, weil er sein Leben riskiert hatte. Wütend, dass er es auch jetzt noch tat, weil er schleunigst Kontakt zu seinem Informanten aufnehmen würde, um sicherzugehen, dass er unversehrt war, das wusste sie ganz genau.

Weil Thorne nun mal so ein Mensch war. Ein loyaler Mann, der sich um andere kümmerte und niemanden hängen ließ.

Genau das ist der Grund, weshalb du ihn … weshalb er dir so viel bedeutet. Sie war dem L-Wort gefährlich nahegekommen. Dabei liebte sie ihn tatsächlich. Die Frage war bloß, in welcher Hinsicht. Und sie war gerade nicht in der Verfassung, diese Frage genauer zu durchleuchten.

Jamie übernahm das Steuer, Phil schwang sich auf den Beifahrersitz, Thorne und Gwyn setzten sich nach hinten, wie schon den ganzen Vormittag.

Es herrschte vollkommene Stille, bis Jamie die Zündung einschaltete und die Klimaanlage aufdrehte. »Du nimmst Kontakt zu ihm auf, stimmt's?«, fragte er seufzend.

Thornes Miene war versteinert. »Wen meinst du?«

»Deinen Informanten bei Tavilla«, erwiderte Jamie ungeduldig. »Und wahrscheinlich auch Tavilla selbst. Hör auf mit diesen Spielchen, das nervt mich, Thorne.«

Thorne schwieg, was Antwort genug war.

»Ich finde, wir sollten Clays Angebot annehmen und uns erst einmal sammeln, um alles in Ruhe zu besprechen«, meinte Phil mit leicht zittriger Stimme. »Je mehr wir sind, umso sicherer ist es für alle.«

Jamie legte den Automatikhebel nach vorn. »Na gut. Aber ihr müsst mir sagen, wie ich fahren soll. Ich war noch nie dort.«

»Sie wohnen in Hunt Valley«, sagte Thorne. »Gib mir dein Handy. Ich richte dein GPS ein«, sagte er. Gwyn sah ihn danach eine Nachricht schreiben – wahrscheinlich an seinen Tavilla-Kontaktmann –, ehe er sich zurücklehnte und die Augen schloss.

Er sah unendlich müde aus. Und einsam.

Sie nahm seine Hand und schob ihre Finger zwischen die seinen. »Du brauchst all das nicht alleine durchzustehen, Thorne«, sagte sie leise. »Wir haben dir versprochen, dass wir hinter dir stehen, und das tun wir auch. Wir sind sauer auf dich, das ist wahr, aber wir lassen dich auf keinen Fall hängen.«

Er stieß den Atem aus, sagte jedoch nichts. Sie hob seine Hand an ihre Lippen und küsste seine Finger, so wie er es zuvor bei ihr getan hatte. Lediglich seine geblähten Nasenflügel zeigten, wie sehr ihn die Geste berührte.

12. Kapitel

Noch bevor Thorne auch nur anklopfen konnte, riss Clay die Tür bereits auf. »Willkommen«, sagte er mit einer weit ausschweifenden Geste. »Wir warten alle schon auf euch.«

»Entschuldige, dass es so lange gedauert hat«, meinte Jamie und rollte die Rampe zum Haus hinauf. »Wir mussten zuerst noch nach Hause fahren und Gwyns Hund holen. Aber jetzt sind wir ja hier. Vielen Dank für die Einladung. Und für die Rampe. Es passiert nicht alle Tage, dass jemand mitdenkt.«

Clay schloss die Tür, verriegelte sie und aktivierte die Alarmanlage neu. »Stevie und ich haben sie anbringen lassen, weil sie sich mit Treppen schwertut.« Er deutete auf eine Tür aus Milchglas, hinter der sich die Umrisse des Treppenlifts abzeichneten. »Benutzt ihn ruhig, wenn ihr nach oben oder unten wollt. Alle Zimmer im Obergeschoss sind rollstuhltauglich, mit verbreiterten Türen und allem Drum und Dran.«

Jamie lächelte dankbar. »Gut zu wissen.«

Clay blickte zu einem an der Wand installierten Monitor, auf dem die Aufnahmen von sechs unterschiedlichen Überwachungskameras angezeigt wurden. Er drückte auf eine Taste, woraufhin sechs aktuelle Aufnahmen erschienen, darunter eine vom Zufahrtstor, vor dem ein Zivilfahrzeug parkte. »Bitte sag mir, dass das nicht Brickman ist.«

Thorne schüttelte den Kopf. »Nein, das ist Agent Ingram. Er arbeitet in Josephs FBI/BPD-Spezialeinheit.«

»Ich kenne Ingram«, meinte Clay. »Er ist ein anständiger Kerl.«

Thorne hatte dasselbe gehört. »Joseph hat ihn wohl eigens ausgewählt. Ich hoffe, Hyatt reißt Brickman gerade den Hintern bis zum Kragen auf. Der Typ ist ein echter Drecksack.«

»Brickman war derjenige, der dir im Krankenhaus die Handschelle angelegt hat«, erklärte Gwyn angewidert. »Dieses elende Dreckschwein.«

Thorne konnte sich ein Lachen nicht verkneifen. »Der Typ weiß nicht, wen er vor sich hat, sonst würde er sich vor Angst in die Hosen machen.«

Gwyn musste den Kopf in den Nacken legen, um Thorne ins Gesicht sehen zu können. »Du offensichtlich genauso wenig.«

Thorne wurde schlagartig ernst. »O doch, ich weiß genau, wen ich vor mir habe, das kannst du mir glauben.«

Clays Lippen zuckten amüsiert. »Dann bist du ein kluger Mann, Thorne. Komm mit. Es gibt jede Menge zu essen. Hast du Hunger?«

Thorne knurrte schon seit mindestens einer Stunde der Magen. »Und wie. Danke noch mal.«

Clay warf ihm einen genervten Blick zu. »Halt den Mund und hör auf, dich ständig zu bedanken, sondern schaff deinen Hintern hier rein, nimmt dir was zu essen und such dir einen Stuhl.«

Clays Wohnzimmer war proppenvoll. Alle, die sich am Abend zuvor in Gwyns Apartment versammelt hatten, waren auch jetzt da, hinzu kamen Alte, Junge und ganz Junge. Im angrenzenden Esszimmer war ein Büfett für ein verspätetes Mittagessen aufgebaut.

»Onkel Torn!« Eine helle Kinderstimme ertönte. Sekunden später flitzte ein dunkelhaariger Knirps auf seinen feisten Beinchen herbei und warf sich in Thornes Arme. Jeremiah, Lucys und J. D.s Sohn und Thornes Patenkind. Er hob den Kleinen hoch und schwang ihn einmal im Kreis, was ihm ein entzücktes Quieken entlockte. Gerührt schloss er ihn in die Arme und drückte ihm einen Kuss auf den Kopf.

»Was machst du denn hier, Little J?«, fragte er und kitzelte ihn.

Doch statt des erwarteten Kicherns blickte der Kleine ihn nun ernst an und berührte Thornes Gesicht. »Dich sehen.« Untypische Besorgnis stand in Jeremiahs dunkelblauen Augen. »Tut es noch weh?«

Lucy trat mit Wynnie auf der Hüfte zu ihnen. »Er weiß, dass du gestern noch im Krankenhaus warst, und hat sich Sorgen gemacht. Wir haben ihm zwar versichert, dass es dir gut geht, aber er musste sich persönlich davon überzeugen.« Sie drückte einen Kuss auf die weiche Wange ihres Söhnchens. »Jetzt hast du ihn ja gesehen, Jeremiah, und kannst mit Taylor wieder nach unten gehen.«

Fredericks Adoptivtochter trat mit ausgestreckten Armen zu ihnen, nahm Lucy Wynnie ab und ergriff Jeremiahs Hand. »Komm, kleiner Mann. Ford hat unten ganz viele Lego-Steine hergerichtet. Lass uns spielen gehen.«

Das waren die magischen Worte, denn Jeremiah begann, sich augenblicklich in Thornes Armen zu winden. »Runter!«, befahl er, ehe er nach einem kurzen Blick ins Gesicht seiner Mutter ein »Bitte« folgen ließ.

Thorne stellte ihn auf den Boden, wobei er wünschte, er könnte ebenfalls nach unten gehen und eine Runde Lego spielen. Er wünschte, all diese Menschen hätten sich zum Feiern getroffen und nicht, um ihm seinen jämmerlichen Arsch zu retten. Aber sie hatten sich nun einmal seinetwegen hier eingefunden, deshalb schob er den Gedanken an Legos beiseite und richtete sich auf. »Danke, Taylor. Und auch für das Foto von Jazzie, das du mir geschickt hast. Das war sehr nett von dir.«

Clays leibliche Tochter lächelte – die Ähnlichkeit mit ihrem Vater ließ sich grundsätzlich nicht leugnen, doch wenn sie lächelte, war sie ihm erst recht wie aus dem Gesicht geschnitten. »Ich habe schon gehört, dass du wegen dem, was du für sie getan hast, in Schwierigkeiten steckst, und das tut mir sehr leid, trotzdem bin ich dankbar dafür. Und Jazzie genauso. Immer wieder dürfen wir diesen ganz besonderen Moment erleben, wenn sie lächelt und … für einen Augenblick vergisst, was ihr passiert ist. Du hast ihr diese Chance geschenkt, deshalb … danke.«

Thorne schluckte trocken. Zu wissen, dass das kleine Mädchen am Leben und glücklich war, machte alles, was mit ihm gerade passierte, definitiv wett. Er konnte nur hoffen, dass er seine engsten Freunde nicht damit dem Untergang geweiht hatte. »Danke, Taylor.«

Taylor nickte. »Komm, gehen wir, kleiner Racker«, sagte sie zu Jeremiah und wandte sich dann an die Runde. »Ich bringe ihn runter zu Ford und hole dann die anderen.«

Die »anderen« waren Paiges und Stevies Babys – die beiden Frauen waren innerhalb weniger Monate Mütter geworden, deshalb hatten Taylor und Ford alle Hände voll zu tun. Im wahrsten Sinne des Wortes.

»Bedient euch«, sagte Clay zu den Neuankömmlingen mit einer Geste auf das Büfett. »Wir sind bereit anzufangen, wann immer es für euch passt.«

Wenige Minuten später hatten die vier sich im behaglichen Wohnzimmer der Maynards eingefunden, wo an einer Wand ein weiterer Monitor hing. »Wie viele Monitore gibt es denn hier?«, fragte Thorne.

»In jedem Zimmer einen. Mir liegt die Sicherheit meiner Familie sehr am Herzen.«

Thorne nickte, während er sich fragte, ob Gwyn, Phil und Jamie hier nicht doch sicherer wären. *Ohne mich.* Doch er verkniff es sich, als er Gwyns warnenden Blick sah, die seine Gedanken gelesen zu haben schien. Stattdessen studierte er die Gesichter der Anwesenden eingehend. Keiner von ihnen schien verärgert oder verängstigt zu sein.

Zwei Gesichter fielen ihm besonders ins Auge, da die beiden Männer am Vorabend nicht unter ihnen gewesen waren. Alec Vaughn, Clays IT-Experte, saß mit einem schmalen Laptop im

Schoß auf dem Fußboden und blickte angestrengt auf den Monitor, während seine Finger abwechselnd über die Tastatur flogen oder nur wenige Zentimeter darüber verharrten. Er galt als eine Art Wunderkind in der Hacker-Szene, und Thorne musste gestehen, dass sein Anblick ihn mit großer Erleichterung erfüllte.

»Ich hoffe, es ist dir recht, dass Alec hier ist«, sagte Clay leise. »Ich lasse ihn gerade ein bisschen für uns recherchieren.«

»Kein Problem«, antwortete Thorne, während er seine Aufmerksamkeit auf den zweiten Mann richtete, der bei ihrer Zusammenkunft in Gwyns Wohnzimmer gefehlt hatte, wenngleich sie sich heute auf dem Revier begegnet waren.

J. D. Fitzpatrick saß neben Lucy auf einem der Zweiersofas und hatte schützend den Arm um sie gelegt.

Als er Thornes fragenden Blick bemerkte, zuckte er die Achseln. »Ich bin offiziell im Urlaub, und Lucy könnte zur Zielperson werden, was nicht deine Schuld ist, die Gefahr aber nicht schmälert. Ich bin nur als Zivilist hier.«

Thorne wusste ganz genau, dass es bei Weitem nicht so einfach war, sagte jedoch nichts. Außerdem hätte es ohnehin nichts geändert, denn J. D. würde bleiben, und das war auch gut so.

Er klatschte in die Hände. »Also, wer hat in diesem Chaos das Sagen?«

Gelächter wurde laut, und Frederick hob die Hand. »Das wäre dann wohl ich. Bevor wir noch mal alles durchgehen, was wir seit gestern Abend in Erfahrung gebracht haben, sollten wir genauer über Tavilla Bescheid wissen. Von welcher Bedrohung müssen wir aktuell ausgehen?«

Thorne zog sein Handy heraus. Immer noch keine Antwort. »Ich weiß es nicht. Ich habe meinem Kontaktmann in Tavillas Organisation auf der Fahrt hierher eine Nachricht geschrieben, aber er hat sich noch nicht zurückgemeldet. Gestern Abend hat er mir geschrieben, es sei alles ruhig und keiner wolle mir ans

Leder. Jetzt muss ich mich allerdings fragen, ob es ihm gut geht.«

»Was willst du tun?«, fragte Frederick.

Thorne rang sich ein Lächeln ab. »Wie kommst du auf die Idee, dass ich etwas tue?«

Allgemeines Stöhnen.

»Ich bitte dich, Thorne«, sagte Sam, der mit Ruby auf seinem Schoß auf dem Sofa saß. »Wir sind schließlich nicht blöd.«

Thorne seufzte. »Sonst hätte ich euch wohl kaum engagiert. Für Blödmänner ist kein Platz bei mir.«

»Mist«, murmelte Paige, »jetzt schmiert er uns auch noch Honig ums Maul. Was heißt, er fährt auf dem direkten Weg zum Haus seines Kontaktmanns, sobald wir hier fertig sind. Zum Glück weiß ich, wo das ist.«

Frederick legte den Kopf schief. »Ernsthaft? Wie das?«

Natürlich wusste Paige längst Bescheid. Die Frau war superschlau, verdammt. Thorne seufzte. *Genau deshalb habe ich mich ja ursprünglich an sie gewandt.*

»Ich habe sie einmal gebeten, ihm zu folgen, nach einem unserer Treffen«, gestand Thorne widerstrebend ein. Er war auch jetzt noch nicht bereit, seine Pläne preiszugeben. Nicht, weil er den anderen nicht über den Weg trauen würde, sondern weil er verhindern wollte, dass sie mit einer Zielscheibe auf dem Rücken durch die Gegend liefen. Denn er wusste, dass sie ihn nicht alleine gehen lassen würden, und wenn all das tatsächlich auf Tavillas Konto ging … diesen Mann wollte man nicht gegen sich haben. »Ich wollte nur wissen, mit wem ich es zu tun habe, bevor ich mich weiter auf ihn einlasse.«

»Und?«, hakte Jamie nach. »Was hast du herausgefunden, Paige?«

Sie zuckte die Achseln. »Seine Adresse. Mehr sollte ich nicht tun. Ich habe damals noch nicht mal gefragt, wer er ist.«

»Nicht?«, fragte Gwyn ungläubig.

Paige sah sie belustigt an. »Nein. Ein Kunde hat mich engagiert, etwas für ihn herauszufinden. Das habe ich getan. Job erledigt. Fertig.«

»Und wann ist dir aufgegangen, dass er seine Kontaktperson ist?«, wollte Jamie neugierig wissen.

»Gerade eben«, antwortete Paige mit einem verschmitzten Grinsen.

»Und führst du uns zu ihm?«, fragte Gwyn, die alles andere als guter Laune war.

Paige schüttelte den Kopf. »Dich auf gar keinen Fall. Aber ich werde Thorne begleiten, für den Fall, dass er Unterstützung in Form eines Bodyguards braucht.«

»Ich brauche keine Unterstützung«, brummte Thorne. »Und einen Bodyguard schon zweimal nicht. Bevor ich aktiv werde, warte ich erst einmal, bis ich wieder von ihm höre.«

»Und wenn nicht?«, fragte J. D. leise. »Was dann?«

»Dann kann ich mir immer noch überlegen, was ich tun will.«

Alle schüttelten die Köpfe. »Auf keinen Fall, Thorne«, sagte Sam. »Im Zweifelsfall folgen wir dir einfach.«

Thorne rieb sich die Augen. »Wir werden sehen. Ich warte auf die Antwort. Lasst uns erst mal weitermachen, weil es immer noch möglich ist, dass das alles nichts mit Tavilla, sondern einzig und allein mit Patricia Segal zu tun hat.«

Es lag auf der Hand, dass ihm keiner auch nur ein Wort glaubte. *Verdammt.* Das war der Nachteil, wenn man sich mit schlauen Menschen umgab. Sie durchschauten gleich in der ersten Sekunde, wenn man ihnen irgendeinen Blödsinn auftischte.

Trotzdem war er dankbar, sie um sich zu haben, jeden Einzelnen von ihnen. »Sam? Was hast du über die Bar herausgefunden?«

Frederick warf Thorne einen Seitenblick zu. Es gefiel ihm überhaupt nicht, dass er seine Frage nicht beantwortet hatte. Diese Sache war noch nicht vom Tisch, so viel stand fest. Trotzdem nickte er Sam zu. »Schieß los, Sam.«

Sam schob Ruby von seinem Schoß und zog seine Laptoptasche heran. »Leider war Barney an dem Abend, als Thorne in die Bar gelockt wurde, nicht da, weil ihm jemand vier Eintrittskarten für ein Spiel der Orioles geschenkt hatte, direkt hinter der Spielerbank und anonym. Der Umschlag mit den Karten war an seine Bürotür gepinnt, und es stand bloß ›Danke, Boss‹ drauf. Barney dachte, es sei ein Geschenk seiner Mitarbeiter, und ist zu dem Spiel gegangen, aber seine Leute meinten, sie seien es nicht gewesen.«

»Was sowieso zu teuer gewesen wäre«, meinte Thorne. »Vier Karten dieser Kategorie kosten locker einen Tausender ... sofern man überhaupt welche bekommt.«

»Ein unwiderstehliches Lockmittel«, bemerkte Jamie, der ebenfalls Orioles-Fan war und Dauerkarten für die Loge hatte. »Hat Barney den Umschlag aufgehoben?«

»Nein«, antwortete Sam. »Er hatte schreckliche Gewissensbisse, als er von Thorne gehört hat, und war stocksauer, wie ihn jemand so manipulieren konnte. Er hat mir die Bänder aus den Überwachungskameras vom Samstag gegeben, aber praktischerweise ist alles schwarz. Es gibt keine einzige verwertbare Aufnahme.«

»Klar«, murmelte Thorne. »Hat Barney das auch den Cops gesagt?«

Sam schüttelte den Kopf. »Er meinte, so ein Arsch namens Brickman sei aufgetaucht und hätte sich aufgeführt, als würde ihm der Laden gehören. Natürlich hat er ihm kein Wort gesagt, aber wenn es für Thorne klarginge und ein Cop käme, der ihn nicht so blöd von der Seite anredet, würde er es natürlich tun.«

»Sag ihm, es geht in Ordnung.« Thorne musste sich ein Grinsen verkneifen. Das klang absolut nach Barney.

»Mache ich. Also, danach habe ich die ganze Straße abgeklappert und in den einzelnen Geschäften nachgefragt, ob ich mir ihre Bänder ansehen darf. Die meisten waren echt hilfsbereit, vor allem, weil Barney mir eine Nachricht mitgegeben hatte, auf der ›Helft dem Kerl‹ stand.«

Nun lächelte Thorne tatsächlich. »Und hast du etwas Brauchbares herausbekommen?«

»Ja, durchaus. Während wir auf euch gewartet haben, bin ich die ganzen Aufnahmen durchgegangen. Die Kamera des Schnapsladens in der Straße hat deinen Audi eingefangen, als er auf dem Weg von der Bar vorbeikam, aber weitere Fahrzeuge gab es nicht, die ihm gefolgt sind. Man sieht die vagen Umrisse von zwei Personen, die vorn sitzen, aber keine hatte deine Größe. Das kann ich so genau sagen, weil ich weiß, wie wenig Platz zwischen dem Wagenhimmel und deinem Dickschädel ist.«

»Herzlichen Dank«, brummte Thorne.

»Immer wieder gerne, Boss. Wer auch immer in deinem Wagen saß, war mindestens zehn, fünfzehn Zentimeter kleiner als du, aber trotzdem immer noch groß. Von dir ist nichts zu sehen. Ich gehe allerdings jede Wette ein, dass du bewusstlos auf dem Rücksitz oder im Kofferraum gelegen hast. Der Wagen ist um 00.40 Uhr vorbeigefahren.« Er drehte den Laptop so hin, dass man die Aufnahme erkennen konnte – alles sah genauso aus, wie er es beschrieben hatte.

Thornes Magen verkrampfte sich bei dem Gedanken, dass er bewusstlos gewesen sein musste, als die Aufnahme entstanden war. Und Patricia Segal noch am Leben.

»Folglich hatte man dich da bereits unter Drogen gesetzt«, ergriff Lucy das Wort. »Ich habe gehört, dass der Rechtsmediziner meine Schätzung von Patricias Todeszeitpunkt anhand der fehlenden Leichenstarre bestätigt hat.« Das bedeutete, dass entweder der amtierende Rechtsmediziner ihr Bescheid gegeben oder sie einen Blick auf den Bericht erhascht hatte. »Der Tod muss bereits drei bis vier Stunden vor dem Morgen eingetreten sein, als Gwyn euch beide gefunden hat.«

Alec Vaughn blickte von seinem Laptop auf. »Könntest du mir die

Dateien rüberschicken, Sam? Vielleicht kann ich das Video noch ein bisschen bearbeiten, und wir kriegen eine Beschreibung der beiden Personen im Wagen.«

Sam kramte einen USB-Stick aus seiner Computertasche und warf ihn Alec zu. »Da ist alles drauf.«

Alec fing den Stick mit einer Hand auf. »Danke«, sagte er und beugte sich wieder über seinen Laptop. Innerhalb von Sekunden schien er wieder in seiner Computerwelt versunken zu sein.

»Ich habe bei Barney's ein Foto von Patricia herumgezeigt«, fuhr Sam fort. »Keiner hatte sie dort gesehen, deshalb gehe ich davon aus, dass sie woanders entführt und zu deinem Haus gebracht oder aus einem Wagen in deinen verfrachtet wurde, weil auf deiner Überwachungskamera lediglich der Audi zu sehen ist, wie er in die Garage fährt.«

Thorne setzte sich auf. »Ihr habt die Aufzeichnungen meiner Überwachungskamera?«

»Ja, aber leider nicht von deinem Aufnahmegerät im Haus«, meinte Sam. »Der Rekorder ist weg. Aber die Täter wussten nicht, dass die Kamera das Bildmaterial auf dem externen Server speichert. Als sie zum Haus kamen, waren sie mindestens zu dritt, alle in deinem Wagen.« Wieder rief er die Aufnahme auf und drehte den Laptop so, dass die anderen alles sehen konnten. Die Gesichter der drei Männer waren von Skimasken verdeckt. Sie waren keinerlei Risiko eingegangen.

Sam deutete auf den Schirm. »Da ist ein Schatten, bei dem es sich um den Kopf einer Frau handeln könnte. Aber von dir ist weit und breit nichts zu sehen, Thorne, deshalb gehe ich davon aus, dass du im Kofferraum gelegen hast.«

»So sind sie also ins Haus gekommen«, sagte Thorne, wobei sich das mulmige Gefühl in seinem Magen verstärkte. Ein Kinderspiel! *Ich habe zwar abgeschlossen, aber die Alarmanlage nicht aktiviert*, dachte er. Am liebsten hätte er den Kopf gegen die Wand geknallt. »Und wie sind sie wieder rausgekommen?«

»Hier«, sagte Sam. »Das ist um 01.10 Uhr am Sonntagmorgen aufgenommen worden.« Er spielte ein Video ab, auf dem zu sehen war, wie Thornes Audi rückwärts aus der Garage stieß und dann davonfuhr. Sam drückte auf die Schnelllauftaste. »Fünf Minuten später kam er wieder zurück, aber jetzt sitzt nur ein Mann am Steuer, der sich dann etwa für zwei Stunden im Haus aufgehalten hat.«

Thorne zuckte zusammen. »So lange? Was hat er die ganze Zeit hier gemacht?«

»Hauptsächlich deinen Bourbon dezimiert«, antwortete Sam. »Eine deiner Kameras auf der Veranda bietet einen Blick auf die Küche. Er kam immer wieder rein und hat einen Schluck genommen. Aber er hatte jedes Mal diese verdammte Maske auf.«

»Wieso? Wenn sie doch davon ausgingen, dass sie die Überwachungskamera deaktiviert haben?«, warf Phil ein.

»Wahrscheinlich hatte er Angst, Thorne könnte zu sich kommen«, sagte Gwyn leise – sie sah so erschüttert aus, wie er sich fühlte. Wahrscheinlich weil sie nur zu genau wusste, wie es war, wenn sich ein Killer frei und ungeniert in den eigenen vier Wänden bewegte. »Die haben ihm wesentlich mehr GHB verabreicht, als nötig gewesen wäre. Das war eine Überkompensation.«

»Denn wäre er zu sich gekommen, hätte er jeden getötet, der ihm in die Quere kam«, folgerte Ruby sachlich und schnippte mit den Fingern. »Einfach so.«

Thorne verspürte den Drang, sie daran zu erinnern, dass er hier war, direkt neben ihnen, folgte dem Impuls aber nicht. Die Vorstellung, dass sich jemand so ungeniert in seinem Zuhause bewegt hatte, war zutiefst verstörend. »Irgendwann hat er sich umgezogen«, sagte er stattdessen. »Hier trägt er ein dunkles T-Shirt, zuvor war es aber ein helles.« Sein Magen rebellierte, was ihm verriet, dass das Sandwich auf seinem Teller wohl unberührt bleiben würde. »Wahrscheinlich nachdem er Patricia getötet hat.«

»Wahrscheinlich«, bestätigte J.D. erkennbar beunruhigt, was Thorne nur noch mehr Bauchschmerzen bereitete.

Phil runzelte die Stirn. »Aber … gleichzeitig entlastet das Video Thorne doch, oder nicht? Es zeigt, wie diese Männer ungeniert im Haus ein und aus gehen. Dass der da sich zwei geschlagene Stunden dort aufhält.«

J.D. schüttelte den Kopf. Erst jetzt dämmerte Thorne, was ihm so zusetzte. Und … ja, das war tatsächlich ein Problem.

Er konnte nur hoffen, dass seine Stimme jetzt nicht versagte. Er wollte Phil nicht noch mehr in Angst versetzen. »Ich bin auf keinem der Videos zu sehen. Nichts zeigt, wie ich unter Drogen stehe oder bewusstlos bin. Die Polizei oder der Staatsanwalt könnten immer noch behaupten, ich sei dort gewesen und hätte im Hintergrund die Strippen ziehen können. Dass ich diese Typen dafür bezahlt habe, Patricia zu mir zu bringen, und dass ich sie getötet habe. Und dass ich mir dann eine Überdosis GHB verpasst habe, aus Reue oder um meinem Leben ein Ende zu bereiten. Der Zeitpunkt, wann die Droge in meinen Blutkreislauf kam, ist ja eine bloße Schätzung, deshalb entlasten mich die Videos nicht, fürchte ich.«

J.D.s Miene verriet, dass er den Nagel auf den Kopf getroffen hatte. Verdammt.

Phil wurde blass. »Verdammt, Thorne.«

»Moment«, schaltete Sam sich mit einem ermutigenden Lächeln in Phils Richtung ein. »Ich war noch nicht fertig. Wir haben das Video, wie du das Haus verlässt, aber eben bevor der Anruf kam, mit dem du ins Barney's gelockt wurdest.«

Thorne spürte, wie ihm die Hitze in die Wangen stieg. *Ach ja.* Das hatte er ja völlig vergessen – dass Lucy ihm gehörig die Leviten gelesen und ihm befohlen hatte, auf dem schnellsten Weg in den Klub zu fahren, um Gwyn zu gestehen, dass er ihre Dates sabotiert hatte. »Ich war unterwegs zum Klub. Kurz nachdem ich losgefahren bin, kam der Anruf.«

Lucy zog die Brauen hoch. »Tatsächlich?«

Seine Wangen wurden noch ein wenig heißer. »Tatsächlich.«

Mit einem Mal blitzte etwas in Gwyns Augen auf, als sie verstand. Und auch ihr stieg die Hitze ins Gesicht. »Also gut«, sagte sie.

Sams Mundwinkel hob sich, als er sie forschend musterte. »Also gut«, echote er. »Nachdem ich das Video überprüft hatte, habe ich mir die Videos des Schnapsladens noch mal vorgenommen und eine Stunde zurückgespult. Und habe das hier gefunden.« Wieder drehte er den Laptop zu ihnen. Thornes Wagen brauste vorbei, auf dem Weg zu Barney's Bar. »Du bist von deinem Haus los und zur Bar gefahren, aber niemand hat dich beobachtet, wie du zurückgefahren bist. Und trotzdem hat man dich in deinem Bett liegend vorgefunden, deshalb kannst du angeben, du wärst die ganze Zeit bewusstlos gewesen.«

Phil stöhnte erleichtert auf und sah Thorne an, ehe er sich an Sam wandte. »Danke, Sam. Wir sind dir wirklich sehr dankbar.«

Sam lächelte sanft. »Wir schaffen das schon«, sagte er und rief eine körnige Aufnahme auf, die die untere Gesichtshälfte eines Mannes hinter dem Steuer zeigte. »Die Aufnahme ist zwar nicht glasklar, trotzdem sieht man deutlich die Größe. Damit haben wir zwar immer noch kein wasserdichtes Alibi, aber immerhin etwas, das deine Aussage so weit bestätigt. Mehr habe ich im Moment noch nicht.«

»Aber das ist schon eine ganze Menge«, warf Frederick ein. »Ich mache weiter.« Er erzählte ihnen von seiner Unterredung mit Bernice Brown und wie verängstigt sie gewesen war. Und wie dankbar, weil Thorne bereit gewesen war, sich, ohne zu zögern, mit ihr zu treffen. »Und dann habe ich mich mit der Freundin, Sally Brewster, getroffen, von der sie uns erzählt hatte. Die von einem gewissen Detective Hooper angerufen wurde, der übrigens nicht existiert. Dieser Typ hat ihr allerlei Fragen über ihren aktuellen Aufenthaltsort und ihren Anwalt gestellt, aber Sally kam das Ganze seltsam vor, deshalb hat sie aufgelegt. Sie hat mir die Nummer gegeben, was sich als echter Glücksfall erwiesen hat«, endete er grimmig.

Thorne konnte seine Furcht ganz deutlich spüren. »Wieso? Was ist passiert?«

Clay sah Frederick mitfühlend an. »Jemand hat Julie über genau diese Nummer eine Nachricht geschickt und versucht, sie dazu zu bringen, unsere Adresse preiszugeben.«

Neuerlich packte Thorne die kalte Angst. »Das tut mir leid«, flüsterte er.

Frederick schüttelte den Kopf. »Nicht, Thorne. Miss Brewster hatte zuvor Kontakt mit ihr aufgenommen, und Julie hatte ihr unsere Festnetznummer gegeben.«

»Was? Wieso hat sie das getan?«, fragte Gwyn.

»Weil sie Angst hatte und mir auf den Zahn fühlen wollte. Und ehrlich gesagt, bin ich ihr sogar dankbar dafür. Mir war nicht bewusst, dass Julie tatsächlich so sehr im Internet unterwegs ist. Und auch so manches andere war mir nicht bewusst«, fügte er zerknirscht hinzu. »Aber ich will auf etwas anderes hinaus. Wir wissen, dass jemand mindestens zwei Mal versucht hat, unter dieser Telefonnummer Bernice Brown ausfindig zu machen, und einmal wohl auch mich.«

»Noch habe ich die Nummer nicht gefunden«, bemerkte Alec verdrossen.

»Ich dachte, Wegwerf-Handys könnte man nicht rückverfolgen«, meinte Phil.

Alec zuckte die Achseln. »Es gibt Mittel und Wege … vielleicht keine ganz sauberen, aber es gibt sie. Die Nummer lautet 301-555-2495, stimmt's? Ich hasse es, der falschen Nummer hinterherzujagen.«

Frederick blickte auf seine Notizen. »Genau.«

Thorne sog scharf den Atem ein. Das war Ramirez' Nummer.

Verdammt noch mal! Seine Brust wurde eng. Das war schlecht. Sehr, sehr schlecht. *Scheiße. Mist. Verdammt.*

Doch noch bevor er eine einzige Silbe über die Lippen bekam, ertönte ein schriller Alarm. Clay sprang auf und stürzte zu dem Monitor an der Wand. »Jemand hat den Zaun durchgeschnitten und ist irgendwo auf dem Grundstück.«

Gwyn bemühte sich nach Kräften, Ruhe zu bewahren, doch der schrille Alarm fräste sich regelrecht in ihre Hirnwindungen, sodass sie am liebsten aufgesprungen und weggelaufen wäre, so schnell und so weit weg, wie sie nur konnte. Thorne zog sie auf seinen Schoß und schlang die Arme um sie. Erst jetzt wurde ihr bewusst, dass sie am ganzen Leib zitterte, so heftig, dass ihre Zähne klapperten.

»Shhh«, flüsterte er ihr ins Ohr. »Sie haben alles im Griff.«

Das stimmte. Alle, mit Ausnahme von Gwyn, Thorne, Phil und Jamie, hatten sich so kontrolliert und wohlüberlegt im Raum verteilt, dass Gwyn spürte, wie sie sich ein klein wenig beruhigte … wenn auch nur ein wenig, denn der Alarm schrillte immer noch in voller Lautstärke.

Clay, Sam, J. D. und Frederick hatten sich um einen riesigen Waffenschrank versammelt, der sich hinter einer völlig normal aussehenden Tür befand, und Clay verteilte die Waffen. Paige und Stevie hatten bereits ihre Pistolen aus den Holstern gezogen, die Gwyn gar nicht aufgefallen waren, obwohl es in Wahrheit keine große Überraschung war, dass sie sie umgeschnallt hatten. Paige überwachte die Monitore, während Stevie und Lucy die Treppe hinunter zu den Kindern eilten.

»O Gott«, hauchte Gwyn. »Die Kinder.«

»Ihnen kann nichts passieren«, beruhigte Thorne sie. »Glaubst du ernsthaft, Clay richtet ein Spielzimmer für die Kleinen ein, in das jemand eindringen könnte?«

»Nein.« Schließlich hatte sie sich selbst von Clays Überwachungsanlage überzeugen können. Und er hatte das Alarmsystem in ihrem eigenen Heim eingebaut. Nein, für Clay stand die Sicherheit seiner Familie an oberster Stelle. Den Kleinen konnte nichts passieren.

»Bemerkenswert«, meinte Jamie leise. »Die haben Vorfälle wie diesen trainiert.«

»Es läuft wie ein Schweizer Präzisionswerk«, stimmte Phil zu. »Ich komme mir wie der größte Faulpelz vor ... einfach hier herumzusitzen und zuzusehen.«

Der Alarm verstummte abrupt. Gwyn fühlte sich, als zerfalle jeder einzelne Knochen in ihrem Leib zu Staub. Bis zu diesem Moment hatte sie sich zusammengerissen, aber jetzt war Schluss. Sie ließ sich noch tiefer in Thornes Umarmung sinken.

Seine Hand wanderte an ihrem Rückgrat auf und ab. Beruhigend. So wie in diesen grauenvollen Tagen nach Evan. Thorne war der Einzige gewesen, der sie danach in den Armen halten durfte. Weil er der Einzige gewesen war, dem sie vertraut hatte.

»Tut mir leid«, flüsterte sie zutiefst beschämt über ihre heftige Reaktion. Aber nicht beschämt genug, denn auch jetzt machte sie keine Anstalten, sich von ihm zu lösen. *Ich will nicht. Am liebsten würde ich ihn nie wieder loslassen.* Er war ihr Fels in der Brandung und zugleich so großmütig, sie von dieser Stärke profitieren zu lassen, wann immer sie sie brauchte.

»Shh.« Der tiefe Summton ließ seine Brust beben. »Es ist alles gut.« Sie bekam mit, wie er den Kopf hob. »Was kann ich tun, Clay?«

»Kommt darauf an«, antwortete Clay vom anderen Ende des weitläufigen Wohnzimmers. »Wer von euch ist der beste Schütze?«

»Gwyn«, rief Paige über ihre Schulter. »Gib ihr eine Glock. Damit haben wir auf dem Schießstand geübt.«

»Wenn das so ist«, sagte Clay, obwohl er keineswegs überzeugt wirkte. Wahrscheinlich weil Gwyn sich immer noch an Thorne klammerte wie an einen Rettungsring. »Und der zweitbeste?«

Gwyn zwang sich, ihren Klammergriff um Thornes Hals zu lösen, und streckte die Hand aus, voller Stolz auf sich, weil es ihr gelang, ihr Zittern in Schach zu halten. »Es ist okay. Ich bin okay. Gib die verdammte Waffe her!«

»Wie Sie wollen, Ma'am«, erwiderte Clay gedehnt, verfolgte jedoch aufmerksam, wie sie das Magazin überprüfte und sich vergewisserte, dass die Glock geladen war.

Schließlich sah sie ihm ins Gesicht. Wieder einmal war es ihr Trotz, der ihr Stärke verlieh. So wie die letzten sechs Jahre. »Los, geht. Wir haben hier alles im Griff.«

Clay nickte knapp, dann war er bereits durch die Tür in den Garten verschwunden.

Lediglich Alec blieb auf dem Boden sitzen, den Blick immer noch auf den Bildschirm geheftet, während seine Finger nur so über die Tasten flogen. Er hielt lediglich lange genug inne, um ein Kabel von seinem Handy in das Gerät hinter seinem Ohr einzustöpseln.

»Trägt er ein Cochlea-Implantat?«, flüsterte Jamie fasziniert. »Einer meiner Mandanten hat auch eines und benutzt das gleiche Handykabel.«

»Ja«, flüsterte Gwyn. Weil Clays IT-Genie so klar sprechen konnte, vergaß sie manchmal, dass er ja taub war. Tief beeindruckt von seiner Gelassenheit, beobachtete sie ihn. Und beneidete ihn darum. Sein Selbstvertrauen kam aus den Tiefen seines Innern, wohingegen das ihre hauptsächlich aufgesetzte Tapferkeit war.

»Ich habe ihn auf Kamera zwei gefunden«, sagte Alec am Telefon. »Er ist mit einer Enduro abgehauen und fährt gerade durch den Wald.«

Einen Moment lang lauschte Alec, dann nickte er. »Ich behalte ihn im Auge. Und du hältst den Kopf schön unten. Paps«, fügte er frech hinzu.

Allein das Wort genügte, um Gwyn noch etwas weiter zu beruhigen.

»Wer ist Paps?«, fragte Phil.

Gwyn lachte. »Taylor sagt ›Dad‹ zu Frederick, allerdings brauchte sie einen Namen für Clay, also hat sie es mit ›Paps‹ probiert, aber natürlich fand er den Namen fürchterlich, deshalb nennen ihn alle Kids jetzt so.«

Phil nickte. Auch er schien sich ein wenig gefangen zu haben, obgleich er immer noch Jamies Hand umklammert hielt. Oder vielleicht war es auch umgekehrt. Aber eigentlich spielte es keine Rolle. »In welcher Beziehung steht Alec denn zu Clay?«

Gwyn lächelte. »Er ist wie ein Adoptivsohn. Alec wurde als Junge entführt, und Clay hat ihn gefunden.«

»Er hat mir verdammt noch mal das Leben gerettet«, meldete Alec sich zu ihrer aller Verblüffung zu Wort.

»Oh«, sagte Gwyn. »Ich wusste nicht, ob du uns verstehst, wenn du gleichzeitig telefonierst.«

Alecs Blick war immer noch auf den Bildschirm geheftet und flitzte von einer Seite zur anderen. Wahrscheinlich checkte er die Bilder der einzelnen Überwachungskameras. »Ich habe ein zweites Implantat auf der anderen Seite des Kopfs. So kriege ich von zwei Seiten Input. Ihr könnt also aufhören, euch über mich zu unterhalten, als wäre ich gar nicht da.«

»Willkommen im Klub«, raunte Thorne.

Gwyn, die mittlerweile auf der Armlehne des Zweiersofas saß, lehnte sich gegen ihn. »Wenn du uns nicht ständig von allem Wichtigen ausschließen würdest, könnten wir wunderbar *mit* dir reden statt über dich.«

Thorne presste die Lippen aufeinander. »Es gibt aber nichts zu erzählen.«

Sie schüttelte den Kopf. »Wie auch immer, du Genie.«

In diesem Moment summte sein Handy. Er zuckte zusammen und blickte auf das Display. »Das ist mein Kontaktmann«, sagte er.

Sekunden vergingen, während Thorne immer noch auf das Handy starrte.

»Und?«, meinte Jamie ungeduldig.

»Ich habe mich erkundigt, wie es ihm geht. Aber er antwortet nur ›Mir geht's gut. Wieso fragen Sie?‹.«

»Das klingt aber nicht danach«, bemerkte Jamie und seufzte.

»Genau. Deshalb überlege ich gerade, wie ich darauf reagieren soll«, sagte Thorne finster.

Gwyn blickte mit zusammengekniffenen Augen auf das Handy. »Moment mal, Thorne. Das ist die Nummer deines Kontaktmanns?«

Abrupt klappte Thorne sein Handy zu, doch es war zu spät.

»Was?«, fragte Jamie.

Gwyn wandte sich den anderen zu. »Das ist dieselbe Nummer, die Frederick uns gerade genannt hat, verdammt noch mal. Von diesem falschen Detective, der Bernice Browns Freundin auf die Pelle gerückt ist und seiner Tochter eine Nachricht geschickt hat.«

»Thorne.« Missbilligung, Enttäuschung und echte Wut schwangen in jeder einzelnen Silbe aus Jamies Mund mit.

Thorne schüttelte stur den Kopf. »Nein. Ich werde nichts erzählen. Keinem von euch. Weil ihr sonst bloß weiter ›recherchieren‹ müsst und am Ende noch getötet werdet.«

Sekundenlang herrschte Stille, bis Alec sie durchbrach. »Wow, Kumpel, das nenne ich mal eine Art, seinen Leuten eins vor den Latz zu knallen.«

Thorne starrte ihn finster an. »Ich brauche keinen …«

Alec sah auf. »Was?«, fragte er sarkastisch. »Was brauchst du nicht? Unsere Hilfe? Drauf geschissen. Unsere Unterstützung?

Doppelt drauf geschissen. Du *willst* all das bloß nicht brauchen.«
Er schüttelte genervt den Kopf. »Weil große Jungs wie du ja keinen brauchen«, ätzte er mit affektiert coolem Tonfall. »Sei wenigstens ehrlich zu dir selbst.«

Thorne fiel die Kinnlade herunter.

Jamie schnaubte leise. »Touché.«

Gwyn nickte. »Gut gemacht, Junge. Ich hätte es selbst nicht treffender ausdrücken können.«

»Tja, ich arbeite in einem Stall voller Idioten, die sich weigern, jemanden zu brauchen. Das wird mit der Zeit echt öde.«

Thorne verzog den Mund zu einem höhnischen Grinsen. »Ja, genau«, sagte er zu Gwyn. »Als würdest du ja ach so gern Hilfe annehmen. Von wegen!«

Gwyn reckte das Kinn. »Hier geht es aber nicht um mich. Sondern um dich.«

»Still, Leute.« Alec hob die Hand und redete mit jemandem am Handy. »Ein Kennzeichen habe ich nicht gesehen, nein. Es war keins dran. Kommt ihr zurück? … Gut. Ich bleibe dran, bis alle wieder hier sind.« Er sah auf. »Sie haben ihn verloren. Er hatte einen Pfad durch den Wald geschlagen, gerade breit genug für eine Enduro.«

»Und wie lang ist dieser Pfad?«

»Bis zur Straße. Es muss einige Zeit gedauert haben, so viel Unterholz zu beseitigen, wahrscheinlich die ganze Nacht. Der Garten hinter dem Haus ist nicht beleuchtet. Der Wald ist zu dicht, als dass das Mondlicht durchscheinen würde, und unsere Flutlichter haben eine begrenzte Reichweite. Der Typ muss mindestens drei oder vier Nächte beschäftigt gewesen sein, meint Clay.«

»Woher wusste er, dass Thorne hier sein würde?«, fragte Phil.

»Ich glaube nicht, dass er es wusste, Schatz«, meinte Jamie. »Wahrscheinlich wollte der Täter ohnehin zuschlagen. Immerhin hat er heute schon auf Stevie geschossen. Am helllichten Tag.«

»Stevie und Clay haben Kinder«, warf Thorne angespannt ein.

»Cordelia ist J. D.s Patenkind. Das heißt, seine Chancen, dass er eine ganze Menge meiner Freunde erwischt, standen ziemlich gut.«

»Normalerweise sage ich dir ja ständig, dass es nicht immer nur um dich geht. Aber diesmal schon.«

»Was unternimmst du wegen deines Kontaktmanns?«, fragte Gwyn scharf. Sein Zucken verriet ihr, dass er darauf gehofft hatte, sie hätte es in der allgemeinen Hektik vergessen. »Nein, ich habe es nicht vergessen. Also, raus damit. Jetzt sofort«, sagte sie. »Sonst?«, höhnte er.

»Tu's nicht«, sagte sie leise. »Schließ mich nicht aus. Schließ die anderen nicht aus. Der Junge hat recht. Du willst unsere Hilfe nicht brauchen, aber das ist nun mal so, verdammt. Also, und jetzt raus mit der Sprache.«

Thorne seufzte. »Ich wollte ihn bitten, sich mit mir zu treffen. Und du wirst nicht mitkommen.«

Ihr Kiefer spannte sich an. Sie wollte protestieren, doch ihr war klar, dass es einige in ihrer Gruppe gab, die ihn besser beschützen würden, als sie es jemals könnte. Die Gewissheit schmerzte zwar, aber sie verdrängte den Gedanken. »Wer dann?«

»Ich weiß es nicht«, zischte er, wobei er jedes Wort einzeln betonte. »Aber ich werde es herausfinden.«

In diesem Moment ging die Terrassentür auf, und alle, die dem Eindringling auf den Fersen gewesen waren, strömten herein. Wenig später gesellten sich diejenigen, die unten nach den Kindern gesehen hatten, ebenfalls wieder zu ihnen und nahmen ihre Plätze ein. Vorsichtig sahen sie zwischen Gwyn und Thorne hin und her, die einander immer noch mit Blicken durchbohrten.

»Was haben wir verpasst?«, fragte Clay.

13. Kapitel

Gwyn starrte Thorne an, dessen Miene wie versteinert war. »Los, sag es ihnen. Sonst tue ich es.«

»Der Anruf bei Bernice Browns Freundin und die Nachricht an Julie wurden von dem Wegwerf-Handy meiner Kontaktperson getätigt«, presste Thorne zwischen zusammengebissenen Zähnen hervor.

»Verdammt, Thorne!«, rief Frederick aufgebracht. »Wolltest du uns das irgendwann noch mal sagen, oder was?«

»Natürlich«, blaffte Thorne. »Ich wollte es bloß *ihnen* nicht auf die Nase binden.« Er deutete auf Gwyn und seine beiden Ersatzväter.

Jamie stieß ein Schnauben aus, Phil sah resigniert drein, und Gwyn biss sich auf die Zunge, weil sie Worte in ihrer Kehle aufsteigen spürte, die sie nie wieder würde zurücknehmen können, wenn sie erst aus ihr herausgeplatzt wären.

»Also ist deine Kontaktperson Bernice Browns Freundin auf die Pelle gerückt?«, fragte J. D.

»Oder zumindest jemand, der die Nummer deines Kontaktmanns verwendet hat«, warf Alec ein. »Es gibt Spoofing-Seiten, mit denen man Anrufe mit einer fremden Nummer verfälschen kann. Dafür braucht man noch nicht einmal das entsprechende Telefon.«

»Weiß ich«, sagte Thorne. »So kommuniziere ich mit ihm. Seine Antworten werden von meinem Wegwerf-Handy auf dieses Telefon weitergeleitet.« Er hielt sein Smartphone in die Höhe. »Während ihr weg wart, hat er mir eine Nachricht geschrieben, es gehe ihm gut und weshalb ich fragen würde.«

»Schreib ihm, dass du dich mit ihm treffen willst«, befahl Frederick.

Thorne nickte steif. »Genau das hatte ich auch vor.«

»Aber du wirst nicht zum Treffpunkt gehen«, erklärte Paige. »Denn wer auch immer die Nachricht geschickt hat, könnte dort auf dich warten. Stattdessen fahren wir zum Haus deines Kontaktmanns.«

»Genau das war der Plan.«

Nachdenkliches Schweigen senkte sich über den Raum.

»Schick die Nachricht, Thorne«, meinte J.D. schließlich. »Ich fahre mit dir zum Haus deines Kontaktmanns.«

Zu Gwyns Überraschung nickte Thorne. »Gut. Sag Joseph und Hyatt, sie sollen den Treffpunkt im Auge behalten, für den Fall, dass wir Glück haben und Tavilla persönlich dort auftaucht. Sie sollen zusehen, dass sie über ausreichend Kameras verfügen, um jeden zu kriegen, der vorbeikommt, denn falls Tavilla nur einen seiner Handlanger schickt, müssen wir wissen, wie er aussieht.«

»Guter Plan«, lobte Clay. »Und was machen wir so lange?«

»Ihr …«, krächzte Thorne, »passt einfach nur auf, dass euch keiner zu nahe kommt. Es wäre mein Untergang, wenn einem von euch etwas zustieße. Nicht noch einmal.«

Gwyn wusste, dass er an seine Jugendliebe Sherri dachte, aber auch an die Schießereien von heute. Selbst wenn der Schütze niemanden getroffen hatte, war er sowohl Stevie als auch ihr selbst verdammt nahe gekommen. »Wir werden gut auf uns aufpassen«, versprach sie.

Er nickte, wenn auch nicht ganz überzeugt. »In Ordnung.«

Sie senkte die Stimme. »Und wir werden alles in Ruhe besprechen. Nur wir beide. Später. Du wirst uns … mir nichts vorenthalten.«

Wieder wölbten sich seine Kiefermuskeln, und sein Adamsapfel hüpfte auf und ab, als er hektisch schluckte. Sie seufzte. Sein Bedürfnis, für ihre Sicherheit zu sorgen, brachte ihn um den Verstand, und das war das Letzte, was sie wollte. »Thorne«, sagte sie leise, »du bist ein wichtiger Mensch für mich. Ich verspreche dir, dass ich auf mich aufpassen und mich nicht töten lassen werde, wenn du dasselbe tust. Können wir uns wenigstens darauf einigen?«

Sie spürte, wie er neben ihr erschauderte, und wünschte plötzlich, sie wären allein, damit sie ihn in die Arme nehmen und ihm geben könnte, was er brauchte. Was auch immer das sein mochte. Aber er hatte sich bereits von ihr entfernt, physisch ebenso wie emotional. Die Gewissheit schmerzte.

Er strich mit beiden Händen über seine Oberschenkel und stand auf. »Ich schreibe ihm jetzt. Bin gleich zurück.«

Verdammt, dachte sie bedrückt. *Er könnte die Nachricht genauso gut hier schreiben, direkt neben mir.* Stattdessen konnte er es offenbar kaum erwarten, aus dem Zimmer zu fliehen. *Weg von mir.* Konnte sie es ihm verdenken? Er hatte ihr seine Gefühle dargelegt, doch sie hatte ihn weggestoßen, nur um ihm dann zu sagen, dass er ein »wichtiger Mensch« für sie sei. Lahmer ging es ja wohl kaum. Und sie erwartete, dass er ihr trotz allem anvertraute, wie er empfand?

Na ja … genau das tue ich. Weil wir immer noch Freunde sind, trotz allem. Doch die Worte hallten in ihren Gedanken wider, hohl, bedrückend, während ihre Kehle eng wurde. *Das sind wir doch. Oder? Können wir weiter Freunde sein?*

Sie fürchtete, die Antwort darauf bereits zu kennen. Es war, als zerbröckelte ein Teil ihres Herzens, als sie ihm hinterherschaute. Sie sah zu Lucy hinüber, die ebenfalls wie ein Häuflein Elend dasaß. Mitgefühl und Hilflosigkeit spiegelten sich in ihren Augen wider. Gwyn musste wegsehen. Stattdessen richtete sie ihre Aufmerksamkeit auf die Waffe in ihrer Hand, während sie das Gewicht der Blicke der anderen Anwesenden im Raum auf sich lasten spürte.

Ein Arm legte sich um sie. Sam. »Gib ihm ein paar Minuten, um wieder einen klaren Kopf zu bekommen, Gwyn«, sagte er leise. »Du weißt doch selbst, wie schwer all das für ihn ist. Er glaubt, er müsste Superman sein. Was hier gerade passiert, ist wohl sein schlimmster Albtraum.«

Vorsichtig legte sie den Sicherheitshebel der Waffe um und gab sie Clay zurück. »Ich weiß.« Sie sah ihn an. »Was unternimmst du wegen des Zauns?«, fragte sie.

»Wir haben ihn schon geflickt«, antwortete er. Auch in seinem Blick las sie Mitgefühl. »Und wir wissen jetzt, dass wir unsere Überwachung verstärken müssen.«

»Der Wald hat uns ein Gefühl von Sicherheit vermittelt, das aber leider nicht standhält«, erklärte Stevie. »Deshalb lassen wir jetzt weitere Kameras installieren. Wir haben es schon mal mit Bewegungsmeldern versucht, was aber nicht gut funktioniert, weil die Rehe da draußen sie pausenlos aktiviert haben.«

Gwyns Magen zog sich zusammen. Diese Menschen – anständige Menschen – sahen sich veranlasst, derart drastische Maßnahmen zu ergreifen, um sich selbst und ihre Familien zu schützen. Und wieso? Nur weil sie Verbrechern den Kampf angesagt hatten. Und nun wurden sie ein weiteres Mal bedroht. Wegen ihrer Freundschaft mit Thorne.

Sam hatte recht. Das hier war Thornes schlimmster Albtraum. *Und ich bin egoistisch, und meine Gefühle sind verletzt, nur weil er aufgestanden und weggegangen ist.* Weil er mehr von ihr brauchte als die Forderung, ihr keine Informationen mehr vorzuenthalten, mehr als die Zusicherung, er sei ihr »wichtig«.

Denn er war viel mehr als das. Er war … alles für sie.

Sie wollte es ihm so gern sagen. Musste es ihm sagen. Doch ihre Lippen waren versiegelt.

Dann sieh zu, dass du es ihm sagst. Und zwar schleunigst. Er leidet und …

Und nur Gott allein wusste, was er vorhatte. Dieser Mann hielt sich allen Ernstes für Superman. *Weil er es normalerweise auch ist.* Er wirkte stets unverwundbar, unangreifbar. *Aber das ist er nicht. Er ist nur ein Mann.* Ein wunderbarer Mann. Ein gut aussehender, starker Mann, der ihr das Gefühl von Sicherheit und Wärme verlieh ... das Gefühl, geliebt zu werden. *Er liebt mich.* Und aus irgendeinem Grund hatte sie es schon immer gewusst, tief in ihrem Innern, wo es ... sicher war, ihr nicht schaden konnte.

Ja, genau. Sicher. Und ihn ebenfalls zu lieben? Das war keineswegs sicher.

Aber du liebst ihn doch. Das weißt du genau. Und hast es schon immer getan.

Ja, das hatte sie. Ja. Sie hatte es immer gewusst. Tief in ihrem Herzen, wo es ...

Sicher ist? Dir nicht schaden kann?, höhnte die Stimme in ihrem Kopf. Echte Sicherheit gab es nicht, das hatte sie gelernt. Man konnte sich verstecken, oder aber man lebte sein Leben. Und bei alldem war Thorne stets an ihrer Seite gewesen. *Dann sag es ihm doch endlich, du elender Feigling!*

Allein bei der Vorstellung wurde ihr hundeelend. *Wieso fällt es dir bloß so schwer?*

»Gwyn, Süße.« Lucys Stimme drang sanft an ihre Ohren, ganz im Gegensatz zu dem Schlag in den Rücken, den ihre beste Freundin ihr soeben ohne Schonung verpasst hatte. »*Atme,* Mädchen. Du musst atmen.«

Hektisch holte Gwyn Luft, während ihr bewusst wurde, dass sie die ganze Zeit mitten im Wohnzimmer gestanden und Clay und Stevie angestarrt hatte, ohne auch nur ein Wort von dem mitzubekommen, was sich ringsum abgespielt hatte. Keiner sagte etwas. Stattdessen hatte sich qualvolle Stille im Raum ausgebreitet.

Ihre Wangen fühlten sich mit einem Mal glühend heiß an. »Was für ein Scheißtag«, murmelte sie.

Lucy lachte leise. »Geht mir genauso. Los, suchen wir uns eine ruhige Ecke.«

»Hey«, brüllte Kathryn, so laut, dass er sich das Telefon vom Ohr weghalten musste. Kathryn war grundsätzlich gezwungen zu schreien, um die wummernden Bässe zu übertönen. Er hasste ihren Job. Hasste die Tatsache, dass sie Abend für Abend dort sein musste. »Sind wir bereit?«

»*Absolutamente*«, brüllte sie.

Ihre Stimme verriet, dass sie grinste, und er musste unwillkürlich lächeln. »Hervorragend. Patton hat seine Aufgabe erfüllt.« Wie angewiesen, hatte er die aufgeschlitzten Leichen vor der Tür der Circus Freaks abgelegt. »Sag Bescheid, wenn alles erledigt ist.«

»Mache ich. Mit ein bisschen Glück sehe ich dich heute Abend noch.«

»Das wirst du«, erklärte er entschlossen. Er würde keinesfalls zulassen, dass sie die Nacht in irgendeiner Arrestzelle zubrachte. Ihr Platz war an seiner Seite. Schon bald war ihr Job ohnehin Geschichte, und dann würde sie jeden Abend im Bett neben ihm liegen, so wie es die Natur vorsah.

»Dann mach eine Flasche Wein auf und lass mir ein schönes Schaumbad ein. Ich werde es brauchen.«

Lucy ging vor Gwyn her ins Esszimmer der Maynards und schloss die Schiebetür hinter sich. Gwyn ließ sich auf einen der Stühle sinken und schlug die Hände vor ihr glühend heißes Gesicht. »Gott. Wie lange habe ich schon wie eine Idiotin dort gestanden?«

Lucy zog einen Stuhl heran, setzte sich und strich ihr übers Haar. »Nicht wie eine Idiotin. Sondern du hast plötzlich so … traurig ausgesehen. Unerträglich traurig. Du …« Seufzend ließ sie die Stimme verklingen. »Damals hast du das auch immer getan … nach Evan. Du warst ganz woanders, mit diesem Gesichtsausdruck … ich hatte Angst, du wärst wieder … dort.«

Dort. In dieser riesigen verlassenen Fischfabrik, wo sie und Lucy stundenlang gefangen gehalten worden waren. Wo sie hätten sterben sollen, wäre es nach Evan gegangen. Sie beide.

Gwyn rümpfte die Nase. »Dieser Fischgestank …«

Lucy prustete. »Aber hallo. Wie man es von einer Fischfabrik eben erwarten würde.« Sie strich Gwyn ein weiteres Mal übers Haar. »Geht es dir gut?«, fragte sie sanft.

Gwyn horchte in sich hinein und stellte zu ihrer Erleichterung fest, dass es ihr – ja – gut ging. »Ja. Im Hinblick auf Evan zumindest. Aber was das hier angeht? Eher nicht, aber das liegt hauptsächlich daran …« Sie schloss die Augen und lehnte sich für einen Moment gegen Lucy, genoss die tröstliche Unerschütterlichkeit ihrer Freundin. »Ich mache mir solche Sorgen um ihn, Luce.«

»Ich auch. Was hast du zu ihm gesagt, bevor er rausgegangen ist?«

Gwyn seufzte. »Eigentlich nur, dass er gut auf sich aufpassen soll, damit er am Leben bleibt. Weil er mir sehr wichtig sei.«

»Autsch«, murmelte Lucy, während ihre Hand zum Stillstand kam.

»Ich weiß«, stöhnte Gwyn kläglich. »Ich muss das wieder in Ordnung bringen.«

Lucy strich weiter über Gwyns Locken. »Aber nur, wenn du es auch so meinst. Ist das denn so?«

Es war so unglaublich schwer, es laut auszusprechen. *Ja. Sag einfach Ja.*

»Wie auch immer du empfindest, ist ganz allein deine Sache. Es ist in Ordnung«, fuhr Lucy fort, nachdem Gwyn eine geschlagene Minute keine Antwort gegeben hatte. »Thorne wird … schon darüber hinwegkommen.«

Doch die unausgesprochene Wahrheit stand auch jetzt noch zwischen ihnen. Gwyns Augen brannten. Nein, er würde nicht darüber hinwegkommen. *Und ich auch nicht.* »Wieso ist das bloß so schwierig?«, flüsterte sie.

»Weil man eben empfindet, wie man empfindet«, murmelte Lucy. »Auch wenn man es vielleicht gar nicht will. Er bedeutet dir viel. Mir auch. Aber das ist nicht dasselbe wie Liebe.«

»Das weiß ich auch«, stieß Gwyn hervor und spürte, wie Lucy zusammenzuckte. »Tut mir leid«, murmelte sie. »Ich wollte dich nicht anschnauzen.«

»Schon okay.« Ein Anflug von Belustigung schwang in Lucys Stimme mit. »Ich bin's ja gewohnt.«

»Solltest du aber nicht. Keiner sollte das. Ich bin ein schrecklicher Mensch, verdammt noch mal. Ich bin gemein und egoistisch und …« Sie hielt inne, als ihre Stimme brach. »Ich tu's, verdammt noch mal.«

»Was tust du?«, fragte Lucy vorsichtig.

»Ihn lieben«, presste Gwyn mühsam hervor, dankbar für ihre dichten Locken, die ihr ins Gesicht hingen und es halb verbargen.

»O-kay.« Lucy zog das Wort so in die Länge, dass es beinahe wie eine Frage klang. »Wie das?«

Gwyn hob abrupt den Kopf und musterte Lucy mit zusammengekniffenen Augen. »Was glaubst du denn?«

Lucy zuckte die Achseln. »Das weiß ich doch nicht! Du erzählst ja nichts!«

Das stimmte allerdings. Und allein dieses Eingeständnis trieb ihr Tränen in die Augen. »Wieso kann ich es bloß nicht laut aussprechen? Andere Leute schaffen es doch auch. Die ganze Zeit. *Ich liebe dich, ich liebe dich, ich liebe dich*«, höhnte sie im Singsang.

»Was zum Teufel stimmt mit mir nicht, dass ich es nicht hinkriege?«

Lucy holte tief Luft. »Okay. Moment mal. Mit dir stimmt alles. Du bist nicht abnormal, sondern hast ein Trauma erlebt. Eines wüsste ich gern, Süße. Hast du Evan jemals gesagt, dass du ihn liebst?«

Gwyn wich zurück, als hätte Lucy ihr eine Ohrfeige verpasst. »Was? Nein!«

Lucy hob beschwichtigend die Hände. »Okay. Damit ist die Frage ja beantwortet.«

Gwyn wandte den Blick ab. »Aber ich hatte es vor.«

»Ah.«

Sie warf ihrer Freundin einen finsteren Blick zu. »Was soll das denn heißen?«

»Es heißt, dass es beim letzten Mal, als du so empfunden hast, ziemlich beschissen geendet hat.«

»Das kann man wohl sagen«, murmelte Gwyn. »Und was mache ich jetzt?«

»Woher soll ich das wissen? Mein Spezialgebiet sind die Toten.«

Gwyn lachte, genauso wie Lucy es beabsichtigt hatte. »Du lügst. Du liebst J. D. Und deine Kinder. Und sogar mich erbärmliches Würstchen.«

Lucy lächelte. »Das stimmt. Alles. Aber anfangs fiel es mir auch nicht so leicht, es laut auszusprechen. J. D. zu sagen, dass ich ihn liebe. Doch jetzt, wo ich Kinder habe? Jetzt sage ich es ihnen jeden Tag. Wahrscheinlich können sie es irgendwann nicht mehr hören. Ich werde nicht wie meine Eltern sein. Dieser Kreis aus Brutalität und Missachtung endet mit mir.«

»Wieso war es nicht so einfach für dich?«, hakte Gwyn nach, als ihr mit einem Mal mit erschreckender Klarheit aufging, dass Lucy mit ihren Problemen, die sie zu Beginn ihrer Beziehung mit J. D. offenbar gehabt hatte, mutterseelenallein gewesen sein musste. *Weil ich komplett umnebelt war. O Gott, was bin ich nur für eine beschissene Freundin?*

»Lass das«, befahl Lucy. »Ich sehe dir an, was du jetzt denkst, aber so ist es nicht.«

»Was denke ich denn?«, fragte Gwyn.

»Du hast ein schlechtes Gewissen, weil du nicht für mich da warst. Ha! Wusste ich es doch!«, rief Lucy triumphierend, als Gwyn die Augen verdrehte. »Na gut, dann warst du eben nicht für mich da, aber am Ende hat sich alles zum Guten gewendet. Das habe ich inzwischen begriffen. Denn auch ich war in dieser stinkenden Fischfabrik, schon vergessen?«

»Nein«, stieß Gwyn hervor, »ich habe es nicht vergessen. Aber du hast es verwunden.«

Lucy lachte, hielt jedoch inne und starrte Gwyn fassungslos an. »Moment mal. Das glaubst du doch nicht ernsthaft, oder?«

»Na ja, du …« Gwyn machte eine Geste, die Lucys Körper vom Scheitel bis zur Sohle umfasste. »Du wirkst so ausgeglichen.«

»Tja, das ist ja schön zu hören, dass es von außen so wirkt, aber das bin ich nicht. Ich leide bis heute an Albträumen.«

Gwyn starrte sie an. »Wirklich?«

»Ja, natürlich. Und J. D. genauso. Er wacht manchmal mitten in der Nacht schreiend auf«, flüsterte sie. »Aber behalt das bitte für dich, schließlich hat er einen Ruf zu wahren.«

»Von mir erfährt niemand etwas«, versprach Gwyn ernst. Denn genau das war es – bitterernst.

»Danke.« Lucy lächelte traurig. »Vielleicht liegt der Unterschied auch darin, dass ich meinen Traumprinzen gefunden habe, als wir erst mal aus dieser Fischfabrik raus waren. Während dir eben bloß … die Erinnerung an Evan geblieben ist.«

»Ich bin heilfroh, dass du deinen Traumprinzen gefunden hast, und bin deswegen auch nicht eifersüchtig oder so etwas«, beteuerte Gwyn eindringlich.

»Das weiß ich doch.« Lucy seufzte. »Ich habe eben immer gehofft, dass du es einigermaßen gut überstanden hast. Weil du ja die meiste Zeit weggetreten warst. Er hatte dich unter Drogen gesetzt, und du hast noch geschlafen, als er mich geschnappt hat.«

Gwyn holte tief Luft und zwang sich, ruhig zu wirken, obwohl sie innerlich laut schrie. *Nein. Ich habe nicht geschlafen.*

Sie stieß den Atem wieder aus. *Nicht daran denken. Es passiert nicht jetzt. Es ist vorbei. Es passiert nicht jetzt.* Das war das Mantra, das die Therapeutin ihr immer wieder eingetrichtert hatte, um die Abwärtsspirale in die Panik zu stoppen. Meistens funktionierte es.

»Gwyn«, sagte Lucy leise. »Was verschweigst du mir?«

Gwyn schüttelte langsam den Kopf. »Frag nicht. Bitte. Ich kann das nicht. Nicht jetzt.«

Sekundenlang herrschte Stille im Raum, dann räusperte sich Lucy. »Weiß Thorne davon?«

»Nein«, krächzte Gwyn.

»Dann musst du es ihm sagen.« Lucys Stimme war mit einem Mal ganz sanft geworden. »Du musst ihm zumindest sagen, dass es Dinge gibt, die er noch nicht weiß. Dann wird er dir die Zeit geben, die du brauchst.«

»Aber er hat doch jetzt schon Jahre seines Lebens wegen mir verschwendet«, wandte Gwyn bitter ein.

»Er sieht das nicht so.« Immer noch war Lucys Stimme samtweich. »Das weißt du ganz genau.«

»Ich weiß überhaupt nichts. Nur …« Sie schloss die Augen. Zwei einzelne Tränen quollen unter ihren Lidern hervor, die sie eilig wegwischte.

»Nur …«, wiederholte Lucy.

»Ich will nicht, dass er leidet.« Gwyn schluckte. »Er soll nicht glauben, dass es an ihm liegt, wo in Wahrheit ich das Problem bin. Ich bin so kaputt.«

»Du bist nicht kaputt, Süße, sondern mitten in einem Heilungsprozess. Das ist ein Riesenunterschied.«

Gwyn wandte sich Lucy zu und sah sie aus tränenverschwommenen Augen an. *Im Heilungsprozess. Nicht kaputt.* Auch das entsprach der Wahrheit. Und tief in ihrem Innern wusste sie das auch.

Lucy musterte sie nachdenklich. »Liebst du ihn denn so, auf diese Weise? Du weißt schon?« Sie ließ ihre rotblonden Brauen hüpfen und machte Kussgeräusche.

Gwyn, heilfroh über den Themenwechsel, schnaubte. »Wie alt bist du? Zwölf?«

Lucy grinste. »Kann sein. Und? Ja oder nein? Empfindest du so für ihn?«

Gwyn stöhnte. »Natürlich. Tun das nicht alle?«

Lucy schürzte die Lippen. In ihren Augen lag ein amüsiertes Funkeln, vielleicht auch ein verschmitztes … jedenfalls war es nicht dieses sanfte Mitgefühl, das sich wie ein Messer in die Eingeweide bohrte. »Ich kann in aller Aufrichtigkeit sagen, dass ich zwar Thornes beeindruckende Physis stets wohlwollend betrachtet, aber nie Gedanken in diese Richtung gehegt habe«, erklärte sie.

Gwyn runzelte die Stirn. »Du lügst.«

»Nein.« Sie hob drei Finger. »Pfadfinderehrenwort. Und ja, ich war tatsächlich bei den Pfadis, deshalb gilt mein Wort.«

»Nie? Nicht ein Mal?«

»Nein. Nicht ein Mal. Er war immer wie ein Bruder für mich. Und solche Gedanken könnte ich nie im Leben für meinen Bruder hegen.« Sie erschauderte. »Das ist ja abscheulich.«

»Nicht mal eine Sekunde? Du hast dich nie gefragt, wie es wohl wäre?«, hakte Gwyn nach.

»Nein, Gwyn, ich habe mir niemals Gedanken über Sex-Stellungen mit Thomas Thorne gemacht. Im Gegensatz zu dir …«, fügte sie mit einem verschlagenen Grinsen hinzu.

Wieder verdrehte Gwyn die Augen. »Ja. Gott. Ich fasse es bloß nicht, dass du es nie getan hast. Dabei ist er so …« – sie machte eine vage Geste –, »so … wow.«

Lucy lachte – ein wunderbarer Laut nach der Gewichtigkeit ihres Gesprächs. »Ja, Süße. Sehr unmissverständlich ausgedrückt. Und J. D.?« Sie summte. »So … wow.«

Gwyn spürte, wie ihr eigenes Lachen in ihr perlte, bis in jede Zelle ihres Körpers zu strömen schien, köstlich und angenehm wie eine Flasche eiskaltes Wasser an einem glühend heißen Tag. Eine echte Wohltat.

Lucy zog die Brauen hoch. »Allerdings frage ich mich natürlich, wie … das … funktionieren soll. Du bist schließlich so …« Sie beschrieb Gwyns Zierlichkeit mit den Händen, ehe sie Thornes Umrisse nachzeichnete. »Und er ist … eben er.«

Wieder glühten Gwyns Wangen. »Das klappt. Schließlich war ich schon mit Männern zusammen, die nicht viel kleiner waren.« So wie Evan.

Nein. Sie malte sich aus, wie sie den verdammten Gedanken in einen Schrank schob, die Tür zuschlug und den Schlüssel wegwarf. *Ich werde nicht darüber nachdenken.*

Auch Lucy war ernst geworden. »Thorne ist nicht Evan.«

»Ich weiß. Aber *er* muss erst einmal wissen, dass ich es weiß. Dafür muss ich als Allererstes sorgen.«

Lucy beugte sich vor, bis ihre Stirn Gwyns berührte – eine Geste, die sie beide von Thorne gelernt hatten. »In diesem Fall hast du noch einiges an Arbeit vor dir. Gespräche wie diese mögen kein sonderliches Vergnügen sein, aber was dabei herauskommt, ist unglaublich.« Sie löste sich und drückte Gwyn einen Kuss auf die Stirn. »Viel Glück.«

»Ja. Ich werde es wohl brauchen. Denn ich habe noch eine große Aufgabe zu bewältigen, bevor er etwas Dummes tut.«

Sie erhob sich, doch Lucy hielt sie behutsam am Arm fest. »Nein«, sagte sie ernst. »Du hast keine große Aufgabe zu bewältigen, sondern musst ihm einfach zeigen, dass er der Mann ist, den du willst.«

Gwyn nickte. Das klang eigentlich gar nicht so schwierig. Denn genau das war er. *Der Mann, den ich will. Schon immer wollte.*

»Das kriege ich hin.«

»Gut.« Lucy ließ sie los. »Hals- und Beinbruch.«

Gwyn rang sich ein kleines Lächeln ab, runzelte jedoch die Stirn, als ihr Handy vibrierte. Ein Anruf von Mowry, der in ihrer Abwesenheit den Klub leitete. Normalerweise meldete er sich erst später – um zwei Uhr früh, nach der letzten Runde.

Sie überlegte kurz, ob sie rangehen sollte, weil die Unterredung mit Thorne weiter oben auf der Liste stand, doch dann kam eine Nachricht, ebenfalls von Mowry, ehe es erneut läutete.

Geh an dein Scheißtelefon!

Angst stieg in ihr auf, als sie das Gespräch annahm. »Was ist los?«

»Gott sei Dank.« Mowry klang leicht atemlos. »Ich habe versucht, Thorne zu erreichen, aber er geht nicht ran. Geht es ihm gut?«

»Ja … er ist okay.« Jetzt war nicht der richtige Zeitpunkt, um ihm die Situation darzulegen. »Wieso? Was ist passiert?«

»Ich habe dir doch von den zwei Typen erzählt, die gestern Abend versucht haben, hier ihren Stoff zu verhökern.«

»Ja.« Die beiden Männer, denen auch Prew gefolgt war und die offenbar Thornes Ärger als Einladung betrachtet hatten, ihre Zelte im Sheidalin aufzuschlagen. »Was ist mit ihnen?«

»Sie sind gerade wieder aufgetaucht. Tot.«

Gwyns Knie gaben nach, sodass sie sich setzen musste. »Wo?«

»In einem Lagerhaus unten am Hafen, bei den Docks.«

Erleichterung durchströmte sie. »O Gott, ich dachte schon, sie seien im Klub gefunden worden.«

Lucy hob fragend die Brauen, doch Gwyn schüttelte nur den Kopf, als Mowry fortfuhr. »Das wäre vielleicht besser gewesen. Gwyn, dort befindet sich die Kommandozentrale der Circus Freaks.«

Gwyn brauchte einen Moment, um die Verbindung herzustellen,

trotzdem ergab es keinen Sinn. »Die Motorrad-Gang?«, fragte sie und blinzelte verwirrt. Sie hatte in den Nachrichten von den Typen gehört, die mit einer Handvoll weiterer Gangs, darunter auch Tavillas *Los Señores de la Tierra,* um die Vorherrschaft in der Stadt rivalisierten. Dabei ging es um die Nähe zum Hafen und zu den einlaufenden Frachtschiffen, die alles Mögliche an Bord hatten und so weiter … an den Rest konnte sie sich gerade nicht erinnern. »Woher weißt du das?«

Mowry schnaubte ungeduldig. »Ich weiß, dass sich die Circus Freaks in dem Lagerhaus einquartiert haben, weil ich sie auf dem Schirm habe. Ich kenne ihre Mitglieder, ihre Erkennungszeichen, ihre Treffpunkte. Genauso wie Ming und all die anderen Türsteher. Die Freaks tauchen ab und zu mal hier auf, um ihren Stoff loszuwerden, und ich muss wissen, wen ich vor die Tür setzen muss.«

»Das klingt einleuchtend.« Darüber hatte sie noch nie nachgedacht. Sie fragte sich kurz, ob Thorne und Lucy davon wussten. »Wieso weiß ich davon nichts?«

»Weil es sich erst in den letzten Jahren so entwickelt hat und wir dich da nicht reinziehen wollten. Aber jetzt wird es allmählich ernst, deshalb ist Eile geboten. In den Taschen der beiden toten Burschen steckten überall unsere Streichholzbriefchen … und in ihren Mündern und Wunden.«

»O Gott«, stöhnte sie. Wieder inszenierte jemand eine Straftat, und diesmal war der Klub betroffen. »Lucy ist gerade hier, Mowry. Kann ich dich auf Lautsprecher stellen?«

»Ist J. D. auch da?«

»Nein. Nur Lucy.«

»Dann ja.« Er schilderte noch einmal, was er gesehen hatte, ehe er fortfuhr: »Beide Männer wurden aufgeschlitzt und regelrecht … ausgeweidet. So wie die Frau, die gestern früh neben Thorne im Bett gefunden wurde.«

»Großer Gott«, stöhnte Lucy. »Wie hast du von den Leichen erfahren? In den Nachrichten habe ich nichts gehört. Und J.D. müsste doch längst Bescheid wissen.«

»Weil ich einen der Freaks dafür bezahle, dass er mich auf dem Laufenden hält«, zischte Mowry. »Obwohl ich diesen elenden Dreckskerlen eigentlich keinen Penny in den Rachen schieben will. Aber ich tue es trotzdem, weil es mir hilft, den Laden sauber zu halten. So wie Thorne es haben will.«

Gwyn schloss die Augen. »Alles klar. Und bezahlst du das vom Klubkonto?«

»Nein, nicht direkt«, gestand Mowry widerstrebend. »Ich bezahle in bar, damit niemand die Verbindung herstellen kann.«

Verdammt, verdammt, verdammt, das allein würde schon bei jedem Polizisten die Alarmglocken schrillen lassen. Bestenfalls würde es so aussehen, als bezahlten sie Schutzgeld an das organisierte Verbrechen, schlimmstenfalls könnte man Mowry Veruntreuung vorwerfen. *Oder mir. Weil ich für die Buchhaltung des Klubs zuständig bin.* Oder, noch schlimmer, dass jemand aus dem Klub Drogen von einer Gang kaufte. *Wie konnte ich das übersehen?* Weil sie jahrelang in einer Blase des Leids gelebt hatte. *Verdammt!*

Sie sah Lucy an, deren Miene verriet, dass auch sie eins und eins zusammengezählt hatte. »Das ist übel«, sagte Lucy leise.

»Tatsächlich?«, ätzte Mowry.

»Also gut«, ergriff Gwyn ruhig das Wort. »Wir werden alles Frederick und Jamie erzählen und kommen dann in den Klub, weil die Cops früher oder später dort auftauchen werden.«

»Scheiße«, stieß Mowry hervor, »zu spät. Sie sind schon da.«

Im Hintergrund waren laute Stimmen zu hören, Befehle, Protest. Lucy schlug sich die Hände vors Gesicht. »Du lieber Gott.«

»Also gut«, sagte Gwyn noch einmal. »Wir kommen, so schnell wir können. Du sprichst mit niemandem. Keiner von euch.«

»Mache ich«, versprach Mowry grimmig. »Ich arbeite schließlich nicht umsonst seit Jahren für einen Strafverteidiger.«

»Weg von dem verdammten Telefon, habe ich gesagt!«, ertönte eine laute Stimme, gefolgt von einem dumpfen Knall. Dann war die Leitung tot.

Gwyn erhob sich. Zu ihrer Überraschung fühlte sie sich seltsam beherrscht. »Ich werde es Thorne sagen. Er soll ein paar Minuten haben, um es sacken zu lassen, bevor er wieder vor allen anderen den Superman spielen muss.«

Lucy nickte erschöpft. »Ja. Das wird ihm das Herz herausreißen. Wenn tatsächlich dieser Tavilla dahintersteckt, will ich ihn an einem Spieß rösten sehen, ich schwöre.«

»Weil er Thorne das antut? Ja, unbedingt, und zwar bei lebendigem Leib.« Nun war Gwyn diejenige, die Lucy übers Haar strich. »Keine Angst. Wir kriegen das schon hin.«

»Weiß ich«, murmelte Lucy, auch wenn sie keineswegs überzeugt klang, und erhob sich. »Du redest mit Thorne. Ich bringe so lange die anderen auf den neuesten Stand.«

Sie schoben die Tür auf. Sofort richteten sich sämtliche Blicke auf sie. Gwyn überließ es Lucy, die anderen zu informieren.

Sie musste zu Thorne.

14. Kapitel

Thorne stand am Fenster und starrte auf den von Flutlichtern erhellten Garten hinaus, während im Hintergrund allmählich die Sonne unterging. Was für eine Scheiße. Clay und Stevie hatten sich solche Mühe gegeben, einen sicheren Hafen für ihre kleine Familie mit Cordelia und dem kleinen Mason zu erschaffen.

Und nur meinetwegen wurden alle in Aufruhr versetzt.

Es war einfach nicht richtig. Aber immerhin wusste er, was er dagegen unternehmen musste.

Tavilla steckte hinter alldem, davon war er fest überzeugt. Er hatte es bloß nicht zugeben wollen, weil dieser Mann ihm eine Heidenangst einjagte. *Ich war feige. Und jetzt bekommen Unschuldige die Quittung dafür.*

Es war höchste Zeit, Tavilla das Handwerk zu legen. Ihm das Licht auszublasen.

Ihr Spielchen war gefährlich gewesen, das hatte er die ganze Zeit gewusst. Sie hatten einander aus der Ferne beobachtet, einander umkreist, beide wohl wissend, dass Tavilla ihn am liebsten tot sehen wollte. Wohl wissend, dass die Schlange auf kurz oder lang vorschnellen und zubeißen würde.

Und es war auch eine reine Zeitfrage gewesen, ehe Thornes Kontaktmann einknicken oder schlicht eliminiert werden würde. Und Thorne fürchtete, dass Letzteres der Fall war, denn die jüngsten Nachrichten klangen so gar nicht nach Ramirez.

Er starrte auf die neue Nachricht auf seinem Handy. Er und Ramirez hatten sich auf einen Code geeinigt, falls es Ärger gab.

Thorne hatte diesen Code in seiner Nachricht mit der Bitte um ein Treffen verwendet, doch Ramirez hatte nicht entsprechend darauf reagiert.

Treffen um 23 Uhr.

Das war die Antwort – mehr nicht. Ein klares Zeichen, dass etwas nicht stimmte, was in Ramirez' Welt bedeutete, dass er höchstwahrscheinlich nicht mehr am Leben war. Vielleicht, weil er Informationen an Thorne weitergegeben hatte, oder aber, weil er in eine Situation geraten war, in der die rechte Hand eines Drogenbarons mit dem Leben bezahlte.

Ramirez war bereit gewesen, das Risiko einzugehen, weil sein Hass auf Tavilla noch größer gewesen war als auf Thorne. Und Thorne war das Risiko eingegangen, weil er nicht bereit war, sich von einem Ungeheuer wie Cesar Tavilla in die Knie zwingen zu lassen. Denn wenn das erst einmal geschehen war, würde es allen anderen Tür und Tor öffnen. Andere würden reihenweise herbeischwärmen und von ihm verlangen, dass er sie als Anwalt bei ihren illegalen Geschäften unterstützte. Nein. Definitiv nein.

Aber jetzt ging es nicht länger nur um ihn allein. Stattdessen hatte er Unschuldige in diesen Sumpf mit hineingezogen.

Darunter die Frau, die er liebte.

In diesem Moment stieg ihm Lavendelduft in die Nase, als hätte allein der Gedanke an sie ihn heraufbeschworen. Er versteifte sich. Überall. Und verfluchte sich im Geist. *Ich hätte nie auch nur ein Wort sagen dürfen.* Damit hatte er diesem beschissenen Chaos, zu dem sich sein Leben gerade in atemberaubendem Tempo entwickelte, noch eine zusätzliche und völlig unnötige Dramatik verliehen.

Eine kleine, schmale Hand legte sich auf seinen Rücken und streichelte ihn behutsam. Er musste ein Stöhnen unterdrücken. Er sehnte sich nach ihrer Zuneigung. Ihrer Unterstützung. Ihrer Freundschaft. Und er wünschte sich so vieles mehr. Aber jetzt … selbst wenn sie seinem »unwiderstehlichen Charme« erliegen sollte, dachte er bitter, bliebe stets ein Verdacht, und er würde sich bei allem fragen, ob sie es nur aus schlechtem Gewissen tat. Oder, schlimmer noch, aus Mitleid.

Damit könnte er nicht umgehen. Und würde es auch nicht akzeptieren.

Weil er mehr verdiente. Sie beide verdienten mehr.

»Es tut mir leid, Thorne«, sagte sie leise.

Wieder schluckte er. »Was tut dir leid?«, presste er mühsam hervor.

»Dass ich so egoistisch und unsensibel war. Und auch noch ein paar andere Dinge.« Sie lehnte sich gegen ihn und legte die Stirn an seinen Rücken.

»Was für andere Dinge?«

Sie lachte leise. »Du widersprichst mir also nicht, wenn ich sage, dass ich egoistisch und unsensibel war?«

Zu seiner Verblüffung spürte er, wie sich ein Lächeln auf seinem Gesicht ausbreitete. »Nein.«

»Ich …« Er spürte, wie sie tief Luft holte. »Ich finde, wir müssen über das reden, was du mir gestern Abend gesagt hast. In meinem Schlafzimmer.«

Sein Lächeln verblasste. »Ich wünschte, ich hätte es nie getan«, sagte er – das Ganze hörte sich schwer nach einem bevorstehenden Korb an. Er hörte es in ihrer Stimme.

»Nein«, sagte sie leise. »Ich bin froh darüber. Ich musste es hören, damit ich endlich aufwache.«

Er stand vollkommen reglos da, wartete darauf, dass das Fallbeil niederging, konnte nur hoffen, dass es schnell gehen würde.

»Schluss jetzt«, flüsterte sie. »Ich sage nicht Nein. Hör auf, darauf zu warten.«

Nur unter Aufbietung all seiner Willenskraft gelang es ihm, stehen zu bleiben, obwohl sich seine Knie wie Pudding anfühlten.

»Heißt das, du sagst Ja?«

»Kann sein.«

Er konnte sich ein Lachen nicht verbeißen. Die Antwort war so typisch für sie, eine Gwyn-Antwort, wie sie im Buche stand. »Kann sein?«

Sie seufzte. »Ich … ich möchte dir ein paar Dinge sagen. Schöne Dinge«, fügte sie eilig hinzu, als er sich neuerlich anspannte. »Hauptsächlich. Hoffe ich zumindest. Aber, äh, der Großteil davon muss noch ein bisschen warten.«

Er rang um Fassung, während er einen Moment lang nicht recht wusste, ob er lachen oder weinen sollte. »Wieso bist du reingekommen, Gwyn?«

»Na ja … eigentlich wollte ich dir etwas Schönes erzählen, aber dann kam mir eben das Schlimme in die Quere. Und jetzt musst du dir beides anhören.«

Er drehte sich um und ergriff behutsam ihre Arme, während sie sich nach hinten lehnte, um ihm ins Gesicht sehen zu können. Wann immer sie das tat, hatte er Angst, sie könnte auf ihren unfassbar hohen Absätzen umkippen. Sie nahm seine hilfsbereite Geste mit dem Anflug eines Lächelns zur Kenntnis.

»Ich wünschte, ich wäre ein Stück größer«, sagte sie seufzend.

»Mir gefällst du so, wie du bist … klein und egoistisch«, fügte er nach einer Sekunde hinzu, um sie ein weiteres Mal zum Lächeln zu bringen.

Sie reagierte. Ein süßes, scheues Lächeln, das er noch nie zuvor an ihr gesehen hatte, dessen war er sich ganz sicher, denn er hätte es nicht vergessen. Er wünschte sich von Herzen, dass es allein ihm vorbehalten war und niemand anderes es jemals zu sehen bekam. »Du bist ein alter Charmeur«, sagte sie, wenn auch ausnahmsweise nicht mit ihrem typischen Sarkasmus. Stattdessen war ihre Stimme sanft. Und ein klein wenig unsicher.

Am liebsten hätte er die Augen geschlossen, ihren köstlichen Duft in sich aufgesogen, doch was gleich kommen würde, schien überaus wichtig zu sein. Außerdem war die unsichere Gwyn nicht die Frau, die er wollte. *Mitgefangen, mitgehangen.*

»Würdest du mir für einen Moment deine Gunst erweisen?«

Sie sah ihn verblüfft an. »Meine Gunst? Machen wir einen Ausflug ins Viktorianische Zeitalter?«

»Nein, und ja, deine Gunst.« Er löste eine Hand von ihrem Arm und strich zärtlich mit dem Daumen über ihre Unterlippe.

Ein weicher Ausdruck trat in ihre Augen. Ein gutes Zeichen. Er mochte die sanfte Gwyn, aber nicht die verunsicherte. »Und wie soll das aussehen?«

»Ich würde dich gerne für einen Moment in den Armen halten, bevor du mir von dem schlimmen Grund erzählst, weshalb du hier bist.«

Ohne zu zögern, trat sie vor, stellte sich auf die Zehenspitzen und legte beide Hände um seine Wangen. »Ja. Ich finde, das verdienen wir beide.«

Statt einer Erwiderung hob er sie hoch und schob ihren Rock ein Stück nach oben, sodass sie die Beine um seine Taille legen konnte. Im ersten Moment sog sie scharf den Atem ein, ehe sie sich zu ergeben schien, wie nach einem erbitterten Streit, den sie längst verloren wusste, es jedoch nur noch nicht zugeben wollte. Ihre Schuhe fielen zu Boden, zuerst der eine, dann auch der zweite, als sie die Beine fest um ihn schlang.

Erschaudernd vergrub er das Gesicht an ihrem Hals. Und atmete tief ihren Duft ein.

Sie legte die Wange auf seinen Kopf und strich ihm zärtlich durchs Haar. »Ich habe mich immer gefragt, wie es ist.«

»Wie *was* ist?«, fragte er, obwohl es ihm schwerfiel, selbst die einfachsten Worte zu finden.

»Wie es sich anfühlen würde, von dir gehalten zu werden.«

»Das habe ich doch schon früher getan.«

»Ja, aber nicht so. Anders.«

»Wie anders?« Er erschauderte neuerlich, als sie mit den Lippen über seine Schläfe strich. »Damals war ich innerlich zerbrochen. Aber jetzt nicht mehr.«

Seine Brust wurde so eng, dass er kaum noch Luft bekam. Aber er würde nicht nach Luft schnappen, würde nicht zittern, würde nichts tun, um diesen Moment zu zerstören. Weil er wichtig war. Sie löste sich weit genug, um ihm ins Gesicht sehen zu können.

»Du glaubst mir nicht«, stellte sie fest.

Er stieß den Atem aus. »Nein. Ich meine, doch. Schon. Ich meine …« Er gab es auf. Es war sinnlos zu versuchen, nach den richtigen Worten zu suchen. Irgendetwas stimmte hier nicht. Sie sagte nicht die Wahrheit. Zumindest nicht die ganze. Er kannte sie lange genug, um es genau zu spüren. Sein Herz verkrampfte sich, und eine Stimme in seinem Innern rief ihm zu, sie loszulassen und zu verschwinden. Vorsichtig drückte er gegen ihre Beine, bis sie ihren Griff lockerte, sich an ihm heruntergleiten ließ. Barfuß stand sie vor ihm und sah ihn an, während ein panischer Ausdruck in ihre Augen trat.

»Du glaubst mir nicht.«

»Ich will dir ja gern glauben«, sagte er und spürte, wie ihre Panik Angst in seinem Innern aufsteigen ließ. »So sehr. Aber …«

»Aber?«, flüsterte sie.

»Ich will nicht, dass du mir all das sagst, nur weil du Mitleid mit mir hast.« Seine Stimme drohte zu brechen, als seine Kehle eng wurde. »Das würde ich nicht überleben. Es würde mich umbringen.«

Ihre Atemzüge wurden flach. »Verlass mich nicht.«

»Das werde ich nicht«, sagte er und bemühte sich, dabei sanft zu klingen. »Ich verspreche es. Ich habe vorhin gesagt, wir bleiben auf jeden Fall Freunde, was auch passiert. Das habe ich auch genauso gemeint, deshalb brauchst du nicht –«

»Hör auf«, zischte sie. »Ich habe kein Mitleid mit dir, sondern muss dir jetzt sagen, dass ich … dass ich …« Abrupt packte sie ihn am Hemd und zog ihn zu sich heran. »Ich habe jetzt keine Zeit für so etwas«, sagte sie leise und schloss für einen Moment die Augen.

Kränkung und Verärgerung stiegen in ihm auf, doch bevor er etwas erwidern konnte, schlug sie die Augen wieder auf, neigte den Kopf nach hinten und sah ihn an. Die Panik war einem Ausdruck grimmiger Entschlossenheit gewichen, wie er ihn sonst nur aus den Augen seiner Mandanten kannte, die entschieden hatten, den Kampf aufzunehmen und vor Gericht ihre Unschuld zu beweisen. »Ich ... muss dir ein paar Dinge sagen. Wichtige Dinge«, sagte sie. Er wappnete sich innerlich, wohl wissend, dass ihm nicht gefallen würde, was er gleich zu hören bekäme. »Der zweite Grund, weshalb du gekommen bist.«

»Nein. Nur ... Ja, das auch, aber zuerst Folgendes.« Anmutig ließ sie sich auf die Knie sinken und tätschelte einladend den Teppich neben sich. »Komm, setz dich zu mir, bitte.« Mit einem mulmigen Gefühl gehorchte er, wenn auch schweigend, weil er nicht wusste, was er sagen sollte. Kniend legte sie erneut die Hände um sein Gesicht, während sie sich sichtlich wappnete. »Ich stand nicht die ganze Zeit unter Drogen.«

Er blinzelte. »Was meinst du?«

»Evan. Ich stand nicht die ganze Zeit unter Drogen. Bevor er Lucy entführt hat. Es ist ... etwas passiert.«

Einen Moment lang konnte er sie nur anstarren, als ihm die Bedeutung ihrer Worte dämmerte, gefolgt von einer Woge des Entsetzens und der Wut. Dem Bedürfnis, kein Wort davon glauben zu wollen. »Nein«, stieß er heiser hervor. Aber es stimmte. Er konnte es in ihren Augen lesen. Das war es also, was sie die ganze Zeit verborgen hatte.

Nein. Nein, nein, nein, nein. Das Wort hallte in seinem Kopf wider, und er musste sich auf die Zunge beißen, um es nicht über seine Lippen dringen zu lassen. Denn sie sah ihn aufmerksam an, wartete darauf, wie er reagierte.

Jetzt zählte es. Seine Reaktion könnte sie zerschmettern, könnte bewirken, dass sie ein weiteres Mal zerbrach. Und dazu würde er es keinesfalls kommen lassen.

Aber er wusste nicht, was er sagen sollte. Am liebsten hätte er aufgeheult, laut geschrien, Evan aus seinem Grab gezerrt und dieses elende Schwein noch ein zweites Mal getötet.

Aber nichts davon würde Gwyn helfen. Zumindest nicht jetzt, in diesem Moment, wo sie ihn so voller Hoffnung ansah.

Hoffnung, dass er es akzeptieren würde? Dass es keine Rolle spielte?

Aber das tat es. Sogar eine große. Tränen brannten in seinen Augen, doch er blinzelte dagegen an, während er die Hand nach ihr ausstreckte. Bereitwillig schmiegte sie sich in seine Arme. Er spürte ihr Zittern, als er sie auf seinen Schoß zog und sie behutsam hielt, ganz behutsam, denn würde er sie so fest an sich drücken, wie er es am liebsten täte, würde er sie zerquetschen.

Er hob ihr Kinn an und zwang sie, ihm in die Augen zu sehen. »Was ist passiert?«, fragte er. Selbst in seinen eigenen Ohren klang seine Stimme rau, barsch, beinahe drohend.

Dennoch schienen es die richtigen Worte gewesen zu sein, denn er sah die Erleichterung in ihren Augen aufblitzen. »Dinge, über die ich jetzt und hier nicht sprechen kann, aber es sind Dinge, die es mir schwer machen, dir zu sagen, wie ich wirklich empfinde.« Sie senkte den Blick. »Weil ich Angst habe.«

Er wurde blass. »Vor mir?«

»Nein!« Wieder sah sie ihn an, während sie den Griff um sein Gesicht verstärkte. »Nicht vor dir. Und das ist etwas, was du verstehen musst. Vor dir hätte ich niemals Angst. Bei dir fühle ich mich sicher. Du bist … der Mann, den ich will, Thorne. Der Richtige. Und ich wollte nur nicht …« Sie hielt mit schmerzverzerrtem Gesicht inne. »Ich wollte eben nicht, dass du dir Sorgen um mich machst. Oder glaubst, ich wäre für immer zerbrochen.«

»Das habe ich nie gedacht«, krächzte er. »So etwas würde ich niemals denken.«

»Ich weiß. Aber ich kann nicht zulassen, dass du glaubst, ich hätte Angst vor *dir*. Denn so ist es nicht.«

»Was ist es dann?«

»Ich kann es noch nicht einmal in Worte fassen.« Sie hielt inne. »Vielleicht habe ich Angst davor, dass alles kaputtgeht, sobald ich es dir einmal offen erzähle. Als sei all das hier … nur geborgt. Mir ist bewusst, dass das alles völlig verrückt klingt, keinerlei Sinn ergibt.«

Aber das tat es. Es war überhaupt nicht verrückt. »Du würdest vielleicht staunen«, murmelte er.

Blanker Schmerz stand in ihren wunderschönen blauen Augen, als sie ihn ansah. »Vielleicht. Und wir werden darüber reden, versprochen. Aber für den Moment will ich, dass du weißt, wie ich empfinde. Es fällt mir schwer, es in Worte zu fassen, aber du bist der Mann, den ich will, Thorne. Genauso ist es. Sofern du mich noch willst.«

Sein Mund wurde trocken. Staubtrocken. »Wie sollte ich dich jemals nicht wollen? Du bist hier. Bei mir. Was auch immer dir dieses elende Schwein angetan hat, du hast es überlebt. Und nichts wird daran je etwas ändern. Nichts wird sich daran ändern, wie ich für dich empfinde.«

Wieder stand ihr die Erleichterung ins Gesicht geschrieben. »Aber etwas muss ich dir noch gestehen.«

Er holte tief Luft und wappnete sich innerlich. »Schieß los.«

Sie beugte sich vor und strich mit den Lippen über seine Wange. »Ich träume von dir. Unglaublich schöne Dinge, Thorne.«

Er stieß den Atem aus, den er angehalten hatte. »Und das erzählst du mir? Jetzt? Hier? Ist das eine neue Foltermethode?«

Er spürte ihr Lächeln an seiner Wange. »Nein. Ich wollte nur, dass du es weißt. Weil ich dachte, dass es allen rings um dich herum so ergeht. Aber es stellt sich heraus, dass es nicht so ist.«

Er runzelte die Stirn. »Ich habe keine Ahnung, was ich davon halten soll.«

Sie gab ein Summen von sich, dessen Vibration durch seinen gesamten Körper wanderte, bis hinunter zu seinem Schwanz.

»Früher dachte ich immer, was ich für dich empfinde, sei ganz normal … dass vermutlich neunundneunzig Prozent aller Frauen da draußen gern mit dir zusammen wären.«

»Es ist mir egal, was neunundneunzig Prozent wollen. Ich will dich. Und das wollte ich schon immer.«

Wieder spürte er, wie sie lächelte. »Das freut mich zu hören. Aber herauszufinden, dass es anderen Frauen nicht so geht, hat mir gezeigt, dass es … etwas ganz Besonderes ist. Und ich wollte, dass du das weißt. Weil ich nicht Nein sage. Ich sage noch nicht einmal Vielleicht.«

»Was dann?«, fragte er heiser.

Sie ließ ihre Lippen über seine Wange zu seinem Mund wandern und küsste ihn. Scheu. Wie der erste Kuss eines Teenagers. Doch es war viel mehr als das. Er erstarrte, während ein tiefes Grollen in seinem Innern aufstieg.

»Gwyn. O Gott!«, stöhnte er, als sie den Kopf hob.

»Ich weiß.« Ihr Lächeln war so süß und unschuldig wie ihr Kuss. »Ich war so lange in einem tiefen Schlaf, Thorne. Wieso hast du mich nicht geweckt?«

In ihrer Stimme lag keinerlei Vorwurf. Er schluckte. »Ich wusste nicht, wie. Ich hatte Angst, ich … tue dir weh. Füge dir einen Schaden zu, der sich nicht wiedergutmachen lässt.«

Noch immer spürte er ihre Berührung, wünschte sich, er könnte die Augen schließen und wie eine Katze schnurren, doch er riss sich zusammen.

»Du hattest viel Geduld mit mir.«

»Du bist es mir wert«, flüsterte er.

Sie schluckte. »Danke.« Sie holte Luft, was ihm verriet, dass der Moment vorüber war. »Ich musste erst mal in der Lage sein, dir all das sagen zu können. Eigentlich wollte ich dir noch viel mehr sagen, aber für den Moment müssen wir uns damit zufriedengeben.«

Er schüttelte den Kopf, als helfe es ihm, seine Gedanken zu klären, und er widerstand dem Drang, die Finger in ihre weiche Haut zu pressen und sich zu nehmen, wonach er gierte. Doch etwas hielt ihn davon ab. Ihre Worte.

Geduld, du Blödmann. Denk daran, was sie gesagt hat. Über die Dinge, die vorgefallen sind. Dinge, die ihr auch jetzt noch, so viele Jahre später, Angst machen. Evan, dieses elende Schwein. Zum millionsten Mal wünschte Thorne sich, er sei nicht tot ... nur damit er ihn umbringen konnte. Mit bloßen Händen.

»Shh«, hörte er sie flüstern und merkte erst jetzt, dass er die Zähne aufeinandergebissen hatte und ein finsteres Gesicht machte. »Es wird alles gut. Du bist der, den ich will. Und das heißt, ich gehöre dir. Es wird alles gut, Thorne.«

»Versprichst du es?«, fragte er und kam sich wie ein Idiot vor. Wie ein kleines Kind.

»Ich verspreche es«, flüsterte sie und gab ihm einen weiteren züchtigen Kuss auf den Mund. »Aber ich brauche dich an meiner Seite, weil es noch ein Problem gibt. Sag mir, wenn du so weit bist, es dir anzuhören.«

Er legte den Kopf an ihre Schulter und wartete, bis seine Wut verraucht war ... ebenso wie das Verlangen in seinem Innern und die Euphorie, dass auch sie ihn wollte. »Gut. Sag mir, was passiert ist.«

Er lauschte, während sie ihm alles erzählte: vom Klub, von den Leichen der beiden Dealer, von dem Versuch, es so aussehen zu lassen, als hätten sich die Besitzer des Sheidalin auf übelste Weise an den Circus Freaks gerächt.

»O Gott«, stöhnte er, als sie geendet hatte.

»Ich weiß, aber nichts davon ist deine Schuld.«

»Nein, aber ich weiß, auf wessen Konto all das geht.«

»Cesar Tavillas.«

»Genau. Er hat versucht, den Sohn seines Rivalen für den schweren Diebstahl bezahlen zu lassen, den sein eigener Sohn begangen hat, aber das hat nicht funktioniert, und deshalb versucht er jetzt, uns die Freaks auf den Hals zu hetzen. Er versucht, eine rivalisierende Bande für seine Zwecke zu benutzen und sie dazu zu bringen, dass sie den Klub kurz und klein schlagen.« Er ließ den Kopf gegen die Wand sinken. »Und was machen die anderen gerade?«

»Ich weiß es nicht. Lucy wollte sie informieren, und ich wollte, dass du zuerst ein paar Minuten hast, um alles zu verdauen, was ich dir zu sagen hatte, bevor du wieder den Mr Teflon spielen musst.«

Trotz des Ernstes der Lage musste er grinsen. »Mr Teflon?«

»Ja. An dem alles abprallt.«

»Bei den meisten funktioniert es auch«, gab er leichthin zurück.

»Die meisten kennen dich auch nicht so gut wie ich«, wandte sie ein. »Die meisten …« Sie hielt inne und spürte, wie sich ihre Wangen röteten. *So bildschön,* dachte er. »Die meisten empfinden auch nicht so für dich. Nicht wie ich.«

Mit einem Mal wurde er von seinen Gefühlen übermannt, mit einer Intensität, die er nicht von sich kannte. Ja, sie hatte ihm gestanden, dass Evan ihr Schlimmeres zugefügt hatte, als ihm bewusst gewesen war. Aber sie hatte ihm auch gestanden, dass sie ihn wollte. Und dass sie allein ihm gehörte. Er kannte diese Frau. Liebte sie. Seit Jahren. Sie brauchte ihn, musste darauf zählen können, dass er die starke Frau sah, die sie heute war, und nicht das innerlich zerbrochene Geschöpf von einst.

Er hob ihr Kinn an und blickte eindringlich auf ihren Mund, in der Hoffnung, dass ihm seine Absicht anzusehen war. »Bitte?«

Sie schluckte. »Bitte.«

Er beugte sich vor, legte die Lippen auf ihren Mund, spürte, wie sie mit ihm verschmolz. Ihre Hand berührte seine Wange, hielt ihn fest, während sich ihre Lippen teilten, als er mit der Zungenspitze leicht dagegen stieß. Und es fühlte sich gut an. Unbeschreiblich. Er hielt sie so behutsam fest, wie er nur konnte, ehe er sich von ihr löste. Ihre Augen waren immer noch geschlossen, ihre Wimpern lagen wie ein Fächer auf ihrer makellosen Haut.

Ihre Lippen verzogen sich zu einem Lächeln. »Und?«

»Ich frage mich, wann du mir erlaubst, das wieder zu tun.«

Sie schlug die Augen auf. Wieder wurde sein Mund ganz trocken, als er das Verlangen darin sah. Lust, Begierde, alles, was er all die Jahre darin zu lesen gehofft hatte. Sie träumte also von ihm. Er hätte einiges darum gegeben, mehr Zeit zu haben, um herauszufinden, was in diesen Träumen geschah.

Ein vorsichtiges Räuspern ertönte. Abrupt lösten sie sich voneinander und blickten zur Tür, wo Lucy mit verschränkten Armen und unheilvoller Miene stand. »Ich habe euch so viel Zeit gegeben, wie ich nur konnte«, sagte sie. »Aber die Polizei hat den Klub dichtgemacht und Mowry, Ming und Laura festgenommen.«

»Mowry hat gesagt, er hätte einem der Freaks Geld aus der Handkasse gegeben«, erklärte Gwyn, »und Ming hat die beiden Dealer gestern Abend rausgeworfen.« Sie sah Lucy an. »Aber wieso haben sie Laura festgenommen?« Ihre Barkeeperin war eine anständige Frau, die sich nie etwas hatte zuschulden kommen lassen. Sie war alleinerziehende Mutter, die sich ihr BWL-Studium durch die Schichten hinter dem Tresen finanzierte.

Lucy biss sich auf die Lippe. »Sie behaupten, sie hätte gedealt. Anscheinend haben sie hinter der Theke Drogen gefunden. Koks und Fentanyl. Alles war so präpariert, dass man es nur noch verkaufen musste.«

Thorne erhob sich und starrte Lucy fassungslos an. »Was zum Teufel soll das denn?«

Lucy seufzte. »Ich weiß. Jamie und Frederick sind schon auf dem Weg zum Revier. J. D. fährt mich zum Klub, damit ich alles abschließen kann. Sobald wir Genaueres wissen, müssen wir überlegen, wie wir weiter vorgehen sollen.«

Thorne biss die Zähne zusammen. »Das lasse ich nicht zu, Lucy. Auf Gwyn und Stevie wurde geschossen. Ich will nicht, dass du auch nur in die Nähe des Klubs kommst.«

»Genau das habe ich ihr auch gesagt.« J. D. trat mit finsterer Miene hinter seine Frau.

»Das Sheidalin ist unser Klub«, protestierte Lucy. »Wir können uns doch nicht ewig verstecken.«

»Aber du kannst da ohnehin nicht reingehen, weil es wegen des Drogenfunds offiziell ein Tatort ist«, erklärte J. D.

»Herrgott noch mal!«, stieß Lucy hitzig hervor. »Wir beschäftigen mindestens dreißig Mitarbeiter. Wir können doch nicht zulassen, dass sie uns einfach den Laden dichtmachen.«

»Das geht auf Tavillas Konto«, erklärte Thorne und hielt Gwyn die Hand hin, um ihr aufzuhelfen. Sie schlüpfte in ihre Schuhe und machte sich dadurch zehn Zentimeter größer, sodass sie ihm bis zur Schulter reichte. Er ertappte sich dabei, dass er die Schultern leicht einzog, so wie er es schon Tausende von Malen getan hatte. Doch im Gegensatz zu all den anderen Malen trat sie nun näher zu ihm und legte die Hand auf seinen Rücken.

»Hast du deinem Kontaktmann wegen des Treffens geschrieben?«, fragte Lucy, auf deren Zügen sich so etwas wie Erleichterung abzeichnete, ebenso wie auf J. D.s, was die Situation aus irgendeinem Grund ein wenig erträglicher machte.

»Ja«, antwortete Thorne, »aber nach diesem Chaos bin ich mir nicht sicher, ob die Cops zu einem weiteren Undercovereinsatz bereit sind.«

»Was hat dein Kontaktmann geschrieben?«, fragte Gwyn.

»Dass er sich um 23 Uhr mit mir treffen will.«

Gwyn schnaubte. »Was für eine Zeit ist das denn?«

Thorne zuckte die Achseln. »Die, zu der wir uns üblicherweise treffen. Um die Zeit konnte ich normalerweise für eine Weile unbemerkt aus dem Klub verschwinden und wieder zurück sein.«

»Bildet euch bloß nicht ein, ich hätte nicht mitbekommen, dass ihr das Thema wechselt«, erklärte J. D. verärgert. »Lucy und Gwyn werden sich von diesem Tatort fernhalten.« Er schloss die

Augen. »Bitte, Lucy«, flüsterte er. »Du darfst kein Risiko einge-
hen. Das geht einfach nicht.«

»Er hat völlig recht, Lucy«, meinte Gwyn. »Du bist zweifache
Mutter.«

»Hey«, blaffte Lucy, »wenn ich nicht gehe, gehst du auch nicht.«
Ungerührt verschränkte Gwyn die Arme. »Weiß ich.«

Sie sah wie eine Fünfjährige aus, die früh ins Bett geschickt wurde. Wäre die Lage nicht so ernst, hätte Thorne tatsächlich lächeln
müssen. »Ich gehe«, sagte er. »Mich will er nicht töten, sondern
bloß ruinieren, wie es aussieht. Ich brauche einen Wagen.«

»Ich fahre dich«, sagte J. D. »Und ihr beide«, fügte er mit einer
Geste auf die beiden Frauen hinzu, »bleibt hier. Wir holen euch
später ab.«

»Ist Phil mit Jamie und Frederick gefahren, oder ist er noch
hier?«, fragte Thorne.

»Weder noch«, antwortete J. D. »Sam hat ihn nach Hause gebracht.«

Lucy hob die Hand, als Thorne protestieren wollte. »Entspann
dich, Thorne. Er musste irgendwelche Medikamente nehmen
oder so was. Sam hat versprochen, bei ihm zu bleiben, bis du
nach Hause kommst. Außerdem passt Agent Ingram auf Phil
auf, weil du ja J. D. an deiner Seite hast. Ingram macht seine Sache bestimmt gut.«

»Wir treffen uns an der Haustür«, sagte J. D. »Ich muss meine
Waffe noch aus Clays Safe holen.«

Lucy wartete, bis ihr Ehemann verschwunden war, ehe sie lächelte. »Ihr habt eine Minute, um zu Ende zu bringen, wobei ich
euch gerade unterbrochen habe.«

Gwyn verlor keine Zeit. Sie packte Thorne am Hemdkragen und
stellte sich auf die Zehenspitzen. »Du passt auf und gehst keinerlei Risiko ein, verstanden?«, knurrte sie.

»Verstanden«, murmelte er, beugte sich herunter und küsste sie,
so wie er es sich die ganze Zeit ersehnt hatte. Und sie erwiderte

seinen Kuss genau wie in seiner Fantasie. Leidenschaftlich, heiß und absolut perfekt.

Allzu schnell löste sie sich schwer atmend von ihm. »Komm zu mir zurück, Thomas Thorne«, flüsterte sie. »Versprich es mir.«

Er verstand. Sowohl, was sie von ihm verlangte, als auch, was er riskieren würde, nur um ihr das Versprechen zu geben: Er würde nicht ohne Verstärkung zu Ramirez' Haus gehen, sondern J. D. mitnehmen. Ausgerechnet ihn. Sollte sein Informant wie durch ein Wunder doch nicht tot sein, würde er sein Versprechen ihm gegenüber brechen, weil J. D. von Rechts wegen verpflichtet war, Ramirez festzunehmen. Er stand viel zu weit oben in Tavillas Organisation, um keinen Dreck am Stecken zu haben.

Trotzdem konnte er sich der Verzweiflung in ihren Augen nicht entziehen. »Ich verspreche es.«

15. Kapitel

»Das ist der reinste Albtraum«, murmelte Thorne.

J. D. grunzte zustimmend, als er von der Schnellstraße abfuhr und an der Ampel stehen blieb. »Ja, das kann ich nur bestätigen.«

Ins Sheidalin zu fahren, hatte sich als Riesenfehler entpuppt. Nicht nur, dass die Cops den Klub dichtgemacht hatten, sondern es hatte auch von Reportern nur so gewimmelt. Damit würden sich die Medien auf sämtlichen Titelseiten und in den Eilmeldungen der TV-Nachrichten die Mäuler über Thorne, Lucy und Gwyn zerreißen, allen voran über Thorne.

Die Cops hatten ihn nicht einmal in die Nähe des Gebäudes gelassen. Jemand hatte die Eingangstür großzügig mit Absperrband zugepflastert, sehr zur Freude der Reporter, da sich das grelle Gelb herrlich wirkungsvoll von der dunklen Klubfassade abhob.

Thornes Eintreffen hatte einigen Aufruhr verursacht, und die Reporter hatten sich wie die Geier mit ihren Mikrofonen und gemeinen und unverhohlenen Anschuldigungen auf ihn gestürzt. Zwar war es ihm gelungen, die Beherrschung zu wahren, aber nur mit Mühe. Schließlich hatte J. D. sie zum Polizeirevier gebracht, allerdings war Thorne Jamies Warnung gefolgt und hatte sich geweigert, einen Fuß hineinzusetzen.

Es lag kein Haftbefehl gegen Thorne vor, doch auf dem Revier aufzutauchen, könnte im schlimmsten Fall dazu führen. Außerdem hatten Jamie und Frederick alles unter Kontrolle. Es war ihnen gelungen, Ming, Mowry und Laura auf Kaution freizubekommen, allerdings hatten sie es ausgerechnet Lieutenant Hyatt zu verdanken, dass es so schnell gegangen war, da dieser seine Beziehungen hatte spielen lassen. Das gefiel den beiden Anwälten ganz und gar nicht.

Thorne und J. D. hatten Ming und Mowry nach Hause gefahren, während Jamie und Frederick noch auf Lauras Freilassung gewartet hatten.

Und nun befanden sich Thorne und J. D. auf dem Weg zu Ramirez.

Thorne seufzte. »Wie wollen wir vorgehen, J. D.?«

»Du tust einfach, was du bisher auch getan hast«, antwortete J. D. entschieden. »Du versuchst zu beweisen, wer hinter alldem steckt, und dann geben du, Gwyn und Lucy der Zeitung oder dem Fernsehsender mit der größten Reichweite ein Exklusivinterview.«

Die Reporter hatten sich vor dem Klub gedrängt und mit aufgesetzt enttäuschten Mienen verkündet, ihren Zuhörern und Lesern leider mitteilen zu müssen, dass die Besitzer des Sheidalin »mutmaßlich« in einen Drogenkrieg zwischen zwei rivalisierenden Banden geraten seien. *Mutmaßlich*, dachte Thorne bitter. *Dass ich nicht lache!*

»Wenn das Wort *Schuld* erst einmal laut ausgesprochen wurde, ist die Meinung in der Öffentlichkeit in Beton gegossen, auch wenn danach noch so häufig beteuert wird, dass es lediglich eine unbestätigte Vermutung war.« Er klappte sein Handy auf und ging die neuesten Meldungen durch. »Die könnten wenigstens meine ethnische Zugehörigkeit richtig darstellen. Einer der Reporter bezeichnet mich als Samoaner. Das ist immerhin schon mal die korrekte Hemisphäre. Für alle anderen bin ich Araber oder Hispano und habe automatisch seit der Eröffnung des Sheidalin vor sieben Jahren mit allem gedealt, was der Markt hergibt, von Waffen über Drogen zu Gott-weiß-was.«

J. D. zog die Brauen hoch. »Das ist doch Sensationsjournalismus. Kein Mensch glaubt diesen Schwachsinn.«

»Du würdest dich wundern«, gab Thorne düster zurück und verkniff sich die Bemerkung, dass J. D. das nicht verstehen konnte, wohingegen er selbst jahrzehntelang die Kommentare gehört hatte, hinter seinem Rücken oder auch direkt ins Gesicht. Und die Leute glaubten »diesen Schwachsinn« sehr wohl, sonst würde er wohl kaum ständig in den Blättern und im Fernsehen verbreitet werden.

»Dann rede mit ihnen. Gib ihnen, was sie haben wollen. Lass dich interviewen und stelle die Fakten klar.«

Thorne schüttelte den Kopf. »Das könnte mir jederzeit um die Ohren fliegen. Du weißt doch, wie es immer so schön heißt: Ein Journalist soll eine Story erzählen, ohne selbst Teil der Story zu werden. Und ich spreche im Namen eines Mandanten mit der Presse, will aber nicht selbst der Mandant sein.«

»Aber genau das bist du jetzt, Thorne«, warf J. D. sanft ein.

Thorne schnaubte abfällig. »Das weiß ich selbst. Und irgendwann rede ich vielleicht tatsächlich mit ihnen, obwohl es mir allein bei der Vorstellung schon hochkommt.« Er massierte sich die Schläfen. »Viel mehr Sorgen macht mir, welche Auswirkungen der ganze Vorfall auf den Klub haben wird. Wenn das Sheidalin pleitegeht, stehen über dreißig Leute von jetzt auf gleich auf der Straße. Ich habe zwar Ersparnisse, aber die reichen nicht, um ihre Löhne die ganze Zeit weiterzubezahlen.«

J. D. sah ihn überrascht an. »Du denkst doch nicht ernsthaft darüber nach, oder? Sie aus eigener Tasche weiterzubezahlen, meine ich.«

»Natürlich tue ich das. Die meisten unserer Angestellten leben praktisch von einem Monat zum nächsten und können sich nicht erlauben, auf ihr Gehalt zu verzichten.«

J. D. starrte ihn fassungslos an. »Du hast so viel Geld auf der Seite?«

Thorne zuckte unbehaglich die Achseln. »Jamie und Phil haben mir nach dem College-Abschluss ein wenig Bargeld geschenkt.

Eigentlich war es für eine Rucksacktour durch Europa gedacht, aber ich habe es stattdessen investiert, und inzwischen hat es sich ziemlich gut entwickelt.«

»Wahnsinn. Allerdings bezweifle ich, dass Lucy und Gwyn dir erlauben werden, dein Privatvermögen für die Gehälter zu verwenden.«

»In diesem Fall werden unsere Leute kündigen müssen, weil ihnen nichts anderes übrig bleibt. Und wenn wir dann wieder loslegen, müssen wir mit einer völlig neuen Mannschaft klarkommen.«

»Darüber kannst du dir ja Gedanken machen, wenn es so weit ist«, sagte J. D. ruhig. »Tatsache ist jedenfalls, dass es dich sehr ehrt, überhaupt nur darüber nachzudenken.«

Thorne stieß ein freudloses Lachen aus. »Du brauchst gar nicht so erstaunt zu klingen.«

»Halt den Mund«, erwiderte J. D., wenn auch gutmütig. »Du gehst immer davon aus, dass jeder nur das Schlechteste von dir denkt.«

»Weil es bei den meisten auch so ist.«

»Das könnte leider der Fall sein«, räumte J. D. ein, als die Ampel auf Grün sprang und er wieder losfuhr. »Wohin jetzt?«

»Ich dirigiere dich. Ist es zu viel verlangt, dass du nachher im Wagen bleibst und mich allein mit Ramirez reden lässt?«

»Ja. Hauptsächlich, weil ich dir ein Alibi geben muss.«

»Hoffentlich glauben sie dir überhaupt«, murmelte Thorne.

»Was soll das denn bedeuten?«

»Allein die Tatsache, dass du mit mir zusammen bist, könnte deinem Ruf schaden. Ich gelte jetzt offiziell als ›mutmaßlicher Drogendealer‹. Ach ja, und als Mörder noch dazu. Das sollten wir nicht vergessen.«

»Joseph glaubt das aber nicht. Und Hyatt genauso wenig.«

Thorne brachte zumindest die Energie auf, den Kopf zu schütteln. »Bald spielt es sowieso keine Rolle mehr, weil ich am Pranger stehen werde und die Öffentlichkeit ein Urteil über mich fällen wird, bevor ich auch nur einen Richter sehe. Und ich werde einen Teufel tun und euch alle da mit hineinziehen.«

»Großer Gott, Thorne, ich kriege ja allein schon vom Zuhören Depressionen. Hör auf damit. Wir finden eine Lösung. Vergiss nicht, dass Lucy genauso Besitzerin eures kleinen Sündenbabels ist wie du. Du musst verrückt sein, wenn du glaubst, dass ich untätig danebenstehe und zusehe, wie euer Kahn mit Mann und Maus untergeht. Vorher klebe ich eigenhändig die Löcher zu oder werfe euch eins von diesen Schwimmdingern zu.«

»Du meinst einen Rettungsring? Da vorn, an der nächsten Ampel geht es nach rechts.«

J. D. bog ab. »Sieh einfach zu, dass ihr nicht alle an derselben Sträflingskette hängt, okay?«

»Ich werde mich bemühen.«

Thorne dirigierte J. D. durch die Straßen, bis sie vor Ramirez' Haus standen – ein hübsches Heim auf einem etwa zwei Hektar großen Grundstück, weshalb das nächste Anwesen ein ganzes Stück entfernt war. Es brannte kein Licht, doch der Rasen schien frisch gemäht zu sein. Thorne wollte aussteigen, doch J. D. hielt ihn zurück und reichte ihm ein Paar Latexhandschuhe.

»Ich habe kein gutes Gefühl bei der Sache«, meinte J. D.

»Ich auch nicht.« Sie hatten beschlossen, eine Viertelstunde früher bei Ramirez zu sein, sodass er – falls er sich tatsächlich mit Thorne treffen wollte – noch nicht da wäre. Doch das Haus wirkte nicht nur leer, sondern hatte etwas unheilvoll Verwaistes an sich.

Sie gingen die Einfahrt entlang, wobei J. D. sich aufmerksam umsah. »Keine Kameras«, stellte er fest, zog seine Waffe aus dem Holster und hielt sie mit dem Lauf nach unten dicht an seinem Oberschenkel.

Thornes Waffe in dem Taschenholster fühlte sich zentnerschwer an. Er folgte J. D.s Beispiel und zog sie ebenfalls. Sie gehörte zwar Clay, war jedoch ein ähnliches Modell wie seine eigene. Eigentlich war er kein großer Waffennarr, doch in einer Situation wie dieser zahlte es sich aus, damit umgehen zu können.

J. D. öffnete den Briefkasten und zog eine Handvoll Post heraus. »Die Ankündigung für eine Party im Fitnessklub. Eine Woche alt.«

Sie gingen weiter auf die Haustür zu. »Scheiße«, stieß J. D. hervor.

»Was ist?«

»Riechst du das nicht?«, fragte J. D.

Thorne holte tief Luft und verzog das Gesicht. »Jetzt, wo du es sagst.«

Verwesungsgestank. Jemand in diesem Haus war tot.

»Ich muss das melden«, sagte J. D.

»Klar. Zum Glück sind wir nicht reingegangen, deshalb habe ich zumindest ein Alibi.«

J. D. nickte abwesend. »Leg deine Waffe und das Holster in den Kofferraum. Ich will nicht, dass dich jemand damit sieht. Das macht es nur unnötig kompliziert.«

Thorne gehorchte und setzte sich auf den Beifahrersitz, während J. D. Verstärkung rief.

Annapolis, Maryland
Montag, 13. Juni, 23.15 Uhr

Er war noch wach gewesen und hatte auf Kathryn gewartet, deshalb ging er gleich beim ersten Läuten an den Apparat. »Hallo?«

»Thorne ist nicht da«, sagte Patton grimmig. »Dafür ein Dutzend Cops.«

Es war keine Überraschung, dass Thorne zu dem Treffen mit »Ramirez« nicht aufgetaucht war. Er ahnte, dass er ganz weit oben auf Thornes Verdächtigenliste stand, trotzdem hatte er gehofft, dass der Anwalt noch eine Weile im Trüben fischen würde.

Die Anwesenheit der Cops wunderte ihn hingegen ein wenig. Dass Thorne mit ihnen kooperierte, hatte er nicht vermutet, andererseits hätte er es ahnen müssen. Dass sie Thorne nicht sofort verhaftet hatten, war eine Riesenenttäuschung für ihn gewesen. »Kann man Sie sehen?«

»Natürlich nicht. Außerdem habe ich mein Aussehen verändert, weil die Typen alles filmen. Sie suchen nach der unbekannten Person, mit der Thorne sich treffen wollte.«

»Ich hätte es genauso gemacht«, murmelte er. »Aber nach dem heutigen Abend sollte sich für Mr Thorne einiges ändern. Nachdem jetzt bekannt ist, dass in seinem Klub mit Drogen gedealt wird, wird die Polizei nicht mehr so bereitwillig mit ihm kooperieren.« Oder gar schützend die Hand über ihn halten.

»Vielleicht«, erwiderte Patton, »vielleicht aber auch nicht.«

Er runzelte die Stirn. »Und was genau soll das jetzt bedeuten?«

»Sie haben doch Zugriff auf den Polizeifunk, Sir. Schalten Sie mal ein.«

Ohne ein weiteres Wort beendete er das Telefonat und schaltete den Funk ein. Runzelte die Stirn. Und fluchte.

Mehrere Einheiten waren zu Ramirez' Haus gerufen worden. *Thorne.* Aber woher wusste er, wo Ramirez wohnte? Der Mann konnte doch nicht so dämlich gewesen sein und ihm seine Adresse gegeben haben, oder? Zumindest hatte sich in seiner Akte kein entsprechender Vermerk dazu gefunden. Vielleicht hatte Ramirez nicht gewusst, dass Thorne die Adresse kannte. *Dieser Narr.*

Wenn Thorne ihn bereits zuvor im Verdacht gehabt hatte, konnte er sich jetzt ganz sicher sein.

Was natürlich nichts änderte. Er hatte mit großer Sorgfalt einen Plan entwickelt, den er auch in die Tat umsetzen würde. Aber dafür musste er Thorne noch ein wenig mehr aus dem Konzept bringen. Er musste den Druck auf die Menschen um ihn herum verstärken, damit sie am Ende Angst hatten, sich in seinem unmittelbaren Dunstkreis zu bewegen … oder sie nutzlos zu machen, indem er sie zwang, abzutauchen.

Er griff erneut zum Telefon und wählte Pattons Nummer. »Sie könnten recht haben. Dass Ramirez gefunden wurde, ändert alles.«

»Ich habe zwar dafür gesorgt, dass es wie ein Einbruchdiebstahl aussieht, so wie Sie es wollten, aber jetzt glauben sie das natürlich nicht länger.«

»Auch das stimmt wohl. Eine Aufgabe habe ich noch für Sie heute Abend.«

Stille. »Ich habe die beiden Burschen vor dem Lagerhaus abgelegt, wie Sie es wollten.«

»Weiß ich.« Er fragte sich, ob es Patton wohl gelungen war, sein Abendessen bei sich zu behalten. »Dieser Auftrag kann auf konventionellere Art erledigt werden. Ich schicke Ihnen gleich die Adresse. Möglicherweise hält ein Cop vor der Tür Wache, den Sie aber eliminieren können, wenn Sie es für richtig halten. All jene, die sich im Haus selbst befinden, dürfen zwar verletzt, aber nicht getötet werden.«

»Alles klar.«

»Ich warte auf Ihren Bericht, Mr Patton.«

»Natürlich. Bis später. Sir.«

Er legte auf und steckte das Handy in die Tasche seines Morgenmantels. Verärgert über seine Ruhelosigkeit, ging er nach unten, um sich einen Kaffee zu machen. Früher war es ihm nie schwergefallen, die ganze Nacht aufzubleiben, aber allmählich machte sich das Alter bemerkbar.

Außerdem lag ein turbulenter Tag hinter ihm. Diese beiden Circus-Freaks-Jungs auseinanderzunehmen, war ziemlich anstrengend gewesen. Aber auch befriedigend.

Er ging zum Kinderzimmer, blieb kurz vor der Tür stehen und trat ein, als er Bennys Quengeln hörte. Der Kleine stand mit tränennassem Gesichtchen in seinem Gitterbett. Ohne zu zögern, trat er zu dem bildhübschen Jungen, hob ihn heraus und setzte sich mit ihm auf dem Arm in den Schaukelstuhl.

Er hatte Margo überredet, über Nacht zu bleiben, für den Fall, dass Benny Hilfe benötigen sollte. Sein Leibarzt war in Bereitschaft, falls sich das Fieber verschlimmerte. Ihm war bewusst, dass sie hauptsächlich nachgegeben hatte, um seine Bedenken zu zerstreuen, und nicht aus Angst um ihr Kind. Sie war fest davon überzeugt, dass er bloß zahnte, was auch zu stimmen schien, denn der Arzt hatte den Verdacht bestätigt.

Margo war nicht allzu erfreut über die Untersuchung gewesen, sondern hatte ihm vorgeworfen, er hätte kein Vertrauen in ihre Qualitäten als Mutter, was völlig absurd war. Er hatte um Nachsicht gebeten, und am Ende hatte sie mit einem Seufzer eingelenkt. Und er war glücklich, den Kleinen im Haus zu haben, ganz egal, wie er sein Ziel erreicht hatte. Wann immer er Benny auf dem Arm hatte, fühlte er sich Colin ein wenig näher. Offensichtlich hatte die Kombination aus den sanften Schaukelstuhlbewegungen und seinem Finger, den er ihm zum Herumkauen hingehalten hatte, funktioniert, denn der Knirps schien sich beruhigt zu haben.

Das Rascheln von Seide ließ ihn aufhorchen. Margo stand im Türrahmen, das Gesicht im Schatten. »Papa«, flüsterte sie.

»Es geht ihm gut«, sagte er leise und schaukelte weiter. »Er quengelt bloß ein bisschen.«

Sie durchquerte den Raum, ging neben dem Stuhl auf die Knie und legte die Hand auf die Stirn ihres kleinen Sohnes. »Das Fieber ist weg«, sagte sie dankbar und streichelte Bennys Wange. »Na, schmeckt das gut, kleiner Mann?« Sie sah auf und blickte ihn an. »Du verwöhnst ihn.«

»So wie ein Großvater es tun soll.« Er lächelte den Kleinen an, ehe er sich an Margo wandte. »Du solltest schlafen. Ich muss sowieso noch eine Weile wach bleiben.«

»Wieso?«, fragte sie. »Ist mit Kathryn alles in Ordnung?«

»Es geht ihr gut. Aber Thorne hat Ramirez gefunden.«

»Wie das?«

»Er muss seine Adresse gekannt haben.«

»Oh.« Sie runzelte die Stirn. »Und was machst du jetzt?«

»Nichts, worüber du dir Sorgen machen müsstest.«

Sie kniff die Augen zusammen. »Papa.«

»Na gut. Ich schlage an der Stelle zu, wo es ein bisschen mehr wehtut«, antwortete er. »Bei seinen *Papas*«, fügte er höhnisch hinzu. Was ihn betraf, war all dieser Schwulenkram weder normal noch anständig.

»Und erteilst du dann endlich auch den Befehl, sie zu töten?« Margo war mit seiner Entscheidung, dass Patton Gwyn und Stevie nicht traf und ihnen bloß einen Schreck einjagte, nicht einverstanden gewesen.

»Noch nicht«, meinte er leise, da Benny mittlerweile kurz vor dem Einschlafen war. »Nur Geduld.«

Selbst im Halbdunkel entging ihm nicht, dass sie die Augen verdrehte. »Ja, Papa.«

Ihr Sarkasmus ging ihm mächtig unter die Haut, weil sie in diesem Moment ganz genau wie Madeline klang. Er vermisste sie schrecklich. Er drückte Benny einen Kuss auf die Stirn. »Du bist so hinreißend«, flüsterte er. »Deine Großmutter hätte dich heiß und innig geliebt.«

Margos höhnisches Lächeln verflog. »Es tut mir leid. Ich weiß, wie sehr sie dir fehlt.«

»Wir waren fast dreißig Jahre verheiratet. Jeder Tag, an dem ich ohne sie aufwache, fühlt sich wie tausend Jahre an. Deshalb habe ich noch nicht angeordnet, dass er stirbt. Nicht so schnell. Ich will, dass er erst noch eine Weile leidet.«

»Mit seinen Daddys anzufangen, ist eine sehr gute Idee. Er liebt sie sehr.«

»Ich weiß. Ich wünschte nur, ich könnte dabei sein und sehen, wie er sich quält.«

Thorne sagte nichts, als J. D. wieder in den Wagen stieg und den Motor einschaltete, sodass die Klimaanlage ansprang. Über eine Stunde hatte er sich gemeinsam mit Joseph und Hyatt in Ramirez' Haus aufgehalten. Und die ganze Zeit über hatte einer von Hyatts Detectives – glücklicherweise nicht Brickman – Thorne mit Argusaugen bewacht, als würde er nur darauf warten, dass er einen Mucks machte.

Thorne hatte noch nicht einmal die Energie aufgebracht, dem Arschloch den Stinkefinger zu zeigen. Andererseits konnte er es dem Kerl auch nicht verübeln. *Allmählich sieht es tatsächlich finster für mich aus, auch wenn ich unschuldig bin.*

Gwyn hatte mehrere Nachrichten geschrieben, die er alle ziemlich einsilbig beantwortet hatte.

Alles in Ordnung?, hatte sie sich erkundigt.

Nein.

Lebt dein Kontaktmann?

Nein.

Ist J. D. noch bei dir?

Ja. Das stimmte zwar nicht ganz, aber es traf den Kern ihrer Frage.

Komm bald zurück zu mir.

Ja. Bei dieser Antwort hatte er schwer schlucken müssen und ein *Tut mir leid* hinterhergeschickt.

Was tut dir leid? Und sei nicht so ein Idiot.

Er hatte beinahe lächeln müssen. *Herzlichen Dank.*

Gern geschehen.

Er lehnte den Kopf gegen die Scheibe und wartete geduldig, bis J. D. das Wort ergriff.

»Sie sind seit mindestens einer Woche tot, vielleicht sogar länger«, sagte J. D. schließlich.

»Sie?«

»Ramirez und seine Frau.«

»Scheiße«, stieß Thorne hervor.

»Das kannst du laut sagen. Wenigstens lief die Klimaanlage. Es war echt übel da drinnen.«

Mindestens eine Woche. »Ich habe seit etwa einer Woche nichts mehr von ihm gehört. Erst wieder nach meiner Nachricht, die ich ihm am Sonntag geschickt habe, als ich wieder bei Bewusstsein war. Er hat ein Wegwerf-Handy benutzt, von dem Tavilla nichts wusste. Aber entweder hat es jemand an sich genommen, oder aber derjenige kannte die Nummer und hat sie benutzt, um mir über eine Spoofing-Seite zu schreiben.« Blinzelnd versuchte er, sich zu konzentrieren. Aber warum? Was war vor einer Woche passiert? Ihm fiel nichts ein. »Also hätte es keinen Unterschied gemacht, selbst wenn ich Joseph oder Hyatt heute Nachmittag seinen Namen verraten hätte.«

»Stimmt.« J. D. seufzte. »Aber all das weißt du nicht von mir.«

»Ich habe keine Ahnung, wovon du sprichst.«

J. D. lächelte freudlos. »Genau.« Er stieß den Atem aus. »Er wurde in den Bauch geschossen, was bedeutet, dass er einen endlos langen Todeskampf gehabt haben muss. Und sie ist durch einen Kopfschuss gestorben.« Er massierte sich die Schläfen. »Aber vorher wurde sie noch gefoltert. Im Oberkörper- und Lendenbereich fanden sich zahllose kleine Stichwunden, die allerdings nicht von einem Messer stammen, sondern eher von einem Schraubenzieher oder so etwas.«

»Scheiße«, stieß Thorne erneut hervor.

»Sie haben gelitten. Alle beide.«

Thorne fuhr sich mit beiden Händen übers Gesicht. »Gelte ich als verdächtig?«

»Nein. Aber sie werden dich fragen, weshalb Ramirez bereit war, dir sein Insiderwissen zu verkaufen. Er gehörte zu Tavillas Top-Leuten.«

»Das weiß ich, und gewundert hat es mich auch. Er wollte es mir nicht sagen, aber ich habe es herausgefunden. Sein Neffe kam ums Leben, als Tavillas Männer das Haus eines potenziellen Feindes mit Kugeln durchsiebt haben. Er war nicht die Zielperson, sondern ist lediglich ins Kreuzfeuer geraten.«

»Hat Ramirez das jemals bestätigt?«

»Ja, als ich ihn mit meiner Theorie konfrontiert habe. Er hat Tavilla gehasst, war aber nicht ›in der Position, ihn kaltzumachen‹, wie er es ausgedrückt hat. Was nichts anderes bedeutet, als dass er Angst vor einem Vergeltungsschlag gegenüber seiner Familie hatte. Er hat Kinder. Nun, da auch seine Frau tot ist, sollten wir herausfinden, wo sie sind und was mit ihnen ist.«

»Ihre Adresse stand auf irgendwelchen Briefen, die wir in der Diele gefunden haben. Wir nehmen zu ihnen Kontakt auf, keine Sorge.«

Doch wenn J. D. und die Cops die Adresse gesehen hatten, kannten die Killer sie ebenfalls. »Waren Ramirez und seine Frau aufgeschlitzt worden, so wie die anderen Opfer?«

»Nein. Das war nur bei Patricia und den beiden Typen von den Circus Freaks der Fall. Bis jetzt«, fügte J. D. grimmig hinzu. Thorne wusste, dass er an seine Frau Lucy, an Gwyn und an Stevie dachte.

»Wurden sie dort getötet?«

»Sieht nicht so aus«, antwortete J. D. »Wieso?«

»Ich denke nur daran, was Frederick uns erzählt hat. Über die Möwen im Hintergrund, als dieser falsche Detective Sally Brewster angerufen hat.«

»Stimmt. Bernice Browns Freundin. Hat Frederick eigentlich versucht, sie anzurufen?«

»Ja. Sie und ihr Cousin haben sich anderswo niedergelassen, allerdings hat sie ihm nicht gesagt, wo, sondern nur versprochen, sich zu melden.«

»Auf kurz oder lang müssen wir mit ihr reden.«

»Das ist mir klar, aber sie hat schreckliche Angst. Ich kann mir nicht vorstellen, dass sie in absehbarer Zeit aus ihrem Versteck kommt.«

Einen Moment lang herrschte Schweigen, als wie auf ein Kommando ihre Handys läuteten.

»Scheiße«, stieß J. D. hervor.

»Mist«, sagte Thorne in derselben Sekunde. Das konnte nichts Gutes bedeuten. »Jamie.«

»Lucy«, sagte J. D.

»Thomas.« Jamie klang völlig aufgelöst. Thorne musste gegen eine Woge der Übelkeit ankämpfen.

»Ich bin hier. Was ist passiert?«

»Phil. Sie haben ihn.« Jamies Stimme schwoll an, wurde hysterisch. »Sie haben ihn geschnappt, Thomas.«

Nein. Nein, nein, nein! Bereits zum zweiten Mal an diesem Abend hallten die Worte in seinem Kopf wider, und er musste sich bemühen, ruhig zu bleiben. »Wo bist du jetzt gerade?«

»Auf dem Weg ins Krankenhaus. Frederick fährt mich hin.«

»Welches?«

»Das Bezirkskrankenhaus«, sagte J. D., der offensichtlich von Lucy Bescheid wusste, und knallte bereits das Blaulicht aufs Dach seines Wagens. »Ich bringe Thorne mit«, stieß er barsch hervor. »Du und Gwyn, ihr bleibt, wo ihr seid.« Er legte auf und fuhr los, während er über Funk Hyatt verständigte. »Mit Phil Woods ist etwas passiert. Ich fahre jetzt mit Thorne ins Krankenhaus. Wir halten Sie auf dem Laufenden.«

Thorne hielt sich das Telefon wieder ans Ohr. »Wir sind unterwegs, Jamie. Erzähl mir, was passiert ist. Wo ist Sam? Und Agent Ingram?«

»Sam ist bewusstlos«, krächzte Jamie. »Er hat einen Schlag auf den Kopf bekommen. Ruby ist auch bereits unterwegs. Ingram ... Gott, Thorne, es könnte sein, dass er es nicht schafft.«

Scheiße, scheiße, scheiße. Thorne sog scharf den Atem ein. »Eins nach dem anderen. Was ist mit Phil?«

»Er hatte einen Herzinfarkt. Zuerst war er einige Zeit ohnmächtig, kam aber dann wieder lange genug zu sich, um den Notruf zu wählen. Ingram hatte dasselbe getan, bevor auch er das Bewusstsein verloren hat.« Jamies Stimme brach. »Wegen des Blutverlusts.«

»Wer hat die beiden gefunden?«

»Ich. Frederick und ich waren eine Minute vor dem Notarzt da. Frederick hat sich um Ingram gekümmert, während ich ins Haus gelaufen bin. Sam lag neben der Haustür auf dem Boden. Und Phil …«, ein ersticktes Schluchzen drang aus seiner Kehle, »… Phil war in der Küche zusammengebrochen. Ich habe seinen Puls gefühlt, der sehr schwach und unregelmäßig war. Ich habe dann noch zwei weitere Krankenwagen angefordert. Für Phil und für Sam.«

»Das ist gut«, murmelte Thorne, eher zu seiner eigenen Beruhigung als zu Jamies. »Ist Phil inzwischen bei Bewusstsein?«

»Das weiß ich nicht, weil ich wegen des Rollstuhls nicht mit ihm fahren konnte.«

Natürlich. Der Rollstuhl passte nicht in den Krankenwagen. O Gott. Der arme Jamie. »Phil wird es verstehen, wenn er zu sich kommt.« Thorne konnte nur staunen, wie gut es ihm gelang, Ruhe zu bewahren.

»Natürlich. Frederick wollte mich nicht selbst fahren lassen.«

»Gut. Das ist sehr vernünftig von ihm. Er soll ruhig alles in die Hand nehmen. Wie sind sie ins Haus gekommen?«

»Ich weiß es noch nicht. Phil hatte ja die Alarmanlage eingeschaltet.«

»Ja, natürlich. Wir finden es schon heraus. Für den Moment solltest du dich nur darauf konzentrieren, dass er wieder auf die Beine kommt.«

»Und was, wenn nicht?«

»Er schafft es«, erklärte Thorne mit Nachdruck. »Ich bin in …«
Er sah J. D. fragend an.

»Eine Viertelstunde«, sagte J. D.

»Ich hab's gehört.« Wieder brach Jamies Stimme. »Beeil dich, Thorne. Bitte.«

»Mach ich.« Er schluckte. »Phil liebt dich. Er wird kämpfen. Für dich.«

»Aber er war so erschöpft. Was, wenn er zu erschöpft war?«

Jamie klang wie ein verängstigtes Kind. Es brach Thorne das Herz, ihn so zu hören. »Ich bin schon unterwegs«, sagte er. Etwas Passenderes fiel ihm nicht ein. »Ich hab dich lieb.«

Jamie schluchzte auf. »Ich dich auch. Wir sind jetzt da. Frederick hält gerade vor der Notaufnahme an. Beeil dich.« Er legte auf.

Thorne presste sich die Faust auf den Mund. »Ist mit Gwyn alles in Ordnung?«

»Ja. Clay und Stevie lassen sie nicht aus den Augen. Ford und Taylor sind auch da. Paige bringt Ruby ins Krankenhaus. Sie ist völlig aufgelöst.«

O Gott. Ruby und Sam waren so überglücklich miteinander. *Und das werden sie auch weiterhin sein,* ermahnte er sich streng. Sam war ein harter Knochen. Ruby dagegen … »Das ist nicht gut. Weder für Ruby noch für das Baby.«

»Malen wir den Teufel nicht an die Wand«, meinte J. D. »Es ist alles schon übel genug.« Er schaltete die Sirene ein und drückte aufs Gas. »Festhalten.«

Hunt Valley, Maryland
Dienstag, 14. Juni, 04.30 Uhr

»Gütiger Himmel, Gwyn.« Lucy kam auf Zehenspitzen mit Wynnie auf dem Arm in Clays Küche geschlichen. »Du hast mir einen Riesenschreck eingejagt. Was machst du denn hier?«

Gwyn blickte von dem Artikel auf ihrem Laptop auf. »Man hat mich verjagt.«

Lucy lachte leise. »Wieso das denn?«

»Ich bin die ganze Zeit herumgetigert. Die anderen wollten schlafen, aber ich kann mich nicht ausruhen, solange Thorne sich solche Sorgen um Phil macht. Und um Sam. Und um Agent Ingram.« Thornes Nachrichten während der vergangenen Stunden waren allesamt gleich. *Warten immer noch. Nichts Neues.* »Ich habe die anderen gefragt, ob einer etwas weiß, aber ein bisschen zu häufig, wie es aussieht.« Ihre Ängstlichkeit ging ihr selbst auf die Nerven, daher konnte sie es den anderen nicht verdenken, dass sie die Geduld mit ihr verloren.

Gähnend ließ Lucy sich auf einen Stuhl sinken und legte Wynnie an. »Es gibt nichts Neues. J. D. hat gerade angerufen.«

»Wieso hat er sich dann gemeldet?«

»Er meinte, er hätte eine riesige Tüte Hundefutter in Jamies Minivan gefunden, und dachte, du bräuchtest sie. Wahrscheinlich wollte er einfach bloß mich und die Kinder sehen. Manchmal tut er das, wenn der Stress zu brutal wird. Aber verrate ihm bitte nicht, dass ich das gesagt habe. Er denkt, ich bekäme es nicht mit. Jedenfalls wollte er nur sichergehen, dass jemand wach ist, um das Futter entgegenzunehmen, weil er nicht lange bleiben kann.«

»Danke, das ist nett von dir. Beziehungsweise von ihm. Ich wollte schon losgehen und welches besorgen.«

»Genau. So weit kommt's noch.« Lucy verdrehte die Augen. »Was machst du da überhaupt?«

»Ich habe mir die Bücher des Klubs angesehen, um sicherzugehen, dass es keine Spur gibt, die von Mowry zu den Circus Freaks führt, weil die Cops auf kurz oder lang Einsicht in unsere Buchhaltung beantragen werden. Jetzt, wo ich es weiß, kann ich auch ein Muster erkennen, aber ich kann mir nicht vorstellen, dass jemand die Unregelmäßigkeit bemerkt, nicht mal ein erfahrener

Prüfer. Jedenfalls war ich schneller fertig, als ich dachte, und habe mir die Lindens vorgenommen. Vor allem Patricia. Ihr Name taucht ziemlich oft auf den Gesellschaftsseiten auf, aber ich bin bis zu der Zeit um den Mord an Richard zurückgegangen.«

»Und? Bist du auf etwas Interessantes gestoßen?«, fragte Lucy mit sanfter Stimme, um die mit konzentrierter Entschlossenheit nuckelnde Wynnie nicht aus dem Konzept zu bringen.

»Für Linden senior und Mrs Linden war es jeweils die zweite Ehe, und Richard und Patricia waren keine leiblichen Geschwister. Auf Familienfotos machen sie sich allerdings ausnehmend hübsch. Im Archiv ihrer Webseite findet man die jährlichen Weihnachtsporträts. Patricia hat Richards Ermordung völlig aus der Bahn geworfen. Allem Anschein nach hat sie das Medienecho an den Rand eines Nervenzusammenbruchs gebracht. Deshalb haben die Lindens sie zu Verwandten nach Europa geschickt, wo sie auch die Highschool abgeschlossen hat. Alle Beteiligten haben einen hohen Preis für Richards Tod bezahlt, allen voran Thorne und Sherri. In einem Artikel über ihren Unfalltod habe ich ein Foto der beiden gefunden. Sherri war ein bildhübsches Mädchen, und allein auf dem Foto konnte man erkennen, wie viel Energie sie hatte. Ihre Freunde waren zutiefst bestürzt über ihren Tod.«

»Sieht ganz so aus, als hätte Thorne eine Schwäche für kleine Energiebündel«, sagte Lucy liebevoll und legte lauschend den Kopf schief. »Das war die Haustür. J. D. ist da.«

»Ich sage ihm, dass du hier bist.« Gwyn klappte ihren Laptop zu, stand auf und hastete zur Tür, wo J. D. gerade eine Tüte Hundefutter abstellte.

»Danke«, sagte sie. Er lächelte müde.

»Gern geschehen. Wo ist Lucy?«

»In der Küche mit Wynnie. Wie … wie lange kannst du bleiben?« Er warf ihr einen wissenden Blick zu. »Nicht lange. Ich muss gleich zurück ins Krankenhaus.«

»Nimmst du mich mit?«, bettelte Gwyn. »Bitte. Thorne schreibt mir zwar ständig, aber ich weiß, dass er halb verrückt vor Angst ist. Ich würde ihm so gern beistehen.«

»Passieren sollte dir dort nichts«, meinte J. D. »Ich gehe nur kurz zu Lucy. Bin gleich zurück.«

Sie schlang ihm die Arme um den Hals. »Danke.« Er tätschelte ihren Rücken. Erst als sie sich löste, bemerkte sie, dass er sie völlig verdattert ansah. »Was ist?«

»Das ist das erste Mal, dass du mich umarmst. Auf diese Weise, meine ich.«

Sie hatte J. D. in der Phase kennengelernt, als die Geschichte mit Evan ihren grauenvollen Höhepunkt erreicht hatte. *Aber jetzt bin ich wieder die Alte. Ich bin wieder da.* »Tja, es wird wohl nicht das letzte Mal sein.«

Baltimore, Maryland
Dienstag, 14. Juni, 05.40 Uhr

Selbst mitten in der Nacht herrschte in Krankenhäusern reger Betrieb. Daran erinnerte sich Gwyn noch von ihrem zweitägigen Aufenthalt nach Evans Angriff. Am deutlichsten jedoch war die Erinnerung daran, wie erleichtert sie über ihre Entlassung gewesen war. Wie Thorne den Arm um sie gelegt und ihr beim Einsteigen in den Wagen geholfen hatte, an die Behutsamkeit, mit der er sie in sein Bett gelegt, sie auf die Stirn geküsst und beteuert hatte, dass alles wieder gut werden würde.

Er. Immer war er an meiner Seite, dachte sie und verlangsamte ihre Schritte, als sie und J. D. sich Phils Zimmer auf der kardiologischen Intensivstation näherten, das auf Anhieb auszumachen war, weil ein Polizist davorstand.

Auch im restlichen Krankenhaus und ringsum hatten sie jede Menge Beamte gesehen, vor den Zimmern von Sam und Agent

Ingram, außerdem bewachten sie die Warteräume, in denen sich ihre Angehörigen und Freunde versammelt hatten.

Auch sie und J.D. waren als Erstes in den Wartebereich gegangen, wo Joseph gemeinsam mit der weinenden Mrs Ingram saß. Kein besonders vielversprechendes Zeichen. Sie hatten erfahren, dass Sam mittlerweile in ein reguläres Zimmer verlegt worden und Ruby bei ihm war. Auf Sams Beharren hin hatte Ruby sich einer Ultraschalluntersuchung unterzogen. Ihr und dem Baby gehe es so weit gut, hieß es. Immerhin.

Gwyn lernte Sally Brewster kennen, die Kinderschwester, die in ihrer Pause Frederick ein wenig Gesellschaft leistete. Frederick sah völlig erschöpft und übermüdet aus, allerdings hatte J.D. ihn zwischendurch nach Hause gefahren, wo er geduscht und frische Sachen angezogen hatte.

Wenig überraschend, erwies J.D. sich als Fels in der Brandung, der allen und jedem zur Seite stand. Genauso hatte sie ihn in den letzten Jahren im Umgang mit Lucy erlebt.

Und nun kümmerte er sich rührend um Gwyn, begleitete sie zu Phil, an dessen Bett Thorne und Jamie wachten. Sie musste zugeben, dass sie ein klein wenig besorgt war. Immerhin hatte Thorne ihr eingeschärft, Clays Haus nicht zu verlassen. Deshalb wusste sie nicht, was er sagen würde, wenn sie auf einmal vor ihm stand.

Doch dann reckte sie das Kinn. Ihre Beziehung hätte keine Zukunft, wenn Thorne sich einbildete, sie herumkommandieren zu können. Das würde sie gleich im Keim ersticken.

Trotzdem war sie froh, J.D. an ihrer Seite zu haben.

»Bist du sicher, dass du das durchziehen willst?«, fragte er leise.

»Würdest du es tun, wenn es Lucys Dad wäre?«

»In diesem Fall würde ich Feuerwerkskörper an seinem Bett zünden, damit er gleich noch einen zweiten Infarkt erleidet«, bemerkte J.D. trocken, denn Lucys Dad war ein gewalttätiger Mistkerl gewesen. »Aber ich verstehe, worauf du hinauswillst. Wäre ich an Thornes Stelle, würde ich dich an meiner Seite haben wollen.«

»Danke.«

Auf Zehenspitzen näherte sie sich dem Krankenzimmer und spürte, wie ihre Knie weich wurden, als sie hineinspähte. Phil lag mit geöffneten Augen im Bett und hielt Jamies Hand. Thorne stand mit tränenfeuchten Wangen daneben. Es waren Tränen der Freude und der Erleichterung.

In diesem Moment wandte Thorne sich um, zog die Brauen zusammen und spannte die Kiefermuskeln an. »Was zum Teufel soll das werden?«, stieß er hervor.

»Shhh«, tadelte Jamie, ehe auch sein Blick zur Tür wanderte. »Komm rein, Gwyn.«

Wie in Trance näherte Gwyn sich dem Bett, ohne Thorne anzusehen, beugte sich vor und strich Phil vorsichtig über die Wange. »Hallo.«

»Hey, Amber Kelly«, flüsterte Phil mit einem schiefen Lächeln. »Thorne ist nicht gut auf dich zu sprechen.«

»Weiß ich«, flüsterte sie. »Aber ich fürchte, daran muss er sich gewöhnen.«

Ein belustigtes Glitzern erschien in Phils erschöpften Augen. »Ich hab's gleich gewusst.«

Jamie lachte unter Tränen. »Der Mount Saint Thorne steht kurz vor dem Ausbruch. Bring ihn weg, nach Hause oder sonst wohin.«

Sie hauchte einen Kuss auf Phils Wange, ehe sie um das Bett herumtrat und auch Jamie einen Kuss gab. »Ich nehme ihn jetzt mit nach Hause und sorge dafür, dass er eine Mütze voll Schlaf bekommt.« Sie griff nach Thornes Hand. »Komm.«

Er ergriff ihre Hand, sagte jedoch nichts. Bis sie in J.D.s SUV saßen. Dann explodierte er.

»Was zum Teufel soll das?«, dröhnte er so laut, dass es ihr in den Ohren klingelte. »J.D., was hast du dir dabei gedacht?«

»Dass das Krankenhaus streng bewacht wird und es nicht mehr lange gedauert hätte, bis jemand sie bei Clay mit Klebeband an einen Stuhl gefesselt hätte, um endlich schlafen zu können, was nicht ging, weil sie pausenlos auf und ab getigert ist und alle mit ihrer Fragerei genervt hat, ob es schon etwas Neues gibt.« J. D. seufzte. »Und dass du sie vielleicht brauchst.«

Thorne schnaubte. »Das war idiotisch.«

Nein, das war es nicht. Und Gwyn war nicht entgangen, dass er nicht abgestritten hatte, sie an seiner Seite zu brauchen. Deshalb würde sie einfach abwarten, wie es weiterging. Ein wutschnaubender Thorne, das könnte durchaus interessant werden.

Was an sich schon interessant war. Denn obwohl er vor für ihn durchaus gerechtfertigter Wut zu platzen drohte, fürchtete sie sich nicht im Mindesten vor diesem Baum von einem Kerl, denn er würde ihr niemals etwas tun.

»Könnten wir zu mir fahren, J. D.? Oder in ein Hotel? Bei Clay sind so viele Leute, und ich glaube, Thorne braucht erst mal einen Ort, wo er mich in Ruhe ein bisschen zur Schnecke machen kann.«

»Mehr als ein bisschen«, brummte Thorne.

»Du wirst noch immer observiert, Thorne. Joseph hat bereits jemanden vor Gwyns Haus postiert, weil wir uns schon dachten, dass du dorthin wollen würdest.«

Noch einmal musste Gwyn J. D. umarmen, als er sie zu ihrer Wohnung begleitete und sich überzeugte, dass sie dort in Sicherheit waren. Dann wandte sie sich Thorne zu, der mit unheilvoller Miene am Fenster stand und hinausstarrte.

»Also, mach schon«, sagte sie. »Gib's mir.«

16. Kapitel

Also, mach schon. Gib's mir.

Natürlich verstand Thorne, was sie damit ausdrücken wollte. Und das entsprach nicht dem, wie er die Worte am liebsten interpretieren würde. Mit geballten Fäusten stand er am Fenster und kämpfte mit sich, denn er wollte sie so sehr. Er wollte sie packen, sie küssen, über die Schulter und aufs Bett werfen. Wollte ihr die Kleider vom Leib reißen, sie berühren, sich in ihr verlieren.

Er vibrierte förmlich vor Verlangen. Mit einem Mal schien seine Haut zu eng zu werden, zum Zerreißen gespannt. *Gib's mir.* Wieder und wieder hallten die Worte in seinem Kopf wider, höhnend, quälend, weil er seinem Impuls nicht nachgeben konnte. Nicht heute. Und auch sonst nicht.

Ich stand nicht die ganze Zeit unter Drogen. Evan hatte ihr wehgetan, etwas in ihrem Innern zerbrochen. *Aber sie erholt sich davon. Allmählich. Das hat sie selbst gesagt. Dann gib's ihr.*

Es wäre so einfach, auf das Teufelchen auf seiner Schulter zu hören. Doch das würde er nicht tun, unter keinen Umständen. Genau deshalb hatte er ihr gestern Abend gesagt, sie solle in Clays Haus bleiben.

Ja, ihre Sicherheit war ihm wichtig gewesen, aber inzwischen war er längst zu derselben Erkenntnis gelangt wie J. D.: Im Krankenhaus gab es mehr als genug Sicherheitskräfte. Dort wäre ihr nichts passiert.

Sie wäre sicher gewesen. *Vor irgendwelchen Schützen. Aber nicht vor mir.*

Die Erkenntnis machte ihm schwer zu schaffen. *Sie ist vor mir nicht sicher.* Er hatte sie geküsst. Und am liebsten würde er es wieder tun. So sehr.

»Hey.« Ohne dass er es mitbekommen hatte, war sie hinter ihn getreten und bohrte ihm den Finger in den Rücken. »Hey. Ich rede mit dir. Hör auf, mich zu ignorieren.«

»Als könnte ich das jemals tun.« Er zuckte zusammen. Es war nicht seine Absicht gewesen, es laut auszusprechen.

Sie packte ihn am Ärmel und zog. »Rede endlich mit mir, verdammt.«

Er fuhr herum, packte sie bei den Schultern und hielt sie auf Armeslänge von sich. »Du willst lieber nicht hören, was ich gerade zu sagen habe«, warnte er mit einem tiefen Grollen, wie er es selbst noch nie aus seinem Mund gehört hatte.

Ihre Augen weiteten sich, ehe sie sich zu Schlitzen verengten. Eine leuchtende Röte breitete sich auf ihren Wangenknochen aus, und sie schien ganz bewusst einzuatmen. »Was hast du denn zu sagen?«, fragte sie und befeuchtete ihre Unterlippe mit der Zunge. Bei dem Anblick musste er ein Stöhnen unterdrücken.

Er schloss die Augen. Mittlerweile zitterte er am ganzen Leib, genauso wie zuvor im Krankenhaus, als sie das Zimmer betreten hatte. In diesem Moment hatte er sie so sehr gewollt, dass das Verlangen ihn zu verschlingen drohte. Er hatte ein Ventil gebraucht, um den Druck zu lösen, der sich in ihm angestaut hatte. Und der jetzt mindestens zehnmal schlimmer war als noch zuvor.

»Thorne«, sagte sie leise. »Sieh mich an.«

Er wollte sie nicht ansehen, weigerte sich schlicht. Doch sie sagte: »Bitte.«

Er blickte in ihr wunderschönes Gesicht. Ihm stockte der Atem. Sie hatte keine Angst vor ihm, sondern war erregt. Leidenschaft loderte in ihrem Blick. »Sag es mir.« Ihre Stimme war rau vor Lust.

»Gott, ich will dich so sehr. Ich will dich aufs Bett legen und …«
Er erschauderte. Er war so hart, dass es schmerzte.

»Und?« Sie ließ die Schultern kreisen und wäre seinem Griff ohne Mühe entkommen, denn er hielt sie ganz behutsam. Selbst jetzt, wo er vor Lust fast zu explodieren schien, schaffte er es, sie nur sanft zu berühren. Er nahm die Hände von ihren Schultern und wich zurück, als sie einen Schritt vortrat. Ein Lächeln spielte um ihre Mundwinkel. Sie trat einen weiteren Schritt nach vorn. Wieder wich er zurück, diesmal einen großen Schritt, bis er mit dem Rücken gegen die Wand stieß.

Sie trat noch einen Schritt auf ihn zu, schmiegte sich an ihn, strich mit beiden Händen über seine Brust. Noch immer loderte die Begierde in ihren Augen. Ihre Hände zeigten nicht einmal den Hauch eines Zitterns.

Sie wollte das hier. Wollte ihn. »Was, Thorne?«, raunte sie. »Mich aufs Bett legen und dann?«

Er nahm den Schmerz kaum wahr, der durch seinen Schädel zuckte, als er den Kopf abrupt in den Nacken legte und prompt gegen die Wand prallte. »Ich will dich ansehen. Dich berühren. Jeden Zentimeter von dir. Ich will in dir sein, und dann will ich in dir kommen«, flüsterte er und spürte, wie sie erschauderte, ehe er registrierte, dass sie sein Hemd aufknöpfte.

Augenblicke später spürte er ihre Lippen auf seiner Haut. Ihm stockte der Atem. »Bitte«, presste er mit rauer Stimme hervor, die Augen noch immer geschlossen. »Solltest du es nicht ernst meinen, musst du aufhören. Du bringst mich um.«

Das Klackern ihrer Schuhe, als sie nacheinander auf den Boden fielen, war die einzige Warnung, als sie ihn unvermittelt umarmte und ihm die Hände um den Nacken legte. Seine Hände wanderten an ihrem Rücken entlang bis zu ihrem Hinterteil und zogen sie fest an sich, damit sie ihre Beine um seine Taille schlang. Sie küsste ihn hart, strich mit der Zunge über seine Unterlippe. »Küss mich, Thorne.«

Und das tat er. Sie sank gegen ihn, und es war genauso, wie er es sich immer ausgemalt hatte. Seine Zunge erkundete ihren Mund, schmeckte sie. Ein lustvolles Grollen entrang sich ihrer Kehle.

Die Beine noch immer fest um seine Taille geschlungen, löste sie sich von ihm und blickte ihn schwer atmend an. »Genau das will ich«, sagte sie leise. »Ich will, dass du mich ins Schlafzimmer trägst und alles tust, was du gerade aufgezählt hast. Aber ich habe keine Kondome hier.«

Die Enttäuschung traf ihn wie ein Kübel kaltes Wasser ins Gesicht. »Verdammt.«

Es gelang ihr, lustvoll und ernst zugleich auszusehen. »Ich bin sauber. Ich habe mich x-mal testen lassen, nachdem ...« Sie schüttelte den Kopf, als wollte sie den Gedanken vertreiben. »Und du? Bist du auch sauber, meine ich?«

»Ja. Ich habe mich in den letzten beiden Jahren zweimal testen lassen. Einmal für eine Versicherung, das zweite Mal am Sonntag im Krankenhaus.« Er schluckte. »Es ist lange her seit dem letzten Mal, Gwyn.«

Sie streichelte seine Wangen. »Wie lange?«

Er zögerte. »Sechs Jahre.«

Ihre Augen wurden groß. »Du hast ... gewartet? Auf mich?«

»Eigentlich wollte ich es nicht, sondern mein Leben weiterleben. Aber ich konnte es nicht. Es ging einfach nicht.« Allein die Vorstellung, in ihr zu sein, jagte ihm einen Schauder über den Rücken. »Könnte sein, dass ich es nicht lange aushalte.«

Ein süßes Lächeln breitete sich auf ihrem Gesicht aus. »Wir haben alle Zeit der Welt.« Sie beugte sich vor und küsste ihn ein weiteres Mal. Er hatte die Hälfte des Wegs zum Schlafzimmer zurückgelegt, ehe ihm bewusst wurde, dass seine Beine sich bewegten. Mit weit ausholenden Schritten trat er zum Bett und stellte sie auf die Matratze. Sie überragte ihn nun um ein paar Zentimeter, sodass er zu ihr aufblicken musste.

Und der Anblick war unglaublich. Er berührte den Stoff ihrer Bluse. »Sag mir, dass ich die ausziehen kann.«

»Du darfst alles ausziehen.«

Mit zitternden Fingern streifte er ihr die Bluse über den Kopf, bedeckte ihren Hals mit sanften Küssen, die Haut zwischen ihren Brüsten in einem Hauch von einem Spitzen-BH, dessen Verschluss er mit einer Hand löste. Sie stieß ein atemloses Lachen aus.

»Ich will lieber nicht wissen, wie du es geschafft hast, dir diese Routine anzueignen«, bemerkte sie leise, ehe sie nach Luft schnappte und aufstöhnte, als er ihr den BH von den Schultern streifte und die Lippen um eine ihrer Brustwarzen legte.

Nach ein paar Sekunden löste er sich von ihr und begann, die Haut zwischen ihren Brüsten zu küssen, die selbst für seine Pranken reichlich üppig waren. »Du bist so hübsch.«

Sie wurde rot. »Ich will dich sehen.«

Er streckte die Arme aus, damit sie ihm das Hemd über die Schultern streifen konnte. »Was für eine samtige Haut du hast«, raunte sie bewundernd und bedeckte seine Brust mit Küssen. »Ich habe dich einmal gesehen«, gestand sie. »Unter der Dusche. Im Klub.«

»Ich weiß.« Er knöpfte ihren Rock auf und stöhnte, als sie herausschlüpfte und lediglich in winzigen schwarzen Spitzenpantys vor ihm stand. Wieder berührte er ihre Brüste, wog ihr Gewicht in seinen Händen, genoss die Weichheit ihrer Haut. »Ich hab gesehen, wie du mich beobachtet hast.«

Ihre Augen wurden groß. »Du lügst.«

»Ich würde dich niemals anlügen.« Er grinste. »Ich hatte es extra darauf angelegt.«

Sie beschrieb eine Spur aus Küssen von seiner Wange an seinem Hals entlang, ließ hier und da spielerisch ihre Zunge vorschnellen. »Und es hat funktioniert. Ich glaube, danach habe ich monatelang von dir geträumt. Dieser kurze Blick hat mir ziemlich lange was gegeben.« Sie löste seinen Gürtel. »Zieh die Hose aus. Ich will nicht länger nur in der Erinnerung schwelgen, sondern dich sehen.«

Augenblicke später lag seine Hose auf dem Boden. Beim Anblick der ausladenden Wölbung in seinen Boxerbriefs, die so eng saßen, dass sie die Blutzirkulation unterbinden mussten, stieß sie den Atem aus. »Wow.«

Mit dem Finger fuhr sie die Wölbung entlang. Am liebsten hätte er … *Nein. Sie sollte das Tempo bestimmen.* Es kämen noch andere Gelegenheiten, bei denen er die Zügel in die Hand nehmen konnte. Aber nicht heute.

Sein innerer Monolog wurde jäh unterbrochen, als sie den Gummibund mit beiden Händen packte und seine Briefs bis zu den Schenkeln herunterzog, während sie sich in derselben Sekunde auf die Knie sinken ließ. Und dann …

»O Gott«, stöhnte er laut. Denn ihr Mund hatte ihn umfangen, heiß, feucht … perfekt. »Ja, bitte, ja, bitte.« Er berührte ihr Haar, wagte es jedoch nicht, die Hände darin zu vergraben, um sie daran zu hindern, ihren Rhythmus zu beschleunigen, ihn noch tiefer in sich aufzunehmen.

Sie löste sich von ihm und leckte sich die Lippen. »Ich bin nicht aus Porzellan, Thorne«, sagte sie zwinkernd. »Versprochen.«

Noch bevor er Gelegenheit bekam, ihre Bemerkung zu hinterfragen, schlossen sich ihre Lippen neuerlich um ihn, und er brachte keinen Ton heraus, konnte keine Worte finden, um sie daran zu hindern. Doch er wollte mehr als nur das, deshalb hob er sie hoch, legte sie auf die Matratze und riss ihr das Höschen über die Schenkel, das den Blick auf das dunkle, sorgsam getrimmte Dreieck freigab, von dem er bislang nur hatte träumen können.

Einen Moment lang stand er in stummem Staunen da. Und dann zog sie ein Knie an, gab sich vollends seinem Blick preis. Er sah ihr ins Gesicht, sah ihr aufreizendes Zwinkern. Sämtliche Drähte in seinem Gehirn schienen auf einmal durchzuschmoren. Er sank auf die Knie, zog sie zu sich heran und beugte sich über sie, um ihre Süße zu kosten.

Wieder drang ein lustvoller Laut aus ihrem Mund, während sie sich ihm gierig entgegenwölbte. Bevor er vollends den Verstand verlieren konnte, zwang er sich, den Kopf zu schütteln und sich zurückzuziehen.

»Ich will, dass du kommst, wenn ich in dir bin.«

»Dann mach schnell«, stieß sie mit einem erstickten Lachen hervor.

Er legte sich auf die Matratze und zog sie auf sich, sodass sie rittlings über ihm saß. »Wie oft habe ich mir genau das ausgemalt. Bestimmt eine Million Mal«, raunte er. »Ich will, dass du mich beim ersten Mal reitest. Ich will dich sehen, wenn ich mich in dich ergieße.«

Wieder entrang sich ihr ein atemloses Stöhnen. »Ja.« Beide Hände auf seiner Brust, hob sie die Hüften an, um ihn aufnehmen zu können. Die Spitze seines Schwanzes berührte sie bereits, als …

Sie weinte. Tränen schossen ihr in die Augen, liefen ihr über die Wangen.

»Was ist?«, flüsterte er erschrocken. Er würde eher sterben, als ihr wehzutun. »Wir können auch aufhören.« Es würde ihn zwar umbringen, aber er würde es sofort tun.

»Nein. Wage es nicht, jetzt aufzuhören. Es ist nur … ich dachte, ich hätte all das hier für immer verloren. Diese Verbundenheit. Ich bin so glücklich, dass du derjenige bist, der mich wieder zurückgeholt und mir das ermöglicht hat, Thorne. Danke.« Sie beugte sich vor, um ihn zu küssen, und ließ dabei die Hüften sinken, sodass seine Spitze in sie drang.

Sie war so eng. So feucht. »Nie«, stöhnte er. »So habe ich es noch nie getan.«

Sie gab sich gar nicht erst den Anschein, als hätte sie ihn missverstanden. »Ich auch nicht. Du bist so heiß.«

Er grinste. »Weiß ich.«

Sie lachte. »Halt den Mund. Ich meinte die Temperatur.«

»Heißblütig, so bin ich nun mal.« Doch dann war die Scherzhaftigkeit zwischen ihnen verflogen. Sie blickten einander tief in die Augen, als er sich tiefer in sie schob.

Plötzlich konnte er den Blickkontakt nicht länger halten. Seine Augen schienen nach hinten zu rollen, und er musste sich auf die Zunge beißen, um nicht auf der Stelle zu kommen. Sie hob und senkte sich in einem immer härteren, schneller werdenden Rhythmus, während er sich zwang, sie anzusehen, weil er nicht eine Sekunde ihrer Lust versäumen wollte.

Sie wurde noch ein wenig schneller. Verzückt lauschte er den leisen Wimmerlauten, die aus ihrem Mund drangen. Und dann bog sie sich nach hinten, wie eine Blume, deren reife Blüte zu schwer für den schlanken Stängel geworden war, und kam, schloss sich so fest um seinen Schwanz, dass er es keine Sekunde länger ertrug.

Er packte sie mit beiden Händen um die Taille, drückte die Fersen in die Matratze, um sich hochzustemmen, einmal, zweimal, dann war es auch um ihn geschehen. Ihren Namen auf den Lippen, kam er mit einer Heftigkeit, wie er sie so viele Male in seinen Träumen erlebt hatte.

Ich liebe dich. Er wollte es sagen, es laut hinausschreien, doch er tat es nicht. Noch war nicht der richtige Zeitpunkt dafür. Doch irgendwann wäre es so weit. Sieben Jahre hatte er gewartet, deshalb würde er auch noch ein Weilchen durchhalten.

Baltimore, Maryland
Dienstag, 14. Juni, 14.45 Uhr

Die Sonne stand hoch am Himmel, und der Deckenventilator drehte sich müßig, als Gwyn erwachte. Mehr als die Hälfte des Bettes nahm der hochgewachsene Mann ein, der leise schnarchend ausgestreckt auf dem Bauch lag. Das Laken hatte sich um seine Taille verheddert und gab den Blick auf seine ausgeprägten Muskeln und das Tattoo frei, dessen Umrisse sie schon immer mit der Zunge hatte nachfahren wollen. Doch heute Vormittag hatten sie es zu eilig gehabt. Beide Male. Es gab so viel nachzuholen. Zu viel hatte sich in ihnen angestaut, ihnen beiden.

Nächstes Mal, dachte sie, im hellen Licht des Tages, während draußen vor dem Fenster alles seinen gewohnten Gang ging, die Welt weiter existierte. Nächstes Mal würde sie sich die Zeit nehmen und ihn mit der Zunge genüsslich erkunden.

Gerade als sie sich an ihn schmiegen wollte, läutete ihr Handy. Unbekannte Nummer. »Hallo?«, sagte sie. Augenblicklich wurde Thorne neben ihr wach, sah sich kurz im Raum um, ehe sich sein Blick auf sie heftete. Auf seinen Zügen breitete sich ein träges Lächeln aus, bei dessen Anblick sie am liebsten das Telefon weggeworfen und sich auf ihn gestürzt hätte. Wieder. Und wieder.

Er rollte sich auf den Rücken und griff nach seinem eigenen Handy, um die Nachrichten zu checken. Dann stützte er sich auf den Ellbogen und lächelte selbstzufrieden, als er sah, dass ihr Blick förmlich an seiner Brust klebte. *Dieser Mann ist wie ein Gott gebaut.*

»Könnte ich bitte Amber Kelly sprechen?« Die Frauenstimme am anderen Ende der Leitung war sehr angenehm und kultiviert. Gwyn brauchte eine Sekunde, um sich ins Gedächtnis zu rufen, dass sie sich unter ihrem einstigen Bühnennamen im Friseursalon von Angie Ospina angemeldet hatte.

Inzwischen war so viel passiert, dass der Anruf eine halbe Ewigkeit zurückzuliegen schien.

»Am Apparat«, erwiderte sie betont gut gelaunt – schließlich war sie offiziell drauf und dran, heute Abend mit ihrem Liebsten durchzubrennen. Eilig rief sie sich die Details ins Gedächtnis, die sie bei ihrem Anruf gestern erzählt hatte.

»Ich rufe vom Heavenly Salon an, um Ihren Termin für heute Nachmittag halb sechs zu bestätigen.«

Gwyn sah auf die Uhr. Gerade noch genug Zeit, um es pünktlich zu schaffen. »Ich freue mich schon den ganzen Tag darauf«, säuselte sie. »Wir sehen uns nachher.«

Sie beendete das Gespräch und ließ sich in ihr Kissen sinken, sodass sie Thorne ansehen konnte. »Wie geht's Phil?«, fragte sie mit einer Geste auf sein Handy.

»Er ruht sich aus. Inzwischen hat er Jamie weggeschickt, damit auch er sich ein bisschen ausruht, aber ihr Haus ist ja immer noch ein Tatort, deshalb hat Frederick ihn mit zu sich genommen.«

»Was ist mit Sam?«

»Ruby hat eine Nachricht geschickt. Es geht ihm gut. Und ihr auch.«

»Und Agent Ingram?«

Thornes Miene wurde ernst. »Sein Zustand ist nach wie vor kritisch. Noch ist er nicht wieder bei Bewusstsein.«

Sie streckte die Hand aus, um die tiefe Sorgenfalte auf seiner Stirn glatt zu streichen. »Das ist nicht deine Schuld, Baby.«

»Ich weiß. Immerhin wissen wir inzwischen, wie der Täter ins Haus gekommen ist. Phils Zustand hatte sich so weit stabilisiert, dass er Jamie erzählen konnte, was passiert ist. Er hat eine Nachricht auf sein Handy bekommen. Von meiner Nummer.«

»Verdammt.«

»Genau. Darin stand, ich hätte meinen Schlüssel verloren. Phil war gerade in der Küche, um eine heiße Schokolade zuzubereiten, und hat Sam gebeten, die Tür zu öffnen.«

»Wieder ein Anruf über eine dieser Spoofing-Seiten.«

»Genau. Sam hat also die Tür aufgemacht, und zack, ging er auch schon zu Boden, nur hat Phil es nicht mitbekommen.«

»Weil der Milchschäumer so laut war.«

»Genau. Phil hat den Eindringling gesehen und um Hilfe gerufen, aber Ingram lag blutend auf dem Boden, und Sam hatte das Bewusstsein verloren.«

»Aber er hat ihn gesehen?«

»Nicht genau. Er trug wohl eine Maske.«

»Natürlich«, murmelte Gwyn.

»Sein Gesicht konnte Phil nicht erkennen, dafür hat er ihm mächtig eins übergezogen.« Der Anflug eines Lächelns erschien auf Thornes Zügen. »Er hat den Milchschäumer geschnappt und dem Kerl zuerst die heiße Milch ins Gesicht geschüttet und ihm dann auch noch mit dem Gefäß selbst eins übergebraten. Das hat leider nichts genützt, deshalb hat Phil ihm einen zweiten Hieb mit einer Keramikkeksdose verpasst, die dabei zu Bruch gegangen ist.«

»Also könnte der Eindringling Blutspuren an den Scherben hinterlassen haben?«

»Falls es so war, hat Jamie es zumindest nicht bemerkt. Die Kekse lagen überall auf dem Boden verstreut, aber die Keramikdose selbst war weg. Offensichtlich hat der Eindringling alle Scherben mitgenommen. Deshalb klebte wahrscheinlich tatsächlich Blut daran, oder aber er hatte nur Angst, es könnte so sein. Berührt hat er Phil nicht, allerdings hatte er einen Schläger in der Hand, mit dem er wohl auch Sam niedergestreckt hat. Die Ärzte meinen, die Anstrengung, als Phil sich gewehrt hat, in Verbindung mit seiner panischen Angst, hätte den Infarkt ausgelöst.«

»Aber er kommt wieder auf die Beine«, meinte Gwyn. »Das hat der Arzt doch gesagt.«

Er lächelte. »Ja, das hat er. Wer hat da angerufen?«

»Angie Ospinas Friseursalon.«

Wieder runzelte er die Stirn. »Du kannst den Termin unmöglich wahrnehmen.«

»Wieso denn nicht?« Sie kniff die Augen zusammen. »Und ich will nicht hören, dass es gefährlich ist. Das weiß ich auch. Genau deshalb müssen wir alldem so schnell wie möglich ein Ende bereiten. Und du kannst schlecht an meiner Stelle gehen.« Sie ließ den Blick wohlwollend über seinen nackten Körper schweifen. »Ich will dich ja nicht beleidigen, aber du passt dort definitiv nicht hin.«

»Ich könnte mir doch die Haare schneiden lassen«, meinte er.

Sie lachte. »Ein Blick, und die Ladys würden sich gegenseitig mit ihren Scheren die Augen ausstechen, nur damit sie dich auf ihren Stuhl kriegen. Da würde Blut fließen.«

Er verdrehte die Augen. »Hör auf damit.«

»Wieso denn?« Sie grinste. »Ich sage nur die Wahrheit. Ich lasse dich auf gar keinen Fall in die Nähe einer Horde Frauen in einem Schönheitssalon. So ein Laden ist schlimmer als ein Becken voller Piranhas.«

»Aber du gehst auf keinen Fall alleine hin.«

»Na gut«, sagte sie eilig und lachte, als ihm bewusst wurde, dass er ihr soeben erlaubt hatte, den Termin wahrzunehmen. »Du kannst in der Lobby warten.«

Wieder verfinsterte sich seine Miene. »Das geht nicht. Was, wenn Angie irgendwie mit Tavilla unter einer Decke steckt?«

Sie sah ihn verwirrt an. »Das ist ziemlich weit hergeholt.«

»Irgendjemand muss ihm etwas gesteckt haben. Die Einzigen, die von dem verdammten Schlüsselring wussten, sind entweder tot oder haben zu große Angst, den Mund aufzumachen. Inzwischen reduziert sich der Kreis auf jene Kandidaten, die schon immer im Spiel waren, nämlich Richards drei Freunde und Angie.«

Er hatte recht. »Es muss eine Verbindung zwischen Tavilla und jemandem aus deiner Vergangenheit bestehen. Detective Prew wusste auch davon.«

Thorne runzelte neuerlich die Stirn. »Genau das dachte ich auch schon. Er war so hilfsbereit, das hat mich argwöhnisch werden lassen.«

»Außerdem haben wir ihm erzählt, wo wir als Nächstes hinfahren würden. Woher hätte sonst jemand wissen sollen, dass wir den Rettungssanitäter zu Hause besuchen?«

»Stimmt«, knurrte Thorne. »Ich muss ihm unbedingt auf den Zahn fühlen. Aber bilde dir bloß nicht ein, du hättest mich vom Thema abgelenkt. Du wirst trotz allem den Termin nicht wahrnehmen. Wir finden jemand anderen.«

»Und zwar wen? Lucy? Stevie? Paige? Sie sind allesamt frischgebackene Mütter. Ruby? Sie ist im siebten Monat. Auch nicht? Tja, damit bleibe bloß ich übrig. Es sei denn, du willst, dass ich Hyatt ins Boot hole und ihn bitte, eine seiner Beamtinnen einspringen zu lassen. Und natürlich wird Hyatt uns danach sofort und in aller Ausführlichkeit berichten, was seine Mitarbeiterin in Erfahrung gebracht hat«, erwiderte sie sarkastisch.

»Jetzt wirst du echt fies«, grummelte er.

Sie lächelte siegesgewiss. »Armer Schatz. So ein winziges Ding wie ich droht dir, dem großen starken Mann. Soll ich es wiedergutmachen?«

Er zog ein finsteres Gesicht. »Dafür haben wir jetzt keine Zeit mehr, weil wir um halb sechs in Bethesda sein müssen.«

Sie drückte ihn in die Kissen und setzte sich rittlings auf ihn, beide Hände flach auf seinem muskulösen Bauch. Ein Schauder durchlief sie, als sie sich nach hinten bog und seinen betonharten Schwanz spürte, der die Weichheit ihres Fleisches berührte. Er packte sie in der Taille. Ihre Blicke begegneten sich. Beim Anblick all der Emotionen in seinen Augen zog sich ihr Herz zusammen. Sie sah die Lust darin, ja, aber auch noch andere Regungen. Wie hatte sie all das die vielen Jahre lang übersehen können?

»Danke«, flüsterte sie.

Er zog die Brauen zusammen. »Wofür?«

»Dass du auf mich gewartet hast.«

»Du warst es mir wert«, erwiderte er nachdrücklich. Dies war das zweite Mal, dass er so etwas sagte, daher bezweifelte sie nicht, dass er mit jeder Faser seines Herzens davon überzeugt war. Eines Tages würde vielleicht auch sie es glauben.

Bis dahin würde sie ihm zeigen, was er *ihr* wert war. *Alles. Er ist alles für mich. Und das ist er auch schon immer gewesen.* Sie beugte sich vor und küsste ihn langsam und genüsslich. »Du bist so wunderschön«, raunte sie an seinem Mund und ließ ihre Zungenspitze über seine Lippen gleiten, während seine Hände zu ihren Pobacken hinunterwanderten. »Ich kann immer noch nicht glauben, dass du hier bist. In meinem Bett«, raunte sie, als ihr ein Gedanke kam: Hoffentlich war sie das Warten tatsächlich wert gewesen.

Er drückte sich ein wenig tiefer ins Kissen, um sie ansehen zu können. »Was?«

Sie biss sich auf die Unterlippe, die sich geschwollen von seinen Küssen anfühlte. »Gar nichts«, erwiderte sie, denn die Frage, die in ihrem Herzen brannte, wollte ihr nicht über die Lippen kommen.

»Nein.« Er umfasste ihr Gesicht so zärtlich, dass ihre Augen zu brennen begannen. »Da ist doch etwas. Sag es mir.«

»Ich denke …« Sie wandte den Kopf ab, hoffte, dass die Tränen so schnell versiegten, wie sie gekommen waren. »Ich hoffe eben, dass ich es tatsächlich wert bin. Das Warten, meine ich.«

Er legte die Finger um ihr Kinn und zwang sie, ihn anzusehen. »Genau das habe ich doch gerade gesagt«, meinte er lächelnd. »Oder hast du mir etwa nicht zugehört?«

»Doch.« Sie wollte sich von ihm lösen, um an ihm hinunterzugleiten und ihn die Frage vergessen zu lassen, doch er hielt sie mühelos fest, eine Hand auf ihrem Hinterteil, die andere noch immer an ihrem Kinn.

»Gwyn.« Die Süße, mit der er ihren Namen aussprach, ließ die Tränen über ihre Wangen kullern. Er wischte sie zärtlich ab. »Rede mit mir, Liebste.«

Liebste. O Gott. »Ich … Du hast so lange auf mich gewartet. Und ich weiß, dass du …« Ihre Wangen brannten. Mit dem Daumen strich er über ihre erhitzte Haut. »Dass du eine Menge Erfahrungen …« Verlegen schloss sie die Augen. »Ich muss mich für den Termin fertig machen.«

»Nein. Rede mit mir. Und sieh mich an. Bitte.«

Sie zwang sich, die Augen aufzuschlagen und ihre Lippen dazu zu bringen, die Worte zu formen. »Ich will dich nicht enttäuschen.«

Er runzelte die Stirn. »Das könntest du nicht.« Seine Augen weiteten sich. »Du meinst im Bett? Du willst wissen, ob es mir gefallen hat? Ernsthaft?«

Sie wünschte, sie hätte das Thema nie aufgebracht. »Ich weiß, dass es dir gefallen hat.«

»Sogar gleich zweimal«, erwiderte er selbstzufrieden, was sie zum Lachen brachte. Und ihn ein weiteres Mal zum Lächeln. »Also, worum geht es gerade?«, fragte er und drückte spielerisch ihre Pobacke. »Wenn du mit mir nicht reden kannst, mit wem dann? Los, raus damit.«

»Du hast so lange auf mich gewartet, und ich wünsche mir einfach, dass es die Zeit wert war.«

»Noch ein klein wenig mehr wert, und ich könnte mir mit Phil ein Zimmer in der Kardiologie teilen«, gab er grinsend zurück und ließ verträumt die Finger durch ihre Locken gleiten, wie immer ganz sanft und behutsam. Selbst als er wütend auf sie gewesen war, hatte die Sanftheit stets überwogen. »Gwyneth Bronwynne Weaver, es war das Warten wert. Und wenn ich noch zehn weitere Jahre hätte warten müssen, wäre es auch das wert gewesen.« Er zog vorsichtig an einer Locke. »Allerdings bin ich froh, dass es keine zehn weiteren Jahre waren, das muss ich zugeben. Sonst wäre ich wohl irgendwann explodiert.«

Sie lachte ein wenig schniefend. »Du sagst immer so wunderbare Dinge zu mir.«

Er zog sie ein weiteres Mal zu sich herab und küsste sie mit einer Innigkeit, die den Wunsch nach mehr in ihr heraufbeschwor. Zärtlich arbeitete sie sich an seinem Kiefer und Hals entlang, bis ein Grollen aus den Tiefen seiner Brust drang. »Ich sage es ja nur ungern, aber wir sollten demnächst aufbrechen, wenn wir rechtzeitig in Bethesda sein wollen.«

Sie ließ ihre Hand abwärtsgleiten, über seinen Bauch hinweg, und schloss die Finger um ihn. Er war immer noch stahlhart. Sie drückte ein wenig zu, woraufhin er stöhnte.

»Verdammt, Gwyn, hör auf, mich zu reizen. Das ist nicht fair.«

Sie warf einen Blick auf den Wecker auf dem Nachttisch. »Ich brauche keine Zeit, um mich zu frisieren. Das spart uns mindestens eine Viertelstunde, und eine weitere, wenn ich mich im Wagen schminke.« Sie grinste. »In einer halben Stunde kann man so einiges anstellen.«

Statt einer Erwiderung stöhnte er ein weiteres Mal, als sie unter dem Laken abtauchte und ihn in den Mund nahm.

Bethesda, Maryland
Dienstag, 14. Juni, 17.15 Uhr

Der Gott des Straßenverkehrs hatte es gut mit ihnen gemeint, dachte Thorne dankbar, als er eine Viertelstunde vor Gwyns Termin den Wagen auf den Parkplatz des Salons lenkte, auf dem sich ein Mercedes und BMW an den anderen reihte. Selbst der eine oder andere Bentley und ein Maserati standen dort geparkt. In leuchtendem Signalrot, verstand sich.

»Ganz schön feudal«, bemerkte Gwyn. »Kein Wunder, dass sie einen Kredit aufnehmen musste.«

Alec Vaughn hatte sie erst vor wenigen Minuten über Angie Ospinas finanzielle Situation informiert. Gwyn war fast die ganze Fahrt über mit ihm am Telefon gewesen. Alec war ein wahres Computergenie. Clay konnte sich glücklich schätzen, ihn in seinem Team zu haben, und Thorne war heilfroh, dass er dem jungen Mann erlaubte, seine Dienste auch ihm zur Verfügung zu stellen.

»Was genau hat Alec gesagt?«, fragte er.

»Vor zehn Jahren hat Angie das erste Mal ein Darlehen von Linden senior bekommen. Obwohl das vermutlich eher Schweigegeld war. Bei ihrer Hausbank hat sie vor vier Jahren einen zweiten Kredit aufgenommen, und jemand hat ihr ein Privatdarlehen über …« Gwyn riss die Augen auf. »Heilige Scheiße. Jemand hat ihr vierhunderttausend Dollar gepumpt. Zu dem bereits bestehenden zweiten Kredit.«

Thorne stieß einen Pfiff aus. »Das ist ein ziemliches Sümmchen für ein Privatdarlehen. Sie muss das Geld ja mit vollen Händen ausgeben, wenn sie so viel braucht.«

»Genau das ist ja das Seltsame. Sie schreibt keine roten Zahlen, sondern zahlt brav ihre Löhne und macht trotzdem noch einen kleinen Gewinn.«

»Wieso braucht sie dann so einen hohen Kredit? Und wer hat ihr das Geld gegeben?«

»Noch kann Alec es uns nicht sagen, aber das Timing ist interessant.« Sie sah ihn mit hochgezogenen Brauen an. »Die vierhunderttausend gingen vor etwa einem Monat auf ihrem Konto ein.«

»Tavilla hätte um diese Zeit seine Fühler ausgestreckt haben können. Aber natürlich macht er sich selbst die Hände nicht schmutzig. Für die allzu offensichtlichen Gesetzesverstöße hat er immer seine Männer, die das für ihn erledigen. Das sollten wir uns genauer ansehen.«

»Ob Tavilla es nun war oder nicht, fest steht jedenfalls, dass die Kredite – auch der zweite – immer um dieselbe Jahreszeit auf ihrem Konto eingingen.« Sie blickte auf ihr Handy. »Immer im selben Monat, innerhalb eines Zeitfensters von drei Tagen.«

Das war tatsächlich interessant. »Ist das ein Jahrestag?«

»Durchaus möglich.« Sie sah auf die Zeitanzeige auf ihrem Handy. »Ich muss gleich rein. Du könntest mitkommen, aber es wäre riskant. Dein Foto ist überall in den Nachrichten.«

Er löste seinen Gurt. »Mir gefällt die Vorstellung gar nicht, dass du alleine reingehst.«

Ihr auch nicht. Es mochte bloß ein Schönheitssalon sein, doch wenn Angie Dreck am Stecken hatte und sich bedrängt fühlen sollte, könnte es brenzlig werden. Zwar trug Gwyn eine Waffe in einem Schulterholster unter ihrer Bluse und ein Messer in einer Scheide an ihrem Oberschenkel, die unter ihrem knielangen Rock nicht zu erkennen war, aber trotzdem. Thorne war zwischen Lust und Angst hin- und hergerissen gewesen, als er ihr beim Anziehen zugesehen hatte. Er hatte nicht so lange gewartet, nur um sie jetzt zu verlieren.

Eine Nachricht ging auf ihrem Handy ein. »Alec«, sagte sie. »Er will wissen, ob ich schon drin bin. Ich frage ihn, wieso er das wissen will.« Sie tippte und hielt inne. »Hm«, machte sie ein paar Sekunden später. »Er schreibt, er hätte Verstärkung mitgebracht. Ich soll dir ausrichten, du sollst zu dem McDonald's einen Block nördlich von hier fahren.« Sie schrieb zurück, wobei sie laut vorlas. »Noch zehn Minuten bis zu meinem Termin.« Sie lachte leise. »Er schreibt: ›Es ist den Aufwand wert. Thorne wird sich freuen. Wir sitzen in einem weißen Transporter.‹«

Thorne fuhr sofort los. »Freuen ist immer gut, aber ruf ihn trotzdem an. Ich will sichergehen, dass er es tatsächlich ist und wir nicht wieder von jemandem ausgetrickst werden, der eine Spoofing-Seite benutzt.«

Gwyn gehorchte. »Was gibt's, Kleiner?«, fragte sie und stellte Alec auf Lautsprecher.

»Ich bin beschäftigt«, blaffte er.

»Wir mussten sichergehen, dass du es wirklich bist.«

»Oh.« Sein Tonfall wurde eine Spur freundlicher. »Daran habe ich nicht gedacht. Tut mir leid. Ja, ich bin's. Ich muss gleich wieder Schluss machen.«

»Da ist er ja«, sagte Thorne. »Ein weißer Transporter. Und da ist auch Ford.« Taylors Verlobter saß hinter dem Steuer. Die Seitentür glitt auf, und Alec winkte Gwyn zu sich.

Thorne ließ das Fenster herunter. »Alec verkabelt sie«, sagte Ford. »Wir waren nicht sicher, ob wir es rechtzeitig schaffen, aber der Verkehr war nicht allzu schlimm. Stell den Wagen ab und steig in den Transporter. Wir parken nahe genug am Salon, dass du jederzeit reinstürmen kannst, falls du es für notwendig hältst.«

Zum ersten Mal, seit Thorne die Sicherheit von Gwyns Bett verlassen hatte, konnte er tief durchatmen. »Danke.«

Ford grinste. »Bedank dich bei Clay. Es war seine Idee.«

»Entschuldigung«, meldete sich Alec zu Wort. »In Wahrheit war es meine. Ich wollte Clay nur das Gefühl geben, dass es auf seinem Mist gewachsen ist.«

Gwyn lächelte die beiden an. »Wem auch immer das eingefallen ist … ich danke euch, dass ihr den ganzen Weg hergekommen seid.«

Alec überprüfte gerade die Kabelverbindungen, als Thorne in den Transporter stieg. »Du wirst übrigens beschattet«, sagte Alec. »Ein schwarzer Escalade.«

Thorne zog die Schiebetür zu. »Ich weiß. Detective Hector Rivera. Er gehört zu Josephs Task Force. J. D. hat ihn uns vorgestellt, als er uns heute Morgen bei Gwyn abgesetzt hat.«

Ford sah ihn durch den Rückspiegel an. »Du weißt aber schon, dass du jederzeit zu Clay hättest zurückkommen können«, sagte er ernst. »Dort gibt es jede Menge Platz.«

»Ja, auch das weiß ich«, erwiderte Thorne. »Trotzdem glaube ich, dass ihr alle dort sicherer seid, wenn ich nicht in der Nähe bin.«

»Das sehe ich nicht so«, warf Alec ein. »Ich habe eher den Eindruck, als würde Tavilla gezielt die Leute aussuchen, die dir am Herzen liegen. Ob du anwesend bist und es mitbekommst oder nicht, scheint dabei keine Rolle zu spielen.«

»Wahrscheinlich hast du recht«, stimmte Thorne zu. »Trotzdem will ich die Aufmerksamkeit nicht mehr auf sie lenken als unbedingt nötig. Aber jetzt müssen wir los. Es ist gleich halb sechs.« Er setzte sich neben Gwyn in die mittlere Sitzreihe, während Alec sich zu Ford auf den Beifahrersitz schwang. »Okay. Alles wie besprochen?«, sagte Ford.

Alec machte eine gebieterische Handbewegung. »Energie, Nummer eins«, sagte er.

»Du bist so ein Geek«, prustete Ford.

»Und stolz darauf.«

Gwyn nahm Thornes Hand. »Ich finde es gut, denn so konnte er mich verkabeln.«

»Ich auch.«

Eine Minute vor halb sechs fuhren sie vor dem Salon vor. Gwyn packte Thorne am Revers, zog ihn an sich und küsste ihn mit Nachdruck. »Alles wird gut.«

Ich liebe dich, lag ihm auf der Zunge, doch er sprach es nicht aus.

»Sei vorsichtig«, sagte er stattdessen.

Sie zwinkerte ihm beim Aussteigen zu. »Verlass dich drauf. Wir beide sind längst nicht fertig miteinander.«

Er sah ihr hinterher, als sie auf die Eingangstür zuging, ehe er sich den beiden Männern zuwandte, die ihn mit offenen Mündern anstarrten.

»Wow«, murmelte Ford.

»Das war echt … wow«, stimmte Alec zu und grinste. »Das hast du allen hübsch verschwiegen, Thorne. Stell dir mal vor, was die Ladys sagen, wenn sie das hören. Ich kann es kaum erwarten, es ihnen zu erzählen.«

»Zu spät«, erklärte Ford feixend. »Ich habe Taylor schon eine Nachricht geschickt, das heißt, in drei Sekunden wissen es alle.«

Eigentlich wollte Thorne sich ärgern. Ehrlich. Aber er war viel zu glücklich dafür. Geradezu aus dem Häuschen vor Freude. *Wie ein alberner Teenager, verdammt.*

Alec wedelte mit der Hand. »Gwyn ist drin. Ich zeichne es sowieso auf, aber wenn wir leise sind, können wir mithören.« Er stöpselte sein Telefon in den Prozessor hinter seinem Ohr und stellte es auf Lautsprecher.

Innerhalb weniger Sekunden schlug Thornes liebestrunkene Euphorie in echte Angst um. Gwyn musste vorsichtig sein. Sie hatten beide viel zu viel zu verlieren.

17. Kapitel

Gwyn ließ den Blick durch den Empfangsbereich von Angies Luxussalon mit der breiten Auswahl an exklusiven Kosmetik- und Haarpflegeprodukten schweifen. Nur gut, dass sie sich unter einem falschen Namen angemeldet hatte. Für die Behandlung selbst hatte sie genug Bargeld dabei, beim Make-up wäre sie dagegen zweifellos schwach geworden, aber auf ihrer Kreditkarte stand nun einmal *Gwyn Weaver*, klar und deutlich für jedermann zu erkennen.

Zwischen den Produkten waren auch gerahmte Artikel aus Zeitungen und Magazinen aufgestellt worden, darunter viele mit Angies Foto, sodass Gwyn sie auf Anhieb erkennen würde. Angie hatte sowohl eine Auszeichnung für den »Besten Friseursalon« und als »Geschäftsfrau des Jahres« der hiesigen Handwerkskammer als auch von diversen Verbänden für berufstätige Frauen eingeheimst, ein klares Zeichen für ihren Erfolg und den Respekt, den sie innerhalb der Gemeinde genoss.

Gwyn hoffte inbrünstig, dass sie nicht mit Tavilla unter einer Decke steckte. *Aber falls es so ist, werde ich alles tun, um dabei zu helfen, sie zur Strecke zu bringen.* Diese Frau würde Thorne nicht wehtun. Nicht noch einmal.

»Amber Kelly«, zwitscherte sie, als sie an den Empfangstresen trat. »Ich habe einen Termin bei Angie.«

Die Frau lächelte dünn. Sie war jung, bleich, groß, spindeldürr und von Kopf bis Fuß in Schwarz gekleidet. »Sie sind die künftige Braut, stimmt's. Herzlichen Glückwunsch. Darf ich Ihnen ein Glas Champagner anbieten?«

»Gerne«, säuselte Gwyn und wippte auf den Zehen, was bei ihren Zehn-Zentimeter-Absätzen kein ganz einfaches Unterfangen war. »Heute ist ein perfekter Tag.«

Und das stimmte auch. Ihr Inneres schien auch jetzt noch von dem letzten Sex mit Thorne zu glühen, was in Wahrheit so viel mehr gewesen war als Sex. Sie hatte es in vollen Zügen genossen, ihm Lust zu schenken, doch nur wenige Minuten später hatte er das Kommando übernommen, hatte sie auf den Rücken gedreht und war … beinahe ehrfurchtsvoll in sie eingedrungen. Die ganze Zeit über hatten sie einander tief in die Augen geblickt, und sie hatte jeden einzelnen Moment davon genossen. Es war jede Sekunde wert gewesen.

Es war es wert, so wert, so wert. Diese Worte hatte Thorne gemurmelt, wieder und wieder, im Rhythmus seiner behutsamen kontrollierten Stöße, als wäre sie ein kostbarer, zerbrechlicher Schatz. Genauso hatte sie sich auch gefühlt. Und obwohl sie unterschiedliche Positionen ausprobiert hatten, in denen sie bei jeder seiner Bewegungen seine Haut an ihrer spüren konnte, war keine so intim gewesen wie diese.

Schließlich war sie so heftig gekommen, dass Millionen Sterne vor ihren Augen tanzten, während er sich mit einer so stillen Intensität in sie ergossen hatte, dass sie selbst jetzt noch beim Gedanken daran ein Schauder überlief.

»Wow«, murmelte die Rezeptionistin. »Ich beneide Sie gerade dermaßen.«

Verwirrt nahm Gwyn das Champagnerglas entgegen. »Wieso denn?«

Das Lächeln der jungen Frau wurde verschmitzt. »Erinnern Sie sich an die Szene aus *Harry und Sally,* als die beiden im Restaurant sitzen? Ich habe das Gefühl, als hätte ich gerade das Nachbeben eines echten Orgasmus beobachtet.«

Gwyn lachte leicht verlegen … und noch verlegener, als ihr einfiel, dass Thorne, Alec und Ford gerade jedes einzelne Wort dieser Unterhaltung mithörten. »Schuldig im Sinne der Anklage«, sagte sie und nippte an ihrem Champagner, um die Peinlichkeit der Situation zu überspielen. »Wahnsinn. Der schmeckt ja herrlich.«

»Nur das Beste für unsere Kundinnen. Kommen Sie bitte mit, Angie erwartet Sie.«

Gwyn wurde in den Friseurbereich hinter einer Wand geführt, die die Kundinnen vor den Blicken der Wartenden im Empfangsbereich und der Passanten vor dem Schaufenster schützte. Trotz der Eleganz des Salons sah der Stylingbereich im Grunde genauso aus wie in jedem preiswerteren Salon: ein Stuhl vor einem großen, mit Glühbirnen bestückten Spiegel, in dessen einer Ecke Angies Kosmetikdiplom und ein paar Fotos klemmten, darunter einige von Angie, die kaum anders aussah als auf den Aufnahmen, die Gwyn im Zuge ihrer Recherche gefunden hatte. Sie war eine schlanke Frau hispanischer Herkunft mit hohen Wangenknochen und einem makellosen Teint und so hübsch, dass sie in jungen Jahren durchaus als Model gearbeitet haben könnte. Nicht dass sie heute alt gewesen wäre, schließlich hatte sie gemeinsam mit Thorne die Abschlussklasse besucht und musste folglich Mitte, Ende dreißig sein.

Auffällig war jedoch der junge Mann, der auf sämtlichen Fotos mit ihr zu sehen war. Gwyn beugte sich vor und betrachtete sein Gesicht. Er war noch ein Teenager, und die Jahreszahl auf der Quaste an seinem schwarzen Graduiertenhut verriet, dass er erst vor Kurzem seinen Highschool-Abschluss gemacht hatte. Sein Gesicht kam ihr seltsam bekannt vor: blondes Haar, blaue Augen und ein nettes und zugleich leicht selbstironisches Grübchenlächeln, als sei es ihm ein wenig peinlich, die Aufmerksamkeit des Fotografen allein auf sich zu wissen.

»Hallo.«

Gwyn löste den Blick von dem Foto und sah Angie an, die lächelnd hinter ihr stand. Gwyn erwiderte das Lächeln. »Hi. Danke, dass Sie mich so kurzfristig eingeschoben haben.«

Angies Lächeln wurde eine Spur breiter, worauf auch auf ihrer Wange ein Grübchen erschien, genau an derselben Stelle wie bei dem Jungen auf dem Foto. »Es ist mir ein Vergnügen, Miss Kelly. Ich trage gern meinen Teil zum großen Liebesglück bei. Hochzeiten sind mein Spezialgebiet.«

»Sagen Sie doch Amber.« Gwyn rutschte auf dem Stuhl nach hinten und zupfte an ihren Haarspitzen. »Ich hätte gern einen Prinzessinnen-Look. Aber mein Süßer mag mein Haar gern lang, deshalb musste ich ihm versprechen, dass ich es nicht schneiden lasse.«

»Tja, sein Wunsch sei uns Befehl.« Angie legte ihr einen Frisierumhang um und schloss ihn im Nacken. »Wo soll es denn für den großen Tag hingehen?«

Für meinen großen Tag war mein Bett voll und ganz ausreichend, dachte Gwyn und strahlte in den Spiegel. »Nach Paris. Ich war noch nie dort und bin völlig aus dem Häuschen.«

Angie strich durch Gwyns Haar, prüfte seine Sprungkraft und das Gewicht der Locken. »Und wann geht es los?«

»Heute Abend um elf geht unser Flug vom Reagan National.« Gwyn hatte es sogar extra überprüft, um auf der sicheren Seite zu sein. »Wir werden ein spätes Mittag- oder frühes Abendessen einnehmen und haben dann einen Termin in einer kleinen Kapelle für die Trauung am Abend gebucht.«

»Ich muss Ihr Haar also so stylen, dass es bis dahin hält«, meinte Angie mit ernster Miene. »Flüge sind eine echte Herausforderung für Frisuren. Ich werde ziemlich starkes Haarspray verwenden müssen. Ist das okay für Sie?«

Gwyn lächelte verträumt. »Das ist kein Problem.«

Nach einem kurzen Abstecher zum Shampoonierbecken saß Gwyn wieder auf dem Frisierstuhl und blickte auf die Fotos des jungen Mannes. »Irgendwie habe ich das Gefühl, als hätte ich den Jungen schon mal irgendwo gesehen.«

Angies Miene wurde weich. »Nein«, sagte sie beinahe traurig.

»Mein Neffe lebt in Iowa, und leider sehe ich ihn nicht besonders oft.«

Iowa. Gwyn hatte alle Mühe, sich nichts anmerken zu lassen. Detective Prew hatte doch erzählt, dass Angie während Thornes Prozess irgendwohin nach Westen gezogen war. »Irgendwo, wo Mais angebaut wird«, hatte er gesagt. Wenn ihr Neffe dort lebte, hatte sie vermutlich Unterschlupf bei ihrer Familie gefunden.

»Sie scheinen sehr stolz auf ihn zu sein«, fuhr Gwyn fort. »Und die Verwandtschaft sieht man auch ganz deutlich. Sie haben beide ein Grübchen an derselben Stelle.«

Wieder lächelte Angie, was besagtes Grübchen neuerlich zum Vorschein brachte. »Stimmt.« Die Friseurin warf einen sehnsuchtsvollen Blick auf das Foto, in dem so etwas wie Mütterlichkeit lag. »Liam ist ein toller Junge. Ich bin wirklich stolz auf ihn.«

Gwyn kannte diesen Blick. Sie sah ihn immer wieder, wenn sie in den Spiegel sah und an ihren eigenen »Neffen« dachte, zumeist an seinem Geburtstag. Es war derselbe Blick, den sie zu verbergen gelernt hatte, wann immer jemand das Wort »Sohn« erwähnte. Denn Aidan war genauso wenig Gwyns Neffe, wie Liam Angies war.

»Das sehe ich«, sagte sie leise. *Das muss ich Thorne erzählen.*

Was? Von Angies Sohn oder meinem eigenen?

Von beiden. Du weißt genau, dass es das Richtige wäre.

Und das war es auch, daran bestand kein Zweifel. Aber ihr war auch klar, wie schwer dieses Eingeständnis werden würde. *Mein Sohn.* Sie hatte die Worte niemals laut ausgesprochen, nicht einmal Lucy gegenüber. Nicht mehr seit jenem grauenvollen Tag, als sie die Papiere unterschrieben hatte, damit ihr wunderschöner Junge das Leben bekam, das er verdiente, mit Eltern, die gut für ihn sorgen konnten.

Denn genau das hätte sie nie gekonnt. Zumindest damals nicht. Sie erinnerte sich noch genau an die verängstigte, arbeitslose junge Frau ohne Ausbildung, die dumm genug gewesen war, zu glauben, sie verbringe tatsächlich den Rest ihres Lebens an der Seite dieses Mannes, nur weil er ihr seine Liebe beteuert hatte. *Schnee von gestern, Gwyn.* Selbstvorwürfe waren alles, was ihr nach den Jahren geblieben war, und die halfen niemandem weiter.

Sie fragte sich, wie es wohl bei Angie gewesen sein mochte, während sie im Geist nachrechnete. Wenn Liam gerade seinen Abschluss gemacht hatte, musste er siebzehn oder achtzehn sein, also etwa im selben Alter wie Aidan, der vor vier Monaten achtzehn geworden war. Das war der Tritt gewesen, den Gwyn gebraucht hatte, um ihr Leben endlich wieder in die Hand zu nehmen, sich eine Therapeutin zu suchen, um aus der Dunkelheit aufzutauchen, in der sie seit Evan versunken gewesen war. Denn Aidans Eltern hatten versprochen, ihm zu sagen, dass er adoptiert war, sobald er achtzehn wurde oder falls er fragen sollte, je nachdem, was als Erstes passierte.

Gwyn hoffte darauf, dass er sie eines Tages kennenlernen wollte, und musste sichergehen, dass sie ihr Leben im Griff hatte, falls und wenn es dazu kam.

Ihr Blick fiel auf ein Foto, das Angie und Liam gemeinsam zeigte. Die beiden lächelten in die Kamera. »Wie alt ist er denn? Ihr Neffe?«

Wieder erschien ein wehmütiges Lächeln auf Angies Zügen. »Letzten Monat ist er achtzehn geworden.« Ihre Miene erhellte sich. »Bald kommt er nach Baltimore, um aufs College zu gehen. Er hat eine Zusage von der Fakultät für Biomedizintechnik an der Johns Hopkins.« Sie schien förmlich aufzublühen.

»Wow«, sagte Gwyn beeindruckt. »Der Junge ist wohl ein Genie, was?«

»Allerdings«, erwiderte Angie voller Stolz.

»Und dann können Sie ihn auch häufiger sehen.«

»Das werde ich.« Angie vollführte irgendwelche Wunder mit Gwyns Haar, das mit einem Mal hochgesteckt war und ihr Gesicht in weich fallenden Locken umrahmte, die sie um Jahre jünger aussehen ließen.

»Oh«, rief sie leise. Angie strahlte.

»Ich dachte mir fast, dass es Ihnen gefallen wird.« Sie fixierte das Kunstwerk mit ein paar Haarnadeln und entschuldigte sich, als Gwyn vor Schmerz zusammenzuckte. »Ich muss dafür sorgen, dass auch alles an Ort und Stelle bleibt.« Sie zwinkerte ihr im Spiegel zu. »Für Paris.« Schließlich trat sie einen Schritt zurück und nahm ihre Kreation in Augenschein. »Jetzt fehlt nur noch ein anständiges Haarspray, um das Ganze sozusagen flugfest zu machen. Entspannen Sie sich ruhig, solange ich es hole.«

Als sie weg war, beugte Gwyn sich ein weiteres Mal zu den Fotos vor. Liam war also vor einem Monat achtzehn geworden. Um diese Zeit waren vierhunderttausend Dollar auf Angies Konto eingegangen. Und im selben Monat, nur einige Jahre zuvor, hatten ihr die Lindens Geld für die Gründung ihres Salons gegeben.

Und in diesem Moment wusste Gwyn, weshalb ihr das Gesicht des Jungen so bekannt vorkam. Sie sah sich kurz um und zog dann ihr Handy heraus, um das Foto aus Jamies Linden-Fallakte der Familie anzusehen, das sie am Sonntagabend in Phils und seiner Küche gemacht hatte. Sie vergrößerte es, bis Richard Lindens Gesicht das gesamte Display einnahm, ehe sie das praktisch identische Gesicht am Spiegelrand betrachtete. Der einzige Unterschied war das Lächeln, das der Junge eindeutig von Angie geerbt hatte.

»Angie ist Liams Mutter«, flüsterte sie, in der Hoffnung, dass Thorne es hören konnte. »Und Liam ist Richards Sohn«, fügte sie hinzu und schloss das Foto genau in der Sekunde, als Angie mit einer Flasche Haarspray in der Hand zurückkehrte.

»Tja, dann wollen wir Sie mal für Paris fertig machen«, sagte sie. Gwyn zwang sich, ihr Lächeln zu erwidern. »*Merci.*«

Verblüfft ließ sich Thorne auf dem Sitz nach hinten fallen. »Hat sie gerade wirklich gesagt, was ich gehört zu haben glaube?«, fragte er Alec und Ford. Die drei hatten sich um Alecs Handy geschart, um mitzuhören, was in dem Salon gesprochen wurde.
Liam ist Richards Sohn.

Thorne war noch so in Gedanken versunken gewesen, dass er sich hatte zwingen müssen, ins Hier und Jetzt zurückzukehren. *Schuldig im Sinne der Anklage.* Er hatte Mühe gehabt, seine Reaktion zu verhehlen – sowohl die Hitze, die ihm in die Wangen stieg, als auch die Tatsache, dass sein Schwanz in Sekundenschnelle betonhart geworden war. Doch er hatte es notgedrungen ausgehalten, denn vor den Augen der beiden Jungs seine Hose zu richten, war definitiv nicht infrage gekommen.

Glücklicherweise hatte sich die Unterhaltung danach recht schnell Gwyns Paris-Plänen und ihren Ideen für eine Brautfrisur zugewandt. Dennoch hatte sich seine Hose die ganze Zeit unangenehm eng angefühlt.

»Sie hat gesagt, Liam sei Richards Sohn«, wiederholte Ford langsam. »Und Angie ist seine Mutter? Also … Richard Linden und Angie?«

»Richard muss sie vergewaltigt haben«, stieß Thorne barsch hervor, als ihm wieder einfiel, wie entsetzt und verängstigt Angie vor all den Jahren gewesen war. »Er hat sie wie sein persönliches Spielzeug behandelt. Das Timing passt, wenn der Junge gerade achtzehn geworden ist. Folglich müssen die Lindens sie für mehr als nur ihr Schweigen bezahlt haben, als sie sich damals geweigert hat, zu meinen Gunsten auszusagen. Sie haben für ihr Enkelkind bezahlt.«

»Woher weiß Gwyn das alles so schnell? Darauf kommt man doch nicht so ohne Weiteres«, fragte Alec skeptisch.

Die Frage war berechtigt, das musste Thorne zugeben, obwohl durchaus plausibel klang, was Gwyn sagte. Er schüttelte den Kopf. »Keine Ahnung, aber wir werden sie nachher fragen.«

Ford stieß einen leisen Pfiff aus. »Da ist sie ja. Ich muss sagen, diese Angie versteht ihr Handwerk.«

Thorne fiel die Kinnlade herunter, als Gwyn den Salon mit einem vergnügten Lächeln auf dem Gesicht verließ, von dem er wusste, dass es erzwungen war. Aber Ford hatte völlig recht: Sie sah atemberaubend aus. Andererseits war das auch schon vor dem Friseurbesuch der Fall gewesen.

Er öffnete die Schiebetür und half ihr beim Einsteigen. Kaum schloss sich die Tür, verflog ihr Lächeln. »Habt ihr gehört, was ich gesagt habe?«

»Dass Richard Liams Vater ist?«, fragte Ford. »Ja, haben wir.«

»Aber wir haben uns gefragt, wie du das so schnell erfahren hast«, räumte Alec wahrheitsgetreu ein.

»Was ist passiert?«, fragte Thorne sanft, als er merkte, dass sie am ganzen Leib zitterte. »Wie hast du es herausgefunden?«

Sie setzte sich auf und drückte die Schultern durch. »Ihr Gesicht, als sie von dem Jungen gesprochen hat, hat sie verraten. Sie wollte mir weismachen, er sei ihr Neffe, aber das ist völlig unmöglich.«

»Du scheinst dir deiner Sache ja ziemlich sicher zu sein«, bemerkte Alec vorsichtig. Der Blick, den sie ihm zuwarf, war so kalt, dass Thorne zusammenzuckte. Diesen Blick hatte er noch nie an ihr gesehen. Nie.

»Bin ich auch«, blaffte sie, ehe sie seufzend die Augen schloss. »Sagen wir einfach, es war Intuition, aber ich wusste es einfach.«

»Okay«, gab Alec langsam zurück, obwohl seine Zweifel auch jetzt noch nicht zerstreut zu sein schienen.

Gwyn schlug die Augen wieder auf und zog ihr Handy heraus. »Seht euch das an.« Sie zeigte ihnen das Selfie. Sie hatte den Frisierstuhl so hingedreht, dass ihr Gesicht und ihr Hinterkopf im

Spiegel dahinter zu erkennen waren. Sie vergrößerte es so, dass eine Reihe in der Ecke festgeklemmter Fotos sichtbar wurde.

»Hier, seht euch den Jungen auf den Fotos mal an.«

»O Gott.« Thorne erkannte die Ähnlichkeit auf Anhieb. Es war, als hätte ihn jemand neunzehn Jahre in die Vergangenheit katapultiert. »Liam sieht aus wie Richards Zwillingsbruder.« Er blickte Gwyn bewundernd an. »Du bist unglaublich.«

Ihre Wangen röteten sich leicht, doch der harte Ausdruck in ihren Augen blieb. »Er kam mir die ganze Zeit bekannt vor, und dann meinte sie, er würde in Iowa leben.«

Ford runzelte die Stirn. »Wieso ist das wichtig?«

Thorne verstand. »Weil dort Mais angebaut wird.« Er erzählte Ford und Alec, was sie von Detective Prew erfahren hatten. »Zwischen meiner Verhaftung und dem Prozess lagen etwa sechs Monate. Wenn Angie um die Zeit meiner Schlägerei mit Richard und seinen Kumpanen von Richard vergewaltigt worden war, musste sie inzwischen einen Bauch gehabt haben. Es ist nur verständlich, dass sie nach allem, was ihr widerfahren war, vor den Lindens und ihren Drohungen Angst hatte.«

»Puh. Wow.« Alec hatte im Internet ebenfalls ein Foto von Richard gefunden. »Die Ähnlichkeit ist frappierend.«

Ford lehnte sich herüber. »Das klingt alles ziemlich einleuchtend. Gut gemacht, Gwyn. Aber was hat das mit dem zu tun, was hier gerade passiert?«

»Das weiß ich auch nicht.« Gwyn runzelte die Stirn. »Vielleicht gar nichts. Fest steht aber, dass die Lindens von Angies Baby wussten. Vielleicht nicht von Anfang an, aber definitiv zum Zeitpunkt des ersten Darlehens für die Gründung des Salons.«

»Sie haben sie für ihr Schweigen bezahlt«, warf Ford ein. »Es könnte auch eine Art heimlicher Unterhalt für den Jungen gewesen sein, aber viel wahrscheinlicher haben sie sie bestochen, oder aber sie hat sie erpresst.«

Gwyn zuckte die Achseln. »Völlig unabhängig von den Gründen

haben sie ihr Geld gegeben, und das, ohne den Jungen als ihren Enkel anzuerkennen. Das ist wichtig, denn wäre damals ans Licht gekommen, dass Angie von Richard schwanger war, weil er sie vergewaltigt hatte, hätte die Polizei weitere potenzielle Verdächtige gehabt – Angies Vater oder sonst jemanden aus ihrer Familie.«

»Aber die Lindens wollten unbedingt erreichen, dass ich schuldig gesprochen werde«, sagte Thorne langsam, während er im Geist die wild verstreuten Puzzleteilchen sortierte. »So unbedingt, dass Richards Vater sogar vor Gericht Lügen über irgendwelche Streitereien erzählt hat, die ich mit Richard gehabt hätte. Aber wieso?«

»Gute Frage«, murmelte Gwyn. »Vielleicht hat Linden senior ja versucht, die Aufmerksamkeit von jemand anderem abzulenken. Reiche Leute hassen Skandale wie die Pest.«

»Da ist was dran«, bestätigte Ford. »Wenn sie damals schon von Angies Schwangerschaft wussten, wäre es absolut einleuchtend.«

»Das sollten wir im Auge behalten, ganz klar«, sagte Gwyn. »Ich frage mich auch, wer noch ein Motiv hatte, Richard zu töten. Könnte Angie es gewesen sein, Thorne?«

Thorne schüttelte den Kopf. »Der Täter muss körperlich in der Lage gewesen sein, ihn zu überwältigen, ihn aufzuschlitzen und sein Gesicht zu Brei zu schlagen. Angie ist zwar nicht gerade klein gewachsen, trotzdem traue ich ihr das nicht zu. Außerdem haben die Lindens genauso auf sie herabgesehen wie auf mich. Auch sie hatte ein Stipendium, und die Lindens haben keine Gelegenheit ausgelassen, uns unter die Nase zu reiben, dass die Mittel dafür von ihnen kamen.«

»Hört sich nach echten Arschlöchern an«, bemerkte Ford.

Thorne nickte. »Das waren sie auch. Hätten sie Angie im Verdacht gehabt, hätten sie auch sie beinhart an die Behörden ausgeliefert.«

Gwyn biss sich auf die Lippe. »Dass Linden senior sich vor Gericht sogar zu einer Falschaussage hat hinreißen lassen, ist ein deutliches Zeichen für seine Verzweiflung. Er wollte unbedingt, dass man dir die Schuld zuschiebt. Deshalb glaube ich, dass du richtigliegst. Hätte er zu der Zeit etwas Belastendes gegen Angie in der Hand gehabt, hätte er es verwendet, statt juristische Konsequenzen dafür zu riskieren, weil er irgendetwas erfindet, das dich als Täter darstellt. Aber wieso war es ihm so wichtig, dass du als der Schuldige dastehst? Für mich hört sich das beinahe so an, als hätte er damit jemand anderen schützen wollen.«

»Die Lindens wussten also nicht nur, dass Thorne nicht der Täter war«, warf Alec ein, »sondern, wer es in Wahrheit getan hat?«

»Oder wieso.« Thorne massierte sich die Schläfen gegen die beginnenden Kopfschmerzen. »Ich komme immer wieder auf den Schlüsselring zurück … wieso ihn jemand ausgerechnet in eine aufgeschlitzte Leiche stecken sollte. Und dann noch ein zweites Mal bei Patricia, so viele Jahre später. Das muss doch etwas bedeuten. Wenn ihr mich fragt, lautet die Frage immer noch: Wer wusste von dem Schlüsselring?«

»Genauer gesagt, wer wusste von dem Schlüsselring und ist heute noch am Leben?«, meinte Gwyn. »Derjenige, der ihn platziert hat, wusste es.« Sie zählte die Möglichkeiten an den Fingern ab. »Entweder, weil er Richards Mörder ist, oder weil er – oder auch sie – mit Richards Mörder zusammen war, sofern der Täter nicht allein gehandelt hat. Die beiden Rettungssanitäter wussten davon, aber der eine hat zu große Angst, um den Mund aufzumachen, und der zweite ist spurlos verschwunden. Der Arzt in der Notaufnahme wusste es auch, ist aber tot. Der Rechtsmediziner behauptet, er hätte den Schlüsselring nicht gesehen, und Lucy legt die Hand für ihn ins Feuer. Der Pathologieassistent *hat* ihn gesehen, ist aber ebenfalls tot, und seine Witwe führt ein gutes Leben in Chevy Chase.«

Alec runzelte die Stirn. »Sie habe ich völlig vergessen. Eigentlich wollte ich sie ja gründlich durchleuchten und auch einen Blick auf ihre Finanzen werfen, aber das ist in dem ganzen Trubel völlig untergegangen. Ich hole es so schnell wie möglich nach.«

Thorne sah Gwyn an. »Mit Richards Mörder zusammen? Was meinst du damit?«

Sie zuckte die Achseln. »Seine Verletzungen waren sehr massiv, hast du gesagt. Und in den Gerichtsprotokollen steht, der Staatsanwalt hätte deine Körpergröße als Argument für die Täterschaft angeführt.«

»Du hast die Protokolle gelesen?«

Sie nickte. »In der Nacht, als ich bei Jamie und Phil war und nicht schlafen konnte. Jamie hatte sie auf dem Tisch liegen lassen. Jedenfalls hat der Staatsanwalt extra hervorgehoben, nur jemand von einer gewissen Statur hätte die Tat begangen haben können, worauf Jamie gegenargumentiert hat, dass der Täter ja nicht zwingend allein gehandelt haben müsste. Es sei durchaus möglich, dass es mehrere Täter gewesen seien. Richard sei ein ziemlicher Mistkerl gewesen, der mehr als genug Leute mies behandelt hätte, deshalb hätten auch noch andere ein Motiv gehabt haben können. In dem Kontext hat er Angie sogar erwähnt, weil Richard sie auf dem Korridor betatscht hatte, wogegen der Staatsanwalt Einspruch erhob, dieser Übergriff hätte niemals stattgefunden. Sogar einer oder mehrere von Richards Freunden kämen als Täter infrage. Selbst wenn sie nicht mit ihm zusammen gewesen waren, könnten sie gewusst haben, weshalb jemand diesen Schlüsselring in die Wunde gesteckt hat.«

Wieder nickte Thorne, denn ihm war genau derselbe Gedanke gekommen. »Fangen wir ganz oben auf der Liste an. Darian Hinman war Richards bester Freund und lebt nicht allzu weit von hier entfernt.«

»Clay wollte, dass wir bei euch bleiben und notfalls helfen«, sagte Alec. »Die ganze Angelegenheit solle so schnell wie möglich aus der Welt geschafft werden, damit er keine Angst um Stevie mehr haben müsse, meinte er. Deshalb fahren wir euch überallhin, wo ihr hinwollt. Das hat zudem den Vorteil, dass der Fed, der euch an die Hacken klebt, nur einem Fahrzeug folgen muss.«

»Darüber freut er sich bestimmt mächtig«, bemerkte Thorne trocken. »Aber wir nehmen Gwyns Wagen.« Er würde unter keinen Umständen zulassen, dass die beiden Jungs ins Kreuzfeuer gerieten. »Ich weiß eure Unterstützung sehr zu schätzen, will euch aber nicht in Gefahr bringen.«

Ford zuckte die Achseln und ließ den Motor an. »Je schneller wir die ganze Sache aufklären, umso besser für uns alle.«

»Und du brauchst gar nicht erst zu versuchen, uns abzuhängen«, fügte Alec grinsend hinzu. »Clay hat mir die Adresse gegeben. Er hat sie von Frederick, der sie wiederum von Jamie hat.«

»Wieso wundert mich das nicht?«, seufzte Thorne, während ihm die Kehle eng wurde. Er war so verdammt dankbar, diese Leute um sich zu haben. Leute, denen er wichtig war.

Lieber Gott, bitte lass nicht zu, dass ihnen etwas passiert. Bitte lass nicht zu, dass jemand ums Leben kommt.

Chevy Chase, Maryland
Dienstag, 14. Juni, 19.05 Uhr

»Wow«, stieß Gwyn hervor, als Thorne um eine sorgfältig bepflanzte Biegung am Ende der langen Auffahrt fuhr, die zum Anwesen von Darian Hinman führte. »Bestimmt kriegen wir den Mann nicht mal zu Gesicht. Leute wie der haben Butler, Dienstmädchen und Chauffeure, die ständig ›Sir‹ sagen und ihnen morgens die Socken anziehen.«

Wie erhofft, lachte Thorne, und für einen kurzen Moment löste er seinen Klammergriff um das Steuer. »Ich hoffe, mir würde etwas Besseres einfallen, als mir die Socken anziehen zu lassen, wenn ich so viel Geld hätte.«

Er hielt vor dem feudalen Eingang mit den hohen, schlanken

Säulen im Stil eines klassizistischen Antebellum-Anwesens. *Vielleicht wurde das Haus tatsächlich in dieser Ära erbaut,* dachte Gwyn und ließ den Blick über den weitläufigen Rasen schweifen, auf dem allen Ernstes Pfauen scheinbar unbeeindruckt von den Ankömmlingen umherstolzierten.

»Ich frage mich, ob Hinmans Butler hinter ihnen herlaufen und ihre Hinterlassenschaften einsammeln muss«, bemerkte Thorne. »So viel zum Thema Protz und Prunk.«

Sie nickte. »Protzig. Genau das ist das Wort, nach dem ich gesucht habe. Ich denke dauernd, gleich kommen Damen in Reifröcken und Sonnenschirmen um die Ecke. Ist die Bude so alt, wie sie aussieht?«

»Ja. Laut Grundbuch wurde das Haupthaus im Jahr 1851 erbaut. Das Haus befindet sich seitdem im Besitz der Hinmans.« Er warf einen Blick in den Rückspiegel und runzelte die Stirn, als er Ford und Alec in ihrem Transporter heranfahren sah, dicht gefolgt von dem schwarzen SUV mit dem eigens von Joseph ausgewählten Agent.

»Alec und Ford lassen dich nicht aus den Augen«, meinte Gwyn. »Mit dem Gedanken wirst du dich anfreunden müssen.«

»Nein, das muss ich nicht«, blaffte er. »Kann sein, dass ich sie nicht daran hindern kann, mir an den Fersen zu kleben, aber gut finden muss ich es definitiv nicht.«

»Na gut.« Sie blickte wieder zu dem dreigeschossigen Herrenhaus hinüber. »Auch wenn es mir nicht gefällt, muss ich zugeben, dass mich die Bude beeindruckt.« Sie warf Thorne einen Blick zu. »Bin ich deshalb ein schlechter Mensch?«

»Nein.« Er streckte den Arm aus und legte die Hand um ihr Kinn. »Es ist ein Traum von einem Haus. Bedeutet das, du wünschst dir in Wahrheit so ein Heim? Zumindest ein klein bisschen?«

Lachend schmiegte Gwyn ihr Gesicht in seine Hand. »Gott, nein, viel zu viele Toiletten zu putzen.«

Er beugte sich über die Mittelkonsole und gab ihr einen Kuss auf die Wange. »Dafür hat man ja Personal. Und mit deinem hochgesteckten Haar und in einem dieser noblen Kleider würdest du umwerfend aussehen. Wie eine Prinzessin.«

Sie errötete. »Hör auf, dich über mich lustig zu machen.«

»Glaubst du, dass ich das tue?« Er zwang sie, ihn anzusehen. »Das war mein voller Ernst. Als du heute aus dem Salon kamst, blieb mir schlicht die Luft weg.«

Freude glomm in ihren dunkelblauen Augen auf. »Danke«, sagte sie lächelnd.

Er küsste sie auf die Stirn und ließ ihr Kinn los. »Ich nehme an, du willst nicht hier oder im Wagen von Josephs Mann warten?«

»Nein und nein. Der Mann heißt übrigens Hector Rivera.«

»Ich will es gar nicht wissen«, brummte er und schälte sich aus Gwyns Kleinwagen. »Lieber keine Bindung zu ihm aufbauen, falls er verletzt wird.«

»Das ist wohl nachvollziehbar«, räumte Gwyn ein. »Aber merk dir trotzdem seinen Namen, für den Fall, dass du mit ihm reden musst.«

»Ich reagiere auf so gut wie alles«, sagte eine Stimme. Agent Rivera war unbemerkt hinter sie getreten. »Agent Carter meinte, ich solle Sie hierbei begleiten.«

»Damit ich Darian Hinman keins auf die Nase gebe?«, fragte Thorne provokant.

»Nein«, korrigierte Gwyn. »Damit *ich* ihm keins auf die Nase gebe.« Genau das würde sie nämlich am liebsten tun, denn der Besitzer dieses feudalen Anwesens war einer der zurückgebliebenen Schwachmaten, die vor all den Jahren so auf Thorne eingeprügelt und -getreten hatten, dass er kaum noch laufen konnte. »Dieses verdammte Arschloch.«

Rivera grinste. »Wenn Sie das tun, muss ich Sie festnehmen, und Joseph lässt Sie einbuchten. Das soll ich Ihnen von ihm ausrichten.«

Thorne verdrehte die Augen. »Und es fällt Ihnen unendlich schwer, diese Anweisung zu befolgen.«

»Nö«, erwiderte Rivera vergnügt. »Ich wollte es bloß sagen.« Er blickte über die Schulter zu Ford und Alec, die belustigt dreinsahen. »Sie können im Transporter bleiben, wenn Sie wollen.«

»Nö«, äffte Alec ihn mit derselben Munterkeit nach. »Unser Boss will, dass wir in der Nähe bleiben, so wie Ihrer es von Ihnen verlangt. Wollen wir?«

Gwyn ging voran, wobei sie nach Ritzen im Asphalt Ausschau hielt, um sich nicht die Absätze ihrer neuen Schuhe zu ruinieren. Sekunden später war Thorne an ihrer Seite.

»Sieh zu, dass du dich nicht von mir entfernst«, befahl er.

»Okay. Aber ich bleibe dabei, dass wir nie im Leben am Butler vorbeikommen.«

»Deshalb bin ich ja hier«, sagte Rivera ernst. »Mit meiner Dienstmarke sollte es kein Problem sein.«

Immerhin ein Vorteil, dass er hier ist. Für einen Moment erfreute sie sich an dem eindrucksvollen Garten, ehe sie vor die imposante Haustür traten. Den Hecken, die den Zugang säumten, entströmte ein herrlicher Duft nach altem Garten, der sie in der Nase kitzelte. Sie musste lächeln.

»An was denkst du?«, fragte Thorne, der sie liebevoll musterte.

»Die Hecke. Meine Tante hatte auch so eine in ihrem Garten in Baltimore.«

»Die Tante, der du deinen Namensanteil am Sheidalin gewidmet hast?«, fragte er. Es dauerte eine Sekunde, ehe ihr wieder einfiel, dass dies die Erklärung gewesen war, die sie den anderen am Sonntagabend gegeben hatte.

»Ja«, antwortete sie ein wenig steif. Er runzelte die Stirn. Auch er hatte ihr kein Wort davon geglaubt, das hatte sie ihm deutlich angesehen, genauso wenig wie jetzt. Erleichtert sah sie, dass sie nun vor der Eingangstür standen.

Mit ein wenig Glück würde er die Frage vergessen. *Trotzdem musst du ihm früher oder später von Aidan erzählen.*

Ja, aber lieber später. Viel später. Wenn das, was auch immer zwischen ihnen begonnen hatte, auf etwas stabileren Füßen stand und sie sich sicherer fühlte. Dann würde sie ihr größtes Geheimnis enthüllen.

Sie holte tief Luft, in der Hoffnung, den beruhigenden Duft der Hecken in ihre Lunge einzusaugen. Doch stattdessen geschah das genaue Gegenteil davon. *O Gott,* dachte sie, als eine Woge der Übelkeit in ihr aufstieg.

»Scheiße«, stieß Thorne hervor. »Nicht schon wieder.« Er wandte sich Rivera zu. »Riechen Sie das auch? Etwas oder jemand da drin ist tot. Sehr tot.«

Ein Blick in Riveras Gesicht beantwortete die Frage. Er hatte bereits sein Handy gezückt. »Ich bin Ihr Alibi. Gern geschehen. Bitte steigen Sie wieder in Ihre Fahrzeuge.«

Gwyn gehorchte nur allzu bereitwillig. Eine Hand auf den Mund gepresst, machte sie kehrt. Sie brauchte unbedingt frische, saubere Luft, und zwar schleunigst. Nur unter Aufbietung all ihrer Willenskraft gelang es ihr, ihren Würgereflex zu unterdrücken. Alec und Ford traten an ihre Seite und führten sie weg.

»Ich hasse diesen Geruch«, bemerkte Ford leise.

»Ich persönlich stehe total drauf«, bemerkte Alec sarkastisch. »Heilige Scheiße, Ford, jeder hasst diesen Geruch.«

Zurück im Wagen, nahm Gwyn einige tiefe Atemzüge. Thorne stand immer noch neben Rivera, während dieser Meldung machte. Wer oder was auch immer sich hinter dieser Tür befinden mochte, war nicht erst seit heute tot.

Gwyn konnte nur hoffen, dass Thorne auch für diesen Zeitraum ein Alibi hatte.

18. Kapitel

»Hey, Schatz.« Frederick drückte Taylor einen Kuss auf den Scheitel, als sie ihn hereinließ. »Wie geht es deiner Schwester?«

»Sie ist quietschfidel«, antwortete Taylor. »Ford und ich haben sie heute Morgen auf eine Runde mit dem neuen Pferdewagen mitgenommen. Sie war begeistert.« Taylor grinste. »Sie hat sogar eine Weile die Zügel gehalten.« Er runzelte die Stirn, deshalb verpasste sie ihm einen kleinen Klaps auf den Arm. »Reg dich ab. Wir hatten Gracie, unsere bravste Stute, angespannt. Ich kontrolliere sie mit verbalen Anweisungen, und Ford hatte für den Notfall ein Paar Trainingszügel in der Hand. Du glaubst doch nicht ernsthaft, wir würden Julie oder einen anderen unserer Schützlinge in Gefahr bringen, oder?«

Verlegen schüttelte er den Kopf. »Entschuldige. Du hast völlig recht. Danke, dass du dich so liebevoll um sie kümmerst.« Er sah sich um. »Wo steckt sie überhaupt?«

»In der Küche, bei Cordelia und ihrer Tante. Izzy backt Kekse mit ihnen. Paps erwartet dich.« Sie wies mit dem Kopf in Richtung Arbeitszimmer.

Gemeinsam gingen sie hinein, und Taylor setzte sich auf einen der beiden Lederstühle vor dem Schreibtisch, hinter dem Clay konzentriert auf den Bildschirm blickte und dabei geistesabwesend einen Säugling tätschelte, der in einem Tragetuch an seinem Oberkörper schlummerte. Beim Anblick des Hünen mit dem Winzling an seiner Brust zog sich Fredericks Herz zusammen. Wie sehr er diese Zeiten vermisste. Die Zeiten, in denen er seine Mädchen geknuddelt und geherzt hatte.

Eines Tages hätte auch er Enkelkinder, aber das würde noch ein wenig dauern. Taylor und Daisy hatten wegen seiner Naivität und Idiotie ihre Jugend verloren und verdienten die Gelegenheit, etwas aus ihrem Leben zu machen, ehe sie die Verantwortung für eine eigene Familie übernahmen.

Taylor räusperte sich demonstrativ, woraufhin Clay den Blick kurz vom Computer löste und auf den zweiten Stuhl deutete. »Setz dich doch, Frederick«, sagte er abwesend.

»*Bitte*«, erklärte Taylor, als rufe sie ein ungezogenes Kind zur Ordnung.

»Bitte«, sagte Clay und verdrehte die Augen.

»Stecke ich in Schwierigkeiten?«, fragte Frederick leichthin.

Clay fuhr sich mit der freien Hand übers Gesicht. »Nein. Ich beobachte nur gerade Stevie. Sie und Paige sind in der sogenannten *besseren Gesellschaft* unterwegs.« Er schlug einen gespielt blasierten Tonfall an.

»Stevie ist verkabelt, sodass man sie sehen und hören kann«, erklärte Taylor. »Sie und Paige wollten mit den Damen von Patricias Wohltätigkeitsorganisation reden, um mehr über ihren Mann und den Jungen in Erfahrung zu bringen, mit dem sie eine …« Sie runzelte die Stirn. »›Affäre‹ ist wohl nicht das richtige Wort dafür. Wenn er wirklich noch so jung ist, gilt es als Unzucht mit Minderjährigen. Aber solange wir nicht wissen, wer er genau ist, bin ich unsicher, wie ich es bezeichnen soll.«

»Und haben sie schon etwas herausgefunden?«

Clay verdrehte die Augen. »Nur, dass die meisten dieser Damen viel zu viel freie Zeit haben.«

»Das ist unfair«, tadelte Taylor. »Einige leisten sehr wertvolle Arbeit in ihrer Gemeinde. Aber einige spielen tatsächlich die ganze Zeit Tennis und flattern von einer Mani-Pedi zur nächsten«, räumte sie ein.

»Was ist denn eine Mani-Pedi?«, fragte Frederick.

Clay warf Taylor einen Blick zu, als sie zu einer Erklärung anheben wollte. »Darüber wollte ich mich eigentlich jetzt nicht unterhalten.«

Clay hatte Frederick gebeten, herüberzukommen, sobald er Jamie bei Phil abgeliefert hatte.

»Entschuldige, dass ich dich habe warten lassen«, meinte Frederick. »Jamie war endlich eingeschlafen, und ich wollte, dass er sich ein wenig ausruht, bevor ich ihn wecke und ins Krankenhaus zurückbringe.«

Und danach hatte er nach Sally Brewster gesehen, um sich zu vergewissern, dass sie all die Gewalt vom Vorabend verdaut hatte, doch es schien ihr gut zu gehen.

Clay winkte ab. »Schon gut. Das ist viel wichtiger. Außerdem wird das, was ich mit dir besprechen wollte, ohnehin ein paar Tage Vorbereitung in Anspruch nehmen.« Er nickte Taylor zu. »Erzähl es ihm. Ich kann nicht reden und gleichzeitig Stevie beobachten.«

Nun war Taylor diejenige, die die Augen verdrehte. »Immerhin reden wir hier von einer ehemaligen Polizistin und einer Kampfkunstmeisterin. Und die beiden schießen mindestens so gut wie du«, erklärte sie sarkastisch, wofür sie prompt einen vernichtenden Blick von Clay kassierte.

»Keine Respektlosigkeiten, wenn ich bitten darf«, sagte er, doch Taylor lachte nur.

»Na gut, Paps«, erwiderte sie vergnügt und lachte neuerlich, als Clay drohend die Augen zusammenkniff.

Wann immer er sie so lachen hörte, wusste Frederick, dass es die richtige Entscheidung gewesen war, die Ranch in Nordkalifornien zu verkaufen und nach Maryland zu ziehen.

»Also.« Taylors Miene wurde ernst. »Clay und Stevie wollen Masons Taufe verschieben.«

Im ersten Moment wollte Frederick protestieren, verkniff es sich jedoch, weil er nur zu gut wusste, dass Clay und Stevie keine Menschen waren, die zu Kurzschlusshandlungen neigten. Viele ihrer Freunde waren auch Freunde von Thorne. Eine Einladung zur Taufe würde bedeuten, dass sie sich alle zur selben Zeit am selben Ort aufhielten, und Tavillas Handlanger hatte schon einmal bewiesen, dass er unbemerkt auf das Grundstück gelangen konnte, und zwar am helllichten Tag.

»Es wäre geradezu fahrlässig, euch davon abzuhalten«, meinte er.

»Ganz genau«, bestätigte Clay grimmig.

»Aber Tavilla oder seine Komplizen sollen auf gar keinen Fall davon erfahren. Stevie bringt den Kleinen nach Chicago, wo Ethans ehemaliger Partner mit seiner Frau lebt. Dort sind sie sicher. Tavilla und seine Männer sollen weiterhin glauben, alle wären hier versammelt, glücklich und verwundbar.«

Frederick nickte. Das hörte sich nach einem guten Plan an. »Und die anderen Frauen und Kinder?«

»Werden ebenfalls übers Wochenende nach Chicago evakuiert«, antwortete Taylor. »Auch Julie.«

Clay löste den Blick vom Bildschirm. »Tavilla spielt Katz und Maus mit Thorne, und wir sind mittendrin«, stieß er hitzig hervor. »Chad Ingram kämpft immer noch um sein Leben. Sam ist für mehrere Wochen außer Gefecht, genauso Phil, weshalb sowohl Ruby als auch Jamie verständlicherweise komplett von der Rolle sind. Verdammt, ich selbst weiß nicht mehr, wo mir der Kopf steht. Und ich will mich nicht ununterbrochen darum sorgen müssen, dass auf meine Frau und meine Kinder geschossen werden könnte, sobald sie einen Fuß vor die Tür setzen. Und du sollst nicht in der ständigen Angst leben müssen, jemand könnte Julie etwas antun, genauso wie J. D. sich nicht ununterbrochen um Lucy und die Kleinen sorgen kann. Diesen Druck halten wir auf Dauer nicht aus.«

»Ich fürchte, wenn das noch eine Weile weitergeht, wird Thorne sich selbst opfern«, meinte Frederick. »Genau das befürchtet Jamie schon die ganze Zeit.«

»Der Gedanke kam mir auch schon«, gestand Clay. »Aber das dürfen wir nicht zulassen. Außerdem würde es nichts bringen. Tavilla will nicht Thorne in seiner Gewalt, sondern ihm bloß wehtun.«

»Also verlassen die Frauen und Kinder die Stadt. Das halte ich für eine ausgezeichnete Idee«, sagte Frederick und sah Taylor an. »Und was ist mit dir?«

»Ich werde sie begleiten. Ich muss Julie beschützen, zumindest bis sie dort sind, danach kann ich zurückfliegen. Ethans Frau kennt wohl einige Krankenschwestern, die ehrenamtlich in dem Frauenhaus arbeiten, das sie betreibt. Sie haben bereits ihre Hilfe angeboten. Am Samstagmorgen kann ich schon wieder hier sein.«

»Ich habe gesagt, sie soll in Chicago bleiben«, sagte Clay zu Frederick, der sich fragte, ob Clay wohl bewusst war, dass er reflexartig seine Pranke um den Winzling an seiner Brust gelegt hatte. »Aber sie hört ja nicht auf mich, deshalb dachte ich, du könntest sie dazu bringen.«

Frederick lachte nur. »Du glaubst ernsthaft, dass sie auf mich hört? Dann musst du eine höhere Meinung von mir haben, als du solltest.«

»Ich hab's dir ja gesagt«, meinte Taylor süffisant.

Wieder warf Clay ihr einen finsteren Blick zu. »Verwöhntes Gör.«

»Mag sein«, meinte sie. »Trotzdem komme ich zurück. Ich bin eine deiner besten Schützinnen. J. D. könnte eine Idee besser sein, aber nur, wenn er einen verdammt guten Tag erwischt.«

»Und ungestüm noch dazu«, bemerkte Clay.

»Muss an den Genen liegen«, schoss sie lächelnd zurück, ehe sie nach Fredericks Hand griff. »In Kombination mit einem spitzenmäßigen Training.«

Und das hatte sie von Frederick bekommen. Er hatte sie tagtäglich in Kampfsport und auf dem Schießstand trainieren lassen. In einem Dojo hätte sie längst einen schwarzen Gürtel erlangt.

Sie war eine erbitterte, gnadenlose Kämpferin – jemand, die er in seiner Armeezeit voller Stolz in sein Team aufgenommen hätte. Gleichzeitig war sie auch Clays Tochter.

»Du solltest auf deinen Vater hören«, sagte er leise.

Clay warf ihm einen dankbaren Blick zu, doch Taylor schüttelte den Kopf. »Ihr wisst, dass ich euch beide lieb habe, und es freut mich über die Maßen, dass ihr euch so gut versteht, aber lasst es einfach gut sein. Beide. Also, wie geht's jetzt weiter?« Sie wandte sich Clay zu. »Du wolltest lieber keine E-Mail an alle rausschicken, dass die Taufe verschoben wird, weil du Angst hast, sie könnte in falsche Hände geraten und Tavilla gewarnt werden, sodass er gar nicht erst auftaucht. Aber vorausgesetzt, dass er kommt, wie wollen wir gewährleisten, dass nicht andere Unschuldige erscheinen und am Ende verletzt werden?«

»Wir gehen ganz altmodisch vor und rufen jeden einzeln an. Die meisten haben ohnehin mitbekommen, dass Stevie angeschossen wurde, und der Mehrzahl vertraue ich blind. Wir werden einfach behaupten, ihre alte Verletzung sei wieder aufgeflammt, als ich sie zur Seite gestoßen habe, und jetzt hätte sie Angst, die Feier mit all den vielen Gästen könnte ihr zu viel werden. Deshalb würden wir am Samstag bloß im kleinen Familienkreis und mit den Taufpaten feiern und später im Sommer eine richtige Party schmeißen.«

»Und wer sind die Taufpaten?«, fragte Frederick.

»Stevies Schwester Izzy«, antwortete Clay. »Und mein alter Freund Ethan. Er und seine Frau wollten morgen Abend herfliegen. Ethan kommt nun alleine und fährt gemeinsam mit Stevie und den anderen nach Chicago zurück. Ihm würde ich jederzeit mein Leben anvertrauen. Und, was noch viel wichtiger ist, Stevies, Masons und Cordelias.«

Frederick runzelte die Stirn. »Das hört sich aber auch ziemlich gefährlich an. Auf der Fahrt sind sie leichte Beute.«

Clay nickte. »Wir werden die Fahrzeuge tauschen. Wir fahren in

unserem Privatwagen los zu einer Garage, wo wir sie auf mehrere Transporter verteilen. Von dort aus fahren J.D. und ich mit
unseren Privatfahrzeugen weiter und spielen den Lockvogel.
Paige und ich haben letztes Jahr ein paar zusätzliche Bodyguards
angeheuert, die die Gruppe nach Chicago begleiten werden, alles
ehemalige Soldaten oder Cops und erstklassig ausgebildet. Auch
ihnen vertraue ich. Außerdem ist das nicht die erste Operation
dieser Art, die ich koordiniere.«

Clay mochte seinen Leuten trauen, Frederick dagegen kannte sie
nicht. »Ich fahre mit.«

Clay schüttelte den Kopf. »So recht es mir wäre, aber genau das
ist der springende Punkt. Wir bleiben hier, ermitteln weiter und
locken Tavillas Männer zu uns.«

Frederick holte tief Luft. »Das muss ich wohl so akzeptieren.« Er
sah Taylor an. »Und was ist mit Ford?«

»Er begleitet uns.« Sie sah zur Wanduhr. »Gerade sind er und
Alec mit Thorne und Gwyn unterwegs. Es ist fast eine Stunde
vergangen, seit er sich das letzte Mal gemeldet hat. Allmählich
mache ich mir Sorgen.«

Wie auf ein Stichwort summten ihre Handys. *Das ist kein gutes
Zeichen,* dachte Frederick und sah seinen Verdacht bestätigt, als
er auf das Display blickte. *Scheiße!* »Gwyn«, murmelte er.

»Alec«, sagte Clay.

Taylor seufzte. »Ford. Sie haben noch eine übel stinkende Leiche
gefunden.«

Darian Hinman war tot. »Damit wurde ein weiteres Bindeglied
zu Thornes Vergangenheit eliminiert«, stellte Frederick leise fest.

»Das ist blanker Irrsinn. Wir müssen die Kinder definitiv von
hier wegbringen.«

»Ja.« Clay war stocksteif geworden, nur seinen Sohn hielt er mit
unveränderter Sanftheit fest. Er zog einige Blätter aus dem Dru-
cker. »Ich habe die Namen aufgeschrieben und darunter aufgelistet, was zu tun ist. Das sind die Gäste, denen wir absagen müs-

sen, dazu die passenden Erklärungen. Sollte jemand fragen, weshalb ich nicht selbst anrufe, sagt einfach, ich würde mich so schnell wie möglich melden.«

Frederick zögerte, ehe er zu dem Schluss gelangte, dass es noch etwas gab, dessen er sich vorher annehmen musste. »Ich wollte Bernice Browns Freundin, Sally Brewster, warnen. Sie hat mitbekommen, was mit Phil, Sam und Agent Ingram gestern Abend passiert ist. Natürlich weiß sie, dass Vorsicht geboten ist, aber ich finde, sie sollte auch von dem jüngsten Toten erfahren.«

Taylor riss die Augen auf. »Sally Brewster? Die Frau, die mit Julie Kontakt aufgenommen hat?«

»Ja. Mittlerweile habe ich schon häufiger mit ihr gesprochen.« Sie hatte gestern Abend in ihrer Pause im Wartebereich vorbeigesehen, um ihm ein wenig Gesellschaft zu leisten, während sie auf Neuigkeiten zu Phil und den anderen warteten. Und sie hatte sogar seine Hand gehalten. »Einer von Tavillas Männern hat sie angerufen und sich als Detective ausgegeben. Was, wenn Tavilla zum Schluss gelangt, dass sie eine Gefahr darstellt, die es zu beseitigen gilt?«

Clay dachte kurz nach, dann nickte er. »Es kommt sowieso bald in den Nachrichten. Darian Hinman ist ein großes Tier in der Geschäftswelt, außerdem besteht eine Verbindung zu Thorne, deshalb wird es eine Riesenmeldung.«

Frederick schrieb Sally bereits eine Nachricht, ehe ihm wieder einfiel, dass sie anfangs mit einer Fake-Nummer kontaktiert worden war, deshalb rief er sie lieber gleich an, allerdings konnte er nur hoffen, dass er sie nicht weckte. Sie hatte zu den unterschiedlichsten Zeiten Dienst, Tag und Nacht.

Gleich beim zweiten Läuten ging sie an den Apparat. »Frederick?«

»Ja. Ich wollte Bescheid sagen, dass es einen zweiten Todesfall im Zusammenhang mit Thorne gab. Diesmal hängt er mit seiner Vergangenheit zusammen.«

»O nein. Das tut mir aufrichtig leid.«

»Nun ja, mir auch.« *Aber nur, weil der Kerl Informationen hatte, die wir dringend gebraucht hätten.* Nach allem, was er über Darian Hinman erfahren hatte, hielt sich seine Trauer in Grenzen. »Ich wollte nur sichergehen, dass bei Ihnen alles in Ordnung ist.«

»Mir geht's gut. Mein Sohn ist gerade bei mir. Er ist Polizist, das heißt, besser könnte ich gar nicht bewacht werden.«

Frederick hörte Stimmen im Hintergrund, dann raschelte es in der Leitung, als Sally das Telefon weiterreichte. »Mr Dawson? Hier ist Ed Brewster, Sallys Sohn. Sie haben netterweise dafür gesorgt, dass meine Mutter nach der Arbeit sicher nach Hause kam. Dafür sind meine Schwester und ich Ihnen sehr dankbar.«

»Es war das Mindeste, was ich tun konnte.«

»Habe ich es richtig mitbekommen, dass Sie ihr gerade erzählt haben, es sei noch jemand umgekommen?«

»Ja. Darian Hinman, ein bekannter Geschäftsmann. Vor neunzehn Jahren war er dick mit dem Jungen befreundet, dessen Schwester am Sonntagmorgen getötet wurde. Beide kannten Thomas Thorne aus der Schulzeit.«

»Thornes Klub wurde wegen des Verdachts auf Drogengeschäfte dichtgemacht.« Frederick registrierte die Skepsis in Ed Brewsters Tonfall.

»Man hat ihm eine Falle gestellt. Wir werden gegen die Vorwürfe juristisch vorgehen. Bitte, Mr Brewster, verurteilen Sie ihn nicht vorschnell. Er ist ein anständiger Mann. Und selbst wenn Sie das nicht glauben, passen Sie bitte gut auf Ihre Mutter auf. Diese Leute machen keine halben Sachen.«

Brewster schien zu zögern, dann seufzte er. »Ich weiß.«

Frederick runzelte die Stirn. »Was meinen Sie damit?«

»Mom hat mir von dem Anruf dieses Typen erzählt, der versucht hat, sie auszuquetschen. Sie hat ihm eine falsche Adresse gegeben, nur leider hat sich herausgestellt, dass sie gar nicht falsch war.«

Furcht ergriff Besitz von Frederick. »Das müssen Sie mir genauer erklären.«

»Bei der Adresse, die sie ihm genannt hat, handelte es sich um einen leeren Stellplatz in einem Trailerpark. Zumindest war er leer, als sie Bernice besucht hat. Ich habe es selbst überprüft.«

Frederick hob den Kopf und sah, dass Clay und Taylor ihn besorgt musterten. »Und weiter?«

»Mittlerweile hatte jemand seinen Trailer dort abgestellt, und er wurde in Brand gesteckt. Die Täter haben die Türen blockiert, damit die Leute nicht rauskamen. Das Ganze ist in einem Nationalpark passiert und fiel folglich in den Zuständigkeitsbereich der dortigen Polizei. Hätte ich es nicht eigens überprüft, wäre mir der Vorfall entgangen. Zwei Menschen sind an Rauchvergiftung gestorben. Eine Professorin, die ein Sabbatjahr einlegte, und ihr Ehemann.«

Frederick spürte Galle in seiner Kehle aufsteigen. »Großer Gott.«

»Allerdings. Wenn Sie mir Ihre Mailadresse geben, schicke ich Ihnen den Polizeibericht.«

»Danke«, presste Frederick mühsam hervor und nannte ihm die Adresse. »Könnten Sie eine Weile freinehmen, um bei Ihrer Mutter zu bleiben?«

»Nachdem ich diesen Bericht gesehen hatte, habe ich genau das getan. Und ich werde sie überreden, sich in der Klinik freizunehmen. Die kriegen sie nicht.«

»Gut.« Frederick schluckte. »Ich erwarte nicht von Ihnen, dass Sie mir Bescheid geben, wohin Sie fahren, sofern Sie die Stadt verlassen wollen, wäre Ihnen aber sehr dankbar, wenn Sie mich wenigstens wissen ließen, dass es ihr gut geht.«

»Mache ich.« Wieder zögerte er kurz. »Noch mal danke.«

»Gern geschehen.« Sein Handy signalisierte die eingehende Mail. »Danke auch für den Bericht. Die E-Mail kam gerade an.«

»Nicht öffnen«, bellte Clay.

»Wer war das?«, fragte Ed barsch.

»Meine Tochter und … ein Freund von mir.« Er war nicht in der Stimmung, ihr komplexes Verhältnis genauer darzulegen.

»Oh, Sie meinen ihren anderen Vater. Ich habe meiner Mutter bei der Recherche geholfen, deshalb weiß ich alles über Sie, was sie auch weiß.«

»Na prima«, murmelte Frederick.

Brewster lachte leise. »In den letzten zwanzig Jahren ist sie nicht mehr so rot geworden, das kann ich Ihnen versichern. Wenn das alles vorbei ist, sollten Sie mal vorbeikommen, damit wir uns kennenlernen können.«

»Ed!«, rief Sally im Hintergrund.

Frederick spürte, wie auch ihm die Hitze ins Gesicht schoss, und räusperte sich. »Tja, wenn sie das gern möchte.«

Wieder lachte Brewster. »Ich will nicht um den heißen Brei herumreden. Ich habe ihr klipp und klar gesagt, dass es eine ziemlich blöde Idee war, auf diese Weise Kontakt zu Ihrer Tochter aufzunehmen, und sie von Glück sagen kann, dass Sie so locker reagiert haben.«

»Dir erzähle ich nie wieder etwas!«, schimpfte Sally. Frederick musste grinsen.

»Jaja, alles nur Versprechungen«, gab Brewster gutmütig zurück. »Sagen Sie dem anderen Vater Ihrer Tochter, er soll den Anhang meiner Mail gern durch jedes Filterprogramm laufen lassen. Es passiert nichts. Kein Virus oder sonst etwas. Und was diesen Fall angeht, bin ich für jedes Update mehr als dankbar.«

»Gleichfalls.« Frederick legte auf und sah Taylor und Clay an, die ihn mit offenen Mündern anstarrten. Wortlos reichte er Clay sein Handy.

»Ich leite die Mail an meine eigene Adresse weiter und schicke sie durch den Virenfilter«, sagte Clay.

Frederick nickte, während er weiter auf das Baby an Clays Brust sah. *Sicheres Terrain.* »Das hat ihr Sohn auch vorgeschlagen.«

Doch Taylors Augen durchbohrten ihn förmlich, deshalb riskierte er schließlich einen Blick.

Ein verschmitztes Grinsen spielte um ihre Lippen. »Du stehst auf sie!«, rief sie. »Sally Brewster! Du magst sie! Du alter Charmeur, du.«

Er runzelte die Stirn. »Ich bin nicht alt.«

Sie klatschte in die Hände, genauso wie Julie es immer tat, wenn sie sich über etwas freute. »Super! Wurde auch langsam Zeit.«

Frederick lenkte seinen Blick wieder auf den Säugling. »Lass das.«

Sie schnaubte. »Vergiss es. Das ist einfach zu klasse. Wenn Daisy das hört! Aber vorher werde ich es noch Ford erzählen. Der sagt es seiner Mutter, und dann wissen es alle.«

Er packte sie am Arm, wenn auch vorsichtig. »Nein. Nicht. Es ist ... Bitte tu das nicht.«

Sie wurde schlagartig ernst. »Dad, du verdienst es, glücklich zu sein. Zumindest verdienst du ein Date mit einer netten Frau. Und wenn sie nett ist, freuen wir anderen uns alle darüber.«

Nicht »alle anderen« bereiteten ihm Kopfzerbrechen, sondern er selbst. »Ich ... lass es einfach gut sein, Schatz. Bitte.«

Sie presste die Lippen zusammen. »Na gut. Fürs Erste. Aber so einfach lasse ich dich nicht davonkommen. Anscheinend hat ihr Sohn ja nichts dagegen einzuwenden, wenn ihr euch trefft. Deshalb gebe ich dir ein bisschen Schonzeit, bis sich die ganze Aufregung gelegt hat, aber vergessen werde ich es nicht.«

Sie stand auf und drückte ihm einen Kuss auf die Wange, ehe sie um den Schreibtisch herum zu Clay trat, ihn ebenfalls küsste und das Baby kitzelte. »Ich glaube, er muss bald gefüttert werden, deshalb hole ich etwas von Stevies abgepumpter Milch aus dem Kühlschrank unten, wärme sie auf und bringe sie dir.«

»Danke, Süße.« Als sie weg war, sah Clay Frederick an. »Du hast sie großgezogen, deshalb geht es auf dein Konto, wie sie heute ist.« Er zuckte die Achseln.

Trotz seiner Aufgewühltheit musste Frederick lachen. »Und sie ist einfach unglaublich.«

Clay lächelte. »Das kannst du laut sagen.« Er wurde ernst und wandte sich dem Bildschirm zu. »Mrs Brewsters Sohn hatte recht. Keine Viren.« Seufzend überflog er den Polizeibericht. »Herrgott noch mal!« Er blickte auf das Baby. »Ich hoffe bloß, er versteht noch nicht, was ich sage. Ich muss mir dieses ständige Fluchen abgewöhnen. Na ja, nicht heute, aber vielleicht nächste Woche.« Er gab Frederick sein Telefon zurück.

Frederick nahm sein Handy entgegen, las den Bericht und stieß ebenfalls einen Seufzer aus. »Wir müssen den Bericht an J. D. weiterleiten, damit er Hyatt informieren kann.«

Clay zog eine Braue hoch. »Oder wir könnten es Hyatt direkt sagen. Oder auch Joseph.«

Frederick musterte ihn über den Schreibtisch hinweg. »Das kannst du alleine machen. Es Joseph zu sagen, dürfte okay sein, aber Hyatt traue ich nicht über den Weg.«

»Ich auch nicht«, räumte Clay ein. »Stevie aber schon. Ich rufe ihn an. Das hätte ich ohnehin tun müssen, um die Taufe abzusagen. Er steht auf der Gästeliste.«

Kopfschüttelnd schnappte sich Frederick seine eigene Liste und ging ins Nebenzimmer, um sich ans Telefon zu hängen.

Gaithersburg, Maryland
Dienstag, 14. Juni, 20.15 Uhr

»Was ist denn das für eine Scheiße, Thorne?«

Thorne blickte von seinem Stuhl in dem Befragungsraum auf, in den man ihn geführt hatte, um ihn von Gwyn, Ford und Alec zu isolieren. J. D. Fitzpatrick hatte den Raum betreten, glücklicherweise alleine.

Er schien außer sich vor Wut zu sein.

»Ich weiß noch nicht mal, wo ich mit einer Antwort anfangen soll«, erwiderte Thorne. »Gib mir ein Stichwort.«

Mit einem tiefen Seufzer ließ J. D. sich auf einen der Stühle fallen. »Wieso hast du mich nicht angerufen? Ich wäre doch mit dir gekommen.«

»Weil du dir den ganzen Abend die Hacken abgelaufen hattest und dringend eine Mütze voll Schlaf brauchtest. Und danach musstest du dich um Lucy und die Kleinen kümmern.« Er presste sich die Finger auf die Schläfen. »Und weil ich nicht damit gerechnet habe, noch mehr Leichen vorzufinden.«

J. D.s Miene entspannte sich ein wenig. »Ich dachte schon, du traust mir nicht.«

Thorne stieß ein freudloses Lachen aus. »Du bist so ziemlich der einzige Cop, dem ich überhaupt traue. Aber ich will nicht, dass du Ärger bekommst, nur weil wir Freunde sind.«

J. D. lächelte. »Puh, das hört sich ja beinahe so an, als würde dir mein Wohlergehen am Herzen liegen, Thorne.«

Thorne sah ihm in die Augen. »Das tut es auch. Genauso wie Lucys. Ich liebe sie wie eine Schwester und will nicht, dass sie Witwe wird. Oder Schlimmeres.«

J. D.s Miene wurde ernst. »Dem kann ich nur zustimmen. Also, Folgendes. Joseph hat mich angesprochen, nachdem Detective Rivera Verstärkung zu Darian Hinmans Haus gerufen hat.«

»Es war also Hinman? Die Leiche, meine ich?«

»Der Rechtsmediziner konnte es noch nicht endgültig bestätigen, aber es sieht ganz danach aus. Größe, Gewicht und die Haarfarbe scheinen zu passen. Sie werden wohl einen Zahnabgleich machen.«

Denn das Gesicht des Opfers war bis zur Unkenntlichkeit von Schlägen entstellt gewesen. Wie bei Patricia. Und bei den beiden Drogendealern der Circus Freaks, in deren Leichen jemand Streichholzbriefchen des Sheidalin gestopft hatte.

Thorne hatte bisher nicht einmal Gelegenheit gehabt, sich eingehender mit dem Szenario zu befassen, weil Tavilla ihn am Laufen hielt. Und dafür sorgte, dass die Angst sein ständiger Begleiter blieb. »War Hinman allein?« Er musste an das Riesenhaus denken. »Oder wurde noch jemand gefunden?«

»Nein, nur Hinman. Er war alleinstehend und hatte nur eine Handvoll Dienstboten, die einen Schlüssel besaßen. Wir versuchen gerade noch herauszufinden, wo sie sind und wieso keiner gemerkt hat, dass er verschwunden ist.«

Das war eine plausible Frage. Der Vorstand einer großen Firma konnte schlecht von der Arbeit fernbleiben, ohne dass jemand Verdacht schöpfte. »Darf ich wissen, ob etwas in seiner Leiche gefunden wurde?«

Sofort wurde J. D.s Miene undurchdringlich. Kein gutes Zeichen. »Es war eine weitere Medaille«, sagte er.

Thorne schloss die Augen. »Darian gehörte zu unserer Fußballmannschaft im letzten Schuljahr, die um die Meisterschaft gespielt hat. Bitte sag mir, dass es seine Medaille war.« Doch er wusste es bereits, ohne dass J. D. auch nur den Mund aufmachte. »Nein.«

Thorne schlug die Augen auf und sah J. D. an. »War es meine?«

J. D. nickte. »Ich fürchte, ja.«

»Deshalb hat man mich also von Gwyn und den anderen getrennt.«

Wieder nickte J. D. »Und sie ist echt geladen. Ich kann mich nicht erinnern, sie jemals so aufgebracht gesehen zu haben.«

»Stehe ich jetzt tatsächlich unter Arrest?« Thorne sog den Atem ein. »Moment mal. Erzähl mir nicht, die haben dich reingeschickt, damit du mich festnimmst.«

»Nein, das nicht. Ich bin hier, weil ich dich und Gwyn nach Hause bringen soll. Oder wo auch immer du hinwillst, solange du die Stadt nicht verlässt. Joseph holt gerade Ford und Alec.« Er erhob sich. »Komm mit, bevor Gwyn noch einen Graben in den Boden des Befragungsraums läuft.«

Thorne rührte sich nicht vom Fleck, sondern starrte J.D. an. »Wieso stehe ich nicht unter Arrest?«

J.D. setzte sich wieder. »Weil du ein Riesenglückspilz bist. Der Rechtsmediziner hat anhand der nicht länger vorhandenen Leichenstarre bereits festgelegt, dass der Tod vor mindestens sechsunddreißig Stunden eingetreten sein muss.«

Thorne rechnete im Geist nach. »Also irgendwann vor Montagmorgen. Als ich entweder mit allen anderen in Gwyns Wohnung oder gemeinsam mit ihr bei Jamie und Phil zu Hause war. Also habe ich ein Alibi?«

»Ja, aber vielleicht sogar ein noch viel besseres. Hinman hat Kameras installiert, sowohl im Haus als auch außerhalb, deren Aufnahmen auf zwei Festplattenrekordern aufgezeichnet werden. Nur einer der Rekorder wurde gestohlen, der andere ist in einem Schuppen versteckt. Hinman hatte wohl seine reizende, blutjunge Ex-Frau im Verdacht, dass sie ihn betrügt, weshalb der Ehevertrag, den er sie vor der Hochzeit hat unterschreiben lassen, wirksam geworden wäre. Natürlich war ihm klar, dass sie von dem einen Rekorder wusste, deshalb hat er heimlich einen zweiten installiert und im Gerätehaus des Gärtners versteckt. Rivera hat ihn bei der Durchsuchung des Grundstücks gefunden.«

»Und er lebt doch noch, oder? Rivera, meine ich.«

J.D. sah ihn verwirrt an. »Ja, wieso?«

»Weil ich mich bei ihm bedanken wollte und mir deshalb seinen Namen merken muss.«

J.D. lachte. »Ja. Du kannst dir jetzt erlauben, eine persönliche Bindung aufzubauen. Jedenfalls hat die Kamera aufgezeichnet, wie Hinman am Samstagabend um 20.40 Uhr das Haus verlassen hat. Um 21.15 Uhr bekamen seine Angestellten eine Nachricht von seinem Handy, sie sollen das Haus verlassen und erst nächste Woche wiederkommen.«

»Über eine Spoofing-Seite?«

»Noch können wir es nicht genau sagen, weil wir Hinmans Handy nicht gefunden haben. Wir müssen uns die Liste seiner Telefonate besorgen, aber das wird ein Weilchen dauern.«

»Kam das seinen Angestellten denn nicht seltsam vor?«

»Anscheinend nicht. Rivera hat einen Aufkleber mit dem Namen und der Telefonnummer des Butlers auf dem Festnetzapparat gefunden und ihn angerufen. Er hat ihm erzählt, Hinman hätte manchmal Frauen ›mit einem Ehering am Finger‹ mit nach Hause gebracht und wollte keine Zeugen für seine Abenteuer. Die Kamera hat aufgezeichnet, wie sein Wagen um elf Uhr abends in die Garage gefahren ist. Ein maskierter Mann mit derselben Statur wie der, den Sam auf deiner Überwachungskamera gesehen hat, saß wohl hinterm Steuer und hat die Leiche dort abgelegt, wo sie heute gefunden wurde, ehe er zu Fuß verschwunden ist. Danach hat sich nichts mehr in dem Haus getan, weder drinnen noch davor.«

Erleichterung durchströmte Thorne, als er begriff. »Er wurde in der Zeit getötet, als wir bei mir zu Hause Poker gespielt haben.«

»Sieht ganz so aus. Deshalb ist dein Alibi mehr als solide, und du stehst nicht unter Arrest.« J. D. erhob sich wieder. »Komm. Inzwischen ist Gwyns Graben im Boden vermutlich so tief, dass sie gleich in den Keller durchbricht.«

Thorne spürte, wie J. D. ihn vom Stuhl hochzog. Dann drückte ihm sein Freund nachdrücklich die Schultern. Tränen brannten in Thornes Augen. Genervt von sich selbst, kniff er sie zusammen.

J. D. drückte ein letztes Mal zu, ehe er die Hände sinken ließ. »Bereit?«

»Ja.« Thorne blickte sich im Raum um. »Dies ist das zweite Mal, dass ich in einem Befragungsraum sitze. Und ich kann es genauso wenig ausstehen wie damals.«

J. D. nickte mitfühlend, sah auf sein Handy und stöhnte. »Können wir ein bisschen Gas geben? Gwyn macht mir die Hölle heiß.«

Unwillkürlich musste Thorne lächeln. »Dann los.«

Gwyn tigerte bereits in der Eingangshalle hin und her. Beim Anblick der beiden Männer erhellten sich ihre Züge, und sie stürzte auf Thorne zu, der sie auffing und hochhob. Mit einem erleichterten Stöhnen legte sie die Stirn gegen seine.

»Geht es dir gut?«, krächzte sie leise.

»Ja. Lass uns nach Hause fahren«, sagte er. Wessen Zuhause, war vollkommen egal, solange sie nur bei ihm sein konnte.

»Zu Clay«, sagte sie. »Sie haben alle zusammengetrommelt.«

Erschrocken wich er zurück. »Ist noch etwas passiert?«

Sie tätschelte ihm sanft die Wange. »Niemand ist verletzt. Es geht nur darum, wie wir weitermachen. Du solltest mich vielleicht runterlassen. Die Leute starren uns schon an.«

Er ließ den Blick durch die Halle schweifen und stellte fest, dass die Blicke aller Anwesenden im Montgomery County Police Department auf sie gerichtet waren. Aus purem Trotz hielt er sie noch einen Moment länger fest, ehe er sie vorsichtig auf den Boden stellte und ihre Hand ergriff. Ein tiefes Glücksgefühl durchströmte ihn, als er ihre Finger spürte, die sich darum schlossen.

Auf halbem Weg zu J.D.s Wagen blieb Thorne abrupt stehen. »Moment mal. Wenn der Kerl, der Hinmans Leiche in seinem Haus abgelegt hat, gleich wieder verschwunden ist, bedeutet das doch, dass er meine Medaille nicht von Hinman gestohlen haben kann, sondern dass er sie schon hatte.«

J.D. zog die Brauen hoch. »Ich habe mich schon gefragt, wie lange es dauert, bis du draufkommst.«

Gwyn sah von einem zum anderen. »Habe ich etwas verpasst?«

»Wir erklären es dir im Wagen«, sagte J.D. »Kommt, ich will euch hier weghaben, bevor noch etwas passiert und ich euch wieder rausboxen muss.«

19. Kapitel

Sie hatten sich darauf geeinigt, zuerst ins Krankenhaus zu fahren, da die Besuchszeit beinahe vorüber war und Thorne unbedingt Phil sehen wollte. Nach allem, was vorgefallen war – sowohl das Schöne als auch das Schlimme –, brauchte er die Nähe der beiden Männer, die schon bei dem ersten Albtraum an seiner Seite gewesen waren. Und die nun, bei diesem zweiten, zu Zielpersonen wurden.

Positiv war, dass Gwyn seine Hand nicht mehr losgelassen hatte, seit sie im Polizeirevier aufgebrochen waren. Ihre Absätze klapperten auf den glänzenden Fliesen, als sie den langen Korridor der Kardiologie neben ihm herging. Sie tat so, als wäre alles in bester Ordnung, doch der angespannte Zug um ihren Mund verriet, wie sehr ihr die ganze Situation an die Nieren ging. Er wünschte, er könnte irgendetwas tun, um dieses verschmitzte Grinsen wieder herbeizuzaubern, das sich einst so mühelos auf ihren Lippen ausgebreitet hatte.

Vor diesem Desaster. Vor Evan. *Ich stand nicht die ganze Zeit unter Drogen.* Die Worte ließen ihn nicht mehr los. Er musste verstehen, was genau sie damit gemeint hatte, musste einen Moment finden, sich damit auseinanderzusetzen, wenn er nicht gerade damit beschäftigt war, Tavillas Kugeln auszuweichen – im eigentlichen wie auch im metaphorischen Wortsinn. Seine Freunde wurden zu Zielscheiben, einer seiner Ziehväter war verletzt worden, ein beschissener Drogenbaron und Bandenboss glaubte, er könne ihm ans Bein pinkeln, seinen Nachtklub hatte man dichtgemacht, seine Angestellten standen im Verdacht des

Drogenhandels, und viele, denen er einen Besuch abzustatten versuchte, waren bereits tot.

Und inmitten von alldem war Gwyn. Sie war seine Oase. Aber auch sie hatte ihre Dämonen, mit denen sie kämpfte. *Ich stand nicht die ganze Zeit unter Drogen.*

Er musste herausfinden, was sie sah, wenn sie die Augen schloss, musste einen Weg finden, die Bilder verschwinden zu lassen. Er musste sie beschützen, um jeden Preis, musste dafür sorgen, dass sie wieder glücklich war. Und gerade versagte er auf der ganzen Linie, sowohl in diesem Punkt als auch in allen anderen.

Aber er würde die Zeit dafür finden. Nach dem Besuch bei Phil. Und sobald er sich vergewissert hatte, dass es Jamie gut ging. Und nach dem Treffen mit seinen Freunden, die alles daransetzten, dass er nicht ins Gefängnis wanderte.

»Ich muss Clay sagen, dass wir später kommen«, murmelte er.

»Habe ich schon«, warf J. D. ein, der dicht hinter ihnen herging. Thorne warf ihm einen dankbaren Blick über die Schulter zu.

»Seht euch das an! Hier stehen sie schon Schlange.«

Vor dem Krankenzimmer tippte eine Krankenschwester etwas auf einen Computer auf einem Rollwagen ein, wobei sie wiederholt skeptische Blicke in Richtung Krankenzimmer warf. Im Türrahmen lehnte ein sichtlich müder, aber wachsamer Frederick, der unablässig den Blick über den Korridor schweifen ließ. »Einmal Soldat, immer Soldat«, murmelte J. D. Thorne fiel wieder ein, dass auch er bei der Armee gewesen war – als Scharfschütze.

»In welchem Bereich?«, fragte Gwyn. »Ich wollte ihn immer mal fragen, aber er redet wohl nicht gern darüber.«

J. D. stieß ein ungehaltenes Schnauben aus. »Dann frag ihn eben nicht danach.«

»Tue ich ja nicht«, erwiderte Gwyn spitz. »Ich frage *dich*.«

J. D. schnaubte ein weiteres Mal. »Genau weiß ich es nicht, aber den Blick kenne ich. Von mir selbst.«

»Und du hast ihn bis heute«, sagte sie leise. »Was ein bisschen beängstigend ist, J. D.«

»Ich nehme an, das ist der Grund, wieso Frederick nicht darüber reden will«, herrschte J. D. sie an.

»Er war bei den Special Forces«, sagte Thorne leise. »Mehr weiß ich auch nicht. Und mehr brauchte ich auch nicht zu wissen. Der Mann kann jedenfalls sehr gut auf sich selbst aufpassen, denn genau diese Frage habe ich ihm gestellt, als er sich bereit erklärt hat, für die Kanzlei zu arbeiten.«

Sie nickte. »Dann ist mir das auch Antwort genug.«

»Allerdings war mir nicht klar, dass er diese Fertigkeiten tatsächlich brauchen würde«, murmelte Thorne betroffen. Gwyn drückte seine Hand, so fest, dass er vor Schmerz zusammenzuckte. »Aua!«

»Armer Schatz«, säuselte sie, wenn auch ohne ein Fünkchen Mitgefühl. »Hör auf, dir die Schuld daran zu geben. Das wird allmählich langweilig.«

»Sage ich doch«, warf J. D. ein.

»Wie geht es ihm?«, fragte Thorne. Inzwischen standen sie vor der Krankenschwester, die den Blick von dem Computer löste und ihnen ein Lächeln schenkte, das all seine Bedenken augenblicklich verblassen ließ.

»Es geht ihm gut. Wahrscheinlich wird er morgen schon entlassen, spätestens übermorgen.«

»In die Reha?« Sosehr er sich selbst für den Gedanken verabscheute, wäre es Thorne am liebsten gewesen, wenn sie Phil noch eine Weile hierbehalten würden, nur bis seine Sicherheit gewährleistet wäre. Noch immer war ein Polizist zwischen Aufzug und Zimmertür postiert – allein sein Anblick genügte, um Thornes Blutdruck in normale Höhen zurückzuversetzen.

»Anfangs, ja. Danach sollte die Versicherung eine Pflegerin genehmigen.«

Thorne überlegte bereits, wie er Phil unter die Arme greifen könnte, denn er würde Jamie keinesfalls damit alleine lassen. »Können wir reingehen?«

Die Schwester spähte ins Zimmer. »Es sind schon zwei Leute bei ihm. Sie müssen warten, bis mindestens einer herauskommt.«

Thorne folgte ihrem Blick und traute seinen Augen kaum. »Detective Prew?« Er warf Frederick einen fragenden Blick zu.

Frederick zuckte die Achseln. »Er ist vor zehn Minuten hier aufgetaucht und hat Phil ein Buch gebracht. Eine Biografie, glaube ich. Und ein paar Zeichnungen seines Enkels.«

»Stimmt ja. Die beiden kennen sich schon seit Jahren. Prews Sohn war mal ein Schüler von Phil.« Das hatte er ganz vergessen.

»Gut zu wissen«, meinte Frederick. »Ich muss zugeben, ich war ein bisschen perplex, als er plötzlich auf der Matte stand.«

»Wieso bist du überhaupt hier?«, fragte Gwyn. »Ich dachte, wir treffen uns bei Clay.«

»Tun wir auch. Ich wollte Jamie abholen. Im Moment fährt keiner allein durch die Gegend, das ist eine der Regeln, über die wir heute Abend reden werden.«

J. D. brummte zustimmend und sah Thorne und Gwyn an. »Und ohne mich geht ihr beide nirgendwohin.«

»Was ist mit Detective Rivera?«, hakte Thorne nach.

»Joseph braucht ihn für die Ermittlungen, deshalb müsst ihr mit mir vorliebnehmen.«

Thorne nickte. »Das ist mir auch lieber«, meinte er, denn er hatte immer noch ein schlechtes Gewissen, weil J. D. dachte, er traue ihm nicht über den Weg.

J. D. grinste. »Gut zu wissen.«

In diesem Moment sah Prew herüber und trat zu ihnen. »Geben Sie mir nur einen Moment, um mich zu verabschieden, dann sind Sie mich auch schon los. Die Besuchszeit ist ohnehin bald vorbei.«

Nur widerstrebend ließ Thorne Gwyns Hand los, um das Krankenzimmer zu betreten, nachdem Prew gegangen war, doch bei Phils Anblick fühlte er sich sofort besser. »Ich habe ein schlechtes Gewissen«, sagte er, als er das Hardcover in Phils Schoß und den Stapel Kinderzeichnungen auf seinem Nachttisch liegen sah. Außerdem lagen mehrere Sudoku-Bücher und Plüschtiere auf drei Aktenkartons. »Hier stapeln sich die Geschenke, und ich komme mit leeren Händen. Was ist das alles?«

Phil lächelte. »Die Zeichnungen sind von Prews Enkeln, die Plüschtiere haben mir ein paar Schüler geschickt, und die Kartons gehören Jamie. Akten aus deiner Kanzlei. Anne hat sie vorbeigebracht, zusammen mit den Sudoku-Rätseln.«

Hinter ihm gab Gwyn ein ungehaltenes Knurren von sich. Sie hatte Anne noch nie leiden können, obwohl es von ihr nichts zu befürchten gab. »Thorne soll dir mal ein paar Bilder aus seinem Malbuch mitbringen«, sagte sie und schob ihre Hand in seine.

Der Gedanke an Gwyns Kamasutra-Malbuch – und an die Stellungen, die sie am Nachmittag höchstpersönlich ausprobiert hatten – trieb ihm die Röte ins Gesicht.

»Die Schwester hat doch gesagt, immer nur zwei Besucher auf einmal«, tadelte er. »Bestimmt wirft sie dich gleich raus.«

»Sie meinte, ich sei ja klein und sähe nicht aus, als würde ich Ärger machen«, gab Gwyn kichernd zurück.

»Junge, Junge, wenn die wüsste«, bemerkte Jamie. »Aber ich muss dir sagen, dass du umwerfend aussiehst.«

Vorsichtig strich sie über ihre neue Frisur. »Danke. Ich hatte doch vorhin meinen Termin bei Angie.«

Phil riss die Augen auf. »Das hatte ich ja völlig vergessen. Und, was hast du herausgefunden?« Einladend tätschelte er die Bettkante und zupfte an einer losen Locke, als sie sich setzte. »Du siehst wirklich wunderschön aus.«

»Danke.« Sie lächelte Phil an. Thorne spürte, wie ihm das Herz noch ein wenig leichter wurde. Eine Atempause, dachte er. Ein kurzer Moment der berührenden Schönheit inmitten eines Sturms aus Ängsten und Gefahren.

Ich werde diesen Moment bewusst erleben und mir immer dann ins Gedächtnis rufen, wenn es wieder schlimm wird.

Er warf Jamie einen Blick zu, der ebenfalls voll väterlichem Stolz lächelte. Thorne zog den freien Stuhl näher ans Bett und setzte sich.

Gwyns Lächeln verblasste, als sie erzählte, was sie über Angie, Liam und Richard in Erfahrung gebracht hatte.

Phil presste die Lippen zu einer schmalen Linie zusammen. »Dieses elende Schwein. Wusste ich es doch, dass er ihr etwas angetan hat. Aber dass er sie vergewaltigt haben könnte, hätte auch ich nicht gedacht. Verdammt!«

Jamies Blick schweifte zu den Monitoren. »Nur die Ruhe. Wir wollen doch nicht, dass die Schwester uns alle hinausscheucht. Also, wie geht es jetzt weiter?«, fragte er Thorne.

»Ich muss mit den anderen Jungs aus Richards ehemaliger Clique reden, damit ich …«

Gwyn unterbrach ihn mit einem ungehaltenen Laut. »*Ich?*«, wiederholte sie mit erhobenen Brauen.

Thorne seufzte. »*Wir.* Was J. D. mit einschließt, weil ich weiß, dass er in dieser Sekunde vor diesem Zimmer steht und mir am liebsten an die Gurgel gehen würde. Wir werden Officer Chandler Nystrom und Colton Brandenbergs Schwester aufsuchen, und sei es nur, um sie zu warnen.«

Erst als Thorne Phils und Jamies fragende Gesichter bemerkte, fiel ihm ein, dass sie ja über die neuesten Entwicklungen noch nicht auf dem Laufenden waren. »Darian Hinman ist tot«, sagte er mit einem vorsichtigen Blick in Phils Richtung. »Er wurde ermordet.«

Phil nickte knapp. »Seinetwegen werde ich bestimmt keine Träne vergießen«, meinte er finster. »Ich sehe heute noch dein Gesicht vor mir, nachdem er dich getreten hat.«

»Du stehst doch nicht unter Verdacht, oder?«, hakte Jamie stirnrunzelnd nach.

»Nein«, antwortete Thorne nur – für heute hatte er Phil mehr als genug Überraschungen präsentiert. Die beiden brauchten noch nicht zu erfahren, dass es *seine* Medaille war, die man in Hinmans Leiche gefunden hatte. »Und danach muss ich mich um Ming, Mowry und Laura kümmern. Ich habe alle drei heute Morgen angerufen. Es ging ihnen gut. Natürlich waren sie nicht gerade begeistert, weil sie wegen der Festnahme jetzt als aktenkundig gelten, aber wir hoffen, dass der Vermerk gelöscht wird, wenn sich alles aufgeklärt hat.«

»Aber vorher fahren wir zu Clay, wo sich alle treffen«, meinte Gwyn und drückte Phil einen Kuss auf die stoppelige Wange. »Deshalb müssen wir uns jetzt leider verabschieden.«

»Die Besuchszeit ist sowieso vorbei«, meinte Jamie und rollte näher ans Bett. »Meine Mitfahrgelegenheit wartet, also verzieht euch, ihr beiden. Wir sehen uns bei Clay.«

»Unsere auch.« Thorne beugte sich vor und flüsterte Phil ins Ohr: »Ich hab dich lieb. Pass auf dich auf.«

Phils Blick wurde sanft. »Ich dich auch, und ja, das werde ich.«

Thorne richtete sich auf und nahm Gwyns Hand. »Wir sehen uns gleich, Jamie.« Sie ließen die beiden allein, damit sie sich verabschieden konnten, und traten auf den Korridor. »Ich kann mich nicht erinnern, dass sie in den letzten Jahren auch nur eine Nacht voneinander getrennt waren«, sagte Thorne leise.

Sie tätschelte ihm aufmunternd den Arm und sah ihn an. »Bald wird er entlassen, und dann können sie wieder zusammen sein. Und irgendwann ist all das nur noch eine schlimme Erinnerung.«

Wieder ertappte er sich bei dem Gedanken, wie wohl ihre schlimmen Erinnerungen aussehen mochten und was sie erlebt hatte, das sie über Jahre hinweg völlig aus der Bahn geworfen hatte. *Lass das jetzt,* ermahnte er sich. *Freu dich über ihr Lächeln, denn es ist real. Und für dich bestimmt.*

Ein guter, vernünftiger Rat, fand er. »Du hast recht. Lass uns gehen.« Denn je schneller sie die Besprechung hinter sich brachten, umso früher lag er in ihrem Bett und konnte sie in den Armen halten.

Hunt Valley, Maryland
Dienstag, 14. Juni, 21.40 Uhr

Es gab Pizza. Gwyns Magen begann zu knurren, sobald ihr der Duft nach Käse und Salami in die Nase stieg. »O Gott«, stöhnte sie, »wir haben den ganzen Tag lang völlig vergessen, etwas zu essen.«

Lucy, die sie an der Tür in Empfang genommen hatte, gab J.D. einen Kuss, ehe sie den Arm um Gwyn schlang. »Hast du sie etwa hungern lassen, J.D.?«

»Sie haben nie etwas davon gesagt, dass sie Hunger haben«, protestierte er und hob den Knirps hoch, der auf ihn zugestürmt kam. »Hallo, du«, sagte er und prustete gegen Jeremiahs Bäuchlein. »Ich habe auch Bärenhunger. Deine Freunde aus dem Knast zu holen, ist Schwerstarbeit.«

Er wollte sich den Pizzakartons auf dem Couchtisch in Clays Wohnzimmer zuwenden, doch Jeremiah hatte etwas anderes im Sinn. Er entwand sich J.D., warf sich in Thornes Arme und drückte ihm einen lauten Schmatzer auf die stopplige Wange.

»Kitzelt«, kicherte er und strich mit dem Finger darüber. »Hoch. Flieger machen.«

Gwyn hielt inne. Ein Ausdruck grenzenloser Liebe zeichnete sich auf Thornes Gesicht ab, so rein und aufrichtig, dass es einem beinahe das Herz brach. Wie hatte ihr das entgehen können? Wollte er genau das? Eine Familie, Kinder?

Will ich es? Kann ich es? Bisher hatte sie sich damit zufriedengegeben, Lucys Kinder auf dem Arm zu haben, in der festen Überzeugung, dass dies wohl einem weiteren eigenen Kind am nächsten kam – etwas, das sie bereits vor langer Zeit für sich ausgeschlossen hatte.

Doch dieses Mal wäre es etwas anderes. Sie wäre nicht blutjung, ohne Geld und ohne Ausbildung und völlig verängstigt. *Dafür würde ich stramm auf die vierzig zugehen, mit einem Geschäft, von dem ich nur hoffen kann, dass es mir immer noch gehört, wenn das alles erst vorbei ist … und völlig verängstigt.*

»Was ist?«, fragte Lucy und zwang Gwyn, ihr ins Gesicht zu sehen. »Du siehst aus, als hättest du gerade eine tödliche Diagnose bekommen.«

Eilig zwang Gwyn sich zu einer neutralen Miene, doch es war zu spät. »Nichts«, sagte sie mit einem flehenden Blick, als Lucy zum Protest anhob. »Bitte. Es ist gar nichts.«

»Aber …« Lucy runzelte bestürzt die Stirn. »Ich dachte, du hättest einen heißen Liebesnachmittag erlebt. Stimmt das etwa nicht?«

Gwyn unterdrückte das Bedürfnis, die Augen zu verdrehen. »Ford und Alec sind alte Klatschbasen.«

»Na ja, mag sein, aber haben sie sich geirrt?«

»Nein«, räumte Gwyn ein. »Aber ich habe wirklich großen Hunger. Kann ich vielleicht etwas essen, bevor du mich in die Mangel nimmst?«

»Ja, klar. Logisch.« Sie schien ein wenig gekränkt zu sein, als sie sich zu Thorne umdrehte, der mit Jeremiah über seinem Kopf zum Tisch mit der Pizza trabte, wobei beide laute Flugzeuggeräusche machten. Gwyn packte Lucys Arm.

»Warte.« Inzwischen waren sie allein in der Diele. »Sie haben sich nicht geirrt. Es ist nur … alles ein bisschen viel auf einmal. Gib mir ein wenig Zeit, okay?«

»Genug Zeit, damit du dir in aller Ruhe die vielen Gründe einreden kannst, weshalb es sowieso nicht funktionieren wird?«

Gwyn sah weg. »Wahrscheinlich.«

Wieder legte Lucy den Arm um sie. »Es ist wegen Jeremiah, stimmt's? Thorne mit ihm zusammen zu sehen?«

»Ein bisschen, stimmt. Irgendwie habe ich nie mitbekommen, wie er ihn ansieht. Ich war so lange nicht …« All das entsprach durchaus der Wahrheit. Nur war es eben nicht die ganze.

Lucy lächelte. »Du meinst, dass Thorne Jeremiah ansieht, als würde er ihn heiß und innig lieben? Der Punkt ist nicht, dass du es nicht mitbekommen hast. Thorne zeigt es bloß normalerweise nur, wenn er glaubt, dass keiner hinsieht. Sobald jemand in der Nähe ist, spielt er das Raubein, aber wenn die beiden für sich sind? Ich habe das schon viele Male erlebt. Dass er es jetzt gerade nicht verborgen hat, sagt eine ganze Menge aus, wenn du mich fragst. Er öffnet sich. Diese grauenvolle Erfahrung, die er gerade machen muss, hat ihn gezwungen, die Zuneigung der anderen anzunehmen. Deshalb hat das Ganze auch sein Gutes.«

»Stimmt, das hat es«, murmelte Gwyn.

Lucy drückte ihre Schulter. »Und für dich gilt dasselbe. Auch du öffnest dich und siehst vielleicht Dinge, die dir früher nicht aufgefallen sind.«

»Kann sein«, räumte sie ein und schluckte. »Er ist ein anständiger Mann.«

»Das ist er. Solltest du aber jetzt damit anfangen, dass jemand Besseres ihn verdient, muss ich dir leider höchstpersönlich in den Hintern treten.«

»Das wollen wir nicht«, konterte Gwyn trocken, denn das war genau ihr Gedanke gewesen. »Ich habe echt Hunger. Können wir das auf später verschieben?«

»Nur eine Sekunde«, bettelte Lucy. »War es so, wie du es dir erhofft hattest?«

Gwyn konnte sich ein Lächeln nicht verkneifen. »Okay, gut. Es war der Hammer. Weit besser, als ich es mir je erträumt hätte. Bist du jetzt zufrieden?«

»Bin ich.« Lächelnd bugsierte sie Gwyn in Richtung Tisch. »Setz dich hin und iss etwas. Die anderen kommen auch gleich. Coole Nummer heute, Gwyn. Gut gemacht.«

»Danke.« Mit ihrem vollen Teller gesellte sie sich zu Thorne auf das Zweiersofa, wo gerade noch genug Platz war, um sich neben ihn zu kuscheln. Sie machten sich über ihr Essen her und hielten lediglich inne, um Jamie und Frederick zu begrüßen und ihren Freunden zuzunicken, die sich einer nach dem anderen einfanden.

Gwyn spürte, wie Thorne sich neben ihr anspannte, und lehnte sich ein Stück nach hinten, um ihn ansehen zu können. In Momenten wie diesem, ohne ihre gewohnten hohen Absätze, wurde ihr der Größenunterschied zwischen ihnen ganz besonders bewusst, und seine Gegenwart überwältigte sie förmlich, wenn auch auf eine positive Art.

Der Mann war einfach zum Anbeißen. Wovon sie sich aus nächster Nähe hatte überzeugen können.

Doch obwohl besagter Mann sich um eine neutrale Miene bemühte, ließ sie sich nicht von ihm täuschen. »Hör auf«, sagte sie leise und lächelte, als er sie ansah. »Freunde, Thorne. Sie sind hier, weil sie es so wollen. Sie helfen dir, weil sie es gerne tun. So wie du ihnen auch gern zur Seite stehst.«

Er nickte steif. »Ich weiß«, gab er leise zurück. »Ich ertrage nur die Vorstellung nicht, dass einer von ihnen meinetwegen zu Schaden kommen könnte.«

Lucy setzte sich auf die Armlehne. »Aber es wäre nicht deinetwegen, sondern wegen eines kranken, sadistischen Dreckskerls, der sich gerade die Eier im Schraubstock abklemmt, weil du nicht nach seiner Pfeife tanzen willst.«

Wieder schürzte Thorne die Lippen, diesmal jedoch, um sich ein Lachen zu verbeißen. »Eier im Schraubstock? Habe ich richtig gehört?«

Lucy drückte ihm einen lauten Schmatzer auf die Wange. »Ja,

hast du. Und ich sage es gern noch mal, lauter sogar, sobald die Kleinen unten sind.«

»Wer passt auf sie auf?«, fragte Gwyn, obwohl sie die Antwort längst kannte. Wenn sie ehrlich war, vermisste sie es, sich um ihre Patentochter zu kümmern. Den Babysitter für Lucys Kinder zu spielen, hatte ihr stets großen Spaß gemacht, aber inzwischen hatte Taylor die Aufgabe übernommen, und Gwyn ließ sie gewähren, weil sie wusste, dass Taylor ihren Platz in ihrer neu gewonnenen Familie erst noch finden musste, und sich um die Kinder zu kümmern, war die perfekte Gelegenheit dafür. Das verstand Gwyn. Lucy bei den Kindern zu unterstützen, hatte ihr geholfen, allmählich zu sich zurückzufinden, und ihr zugleich die Möglichkeit gegeben, Lucy unter die Arme zu greifen. *Weil ich in praktisch jeder anderen Hinsicht als Freundin komplett versagt habe.* Babys urteilten nicht und stellten auch keine Fragen, sondern liebten einen, wie man war.

»Taylor und Ford«, sagte Lucy erwartungsgemäß. »Aber Taylor trägt einen Knopf im Ohr, weil sie so auf dem Laufenden bleibt, was hier oben geredet wird. Sam ist übrigens auch hier. Er und Ruby ruhen sich in einem der Gästezimmer aus.«

»Und Agent Ingram?«, fragte Gwyn.

Lucy lächelte. »Er ist wohl schon aufgewacht. Über den Berg ist er noch nicht, allerdings stehen seine Chancen deutlich besser.«

»Gott sei Dank«, sagte Thorne leise. »Ich hatte solche Angst, zu fragen.«

Jamie brachte seinen Rollstuhl neben Gwyn in Position. »Frederick und ich haben einen Abstecher zu ihm gemacht. Seine Frau meinte, er würde immer wieder ihre Hand drücken, was ein gutes Zeichen ist. Noch wird er beatmet, aber es tut gut, ein bisschen Hoffnung zu haben.«

Einen Moment lang saßen sie schweigend da – Gwyn, Thorne und Lucy, so wie ganz am Anfang. Es war berührend. Und ermutigend. Sie waren ihre Familie, und nun waren auch Jamie und die anderen hinzugekommen.

Eine bessere Familie konnte man sich nicht wünschen, dachte sie, als sie zusah, wie Clay und Frederick eine breite Pinnwand heranrollten, auf der allerlei Fotos um zwei Aufnahmen in der Mitte gruppiert waren – von Cesar Tavilla und Thorne.

»Was soll das denn werden?«, fragte Thorne leise.

»Das ist unser Crime Board«, flüsterte Lucy verschwörerisch. »Ich hoffe, dir fällt auf, dass du auf der Seite der Guten stehst«, meinte sie, obwohl es nicht zu übersehen war, denn es waren sogar zwei Schilder mit »Gut« und »Böse« daran befestigt.

Eines der Fotos zeigte Thorne auf der Bühne mit seinem Bass – Gwyn hatte es vor Jahren aufgenommen. In diesem Moment hatte er so in sich geruht. Und schon damals hatte sie nur ihn gewollt.

Es war lange her, seit sie ihn das letzte Mal spielen gehört hatte. Jetzt wusste sie auch, warum. Sechs Jahre lang nicht. Auch er hatte getrauert, weil sie so in ihrer Trübsal gefangen gewesen war.

»Das freut mich.« Thorne stellte seinen Teller weg, stützte sich mit den Ellbogen auf den Knien ab und beugte sich vor, um die Notizen und Fotos auf dem Board in Augenschein zu nehmen.

»Also«, sagte Clay. »Wir sind es leid, die Zielpersonen zu sein. Deshalb nehmen wir jetzt die Dinge in die Hand. Wir alle, Thorne, das schließt auch dich ein.«

»Damit kann ich leben«, sagte er.

»Das dachten wir uns schon.« Clay zeigte auf vier Haftnotizen, die jemand von eins bis vier durchnummeriert hatte. Auf zweien stand lediglich das Wort *männlich,* auf dem dritten *männlich/ Mörder* und auf dem vierten *weiblich.* Alle vier waren mit Tavillas Foto verbunden. »Wir wissen, dass ihm mindestens vier Personen helfen. Die beiden Männer, die dich unter Drogen gesetzt und ins Haus getragen haben, die Frau, die sich als Bernice

Brown ausgegeben und dich angerufen hat, und der Maskierte, der die beiden Burschen bei dir abgeholt und weggebracht hat, bevor er zurückgekommen ist und sich mehrere Stunden in deinem Haus aufgehalten hat. Wir gehen davon aus, dass er derjenige ist, der wahrscheinlich Patricia getötet hat.«

In der Mitte des Boards befand sich ein Foto von Patricia, von dem eine Schnur die Verbindungen sowohl zu dem »männlich/ Mörder«-Haftzettel als auch zu Richard Lindens Foto darstellte, das wiederum mit Thorne verbunden war.

Thorne runzelte die Stirn. »Wahrscheinlich?«

Alec nickte. »Ich habe mir das Video genauer angesehen, das Sam bei dir zu Hause sichergestellt hat. Der Maskierte war dort, aber auch noch jemand anderes.«

Unbehaglich rutschte Thorne auf dem Sofa herum. »Und wer?«

»Das weiß ich noch nicht. Man sieht nur einen Schatten im Flur, als die Person von deinem Schlafzimmer in die Garage geht. Er oder sie tritt nie ins Blickfeld der Kamera, trotzdem waren es eindeutig zwei Schatten. Der eine gehörte dem Maskierten, der andere der zweiten Person.«

Thorne rieb sich den Nacken. »Das ist ... puh, keine Ahnung. Zu wissen, dass sich ein Unbekannter in meinem Haus herumgetrieben hat, während ich bewusstlos war, ist schon schlimm genug, aber gleich zwei? Ich frage mich, ob es vielleicht Tavilla selbst war? *Das* macht mir echt Angst.«

Mir auch, dachte Gwyn. Dass Thorne so verwundbar gewesen war ... *Die hätten ihm alles Mögliche antun können.* Insofern war sie beinahe dankbar, dass sie ihn »nur« unter Drogen gesetzt hatten. Sie schluckte. Das Ganze hätte wesentlich schlimmer enden können.

Alec sah ihn mitfühlend an. »Tut mir echt leid, Mann. Ich habe versucht, ein schärferes Bild zu bekommen, aber es ging nicht. Ich kann das Material gerne den Cops schicken. Vielleicht kriegen die es ja besser hin.«

Thorne nickte langsam. »Ja. Bitte.«

»Schick es Joseph«, sagte J. D. »Das FBI verfügt über eine bessere Ausrüstung als Hyatts Team beim BPD.«

Alec nickte. »Willst du das vielleicht übernehmen, J. D.?«

»Das wäre am besten. Schicken wir es an meinen Gmail-Account. Mach mir bitte ein Browserfenster auf.« Alec gehorchte und reichte J. D. den Laptop weiter, der etwas eintippte und den Laptop Alec zurückgab. »Auf diese Weise kann dir später keiner eine Vorladung in die Hand drücken.«

Gwyn lehnte sich zurück, um Lucy einen Blick zuzuwerfen. »Allmählich wechselt J. D. in unser Lager.«

Lucy grinste und blies ihrem Mann einen Luftkuss zu. »Und das ist verdammt sexy, was?«

Gwyn schüttelte sich. »Igitt! Nein!« J. D. war wie ein Bruder für sie, genauso wie Lucy für Thorne empfand.

Thorne schüttelte den Kopf. »Konzentration, Ladys.« Er kniff die Augen zusammen. »Ich sehe Patricia, die beiden Circus-Freaks-Typen, die sich im Sheidalin breitmachen wollten, Ramirez und seine Frau und Darian Hinman. Aber wer sind die beiden unter Hinman?«

Eine Frau und ein Mann. Beide waren mit einer Frau in Krankenhauskluft verbunden, die wiederum mit Bernice Brown verknüpft war. Von Bernice verlief eine Verbindung zu Thorne, da man sie benutzt hatte, um Thorne am Samstagabend aus dem Haus zu locken, und zurück zu der geheimnisvollen Frau, die für Tavilla arbeitete.

Gwyns mulmiges Gefühl verstärkte sich noch, als Frederick etwas sagen wollte, dann allerdings zögerte. »Es ist nicht deine Schuld, Thorne. Vergiss das nicht.«

Thorne ließ sich nach hinten sinken. »Sie sind auch tot«, sagte er tonlos. »Wer sind die beiden?«

»Eine Professorin im Sabbatjahr und ihr Ehemann«, antwortete Frederick mit einer Geste auf die Krankenschwester. »Ihr Wohnwagen stand auf dem freien Platz, den Sally Brewster dem Mann genannt hat, als er wissen wollte, wo er Bernice finden kann. Sie dachte, der Stellplatz sei immer noch unbesetzt.«

»O nein«, stöhnte Gwyn.

Frederick nickte. »Sallys Sohn ist ebenfalls Polizist. Es kam ihm gleich seltsam vor, als dieser Kerl seine Mutter ausquetschen wollte und dann dieselbe Nummer benutzt wurde, um Informationen aus Julie herauszubekommen.«

»Die Nummer von Ramirez' Wegwerf-Handy«, folgerte Thorne grimmig.

»Ja, aber das habe ich ihm nicht auf die Nase gebunden«, meinte Frederick. »Er brauchte keinen weiteren Beweis mehr, dass die ganze Angelegenheit gefährlich wird, sondern hat sich beurlauben lassen, um auf seine Mutter aufzupassen.«

Thorne schloss die Augen. »Dann ist ja wenigstens sie in Sicherheit. Hat schon jemand Joseph die Verbindung zwischen diesen armen Menschen und meinem Fall erzählt?«

»Ich«, antwortete Clay.

Thorne fuhr hoch. »Wissen wir, ob es Bernice Brown gut geht?«

»Ja«, antwortete Frederick ruhig. »Ich habe heute Nachmittag mit ihr und ihrem Cousin telefoniert und ihnen von dem Paar erzählt, das umgekommen ist, aber sie wussten schon davon. Bernice ist zutiefst betroffen. Genauso wie Sally. Sie fühlt sich schrecklich, weil sie glaubt, sie hätte die beiden quasi zum Tode verurteilt.«

»Nein«, presste Thorne hervor. »Das war Tavilla, indem er alle umbringt, die ihm irgendwie in die Quere kommen könnten. Darin ist er verdammt gut.«

Gwyn und Lucy wechselten einen weiteren Blick. »Was?«, blaffte Thorne.

»Das ist das erste Mal, dass du dir nicht die Schuld gibst«, meinte Gwyn. »Das ist immerhin ein Fortschritt.«

»Absolut«, bestätigte Lucy. »Jetzt ich. Es ist zwar nicht viel, aber ich habe eine Kopie von Patricia Segals vorläufigem Autopsiebericht. Todesursache waren tödliche Stichwunden. Außerdem hatte auch sie eine hohe GHB-Konzentration im Blut, und es konnten 1,35 Promille Alkohol nachgewiesen werden.« Sie seufzte. »Und es gibt Beweise dafür, dass sie sexuell missbraucht wurde.«

»O nein«, murmelte Gwyn. Lucy warf ihr einen zutiefst bestürzten Blick zu, doch Gwyn winkte ab, in der Hoffnung, dass niemand etwas davon mitbekommen hatte. Lucys Reaktion war viel zu verräterisch. »Hat der Vergewaltiger Spuren hinterlassen?«, fragte sie und registrierte, dass Thorne stocksteif neben ihr geworden war.

»Ja, ein Haar«, antwortete Lucy, immer noch sichtlich betrübt. Gwyn wusste, dass Lucys Traurigkeit in Wahrheit ihr und nicht Patricia Segal galt. Gleichzeitig hätte auch sie sie verdient, denn keiner Frau sollte ein solches Schicksal widerfahren. Niemals. Lucy straffte die Schultern. »Ihre Leiche wurde heute freigegeben. Die Beerdigung findet am Freitag statt. Am Donnerstagabend hat die Familie Gelegenheit, am geschlossenen Sarg Abschied zu nehmen.«

Einen Moment lang herrschte Stille im Raum. Gwyn hatte das unangenehme Gefühl, als würden alle nur sie anstarren. »Wir müssen uns eine Strategie überlegen, wie wir an diesem Abschied und auch am Begräbnis teilnehmen können, weil der Mörder vielleicht dort auftaucht. Wir müssen die Anwesenden im Auge behalten.«

»Ich habe schon eine To-do-Liste angelegt und schreibe das dazu«, warf Alec ein.

»Danke, Alec.« Stevie erhob sich und trat zum Board. »Mason muss gleich gefüttert werden, deshalb mache ich weiter. Paige und ich haben heute mit rund einem halben Dutzend der Frauen aus Patricias Wohltätigkeitskomitee gesprochen. Wir versuchen, noch mehr über ihren Mann und auch ihren jugendlichen Lover in Erfahrung zu bringen.«

»Patricia hat die Einzelheiten über ihn in hübschen, kleinen Portionen verpackt preisgegeben«, meinte Paige und schnitt eine Grimasse. »Der einen Frau hat sie verraten, welche Haarfarbe er hat, einer anderen seine Augenfarbe, der Dritten, wie groß sein … ihr wisst schon.«

Kollektives Stöhnen. »Und hat sie auch irgendeiner erzählt, wie alt er ist?«, fragte Gwyn scharf.

»Nur dass er das Schutzalter erreicht hätte«, antwortete Stevie. »Das in Maryland bei sechzehn liegt.«

»Die Freundin, der sie das erzählt hat, war ziemlich entsetzt«, fügte Paige hinzu. »Sie hätte sie angefleht, ihr zu schwören, dass er über einundzwanzig sei, hat sie gesagt, aber Patricia hätte nur gelacht und gemeint, er gebe ihr das Gefühl, wieder jung zu sein, und dass sie es genießen würde, weil er im Herbst ohnehin aufs College ginge.«

»Hat sie irgendeiner der Damen seinen Namen verraten?«, fragte Thorne mit versteinerter Miene – er hatte jugendliche Delinquenten anwaltlich vertreten, nur um herauszufinden, dass ihre Verhaltensauffälligkeiten auf Missbrauch durch Menschen zurückzuführen waren, denen sie eigentlich vertrauen können sollten, wie Pastoren, Priester, Rabbiner, Lehrer, Pfadfindergruppenführer und häufig auch ein Elternteil eines Freunds oder einer Freundin.

»Nein«, antwortete Stevie. »Aber einer Freundin hat sie anvertraut, er hätte einen Wahnsinnskörper, weil er Lacrosse spiele, und einer anderen, er hätte ein Stipendium. Wir hatten so eine Ahnung, dass er auf dieselbe Highschool gegangen sein könnte wie ihr Sohn, deshalb sind wir hingefahren, haben uns die Kopie des neuesten Fotos der Lacrosse-Mannschaft besorgt und die Mannschaftsliste auf Stipendiaten der älteren Jahrgänge überprüft. Danach haben wir die Haar- und Augenfarbe, die sie preisgegeben hatte, damit abgeglichen und die Suche auf diese beiden jungen Herren eingegrenzt.« Sie hielt ein Foto des Highschool-Jahrbuchs in die Höhe und deutete auf zwei Fotos.

Paige ergriff das Wort. »Danach haben wir uns auf die Suche nach dem Trainer gemacht, der während des Sommers die Ferienkurse gibt. Wir haben ihm erzählt, uns liege eine Anzeige vor, einer seiner Spieler sei mutmaßlich von einer älteren Dame sexuell belästigt worden. Wir dachten, er käme uns mit Sprüchen, wie cool das sei und wie sehr er den Jungen beneide.«

»Ich hasse so was«, fauchte Lucy.

Thorne hatte die Fäuste geballt.

»Tja, in dem Fall liegst du aber falsch«, fuhr Paige fort. »Der Trainer war nämlich genauso entsetzt wie wir und sehr hilfsbereit. Er erzählte uns, einer unserer beiden Kandidaten hätte eine feste Freundin und käme deshalb wohl eher nicht infrage.«

»Dafür er hier.« Stevie zeigte auf das zweite Foto. »Tristan Armistead. Er hätte sich schon das ganze Halbjahr über so seltsam benommen, als hätte er etwas zu verbergen, und ist nicht zu Mannschaftsaktivitäten aufgetaucht. Seine Noten seien schlechter geworden, auf dem Spielfeld hätte er ebenfalls nachgelassen, weswegen er um ein Haar sein Stipendium verloren hätte.«

»Und«, fügte Paige hinzu, »er war mit Patricias Sohn befreundet, aber dann schien es mit einem Mal zum Bruch zwischen ihnen gekommen zu sein. Der Trainer meinte, Patricias Sohn hätte sich an ihn gewandt, weil er nicht gewusst hätte, was los war.«

»Und dann«, endete Stevie mit dramatisch erhobener Stimme, »fragte der Trainer plötzlich, ob Patricia Segal die ältere Frau sei.«

»Habt ihr es ihm gesagt?«, fragte J. D.

Stevie schüttelte den Kopf. »Nein, aber er war schon von allein darauf gekommen. Er wollte wissen, ob der Junge in Gefahr sei, worauf wir wahrheitsgetreu geantwortet haben, dass wir es nicht wüssten.«

»Aber dass wir uns Sorgen machen würden, wenn es unser eigener Sohn wäre«, endete Paige. »Wir haben ihn gebeten, uns zu helfen, Tristan zu finden, woraufhin er etwas noch viel Besseres getan hat. Er ist mit uns zu ihm gefahren, aber Tristan war nicht zu Hause. Eine Nachbarin meinte, die ganze Familie sei in die Ferien gefahren, nur Tristan sei dageblieben, um sich um die Katze zu kümmern und die Post reinzuholen. Allerdings hatten sie ihn wohl seit mehreren Tagen nicht mehr gesehen, und der Briefkasten quoll über.«

Stevie reichte Paige das Jahrbuch. »Wir haben dem Trainer und der Nachbarin unsere Visitenkarten gegeben und sie gebeten, uns anzurufen, sobald sie ihn sehen. Ich muss jetzt nach unten. Bis dann.« Auf ihren Stock gestützt, ging sie zum Aufzug.

»Ich mache eine Kopie von dem Jahrbuch und vergrößere Tristans Foto, damit Clay es ans Board heften kann«, erbot sich Alec.

»Darf ich es vorher mal sehen?«, bat Thorne.

»Tristan ist der Blonde ganz links«, erklärte Paige und reichte es ihm. »Direkt neben Blake Segal, Patricias Sohn.«

Thorne warf einen Blick auf das Mannschaftsfoto. Gwyn schnappte neben ihm nach Luft. »O Gott!« Sie riss ihm das Buch aus der Hand und beugte sich darüber. »O Gott!«

»Was ist?«, fragte Lucy.

»Sieh doch, Thorne«, sagte Gwyn. »Blake Segal. Sieh ihn dir an.«

»Ja, ich sehe es«, presste Thorne hervor.

»*Was* siehst du?«, rief Lucy.

Gwyn hob den Kopf und blickte in die erschrockenen Gesichter ihrer Freunde. »Blake Segal könnte Liams Zwillingsbruder sein.«

Alec fiel die Kinnlade herunter. »Wie bitte?«

Sie drehte das Jahrbuch so hin, dass die anderen es sehen konnten, dann zog sie ihr Handy heraus und rief das Foto von Liam auf, das sie in Angies Salon geschossen hatte.

»O Gott«, echote Jamie leise. »Du hast recht. Wie ist das möglich? Ist Richard der Vater von Patricias Sohn? Hat er etwa seine eigene Schwester vergewaltigt?«

Bittere Galle brannte in Thornes Kehle bei der Vorstellung, dass Richard Linden seine eigene Schwester vergewaltigt haben könnte. Er stieß abrupt den Atem aus. »Aber es muss ja nicht so gewesen sein. Immerhin war er ihr Bruder. Die beiden haben dieselben Gene, deshalb ist es doch nur normal, wenn sein Neffe ihm ähnlich sieht.«

»Nein!«, widersprach Gwyn und schüttelte entschieden den Kopf. »Nein. Erinnerst du dich, was ich dir über Patricia erzählt habe? Ich habe herausgefunden, dass sie nach dem Mord an Richard die Schule verlassen hat und offiziell nach Europa gegangen ist. Sie war über ein Jahr weg.«

»Trotzdem muss es nichts bedeuten«, beharrte Thorne.

Gwyn fuhr unbeirrt fort: »Richard und Patricia waren nicht blutsverwandt. Moment. Hier …« Sie tippte flink auf ihr Handy ein. »Hier ist Richard Lindens Nachruf. Da haben wir es. ›Richard hinterlässt seinen Vater, Richard Linden senior, seine Mutter, Elizabeth Hale Linden, seine Stiefmutter, Judith Linden, sowie seine Stiefschwester Patricia.‹« Sie sah auf. »Judith war zum Zeitpunkt des Mordes mit Linden senior verheiratet und ist es bis heute.«

»Ich habe hier Patricias Nachruf«, sagte Alec. »Er wurde heute Morgen in der *Washington Post* veröffentlicht. Darin heißt es unter anderem, ›Patricia hinterlässt ihre Mutter, Judith Linden, ihren Vater, Harold Martelli, ihren Stiefvater, Richard Linden senior‹. Du hast recht, Gwyn, Richard und Patricia waren nicht blutsverwandt, keine gemeinsamen Gene.«

Wieder beugte Thorne sich vor und vergrub das Gesicht in den Händen. »Gott«, stöhnte er.

Gwyn streichelte beruhigend seinen Rücken. »Was ist los, Thorne?«, murmelte sie.

»Wie konnte er das nur tun?« *Und wie konnten wir alle das übersehen? Zuerst Angie, dann Patricia. Wie konnten wir die ganze Zeit einen Vergewaltiger in unserer Mitte haben, ohne etwas davon mitzubekommen?* Doch er brachte es nicht über sich, die Worte auszusprechen, deshalb blieb ihm nur, seine Frage zu wiederholen. »Wie konnte er das nur tun?«

»Die Antwort darauf kennst du bereits«, warf Jamie sanft ein. »Richard war verdorben bis ins Mark. Und vielleicht war genau das der Grund, weshalb Linden senior so versessen darauf war, dass man dir die Schuld an seinem Tod in die Schuhe schiebt. Weil er wusste, dass auch andere ein Motiv gehabt hätten. Du meine Güte, es ist nicht auszuschließen, dass Richard noch andere Mädchen außer Angie und Patricia vergewaltigt hat. Und wären diese Verbrechen ans Licht gekommen, hätte das für einen riesigen Skandal um die Familie gesorgt.«

»Und um Patricia auch«, sagte Gwyn leise. »Mein Gott. Sie hat ein Kind großgezogen, das durch eine Vergewaltigung entstanden ist.«

Thorne überlief ein Schauder, während er sich fragte, welche Bilder Gwyn wohl gerade vor Augen hatte, was Evan ihr angetan haben mochte. »Ich würde so gern denken, dass es einvernehmlich passiert ist«, krächzte er, wenn auch nur, um sich selbst glauben machen zu können, dass Evans und Gwyns körperliche Beziehung ebenfalls auf gegenseitigem Einvernehmen beruht hatte. »Aber natürlich war es nicht so.« Weder das eine noch das andere. Einen Moment lang fürchtete er, sich gleich übergeben zu müssen.

Reiß dich zusammen. Für sie. Gwyns Hand beschrieb immer noch langsame Kreise auf seinem Rücken, während Lucy ihm übers Haar strich – beides beruhigende Gesten, nur könnten die Gefühle dahinter nicht unterschiedlicher sein.

»Der Schlüsselring«, sagte er nach einer Weile, um seine Gedanken auf etwas anderes zu lenken. »Wenn Richard ermordet wurde, weil er ein Mädchen vergewaltigt hatte, Patricia, Angie oder, Gott bewahre, vielleicht auch noch ein anderes Mädchen, muss dieser Schlüsselring irgendeine Bedeutung haben. Es steht und fällt immer wieder alles mit diesem Schlüsselring.«

»Vielleicht geht es ja auch nur um den Schlüssel«, meinte Gwyn nachdenklich. »Womöglich hatte die Fußballmedaille gar nichts damit zu tun. Ich frage mich gerade, was das für ein Schlüssel gewesen sein könnte. Und was Linden senior darüber wusste, denn jemand hat ihn verschwinden lassen.«

»Das bedeutet normalerweise, dass man nur dem Geld folgen muss«, warf Lucy ein.

Alec, der bereits tippte, nickte. »Wir müssen Genaueres über die Witwe dieses Pathologieassistenten herausfinden«, meinte er. »Woher das ganze Geld kommt. Ich setze das auf die Liste.«

Thorne konzentrierte sich auf Alec, um nicht länger darüber nachgrübeln zu müssen, was Gwyn hatte erleiden müssen. Oder Patricia. »Wie hast du dir so schnell Zugang zu Angies Finanzen verschafft?«

Alec warf J. D. einen vorsichtigen Blick zu.

J. D. verdrehte die Augen. »Sag es ihm ruhig. Ehrlich gesagt, bin ich selbst ein bisschen neugierig.«

Alec zuckte die Achseln. »Ich habe einen Schuss ins Blaue abgegeben und mithilfe einer E-Mail einen Trojaner an den Mailaccount des Salons geschickt. Ihr wisst schon, eines dieser Dinger mit angehängter Rechnung, die man eigentlich gleich löschen soll. Aber wer auch immer die Mails abgerufen hat, wusste das offenbar nicht und hat den Anhang geöffnet, und zack, schon war ich drin. Sie führen ihre Buchhaltung sehr akribisch. Jeder Kontoauszug wurde als PDF abgespeichert und gekennzeichnet. Ich musste sie bloß noch durchsehen, bis ich gefunden hatte, wonach ich suchte.«

»Ich bin nur froh, dass du auf unserer Seite stehst«, murmelte J. D.

Alec grinste ihn an. »Ich stelle meine Fähigkeiten in den Dienst des Guten und nicht des Bösen«, bemerkte er, ehe er ernst wurde. »Wenn die Pathologen-Witwe genauso leichtsinnig ist, könnte ich Glück haben. Falls ja, richte ich den Trojaner so ein, dass er sich selbst zerstört, damit Josephs Leute keinen Beweis haben, dass ich mir bereits Zugang verschafft hatte. Sollte es nicht klappen, brauche ich vielleicht ein bisschen mehr Zeit, um reinzukommen.«

»Tu, was du tun musst«, sagte Clay. »Nur eben ... na ja, du weißt schon.«

Alec sah ihn amüsiert an. »Lass dich nicht erwischen, jaja, alles klar. Aber der arme J. D. sieht aus, als hätte er schlimmes Bauchweh.«

J. D. verzog das Gesicht. »Habe ich auch, aber nicht wegen dir. Ich frage mich nur, wie die es geschafft haben, Patricia an den Ort zu locken, wo sie letztlich entführt wurde. Wir wissen, dass sie gezielt wegen ihrer Verbindung zu Thorne ausgewählt wurde, aber wie sind diese Typen vorgegangen? Und wieso passiert das alles? Wieso ausgerechnet jetzt? In welcher Verbindung stand sie zu Tavilla? Entweder hat er sie aus dem Haus gelockt, oder aber er hat seine Leute engagiert, ihr zu folgen und sie sich zu schnappen. Aber wie? Mithilfe des Jungen, diesem Lacrosse-Spieler? Oder hat ihr Mann herausgefunden, dass sie eine ... Gott, ich will das noch nicht mal als Affäre bezeichnen. Ist er ihr auf die Schliche gekommen? Vielleicht hätte er eine gewöhnliche Affäre noch akzeptieren können, aber dass seine Frau es mit einem Jungen treibt, der gerade einmal so alt ist wie ihr Sohn? Das hätte sich doch auch auf sein eigenes Ansehen ausgewirkt.«

Paige kaute nachdenklich auf ihrer Lippe. »Die meisten Damen, mit denen Stevie und ich heute geredet haben, meinten, in der Ehe der Segals hätte es heftig gekriselt. Schon seit sie Patricia kannten. Sie hätte immer wieder Affären gehabt, deshalb war es nichts Neues für sie. Nur das Alter des Jungen hätte ihnen zu schaffen gemacht, genauso wie Patricia übrigens, zumindest wenn sie einen klaren Moment hatte. Wenn sie nüchtern – oder zumindest nicht ganz so betrunken – gewesen sei, hätte sie Angst gehabt, ihr Ehemann könnte dahinterkommen und sie umbringen. Ihre Worte, sagten sie. Von ihnen haben wir auch erfahren, dass sie nicht allzu häufig nüchtern war. Es sieht so aus, als hätte sie ziemlich viel getrunken. Das macht das Warum vielleicht ein wenig nachvollziehbarer.«

»*Falls* Richter Segal tatsächlich von dem Jungen wusste«, warf Thorne ein. »Ich halte es durchaus für möglich, dass er den Mord an seiner Frau in Auftrag gegeben hat, denn natürlich ist er viel zu gerissen, um sich selbst die Finger schmutzig zu machen. So etwas gibt es nur bei einem Mord aus Leidenschaft, was es aber nicht war. Dafür war die Tat viel zu genau geplant. Sollte der Richter etwas damit zu tun haben, steht er in Verbindung zu Tavilla, denn Tavilla hat Patricia in seine Gewalt gebracht und sich diesen verdammten Schlüsselring besorgt. Sollte der Richter nicht mit drin hängen, müssen wir trotzdem herausfinden, wie er an Patricia herangekommen ist.« Beim Anblick von Patricias Foto überkam ihn ein Anflug von Mitgefühl. All die Qualen, die sie erlitten haben musste, sowohl in ihrer Jugend als auch unmittelbar vor ihrem Tod … »Kommen wir irgendwie an ihre Handydaten heran?«

»Hyatt und Joseph haben sie beide vorliegen«, antwortete J. D. unbehaglich. »Was erhoffst du dir davon?«

»Eine Idee, wie sie am Samstagabend aus dem Haus gelockt wurde«, erwiderte Thorne. »Hat jemand sie angerufen, um sich auf einen Drink zu treffen, so wie bei mir? Oder hat sich jemand in einer Bar neben sie gesetzt, in der sie sich zufällig aufhielt? Ich will wissen, wo sie sie geschnappt haben.«

»Ich sehe zu, was ich herausfinden kann«, versprach J. D. »Joseph hat ›zufällig‹ ein paar Details in meiner Gegenwart rausgelassen, wie zum Beispiel, was die Kollegen in Hinmans Haus vorgefunden haben. Er hilft uns, wo er kann.«

»Wofür wir ihm auch sehr dankbar sind«, meinte Clay. »Aber wir können eine mögliche Verbindung mit dem Richter nicht ausschließen, wenn auch nur, weil Patricia Angst hatte, was er tun würde, wenn er ihr auf die Schliche käme. Wir müssen mehr über Segal erfahren und ob er etwas mit Tavilla zu tun hatte. Paige, glaubst du, Grayson würde sich ein wenig für uns umhören? Vielleicht gibt es ja Gerüchte über den Richter.«

Grayson Smith war Oberstaatsanwalt und hatte damit eine der höchsten Positionen innerhalb der Generalstaatsanwaltschaft inne. Er und Josephs Frau Daphne, die ebenfalls als Staatsanwältin tätig war, hatten sich aus dem Fall herausgehalten, um die Arbeit der Ermittlungsbehörden nicht zu gefährden, trotzdem könnte sich Grayson als wertvolle Informationsquelle erweisen.

»Ich werde ihn fragen«, versprach Paige. »Er hat mir ein paar Dinge erzählt. Beispielsweise, dass Segals Posten durch Ernennung vergeben wird und er sich folglich keine Sorgen zu machen braucht, eine potenzielle Wählerschaft zu vergraulen. Außerdem hätte Segal eine beachtliche Verurteilungsstatistik, allerdings hätte er in letzter Zeit einige ziemlich fragwürdige Entscheidungen gefällt, heißt es. Damit wollte ich mich morgen früh gleich als Erstes beschäftigen.«

Erst jetzt merkte Thorne, dass es allmählich spät wurde. »Tut mir leid. Meinetwegen kommt ihr nun auch noch um euren Schlaf. Wir sollten langsam zum Ende kommen.«

Clay grinste. »Das ist die beste Überleitung, die ich je gehört habe, denn jetzt bin ich dran. Wir haben uns etwas für dich einfallen lassen, Thorne. Sind alle bereit?« Alle im Raum außer Thorne und Gwyn schnappten sich ein Stück Karton, das sie neben sich verborgen hatten, selbst Lucy und Jamie. »Umdrehen!«, befahl Clay.

ES IST NICHT DEINE SCHULD, THORNE! stand in unterschiedlichen Farben, Schriftarten und -größen auf den mit Glitzer und Sternchen verzierten Kartonschildern. Auf Lucys erkannte er sogar eine zusätzliche Unterschrift. *Cordelia Maynard, Stevies zehnjährige Tochter.*

Er schluckte gegen den dicken Kloß in seiner Kehle an. »Glitzer? Leute, ihr habt euch ja mächtig ins Zeug gelegt.«

»Cordelia war stundenlang beschäftigt«, bemerkte Clay trocken. »Ich gebe offen zu, dass ich selbst manchmal zu Glitzer greife, wenn ich mir einen Vorteil dadurch verspreche. Also, Thorne, so sieht's aus. Und wenn du auch nur ansatzweise den Eindruck machst, als würdest du dir die Schuld geben, haben wir noch andere Maßnahmen in petto.«

»Wasserpistolen«, warf Paige mit einer Begeisterung ein, dass Thorne lachen musste.

Clay lächelte. »Ich sage nur so viel vorab: Die Konsequenzen werden es in sich haben.« Er rollte die Schultern, als mache er sich kampfbereit. »Also gut. Zurück zum Thema. Wir verschieben die Taufe und das anschließende Barbecue, haben aber bekannt gegeben, dass der Gottesdienst trotzdem stattfindet und lediglich die Familie und enge Freunde daran teilnehmen.«

Thorne fiel die Kinnlade herunter. *Nein, ausgeschlossen.* »Aber«, hob er an, nur um zu sehen, wie ein halbes Dutzend Glitzerschilder geschwenkt wurden. Er warf Gwyn einen hilflosen Blick zu, in deren Augen Tränen der Rührung glitzerten.

»Wir schicken die Mütter und die Kleinen nach Chicago«, fuhr Clay fort. »Meine Freunde kümmern sich um Stevie, Lucy, Paige und all die Babys. Julie und Cordelia fahren auch mit, sodass nur Erwachsene im Haus sein werden, und zwar solche, die mit einer Waffe umgehen können.«

Thorne starrte Lucy entsetzt an. »Du wusstest davon?«

Sie nickte sanft. »Ja.«

Sein Blick schweifte zu J. D. »Die Schilder waren meine Idee«, sagte er mit bierernster Miene.

»Und meine die Wasserpistolen«, fügte Paige feixend hinzu.

Thorne schüttelte grinsend den Kopf. »Aber klar.«

»Moment mal«, warf Gwyn ein und presste die Lippen aufeinander. »Du willst allen Ernstes eine Gruppe frischgebackener Mütter mit ihren Babys ganz allein nach Chicago schicken?«

»Pass bloß auf, was du sagst, Mädchen«, protestierte Paige gekränkt. »Wir sind nicht bloß eine ›Gruppe frischgebackener Mütter‹, sondern Supermütter. Stevie und ich können sehr gut auf uns aufpassen. Und Lucy … na ja, im Zweifelsfall hat sie ihre Geige, um jedem eins überzubraten, der ihr blöd kommt.«

»Außerdem fahren wir nicht alleine«, fügte Paige hinzu. »Grayson begleitet uns. Er kann es kaum erwarten. Leider konnte er uns bisher nicht viel helfen, weil diesen Staatsanwälten jeder auf die Finger schaut.« Sie seufzte. »Verdammte Justizpolitik.«

Gleichzeitig konnte man ihm nicht nachsagen, er hätte sich aus allem herausgehalten, immerhin hatte er Paige in ihrem Engagement voll und ganz unterstützt, obwohl es politische Konsequenzen für ihn haben könnte.

»Außerdem begleiten Taylor und Ford sie«, fügte Frederick hinzu. »Und Clays Freund Ethan. Es ist bereits alles arrangiert. Wir tun weiter so, als fände die Taufe im kleinen, familiär-freundschaftlichen Rahmen statt, und machen uns damit zu einem Ziel, dem Tavilla nicht widerstehen kann.« Er kniff die Augen zusammen. »Alle stehen in den Startlöchern und sind bereit, dem elenden Schwein die Stirn zu bieten.«

Thorne öffnete den Mund und schloss ihn wieder. Diese Leute hatten alles stehen und liegen lassen und ihr Leben riskiert. Nur für mich.

Lucy lachte leise. »Wir haben geschafft, was keiner für möglich gehalten hätte. Thorne ist sprachlos.«

Gwyn packte ihn beim Revers und zog ihn zu sich herunter, um ihm einen Kuss auf die Wange zu geben. »Sag Danke schön, Thorne.«

Thorne stieß den Atem aus. »Danke«, flüsterte er.

»Das ist alles?«, fragte Paige schmollend. »Ich hatte gehofft, du wehrst dich mit aller Kraft.«

Alec stieß sie mit dem Fuß an. »Du willst doch bloß die Wasserspritzpistolen auspacken.«

»Logo«, brummte sie, worauf Thorne neuerlich lachen musste.

»Danke«, sagte er noch einmal, diesmal mit fester Stimme. »Ernsthaft. Danke.«

20. Kapitel

Gelangweilt löste er den Blick vom Computer – zumindest sollte es für seinen Gast den Anschein erwecken. Es war ein Genuss, den arroganten Richter eine Weile in seinem eigenen Saft schmoren zu lassen.

»Kann ich Ihnen helfen, Richter Segal?«, erkundigte er sich höflich.

Aufgebracht trat Segal einen Schritt vor, als Patton ihn am Arm packte und zurückhielt, worauf er reflexartig versuchte, Pattons Hand abzuschütteln. In puncto Körpergröße und Statur standen die beiden einander in nichts nach, allerdings war Patton zwanzig Jahre jünger. Und bewaffnet.

Der Richter nicht. Patton hatte ihn sorgfältig abgeklopft.

»Sie können ihn loslassen.«

Empört strich der Richter den Ärmel seines Sakkos glatt. »Für wen halten Sie sich eigentlich, verdammt noch mal?«, zischte er.

Er faltete die Hände auf dem Schreibtisch. »Ich bin Cesar Tavilla, Präsident und Vorsitzender der *Los Señores de la Tierra*.«

Segal schüttelte unwillig den Kopf, als spiele es keinerlei Rolle. Aber das tat es, und zwar eine ziemlich große, wenn das hier vorüber war.

Denn wenn das alles hier vorüber ist, habe ich den Kerl in der Tasche. Dann gehört er mir.

Segal beugte sich drohend über den Schreibtisch. »Sie haben meine Frau umgebracht.«

Er sah den Richter an. »Stimmt, das habe ich.« Mit einer knappen Handbewegung ließ er das in seinem Ärmel verborgene

Messer vorschnellen, klappte die Klinge auf und hielt sie dem kleinen Scheißer direkt vor die Nase. »Mit diesem Messer. Sind wir endlich fertig?«

Segal wurde blass und wich mit geballten Fäusten einen Schritt zurück.

Er musste dem Richter zähneknirschend Respekt zollen. Eigentlich hatte er erwartet, dass er die Beine in die Hand nehmen würde, aber ein Feigling war er offensichtlich nicht.

»Das entsprach nicht unserer Vereinbarung«, presste Segal mit zusammengebissenen Zähnen hervor.

In der Gewissheit, dass Patton den Richter im Notfall jederzeit packen und zurückreißen könnte, musterte er ihn kühl. »Wäre es Ihnen lieber gewesen, wenn ich stattdessen den jungen Mann getötet hätte? Den besten Freund Ihres Sohnes, dessen einziges Verbrechen daraus bestand, Ihrer Frau zu glauben, als sie ihm eine Geschichte vom Happy End aufgetischt hat?«

Segals Kiefer spannte sich an. »So lautete unsere Abmachung.«

»Nein, das war das, was *Sie* wollten. Unsere Abmachung lautete, dass Sie mir Informationen liefern, mit denen ich Thomas Thorne diskreditieren kann, während ich im Gegenzug davon absehe, Ihre juristischen Verfehlungen der Anwaltskammer zu melden.«

»Aber dass Sie meine Frau umbringen, war nie der Plan!«

Er zog die Brauen hoch. »Soll ich Ihnen etwa glauben, Sie hätten Ihre Frau geliebt? Ernsthaft?«

Segal schluckte. »Sie hat sich ohnehin zu Tode gesoffen. Ihre Hilfe hätte sie nicht gebraucht.«

Für den Bruchteil einer Sekunde empfand er so etwas wie Mitleid mit dem Mann, ehe ihm wieder einfiel, wen er vor sich hatte.

»Also wäre es in Ordnung für Sie gewesen, wenn sich Ihre Frau zu Tode gesoffen und auf kurz oder lang sogar einen Unschuldigen ins Verderben gerissen hätte, wenn sie wieder mal betrunken gefahren wäre?«

Der Richter sah weg und schluckte neuerlich. »Natürlich nicht.«

»Denn Sie hätten ihre Fahrten im Suff nicht ewig vor der Öffentlichkeit verbergen können, Richter Segal.«

»Das weiß ich selbst.« Segals Wut verzerrte seine Züge. »Aber Sie hätten sie nicht auch noch zu vergewaltigen brauchen«, krächzte er. »Das hat sie nicht verdient.«

Ihm fiel die Kinnlade herunter. »Was wollen Sie damit andeuten?«

Segals Mund verzog sich. »Ich will gar nichts ›andeuten‹, das steht so im Autopsiebericht. Sie wies Spuren von sexueller Gewalt auf. Und der Junge kann es nicht gewesen sein, weil ich weiß, wo er sich den ganzen Abend aufgehalten hat. Er hat in dem Scheißpark auf sie gewartet, wo Sie ihn eigentlich hätten aufgabeln sollen.«

Er rutschte auf seinem Stuhl zurück, entsetzt über Segals Vorwurf … darüber, was Patricia Segal laut Rechtsmediziner widerfahren war. »Und Sie glauben, ich sei das gewesen?«

»Wer denn sonst?« Segal deutete auf das Messer, das er immer noch in der Hand hielt. »Sie haben sie aufgeschlitzt wie …« Er hielt inne, wandte den Blick ein weiteres Mal ab.

»Wie was, Richter Segal?«, fragte er leise. »Wie ihr Bruder von seinem Mörder aufgeschlitzt wurde?«

Segal nickte knapp. »Das hat sie nicht verdient.«

»Vermutlich nicht. Aber sie war ohnehin bewusstlos. Sie hat nicht gelitten. Im Gegensatz zu ihrem Bruder.«

»Das ist mir scheißegal!«, schrie Segal, während sich seine Augen mit Tränen – aufrichtigen Tränen – füllten. »Sie war eine *grauenvolle* Ehefrau. Eine *grauenvolle* Mutter. Trotzdem hat sie es nicht verdient, *wieder* vergewaltigt zu werden. Und auf diese Weise zu sterben. Ich musste meinem Sohn sagen, was mit seiner Mutter passiert ist, weil ich wusste, dass die Medien sich darauf stürzen würden. Ich musste meinem Sohn sagen, dass seine Mutter *missbraucht* wurde.«

Aus dem Augenwinkel registrierte er, dass Pattons Miene dieselbe Verwirrung verriet. »Das müssen Harrison und Schwab gewesen sein«, sagte Patton leise. »Als sie sie zu mir gebracht haben, war sie schon bewusstlos.«

Er seufzte. »Es tut mir leid, Richter Segal. Das ist nicht auf meine Anweisung geschehen. Sollte Ihnen das eine Beruhigung sein, kann ich Ihnen versichern, dass die Männer, die Ihrer Frau Gewalt angetan haben, inzwischen tot sind.«

Segal schloss die Augen, woraufhin ihm die Tränen über die Wangen liefen. »Natürlich ist es das nicht, denn Patricia ist trotzdem tot und mein Sohn vor Trauer wie von Sinnen.«

Nachdenklich legte er den Kopf schief. Er verfolgte Segals Karriere bereits seit Jahren. Der Mann war ein gerissener Bursche, der nichts ohne einen verdammt guten Grund tat. »Ihre Ehefrau ist bereits seit Samstagnacht tot, und heute ist Dienstag, gleich Mittwoch. Wieso haben Sie drei ganze Tage gewartet, bis Sie mich zur Rede stellen?«

»Weil ich beschäftigt war«, schnauzte Segal ihn an. »Mein Sohn war am Boden zerstört. Ich musste meine Verhandlungen neu terminieren, ein Begräbnis organisieren und dazu noch die Polizei und die Medien in Schach halten.« Sein Adamsapfel hüpfte auf und ab, als er abermals schluckte. »Der Autopsiebericht hat den Ausschlag gegeben. Ich war ohnehin stocksauer, weil Sie sie getötet hatten, aber als ich dann auch noch erfahren musste, dass sie vergewaltigt wurde, musste ich … irgendetwas tun.«

»Diesmal, meinen Sie?«

»Ja«, fauchte er. »Diesmal. Aber leider sind mir die Hände gebunden, so wie zuvor auch.«

»Dieses Gefühl der Hilflosigkeit kann ich gut nachvollziehen«, sagte er kalt. »Mir ging es ganz genauso, als meine Frau starb, nachdem mein Sohn ins Gefängnis kam. Und als mein Sohn dort ermordet wurde.«

Segal schüttelte den Kopf. »Das war aber nicht meine Schuld.«

»Darüber kann man nach wie vor streiten, Sir.« Er legte die Finger aneinander, während er sich ausmalte, was er mit dem Mann anstellen würde. Segal hatte über Margo Kontakt zu ihm aufgenommen, und Patton hatte ihn mit verbundenen Augen hergebracht. Dass Patton dies ohne seine ausdrückliche Zustimmung getan hatte, war eine andere Geschichte, die nicht ohne Konsequenzen für seinen leitenden Angestellten bleiben würde. »Ich könnte Sie umbringen. Jetzt und hier«, sagte er zu dem Richter.

»Das weiß ich.« Segal reckte das Kinn und blickte ihm herausfordernd ins Gesicht. »Aber ich bin ja nicht blöd. In meinem Schließfach ist ein Schriftstück hinterlegt, in dem genau aufgelistet ist, was ich getan und welche Vereinbarung ich mit Ihnen getroffen habe. Und dass ich heute Abend einen Termin mit Ihnen habe.«

Falls er bluffte, machte er seine Sache ziemlich gut. Und es gab keinen Grund zur Annahme, dass er log. Der Mann hatte inzwischen nicht mehr viel zu verlieren.

Wenn ich ihn umbringe, riskiere ich, mit Patricias Mörder in Verbindung gebracht zu werden. Natürlich hatte Thorne ihn längst im Verdacht, beweisen konnte er aber nichts. Es ließ sich keine Verbindung herstellen. Die Polizei hatte ihre Fühler nicht einmal in seine Richtung ausgestreckt, denn das hätte er mitbekommen, weil er Kontakte auf allen Ebenen und in sämtlichen Dezernaten des BPD hatte.

Wenn ich ihn kaltmache, verliere ich eine wichtige Quelle in der Justiz. Und es dauerte Ewigkeiten, diese Allianzen zu schließen.

Wenn ich ihn am Leben lasse, ist er eine Gefahr. Es sei denn, er gerät wegen etwas ganz anderem in Verruf, noch bevor er mit dem Finger auf mich zeigen kann. Was ich ohne Weiteres veranlassen kann. Problemlos.

Gut, damit war die Entscheidung gefallen. »Sie sind hier, um die Ehre Ihrer Frau zu retten«, sagte er schließlich. »Das respektiere ich. Deshalb werde ich Sie nicht töten.«

Segal lachte höhnisch. »Ganz herzlichen Dank dafür.«

Er kämpfte gegen den Drang an, dem Mann das Messer in den Hals zu rammen, und bemühte sich um eine kühl-neutrale Miene. »Gern geschehen. Sollten Sie allerdings jemals wieder versuchen, Kontakt zu mir aufzunehmen, werden Sie es bereuen.«

Segals Nicken zeigte keinerlei Respekt. »Ich sage es noch mal. Wenn Sie mich umbringen, werden die Dokumente veröffentlicht. So etwas nennt man Druckmittel.«

Er setzte das Lächeln auf, bei dem den Leuten üblicherweise die Knie zu schlottern begannen. Zu seiner Befriedigung verfehlte es auch bei Richter Segal seine Wirkung nicht. »Sie haben immer noch einiges zu verlieren, Mr Segal.«

Segal wurde blass. »Nein. Das würden Sie nicht wagen.«

»Wagen? Das ist wohl kaum das richtige Wort dafür.«

»Mein Sohn hat damit nichts zu tun.«

»Alles und jeder, der Ihnen am Herzen liegt, hat etwas damit zu tun. Sie haben selbst den Einsatz erhöht, deshalb können Sie sich jetzt nicht beklagen, wenn die Bank gewinnt. Denn die Bank gewinnt immer. Sollten Sie jemals wieder versuchen, Kontakt zu mir aufzunehmen, oder ich mitbekommen, dass Sie meinen Namen im selben Atemzug mit Ihrem eigenen nennen, stirbt der Junge. Aber vorher sage ich ihm noch, wer er ist. Habe ich mich klar ausgedrückt?«

Segals Kiefer mahlte. »Klar und deutlich.«

»Gut.« Er gab Patton ein Zeichen. »Bitte sorgen Sie dafür, dass Richter Segal zu seinem Wagen zurückkehrt und auf direktem Weg nach Hause fährt. Es ist schon spät, und auf den Straßen könnte es gefährlich werden. Ich will schließlich nicht, dass ihm etwas zustößt.«

Patton wirkte so verblüfft, als hätte er erwartet, den Richter töten zu müssen. »Ja, Sir.«

»Und danach kommen Sie wieder her.«

Patton nickte. »Natürlich.«

Er sah zu, wie Patton Segal wieder die Augen verband und ihn nicht gerade sanft packte, um ihn hinauszubringen, ehe er zum Hörer griff und Margo anrief.

»Es ist schon spät«, sagte sie scharf. »Benny schläft.«

»Tut mir leid«, sagte er steif. Und das stimmte auch. In seiner Wut hatte er seinen Enkel ganz vergessen. »Aber es ist wichtig. Segal hat Dokumente in einem Schließfach deponiert, die mich belasten. Ich will, dass du sie beschaffst.«

»Das ist nicht so einfach, Papa«, meinte sie zweifelnd.

»Aber es ist wichtig, dass du sie mir besorgst. Unter Einsatz aller Ressourcen, die ich zur Verfügung habe.«

»Ich werde es versuchen.«

Er sog verärgert den Atem ein. Er ließ ihr eindeutig eine zu lange Leine. Und sie nutzte ihre Beziehung zu seinem Sohn aus. Und zu ihm. Er musste sichergehen können, dass sie nicht nur gehorchte, wenn es ihr gerade in den Kram passte. »Du solltest es lieber schaffen«, gab er mit stählerner Kälte zurück.

Sie zögerte für den Bruchteil einer Sekunde. »Ja. Sir.«

Schon besser. »Danke.«

Baltimore, Maryland
Mittwoch, 15. Juni, 00.15 Uhr

Nach dem Trubel in Clays und Stevies Haus war Gwyn dankbar für die Stille ihres eigenen Apartments. Sosehr sie ihre Freunde liebte, hatte sie es kaum erwarten können, sich von ihnen loszueisen, nachdem Lucy sie praktisch als Vergewaltigungsopfer geoutet hatte.

Nein. Sie war kein Opfer. Zumindest nicht nur. Sie war jemand, die überlebt hatte. Und endlich aus der Versenkung auftauchte. In die sie unter keinen Umständen zurückkehren würde. *Viel zu einsam da unten.*

Sie nahm ihre Waffen ab, legte die Messer und eine der Handfeuerwaffen in ihre Nachttischschublade, ehe sie um Tweety herumtrat, um die andere Pistole auf den Nachttisch auf Thornes Seite des Betts zu platzieren.

»Nur für alle Fälle«, sagte sie zu ihrem Hund, mit dem sie jeden Abend ein Weilchen plauderte. Aber heute war es anders, denn sie war nicht allein.

Bei jedem ihrer Gedanken, jedem Schritt war sie sich des hochgewachsenen Mannes überdeutlich bewusst, der sie vom Türrahmen aus beobachtete. »Ich hatte heute Riesenglück«, sagte sie beiläufig, obwohl sie sich am liebsten ins Bett verkrochen und sich die Decke über den Kopf gezogen hätte, denn er wollte es endlich erfahren, und sie musste es ihm früher oder später sagen.

Thorne betrachtete sie mit einer Mischung aus Leidenschaft und verzweifelter Beklemmung. So begehrenswert sie sich auch fühlen mochte, so erstickte die Angst, die sie ebenfalls fühlte, jeden Anflug von Leidenschaft im Keim.

Sie sah die Schatten, die sein Gesicht verdüsterten, die vielen Fragen in seinen Augen, die den ganzen Tag über immer wieder in Erscheinung getreten waren und nun, nach Lucys Fast-Ausrutscher vor versammelter Mannschaft, endgültig nicht mehr verschwinden wollten. Er musste wissen, was passiert war. Mit Evan.

Fieberhaft überlegte sie, wie sie anfangen sollte, ohne die Fassung zu verlieren, doch es gelang ihr nicht.

»Inwiefern?«, fragte er mit dieser leisen, samtigen Stimme, die ihr Inneres so köstlich vibrieren ließ.

Erschaudernd warf sie ihm einen Blick über die Schulter zu. Er hatte sein Hemd ausgezogen, und sein Bizeps war angespannt, als er den Türrahmen umfasst hielt, als sei er das Einzige, was ihn noch aufrecht zu halten vermochte. Beim Anblick all der nackten Haut wurde ihr Mund staubtrocken. »Was?«, fragte sie – sie hatte völlig den Gesprächsfaden verloren.

Ein betrübtes Lächeln spielte um seine Mundwinkel. »Du sagtest gerade, du hättest heute Riesenglück gehabt.«

Sie blinzelte kurz. »Ach ja.« Sie wandte sich zum Safe um und wollte die Kombination eingeben, als sie innehielt. Ein Teil der Zahlenfolgen war ein Geburtstag, von dem niemand ahnte, welche Bedeutung er für sie besaß. *Nur ich allein.*

Nun ja, sie selbst und der Junge, ebenso wie seine Adoptiveltern und jeder andere, der ihn im Lauf der Jahre gemeinsam mit ihm gefeiert hatte. *Wozu ich nicht gehört habe.*

Auch von ihm musste sie Thorne erzählen. *Aber eine Enthüllung nach der anderen. Zuerst die Sache mit Evan. Und dann alles andere.* Entschieden gab sie die Kombination ein, öffnete die Safetür und nahm die größere .45er mit dem Zusatzmagazin heraus, die sie auf den Nachttisch legte. Sie war viel zu groß und zu schwer, um sie unter der Kleidung verstecken zu können, doch mit ihr fühlte sie sich am wohlsten. Und sollten sie während der Nacht unerwarteten Besuch erhalten, wollte sie bestmöglich gerüstet sein.

Die anderen drei Waffen ließ sie im Safe und schloss die Tür wieder. »Ich hatte Glück, dass Rivera da war«, sagte sie. »Er hat meine Waffen an sich genommen und aufbewahrt, bis Joseph eingetroffen ist. Joseph hat sie mir dann zurückgegeben. Ich habe zwar noch andere, aber die hier lassen sich am besten verstecken.« Inzwischen hatte sie sich ein wenig gefangen, sodass sie es wagte, sich zu Thorne umzudrehen und ihn anzulächeln. »Aber natürlich erst, nachdem er sich vergewissert hatte, dass ich auch einen Waffenschein mit der Genehmigung besitze, verdeckte Waffen zu tragen.« Sie verdrehte die Augen.

»Das hatte ich mich auch schon gefragt.« Thorne zuckte die Achseln und löste die Hände vom Türrahmen. »Gwyn. Ich muss … wir müssen uns unterhalten. Ich muss es verstehen.«

Sie schloss die Augen. Mit einem Mal fühlte sie sich regelrecht nackt, obwohl sie vollständig bekleidet war. »Ich weiß. Aber ich fürchte, ohne ein Glas Wein kann ich dieses Gespräch nicht führen.« Sie schlug die Augen auf und stellte fest, dass er bereits einen Schritt zur Seite gemacht hatte, um sie vorbeizulassen. Schweigend folgte er ihr in die Küche und öffnete die Weinflasche, die sie ihm in die Hand drückte, wie schon Hunderte Male zuvor in den zwölf Jahren ihrer Freundschaft.

Sie nahm zwei Gläser aus dem Schrank und drehte sich zu ihm um. »Würde es dir etwas ausmachen, ein Hemd überzuziehen?« Schuldbewusst wich er einen Schritt zurück. Erst jetzt begriff sie: Er glaubte, sie hätte Angst vor ihm. »Nein, nicht deswegen«, erklärte sie eilig. »Ich kann mich sonst nur nicht konzentrieren.« Sichtlich erleichtert nickte er und verschwand im Schlafzimmer, während sie den Wein einschenkte. Wenige Augenblicke später kehrte er in einem frischen Hemd zurück und setzte sich, während sie die Gläser auf dem Couchtisch abstellte und den Gaskamin anzündete.

»Ist dir kalt?«, fragte er stirnrunzelnd.

Eine durchaus nachvollziehbare Frage, denn es war ein warmer, schwüler Abend. »Nein. Aber das Feuer ist so beruhigend. Keine Angst«, fügte sie hinzu, als sie seinen besorgten Blick sah. »Ich bin kein Pyro-Freak. Manche empfinden Meereswellen als beruhigend, ich eben Kaminfeuer. Es hat so etwas Meditatives.«

»Gut.« Er setzte sich aufs Sofa, ohne sich über dessen Größe zu beschweren, so wie er es am Sonntag getan hatte. »Dann erzähl mir, was du kannst«, sagte er. »Und wenn es nicht geht, sag mir, was ich unbedingt wissen muss, um dir nicht wehzutun.«

Ihr stockte der Atem, als er sie ansah, denn in seinen Augen stand ein tiefer Schmerz. Und Angst. Aber auch noch etwas anderes, etwas Sanftes und Wunderschönes, Zärtliches. Liebevolles.

Sie schlüpfte aus ihren Schuhen, setzte sich ganz dicht neben ihn und wartete, bis er den Arm um sie gelegt hatte, ehe sie die Wange gegen seine muskulöse Brust schmiegte. Es würde einfacher gehen, wenn sie ihm nicht ins Gesicht sehen musste.

»Du wirst mir nicht wehtun«, sagte sie leise. »Das weiß ich. Schon immer.«

»Aber wieso hast du es mir dann nicht gesagt?«

Die Kränkung in seinem Tonfall war nicht zu überhören, und mit einem Mal konnte sie nicht fortfahren, ohne ihn anzusehen. Sie kam auf die Knie hoch und legte ihm beide Hände um das Gesicht. »Nicht, weil ich dir nicht vertraut hätte. Falls du das denkst, tu's bitte nicht.«

»Okay.« Er wandte den Kopf und küsste ihre Handfläche. »Warum dann?«

Sie seufzte. »Du warst mein Rettungsanker, Thorne. Ich wollte nicht, dass du es weißt, weil du mich niemals so anblicken solltest, als hättest du Angst vor mir. Oder Mitleid. Als wüsstest du über alles Bescheid. Denn dann hätte ich dauernd wieder daran denken müssen. Er war tot. Weg. Es war vorbei. Genau das haben mir alle immer wieder gesagt.«

Vorsichtig berührte er ihr Gesicht, strich ihr die Tränen weg, von denen ihr nicht bewusst war, dass sie ihr über die Wangen liefen. »Aber für dich war es nicht vorbei«, flüsterte er.

»Nein«, flüsterte sie zurück. »Das war es nicht. Ich habe versucht, es zu vergessen. Aber das Einzige, was half, war, alles auszublenden. Darin bin ich ganz besonders gut.«

»Willkommen im Klub. Lucy, du, ich, wir alle sind wahre Meister darin, Belastendes einfach wegzuschieben.«

»Bis es eben nicht mehr geht«, sagte sie niedergeschlagen.

Wieder küsste er ihre Handfläche. »Uns anderen mitzuteilen, ist nun mal nicht so unser Ding, zumindest nicht freiwillig. Lucy hat uns ihre Lebensgeschichte erst anvertraut, als sie es unbedingt musste, weil ihr ein Killer auf den Fersen war. Ich habe dir nie von dem Prozess erzählt. Oder von Sherri. Vielleicht hätte ich es überhaupt nie getan, aber du hast mich neben einer toten

Frau in meinem Bett gefunden, deshalb blieb mir im Grunde keine andere Wahl.«

»Hast du sie geliebt?«

»Sherri? Ja, das habe ich.« Ein melancholischer Ausdruck trat auf seine Züge. »Wir hatten darüber gesprochen, dass wir nach dem College heiraten würden. Wir hatten uns einen Plan zurechtgelegt ... na ja, eher Strategien, wie ich irgendwelche Dinge für ihren Vater tue, damit er mich akzeptiert.«

Gwyn legte die Stirn gegen die seine. »Es tut mir so leid, dass sie umgekommen ist.«

»Mir auch.« Er schloss die Augen und schluckte schwer. »Es tut mir leid, dass ich diesen ganzen Albtraum nie weiterverfolgt habe. Stattdessen habe ich ihren Mörder davonkommen lassen, weil es ... leichter für mich war.«

»Das stimmt doch nicht«, flüsterte sie.

»Doch«, flüsterte er zurück. »Es war leichter, meinen Namen zu ändern und ganz von vorn anzufangen, nicht mehr zurückzublicken. Stattdessen hätte ich nachforschen müssen, bis ich ihren Mörder gefunden habe. Ihr Tod hätte gesühnt werden sollen.«

»Baby.« Sie küsste seine Stirn, seine Augenlider, seine Wangen. »Du hast das Ganze überlebt, bist durch die Hölle gegangen. Glaubst du etwa, sie wollte, dass du leidest?«

Wieder erschien dieses melancholische Lächeln auf seinem Gesicht. »Nein. Aber sie hätte gewollt, dass ich kämpfe und Gerechtigkeit verlange. An unserem letzten gemeinsamen Tag wollte sie, dass ich die Schule verklage und sie zwinge, meine Suspendierung aufzuheben.« Er lachte unter Tränen. »Sie wollte sogar die Bürgerrechtsunion einschalten.«

»Klingt ganz so, als hätte sie mächtig Feuer unterm Hintern gehabt. Was hast du gesagt?«

»Zu ihrer Idee, die Schule zu verklagen?« Wieder lachte er, diesmal voller Zuneigung. »Dass es nie gut ausgeht, wenn man vor Gericht zieht.«

Gwyn grinste. »Wow, und dann so eine Karriere. Sie wäre unglaublich stolz auf dich gewesen, Thorne.«

»Ich hoffe es. Sehr sogar. Aber eigentlich wollte ich nicht über mich reden, sondern wollte dir nur klarmachen, dass ich es dir nicht verdenken kann, wenn du Dinge für dich behältst. Es wäre heuchlerisch, dir daraus einen Vorwurf zu machen.«

Wieder küsste sie ihn zärtlich. »Ich verstehe schon. Möglicherweise hätte ich dir nie erzählt, was ich dir gleich sagen werde. Aber ich habe es jemandem anvertraut und gemerkt, wie gut es mir tut.«

»Wem denn?«

»Meiner Therapeutin. Ich bin schon über ein Jahr bei ihr in Behandlung und glaube nicht, dass ich diesen Schritt ohne dich und sie jemals geschafft hätte. Aber am Anfang konnte ich noch nicht einmal schildern, was passiert ist. Monatelang konnte ich mich nicht überwinden, es laut auszusprechen.«

»Und wie bist du auf die Idee gekommen, eine Therapie zu machen?«

»Eines Morgens bin ich aufgewacht und habe gemerkt, was für ein Chaos mein Leben ist.« Sie erinnerte sich noch sehr gut an diesen Tag. Es war der 17. Februar gewesen. Siebzehn Jahre nach der Geburt eines wunderschönen kleinen Jungen. Sechzehn lange Jahre war der 17. Februar stets der Tag gewesen, an dem sie verzweifelte Tränen über dem Foto von sich mit ihrem neugeborenen Baby vergossen hatte. Die Gewissheit, dass er in einem Jahr achtzehn werden und von seinen Adoptiveltern über ihre Existenz aufgeklärt werden würde, war an jenem Februartag Motivation genug gewesen. »Ich musste mein Leben wieder auf die Reihe kriegen, so viel war klar, aber ich hatte keine Ahnung, wie ich das bewerkstelligen sollte. Also habe ich im Internet auf Posttraumatische Belastungsstörungen spezialisierte Therapeuten recherchiert, denn das war meine eigene Diagnose über meinen Zustand.«

»Und war es auch so?«

»Ja, und der Auslöser war …« Sie schloss die Augen, weil sie es nicht über sich brachte, ihn anzusehen, wenn sie die Worte laut aussprach. »Dass ich vergewaltigt wurde. Von Evan.«

Patton war tatsächlich zurückgekommen. Damit hatte er nicht gerechnet, doch er stand vor seinem Schreibtisch – breitbeinig, mit auf dem Rücken verschränkten Händen und grimmig entschlossener Miene.

»Ich muss sagen, Sie überraschen mich immer wieder, Mr Patton.«

»Ich weiß, was Sie jetzt denken, aber es ist nicht so.«

Er lehnte sich auf seinem Stuhl zurück und musterte Patton ernst. »Was denke ich denn?«

»Dass ich leichtsinnig war und den Richter ohne Erlaubnis hergebracht habe.«

»War es nicht so?«

»Nein. Ihre Schwiegertochter wollte es so, Sir.«

Er runzelte die Stirn. »Das hätte Margo niemals getan.«

»Hat sie aber. Ich weiß, dass Sie mir nicht glauben, aber das ist die Wahrheit. Sie hätten gesagt, sie solle ihn herbringen lassen.« Seine Miene wurde finsterer. »Ich habe gesagt, ich würde ins Büro in der Stadt kommen.« Denn genau dort war der Richter aufgetaucht und hatte verlangt, ihn zu sprechen.

»Dann hat sie wohl etwas missverstanden. Sie wirkte … müde. Ich glaube, das Baby zahnt gerade. Vielleicht hat sie einfach nicht genug Schlaf bekommen.«

»Möglich. Danke, dass Sie mir die Wahrheit gesagt haben, Mr Patton.«

Der Mann kniff die Augen zusammen. »Sie glauben mir also?«

»Sie sind hier. Hätten Sie gelogen, wären Sie abgehauen. Aber vielleicht lügen Sie mich auch an und versuchen, mich mit umgekehrter Psychologie zu manipulieren?«

Patton schüttelte den Kopf. »Ich habe schon genug Probleme, die normale Psychologie auf die Reihe zu kriegen.«

Er musste sich ein Lächeln verkneifen. Patton schien weitaus cleverer zu sein, als es auf den ersten Blick den Anschein hatte. Und das kam ihm mehr als recht. »Ich werde mit Margo reden, dass sie mehr schläft. In der Zwischenzeit habe ich einen weiteren Auftrag für Sie.« Er reichte ihm eine Liste mit Namen und Telefonnummern. Unter jedem Eintrag stand ein einziger Satz, womit sich den Genannten am meisten Angst einjagen ließ. »Morgen früh rufen Sie jeden auf der Liste an und lesen den entsprechenden Satz vor, dann legen Sie auf. Benutzen Sie ein Wegwerf-Handy mit einer Stimmverzerrungsapp, damit die Angerufenen jeweils eine leicht veränderte Stimme hören, falls sie so mutig sein und zur Polizei gehen sollten, was ich allerdings bezweifle.«

»Und wer sind diese Personen?«

Er lächelte. »Je weniger Sie wissen, umso weniger können Sie ihnen versehentlich verraten.«

Patton faltete das Blatt Papier und steckte es achselzuckend ein. »Ja, Sir.«

Der Mann lernte allmählich dazu.

Vergewaltigt. Von Evan.

Thorne hatte gedacht, er sei stark genug, um es aus ihrem Mund zu hören. *Aber ich habe mich geirrt.*

Galle stieg in seiner Kehle auf, und er begann, am ganzen Leib zu zittern, während ihn eine glühende, hilflose Wut überkam. Noch immer kniend, hatte sie auch jetzt beide Hände um sein Gesicht gelegt, als halte sie einen kostbaren Schatz.

Doch ihre Augen waren geschlossen, die Worte im Flüsterton über ihre Lippen gekommen, als schäme sie sich, sie auszusprechen. *Vergewaltigt. Von Evan.*

»Du brauchst nicht mehr zu sagen«, presste er hervor.

Sie schlug die Augen auf und blickte ihn mit mildem Tadel an. »Du hast mich doch gefragt, Thorne.« Ein Anflug von Provokation schwang in ihrer Stimme mit. »Was denn nun? Willst du es wissen oder nicht?«

Was hier gerade geschah, war enorm wichtig. Seine Antwort würde über vieles entscheiden. Trotzdem war er wie gelähmt, hatte keine Ahnung, was er darauf erwidern sollte. »Willst du denn, dass ich es erfahre?«

»Nein. Aber nun, da du die Büchse der Pandora geöffnet hast, musst du auch hineinsehen, sonst wirst du dich immer fragen, was darin verborgen ist. Ich weiß, dass dich die Fragen ständig umtreiben, und es macht mich verrückt. Deshalb sehen wir jetzt in diese verdammte Büchse, und danach machen wir sie wieder zu.«

Ihre Stimme war ruhig. Geradezu nervtötend ruhig. »Also gut.«

Wenn sie es aussprechen konnte, dann konnte er es sich auch anhören.

Sie nickte knapp, ehe sie sich wieder neben ihn setzte und den Kopf an seine Brust lehnte. Die beiden Weingläser standen unberührt auf dem Couchtisch, doch er fürchtete, dass ihm jeder Schluck im Hals stecken bliebe, wenn er jetzt daran nippte.

»Wenn du beide Gläser trinken willst, dann tu dir keinen Zwang an«, sagte er.

»Nein. Ich … oft schenke ich mir ein Glas ein und kippe es am Ende doch in den Ausguss.«

Das hatte er nicht gewusst. »Wenn das so ist, besorge ich dir lieber einen billigeren.«

Sie lachte leise. »Gute Idee. Wenn der Kamin erst mal brennt und ich in den Meditationsmodus verfalle, will ich ihn nicht mehr. Und heute Abend muss ich dauernd an Patricia und ihren Alkoholkonsum denken. Ich will nicht in dieselbe Falle tappen.« Er spürte ihren warmen Atem an seiner Brust, als sie seufzte. »Mein Vater war Alkoholiker, ein fieser Kerl, und wann immer ich in meiner Balance bin, fällt es mir wieder ein. Ich will nicht so sein wie er.«

Es war lange her, seit sie das letzte Mal von ihrem Vater gesprochen hatte. Thorne wusste nur, dass ihre Eltern sie sehr streng erzogen hatten und Gwyn weggelaufen war, um sich einem Zirkus anzuschließen. Er fragte sich, wie viel von dieser Geschichte stimmen mochte.

Aber jetzt waren erst einmal andere Dinge wichtig. »Also. Reden wir über Evan. Du hast gesagt, du hättest nicht unter Drogen gestanden.«

»Nicht die ganze Zeit, nein. Ich glaube nicht, dass er mich töten wollte. Anfangs nicht. Zumindest hat er das gesagt, als er ...« Sie hielt inne. Er spürte, wie sie das Gewicht verlagerte. »Inzwischen hatte ich herausgefunden, wer er wirklich ist. Dass er der Mörder ist. Er hatte einen Peilsender in Lucys Handtasche versteckt.«

»Daran erinnere ich mich.« Damals war er außer sich vor Wut gewesen. Und jetzt war es noch viel schlimmer.

»Na ja, mir hatte er auch einen untergeschoben. Als Lucy mir von ihrem erzählt hat, bin ich neugierig geworden und habe nachgesehen, und siehe da. Aber dann kam er rein und erwischte mich, wie ich nach weiteren gesucht habe.«

»In deiner Handtasche?«

»Nein, in seiner Sporttasche. Ich hatte so ein Ding schon mal in meiner Handtasche bemerkt, aber nicht gewusst, dass es ein Peilsender ist. Bei seinen Sachen habe ich noch fünf weitere gefunden. Soweit ich mich erinnere, habe ich sie eine Ewigkeit bloß angestarrt, aber heute wünschte ich natürlich, ich hätte schneller reagiert. Ich wollte gerade Lucy anrufen, als er reinkam. Er war … alles andere als begeistert.«

Thorne drehte sich der Magen um, denn er erinnerte sich noch genau daran, wie er Gwyn und Lucy nach ihrer Rettung im Krankenhaus besucht hatte. Lucy hatte eine gebrochene Nase und ein gebrochenes Bein davongetragen, Gwyn zwei geprellte Rippen, einen gebrochenen Finger und jede Menge blauer Flecke. Am ganzen Körper.

Am deutlichsten waren ihm die violett verfärbten Abdrücke von Evans Fingern an ihrem Hals im Gedächtnis geblieben. Damals hatte er sich nicht mit dem Gedanken befassen wollen, wie sie ihr zugestoßen waren.

Und auch jetzt sträubte sich sein Inneres dagegen. Aber sie hatte recht. Er würde sich immer fragen, immer spekulieren, und das war keinem von ihnen gegenüber fair. *Also reiß dich zusammen und sieh den Tatsachen ins Auge.*

»Was hat er getan?«

»Er hat mich gepackt und so fest geschüttelt, dass ich Sterne gesehen habe. Ich wollte weglaufen, aber er hat mich an den Haaren zu fassen bekommen und zurückgerissen. Das war um drei Uhr früh.«

Thorne zwang sich, ruhig zu atmen. Evan hatte Lucy erst gegen acht Uhr früh an jenem Morgen gekidnappt. »Also warst du stundenlang allein in seiner Gewalt.«

»Ja. Ich glaube, erst gegen halb acht hat er mich unter Drogen gesetzt. Ich habe mich gewehrt, Thorne, ich schwöre.«

Er zog sie fester an sich und streichelte ihr immer noch kunstvoll hochgestecktes Haar. »Natürlich«, krächzte er. »Ich erinnere mich an die blauen Flecke.«

»Als wir ins Krankenhaus eingeliefert wurden, waren mehr als zwölf Stunden vergangen. Sie … haben routinemäßig die Untersuchung auf Vergewaltigung durchgeführt, aber ich habe ihnen erzählt, es sei …« Wieder hielt sie inne und brauchte einen Moment, um sich zu sammeln. »Ich habe gesagt, es sei einvernehmlich gewesen.«

»Aber warum?«, fragte er leise.

»Weil er tot war und J. D. Lucy gerettet hatte und ich nur eine Fußnote in diesem ganzen Albtraum war. Ich war die ›Freundin des Serienkillers‹, die Frau, die ihn in ihr Bett gelassen, ihm all seine Lügen abgekauft hatte. Ich bin mir ohnehin schon wie eine völlige Idiotin vorgekommen und wollte nicht noch alles durchkauen müssen, was wirklich passiert war.«

»Das verstehe ich«, sagte er wahrheitsgetreu. »Es war dasselbe wie bei mir, als ich meinen Nachnamen geändert und mein bisheriges Leben hinter mir gelassen habe.«

»Genau.« Sie klang erleichtert. »Nur fürs Protokoll. In puncto Spielarten im Bett war er ziemlich konventionell, aber wichtig war ihm, mich dabei zu demütigen. Es musste wehtun. Er war sehr groß, daher war es verdammt schmerzhaft.«

Er war sehr groß. Evan war mindestens eins dreiundneunzig gewesen. *So groß wie ich.*

Einen Moment lang fürchtete er, ihm würde übel werden.

Reflexartig verkrallte sich seine Hand in ihrem Haar. Sie zuckte zusammen. »Tut mir leid«, sagte er und löste seinen Griff. »Darf ich die Nadeln herausziehen? Ich mag dein Haar lieber offen.«

»Wenn du willst, nur zu«, sagte sie. »Ich bekomme ohnehin Kopfschmerzen von den Dingern.«

»Wieso hast du sie nicht schon früher entfernt?«, fragte er, um einen Moment lang das Thema zu wechseln und ihnen eine kleine Verschnaufpause zu gewähren.

»Weil die Frisur so hübsch aussah. Wie bei einer Prinzessin.«

Leise lachend drückte er ihr einen Kuss auf den Kopf. »Ich werde nie verstehen, was ihr Frauen alles anstellt, nur um hübsch auszusehen. Wenn ich deine Schuhe schon sehe, wird mir ganz schwindlig.«

»Hey«, protestierte sie gutmütig. »Sag nichts gegen meine High

Heels. Ohne sie wäre ich auf Augenhöhe mit deinem Bauchnabel, wenn ich vor dir stehe.«

Er zog eine der Nadeln heraus. »Aber nein«, widersprach er, obwohl es durchaus möglich wäre. »Aber ich finde deine Beine in hohen Schuhen sehr schön, deshalb … wenn es dich glücklich macht, Babe, soll es mir recht sein.«

Sie öffnete einige seiner Hemdknöpfe und drückte einen Kuss auf seine nackte Brust. »Ich halte mich lieber hier oben auf. Du bist ein schöner Mann, Thomas Thorne.«

Auch früher hatte er das schon zu hören bekommen, auf Dutzende unterschiedliche Arten von Dutzenden von Frauen, aber nie hatten ihn die Lobeshymnen mit solcher Freude erfüllt wie Gwyns schlichte Worte. »Danke.«

Sie drückte einen weiteren Kuss auf seine Brust. »Gern geschehen.« Sie atmete tief durch. »Bist du bereit für Runde zwei der beschissenen Fakten?«

Natürlich war ihm klar gewesen, dass sie seinen Auszeit-Versuch durchschauen würde. Er konzentrierte sich auf die Suche nach den Haarnadeln und zwang sich zu einer Antwort. »Ja.«

»Gut. Mit das Schlimmste war, dass er mich zwingen wollte, eine Nachricht aufzuzeichnen, die er benutzen konnte, um Lucy zu sich zu locken. Aber ich habe mich geweigert.« Sie hielt inne. Die Stille schien sich über Stunden zu ziehen, obwohl sie in Wahrheit noch nicht einmal eine Minute dauerte. »Mehr als einmal.«

Seine Brust zog sich schmerzhaft zusammen. »Baby«, flüsterte er. Beruhigend tätschelte sie seine Brust.

»Nein zu sagen fühlte sich sogar gut an, so als hätte ich eine gewisse Kontrolle«, fuhr sie nachdenklich fort. »Ich konnte ja nicht weg, konnte noch nicht einmal schreien, weil er mir den Mund zugeklebt hatte, solange er die wirklich schlimmen Dinge mit mir angestellt hat, aber als er das Klebeband abgerissen hatte, konnte ich Nein sagen. Ich würde ihm nicht helfen, Lucy zu töten, auf keinen Fall. Sie sollte nicht für meine Dummheit bezahlen müssen.«

Nein. »Du warst doch nicht dumm«, widersprach er. »Er hat uns alle hinters Licht geführt.«

Wieder tätschelte sie seine Brust. »Heute weiß ich das auch und glaube es manchmal sogar. Aber damals konnte ich das nicht. Stattdessen habe ich mir die größten Vorwürfe gemacht, weil ich zugelassen habe, so benutzt zu werden. Genau das hat er mir in diesen endlosen Stunden auch immer wieder unter die Nase gerieben. Wie er mich manipuliert hätte. Wie dämlich ich gewesen sei, ihm diese Lügen abzukaufen. Wie er sich innerlich jedes Mal kaputtgelacht hätte, wenn er mich gevögelt hat.«

Thorne lehnte sich auf dem Sofa zurück und zählte seine Atemzüge. *Ein, sechs, fünf, vier, drei, zwei, eins. Vier Atemzüge halten. Aus, sechs, fünf, vier, drei, zwei, eins. Und noch mal von vorn. Und noch mal. Und noch mal.*

So lange, bis du ihn nicht länger aus seinem Scheißgrab ausbuddeln und seine Leiche in Stücke reißen willst. Atme. Atme. Atme.

Er hörte einen erstickten Laut und stellte fest, dass er aus seiner eigenen Kehle gekommen war. Aber er konnte nicht aufhören. Konnte ihn nicht unterdrücken. *Atme. Atme.*

Reiß dich zusammen. Aber es ging nicht. Er fiel auseinander, in seine Einzelteile, Molekül um Molekül.

»Thorne? Oh, Schatz.« Gwyn schwang das Bein über seinen Oberschenkel, schlang die Arme um ihn und bettete seinen Kopf an ihre Brust.

Denn er weinte. Wie er es seit vielen, vielen Jahren nicht mehr getan hatte. Nicht mehr seit dem Tag, als Jamie ihm gesagt hatte, dass Sherri tot war.

Sie wiegte ihn, murmelte ihm tröstende Worte ins Ohr, die er nicht hören konnte, weil sämtliche Dämme gebrochen waren und er lauthals schluchzte und sich so fest an sie klammerte, dass er Angst hatte, sie zu zerquetschen. Doch sie leistete keinen Widerstand, forderte ihn nicht auf, sie loszulassen, deshalb tat er es auch nicht.

Währenddessen küsste sie ihn unablässig, seinen Kopf, die Schläfen, die Wangen, wiegte ihn, tröstete ihn mit sanften Worten, obwohl doch eigentlich er derjenige sein sollte, der ihr Trost spendete.

Er biss die Zähne zusammen und rang um seine Fassung. »O Gott«, stöhnte er. »Es tut mir so leid. So leid.«

»Was denn?«, fragte sie sachlich. »Dass du ihn nicht aufgehalten hast? Dass du später meine Gedanken nicht lesen konntest? Dass du ihn nicht eigenhändig umgebracht hast?«

»Ja«, stieß er hervor. »Alles zusammen.«

Sie löste sich von ihm, wenn auch nur, um sanfte Küsse auf seine Stirn und seine geschwollenen Lider zu hauchen. »Hättest du es gewusst, hättest du es getan. Daran zweifle ich keine Sekunde.«

Aus irgendeinem Grund half ihm diese Beteuerung. »Und was soll ich jetzt tun? Für dich?«

»Hier sein. Und tun, was du gestern Morgen getan hast, und auch am Nachmittag. Zeig mir, dass ich es für dich wert bin.«

Wert sein, wert sein, wert sein. Wie ein Mantra waren diese Worte über seine Lippen gekommen, als er sich in ihr versenkt hatte, doch in Wirklichkeit war es *Ich liebe dich, ich liebe dich, ich liebe dich* gewesen. »Du bist es wert«, raunte er. *Ich liebe dich. So sehr.* Doch auch jetzt sprach er die Worte nicht laut aus, denn er wollte nicht zutiefst betrübt und am Boden zerstört sein, wenn er es endlich tat. Nein, es musste der perfekte Moment sein. Genau das verdiente sie.

»Du gibst mir das Gefühl, es glauben zu können«, sagte sie und küsste ihn ein weiteres Mal, diesmal aufreizend und voller Süße. »Als könnte es immer so weitergehen, Thorne. Bis letzte Woche hätte ich es nicht für möglich gehalten. Aber jetzt ... ich ... ich will es. Genau das hier. Für immer. Mit dir.«

Er schlug die Augen auf und sah, dass sie ihn anblickte. Ihr Haar war teils offen, teils immer noch hochgesteckt, und sie strahlte ihn an, als hätte er jeden Stern einzeln für sie vom Himmel geholt.

»Ich liebe dich«, sagte er, weil sich die Worte keine Sekunde länger unterdrücken ließen.

Ihr Mund blieb offen stehen, und ihre Augen füllten sich mit Tränen.

Mit zitternden Fingern berührte er ihre Lippen. »Du musst es nicht erwidern.«

Sie nahm seine Finger und küsste sie, ehe sie ihre Hand darum schloss. »Ich liebe dich auch. Schon von Anfang an. Ich hatte nur zu große Angst, es zuzugeben.«

Einen Moment lang fürchtete er, neuerlich in Tränen auszubrechen. »Und jetzt hast du keine Angst?«

»Vor dir? Nein. Vor dem hier? Nein. Dass ich es vermasseln könnte? Und wie!«

»Das kannst du nicht. Sei einfach da. Mit mir.«

»Okay. Aber etwas kannst du tatsächlich für mich tun.«

»Was denn?«

»Lass dich nicht durch das, was ich dir erzählt habe, davon abhalten, mich zu berühren. Du würdest mir niemals wehtun, Thorne, das ist nicht deine Art. Du bist ein Mensch, der andere beschützt.« Sie beugte sich vor. »Du würdest mir niemals wehtun«, sagte sie noch einmal, wobei sie jede Silbe betonte, ihre Wange gegen die seine schmiegte und flüsterte: »Bevor Evan aufgetaucht ist, hatte ich gern Sex. Sehr sogar. Und mit dir hat es mir gefallen. Sehr sogar. Er hat versucht, mir das zu nehmen, und all die Jahre habe ich es zugelassen. Lass du nicht zu, dass er es mir noch länger wegnimmt. Uns wegnimmt.«

Thorne war so erschöpft, dass er nur nicken konnte, doch sie schien damit zufrieden zu sein, denn sie lächelte. »Hinter uns liegt ein mörderischer Tag. Ich würde gerne ein bisschen schlafen. Du auch?«

»Neben dir? Immer!« Er stand auf und nahm sie dabei mit, wobei er ihren Rock hochschob, damit sie die Beine um seine Taille schlingen konnte.

»Nur damit eines klar ist«, sagte sie, als er sie ins Schlafzimmer trug. »Ich könnte mich an das hier echt gewöhnen.«

»Dann erkläre ich das zu meinem neuen Ziel.«

»Und was war das alte?«

Er vergrub das Gesicht an ihrem Hals. »Dich sagen zu hören, dass du mich liebst.«

Einen Moment lang verharrte sie reglos in seinen Armen, ehe sie zitternd ausatmete. »Das war ein sehr gutes Ziel, Thorne«, flüsterte sie mit belegter Stimme. »Ein verdammt gutes Ziel.«

Er setzte sich aufs Bett und ließ sie heruntergleiten, bis sie zwischen seinen Knien stand. »Das dachte ich mir schon. Sag es noch mal. Bitte.«

Ihre Augen schwammen in Tränen. »Ich liebe dich, Thomas Thorne.«

Die Hände auf ihren Hüften, zog er sie zu sich heran, bis er die Wange an ihre Brust legen konnte. Die Welt mochte gerade untergehen, doch dieser Moment erfüllte ihn mit einem unbändigen Glücksgefühl, in einer Art und Weise, wie er es seit langer, langer Zeit nicht mehr empfunden hatte. »Ich liebe dich auch.«

21. Kapitel

Thorne starrte auf den Eingang des kleinen Schneiderateliers von Colton Brandenbergs älterer Schwester, über dem sich auch ihre Wohnung befand. Colton, von dem er am meisten überrascht war, als Richard und seine Jungs ihn vor neunzehn Jahren brutal zusammengeschlagen hatten. Der seit dem Abschluss praktisch in der Versenkung verschwunden zu sein schien.

»Was ist los?«, fragte Gwyn leise, die neben ihm auf dem Beifahrersitz saß.

»Ich bin nervös«, gestand er und sah in den Rückspiegel des SUV, der vor dem Haus gestanden hatte, als sie aus Gwyns Apartment getreten waren, um sich mit J. D. zu treffen. Der Wagen gehörte Joseph, der sie gebeten hatte, ihn zu benutzen, bis dieser verdammte Albtraum endlich vorüber war. Mit seinen kugelsicheren Scheiben und den verstärkten Türen wog er sein Gewicht in Gold auf.

J. D., der zu ihrem persönlichen Schutz abgestellt war, fuhr in einem von Josephs anderen privaten SUVs hinter ihnen heran, ohne jedoch auszusteigen.

Gwyn tätschelte Thornes Arm. »Wieso denn?«

»Na ja, erstens habe ich Angst, sie könnte ebenfalls tot sein.«

»Verständlich. Und wieso noch?«

Er seufzte. »Colton Brandenberg und ich waren mal enge Freunde. Wir kamen ungefähr zur selben Zeit auf die Ridgewell, waren also beide die Neuen, haben gern Fußball gespielt und uns für Naturwissenschaften interessiert.«

»Ich dachte immer, Musik und Geschichte seien eher dein Ding gewesen.«

Er zuckte die Achseln. »Eigentlich mochte ich alles. Und ich wusste, dass ich in allen naturwissenschaftlichen Fächern gut sein musste, wenn ich ein Stipendium wollte. Colton war besser als ich, weil meine alte Schule nicht so gut war wie die Ridgewood, deshalb habe ich ein bisschen hinterhergehinkt. Er hat mir Nachhilfe gegeben, bis ich alles nachgeholt hatte. Dann, in der Zehnten, hat er sich Richards Clique angeschlossen. Keine Ahnung, wieso und wie er das hingekriegt hat. Richard war nämlich ziemlich wählerisch, wen er in den erlauchten Kreis seiner Freunde aufgenommen hat.«

»Du meinst, so wie bei *Girls Club*, nur mit Jungs?«

»Genau. Aber selbst als er zu ihnen gehörte, war er nicht gemein zu mir. Erst an diesem einen Tag.«

»Als du Richard von Angie weggezogen hast.«

»Genau. Ich weiß nicht, ob Richard selbst auch zugeschlagen hat, aber ein paar Tritte hat er mir verpasst. Colton dagegen hat mich mehrere Male ins Gesicht geschlagen. Der erste Fausthieb kam von Darian, direkt auf den Kiefer. Chandler, der inzwischen als Cop arbeitet, hat als Zweiter ausgeholt und mir einen so heftigen Kinnhaken verpasst, dass ich mir auf die Zunge gebissen habe. Das Blut spritzte nur so. Chandler hat wahrscheinlich den meisten Schaden an meinem Knie angerichtet, aber Colton war derjenige, der mir die Nase gebrochen hat. Ich erinnere mich noch, wie ich auf dem Boden im Korridor lag und ihn angesehen habe, als er zugeschlagen hat. Ich war … keine Ahnung. Erschüttert.«

»Du hast dich verraten gefühlt«, sagte Gwyn leise.

»Ja. Das auch. Eigentlich war das sogar das Schlimmste. Ich weiß nicht recht, was ich davon halten soll, dass er verschwunden ist.«

»Oder dass er bei der Aussage im Prozess wie ein Zombie wirkte?«

»Daran erinnere ich mich nicht mehr, sondern nur, dass ich

mich die ganze Zeit gefragt habe, was ich getan haben könnte, dass er mich so sehr hasst, wie es an dem Tag den Anschein hatte. Denn bei ihm war es nicht nur die übliche Aggression wie bei Darian und Chandler. Die beiden waren gewöhnliche Schläger, die jedem die Fresse poliert hätten, nur weil Richard es gerade in den Sinn kam. Aber Colton schien mich aus tiefster Seele zu hassen.«

Sie drückte seinen Arm. »Gehen wir rein und reden mit der Schwester. Vielleicht kann sie ja Licht ins Dunkel bringen. Außerdem sind wir hier draußen zu sehr auf dem Präsentierteller.« Erschrocken hob er den Kopf. Wie hatte er bloß jegliche Vorsicht über Bord werfen können? »J. D. fragt sich bestimmt schon, ob ich komplett den Verstand verloren habe.«

»Ich denke, die Antwort darauf kennt er längst.« Sie löste ihren Sicherheitsgurt. »Aber er liebt dich trotzdem.« Sie küsste ihn auf die Wange. »Und bevor du fragst … ja, ich liebe dich auch. Und jetzt los.«

Lächelnd stieg er aus und half ihr, aus dem SUV zu klettern. Heute war sie ein gutes Stück kleiner als üblich, weil sie auf sein Bitten hin ihre gewohnten High Heels durch Laufschuhe ersetzt hatte. Nur für alle Fälle.

»Alles in Ordnung?«, fragte J. D., der auf sie zutrat.

»Ja. Ich hoffe nur, in dem Haus sind alle am Leben.«

J. D. schnitt eine Grimasse. »Gehen wir rein und überzeugen uns davon.«

An der Eingangstür hing ein buntes Schild *Christinas Kreationen – Schönes aus Stoff*. Die Puppe im Schaufenster trug einen Traum von einem Brautkleid aus Spitze inmitten eines Arrangements aus üppig drapierten Satinvorhängen. *Maßanfertigungen auf Anfrage* verkündete das kleine Schild zu Füßen der Schaufensterpuppe.

Gwyn stieß einen leisen Pfiff aus. »Wenn sie dieses Kleid tatsächlich entworfen hat, ist sie so talentiert, wie Prews Frau sagt.« Sie sah zu den beiden Männern neben ihr hoch. »Also, wer hat das Kommando?«

»Ich nicht«, antwortete J. D. »Ich bin nur als Freund mitgekommen, nicht in offizieller Funktion.«

»Ich kann mich ja als Kundin ausgeben, so wie bei Angie«, schlug Gwyn vor.

»Nein. Ich sage klipp und klar, wieso wir hier sind«, wiegelte Thorne ab. »Schlimmstenfalls wirft sie mir an den Kopf, ich solle mich zum Teufel scheren.«

Er klopfte an, doch nichts geschah. Als er den Knauf drehte, stellte er fest, dass nicht abgeschlossen war. *Weil es ein Geschäft ist, du Schwachkopf.* Er trat ein und blieb kurz im Türrahmen stehen, ehe er Gwyn und J. D. hereinwinkte. Countrymusik drang aus einem Radio, untermalt vom Surren einer Nähmaschine. Der vordere Teil des Ladens wurde von Stoffballen, riesigen Musterbüchern und Schneiderpuppen in unterschiedlichen Stadien der Bekleidung dominiert, eine geöffnete Tür führte in einen weiteren Raum, vermutlich das Atelier.

»Hallo?«, rief Thorne. Augenblicklich verstummte das Surren. Sekunden später wurde das Radio ausgeschaltet, und eine Frau erschien. Sie war klein und dünn mit dunklem Haar, das erste graue Strähnen aufwies.

Christina Brandenberg, Coltons Schwester. Sie war vier Klassen über ihnen gewesen, deshalb hatte Thorne damals nichts mit ihr zu tun gehabt, doch er erinnerte sich von seinen Besuchen bei Colton zu Hause an sie, in der Zeit, bevor Colton in Richards Lager gewechselt war.

»Kann ich Ihnen helfen?«, fragte sie argwöhnisch.

»Ich hoffe es«, sagte Thorne. »Erinnern Sie sich an mich?«

Sie musterte ihn einige Momente lang, ohne dass sich eine Gefühlsregung auf ihren Zügen abzeichnete, dann schloss sie die Augen. »Natürlich. Tommy White. Aber inzwischen heißen Sie ja nicht mehr so.«

»Nein, das ist wahr. Ich möchte Sie nicht belästigen, aber ich benötige einige Informationen, die womöglich auch Ihren Bruder betreffen.«

Sie hob die Hand wie ein Verkehrspolizist. »Ich weiß nicht, wo mein Bruder steckt, hier ist er jedenfalls nicht. Deshalb kann ich Ihnen nicht helfen. Sie finden ja selbst hinaus. Ich muss zurück an die Arbeit.« Sie wandte sich zum Gehen, doch Gwyn trat vor und berührte ihren Arm.

»Bitte warten Sie. Ihr Bruder könnte in Gefahr sein.«

Christina erstarrte. »Ich habe Ihnen doch gesagt, dass ich nicht weiß, wo er sich aufhält. Ich habe weder seine Adresse noch Telefonnummer.«

Gwyn nickte. »Verstehe. Haben Sie die Nachrichten gesehen?«

»Wer sind Sie?« Christina musterte sie mit zusammengekniffenen Augen.

»Mein Name ist Gwyn Weaver, und das hier ist unser Freund, J. D. Fitzpatrick. Ich bin … nun, Mr Thorne ist ein Freund von uns. Mir geht es im Moment hauptsächlich darum, seinen Namen reinzuwaschen.«

»In dem Fall haben Sie eine ziemliche Aufgabe vor sich. Einen Mordvorwurf wird man nicht so einfach los.«

»Das weiß ich«, sagte Thorne vorsichtig. »Ich habe das schon mal durchgemacht.«

Christina wandte den Blick ab. »Ja, das ist mir bekannt. Aber diesmal kann ich Ihnen nicht helfen.«

Diesmal? Thorne wollte gerade fragen, was sie damit meinte, als Gwyn einen weiteren Schritt nach vorn trat, weil Christina sich erneut abgewandt hatte.

»Es tut mir leid«, sagte sie, »aber ich kann nicht einfach gehen, ohne ein paar Fragen gestellt und Sie ausdrücklich gewarnt zu haben. Gestern wollten wir zu Darian Hinman, der ebenfalls ein Freund Ihres Bruders war und damals zum Freundeskreis von Richard Linden gehörte, aber Darian war tot, als wir hinkamen.

470

Das bereits seit mehreren Tagen. Thorne hat ein hieb- und stich-festes Alibi für den Tatzeitpunkt.«

»Das hat doch nichts mit meinem Bruder zu tun«, wandte Christina ein, allerdings war ein nervöses Flackern in ihren Augen zu erkennen.

»Möglich«, erwiderte Gwyn. »Allerdings glauben wir das nicht. Richard Lindens Schwester wurde kurz nach Darian Hinman getötet, in der Nacht von Samstag auf Sonntag. Es deutet einiges darauf hin, dass es sich um ein und denselben Täter handelt. Jemand ermordet gerade Menschen, die damals mit Richard Linden befreundet waren, und Ihr Bruder gehörte auch dazu.«

Christina wurde kreidebleich und musste sich am Türrahmen festhalten. »Oh. Na ja.« Sie stieß einen Laut aus, der eher verängstigt als abweisend klang. »Ich weiß immer noch nicht, was das alles mit Colton zu tun haben soll. Er ist nach dem Schulabschluss weggezogen und nie zurückgekommen. Wenn Sie jetzt bitte gehen würden.«

Gwyn wollte noch etwas sagen, doch Thorne nahm sie am Ellbogen und zog sie behutsam zu sich heran. »Okay«, sagte er zu Christina. »Wir gehen.« Er zog eine Visitenkarte heraus und legte sie auf den Verkaufstresen. »Da steht meine Handynummer drauf. Falls Ihnen noch etwas einfällt oder Ihnen jemand zu nahe kommen sollte, rufen Sie mich bitte an.« Er wandte sich zum Gehen und schob Gwyn zur Tür. »Und Sie sollten die Tür abschließen. Ich weiß, dass das hier ein Laden ist, aber die Leute, die hinter alldem stecken, verstehen keinen Spaß, sondern bringen jeden um, der ihnen im Weg stehen könnte. Acht Menschen sind bereits tot, zwei davon, weil sie zur falschen Zeit am falschen Ort waren. Bitte seien Sie vorsichtig.«

Kaum hatten sie den Laden verlassen, hörte Thorne das Klicken des Schlosses, als Christina hinter ihnen die Tür verriegelte.

»Immerhin hört sie auf dich«, meinte J. D. auf dem Weg zurück zum Wagen und sah über die Schulter. »Sie beobachtet uns, und kaum sind wir außer Sichtweite, hängt sie mit ihrem Bruder an der Strippe, um was wetten wir?«

»Ich hoffe es«, murmelte Thorne. »Und auch, dass sie vorsichtig ist.«

J. D. klopfte ihm auf die Schulter. »Du hast sie gewarnt. Mehr konntest du nicht tun. Wohin jetzt?«

Thorne verzog das Gesicht. »Zu Chandler Nystrom, dem Ex-Cop, der inzwischen als privater Sicherheitsmann arbeitet.«

»Kaufhauscop?«

Gwyn schüttelte den Kopf. »Nein, Anne, unsere Büroleiterin, hat herausgefunden, wo er angestellt ist. Seit Kurzem arbeitet er bei Hinman Enterprises … seit seiner Entlassung aus dem Dienst des Howard County PD, wo er wiederum seit seiner Entlassung aus dem Dienst im Montgomery County PD gearbeitet hatte.«

»Er arbeitet für Darian Hinmans Vater als Wachmann in der Zentrale in Chevy Chase«, erklärte Thorne.

»Dort wird gearbeitet?«, fragte J. D. erstaunt. »Es sind noch nicht mal vierundzwanzig Stunden vergangen, seit Darians Leiche aufgefunden wurde.«

Thorne zuckte die Achseln. »Jamie hat in der Zentrale angerufen und gefragt, ob sie Lieferungen entgegennehmen, worauf sie meinten, der Geschäftsbetrieb gehe ganz normal weiter.«

»Dann los«, meinte J. D.

Chevy Chase, Maryland
Mittwoch, 15. Juni, 11.00 Uhr

»Das geht nicht gut aus«, murmelte J. D., als er Gwyn und Thorne in das Firmengebäude von Hinman Enterprises folgte.

»Das glaube ich auch«, murmelte Gwyn, die versuchte, sich mit dem Anblick von Thornes muskulösem Rücken von der Klaustrophobie abzulenken, die sie zu erfassen drohte.

Schwarze Stoffbahnen waren über den Türen drapiert, was dem Eingangsbereich eine beklemmende, düstere Atmosphäre verlieh. Alles schien aus Marmor zu bestehen, die Fußböden, die Säulen, selbst die Wände. Das Gebäude allein musste ein Vermögen gekostet haben, doch es herrschte eine geradezu unheimliche Stille, lediglich leises Flüstern hallte von den kahlen Wänden wider.

Thorne zog sie an sich, kaum dass sie eingetreten waren. »Altes Geld«, raunte er. »Und zwar haufenweise.«

»Das dachte ich mir fast«, flüsterte sie zurück. »Welcher von denen ist Chandler Nystrom?«

Thorne erkannte den Ex-Cop praktisch auf den ersten Blick. »Der da, der auf uns zukommt.«

In seiner schlecht sitzenden Uniform wirkte Nystrom völlig deplatziert in der luxuriösen Eingangshalle. Seine Miene verhieß nichts Gutes.

Thorne straffte die Schultern und zog Gwyn näher zu sich heran, während J. D. nur seufzte.

Chandler Nystrom besaß den Körperbau eines Athleten, dessen Kondition allerdings vor die Hunde gegangen war. Sein Gesicht war gerötet, seine Haut auf den Wangen und um die Nase von einem Netz aus geplatzten Äderchen überzogen.

Schwerer Alkoholiker, war Gwyns erster Gedanke. Sie fragte sich, warum das wohl so war. Er baute sich vor ihnen auf, wobei Gwyn erleichtert feststellte, dass Thorne locker einen halben Kopf größer war als er.

Noch erleichterter war sie beim Anblick des beinahe bangen Ausdrucks in Nystroms Augen, als er zu Thorne hinaufsah. Er war nervös. *Gut. Das sollte er auch sein.*

»Was zum Teufel hast du denn hier verloren?«, zischte Nystrom. Thorne zeigte keinerlei Reaktion. Gwyn spürte lediglich, wie sich seine Hand auf ihrem Rücken leicht anspannte. »Ich wollte mit dir reden.«

Nystroms Gesicht nahm einen noch intensiveren Rotton an. »Verschwinde, und zwar sofort«, stieß er aufgebracht hervor.

»Du hast vielleicht Nerven, Alter. Zuerst machst du Richard kalt, dann Patricia, und dann findest du ›rein zufällig‹ auch noch Darians Leiche. Einsperren sollte man dich.«

Auch jetzt verriet nichts in Thornes Miene, was die Anschuldigungen in ihm auslösten, nur seine Hand auf Gwyns Rücken zuckte leicht, während er dem Ex-Cop direkt in die Augen sah.

»Ich habe niemanden getötet. Du weißt es heute. Und du wusstest es auch damals schon.«

Nystroms blutunterlaufene Augen verengten sich zu Schlitzen. »Du bist so ein Arschloch, White. Schon immer gewesen.«

Wieder ließ Thorne die Beleidigung an sich abprallen. »Du scheinst mächtig aufgebracht über Patricias Tod zu sein«, entgegnete er ruhig. »Ich frage mich, wieso du es nicht warst, als sie während der Highschool von ihrem eigenen Bruder vergewaltigt wurde.«

Sämtliche Farbe wich aus Nystroms Gesicht, und ihm blieb der Mund offen stehen. Es dauerte mehrere Sekunden, bis er seine Fassung wiedererlangt hatte. »Ich habe keine Ahnung, wovon du sprichst«, stammelte er.

Gwyn spürte, wie Thornes Hand sich entspannte. »Ich habe keine Ahnung, wie du dich so lange bei der Polizei halten konntest. Jeder Verdächtige durchschaut dich doch in null Komma nichts. Du und ein Pokerface? Vergiss es!«

Nystroms Nasenlöcher blähten sich. »Leck mich, White«, fauchte er.

»Wieso hat Richards Mörder den Schlüsselring in seine Bauchwunde gedrückt?«, fragte Thorne leise. Wieder verschlug es Nystrom die Sprache.

»Es gab keinen Schlüsselring«, presste er schließlich hervor. »Aber das solltest du eigentlich wissen, schließlich hast du ihn umgebracht.« Thorne sah ihn nur an. Nystrom schien sich mit jedem Moment unbehaglicher zu fühlen. »Raus hier, habe ich gesagt, sonst rufe ich die Polizei.« Er stapfte an ihnen vorbei und riss die Tür auf. »Verschwindet«, befahl er. »Das hier ist ein Privatgrundstück, das ihr unerlaubt betreten habt.«

»Wie du willst«, sagte Thorne, auch jetzt völlig gelassen.

Stolz keimte in Gwyn auf, denn ihr war bewusst, dass dieses Aufeinandertreffen kein Kinderspiel für Thorne gewesen war. Bei ihrer letzten Begegnung hatte Nystrom im Zeugenstand des Gerichtssaals gegen ihn ausgesagt, und ihr vorletztes Aufeinandertreffen hatte darin bestanden, dass Nystrom ihm mit dem Stiefel ins Gesicht getreten hatte.

Sie wandten sich zum Gehen. Weder Gwyn noch J.D. hatten das Wort an den Ex-Cop gerichtet. An der Tür blieb Thorne kurz stehen und drückte Nystrom seine Visitenkarte in die Hand. »Sei vorsichtig«, sagte er. »Jemand versucht, Tabula rasa zu machen. Glaub nicht, die wüssten nicht, wer du bist, selbst wenn sie bislang noch nicht in Erscheinung getreten sind.«

Mit einem höhnischen Grinsen zerriss Nystrom die Visitenkarte und schleuderte die Schnipsel melodramatisch vor die Tür, wo ein Windzug sie erfasste und auf den Rasen trudeln ließ. »Verpiss dich, White.«

Thorne nickte nur knapp, nahm Gwyns Arm und ging langsamen Schrittes davon, damit sie nicht gezwungen war, neben ihm herzutraben. Sie blieben jedoch noch einmal stehen, als J.D. Nystrom an der Tür eine weitere Karte reichte.

»Ich bin nicht in offizieller Funktion hier«, sagte J.D. leise, »aber mein Vorgesetzter wollte, dass ich Ihnen seine Karte gebe. Sollten Sie etwas brauchen oder Ihnen etwas einfallen, das uns weiterhilft, sollen Sie sich bitte bei ihm melden. Sein Name ist Lieutenant Hyatt. Mit zwei *t*.«

Wieder verengten sich Nystroms Augen. »Richten Sie Ihrem Boss aus, ich brauche seine verdammte Hilfe nicht.«

»Er hat sich schon gedacht, dass Sie genau das sagen würden«, entgegnete J. D. freundlich. »Deshalb soll ich Ihnen sagen, er behielte Sie im Auge, und Sie sollten lieber nicht warten, bis es zu spät für einen Anruf sei. Ihr Kumpel hat schon gestunken, als wir ihn gefunden haben.« Er lächelte. »Schönen Tag noch.«

Er trat hinaus und marschierte zu ihren Autos, sodass Gwyn und Thorne nichts anderes zu tun blieb, als ihm in verblüfftem Schweigen zu folgen.

»Was war das denn?«, fragte Thorne schließlich.

»Hat Hyatt all das wirklich gesagt?«, wollte Gwyn wissen.

»Ja. Er hat Nystrom überprüft. Natürlich konnte er mir nicht sagen, was er herausgefunden hat, weil die Ermittlungsberichte der Innenrevision unter Verschluss gehalten werden, aber es war genug über den Mistkerl, um zu wissen, dass er Ärger machen würde. Nachdem Hinmans Leiche gestern Abend gefunden wurde, hat er mir aufgetragen, genau das Nystrom auszurichten.«

»Aha.« Mehr fiel Gwyn nicht dazu ein. Vielleicht war Hyatt ja doch kein so übler Kerl. Immerhin ließ er diesmal jemanden in den Genuss seiner Großkotzigkeit kommen, der es auch verdient hatte.

»Und wohin jetzt?«, fragte J. D. vergnügt.

»Dir hat das viel zu großen Spaß gemacht«, brummte Thorne.

»Mir aber auch. Wir müssen uns mit Ming und Mowry treffen, um zu besprechen, wie es mit dem Klub weitergehen soll. Schließlich haben wir Angestellte, um die wir uns kümmern müssen.«

»Vielleicht können wir uns ja etwas zu essen kommen lassen«, schlug J. D. vor. »Wenn wir schon mal eine Pause bekommen, sollten wir sie auch nutzen. Ich will nicht noch mal dasselbe erleben wie gestern, als ich so riesigen Hunger hatte, dass ich am liebsten die Pizza gleich mit dem Karton verschlungen hätte.« Er ging davon und stieg in seinen Wagen.

Gwyn schwang sich auf den Beifahrersitz und warf Thorne einen aufreizenden Blick zu, als er hinters Steuer glitt. »Ich könnte mir einen schöneren Zeitvertreib vorstellen«, schnurrte sie.

Thorne lachte. »Du versuchst doch bloß, mich heißzumachen.«

»Das wäre nur schlimm, wenn ich mein Versprechen nicht hielte«, gab sie mit gespielter Kränkung zurück.

Thorne legte den Gang ein. »Wenn das so ist, sollten wir uns kurzfassen.«

Mowry saß auf gepackten Koffern ... wortwörtlich. Thorne runzelte die Stirn, als er mit Gwyn und J.D. das kleine Apartment betrat und die aufgereihten Umzugskartons an den Wänden stehen sah. Einige trugen Aufkleber – Küche, Schlafzimmer, Badezimmer –, andere waren mit Namen versehen, seinen eigenen, Gwyns und Mings, allesamt in Mowrys schwungvoller Handschrift.

»Wo soll ich das hinstellen?«, fragte er und schwenkte die Tüte des äthiopischen Restaurants, wo sie unterwegs haltgemacht und etwas zu essen mitgenommen hatten. »Und was ist mit den Kartons?«

Mowry schloss die Tür hinter ihnen und warf J.D. einen leicht verärgerten Blick zu. »Das erkläre ich dir später, Thorne. Stell das Essen auf den Tisch. Ming holt die Teller.«

J.D. hob in einer resignierten Geste die Hände. »Ich kann auch draußen warten, wenn ihr Vertrauliches zu besprechen habt.«

Mowry schüttelte den Kopf. »Nein, ist schon okay. Kommt rein und lasst uns etwas essen. Ihr würdet ohnehin noch früh genug erfahren, was ich zu sagen habe. Wenn ich es den beiden erzähle, erzählen sie es Lucy weiter, und die erzählt es dann ohnehin Ihnen. Den Weg können wir genauso gut abkürzen.«

Thorne tauschte einen Blick mit Gwyn, die so besorgt dreinsah, wie er sich fühlte.

»Hey, Boss«, sagte Ming, als sie zum Tisch traten. »Und hey, Thorne.«

»Keinerlei Respekt«, maulte Thorne gutmütig und stieß zur Begrüßung die Faust gegen Mings. Der Türsteher war genauso groß wie Thorne, vielleicht sogar noch ein bisschen größer, und samoanischer Herkunft, weshalb seine Haut einen noch satteren Bronzeton aufwies. Ihre ähnliche ethnische Zugehörigkeit, die ungewöhnliche Körpergröße und ihre Liebe zum Rugby hatten sie vor all den Jahren zusammengeführt.

Gwyn zog Ming zu sich herab, um ihm mit einem besorgten Lächeln einen Kuss auf die Wange zu geben. »Also, ihr musstet euch gestern erst einmal von dem Schreck erholen. Wie ist es euch seither ergangen?«

»Setzt euch.« Mowry nahm am Kopfende des Tischs Platz. »Fangen wir erst mal mit dem Einfachen an. Ming und ich sind die Bücher durchgegangen.«

Ming schnaubte. »Das war nicht der einfache Teil.«

Mowry drückte ihm seinen Styroporbehälter in die Hand. »Iss. Ich meine den einfachen Part mit den Büchern. Die *guten* Nachrichten«, erklärte er sarkastisch und öffnete den Deckel seines eigenen Essens. »Den Teil, in dem wir ihnen sagen müssen, dass wir den Laden nur noch eine weitere Woche geschlossen lassen können, bevor uns das Bargeld ausgeht. Und die Löhne sind noch nicht mit eingerechnet. Der Spirituosengroßhändler will jetzt schon sein Geld haben. Die Rechnung ist zwar erst nächste Woche fällig, aber er hat Angst, die Bullen frieren unsere Konten ein.« Er schob sich einen Bissen Fladenbrot mit Rindfleisch in den Mund.

Gwyn schloss einen Moment die Augen. »Und *das* sind die guten Nachrichten?«

Mowry nickte kauend. »Ja.«

Thorne runzelte die Stirn. »Eigentlich sollte unser Barvermögen doch viel höher sein.« Dass er die Löhne würde vorstrecken müssen, hatte er geahnt, aber nicht, dass sie höchstens nur noch eine Woche durchhalten würden.

»Das ist ein Teil der schlechten Nachrichten«, sagte Ming leise. »Etwa die Hälfte der Reserven wurde entnommen, innerhalb der letzten zwei Wochen.« Er warf Mowry einen Blick zu. »Das Geld wurde vom Konto abgehoben und hätte in die Kasse eingezahlt werden sollen. Aber dort ist es nicht mehr.«

Gwyn schüttelte den Kopf. »Scheiße.«

»Wieso scheiße?«, fragte J. D.

»Weil Mowry die Kasse verwaltet«, erklärte Thorne grimmig.

»Und weil ich einem Mitglied der Circus Freaks Geld für Informationen über seine Gang gegeben habe«, fügte Mowry hinzu.

»So wussten wir, wen wir am Sonntagabend vor die Tür setzen mussten«, endete Ming. »Aber jetzt sieht es so aus, als hätte Mowry Geld gestohlen.«

»Was er natürlich nicht getan hat«, folgerte Thorne. »Sitzt du deshalb auf gepackten Koffern?«

Mit einem neuerlichen argwöhnischen Blick in J. D.s Richtung seufzte Mowry. »Sobald die mich hopsgenommen hatten, wusste ich, dass ich abhauen muss. Scheiße.«

»Wegen Ihrer Vergangenheit vor dem Sheidalin«, sagte J. D. tonlos und verdrehte die Augen, als Mowry vor Schreck die Augen aus den Höhlen zu quellen drohten. »Sie glauben doch nicht ernsthaft, ich hätte jemanden in Lucys Nähe gelassen, ohne ihn vorher genau zu überprüfen, Sheldon? Das gilt für Sie und auch für alle anderen. Nach allem, was mit Ev...« Er hielt inne. »Tut mir leid, Gwyn.«

»Schon gut«, sagte sie, doch ihre Wangen hatten sich tiefrot verfärbt. »Wusstest du von mir? Was Evan getan hat?«

Jetzt wurde Ming stocksteif – ein beängstigender Anblick bei einem Mann von seiner Statur. »Was hat er getan?«

Thorne schüttelte flüchtig den Kopf. »Später, Mann.«

Ming nickte bestürzt.

J. D. schüttelte den Kopf. »Ich wusste, was du denen im Krankenhaus erzählt hast, und dass sie trotzdem die Untersuchungen durchgeführt haben. Um ein Haar hätte ich dich danach gefragt, aber es war natürlich deine Sache. Du warst diejenige, die entscheiden musste, ob, wann und wem du es erzählst. Ich habe nicht einmal Lucy etwas davon gesagt.« Er zuckte zusammen. »Sie hat es mir gestern Abend erzählt und wusste, dass es mich nicht überraschen würde. Ihr kann ich nun mal nichts verheimlichen. Sie hat mich ziemlich zusammengestaucht, weil ich es ihr verschwiegen habe.«

Thorne war hin- und hergerissen zwischen Respekt und dem Bedürfnis, ihm den Schädel einzuschlagen. Er hatte es gewusst. Jahrelang. Er hatte zugesehen, wie Gwyn durch ihr Leben gewankt war wie ein Zombie, ohne auch nur einmal den Mund aufzumachen. *Ich hätte etwas tun, ihr helfen können.*

Er sah auf, als er spürte, wie Gwyn seine Hand drückte, die er unwillkürlich zur Faust geballt hatte. »Es hätte nichts geändert«, flüsterte sie, als sie ein weiteres Mal seine Gedanken zu lesen schien. »Ich war nicht bereit, mich damit auseinanderzusetzen, sondern musste warten, bis ich an den Punkt komme, an dem ich es alleine schaffe. Um sicherzugehen, dass es wirklich nachhaltig ist. Lass gut sein, Thorne.«

Zähneknirschend nickte er und wandte sich wieder J. D. zu. »Na gut. Du hast uns also alle überprüft, ja? Sogar mich?«

J. D. sah ihm direkt in die Augen. In seinem Blick lag nicht einmal der Ansatz einer Entschuldigung. »Ja.«

Thorne hätte genau dasselbe getan, das musste er unumwunden zugeben. Aber hier ging es nicht um Gwyn, noch nicht einmal um Evan. Sondern um Mowry, der aussah, als würde er am liebsten die Kurve kratzen. »Und was hast du über Mowry in Erfahrung gebracht?«

»Dass er ein schwachköpfiger Rabauke war, der für eine Handvoll gefährlicher Typen den Späher gespielt, sie aber verpfiffen hat, als sie einen Laden ausgeraubt und den Besitzer erschossen haben. Danach ist er abgehauen, praktisch mit leeren Händen, nur mit seiner Gitarre unterm Arm, aber immerhin ohne eine Kugel im Schädel. Du hast ihn beim Vorspielen für die Band kurz vor der Eröffnung des Klubs kennengelernt.« J. D. lächelte freundlich. »Und hast ihm eine neue Identität verschafft, damit die üblen Typen ihn nicht finden können. Hast ihm zu einem Neuanfang verholfen.«

Mowry starrte J. D. mit offenem Mund an, während Gwyn Thorne einen liebevollen Blick zuwarf. Er hatte ihr nie davon erzählt und war stets davon ausgegangen, dass sie stinksauer reagieren würde, wenn er die Bombe erst Jahre später platzen ließe. Doch statt Verärgerung standen Zustimmung und Verständnis in ihren Augen.

So gern er sich in diesen Gefühlen geaalt hätte, jetzt war nicht der richtige Zeitpunkt dafür, deshalb zwang er sich, seine Aufmerksamkeit wieder auf J. D. zu lenken. Er musterte seinen Freund skeptisch. »Wie hast du all das ausgegraben?«

»Ich bin Polizist«, antwortete J. D. langsam. »Es ist mein Job, Dinge herauszufinden. Über Leute. So was tue ich tagtäglich.«

Ming unterdrückte ein Lachen. »Tut mir leid«, sagte er, als Thorne ihm einen vernichtenden Blick zuwarf.

»Jaja, schon klar, du bist der Supercop, aber trotzdem. Wie hast du all das herausgefunden?«

J. D. zuckte die Achseln. »Ich habe Verdacht geschöpft, als Mowry plötzlich in unserem System aufgetaucht ist. Wenn du das nächste Mal jemandem eine neue Identität verschaffst, sieh zu, dass derjenige auch einen Hintergrund hat. Jedenfalls habe ich angefangen, zu graben und mich hier und da umzuhören. Allerdings hat es eine ganze Weile gedauert«, räumte er ein. »Die neue Identität ist ziemlich gut gemacht, deshalb halte ich es für unwahrscheinlich, dass die Polizei genauer nachhakt. Und sollten sie wider Erwarten Anstalten machen, sehe ich zu, dass sie ganz schnell die Lust verlieren.«

»Wieso?« Mowry war anzusehen, dass er J.D. die Hilfsbereitschaft nicht abkaufte.

»Weil Lucy Sie heiß und innig liebt. Sie haben sie immer gut behandelt. Und sollte Ihnen das als Grund nicht ausreichen, miete ich einen Umzugswagen für Sie, und Sie können verschwinden.«

»Trotzdem wird es Ermittlungen geben«, meinte Ming. »Das Geld ist weg.«

Gwyn tippte fieberhaft auf ihr Handy ein. »Verdammte Scheiße«, stieß sie hervor, als sie das Konto aufgerufen hatte. »Das Geld ist tatsächlich weg, aber erst seit heute und nicht während der letzten paar Wochen.«

Ming spähte über ihre Schulter. »Hm. In den Büchern steht zwar dieselbe Summe, aber die Abhebungen wurden über mehrere Wochen getätigt.«

Gwyn schüttelte den Kopf. »Das kann nicht sein. Ich habe mir die Bücher erst gestern Morgen angesehen. Das letzte Mal um drei Uhr früh. Ich habe Stunden damit zugebracht, die Bücher auf irgendetwas zu überprüfen, was die Aufmerksamkeit der Cops erregen könnte. Aber es gab nichts. Und das Kassenbuch war tadellos. Genauso wie das Bankkonto.«

»Du willst damit also sagen, dass jemand zwischen gestern Morgen und heute die Kontenbücher manipuliert hat?«, hakte Mowry nach. »Aber wer würde so etwas tun? Und wie? Und warum?«

»Genau das will ich damit sagen«, erwiderte Gwyn grimmig. »Und ich kann es auch beweisen, weil ich praktisch die gesamte Buchhaltung des letzten Jahres ausgedruckt habe. Was die Fragen angeht, wer hinter alldem stecken könnte … Tavilla versucht, Thorne fertigzumachen. Allerdings habe ich keine Ahnung, wer die Manipulation vorgenommen haben könnte. Jemand, der auf unseren Server zugreifen kann und sich mit Buchhaltungssoftware auskennt. Wie sie es angestellt haben, kann ich noch nicht sagen. Aber genau das ist passiert.«

J. D. nickte. »Hast du die Ausdrucke noch?«

»Ja.«

»Gut. Denn es ist gut möglich, dass der Staatsanwalt die Herausgabe der Geschäftsbücher beantragt. Verhindern können wir das nicht, aber wir können zumindest nachweisen, dass sie manipuliert wurden. Das hat auch einen Einfluss auf die Glaubwürdigkeit der anderen Beweise.«

Mowry stöhnte erleichtert auf. »Vielleicht kann ich ja doch bleiben.«

Ming schlug ihm so herzhaft auf den Rücken, dass er beinahe mit dem Gesicht in seinem Essen landete. »Ich will aber trotzdem die Sachen haben, die du in den Karton für mich gepackt hast.«

Mit schmerzverzerrtem Gesicht setzte Mowry sich auf und drückte die Schultern durch. »Leck mich, Clive.«

»Ausnahmsweise lass ich es dir durchgehen, weil dir gerade vor Erleichterung die Knie schlottern«, erwiderte Ming gutmütig. »Aber einmal noch, dann setzt es was, kapiert, *Sheldon?*«

»Jungs«, warnte Gwyn und schloss ihre Konten-App. »Die Buchhaltung kann überprüft werden, aber das Geld fehlt trotzdem nach wie vor. Wir müssen beweisen, dass es gestohlen wurde, damit die Bank den Verlust ersetzt. Wenn es den Anschein hat, als hätten wir es selbst abgehoben, wird das nicht funktionieren.«

»Ich kann für die Gehälter aufkommen«, sagte Thorne leise. »Keine Sorge.«

Sie schüttelte den Kopf. »Ich lasse nicht zu, dass du von deinen Ersparnissen die Gehälter zahlst.«

Er nahm ihre Hand und küsste ihre Fingerspitzen. »Wir diskutieren später darüber«, sagte er entschieden und sah Ming und Mowry an, die sie sichtlich interessiert beobachteten. »Was?«

Mowry grinste abrupt. »Wurde auch allmählich Zeit, Thorne. Gut gemacht!«

Mings Lächeln erschien langsamer, dafür aber so breit, dass es über das ganze Gesicht reichte. »Das kann ich nur bestätigen, Boss.«

Thorne musste selbst ein Grinsen unterdrücken, weil Gwyn sichtlich um Worte rang. »Was noch?«, fragte er, bevor sie etwas erwidern konnte.

Mowry legte sein Handy auf den Tisch und drehte es so hin, dass Thorne und Gwyn es sehen konnten. »Das hier kam, kurz bevor ihr aufgetaucht seid. Von meinem Kontakt bei den Circus Freaks.«

»›Unsere Bosse müssen reden‹«, las Thorne laut vor. Mit so etwas hatte er die ganze Zeit gerechnet, seit die beiden Freaks-Dealer mit Sheidalin-Streichholzbriefchen in ihren Wunden aufgefunden worden waren. »Wo und wann?«

»Nein!«, rief Gwyn. »Auf keinen Fall!«

»Du kannst dich unmöglich mit dem Anführer der Freaks treffen, Thorne«, wandte J. D. ein. »Nicht jetzt.«

Thorne zuckte die Achseln. »Es ist besser, mit ihm zu reden, als einen Krieg über ein Einzugsgebiet anzufangen, das es gar nicht gibt. Ich habe nicht das Gefühl, dass er uns die Schuld am Tod seiner Jungs gibt. Sonst hätte er schon längst etwas unternommen, den Klub oder mein Haus oder dieses Apartmentgebäude abgefackelt. Der Mann zündelt gerne«, fügte er hinzu, als er J. D.s entsetzte Blicke sah.

»Das stimmt«, bestätigte Mowry. »Die hätten keinen Tag gewartet, um zurückzuschlagen.«

»Woher wussten die, dass wir auf dem Weg hierher waren?«, fragte Gwyn argwöhnisch. »Es ist doch ein ziemlicher Zufall, dass ausgerechnet jetzt die Nachricht kam. Nur ein paar Minuten, bevor wir eintrafen.«

»Wahrscheinlich beobachten sie uns«, antwortete Thorne. »Noch ein Grund, weshalb sie nicht glauben, wir hätten etwas damit zu tun. Sie wollen uns wissen lassen, dass sie uns im Auge behalten und uns noch nicht getötet haben. Schreib deinem Kontaktmann, dass ich mich gerne mit seinem Boss treffe.«

»Das Ganze gefällt mir nicht. Es ist zu gefährlich«, wandte J.D. ein.

»Noch gefährlicher wäre es, wenn er Nein sagen würde«, entgegnete Mowry.

»Stimmt«, bestätigte Thorne mit einem Blick auf Gwyn, die widerstrebend nickte. »Ich begleite dich.« Sie hob den Finger, um seinen Einwand zu unterbinden. »Und falls du jetzt sagen willst, es sei zu gefährlich für mich … für dich gilt genau dasselbe.«

Er kniff die Augen zusammen. Sie hatte recht. Leider. »Na gut. Was noch?«, fragte er Mowry und Ming.

»Laura«, antwortete Ming. »Sie hat gekündigt.«

»Was?«, sagte Thorne.

»Sie hat gekündigt«, wiederholte Ming. »Ich habe sie heute Morgen angerufen und gefragt, ob sie herkommen kann, da hat sie es mir gesagt. Sie meinte, sie würde zu ihrer Familie zurückgehen. Ich habe gesagt, sie solle lieber warten, bis sich alles ein bisschen beruhigt hätte, und wenn sie dann immer noch kündigen wollte, würden wir ihr ein gutes Zeugnis ausstellen. Aber sie ließ sich nicht davon abbringen.«

»Wo wohnen denn ihre Eltern?«, fragte Gwyn.

»In Virginia.« Er zuckte die Achseln. »Als ich ihr gesagt habe, sie dürfe den Bundesstaat nicht verlassen, wurde sie stocksauer und meinte, die Kaution würde sie auf keinen Fall verfallen lassen. Na ja, ich kann ihr nicht verdenken, dass sie nach Hause will. Die haben sie länger festgehalten als uns, und sie war echt sauer. Wenigstens konnte ihre Mutter kurzfristig auf den Kleinen aufpassen.«

»Wir müssen mit ihr reden«, sagte Gwyn. »Wenn sie tatsächlich gehen will, werden wir ihr nicht im Weg stehen. Trotzdem müssen wir ihr sagen, dass wir es schon irgendwie hinkriegen, sie aus dieser Drogengeschichte rauszuboxen. Entweder Jamie oder Frederick werden sie anwaltlich vertreten.«

Ming sah sie unbehaglich an. »Sie will sich einen eigenen Anwalt suchen, weil sie euch nicht mehr traut.«

Gwyn biss sich auf die Lippe. »Hatte Laura zufällig Zugriff auf den Server?«

Mowry schüttelte den Kopf. »Nein. Na ja, schon, aber nur auf die Bestandslisten.« Er kniff die Augen zusammen. »Willst du andeuten, sie hat das Geld genommen?«

»Sie ist nicht hergekommen«, meinte Thorne. »Und sie versucht, auf Abstand zu gehen. Wir müssen das zumindest in Betracht ziehen. Wir bitten Alec, alles auf Veränderungen in der Software und die Abhebung vom Konto zu überprüfen. In der Zwischenzeit fahren wir zu ihr.« Er erhob sich und zog Gwyn auf die Füße. »Mowry, schick deinem Kontakt eine Nachricht, um herauszufinden, ob tatsächlich er es war, der sich gemeldet hat, oder ob wir gespooft wurden. Wenn das geklärt ist, ruf mich an. Ab jetzt will ich alles am Telefon besprechen, damit ich die Stimme hören kann.« Er drückte Mowrys Schulter. »Und sollte irgendetwas passieren und du verschwinden müssen, dann tu das, melde dich aber danach bei mir. Ich helfe dir.«

Mowry nickte. »Danke, Boss, versprochen.«

22. Kapitel

Gwyns Stimmung war am Tiefpunkt, als Thorne den geborgten SUV vor die Krabbenbude lenkte, die die Circus Freaks als offizielle Anlaufstelle nutzten. Der Imbiss befand sich direkt bei den Docks am Ufer des Patapsco River und war völlig heruntergekommen – die Fassadenfarbe blätterte ab, Fensterläden hingen an den Angeln oder fehlten gänzlich, und die Fenster waren mit Brettern vernagelt. Doch so verwaist der Schuppen auf den ersten Blick wirken mochte, so war er es nicht. Zwanzig Motorräder standen davor, und ein köstlicher Duft wehte durch die Lüftungsschlitze des SUV: gedünstete Krabben mit Old-Bay-Gewürzmischung, die eine der wenigen schönen Kindheitserinnerungen in Gwyn heraufbeschwor, so köstlich, dass sie um ein Haar einen glücklichen Seufzer ausgestoßen hätte. Aber sie war nicht glücklich. Ganz im Gegenteil.

»Ich muss noch mal sagen, dass das eine echte Schwachsinnsidee ist, Thorne.«

Auch seine Miene war düster. »Ja, ich nehme es zur Kenntnis, aber jetzt ist es zu spät, um einen Rückzieher zu machen. Ich habe auch keine Zeit, dich an einen sicheren Ort zu bringen, und in diesem Wagen werde ich dich auf keinen Fall sitzen lassen.«

»Von Rückzieher war nie die Rede«, gab sie knapp zurück. Sie würde mit ihm gehen, ganz egal, was auch passierte. Aber gut finden musste sie das Unterfangen trotzdem nicht.

»Gut«, erwiderte er ebenso knapp.

Eine geschlagene Minute lang saßen sie wortlos da, ehe er ein aufgebrachtes Schnauben ausstieß und aussprach, was ihm noch viel mehr zusetzte als die bevorstehende Begegnung mit dem obersten Boss der Circus Freaks. »Ich dachte immer, Laura sei eine ehrliche Haut und glücklich bei uns. Wie konnten wir das übersehen?«

Gwyn massierte ihre Nasenwurzel. Die Barkeeperin hatte sich als größeres Problem entpuppt als angenommen, denn sie hatte nicht nur gekündigt, sondern auch ihr Apartment ausgeräumt. Und schlimmer noch: Seit über einem Monat hatte keiner der Nachbarn sie mehr zu Gesicht bekommen, schon gar nicht mit einem Baby. Mit Letzterem überhaupt nie.

Die Frau, die sie engagiert und in ihrer Mitte aufgenommen hatten, hatte sie eiskalt über den Tisch gezogen. Wie sehr, war noch immer nicht ganz klar.

Gwyn hatte ein ungutes Gefühl bei der Sache. »Ich weiß es nicht. Wir sind genauso vorgegangen wie bei allen anderen, haben ihr auf den Zahn gefühlt und gecheckt, wo sie herkommt. Ich meine, ich nicht, aber du.«

»Nein, habe ich nicht«, murmelte Thorne. »Ich war mit einem Fall beschäftigt. Anne hat das übernommen.«

Anne Poulin, Thornes große, gertenschlanke, bildschöne französische Büroleiterin, die Gwyn vom ersten Moment an nicht ausstehen konnte. Ja, okay, Frankokanadierin. Egal. Jedenfalls eine Frau, der der Sex-Appeal aus sämtlichen Poren drang.

Gwyn runzelte die Stirn. »Aber wieso hast du mich nicht ...« Sie ließ den Rest der Frage unausgesprochen, weil die Antwort auf der Hand lag: Früher war sie für Personalfragen zuständig gewesen. Bis vor sechs Jahren. Aber Laura war erst vor sechs Monaten zu ihnen gestoßen. »Als wir sie angestellt haben, ging es mir doch schon besser. Wieso hast du nichts gesagt?«

»Mag sein, dass du dich besser gefühlt hast, aber ich wusste nichts davon und wollte dir nicht auf die Pelle rücken.«

»Dann tu das bitte nächstes Mal.«

»Ich nehme es zur Kenntnis«, sagte er noch einmal. Sie seufzte.

»Es tut mir leid, Thorne. Das war unnötig, aber ich bin so wütend.«

»Ich weiß.« Er nahm ihre Hand und küsste ihre Fingerknöchel. »Rückblickend betrachtet, hätte ich dich wahrscheinlich bitten sollen. Ich habe viel zu lange zugesehen, wie du vor dich hin schmorst.«

»Du hattest mehr Geduld mit mir als ich mit dir, das habe ich ja schon gesagt.«

»Das ist wahr.« Er checkte sein Telefon. »Ich habe Anne eine Sprachnachricht hinterlassen und sie wegen der Nachforschungen über Laura gefragt, aber sie hat mich nicht zurückgerufen. Dich vielleicht?«

»Mich würde sie niemals anrufen. Sie kann mich nicht leiden.« Einen Moment lang dachte sie, er würde es abstreiten, aber er zuckte nur die Achseln. »Sie ist eben eifersüchtig. Jeder vergleicht sie mit dir, und das ärgert sie.« Er straffte die Schultern. »Wir sollten reingehen und mit Alistair reden.«

»Wer ist Alistair?«

»Der Boss der Circus Freaks«, antwortete Thorne mit einem ironischen Lächeln.

»*Alistair*? Ernsthaft? Wieso hat er seinen Namen nicht geändert? In Rocco oder so was.«

»Rocco war schon vergeben. Außerdem ...« Thorne hielt inne. »Keiner macht sich über ihn lustig. Also, belassen wir es lieber dabei, okay?«

»Reizend.« Sie tätschelte ihren Bauch, spürte die Tröstlichkeit ihrer Waffe in dem Holster. »Bringen wir's hinter uns.«

Sie folgte ihm, die Finger fest um seine Hand geschlossen, und blinzelte, während sich ihre Augen an die Düsternis gewöhnten. Das vertraute Ambiente empfing sie: Billige Plastiktische mit Zeitungspapier und haufenweise Krabbenschalen – die einzig wahre Methode, die Krustentiere zu genießen.

»Wenn wir hier lebend rauskommen, nehmen wir uns später eine Portion mit nach Hause«, flüsterte Thorne ihr ins Ohr.

Sie musste lachen. Das Lächeln lag noch auf ihren Zügen, als sich der riesigste Bulle von einem Kerl, den sie je gesehen hatte, vor ihnen aufbaute, verblasste jedoch bei seinem Anblick.

»Heilige Scheiße«, murmelte sie. Alistair überragte selbst Thorne, hatte eine Glatze und einen ausladenden Schnäuzer, der seinem Gesicht eine geradezu komische Note verliehen hätte, wäre da nicht die bösartig aussehende Narbe gewesen, die sich von seinem linken Auge bis zu seiner Gesichtsbehaarung zog. Seine Augen waren blau. Und kalt. Auf seiner Lederweste waren allerlei Gang-Abzeichen aufgenäht, und seine Haut zierten mehrere Tattoos. Lediglich der stete Druck von Thornes Hand auf ihrem Rücken verhinderte, dass sie auf dem Absatz kehrtmachte und um ihr Leben lief.

Thorne streckte dem Riesen die andere Hand hin. »Alistair. Schön, dass wir uns mal wieder sehen.«

Der Mann ergriff Thornes Hand und schüttelte sie. »Gleichfalls«, brummte er in einem kehligen Bass und beäugte Gwyn. »Ich sehe, dass du deine kleine Freundin mitgebracht hast. Allerdings fürchte ich, die Bänke hier sind die einzige Sitzgelegenheit.«

»Schon gut«, wiegelte Gwyn ab. »Ich bin auf einem Krabbenkutter aufgewachsen und habe schon auf Schlimmerem gesessen.«

Er legte seinen Kahlschädel schief und beäugte sie. »Du bist Gwyn Weaver und schmeißt Thornes Klub.«

»Stimmt.« Sie reckte das Kinn und sah ihn an. »Es ist auch mein Klub. Und du bist Alistair. Ich fürchte, deinen Nachnamen kenne ich nicht.«

Alistairs Schnurrbart wippte. »Niemand tut das. Setzen wir uns.« Er wartete, bis sie sich gesetzt hatten – Alistair auf der einen, Gwyn und Thorne auf der anderen Seite des Tischs –, ehe er sich vorbeugte. »Und wo war dieser Kutter?«, fragte er provokant.

»In einer Kleinstadt namens Anderson Ferry an der Ostküste.«

»Da war ich schon mal«, sagte er.

»Das tut mir leid für dich«, erwiderte sie wie aus der Pistole geschossen. Sie war mit sechzehn Jahren von zu Hause abgehauen und nur ein einziges Mal zurückgekehrt – es hatte nicht gut geendet.

Wieder zuckte der Bart. »Die Krabben waren aber echt gut«, meinte er, ehe er sich zurücklehnte, beide Pranken auf dem Zeitungspapier. »Also, Thorne, da hast du dich ja mächtig in die Scheiße geritten.«

»Allerdings. Weißt du vielleicht mehr darüber? Etwas, das mir weiterhelfen könnte?«

Kalte blaue Augen richteten sich auf sie. »Ich bin dir was schuldig«, sagte Alistair. »Das ist der einzige Grund, wieso du noch atmest.«

Unwillkürlich holte Gwyn Luft und ließ sie langsam entweichen. Thorne schien sich ebenso wenig aus der Ruhe bringen zu lassen wie am Morgen bei diesem Schwachkopf Chandler Nystrom. »Ich hoffe nur, dir ist bewusst, dass ich nichts mit der Ermordung deiner Jungs zu tun hatte.«

»Ja, das ist mir bewusst. Aber es hätte keine Rolle gespielt. Stünde ich nicht in deiner Schuld, hätte ich es mir nicht erlauben können, meine Brüder nicht zu rächen. Aber du hast nun mal etwas bei mir gut. Dank deiner Hilfe führt mein Junge heute ein anständiges Leben. Avery macht sich übrigens ganz ausgezeichnet.«

Ah, dachte Gwyn. Avery war der junge Mann, den Thorne vor Gericht vertreten und ermutigt hatte, gegen Tavillas Sohn Colin auszusagen. Damit war einiges klarer.

Thorne lächelte. »Ich weiß. Er schickt mir jedes Jahr eine Weihnachtskarte.«

»Seine Mama hat ihn gut erzogen.« Einen Moment lang trommelte Alistair mit den Fingern auf die Tischplatte, ehe er innehielt. »Aber wenn das hier vorbei ist, sind wir quitt.«

»Verstanden. Und danke, dass du uns nicht tötest«, konterte Thorne trocken.

Wieder zuckte der Schnurrbart amüsiert. »Gern geschehen. Deine Barkeeperin war eingeschleust.«

Gwyn sah ihn verdattert an. Ein kurzer Blick auf Thorne zeigte, dass auch er völlig von den Socken war.

»Was weißt du über unsere Barkeeperin?«, fragte sie, weil Thorne vor Schreck immer noch keinen Ton herausbrachte. »Wir reden von Laura, oder?«

Alistair nickte knapp. »Als sie versucht hat, sich bei den Freaks einzuschleusen, hatte sie noch einen anderen Namen. Uns hat sie sich als Bianca vorgestellt. Sie hat sich an Bart rangeschmissen und uns eine ganze Weile getäuscht. Zum Glück für uns war Bart ein eifersüchtiger Idiot, der ihr eines Abends hinterhergefahren ist, weil er dachte, sie geht fremd.«

»*War?*«, hakte Gwyn nach.

»Er war einer der beiden Jungs, die mit euren Streichholzbriefchen in ihren Wunden aufgefunden wurden.« Alistairs Augen wurden noch eine Spur eisiger, obwohl Gwyn das nicht für möglich gehalten hätte.

»Das tut mir leid«, murmelte sie. Bart war also am Sonntagabend im Sheidalin gewesen. »Hat sie ihn wiedererkannt?«

»Er hat *sie* wiedererkannt«, korrigierte Alistair. »Aber sie muss ihn ebenfalls gesehen haben, denn jetzt ist er tot.«

»Wo ist sie an dem Abend hingegangen, als Bart ihr gefolgt ist?«, fragte Thorne, obwohl sein Tonfall verriet, dass er die Antwort darauf bereits kannte. Ebenso wie Gwyn.

»Schei–« Sie unterdrückte den Fluch, weil sie mit der Biker-Etikette nicht ganz vertraut war. »Das gibt's doch nicht. Willst du damit sagen, Bianca, Laura oder wie auch immer sie heißt, hat für …« – sie senkte die Stimme – »Tavilla gearbeitet?«

Wieder nickte Alistair knapp. »Barts Bett war noch warm, als sie in Tavillas Lieblingsrestaurant gefahren ist.«

»Das Bruno's«, sagte Thorne tonlos.

»Genau. Haute Cuisine.« Alistair verzog das Gesicht. »Dieser arrogante Fatzke. Glaubt, er sei ein Gentleman, bloß weil er Zweitausend-Dollar-Anzüge trägt und mit abgespreiztem Finger Champagner süffelt.«

»Dabei ist er nichts als ein gewöhnlicher Ganove«, murmelte Thorne, obwohl auch er selbst einen teuren Anzug trug. »So wie wir beide.«

Alistair grunzte. »Bloß nicht so gut wie wir. Dieser schmierige kleine Drecksack.«

Thorne lachte. »Ich wünschte, du stündest auf der richtigen Seite des Gesetzes, dann würde ich dich glatt zu unserer Pokerrunde einladen.«

Wieder zuckte der Schnurrbart, und diesmal gab er den Blick auf zwei weiße Zahnreihen frei. »Ich würde euch alle abzocken, dass es knallt.«

»Weiß ich.« Thorne fuhr sich mit der einen Hand durchs Haar, mit der anderen hielt er immer noch Gwyns Finger umklammert. »Wie es aussieht, haben wir einiges übersehen, als wir sie durchleuchtet haben.«

Alistair nickte. »Da kann ich nicht widersprechen.«

Gwyn räusperte sich. »Wie kam es, dass deine Männer am Sonntag im Sheidalin waren?«

Er hob seine massive, von Tätowierungen bedeckte Schulter. »Ich hab sie hingeschickt, weil ich euren Klub schon seit Jahren im Auge habe. Zu schade, dass er jetzt dicht ist. Ehrlich. Für drinnen könnten wir uns zwar auf keine Lösung einigen, aber vor der Tür hätten wir massenhaft Stoff verkauft, wenn die Gäste rauskommen.«

Thorne zog die Schultern ein. »Ich will das alles gar nicht wissen. Aber wenn wir wieder aufmachen, muss ich das verhindern. Denn eröffnen werden wir den Klub wieder, daran gibt es nichts zu rütteln.«

»Ich will dich echt nicht langweilen, Thorne«, meinte Alistair, zog ein Blatt Papier aus der Innentasche seiner Weste und reichte es ihnen. »Das ist die letzte Rate meiner Schuld.«

Thorne faltete das Blatt auseinander und runzelte die Stirn. »Wer ist …« Er kniff die Augen zusammen. »Das ist Laura. Oder Bianca. Oder wie auch immer sie heißen mag.«

»Ihr richtiger Name ist Kathryn. Sie arbeitet seit Jahren für Tavilla. Was ist denn?«, fragte er, denn Thorne war mit einem Mal sehr, sehr still geworden. Zumindest hatte es den Anschein, denn er faltete das Blatt zusammen und steckte es ein. »Danke, Alistair. Ernsthaft.«

Einen Moment lang schien Alistair nachhaken zu wollen, doch Gwyn spürte, dass es um etwas ging, worüber Thorne nicht zu reden bereit war. Sie beugte sich vor. »Darf ich eine Frage stellen?«, meinte sie, worauf Alistair nickte. »Wieso nennt ihr euch Circus Freaks?«

»Weil ich aus einer Zirkusfamilie stamme«, antwortete er zu ihrer Verblüffung. »Mein Großvater ist als *Stärkster Mann der Welt* aufgetreten. Genauso wie mein Vater. Er war noch größer als ich.«

»Das freut mich wirklich sehr«, sagte sie aufrichtig. »Ich kenne einige Schaubuden-Darsteller. Sie sind das Salz der Erde. Wie schön, dass du nicht nur ihren Namen benutzt.«

Alistair musterte sie. »Du warst eine Schlangenfrau.«

Wieder verblüffte er sie. »Stimmt. Das ist das, was den Leuten am meisten in Erinnerung bleibt«, sagte sie. »Ich war nämlich auch Hochseilartistin.«

»Aber keine sonderlich gute, weil du dich verletzt hast. Das war der Grund, weshalb du dem Zirkus den Rücken gekehrt hast.«

Das war eine durchaus realistische Einschätzung. »Du hast deine Hausaufgaben gemacht, wie ich sehe.« Dieses Detail wurde nämlich nicht in ihrer Vita auf der Homepage des Klubs erwähnt.

»Klar. Ich habe mir fast gedacht, dass er dich mitbringen würde. Ihr beide seid seit Tagen unzertrennlich.«

»Du hast uns also beobachtet«, sagte sie und legte den Hauch einer Provokation in ihre Stimme.

»Ja, und ich bin nicht der Einzige. Vorsicht, kleine Schlangenfrau«, sagte er, mit einem Mal sehr ernst. »Einige der Leute, die euch beobachten, sind nicht so nett wie ich.«

»Alles klar.« Sie streckte ihm die Hand hin. »Noch mal danke, dass du uns nicht getötet hast.«

Er schloss seine fleischige Pranke um ihre Finger und schüttelte sie behutsam. »Gern geschehen. Und jetzt geh. Meine Gastfreundschaft hat ihre Grenzen.«

Gwyn stand auf und wandte sich zum Gehen, dicht gefolgt von Thorne, der finster dreinsah. Besorgt.

Sie wartete, bis sie im Wagen saßen. »Was hat er dir gegeben?«, fragte sie. Er zog das Blatt Papier heraus und reichte es ihr. Mit gerunzelter Stirn betrachtete sie die Aufnahme von Laura alias Bianca alias Kathryn. »Sie sieht völlig anders aus. Nicht nur die Haarfarbe ist anders, sondern auch das Gesicht selbst. *Fast so, als hätte sie eine Gesichtsprothese getragen, als sie bei uns war.* Fast wie eine Fremde.«

»Nicht ganz.« Thorne zog sein Handy heraus, rief die Fotos auf und reichte es ihr. »Dieses Foto hat mir Ramirez letztes Jahr im August geschickt.«

Die Aufnahme zeigte einen Mann in einem teuren Anzug und Krawatte neben Cesar Tavilla, auf dessen Knie eine hübsche junge Frau saß. »Ist das Gage Jarvis?«

Der Mann, der seine Ehefrau ermordet und dann auch noch versucht hatte, seine Tochter zu töten, weil sie Zeugin der Tat geworden war. Thorne hatte Joseph und J. D. geholfen, ihn zu schnappen, und damit neuerlich Tavillas Augenmerk auf sich gezogen.

»Ja. Sieh dir mal die Frau auf seinem Knie an.«

Gwyn vergrößerte das Foto und schnappte nach Luft. Es war die Frau, die sie als Laura kannten. Die sie wegen angeblichen Drogenhandels bei der Polizei angezeigt und höchstwahrscheinlich um die Hälfte ihres Barvermögens geprellt hatte.

»Sie hat ein halbes Jahr für uns gearbeitet«, fuhr Thorne fort. »Und die ganze Zeit hat er gewartet. Nur gewartet.«

Ihr gefror das Blut in den Adern. »Wenn das so ist, hatte er dich lange, lange Zeit im Visier«, sagte sie leise. »Und als sein Sohn im Gefängnis getötet wurde, hat er losgeschlagen.«

Thorne ließ den Motor an und fuhr los. »Laura ist uns bei der Überprüfung durchgeschlüpft. Wir müssen mit Anne reden und herausfinden, wie das passieren konnte. Könntest du Jamie anrufen? Er hat sämtliche Personalakten und kann uns ihre Adresse geben.«

Gwyn wollte gerade ihr eigenes Handy herausziehen, als sie erstarrte. Ihr Pulsschlag beschleunigte sich. *Scheiße. Verdammte Scheiße.* Sie zog das Foto auf die maximale Größe hoch, während ihr Herz sich anfühlte, als durchschlüge es jeden Moment ihren Brustkasten. »Thorne«, flüsterte sie. »Halt an. Schnell. Fahr rechts ran.«

Mit quietschenden Bremsen brachte Thorne den Wagen zum Stehen. Wortlos reichte sie ihm mit zitternden Fingern sein Telefon.

Sie sah den Moment, als er die Frau erkannte, die im hinteren Teil des Gastraums stand, ein Stück hinter Tavilla, in einem schlichten weißen Etuikleid, das blonde Haar zu einem eleganten Knoten frisiert, der Inbegriff von Reichtum und Würde.

Thornes Mund öffnete sich, doch kein Laut drang heraus. Er schluckte, fuhr sich mit der Zunge über die Lippen. »Anne«, krächzte er. »Aber wie …«

»Keine Ahnung.« Aber eines wusste sie: Wäre sie in den letzten Jahren halbwegs ein Mensch gewesen, hätte sie Anne gar nicht erst engagiert. »Das ist ein echtes Problem.«

»Absolut. Sie hat Zugriff auf sämtliche Mandantendaten in der Kanzlei. Sie weiß über alles Bescheid.«

Einen Moment lang saßen sie schweigend da und versuchten, die Erkenntnis erst einmal zu verdauen. Schließlich summte Thornes Telefon. Jamies Nummer leuchtete auf dem Display auf. Er stellte ihn auf Lautsprecher.

»Ich bin hier mit Gwyn«, sagte er, noch immer mit rauer Stimme. »Geht es um Phil?«

»Nein«, antwortete Jamie, dessen Stimme ebenfalls angespannt klang. »Phil geht's gut. Ich stehe gerade vor seinem Zimmer. Aber es gibt einige neue Entwicklungen.«

Thornes Lachen tat Gwyn in den Ohren weh. »Hier auch. Du zuerst.«

»Mehrere Mandanten haben mich angerufen. Jemand versucht, sie mit Informationen zu erpressen, die sie nur dir allein anvertraut haben.«

Thorne schloss die Augen und versuchte neuerlich, etwas zu sagen, doch auch jetzt gelang es ihm nicht.

»Bist du noch dran?«, fragte Jamie.

»Ja, er ist hier«, sagte Gwyn. »Es ist Anne, Jamie. Und Laura aus dem Klub. Sie arbeiten beide für Tavilla.«

Sekundenlang herrschte Stille in der Leitung. »Was? Seid ihr sicher?«

»Ja. Wir haben ein Foto, auf dem sie zu sehen sind. Alle drei. Laura heißt in Wirklichkeit Kathryn. Annes richtigen Namen kennen wir noch nicht.«

»Das ist ein Albtraum«, sagte Jamie leise. »Ich muss in Ruhe nachdenken. Ist mit Thorne alles in Ordnung?«

Thorne starrte aus dem Seitenfenster. Seine normalerweise gebräunte Haut war aschgrau.

»Nein, aber ich bringe ihn unversehrt zu euch«, sagte sie und sah in den Rückspiegel. J. D. war hinter ihnen herangefahren, stieg jedoch nicht wie erwartet aus, sondern starrte nur stur durch die Windschutzscheibe. »Was ist noch passiert, Jamie?«

»Auf Stevie wurde noch einmal geschossen. Sie ist okay, aber die

Kugel hat ausgerechnet ihren Arm getroffen, mit dem sie sich auf dem Stock abstützt, deshalb ist sie gestürzt. Obwohl sie sich in dem Moment wie auf dem Präsentierteller befand, fielen keine weiteren Schüsse. Der Schütze sei entweder ein Meister seines Fachs oder aber ein völliger Dilettant gewesen, meinte sie.«

Thorne war kreidebleich geworden. Gwyn löste ihren Gurt, hockte sich auf die Knie und packte mit einer Hand sein Kinn. »Thorne! Thorne!«

Die blanke Verzweiflung stand ihm ins Gesicht geschrieben. »Er nimmt alles auseinander. Stück für Stück. Meine Familie, meine Freunde, den Klub, die Kanzlei. Phil. Stevie.« Er schien vor ihren Augen zu altern. »Dich.« Er drückte sie erst auf den Sitz zurück, dann immer weiter, bis sie auf der Seite lag und ihr Kopf die Mittelkonsole berührte. Seine Hände zitterten. Sie ließ ihn gewähren, gestattete ihm, sie aus dem Schussfeld zu schieben, ohne ihn daran zu erinnern, dass die Scheiben von Josephs SUV praktisch kugelsicher waren, denn er hätte es ohnehin nicht gehört.

»Ich bin okay, Thorne«, sagte sie so ruhig, wie sie nur konnte. »Stevie ist okay, Phil ist okay. Wir sind alle okay.«

»Er könnte irgendwo dort draußen sein. Überall. Ich hätte dich irgendwo abliefern sollen, wo du in Sicherheit bist. Wieso habe ich das nicht getan? Wieso habe ich nicht … Ich hätte …« Seine Stimme versagte. »Aber das hätte ja doch nichts genützt«, flüsterte er. Seine Verletzlichkeit brach ihr das Herz.

Gefolgt von Angst. Das war nicht Thorne. Nicht *ihr* Thorne. »Was hätte nichts genützt?«, fragte sie leise.

»Thorne.« In Jamies Stimme am anderen Ende der Leitung schwang dieselbe Angst mit.

Aber Thorne antwortete nicht. Gwyn packte seine Krawatte und zog mit aller Kraft daran. »Was hätte nichts genützt? Dich selbst auf dem Silbertablett zu servieren?«, rief sie, als er keine Antwort gab.

Er nickte. »Er will nicht, dass ich sterbe oder körperliche Schmerzen erleide. Weil er weiß, dass das hier viel schlimmer ist.« Er schluckte. »Tausend Mal schlimmer.«

Sie zog ihn zu sich herunter, bis ihre Gesichter nur wenige Zentimeter trennten. »Wir lassen ihn nicht gewinnen«, sagte sie und warf einen Blick auf das Handy. »Hab ich recht, Jamie?«

»Absolut«, bestätigte Jamie am anderen Ende der Leitung. »Wir treffen uns gleich bei Clay und Stevie, und dann überlegen wir, wie wir weitermachen.«

Kaum hatten sie das Telefonat beendet, erschien J. D. am Seitenfenster. Er sah noch mitgenommener aus als Thorne. Erneut packte Gwyn die kalte Angst, denn J. D. zitterte und war kreidebleich. *Lucy.* »Nein«, flüsterte sie. »Nein, nein, nein.«

J. D. tippte gegen die Scheibe. Thorne schien völlig in sich zusammenzufallen. Auch er zitterte am ganzen Körper, als er die Tür öffnete. J. D. musste sich am Türrahmen festhalten.

»Sie lebt«, krächzte er. »Lucy. Und die Kinder. Aber das Haus brennt. Sie hat sie gerade noch rechtzeitig nach draußen gebracht. Es geht ihnen gut.«

Thorne wandte sich J. D. zu. »Es tut …« Er unterbrach sich, packte stattdessen J. D. und zog ihn an sich, hielt den zitternden Polizisten fest in seinen Armen. Gwyn rutschte über die Mittelkonsole hinweg und schlang von hinten die Arme um Thorne und J. D. In dieser Position verharrten sie, bis J. D. sich löste und sich mit einer Hand die Tränen abwischte.

»O Gott, was für eine elende Scheiße«, flüsterte er.

Überrascht schnaubte Gwyn, als sie J. D. fluchen hörte, während sie sich ebenfalls die Tränen abwischte. »Allerdings. Wo ist sie jetzt?«

»Mit Joseph auf dem Weg zum Flughafen.«

»Zum Flughafen?«, wiederholte Gwyn. »Das ging aber schnell.«

»Ja.« J. D.s Lippen verzogen sich. »Sie hat einen kühlen Kopf bewahrt. Sie hat zunächst Joseph angerufen, weil sie wusste, dass sie mich nicht als Erstes anrufen kann, weil sie sonst stundenlang an der Strippe hängen würde, um sicherzugehen, dass ich nicht durchdrehe. Joseph hat sie und die Kinder sofort abgeholt und bringt sie zum Martin State.«

Der kleine Flughafen wurde ausschließlich von Privatmaschinen genutzt, wie Gwyn wusste, da einige der hochkarätigeren Bands, die im Sheidalin aufgetreten waren, dort gelandet und wieder abgeflogen waren. »Hat Joseph etwa ein eigenes Flugzeug?«, fragte sie. Dass Joseph nicht am Hungertuch nagte, war bekannt, aber dass er so reich war, hatte sie nicht gewusst.

»Sein Vater. Joseph hat auch Paige und Stevie Limousinen geschickt, damit sie ebenfalls zum Flughafen gebracht werden.«

»Und was ist mit Julie?«, fragte Gwyn.

J.D. nickte, wenn auch immer noch etwas mitgenommen. »Sie ist immer noch bei Stevie. Joseph war stocksauer auf mich, weil ich ihm nichts von unserer Idee erzählt hatte, sie alle mit dem Wagen nach Chicago zu fahren. Deshalb will er sie jetzt selbst hinbringen. Er besteht darauf, dass ein Flug sicherer für sie ist.« Er fuhr sich mit den Händen durchs Haar. »Ich muss dringend zum Flughafen, um sie noch zu sehen, bevor sie losfliegen.«

Gwyn sah Thorne lange an. J.D. Trost spenden zu müssen, hatte ihm geholfen, Distanz zu dem Abgrund zu gewinnen, der sich vor ihm aufgetan hatte. Der gequälte Blick war einer grimmigen Entschlossenheit gewichen, die sie so gut kannte. »Es ist nicht sicher für J.D., wenn er fährt«, sagte sie leise.

»Aber für mich. Du fährst J.D., ich bleibe hinter dir.« Er küsste sie, schnell und hart. »Ich lasse dich nicht im Stich.«

»Das weiß ich.«

Er spulte das Video zurück, ließ die Aufnahme noch einmal laufen und lächelte beim Gedanken daran, wie ein kleiner Streifschuss gereicht hatte, um die ehemalige Polizistin des Morddezernats zu Boden gehen zu lassen. Seine Body-Kamera hatte das Szenario mit geradezu professioneller Präzision aufgenommen. Stevie Mazzetti-Maynard war umgefallen, ohne auch nur einen Schmerzenslaut auszustoßen, wofür er ihr widerstrebend Respekt zollen musste.

Als sie gemerkt hatte, was passierte, war sie eher wütend als verängstigt gewesen, war quer über den Bürgersteig gerobbt, um an ihr Handy zu gelangen und hinter ihrem großen schwarzen SUV in Deckung zu gehen, doch zu diesem Zeitpunkt hatte er sein Gewehr längst auseinandergenommen und in die Hülle verpackt. Augenblicke später hatte er in seinem Wagen gesessen und war davongefahren, weg von den lauter werdenden Sirenen. Er wünschte, er könnte Thornes Gesicht sehen, wenn der Anwalt von diesem jüngsten Coup erfuhr. Letztes Mal hatte er Patton die Aufgabe anvertraut, weil er gewollt hatte, dass danebengeschossen wurde, was Patton auch getan hatte. Diesmal war ein wenig mehr Finesse vonnöten gewesen: Er hatte Stevie Mazzetti-Maynard nicht töten, sondern Thorne nur signalisieren wollen, dass er es jederzeit tun könnte. Deshalb hatte er ihr einen Streifschuss verpasst, der zwar höllisch schmerzte, aber keine ernsten Verletzungen verursachte.

Genau dasselbe könnte er bei allen anderen tun, jederzeit. Und das würde er auch. Morgen wollten sie die Stadt verlassen, zumindest einige von ihnen, die Schwächsten. Sie schickten ihre Frauen und Kinder in Transportern aus der Stadt, in »Sicherheit«.

Er hatte nicht vor, sie zu töten. Noch nicht. Aber er würde ihnen begreiflich machen, dass sie ihm nicht entgehen konnten. Sollte ihr Wagen allerdings gegen einen Baum prallen und sie sich alle möglichen Verletzungen zuziehen, nachdem er ihnen die Reifen zerschossen hatte, wäre er durchaus zufrieden.

Er konnte nur hoffen, dass sie ihre Sprösslinge brav in die Kindersitze verfrachteten.

Es klopfte leise an der Tür. »Herein.«

Margo streckte den Kopf herein. Sie schien nicht gerade glücklich zu sein, sondern wirkte eher nervös. »Hi, Papa.«

Er winkte sie herein und deutete auf den Stuhl. »Geht es um Benny?«

»Nein, der ist putzmunter. Er zahnt bloß und sabbert deswegen ständig.« Sie blickte auf ihre Bluse. »Ich musste mich zweimal umziehen, bevor ich heute Morgen das Haus verlassen konnte.« Sie drückte die Schultern durch und faltete die Hände im Schoß. »Ich habe allerdings schlechte Nachrichten für dich. Sie sind schon weg.«

Er erstarrte. »Wer?«

»Die Frauen und Kinder. Sie wurden mit einer Privatmaschine weggebracht. Vor etwa einer Stunde.«

Er kniff die Augen zusammen. »Und du wusstest nichts davon?«

Sie befeuchtete ihre Lippen mit der Zunge. »Nein. Ich habe keine Reservierung vorgenommen, sondern es lief alles über das FBI. Nach dem Schuss, den du heute Morgen auf die Ex-Polizistin abgegeben hast, und der Brandstiftung bei den Fitzpatricks haben sie ziemlich schnell reagiert.«

Wut flackerte in ihm auf, doch er unterdrückte sie. Sie beschützten nur, was ihnen am meisten am Herzen lag und am verletzlichsten war. »Wohin fliegen sie?«

»Ich versuche, an die Daten heranzukommen. Bis jetzt weiß ich nur, dass das Flugzeug Agent Joseph Carters Vater gehört, der mehrere Anwesen in unterschiedlichen Landesteilen und auch im Ausland besitzt. Ich nehme an, eines davon ist ihr Ziel.«

Er trommelte mit den Fingern auf die Tischplatte und kämpfte gegen seinen Missmut an, als wäre er ein Kind, dem gerade sein Lieblingsspielzeug weggenommen worden war. »Verstehe. Was ist mit dem Brand? Hat Patton die Schachtel dort liegen lassen?«

»Ja. Wenn der Brandherd erst ein bisschen abgekühlt ist, findet die Polizei dort Streichholzbriefchen aus der Krabbenbude und Abzeichen der Circus Freaks, allerdings glaube ich nicht, dass sie darauf reinfallen.«

»Wieso nicht?«, schnauzte er. »Jeder weiß, wie gern Alistair zündelt.«

»Weil Alistair nicht glaubt, dass Thorne etwas mit dem Tod seiner beiden Gangmitglieder zu tun hat. Er und Thorne haben sich heute in der Krabbenbude getroffen, etwa um die Zeit, als Patton das Feuer im Haus Fitzpatricks gelegt hat.«

Margo wirkte völlig gelassen, trotzdem hörten sich ihre Worte wie eine Zurechtweisung an, ein scharfer Tadel. »Wie kannst du das wissen?«

»Genauso wie ich weiß, dass sie vorhatten, die ganze Mannschaft mit dem Wagen nach Chicago zu schaffen. Ich kann immer noch jedes Wort hören, das im Haus der Maynards gesprochen wird. Gerade sind die Männer gemeinsam mit Gwyn eingetroffen. Thorne und Gwyn haben sich gestritten, weil sie sich geweigert hatte, in dieses Flugzeug zu steigen.«

»Also ist sie immer noch hier? Tja, dann muss sie eben so lange herhalten.«

Margo zögerte. »Inzwischen wissen sie auch über mich Bescheid.«

Er ballte eine Faust. »Wie das?«

Sie hob kaum merklich die Schultern. »Keine Ahnung, aber es hieß die ganze Zeit ›Wenn ich diese Anne in die Finger kriege‹ und ›Anne, dieses verdammte Miststück‹ und so. Das Übliche eben. Noch wissen sie nicht, wer ich bin, nur dass ich für dich arbeite.«

»All das hast du mitgehört?«

»Glasklar. Das Mikro, das ich im Karton mit den Mandantenakten versteckt habe, funktioniert einwandfrei. Und bislang hat niemand versucht, den Empfang zu behindern.«

Er stieß den Atem aus. Er hatte es nicht für möglich gehalten, dass es so einfach sein könnte. Thornes Freunde waren immerhin ein ziemlich fähiger Haufen. Allerdings hätte er erwartet, dass sie den Verteidiger knallhart im Stich lassen oder sich zumindest von ihm abwenden würden. Ihre Loyalität war bewundernswert. »Sie wissen also nicht, dass wir sie hören können?«

»Nein. Sie glauben, sie arrangieren gerade eine Versuchung, der du unmöglich widerstehen kannst.«

»Die Taufe am Samstag.«

»So ist es, Sir.«

»Gut. Lassen wir sie in dem Glauben. Gib mir Bescheid, sobald du in Erfahrung gebracht hast, wohin sie die Frauen und Kinder gebracht haben. Noch bin ich nicht mit ihnen fertig.«

»Natürlich.«

»Hast du eine Möglichkeit gefunden, an diesen belastenden Brief im Schließfach des Richters zu gelangen?«

»Nein, noch nicht, aber ich arbeite daran.«

»Dann arbeite ein bisschen schneller.«

Sie erhob sich. »Das werde ich. Solltest du etwas brauchen ... ich bin in meinem Büro.«

23. Kapitel

Die Stimmung in Clays Wohnzimmer war extrem bedrückt. Frederick wünschte, er wüsste, was er tun sollte, doch auch er war viel zu sehr in seinen düsteren Gedanken gefangen, um wirklich helfen zu können. In dem normalerweise so lauten Haus herrschte geradezu gespenstische Stille.

Die Kinder waren fort. Die Mütter ebenso. Letzten Endes hatte Joseph Stevie, Paige, Lucy und alle Kinder, inklusive Cordelia und Julie, mitgenommen, ebenso wie Ruby und auch Sam, denn wenn es hart auf hart käme, wäre er nicht fähig, schnell genug zu reagieren, da die Gehirnerschütterung bei jeder abrupten Bewegung automatisch Schwindel auslösen würde. Sollte Clays Haus ebenso angezündet werden wie J. D.s, wäre Sam ein Klotz am Bein. Es war zwar eine bittere Pille gewesen, die Sam jedoch mit stoischer Ergebenheit geschluckt hatte.

Joseph hatte sogar dafür gesorgt, dass Phil in eine Privatklinik mit einer Sicherheitsabteilung verlegt wurde, die ohne Weiteres mit dem Secret Service mithalten könnte, was jedoch bedeutet hatte, dass Jamie sich entscheiden musste, ob er bei Phil oder bei Thorne bleiben wollte. Gemeinsam hatten Phil und Jamie beschlossen, dass Thorne ihn mehr brauchte, deshalb saß er nun in seinem Rollstuhl neben seinem Sohn.

Frederick hatte neben Jamie Platz genommen, weil er nur zu genau wusste, dass dieser sich nichtsdestotrotz große Sorgen um seinen Partner machte. Jamie zu zeigen, dass er ihm zur Seite stand, war das Einzige, was Frederick im Augenblick tun konnte, zumindest solange sie hier waren, zur Untätigkeit verdammt.

Da Taylor Julie nach Chicago begleitete, war Gwyn die einzige Frau im Raum – nach einem Kampf von geradezu epischem Ausmaß. Thorne hatte sie beinahe gewaltsam in das Flugzeug zu verfrachten versucht, wogegen Gwyn sich mit einer Vehemenz gewehrt hatte, die ihr keiner zugetraut hätte.

Genauso wenig wie ihre Gelenkigkeit. Die Art, wie diese Frau ihren Körper biegen, dehnen und verziehen konnte, hatte Frederick noch nie in seinem Leben gesehen. Es war, als hätte Thorne versucht, einen Aal festzuhalten.

Nun saß Gwyn auf der Armlehne des Zweiersofas, das Thorne mit Beschlag belegte. Beide hatten die Arme vor der Brust verschränkt und waren immer noch stocksauer aufeinander. Clay blickte mit bedrückter Miene auf den spätnachmittäglichen Himmel hinaus, während J. D. abwechselnd im Raum herumtigerte oder neben Clay trat und gemeinsam mit ihm vor sich hin brütete.

J. D.s Haus war bis auf die Grundmauern abgebrannt. Lucy hatte nur die Kinder geschnappt und war dann noch einmal hineingelaufen, um ihre Geigen zu holen. Alles andere war zerstört, sodass ihnen nur geblieben war, was sie am Leib trugen. J. D. war viel zu erleichtert gewesen, sie unversehrt zu sehen, um zu schimpfen, weil sie wegen ihrer Instrumente ihr Leben und ihre Gesundheit riskiert hatte. Allerdings könnte das Ganze später noch zu Diskussionen zwischen den beiden führen, vermutete Frederick. Alle anderen hatten sich wohlweislich mit Kommentaren zurückgehalten.

Alle, auch Frederick, checkten mit nervtötender Häufigkeit ihre Handys. Noch war die Maschine in der Luft, sollte aber bald in Chicago landen.

»Irgendetwas Neues?«, murmelte Jamie und lehnte sich herüber, um auf das Display von Fredericks Telefon zu spähen.

»Kommt darauf an«, flüsterte Frederick, als befänden sie sich in einer öffentlichen Bibliothek. »Im Flugzeug gibt es WLAN, deshalb schickt Julie mir alle möglichen Fotos. Sie amüsiert sich prächtig. Es ist erst ihr zweiter Flug. Taylor singt mit Julie, Cordelia und Paige ›Drei Chinesen mit dem Kontrabass‹, und Stevie geht beinahe die kahlen Wände hoch.«

Jamie lachte, während Frederick in liebevoller Wehmut das Foto seiner strahlenden Töchter berührte. »Ich fürchte, bei Julie habe ich auf der ganzen Linie versagt.«

»Wie bitte?« Jamie schüttelte den Kopf. »Du hast deine Sache ganz wunderbar gemacht, hör sofort auf damit.«

Aber Jamie war sein Freund, deshalb musste er das sagen. »Eine Wildfremde hat innerhalb einer Stunde mehr über meine Tochter herausgefunden, als ich überhaupt je wusste.«

»Sally Brewster? Na ja, sie ist immerhin Krankenschwester, noch dazu auf der Kinderstation. Natürlich ist sie darin geschult, mit jungen Patienten zu reden. Und es hört sich ganz so an, als hätte Julie Vertrauen zu ihr gefasst. Vielleicht fehlt ihr einfach bloß eine Mom.«

»Kann sein. Sally hat angeboten, sich ein wenig um sie zu kümmern, wenn all das erst vorbei ist.«

Jamie hob die Brauen. »Sally? Und erlaubst du es?

»Ich denke schon. Ich habe sie überprüft. Sie ist sauber. Und ein sehr netter Mensch.« Frederick zögerte. »Und wir stehen in losem Kontakt.«

Jamies Grinsen wurde breiter. »Du gerissener Hund … du stehst auf sie.«

»Gott. Du klingst schon wie Taylor.«

»Taylor ist ein schlaues Mädchen, deshalb gäbe es Schlimmeres.«

Jamie stieß ihn mit der Schulter an. »Und was schreibt ihr euch so?«

Frederick warf ihm einen vernichtenden Blick zu. »Ich hau dir gleich eine rein.«

Jamie lachte. »Schon gut. Lass es einfach laufen, Mann, du bist viel zu unlocker.«

»Ihr beide klingt wie zwei Teenager«, brummte Thorne, der immer noch mit weit gespreizten Beinen und verschränkten Armen das gesamte Zweiersofa mit Beschlag belegte – der Inbegriff männlichen Sich-Breitmachens.

Gwyn verpasste ihm mit dem Handrücken einen Schlag mitten auf die Brust, der ihn zusammenzucken ließ. »Wie kann man nur so etwas Herablassendes und Verächtliches sagen? Und wieso ziehst du nicht endlich diese verdammte Weste aus? Es tut weh, wenn man draufhaut.« Joseph hatte darauf bestanden, dass sie alle auf dem Rückweg vom Flughafen zu Clays Haus kugelsichere Westen trugen, die er wie Bonbons an Halloween verteilt hatte.

»Ich lasse meine an«, verkündete Frederick.

»Ich meine auch«, bestätigte Jamie. »Wieso trägst du denn deine nicht? So unbequem sind die Dinger doch gar nicht.«

Außerdem wären sie praktisch, falls auch Clays Haus angezündet werden sollte und sie gezwungen wären, wie die Ratten das sinkende Schiff zu verlassen. Die Gewissheit, dass genau das passieren könnte, gepaart mit der Erinnerung an den Brandgeruch an Lucy und ihren Kindern, als Frederick sie zum Abschied umarmt hatte …

Ja. Es brachte einen ganz schnell auf den Boden der Tatsachen zurück. Er war heilfroh, dass seine Töchter weit weg von alldem waren. Und wenn er erst von Daisy gehört hatte, wäre er noch beruhigter, doch im Moment reagierte sie nicht auf seine Anrufe. Seit einer Woche schon herrschte Funkstille, was ihr eigentlich nicht ähnlich sah. Sie hatte zwei Nachrichten geschickt, die eine mit ihren Flugdaten und eine zweite, in der sie ihn wissen ließ, dass es ihr gut gehe und sie seine Nachrichten bekäme, aber das war gewesen, bevor er ihr geschrieben hatte, sie solle noch nicht nach Baltimore zurückkehren. Seither hatte er nichts mehr von ihr gehört.

Er machte sich Sorgen.

»Ich habe sie ausgezogen, weil sie viel zu groß ist.« Gwyns Stimme riss ihn aus seinen Grübeleien. »Sie reichte mir bis über den Hintern, deshalb konnte ich mich nicht mal anständig hinsetzen.«

»Wenn du tot bist, hat sich das mit dem Sitzen komplett erledigt«, bemerkte Thorne. »Eigentlich solltest du ohnehin in Chicago sein.«

»Ich sollte hier sein«, widersprach sie. »Denn das Chaos mit dem Klub betrifft auch mich, genauso wie die Schwierigkeiten mit der Kanzlei, denn ich bin immer noch offiziell Angestellte und Anwaltsgehilfin.«

Thorne starrte sie finster an. »Du bist gefeuert. Und ihr anderen auch, egal, welche Jobs ihr hattet.«

»Das kümmert mich nicht«, sagte sie und drückte ihm einen Kuss aufs Haar, als ihre Zuneigung über ihre Verärgerung siegte. »Selbst wenn du uns feuerst, tust du es aus reiner Liebe zu uns. Deshalb wirst du uns nicht los.«

»Bis ihr alle tot seid.« Er stand abrupt auf. »Ich kann nicht hier herumhocken, sondern muss irgendetwas tun.« Er trat zu ihrem Crime Board und stieß einen abfälligen Laut aus, als sein Blick an seiner Büroleiterin hängen blieb, deren Foto mittlerweile neben Tavillas hing.

Anne Poulin, dachte Frederick. Sie hatte sie alle getäuscht. *Sogar mich.* Nicht dass er der große Experte darin gewesen war, Frauen zu durchschauen und einschätzen zu können, aber … Gwyn war die Einzige gewesen, die Bedenken geäußert hatte, die Frederick jedoch als Eifersucht abgetan hatte.

Wieder hatte er sich getäuscht, wohingegen Gwyn vom ersten Moment an ein ungutes Gefühl gehabt hatte. Und sie hatten es alle ignoriert, sogar Gwyn selbst.

»Wer ist die wahre Anne Poulin?«, fragte Frederick. »Sie hat unserer Überprüfung problemlos standgehalten. Ich habe mir noch an dem Tag, als das alles angefangen hat, sämtliche Personalakten vorgenommen. Die Ungereimtheiten in Mowrys Lebenslauf waren natürlich am auffälligsten, bei Anne hingegen … Sie hat eine nachvollziehbare Biografie, es gibt ehemalige Arbeitgeber, Aktivitäten in den sozialen Medien und sogar ein Grundschulfoto auf dem Facebook-Profil ihrer Eltern. Ich habe eine Kopie ihrer Arbeitserlaubnis gefunden und sie mit den Behördenangaben abgeglichen. Alles legal. Sie ist vor fünf Jahren aus Montreal hergezogen, um aufs College zu gehen, wo sie bis heute Kurse belegt. Für eine gefälschte Identität ist das alles extrem gut gemacht. Und mit dem Thema kenne ich mich schließlich aus.«

Clay wandte sich vom Fenster ab. »Allerdings«, bemerkte er trocken.

Frederick hatte sich eine falsche Identität erschaffen, mit deren Hilfe er Taylor über Jahre hinweg vor Clay versteckt hatte, den sie alle für einen brutalen, rachsüchtigen Mistkerl gehalten hatten. Was Clay anging, hatte er komplett danebengelegen, aber hierbei nicht.

»Aber du hast recht«, fuhr Clay fort. »Denn die Fälschung ist wirklich gelungen. Ich bitte Alec, ein bisschen zu graben.«

In diesem Moment läuteten alle ihre Telefone gleichzeitig. »Sie sind angekommen«, murmelte Frederick, nachdem er mit Taylor gesprochen hatte. »Bei Ethan.«

»Gott sei Dank«, stieß Gwyn hervor.

J. D., der immer noch am Fenster stand, beugte sich vor und lehnte die Stirn gegen die Scheibe, während Clay ihm aufmunternd die Schulter drückte. »Komm, J. D. Sie sind in Sicherheit, und wir werden endlich anfangen, Tavilla zum Teufel zu schicken, damit sie bald wieder nach Hause zurückkehren können.«

J. D. nickte. »Das Problem ist bloß, dass wir keines mehr haben.«

»Ihr könnt in unserem Haus wohnen, bis eures wiederaufgebaut ist. Julie und ich bleiben einfach so lange hier«, sagte Frederick.

J. D. lächelte schwach. »Das besprechen wir dann noch. Aber

schon mal danke.« Er ließ sich auf eines der Sofas fallen. »Lasst uns erst mal das Schwein zur Strecke bringen, Thorne.«

Thorne, der immer noch wie angewurzelt vor dem Board stand, nickte. »Stimmt. Ich muss Tavilla finden.«

»Und dann was tun?«, fragte J. D.

»Dafür sorgen, dass es endlich aufhört.«

Gwyn seufzte. »Ich würde nichts lieber tun, als ihm eine Kugel zwischen die Augen zu jagen, aber wenn wir das tun, landen wir alle im Knast. Und das wäre genau das, was er erreichen will.«

»Aus dem Grab«, brummte Thorne.

»Aber wir wären trotzdem im Gefängnis«, warf Gwyn vorsichtig ein.

»Nicht ›wir‹, sondern ›ich‹«, korrigierte Thorne. »Und das wäre es mir wert.«

Jamie massierte sich die Nasenwurzel. »Also gut. Wie wär's, wenn wir uns einen anständigen Plan zurechtlegen, bei dem ich dir nicht noch ein zweites Mal wegen einer Mordanklage den Arsch retten muss?«

Thorne grinste schief. »Ja, Dad«, erwiderte er mit leisem Spott, aber auch voller Zuneigung. »Wir haben unser Glück bei Chandler Nystrom versucht, der sich allerdings als Sackgasse entpuppt. Könnte sein, dass er unter Folter den Mund aufmacht, garantieren kann ich es allerdings nicht. Ich würde es gern ausprobieren, allerdings bekäme ich dann bloß Ärger mit Jamie. Tavilla hat Patricia ermorden lassen. So viel wissen wir, richtig? Ich frage das ganz ernsthaft. Denn hier sind so viele Fäden mit so vielen Puzzleteilchen verbunden, dass wir einen Teppich daraus weben könnten.«

»Er hat definitiv etwas damit zu tun«, sagte Clay. »Ob er sie nun eigenhändig getötet hat oder auch nicht, sei dahingestellt, aber er hängt mit drin. Was auch immer Tavilla geplant haben mag, wurde schon vor langer Zeit in die Wege geleitet.«

»Deshalb würde es nicht zwingend zum Ende führen, ihm einfach die Rübe wegzublasen«, folgerte Gwyn. »Bitte schwöre mir, dass du das nicht ernsthaft in Erwägung ziehst.«

Thorne zuckte die Achseln. »Wenn ich zu ihm gehe und er versucht, mich zu töten, tue ich es. Aber ich werde ihn nicht abknallen, während er mit dem Hund Gassi geht. Sollte er überhaupt einen haben. Aber nun, da wir nachweisen können, dass unsere Barkeeperin bei ihm auf der Gehaltsliste steht, ist wenigstens der Klub aus dem Schneider. Die Barkeeperin – Laura, Bianca, Kathryn oder wie auch immer sie heißen mag – war die Einzige, der der Handel mit Drogen vorgeworfen wurde, außerdem zieht ein etwas wilder Ruf die Leute an, wenn wir wiedereröffnen. Am meisten macht mir die Kanzlei Sorgen. Wie gehen wir wegen der Mandanten vor, die Erpresseranrufe bekommen?«

»Sechs Mandanten haben angerufen«, sagte Jamie. »Ich nehme an, es gibt noch mehr, die sich entweder noch nicht gemeldet haben oder es überhaupt nicht tun werden. Die Anrufe bei den Leuten kamen von unterschiedlichen Nummern, und alle haben mir unterschiedliche Stimmen beschrieben. Männlich, weiblich, rau, sanft, hoch, tief. Wer auch immer die Anrufe tätigt, benutzt eine Stimmverzerrungsapp, und allen wurde gedroht, dass man ihr schlimmstes Geheimnis ans Licht bringen werde. Jenes, das sie ausschließlich dir anvertraut hatten, aber keinem wurden irgendwelche Bedingungen genannt.«

»Also wird gerade genug Wirbel gemacht, um die Leute in Aufruhr zu versetzen«, murmelte Thorne. »Wenn das herauskommt, könnte ich mächtig Ärger mit der Anwaltskammer kriegen.«

»Na ja, die Anwaltskammer wird sicherlich verstehen, dass du von Anne Poulin über den Tisch gezogen wurdest, die für Satan höchstpersönlich arbeitet. Trotzdem könnte dein Ruf nicht wiedergutzumachenden Schaden erleiden und die Kanzlei den Skandal nicht überleben.«

Thorne seufzte. »Ich weiß. Aber das ist im Moment nicht meine größte Sorge. Viel schlimmer ist, dass unsere Angestellten in ihrem neuen Job automatisch mit Problemen rechnen müssen, wenn die Kanzlei diskreditiert wird. Immerhin sind in der Kanzlei weniger Leute angestellt als im Klub.« Er tippte auf Tavillas Foto. »Unser oberstes Ziel ist, ihm Einhalt zu gebieten, und zwar indem wir seinen Plan durchkreuzen und öffentlich machen, dass er der große Strippenzieher ist. Wir zerstören seine finanzielle Basis, sodass er seine Angestellten nicht mehr bezahlen kann. Auf diese Weise wird sich keiner mehr bewegen, den er auf uns angesetzt hat.«

»Ziemlich ehrgeiziges Ziel«, bemerkte J. D., »wenn man bedenkt, dass ihm weder das BPD noch das FBI bislang das Handwerk legen konnten.«

»Das stimmt.« Thorne kaute auf seiner Lippe. »Aber er hatte diesen verdammten Schlüsselring. Und die Medaille, die Darian Hinmans Mörder in seiner Leiche hinterlassen hat. Irgendwie muss Tavilla an sie herangekommen sein. Brent Kiley, der Rettungssanitäter, mit dem wir am Montag gesprochen haben, meinte, er hätte den Schlüsselring in Richards Leiche gesehen, hat aber abgestritten, ihn genommen zu haben. Der Einzige, der noch übrig bleibt, ist der Pathologieassistent, der aber inzwischen tot ist.«

»Aber seine Witwe hat genug Geld, um vierzehn Jahre später immer noch in einer Nobelgegend zu wohnen«, bemerkte Jamie. »Sollte der Pathologieassistent den Schlüsselring an sich genommen haben, wem hat er ihn dann danach gegeben?«

»Jemandem mit genug Geld, um die Witwe zu bezahlen.« Thorne deutete auf das Foto von Linden senior.

»Nicht nur er«, murmelte Gwyn. »Die Hinmans haben doch auch Geld. Ich meine, diese Eingangshalle heute Morgen war der reinste Museumstempel. Und um die Zeit, als der Pathologieassistent ums Leben kam, waren Patricia und Richter Segal bereits verheiratet. Damals war er natürlich noch nicht Richter, sondern hatte gerade mal das College abgeschlossen, aber seine Familie war wohlhabend. Folglich hatten die Lindens, die Hinmans und auch die Segals allesamt die entsprechenden Mittel. Wir gehen davon aus, dass die Lindens auch ein Motiv hatten, aber was, wenn sie nicht die Einzigen waren?«

Thorne schnaubte ungeduldig. »Wir müssen diesen Drecksack von Nystrom dazu bringen, mit uns zu reden. Oder Colton Brandenberg aufstöbern. Wenn Richard seine Schwester oder Angie oder ein anderes Mädchen vergewaltigt hat, wusste vielleicht jemand davon. Richard war keiner, der mit so etwas hinterm Berg gehalten hätte. Irgendjemand auf diesem Board hier weiß etwas, das Tavilla mit Patricia verbindet. Wenn wir diese Person finden, müssen wir sie nur noch dazu bringen, auszupacken.«

»Du meinst Joseph und mich, richtig?« J. D. sah ihn besorgt an. »Das BPD und das FBI. Nicht du, Thorne.«

»Mir ist es völlig egal, wer es sich am Ende auf die Fahne schreibt, ich will nur, dass es aufhört. Wie weit ist Alec inzwischen mit der Überprüfung der Konten der Witwe?«

Clay zog sein Handy heraus. »Ich schicke ihm gleich mal eine Nachricht.«

»Wo steckt er überhaupt?«, fragte Frederick.

»In seinem Zimmer unten. Höre ich da einen Vorwurf heraus, weil ich ihm eine SMS schicke?«

»Einen kleinen vielleicht«, antwortete Frederick, dem der belustigte Unterton in Clays Stimme nicht entgangen war. »Ich bin doch hier der alte Mann in der Runde.«

Clay grinste. »Vergiss es. Erstens bin ich zu müde, um aufzustehen und runterzubrüllen oder gar nach unten zu rennen. Zweitens hört er mich sowieso nicht, wenn er seine Implantate ausgeschaltet hat.«

In diesem Moment ging die Kellertür auf, und Alec erschien. »Ich wollte gerade Pause machen.« Sein Haar stand ihm vom Kopf ab, als hätte er es sich im Frust gerauft. »Ich habe versucht, mich in das System der Witwe zu hacken, aber sie ist ziemlich gewieft, und irgendetwas stimmt mit meinem Internet nicht. Ihr werdet wohl oder übel den traditionellen Weg gehen und sie einfach fragen müssen.«

Thorne stöhnte. »Sie ist die Einzige, deren Verbindung zu meiner Vergangenheit noch ungeklärt ist. Außerdem wären da noch der Richter, sein Sohn und dieser Tristan Armistead, der Junge, mit dem Patricia … zusammen war? Den sie missbraucht hat? Du lieber Himmel!«

»Stevie war gerade auf dem Weg zu ihm, als sie angeschossen wurde«, sagte Clay. »Sie und Paige wollten mit ihm reden, haben aber vorher in der Schule haltgemacht, um noch mal den Trainer zu fragen, allerdings war er nicht da. Sie kamen gerade aus dem Schulgebäude, als der Schuss fiel.« Erschaudernd fuhr er sich mit der Hand übers Gesicht. »O Gott. Stevie stand mindestens zehn Sekunden lang einfach da, als sie angeschossen wurde. Der Schütze hatte genug Zeit, um auf sie zu zielen, trotzdem war es nur ein leichter Streifschuss. Sie musste noch nicht mal genäht werden. Was mich einerseits natürlich beruhigt, aber trotzdem …« Sein Gesicht war aschgrau. »Zehn Sekunden sind eine verdammt lange Zeit. Wenn der Schütze auch nur halbwegs versiert war, hätte er sie direkt ins Herz treffen können.«

»Aber das hat er nicht.« Gwyn streckte die Hand aus und tätschelte seinen Arm. »Wieso ist sie überhaupt stehen geblieben?«

»Oh.« Clay schüttelte den Kopf, als wollte er seine Gedanken klären. »Sie hatte eine Nachricht bekommen. Von meiner Nummer. Darin stand, das Haus befände sich unter Beschuss, Cordelia sei angeschossen worden und würde gerade mit dem Hubschrauber ins Krankenhaus geflogen werden.«

»Du lieber Gott. Die arme Stevie«, stöhnte Gwyn.

»Absolut.« Clay schluckte. »Wir hatten einen Code vereinbart, um sicherzugehen, dass ich derjenige bin, der die Nachricht geschickt hat, aber bevor sie darauf kam, dass die Nachricht ein Spoof war, wurde sie schon getroffen.«

»Das ist eine gute Idee«, warf Jamie ein. »Wir brauchen ein Codewort. Was …«

»Halt«, befahl Alec stirnrunzelnd und sah sich im Raum um, ehe er den Finger auf die Lippen presste, kehrtmachte und nach unten lief. Keiner sagte ein Wort oder bewegte sich vom Fleck, bis er mit einem Scanner zurückkehrte.

Scheiße. Frederick erkannte das Gerät. Es wurde benutzt, um Abhörgeräte ausfindig zu machen. *Nein. Nein, nein, nein!* Er blickte in die entsetzten Gesichter ringsum, während Alec den Raum durchsuchte, ehe er vor einem Stapel Kartons auf die Knie ging.

»Nein!« Jamie war kreidebleich geworden und schlug sich die Hand vor den Mund.

Verdammt! Frederick sah ihn an. *Anne,* formte er lautlos mit den Lippen, woraufhin Jamie kläglich nickte. Es waren die Kartons mit den Mandantenakten, die Anne in Phils Krankenhauszimmer abgestellt und die Frederick inzwischen in Clays Wohnzimmer deponiert hatte, weil es ihm zu unsicher gewesen war, sie in Jamies Van zu lassen.

Verdammte Scheiße!

Alec räumte einen der Kartons aus und stapelte Akten und Mappen auf dem Boden, bis er auf einen gepolsterten Umschlag stieß. Er riss ihn heraus, woraufhin die Kartonwand zur Seite fiel und den Blick auf einen Draht freigab.

Und das Mikrofon. Mit fragend hochgezogenen Brauen hielt Alec es in die Höhe.

Clay deutete auf die Tür. *Weg damit,* formte er lautlos mit den Lippen. Alec nickte.

»Es tut mir so leid«, stöhnte Jamie, kaum dass sich die Tür geschlossen hatte. »Das sind meine Kartons.«

»Unsinn«, befahl Clay. »Du wusstest schließlich nicht, dass du eurer Büroleiterin nicht trauen konntest. Wann genau hast du sie hier hingestellt?«

»Gestern Abend«, antwortete Frederick. »Also haben sie alles gehört, was wir seitdem besprochen haben.«

Mit zitternden Fingern fuhr J. D. sich durchs Haar. »Sie wussten also auch von den Evakuierungsplänen. Dass wir spontan umdisponiert haben, hat unseren Frauen und Kindern womöglich das Leben gerettet.«

Frederick rutschte das Herz in die Hose. »Ich habe gesagt, dass sie bei Ethan in Sicherheit sind. Zwar leise, aber ich habe es gesagt. Je nachdem, wie empfindlich das Mikrofon ist ... Und jeder, der dich überprüft, Clay, weiß auch, wer Ethan ist.« Clay und seinem einstigen Partner hatte früher die Personenschutzfirma gehört, aus der die heutige Detektei hervorgegangen war.

»Ich rufe Ethan sofort an.« Clay begann bereits zu wählen. Nach ein paar Minuten legte er auf. »Ethan sorgt für zusätzliche Sicherheitsmaßnahmen und hält die Augen offen. Mehr können wir im Moment nicht tun.«

Alec kehrte zurück. »Am liebsten hätte ich das Ding auf den Misthaufen geworfen, aber ich will es unbedingt auseinandernehmen. Deshalb habe ich es bloß deaktiviert und in die Waffenkiste im Kofferraum meines Wagens gelegt. Sie hat eine Bleieinlage, da kann nichts passieren.«

»Sehr gut«, sagte Clay. »Woher wusstest du, wo du suchen musst?«

»Meine Internetverbindung war gestört, was ab und zu passiert, weil ich im Keller recht weit vom Router in Clays Büro entfernt bin. Ich dachte, hier oben müsste es eigentlich besser sein, aber es war sogar noch schlimmer. Ich hatte vor ein paar Tagen einen Routinecheck gemacht, bevor alle herkamen, deshalb wusste ich, dass das Problem ganz neu ist.«

Clay stand der Stolz ins Gesicht geschrieben. »Gut gemacht. Ich will das Haus noch mal ganz genau überprüfen. Bis dahin besprechen wir hier drinnen nichts, was irgendwie von Bedeutung ist.«

Thorne zog sein Handy heraus und tippte eine Nachricht, ohne sie zu senden. *Wir überprüfen die Witwe des Pathologieassistenten.* Er hielt sein Telefon so hin, dass alle es lesen konnten. »Okay?«, fragte er.

»Gut«, sagte Clay. »J. D. und Frederick, ihr fahrt mit ihnen.« Er deutete auf Gwyn. »Aber nur, wenn du deine Weste anziehst. Stevie hat ein paar Extrawesten oben in ihrem Schrank. Neben dem Glitzerabendkleid, das sie auf der Kreuzfahrt anhatte.« Bei der Erinnerung spielte ein Lächeln um seine Lippen. »Du kannst sie nicht übersehen.«

»Danke.« Sie gab ihm einen Kuss auf die Wange und lief die Treppe hinauf, immer zwei Stufen auf einmal nehmend.

Thorne warf Clay einen finsteren Blick zu. »Du hättest auch sagen können, dass sie hierbleibt.«

Clay schnaubte. »Ernsthaft? Vergiss es. Ich habe schon genug Ärger mit Stevie am Hals. Wenn du willst, dass Gwyn hierbleibt, kümmere dich gefälligst selbst darum. Ich brauche deine Hilfe, Jamie. Alec, gib ihm einen Scanner und einen Verlängerungsstab. Du, Jamie, scannst sämtliche Wände, während Alec unten alles überprüft. Ich gehe nach oben. Checkt alles, vom Boden bis zur Decke, und dann auf dem Teppich.«

»Alles klar.« Jamie packte Thornes Arm. »Und du machst keine Dummheiten. Sonst gibt's Hausarrest.«

Thorne grinste. »Verstanden, Dad.«

Und diesmal schwang keinerlei Ironie in seinem Tonfall mit.

Chevy Chase, Maryland
Mittwoch, 15. Juni, 18.20 Uhr

Eileen Gilson, die Witwe des Pathologieassistenten, lebte in einer hübschen, von Bäumen gesäumten Wohnstraße. Die einzigen Parkplätze vor dem gepflegten Reihenhaus waren von einem

Mercedes-Coupé und einer Kia-Limousine belegt. Zum Glück schienen die Nachbarn nicht da zu sein, sodass Thorne eine freie Parklücke fand. Trotz Alecs Zusicherung, dass er im SUV keinerlei Abhörgerätschaften gefunden hatte, war die Fahrt nahezu schweigend verlaufen.

Thorne war angespannt und völlig neben der Spur und musste erst einmal tief Luft holen, ehe er aus dem Wagen stieg. »Wir werden mit der Tür ins Haus fallen«, sagte er, als sich die vier auf dem Gehsteig versammelten.

»Ich übernehme das Kommando«, erklärte Gwyn. »Ihr drei könnt Schützenhilfe leisten.«

Ohne auf irgendwelche Einwände zu warten, hastete sie die Einfahrt hinauf und klopfte an die Tür. Eine Frau in den Vierzigern öffnete. Sie war klein und sah durchtrainiert aus, mit glattem, schwarzem Haar, das sie zu einem akkurat geschnittenen Bob trug, der ihre ebenfalls markante Kinnlinie betonte. Ihr Blick schweifte über die vier und heftete sich schließlich auf Thorne.

»Hi«, sagte Gwyn. »Bitte entschuldigen Sie die Störung, aber wir würden gern mit Ihnen reden. Ich bin Gwyn Weaver, und das ist …«

Die Frau hob die Hand. »Ich weiß, wer Sie sind. Zumindest Sie und Mr Thorne. Kommen Sie rein. Ich habe Sie bereits erwartet.«

Mit einem verblüfften Blick auf Thorne folgte Gwyn ihr ins Haus, blieb jedoch in der Wohnzimmertür so abrupt stehen, dass Thorne und J. D. sie um ein Haar anrempelten. Am Fuß der Treppe standen drei große Koffer.

Und Detective Prew saß neben einer zierlichen blonden Frau auf dem Sofa.

»Okay«, sagte Gwyn. »Aber *Sie* haben *wir* nicht erwartet.«

»Allerdings«, bestätigte Thorne sichtlich verblüfft. »Frederick und J. D., das ist Detective Christopher Prew, seit Kurzem im Ruhestand. Detective, das sind mein Partner, Frederick Dawson, und Detective J. D. Fitzpatrick.«

»Meine Frau Delia«, stellte Prew die blonde Frau vor.

Eileen Gilson deutete auf die vier Stühle, die sie vom Esstisch ins Wohnzimmer geschoben hatte. »Nachdem wir uns jetzt alle bekannt gemacht haben, setzen Sie sich doch bitte. Ich muss mich entschuldigen, dass ich keine bequemere Sitzmöglichkeit bieten kann.«

»Also, Sie wussten, dass wir kommen würden«, nahm Gwyn den Faden wieder auf.

»Ja«, bestätigte Eileen.

»Wieso sind Sie hier, Detective?«, fragte Thorne, als klar wurde, dass sie nichts mehr hinzufügen würde.

»Das werde ich Ihnen gleich erklären«, antwortete Prew. »Ich habe schon vor mehreren Stunden Phil angerufen, aber er wurde ja in eine andere Klinik verlegt. Ich war nicht zu Hause und hatte folglich Ihre Visitenkarten nicht bei mir. Geht es Phil gut?«

»Ja, es geht ihm gut«, antwortete Thorne. »Eine reine Vorsichtsmaßnahme.«

Prews Blick richtete sich auf J. D. »Verstehe. Ich habe in den Nachrichten vom Brand Ihres Hauses gehört, Detective Fitzpatrick. Wie schrecklich.«

J. D. nickte knapp. »Es sind nur Gegenstände. Was wirklich kostbar ist, blieb unversehrt.«

Prew lächelte. »Das freut mich zu hören.«

Gwyn kniff die Augen zusammen. »Also, woher wussten Sie, dass wir kommen würden?«

Prew räusperte sich. »Nun ja, ich war vielleicht ein klein wenig barsch, als ich im Krankenhaus angerufen habe, um mit Phil zu sprechen. Man wollte mir auch Jamies Nummer nicht geben. Stattdessen haben sie den Hörer aufgeknallt und dann sofort Jamie angerufen, um ihm zu sagen, dass ihnen jemand auf die Pelle gerückt sei. Daraufhin hat Jamie mich angerufen, und ich habe ihm gesagt, dass ich hier sei. Er meinte, ich solle bleiben, wo ich bin, er würde Sie informieren. Aber das ist erst ein paar Minuten her, deshalb nehme ich an, Sie wussten noch nichts davon?«

Genau in diesem Moment summte Thornes Handy – eine Nachricht von Jamie, inklusive des Codeworts, auf das sie sich geeinigt hatten. »Gerade schickt er mir eine Nachricht. Also, zurück zu meiner Frage. Wieso sind Sie hier, Detective?«

»Meine Frau war heute in ihrem Schönheitssalon. Sie hat mich angerufen und gesagt, ich solle sofort meinen Hintern herschaffen.«

»Wenn auch nicht mit diesen Worten«, protestierte Mrs Prew milde. »Chris hatte mich gebeten, die Ohren offen zu halten, falls Gerüchte oder Klatsch über Patricia Segal laut werden sollte. Allerdings hatte ich nicht damit gerechnet, Mrs Gilson zu begegnen. Wir hatten uns eine ganze Weile nicht mehr gesehen.«

Eileen nickte, mied jedoch jeden Blickkontakt. »Sie hat mitbekommen, wie ich mit meinem Sohn telefoniert habe. Ich habe ihm gesagt, dass wir spontan wegfliegen und er mich hier abholen soll.« Ihr Lächeln war ein wenig angestrengt. »Er geht aufs College und hatte schon etwas vor. Aber ich bin ziemlich … hartnäckig geblieben. Mir war nicht bewusst, dass man mich durch den ganzen Salon hören konnte.«

Mrs Prew wirkte ein wenig verlegen. »So war es auch nicht. Ich habe mit Absicht gelauscht, weil ich wusste, dass Sie sich für Mrs Gilson interessieren. Nachdem sie aufgelegt hatte, rief sie eine Nachbarin an und bat sie, die Post aus dem Briefkasten zu nehmen und für sie aufzubewahren, bis sie ihr eine Nachsendeadresse geben würde. Das war der Moment, als ich meinen Mann angerufen habe.«

Thorne war nicht ganz sicher, was er davon halten sollte, dass der pensionierte Polizist laufende Fälle mit seiner Frau besprach, ehe ihm aufging, dass er exakt dasselbe mit Gwyn getan hätte.

»Wir sind ihr nach Hause gefolgt«, sagte Prew. »Haben gesehen, dass sie ihre Sachen gepackt hat, und sie überredet, noch zu bleiben. Sie müssen es ihnen sagen«, drängte er Eileen sanft.

Mrs Gilson holte zittrig Luft. »Ich weiß. Es ist nur sehr schwer, nach all den Jahren.« Sie erhob sich, um ans Fenster zu treten, wobei sie angespannt die Hände rang. »Ich wünschte, mein Sohn wäre hier. Es fiele mir wesentlich leichter, all das zu erzählen, wenn ich sicher sein könnte, dass ihm nichts passiert.«

»Ihr Sohn wurde bedroht?«, hakte Gwyn nach, deren Stimme nun ebenfalls sanfter klang.

»Ja. Nur wegen ihm habe ich dieses Geheimnis so lange für mich behalten. Wegen ihm, und weil ich nicht ins Gefängnis wollte.« Sie rieb sich die Arme. »Okay. Kirby, mein Mann, hat in der Rechtsmedizin gearbeitet, als Richard Linden ermordet wurde. Er hat die Leiche für die Autopsie vorbereitet. Von dem Schlüsselring wissen Sie ja bereits. Detective Prew sagt, Sie hätten herausgefunden, dass Kirby ihn genommen hat.«

»Aber warum?«, fragte Thorne.

»Weil …« Eileen schloss die Augen. »Mein Kirby war ein ehrlicher Mann. Zumindest bis zu diesem Tag. Aber diese Entscheidung, dieser eine kurze Moment, hat unser Leben zerstört. Der Vater des Opfers wollte den Schlüsselring haben. Er kam einfach in die Pathologie und hat von Kirby verlangt, ihn ihm zu geben. Kirby war natürlich entsetzt und hat Nein gesagt. Deshalb hat der Mann ihm Geld geboten.« Sie schüttelte den Kopf. »Zu der Zeit stand uns das Wasser bis zum Hals. Ich war mit unserem Sohn schwanger, hatte aber Bettruhe verordnet bekommen und konnte nicht arbeiten. Ich hatte meinen Job verloren, wir hatten eine Hypothek abzubezahlen, und … er hat einen Fehler gemacht.«

»Setzen Sie sich doch wieder zu uns, Eileen«, bat Gwyn freundlich. »Im Augenblick ist es vielleicht nicht das Klügste, am Fenster zu stehen.«

Abrupt fuhr Eileen herum und kehrte zu ihrem Stuhl zurück,

wobei ihr Blick immer wieder nervös zum Fenster schweifte. »O Gott, das ist ein Albtraum.«

Gwyn tätschelte ihr die Hand. »Ich weiß. Wir machen das erst seit einer Woche durch, aber Sie leben schon viel, viel länger mit dieser Angst, hab ich recht?«

Eileen nickte. »Ja«, antwortete sie mit belegter Stimme.

»Wann haben Sie herausgefunden, was Ihr Mann angerichtet hat?«

»Erst fünf Jahre später.« Sie presste sich die Hand auf den Mund, während sich ihre Augen mit Tränen füllten. »Ich wusste immer, dass irgendetwas passiert sein musste, weil Kirby von einem Tag auf den anderen nicht mehr glücklich war. Lange Zeit nicht mehr. Eine Weile dachte ich, er betrügt mich, aber er hat es abgestritten und gemeint, die Leiche dieses Linden-Jungen sei ihm bloß an die Nieren gegangen. Und ich hatte über den Fall ja in den Zeitungen gelesen, deshalb habe ich ihm geglaubt.«

Mrs Prew kramte ein Taschentuch aus ihrer Handtasche und reichte es Eileen, die es mit einem leisen Dank entgegennahm und sich die Tränen abtupfte.

»Erst als unser Sohn viereinhalb war, kam alles heraus. Bei ihm wurde Leukämie diagnostiziert, und wir ... waren am Boden zerstört. Außerdem hatten wir kein Geld. Kirby hat abends Kurse belegt, und ich hatte einen Teilzeitjob. Zwar waren wir krankenversichert, aber die Versicherung hat nicht alle Behandlungskosten übernommen. Und die Differenz hat uns gleich im ersten Monat an den Rand des Ruins gebracht. Wir waren völlig verzweifelt. Und dann, auf einen Schlag, hatten wir Geld. Massenhaft. Genug, um die Behandlung unseres Sohnes zu bezahlen. Natürlich wollte ich von Kirby wissen, woher er das ganze Geld hat, und da hat er mir von dem Schlüsselring erzählt. Dass er zum Vater des Jungen gegangen sei und ihm gedroht hätte, ihn anzuzeigen, wenn er ihm nicht mehr Geld gäbe. Linden hat gezahlt, und unser Sohn hat überlebt.«

»Aber Ihr Mann nicht«, warf Thorne leise ein.

»Nein. Er hat den Vorfall nie verwunden. Schon beim ersten Mal war es ihm schwergefallen, das Geld zu nehmen, beim zweiten Mal allerdings hat ihn sein schlechtes Gewissen völlig fertiggemacht. Er hat am Bett unseres Sohnes gestanden und bitterlich geweint. Er hat mich beschworen, dichtzuhalten, und mich gewarnt, dass wir ins Gefängnis wandern, sollte es jemals herauskommen. Und dann, eines Tages, kam die Polizei und sagte, mein Mann liege im Leichenschauhaus. Er sei zu einem Tatort gerufen worden, wo ihn ein ›Querschläger‹ getroffen hätte. Aber ich kannte die Wahrheit. Die haben ihn zum Schweigen gebracht.«

»Wieso haben Sie damals nichts gesagt?«, fragte Prew.

Sie lachte bitter. »Um zu enden wie mein Mann? Mein Sohn war in Remission, aber das hätte sich jeden Augenblick ändern können, und ich war die Einzige, die noch da war, um sich um ihn zu kümmern. Und dann, etwa zwei Wochen nach Kirbys Beerdigung, stand plötzlich Mr Linden vor meiner Tür. Er meinte, er wisse, dass ich nichts gesagt hätte und eine kluge Frau sei. Und wenn ich mich auch weiter so verhielte, wäre alles in bester Ordnung. Ich hatte viel zu große Angst, um ein Wort herauszubringen. Am nächsten Tag war plötzlich Geld auf meinem Konto eingegangen, und seither kommt es jeden Monat.«

Frederick beugte sich vor. »Und woher genau kommt es? Von einem Konto auf Lindens Namen?«

»Nein. Von einer Firma. Einmal habe ich versucht, mich durch die einzelnen Schichten zu arbeiten, um herauszufinden, wem sie gehört, weil ich dachte, ich sei frei, wenn ich erst beweisen könnte, dass Linden dahintersteckt. Aber es ist mir nicht gelungen.«

»Was meinen Sie mit ›frei sein‹?«, fragte Gwyn.

»Ich habe versucht weiterzuarbeiten und mein Gehalt immer auf einem separaten Konto gespart, damit ich notfalls einfach abhauen könnte. Zumindest dachte ich das. Aber dann tauchten plötzlich Mr Lindens Anwälte mit den Schlüsseln zu diesem

Haus auf und meinten, Mr Linden hätte Angst, ich würde die Stadt verlassen. Sollte ich das versuchen, würde er behaupten, ich hätte das Geld von ihm erpresst, und dann käme ich ins Gefängnis. Was die Ironie schlechthin ist. Deshalb bin ich hiergeblieben, wo er mich im Auge behalten kann.«

»Hatten Sie noch einmal Kontakt zu Mr Linden?«, fragte J.D.

»Nein. Es wurde … na ja, mein Leben. Und dann habe ich vor ein paar Tagen gelesen, was mit Lindens Tochter Patricia passiert ist. Um ein Haar hätte ich den Mund aufgemacht, aber … dann habe ich es doch nicht getan, sondern stattdessen unsere Sachen gepackt.« Beschämt senkte sie den Blick. »Und jetzt wurde auch noch Darian Hinman tot aufgefunden. Ich konnte mich erinnern, dass er im Prozess gegen Sie ausgesagt hatte, Mr Thorne. Kirby hatte das Verfahren genau verfolgt und mir alles erzählt, deshalb wusste ich, dass Hinman und Richard Linden beste Kumpel gewesen waren. Und jetzt wurde auch noch Brent Kiley, der Rettungssanitäter, getötet und …«

Thorne fuhr von seinem Stuhl hoch. »Moment! *Was?*«

Eileen riss die Augen auf. »Ich habe es vorhin in den Nachrichten gehört. Als ich im Salon war. Seine Leiche wurde heute Nachmittag aufgefunden. Deshalb wollte ich ja so dringend, dass mein Sohn nach Hause kommt, damit wir verschwinden können.«

Thorne starrte J.D. an, dem der Mund offen stehen geblieben war.

»Davon wusste ich nichts«, sagte er leise.

Thorne nickte. »Wir müssen mit deinem Boss reden.«

J.D. nickte grimmig. »Absolut.«

Prew runzelte die Stirn. »Tut mir leid. Ich dachte, Sie wüssten es schon und seien deshalb hergekommen.«

»Nein«, antwortete J.D. »Wir waren anderweitig beschäftigt … mit einer Schießerei und einem brennenden Haus.«

Frederick streckte ihm sein Telefon entgegen. »Hier ist es. Brent

Kiley wurde heute Nachmittag von einem Kollegen der Feuerwache aufgefunden, der nach ihm gesehen hatte, weil er nicht zur Arbeit erschienen war. Weitere Details wurden noch nicht bekannt gegeben.«

»Die werde ich uns besorgen«, erklärte J. D. Joseph war beschäftigt gewesen, die Frauen und Kinder nach Chicago zu verfrachten, aber Hyatt hätte anrufen können. Hätte anrufen *müssen*.

Eileen musterte sie forschend. »Und was machen Sie jetzt mit mir?«

»Gar nichts«, antwortete Thorne. »Ich bin kein Cop, und J. D. ist nicht in seiner offiziellen Funktion, sondern als Freund hier, allerdings sähe die Situation anders aus, wenn Sie eine Aussage machen würden. Der Schlüsselring ist von größter Bedeutung für den Fall. Der Ansicht war zumindest Richard Lindens Mörder, ebenso wie Darian Hinmans. Und dass Linden senior Sie jahrelang für Ihr Schweigen bezahlt hat, zeigt, dass auch ihm die Bedeutung bewusst ist.«

Sie wandte den Kopf ab. »Es tut mir leid, aber ich kann nicht, sonst wäre es offiziell, und ich müsste vor Gericht aussagen. In diesem Fall wäre mein Sohn nirgendwo auf der Welt mehr sicher.«

Du elendes Miststück. Blanke Wut flammte in Thorne auf. »Sehen Sie mich an, Eileen«, stieß er in einem Tonfall hervor, der sonst selbst die abgebrühtesten Verbrecher dazu brachte, sich aufrecht hinzusetzen und auszupacken. Er wartete, bis sie ihn ansah. »Sie haben vierzehn Jahre lang geschwiegen, weil Sie Angst hatten. Das verstehen wir. Wir haben auch Angst. *Ich* habe Angst. Auf meine Freunde wurde geschossen. Meine Angestellten wurden verletzt und Verbrechen bezichtigt, die sie nicht begangen haben. Mein Vater wurde in seinem eigenen Haus angegriffen. Und heute Nachmittag hat jemand Detective Fitzpatricks Haus angezündet, während sich seine Frau und seine Kinder darin aufgehalten haben. Seine Kinder, Eileen. Babys.«

Wieder wandte sie den Blick ab, und er musste gegen den Drang ankämpfen, ihr Kinn zu packen und sie zu zwingen, ihn anzusehen. Sie hatte Informationen, mit deren Hilfe sie einen Durchsuchungsbefehl für Lindens Haus und sein Büro erwirken und dadurch womöglich die Verbindung zu dieser Firma herstellen könnten, die Eileen bezahlte. Er hatte gehofft, dass sie sich durchringen würde, ihnen zu helfen, doch ihr angespannter Kiefer ließ nichts Gutes erahnen.

Sie war eine Frau, die sich ihr Schweigen bezahlen lassen und sich den entsprechenden Lebensstil zugelegt hatte. Sie würde nicht freiwillig gegen denjenigen aussagen, der ihr all das ermöglichte.

»Sehen Sie Detective Fitzpatrick an«, stieß er hervor. »Sagen Sie ihm ins Gesicht, dass Ihr Junge wichtiger ist als seine Babys. Nein? Sie haben gerade gefragt, was wir mit Ihnen machen würden. Für die anderen kann ich nicht sprechen, aber ich weiß, was *ich* tun werde. Haben Sie eine Ahnung, wie viele Interviewanfragen ich von Reportern bekommen habe, die wollen, dass ich ihnen meine Geschichte erzähle? Hunderte. Von nationalen, aber auch internationalen Fernsehsendern. Ich werde ihnen geben, was sie haben wollen. Und dabei werde ich erzählen, was Sie getan haben, von dem schicken Mercedes vor Ihrer Tür, Ihrem Luxusleben, Ihrem nicht vorhandenen Job.«

Blanker Hass stand in ihren Augen, als sie ihn ansah. Und Angst – ob vor ihm, vor Linden oder sogar Tavilla, vermochte er nicht zu sagen, und es interessierte ihn auch nicht. »Das würden Sie nicht wagen«, platzte sie heraus, doch ihre Stimme zitterte.

Sein Lachen war so bitter wie ihres zuvor. »Verlassen Sie sich lieber nicht drauf. Jemand nimmt gerade mein Leben auseinander, Stück für Stück, verletzt die Menschen, die ich liebe. Ich habe nichts mehr zu verlieren.«

Die Sekunden vergingen. Er starrte ihr in die Augen. Schließlich nickte sie knapp. »Gut. Aber ich will, dass mein Sohn beschützt wird.«

Vergiss es, schoss es ihm durch den Kopf, doch er verkniff es sich.

Der Junge trug genauso wenig die Schuld an der Situation wie Thorne an Richards Ermordung.

Erst als er Gwyns Finger auf seiner Hand spürte, fiel ihm auf, dass sie zitterte. »Wir können ja danach fragen«, sagte sie leise. Ruhig. Thorne erschauderte und spürte, wie seine Wut allmählich verrauchte. Er war zu erschöpft, um sie noch aufrechtzuerhalten, doch Gwyn hatte das Ruder übernommen, wofür er ihr dankbar war.

Eileen überkreuzte die Arme. »Also gut. Ich habe ohnehin keine große Wahl, wie es aussieht.«

Und das hatte sie auch nicht. Kurz verspürte er den Anflug von Gewissensbissen, doch dann dachte er daran zurück, wie J. D. am Nachmittag in seinen Armen geweint hatte. Seine Freunde – seine Familie – litten. Und er hatte es in der Hand, dem ein Ende zu bereiten. Und das würde er auch tun.

Irgendwie gelang es ihm, den Anwalt in ihm zutage zu fördern, und mit ihm senkte sich die erforderliche Ruhe über ihn. »Nur damit wir uns hier richtig verstehen«, sagte er eisig, »Sie erklären sich bereit, vor Gericht auszusagen, dass Ihr Ehemann Beweise manipuliert und den Schlüsselring gegen Geld Richard Lindens Vater überlassen und später die Lindens erpresst hat, um sich sein Stillschweigen von ihnen bezahlen zu lassen. Und dass Sie nach seinem Tod weiterhin diese Zahlungen angenommen haben. Ist das korrekt?«

Ihre Kiefermuskeln traten hervor, als sie die Zähne zusammenbiss. »Ja. Das ist korrekt.«

Das würde genügen, um einen Durchsuchungsbefehl bei Linden zu erwirken, und ergab hoffentlich eine Verbindung zu Tavilla, denn das war das einzige Puzzleteilchen, das zum Gesamtbild noch fehlte.

»Danke«, sagte er steif. »Wir wissen Ihre Kooperationsbereitschaft sehr zu schätzen.«

24. Kapitel

Der dumpfe Knall ließ ihn aufhorchen. Er wandte sich von dem Bullauge ab. Eigentlich hatte er die Aussicht immer gern gemocht, doch inzwischen schien sie bedeutungslos zu sein. Seit dem Verlust von Madeline. Zwei Jahre waren seither vergangen. Zwei lange Jahre.

Wenigstens hatte sie ihren Sohn nicht mehr zu Grabe tragen müssen. Das hätte sie nicht überlebt. *Selbst ich habe es ja kaum.*

»Patton ist zurück.«

Er drehte sich zu dem Stuhl vor seinem Schreibtisch um, auf dem Kathryn mit übergeschlagenen Beinen saß. Sie trug ein hübsches Cocktailkleid, das ihre Beine endlos lang und elegant wirken ließ.

»Ich weiß«, sagte er. »Ich vermute, er hat mitgebracht, worum ich ihn gebeten habe.« Genauer gesagt, *jemanden.* »Du siehst reizend aus. Eigentlich solltest du immer Kleider tragen. Ich fand diese Uniform, die du in Thornes Klub tragen musstest, schrecklich.«

Sie lächelte ihn an, wobei ein Grübchen auf ihrer Wange erschien.

»Ich weiß nicht ... diese Lederkluft hat mir das Gefühl gegeben, gefährlich zu sein. Obwohl ich zugeben muss, dass das Bustier ziemlich gekniffen hat und ich in den Shorts kaum sitzen konnte. Trotzdem habe ich echt scharf darin ausgesehen.«

Eigentlich hätte er noch ein wenig Zeit gebraucht, um seinen Plan vollends vorzubereiten, und es wäre ihm lieber gewesen, wenn Kathryn noch eine Weile im Klub geblieben wäre. Die Manipulation der Gelder, die versteckten Drogen hinter der Bar ...

Es war keine saubere Arbeit, deshalb würden sich die Vorwürfe gegen Thornes Mitarbeiter nicht lange halten lassen, aber das war nicht weiter schlimm. Der Mistkerl würde noch mal davonkommen, aber beim nächsten Mal wäre ihm die Polizei nicht so wohlgesinnt.

Und ich bleibe am Ball, schlage immer wieder zu, langsam, beharrlich. Schließlich hatte er alle Zeit der Welt.

Jede Menge Zeit.

Mit einer fließenden Bewegung erhob Kathryn sich von ihrem Stuhl und schlang ihm die Arme um den Hals. »Ich mag es gar nicht, dich so zu sehen«, flüsterte sie. »So traurig.«

Er zuckte die Achseln. »Das vergeht wieder.«

Sie schmiegte die Wange an seine Schulter. »Madeline hätte das nicht gewollt.«

»Nein. Wohl nicht.«

»Sie hat mich übrigens gewarnt. Genau hiervor.«

Er sah sie an. Kathryn war eine Augenweide. Blutjung, natürlich, mit einer herrlichen Alabasterhaut und großen, intelligenten braunen Augen. Und sie besaß ein gutes Gespür für Menschen. Sie war diejenige, die ihm letzten Sommer geraten hatte, Gage Jarvis loszuwerden, weil man ihm nicht über den Weg trauen konnte.

Sie hatte recht gehabt. Und auch im Hinblick auf Ramirez hatte sie ihn gewarnt. Der Mann sei ein Schwächling, der ihren Reizen erlegen sei und seine Frau betrogen habe. Sein Bettgeflüster war letzten Endes sein Todesurteil gewesen, denn in einem intimen Moment hatte er ihr anvertraut, wie verzweifelt er über den Tod seines Neffen, das letzte männliche Familienmitglied, war. *Sie hat seinen Hass gespürt, der mir entgangen ist.*

»Wovor genau hat Madeline dich gewarnt?«

Er hatte seine Frau niemals betrogen, zumindest nicht im herkömmlichen Sinn. In den letzten Jahren ihres Lebens war sie ans Bett gefesselt gewesen, hatte gewusst, dass sie sterben würde, und daher Kathryn als seine Gefährtin ausgewählt. Sie hatte ihm ihren Segen gegeben.

Und Kathryn hatte die Trauer eindeutig erträglicher gemacht. Doch an Abenden wie diesem vermisste er seine Madeline immer noch so sehr, dass es wehtat.

»Vor deiner Melancholie«, antwortete Kathryn und streichelte sein Gesicht. »Sie meinte, auch sie hätte dich manchmal aus diesem Tal der Dunkelheit holen müssen. Ich solle nicht zulassen, dass die Traurigkeit dich verschlingt. Ich weiß, dass du sie vermisst. Genauso wie Colin. Aber ich habe etwas, das dich aufmuntern wird.«

Sie küsste ihn, an seinem Hals entlang bis hinauf zum Ohr, als es an der Tür klopfte. Mit einer widerstrebenden Geste bedeutete er ihr, sich wieder zu setzen, und machte auf. »Ja, Mr Patton?«

»Er ist hier.« Patton wies mit einem Nicken auf den Disziplinarraum. »Aber seien Sie vorsichtig. Er kommt früher zu sich, als ich dachte.« Er rieb sich das Kinn. »Mich hat er mit seinem Dickschädel schon erwischt.«

»Danke. Wo ist Margo?«

»Sie meinte, sie wolle von zu Hause aus arbeiten. Das Baby ist erkältet, und sie wollte, dass der Kleine im Haus bleibt. Aber diese Weaver-Scheiße sei so umfangreich, dass sie den ganzen Abend dafür brauchen würde.«

Er hob die Brauen, woraufhin Patton die Augen verdrehte. »Ja, Sir. Die Mutter Ihres Enkels nimmt Worte wie ›Scheiße‹ in den Mund. Tut mir leid.«

Er musste lächeln. »Ich habe es selbst schon von ihr gehört, häufiger als nötig. Kommen Sie in ein paar Stunden wieder. Bis dahin bin ich mit Mr Nystrom fertig.«

Patton salutierte, machte kehrt, trabte die Treppe hinauf und schloss die Tür.

Er wandte sich zu Kathryn um, wobei sein Lächeln breiter wurde. »Ich glaube, ich habe etwas gefunden, um meine Melancholie zu vertreiben.«

Sie erwiderte das Lächeln. »Darf ich zusehen?«

Er beugte sich vor und gab ihr einen nachsichtigen Kuss. »Klar.«

»Wieso tötest du Nystrom?«

»Weil er schwach ist. Thorne hat ihn heute Morgen ausgequetscht. Er hat zwar die richtigen Antworten gegeben, aber wenn Thorne ihn weiter in die Mangel nimmt, wird er auf kurz oder lang einknicken. Vor allem, seit er von Hinmans Tod weiß. Er hatte Angst, und Männer, die Angst haben, machen Dummheiten.«

»Sie sind davon ausgegangen, dass du ihnen vertraust«, meinte sie kopfschüttelnd. »Aber sie haben dir Informationen über ihren Freund verkauft, deshalb hätten sie eigentlich damit rechnen müssen, dass ihnen das später um die Ohren fliegt.«

»Ganz genau.« Er löste seine Krawatte. »Was soll ich nehmen? Messer oder Baseballschläger?«

Sie streifte ihre Schuhe ab und öffnete den Reißverschluss ihres Kleids. »Wieso nicht beides?«

Er lachte leise. »Du bist die Beste.«

Grinsend schälte sie sich aus ihrem Kleid. »Weiß ich.« Ihre Miene wurde ernst. »Ich mache mir Sorgen um Margo.«

Er legte sein Sakko über den Schreibtisch und wandte sich ihr stirnrunzelnd zu. »Inwiefern?«

»Sie ist ... völlig von der Rolle. Natürlich ist sie traurig, schließlich vermisst sie Colin, aber das ist nicht alles. Sie arbeitet so viel. Mutter zu sein, ist schon schwer genug. Ich habe versucht, ihr unter die Arme zu greifen und so oft wie möglich auf Benny aufzupassen. Aber sie gönnt sich nie Ruhe, selbst wenn ich babysitte.«

Kathryn und Margo hatten sich stets nahegestanden. Es war auch ihrer beider Idee gewesen, Thornes Geschäfte zu sabotieren, als der Anwalt sich geweigert hatte, Colin vor Gericht zu vertreten, um stattdessen den Sohn des Freaks-Bosses zu verteidigen, was letztlich zu Colins Verurteilung und Inhaftierung geführt hatte. Margo brachte die perfekten Voraussetzungen für einen Job als Büroleiterin mit, daher hatte sie sich in Thornes Kanzlei beworben, nachdem er sich vergewissert hatte, dass sie den Hintergrundcheck mühelos bestehen würde.

Margo war ihrer Tätigkeit in Thornes Kanzlei deutlich länger nachgegangen als Kathryn der ihren im Klub und hatte sich nach und nach Zugang zu allen relevanten Geschäftsbereichen verschafft. Vertrauen brauchte eben Zeit.

Aber es war ihm stets ein Gräuel gewesen, Kathryn mit dem Sheidalin teilen zu müssen, deshalb hatte er es ihr anfangs auch nicht erlauben wollen. Doch die beiden hatten das Facebook- und weitere Social-Media-Profile von »Barkeeperin Laura« mit Fotos von Kathryn mit Benny unterfüttert und ihr damit die Möglichkeit verschafft, auf strikte Arbeitszeiten zu pochen und sich Treffen mit den Kollegen in der Freizeit vom Leib zu halten.

»Glaubst du, Margo braucht Urlaub?«, fragte er.

»Ja. Irgendwo, wo es kein Internet gibt und sie nicht arbeiten kann. Vielleicht können wir ja den Anker lichten und irgendwo hinsegeln, wo es schön ist und die Sonne scheint. Etwas Exotisches.« Sie lächelte verschmitzt. »Schließlich sind wir beide gerade arbeitslos.«

Er lachte leise. »Überleg dir etwas und sag Bescheid. Wenn das alles hier vorbei ist, werden wir tüchtig feiern.«

Sie klatschte in die Hände. »Und bis dahin amüsieren wir uns mit Chandler Nystrom.«

Baltimore, Maryland
Mittwoch, 15. Juni, 19.00 Uhr

»Es dauert nur eine Minute«, meinte Gwyn und schloss die Wohnungstür auf, während Thorne, J.D. und Frederick hinter ihr warteten. Mittlerweile hatte sie sich an die unterschwellige

Klaustrophobie gewöhnt, die der Beschützerinstinkt der Männer in ihr auslöste. »Der arme Tweety muss bestimmt schon die Beine zusammenklemmen.«

»Ich gehe mit ihm Gassi, während du seine Sachen zusammensuchst«, befahl Thorne knapp.

Sie nahm seinen barschen Tonfall nicht persönlich, weil sie wusste, dass er Mühe hatte, nicht die Fassung zu verlieren. Die Nachricht vom Tod des Rettungssanitäters hatte ihn schwer getroffen. *Hätte ich Hyatt und Joseph doch bloß erzählt, dass Kiley den Schlüsselring damals gesehen hat,* hatte er ihr zugeflüstert, nachdem Joseph eingetroffen war, um sich Eileen Gilsons anzunehmen, und sie sich auf den Weg zu Gwyn gemacht hatten. *Dann hätte die Polizei gewusst, dass Kiley über wichtige Informationen verfügte, und hätte ihn vielleicht schützen können.*

Nicht deine Schuld, hatte sie zurückgeflüstert.

Brent Kiley hatte sein Geheimnis zu lange für sich behalten und nun den Preis dafür bezahlt. Die Angst um seine Familie war durchaus nachvollziehbar gewesen, allerdings hatte er mit seiner Weigerung, das Richtige zu tun, seine Ehe zerstört und sich selbst zu einem einsamen Leben inmitten von leeren Pizzaschachteln und Bierdosen verdammt.

Nichtsdestotrotz hatte der Gedanke Thorne nicht mehr losgelassen. *Ich hätte ihn zwingen sollen. So wie vorhin Eileen Gilson.*

Vielleicht. Aber der Rettungssanitäter hatte nichts gehabt, was ihm wichtig genug gewesen war, um es als Druckmittel einzusetzen, ganz im Gegensatz zu Eileen, die sowohl ihren Sohn schützen als auch ihren Lebensstil bewahren wollte. Gwyn hatte sie auf den ersten Blick nicht ausstehen können, und dass Thorne ihr Verhalten als teilnahmsvoll interpretierte, zeigte nur, wie sehr ihn dieses ganze Drama aus der Bahn warf. Da es ihr nicht gelang, ihn vom Gegenteil zu überzeugen, blieb nichts anderes übrig, als seine Hand zu halten und zu hoffen, dass Eileens Aussage ihnen zu einem Durchsuchungsbefehl verhelfen würde.

Er hatte sofort Christina Brandenberg angerufen, deren Bruder Colton noch immer wie vom Erdboden verschluckt war. Sie war nicht an den Apparat gegangen, deshalb hatte er ihr die Nachricht hinterlassen, noch jemand aus ihrer gemeinsamen Vergangenheit sei mittlerweile getötet worden. Er drängte sie, sich zu melden, und sei es nur, um Personenschutz zu fordern. Und er bekniete sie noch einmal, ihnen bei der Suche nach ihrem Bruder zu helfen.

Selbst Chandler Nystrom hatte er angerufen, um ihm eine Nachricht zu hinterlassen, obwohl der ehemalige Cop ihn am Morgen noch wie ein Stück Dreck behandelt hatte.

Danach hatte er wie ein Häuflein Elend mit geschlossenen Augen auf dem Beifahrersitz gesessen, während Frederick sie zu Gwyns Apartment fuhr, damit sie ihren Hund holen konnte. Sie hatten beschlossen, erst einmal bei Clay unterzuschlüpfen, in der Hoffnung, dass die zahlenmäßige Überlegenheit sie schützen würde. Allerdings fühlte sich das Ganze schwer nach einer Verzweiflungsmaßnahme an ... was es auch war. Dass Thorne anbot, mit Tweety Gassi zu gehen, war auf unerfreuliche Weise logisch, denn ihn würde Tavilla nicht töten, wenn er ihn sah. *Sondern mich und dann genüsslich beobachten, wie Thorne daran zugrunde geht,* dachte Gwyn.

»Ich hoffe, du hast diesem Kalb auch etwas zu essen dagelassen«, brummte J. D. »Er sieht mich immer an, als wäre ich ein leckeres Schweinerippchen.«

»Aber nein.« Lachend öffnete Gwyn die Tür ... und erstarrte. »O mein Gott.«

Ihr Apartment war völlig verwüstet. Komplett. Das Sofa war aufgeschlitzt, das Leder hing in Fetzen auf den Boden. Die Spiegel an den Wänden waren zertrümmert, sodass überall Glasscherben auf dem Teppich lagen, inmitten von heruntergerissenen Fotos und Bildern.

»Tweety.« Sie wollte in die Wohnung stürmen, wurde jedoch von drei starken Armpaaren zurückgehalten.

»Nicht!«, befahl J. D. »Frederick?«

»Ich bleibe bei ihr«, sagte Frederick, während Thorne bereits hineingestürzt war.

Schwer atmend ließ Gwyn sich gegen Fredericks Brust sinken. Ihr Zuhause. Ihr sicherer Hafen. Aber jetzt nicht mehr.

»Hattest du die Alarmanlage eingeschaltet?«, fragte Frederick sanft.

»Natürlich.« Ihre Stimme brach. »Ganz sicher.«

Frederick strich ihr übers Haar. »Versuch, ganz ruhig zu atmen, Schatz.«

»Ich hab ihn!«, rief Thorne von drinnen. »Gott sei Dank.«

Thorne und J. D. kamen zurück. »Es ist niemand mehr hier. Ihr könnt reinkommen. Macht die Tür zu.«

»Ich habe Tweety im Badezimmer eingesperrt, bis wir die Scherben aufgekehrt haben«, sagte Thorne.

»Aber er muss dringend raus«, beharrte Gwyn, deren Verstand sich immer noch weigerte, die Bilder, die sie sah, zu verarbeiten. »Er muss pinkeln.«

»Das hat er bereits«, sagte Thorne und schloss sie in seine Arme. »Das Badezimmer lässt sich problemlos sauber machen, alles andere wird allerdings schwieriger. Es ist völlig verwüstet. Es tut mir so leid.«

Sie schlang die Arme um ihn, worauf er sie hochhob und an seine Brust drückte. Sie vergrub das Gesicht an seinem Hals und sog tief seinen Duft ein.

»Es ist nicht deine Schuld«, wisperte sie. »Nichts von alldem ist deine Schuld.«

»Hattest du deinen Laptop auf dem Schreibtisch stehen lassen?«, fragte J. D.

»Nein, er ist bei Clay. Ich habe ihn Montagnacht benutzt, um die Bücher zu prüfen.« Damit waren ihre Dokumente in Sicherheit. Mit Ausnahme von …

Ihr Magen verkrampfte sich, und sie löste sich abrupt aus Thornes Armen. »Lass mich runter.« Er gehorchte, ohne zu zögern. Sie stürzte in ihr Schlafzimmer und riss den Kleiderschrank auf.

Er war leer. Vollständig leer. Sämtliche Sachen auf den Kleiderbügeln waren herausgerissen, die Regale ausgeräumt worden. *O Gott. O Gott.* Ihre Knie schlotterten, sodass sie sich an Thorne festhalten musste, der ihr gefolgt war.

Er war weg. Ihr Brandschutzsafe, in dem sie alle ihre wichtigen Dokumente aufbewahrte. Ihr Leben. Ihre Geheimnisse. Konnten die Täter ihn öffnen? Wahrscheinlich, da er nur mit einem Schlüssel verschlossen war. Nicht gerade eine Herausforderung.

Und was würden sie darin finden? Ihre Geburtsurkunde. Ihren Pass. Und all die Zeitungsartikel, die sie über die Jahre gesammelt hatte – von Thorne, von Lucy. Einen von ihr selbst auf dem Hochseil. Die meisten jedoch von Aidan. Eine Handvoll aus seiner Kindheit, körnige Aufnahmen irgendwelcher schulischer Preisverleihungen. Später, auf der Highschool, war die Qualität der Aufnahmen besser. Nummer 54. Angriffslinie.

Wer auch immer den Safe gestohlen haben mochte, würde den Jungen erkennen, daran bestand kein Zweifel. Sein Nachname stand auf dem Rücken seines Trikots. Und wenn sie herausfanden, in welcher Beziehung sie zu ihm stand? Diese Zeitungsausschnitte waren ein nicht zu übersehender Beweis für Aidans Bedeutung in ihrem Leben. Ihr Magen verkrampfte sich. Sie musste ihn warnen. *Aber das könnte kompliziert werden. Ich muss mir einen Weg überlegen.*

»Haben die deine Kleider gestohlen?«, fragte Frederick, der hinter sie trat.

»Nein«, antwortete J. D. »Sie liegen mit der Bettwäsche auf dem Boden, neben dem Bett herum. Aber auch sie sind zerrissen und zerstört. Tut mir wirklich leid, Gwyn.«

Die Kleider waren ihr völlig egal. Langsam drehte sie sich um die eigene Achse und ließ den Blick durch den Raum schweifen, über die zerschlagenen Kosmetiktiegel und Parfumflaschen, den zerborstenen Spiegel, die Matratze, auf der sie sich das erste Mal mit Thorne geliebt hatte. Auch sie war wie das Sofa mit einem Messer aufgeschlitzt worden, sodass die Füllung überall herausquoll.

Und dann kam die eigentliche Botschaft. Ihr Waffenschrank stand offen, doch die Pistolen lagen noch darin. »Sie kannten die Kombination. So haben sie auch die Alarmanlage deaktiviert.«

»Du verwendest für beides dieselbe Kombination?«, fragte J. D.

Sie nickte wie betäubt.

»Der Code für den Alarm lautet 0217«, sagte Thorne. Er kannte ihn zwar, wusste aber nicht, wofür er stand. »Ich wusste nicht, dass du dieselbe Kombination auch für deinen Waffenschrank verwendest«, sagte er nachdenklich. Fragend.

»Doch«, sagte sie nur.

»Wer kannte sie sonst noch?« J. D. zog sein Handy heraus, um das BPD anzurufen.

»Lucy. Sie ist die Einzige. Außer …« Sie hielt inne und kehrte dem weit offen stehenden Schrank den Rücken zu, um den Blick über das weniger verstörende Szenario ihrer Frisierkommode schweifen zu lassen. »Anne. Sie hat mich einmal nach Hause gefahren, weil mein Wagen in der Werkstatt war und Lucy und Thorne keine Zeit hatten. Sie wollte nur kurz die Toilette benutzen, deshalb habe ich sie hereingebeten. Vielleicht hat sie ja gesehen, wie ich den Code für die Alarmanlage eingegeben habe.«

»Wann war das?«, fragte J. D. »Nach dem Klub? Denn in der Kanzlei hast du doch seit Jahren nicht mehr gearbeitet, oder?«

»Doch, ab und zu habe ich ausgeholfen, wenn Thorne und Jamie besonders heikle Fälle hatten, die sie niemand anderem anvertrauen wollten.«

»Stimmt ja«, murmelte J. D. »Das hast du am Sonntagmorgen auch Hyatt erzählt, als Thorne noch im Krankenhaus lag. Ich dachte, das sei eine glatte Lüge.«

Sie sah ihn scharf an. »Du hättest mir einfach so eine Lüge durchgehen lassen?«

J.D. nickte ernst. »Wenn sie Thornes Schutz dient? Logo, verdammt.«

Sie konnte sich ein Lächeln nicht verkneifen. »Danke.«

»Aber wie ist Anne an deinem Hund vorbeigekommen?«, wollte Frederick wissen.

Gwyn zuckte die Achseln. »Er kennt sie. Sie hatte immer ein Leckerli für ihn parat, wenn ich in die Kanzlei kam oder sie irgendwelche Papiere für Thorne zum Unterschreiben in den Klub gebracht hat. Ich fand das damals eine nette Geste, aber jetzt …«

Thorne fuhr sich mit den Fingern durchs Haar. »Es lässt sich alles ersetzen.«

»Nicht alles. Ich hatte einen Safe im Schrank, in dem ich alle wichtigen Papiere aufbewahrt habe.« Wieder verkrampfte sich ihr Magen. *O Gott!*

»Und er hatte dieselbe Kombination?«, hakte Frederick nach.

»Nein, einen Schlüssel.« Zu ihrem Erstaunen klang ihre Stimme mittlerweile völlig ruhig. »Aber wenn sie es geschafft hat, einen Wohnungsschlüssel nachmachen zu lassen, was wohl der Fall ist, da die Alarmanlage ausgeschaltet war, hat sie vermutlich auch den zum Safe gefunden oder knackt ihn eben.«

Thorne hatte ihr die Hand um den Nacken gelegt, gerade so fest, um ihr das Gefühl von Stabilität zu geben, ohne dabei Druck auszuüben. »Müssen wir noch länger hierbleiben?«, fragte er J.D.

»Es wäre mir lieber, wenn wir zu Clay könnten.«

J.D. nickte. »Ja, lasst uns gehen. Ich sorge dafür, dass jemand vor der Tür postiert wird, bis die Spurensicherung mit dem Tatort fertig ist.« Er lächelte Gwyn traurig an. »Sieht ganz so aus, als müssten wir beide demnächst neue Klamotten shoppen gehen.«

»Allerdings.« Ein Winseln ließ sie aufmerken. »Armer Tweety. Wir können von Glück sagen, dass er sich kein Loch unter der Tür durchgebuddelt hat.«

»Versucht hat er es jedenfalls«, meinte Thorne und nahm ihre Hand. »Ich fürchte, dein Badezimmer muss erst mal gründlich auf Vordermann gebracht werden, wenn das alles hier vorbei ist.«

Bitte, lieber Gott, mach, dass es nicht mehr lange dauert. Sie gingen ja schon jetzt auf dem Zahnfleisch. Alle miteinander.

Es war eine reine Zeitfrage, bis ihre Wachsamkeit für einen Moment nachließ und einem von ihnen ein Fehler unterlief ... er gar verletzt wurde. Oder Schlimmeres. Denn dann würde Thorne sich endgültig wünschen, er sei tot.

Was genau das war, was Tavilla erreichen wollte.

Hunt Valley, Maryland
Mittwoch, 15. Juni, 21.30 Uhr

Thorne ließ sein Telefon auf die Kommode des Gästezimmers fallen, das er sich mit Gwyn im Keller von Clays Haus teilte. Er musste erst einmal in Ruhe durchatmen. Sich beruhigen. Seinen Frust ertragen zu müssen, war das Letzte, was sie jetzt noch brauchte. Sie hatte selbst einen Schock erlitten. Jemand war in ihr Zuhause eingedrungen, hatte ihren sicheren Hafen zerstört.

Sie lag, immer noch vollständig bekleidet und mit einem Kissen im Rücken, auf dem Bett, vor dem Tweety Posten bezogen hatte, das Kinn auf der Matratze, sodass er sein Frauchen beobachten konnte. Als spüre auch er, dass sie heute Abend ganz besondere Zuwendung brauchte.

Sie blickte von ihrem Laptop auf. »Irgendetwas Neues?«, fragte sie vorsichtig. Sie war immer noch viel zu bleich, und die Besorgnis stand ihr ins Gesicht geschrieben.

Er wusste nur zu genau, wie sie sich fühlte.

»Nein.« Er setzte sich aufs Bett, die Arme auf den Oberschenkeln, und starrte trübselig zu Boden, lachte allerdings leise, als Tweety seinen riesigen Kopf von der Matratze auf sein Knie verlagerte, und kraulte ihn hinter den Ohren. »Ich habe Nystrom und auch Christina Brandenberg noch mal angerufen, aber keinen erreicht. Ihr Handy hat mindestens zehnmal geläutet, ist also eingeschaltet, während bei ihm sofort die Voicemail angesprungen ist.«

»Das heißt, sie will nicht mit dir reden. Und er hat dich entweder blockiert, oder sein Handy ist aus.«

»Das ist mir klar. Ich will doch nur … Gott, Gwyn. Ich will nicht, dass noch jemand sterben muss.«

»Das weiß ich doch, Baby.« Sie stellte den Laptop zur Seite und rutschte herüber, um von hinten die Arme um ihn zu schlingen und die Wange gegen seinen Rücken zu schmiegen. »Ich weiß.«

»Ich habe Alec auf die Suche nach Colton Brandenberg angesetzt, weil ich nicht weiß, was ich sonst tun soll.«

»Vielleicht kann er ja eines seiner berühmten Wunder vollbringen.« Ihre Stimme klang so bedrückt, dass er sich erschrocken umdrehte und die Hände um ihr Gesicht legte.

»Wir werden dem ein Ende bereiten«, sagte er. »Das müssen wir.«

Sie nickte und schmiegte das Gesicht in seine Handfläche, löste sich jedoch abrupt, als es an der Tür klopfte. »Ja?«

»Ich bin's nur«, sagte Alec durch die geschlossene Tür. »Seid ihr angezogen?«

Thorne spürte, wie ihm die Hitze ins Gesicht stieg. »Ja«, antwortete er verlegen. »Komm rein.«

Vorsichtig streckte Alec den Kopf herein und öffnete dann die Tür ein Stück weiter, um eintreten zu können. »Ich habe Brandenberg aufgestöbert.«

Thorne sah ihn erstaunt an. »So schnell? Wie das?«

Alec warf ihm einen leicht verärgerten Blick zu. »Weil ich verdammt gut in meinem Job bin? Ich dachte mir, wenn er während des Prozesses so von der Rolle war, dass er Medikamente brauchte …«

»Moment mal«, unterbrach Gwyn. »Was?«

»Ich habe die Gerichtsprotokolle und Jamies Notizen durchgearbeitet. Das Verhalten, das Jamie beschreibt, hat mich an einen Freund erinnert, der wegen seiner Angststörungen und Depressionen unter starkem Medikamenteneinfluss stand, vielleicht litt er sogar unter einer bipolaren Störung. Ich habe ihn nie danach gefragt. Aber Jamies Beschreibung nach war er der reinste Zombie. Vielleicht hat er ja nach dem Prozess seinen Namen geändert, und wir finden deshalb keine Spur von ihm. So wie du damals, Thorne.«

Gott, der Junge ist wirklich gut. »Und? Hat er?«

»Ja, er hat. Ich habe ein paar Varianten durchgespielt und mir dann die Namensänderungen in den Registern von Maryland in dieser Zeit angesehen. Und … tadah! Ich habe euch die Infos aufs Handy geschickt.« Alec hielt inne und musterte Gwyn einige Sekunden länger, als vielleicht notwendig gewesen wäre. »Okay?«

Sie nickte. »Klingt großartig. Danke. Wie lautet sein neuer Name, und wo steckt er?«

»Er nennt sich inzwischen Brandon Colt und arbeitet als Landarzt, ganz altmodisch, irgendwo in den Appalachen. Einen festen Praxissitz hat er nicht, sondern reist in die Gemeinden, wo man ihn gerade braucht. Ich habe euch einen Link zu einem Artikel weitergeleitet, der letztes Jahr über ihn erschienen ist. Offenbar gondelt er in einem einundzwanzig Jahre alten Truck herum, das war's. Er ist nirgendwo fest gemeldet, es gibt auch keine Unterlagen über eine Immobilie, die er besitzt. Der Reporter, der einen Bericht über Lungenfunktionsstörungen in den alten Bergbaugemeinden gemacht hat, meinte, er sei ein ›durch und durch bescheidener‹ Mann, dem es nicht daran liege, mit seinen Dienstleistungen Reichtümer zu scheffeln.«

»Buße«, bemerkte Thorne leise. Damit kannte er sich aus.

»Das sehe ich genauso«, bestätigte Alec. »So wie all die Fälle, die du pro bono übernimmst, mit dem Unterschied, dass du nach dem Prozess auf Jamies finanzielle Unterstützung zählen konntest. Unser Dr. Colt scheint dagegen niemanden zu haben.«

»So etwas gibt es fast nie«, wandte Gwyn ein. »Seine Schwester weiß, wo er sich versteckt hält, wollte es uns bloß nicht verraten.«

»Eigentlich verständlich. Ich habe eine Telefonnummer von ihm ausfindig gemacht, aber es sprang gleich die Voicemail an. Ich habe ein Wegwerf-Handy benutzt, deshalb kann es sein, dass er bloß keine Anrufe von unbekannten Nummern annimmt, was aber für einen umherreisenden Landarzt eher unwahrscheinlich ist.«

»Danke, Alec«, sagte Thorne aufrichtig. »Jetzt haben wir morgen früh immerhin etwas, wo wir ansetzen können.«

»Gern geschehen. Noch etwas.« Er trat einige Schritte weiter in den Raum und reichte jedem von ihnen eine Haftnotiz. »Ich habe sämtliche Alarmanlagen scharf gemacht. Solltet ihr das Haus verlassen, gebt den Code da ein, sonst zerfetzt euch das Schrillen das Trommelfell.«

Gwyn nahm ihren Zettel und faltete ihn. »Deins nicht?«

Er grinste. »Nein, mein Zimmer ist mit einem Vibrationsalarm am Bett und Stroboskoplicht ausgestattet, für den Fall, dass der Alarm losgeht. Wenn ich meine Prozessoren rausnehme, höre ich gar nichts. Genau das werde ich jetzt tun.« Er zog vielsagend die Brauen hoch. »Gebt mir also zwei Minuten, bis ihr hier etwas anfangt.«

Er zog die Tür hinter sich zu.

»Tja«, sagte Gwyn halb lachend. »Das war ja ziemlich dezent.«

Thorne schnaubte. Denn genau das würde er am liebsten tun, sich in ihr verlieren, um eine Weile Abstand von seinen eigenen Gedanken zu bekommen. Nur für ein Weilchen. Diesen Wunsch hatte er den ganzen Tag gehegt, aber jetzt … sie hatte unter Schock gestanden, war nicht sie selbst gewesen.

Gleichzeitig hatte sie ihn aufgefordert, sich nicht von irgendwelchen Vermutungen aufhalten zu lassen.

Vorsichtig streckte er die Arme aus und atmete auf, als sie sich auf seinen Schoß setzte und ihm die Arme um den Hals schlang.

»Anderthalb Minuten müssen wir noch leise sein«, sagte sie.

»Bis dahin können wir ja knutschen.«

Er lächelte sie an. »Ich bin so froh, dass du hier bist.«

Sie zog eine Braue hoch. »Du meinst, es war doch richtig, heute Nachmittag nicht in Josephs Maschine zu steigen?«

Er küsste sie flüchtig. »Nein. Ich wünschte immer noch, du wärst jetzt in Sicherheit. Aber wenn du schon unbedingt so stur sein musstest, ist es gut, dass du jetzt hier bei mir bist.« Er legte die Stirn an ihre. »Ich muss unbedingt meinen eigenen Gedanken für eine Weile entfliehen«, gestand er.

»Ich auch. Aber …« Sie holte tief Luft. »Ich muss dir etwas sagen. Und es ist nicht so ganz einfach.«

Er hielt inne, denn er hatte gespürt, dass irgendetwas in der Luft lag. Seit sie entdeckt hatte, dass der Safe aus ihrem Kleiderschrank verschwunden war. »Was war in dem Safe, Gwyn?«

»Es ist dir also aufgefallen.«

»Ja. Alles andere war dir völlig egal. Nur dieser Safe spielte eine Rolle. Wieso? Dokumente wie Geburtsurkunden lassen sich doch jederzeit ersetzen.«

»Das weiß ich. Fast alles darin ist ersetzbar. Aber wenn Anne, oder wie auch immer sie verdammt noch mal heißen mag, den Safe aufmacht … hat sie etwas gegen mich in der Hand. Um mir Leid zuzufügen. Was dir wiederum Leid zufügt.«

Er setzte sich zurück, wartete. Tweety, der ihre Aufgewühltheit ebenfalls spürte, legte den Kopf auf ihr Bein. Abwesend kraulte sie ihm die Ohren. »Ich bin mit sechzehn von zu Hause weggelaufen.«

»Ich weiß. Und du hast dich einem Wanderzirkus angeschlossen.«

»Na ja, eigentlich bin ich mit einem Jungen durchgebrannt. Einem Mann, besser gesagt. Er hatte gerade seinen Abschluss an der University of Maryland gemacht, wo er ein Musikstipendium hatte.«

»Er war also älter als du. Wie alt? Einundzwanzig?«

»Dreiundzwanzig. Mein Vater hat mir verboten, mich weiter mit ihm zu treffen, allerdings mehr, weil er lange Haare hatte und Gitarre gespielt hat, als wegen des Altersunterschieds. Das war schon Grund genug für mich, weiterhin mit ihm zusammenzubleiben. Ich war ziemlich rebellisch in dem Alter.«

»Auch das ist nichts Neues«, bemerkte er trocken.

Sie grinste. »Jaja, schon gut. Jedenfalls habe ich mich in ihn verliebt. Er hatte einen Job, hat in einer Band in einem der Klubs an der Strandpromenade in Ocean City gespielt. Dort hatte ich ihn kennengelernt. Ich bin damals ständig nach Ocean City getrampt, weil es dort viel aufregender war als in Anderson Ferry, meiner Heimatstadt.«

Thorne wusste von Anderson Ferry, weil auch Lucy dort ihre Kindheit und Jugend verbracht hatte. »Es klingt auch nicht gerade einladend.«

»Zumindest nicht, wenn man sich nicht anpasst. Was Lucy und ich definitiv nicht getan haben. Jedenfalls habe ich Terrence in diesem Sommer kennengelernt, und wir … wurden ein Paar.«

»Du warst sechzehn«, sagte er tonlos. Die Vorstellung von ihr mit einem anderen gefiel ihm nicht, schon gar nicht mit einem langhaarigen Musiker.

»Ich habe behauptet, ich sei achtzehn. Er hat mir ein Bier spendiert, wir mochten uns, hatten Sex. Eigentlich war es nur eine Sommerliebelei, aber dann hat mein Vater Wind davon bekommen und ein Riesentheater gemacht. Ich habe mich weiter mit ihm getroffen, da ist mein Dad komplett ausgerastet. Für ihn stand strikte Disziplin an oberster Stelle. Er war ein leidenschaftlicher Kirchgänger, aber wenn er sauer war, hat er uns mit dem Gürtel vertrimmt oder mit einer Rute, die wir auch noch selbst schnitzen mussten. Ein klarer Fall von Misshandlung. Und wenn er betrunken war, wurde es richtig brutal.«

Thorne biss die Zähne aufeinander. Es machte ihn krank, dass auch sie auf eine von Gewalt dominierte Kindheit und Jugend zurückblickte. »Wie oft ist das passiert?«

»Oft. Ich habe ihn provoziert. Aber das ist natürlich keine Ausrede. Als das mit Terrence herauskam, hat er mich windelweich geschlagen. Am Ende habe ich mich zu Lucys Mutter geschleppt, die damals unsere Dorfärztin war.«

Thorne schluckte gegen die aufsteigende Wut an, obwohl er am liebsten nach Anderson Ferry gefahren wäre, um Gwyns Vater den Kopf bei lebendigem Leib abzureißen. »Ich weiß. Ich habe sie bei Lucys und J. D.s Hochzeit kennengelernt. Hat sie deinen Vater angezeigt?«

»Nein. Sie hat mich gefragt, ob ich es tun will, aber ich habe Nein gesagt, also hat sie nur meine Wunden gesäubert, genäht und verbunden. Und sie hat mir ein bisschen Geld gegeben, weil ich ihr erzählt habe, dass ich abhauen will. Ich bin nach Ocean City getrampt und zu Terrence in die Pension gegangen. Er hat mich nur angesehen und gemeint, am liebsten würde er meinen Vater eigenhändig umbringen.« Sie streichelte Thornes angespannten Kiefer. »So wie du jetzt gerade.«

»Der Gedanke kam mir in den Sinn, das ist richtig.« Seine Stimme klang belegt.

»Weiß ich.« Sie seufzte. »Es stellte sich heraus, dass Terrence im Begriff stand, nach Hause zurückzukehren. Nach Sarasota. Seine Eltern hatten ihn finanziell unterstützt, damit er seinen Abschluss macht, aber vereinbart, dass er danach nach Hause kommt und Teil ihrer Nummer wird. Sie waren Hochseilartisten. Terrence ist auch als Bogenschütze aufgetreten, mit einer Nummer im Wilhelm-Tell-Stil, bei der er seiner Assistentin einen Apfel vom Kopf schießt.«

Thorne hob die Brauen. Diesen Teil ihrer Zirkusgeschichte kannte er noch nicht. »Und du warst diese Assistentin?«

»Ja. Und ich war toll.«

»Das glaube ich sofort«, brummte er.

»Kein Grund, eifersüchtig zu sein. Er ist seit fast zwanzig Jahren Geschichte. Aber damals hat er mich mit nach Sarasota genommen, eine echte Zirkusstadt, in der auch der Ringling-Zirkus früher sein Winterquartier aufgeschlagen hat und wo es ein großes Zirkusmuseum gibt. Früher gab es sogar mal eine Clownsakademie. Auch heute leben noch viele Zirkusleute dort. Jedenfalls hat mich seine Mutter gleich ins Herz geschlossen und sich um mich gekümmert. Sein Dad hätte meinen am liebsten umgebracht, als Terrence ihm erzählt hat, was passiert war. Sie waren sehr nette Leute.«

»Waren?«

»Ja. Sie kamen bei einem Unfall mit Fahrerflucht ums Leben. Diese Menschen konnten auf einem dünnen Drahtseil balancieren, kamen aber um, als sie die Straße überqueren wollten. Das war wenige Monate, nachdem Terrence und ich den Zirkus verlassen hatten. Ich war ein paar Jahre mit ihnen mitgereist, bis ich achtzehn war, und habe für Kost und Logis gearbeitet. Anfangs musste ich Ställe ausmisten und die Böden fegen, aber ich hatte Talent. Auf der Schule hatte ich mit rhythmischer Sportgymnastik angefangen und habe sogar von Olympia geträumt, allerdings hatten wir nie das Geld, um eine entsprechende Förderung zu bezahlen. Aber ich war nicht schlecht, und ... biegsam.«

»Das ist mir auch schon aufgefallen«, bemerkte Thorne in der Hoffnung, ihr damit ein Lächeln zu entlocken.

Und sie lächelte tatsächlich, zumindest ein klein wenig. »Na ja, jedenfalls war da diese Schlangenfrau, die mich unter ihre Fittiche genommen und trainiert hat. Und ich war ziemlich gut, konnte mich aus allen möglichen verschlossenen Kisten und Fesseln befreien. Ich habe gelernt, Schlösser zu öffnen und mich aus Ketten zu lösen.«

»Daher wusstest du also, wie man Schlösser knackt, als wir für die Kanzlei Ermittlungen durchgeführt haben?«

»Genau. Es ist eine Gabe, die eine Menge Geld einbringt. Ich war damals ein süßes Mädchen.«

»Das bist du jetzt auch noch.«

»Danke.« Sie verdrehte die Augen. »Aber ich wollte unbedingt aufs Seil. Leider hat es kein gutes Ende genommen.«

»Du hast dich verletzt.«

»Ja. Zwar war ein Netz gespannt, aber einer der anderen Artisten fiel direkt auf mich. Bei kaltem, klammem Wetter tut mir heute noch der Rücken weh. Jedenfalls brauchte man im Krankenhaus meine Versicherungsunterlagen, und dabei kam heraus, dass ich erst achtzehn war. Was bedeutete, dass ich im Hinblick auf mein Alter gelogen hatte. Ich habe mich bereit erklärt, zu kündigen, damit der Zirkus und Terrence' Familie keinen Ärger bekamen, weil sie mich als Minderjährige beschäftigt hatten. Terrence war nicht gerade begeistert, weil er seine Assistentin für die Bogenschützennummer verlor. Er wollte den Zirkus verlassen. Seine Eltern haben es ziemlich gelassen aufgenommen und uns ein bisschen Geld gegeben, und weg waren wir. Terrence hat eine Band gegründet, ich habe Klavier gespielt und gesungen. Anfangs kannte ich bloß Kirchenlieder, aber er hat mir noch andere Sachen beigebracht.«

»Mir reicht's. Ich will nichts mehr über ihn hören«, knurrte Thorne.

Sie seufzte. »Brauchst du auch nicht, weil nichts davon mit dem zu tun hat, was in diesem Safe lag.«

»Was dann?«

»Ich wurde schwanger. Da war ich fast neunzehn. Er und ich waren etwa ein halbes Jahr mit der Band auf Tour gewesen, und als ich ihm die Neuigkeit überbringen wollte, fand ich heraus, dass ich nicht sein einziger Hafen im Sturm gewesen war.«

Thornes Gedanken kreisten immer noch um das Wort »schwanger«. Sie hatte nie etwas von einem Kind gesagt, deshalb hatte sie es entweder nicht ausgetragen oder aber nach der Geburt zur Adoption freigegeben. Erst jetzt merkte er, dass sie verstummt war, und beschloss, sich auf das weniger gefährliche Terrain zu begeben. »Terrence hat dich also betrogen.«

»Ja. Mit einer anderen Sängerin. Ich habe einen hysterischen Anfall bekommen, daraufhin hat sie die Kurve gekratzt. Dann habe ich ihm von dem Baby erzählt, aber er wollte, dass ich es wegmachen lasse. Das habe ich nicht über mich gebracht. Ich weiß, dass manche Frauen abtreiben, und unterstütze sie durchaus darin, aber für mich war es nicht das Richtige. Er hat mir ein Ultimatum gestellt. Also habe ich ihn verlassen und bin nach Anderson Ferry zurückgekehrt, allerdings waren meine Eltern alles andere als begeistert, mich zu sehen, und haben mich hochkant rausgeworfen, als ich ihnen von der Schwangerschaft erzählt habe.«

Thorne biss die Zähne so fest zusammen, dass ein scharfer Schmerz durch seinen Kiefer fuhr. »Ich hasse deine Eltern, Gwyn.«

»Ich auch. Ich hatte niemanden, wusste nicht, wohin. Terrence' Eltern waren tot. Nur eine Großtante in Baltimore hatte ich noch, die Tante meiner Mutter, die allerdings bloß erwähnt wurde, wenn sie für ihr Seelenheil beteten. Ich habe sie ausfindig gemacht, und sie hat mich bei sich aufgenommen. Ohne Bedingungen und ohne Fragen.«

»Deine Tante Aida. Deine drei Buchstaben für das Sheidalin.«

»Gewissermaßen. Ich habe sie sehr geliebt, aber sie war schon ziemlich alt und gesundheitlich angeschlagen. Während meiner Schwangerschaft habe ich meinen Schulabschluss gemacht, hatte aber natürlich keine richtige Berufsausbildung. Durch die Gespräche mit ihr wurde mir klar, dass ich einem Baby kein anständiges Zuhause bieten konnte und mich darauf gefasst machen musste, bald auf mich allein gestellt zu sein, weil sie schon damals wusste, dass sie nicht mehr lange da sein würde. Tante Aida mochte das schwarze Schaf der Familie gewesen sein, gleichzeitig war sie diejenige mit dem größten Herzen. Sie hatte Beziehungen, und so haben wir das Paar gefunden, das ihn adoptiert hat.«

Ihn. »Es war also ein Junge?«, fragte er, wobei er zu seinem Erstaunen spürte, wie sehr diese Frage schmerzte.

»Ja. Ich habe ihn Aidan genannt, nach meiner Tante. Dem Paar gefiel der Name, deshalb haben sie ihn behalten.«

»*Das* ist also dein I-D-A«, stellte er fest. Sie nickte. »Was ist aus der Familie geworden?«

»Sie sind nach Richmond gezogen. Aidan hat gerade die Highschool abgeschlossen und geht nächstes Jahr auf die Virginia Tech, um dort Football zu spielen.«

»Das war also in dem Safe? Fotos von ihm?«

»Ich habe nur ein einziges, eigentlich sogar bloß eine Kopie, aber die war in dem Safe. Das Original liegt in meinem Bankschließfach. Es zeigt mich, wie ich ihn in den Armen halte. Alles andere waren nur Zeitungsartikel, hauptsächlich von irgendwelchen Schulwettkämpfen. Football-Spiele.«

»Und hast du ihn jemals spielen gesehen?«

Obwohl sie die Augen schloss, sah er den Schmerz darin auflodern. »Einmal. Ein einziges Mal. Ich konnte aber nicht bleiben. Es tat zu sehr weh. Es war ein wichtiges Spiel. Heimspiel. Viele Leute waren da, und es war eiskalt, deshalb habe ich mir einen dicken Schal umgebunden, damit seine Eltern mich auf keinen Fall erkennen. Ich wollte mich nicht aufdrängen, sondern ihn nur sehen. Aber dann musste ich gehen.«

Er sah sie vor sich, wie sie ganz allein auf der Tribüne saß. Allein vom Zuhören brach ihm das Herz. »Und hast du ihn noch weitere Male gesehen?«

»Ja. Ab und zu. Ich bin nicht stolz darauf, aber manchmal bin ich in ihr Wohnviertel gefahren und habe nach ihm Ausschau gehalten. Ich wollte sehen, wie er spielt, wollte sichergehen, dass es ihm gut geht, dass er glücklich ist und sie sich gut um ihn kümmern. Und er hat immer gelächelt.«

Er seufzte. »Wird Anne es gelingen, den Safe zu knacken, was glaubst du?«

»Es würde mich wundern, wenn sie es nicht längst getan hätte. Außer dir und Lucy gibt es niemanden, der mir so viel bedeutet wie der Junge. Wäre ich an ihrer Stelle und würde mir überlegen, wie ich dir am besten schaden kann, würde ich mich wählen. Und jetzt, wo Lucy außer Reichweite ist, bleibt ihnen nur Aidan, um mir wehzutun.«

»In diesem Fall sollten wir Kontakt zu seinen Eltern aufnehmen.«

»Ich hatte gehofft, dass du das sagst. Aber …« Ihre Augen füllten sich mit Tränen. »Ich kann es nicht tun.«

»Warum nicht?«

»Im Februar ist er achtzehn geworden.«

Oh. O Gott. »Am siebzehnten?« Daher die 0217. Wie oft hatte er den Code in die Alarmanlage eingegeben, ohne zu wissen, wofür die Zahlenfolge stand?

Sie nickte. »Seine Eltern wollten ihm von mir erzählen und ihm die Entscheidung überlassen, Kontakt zu mir aufzunehmen. Inzwischen sind vier Monate vergangen, ohne dass ich etwas gehört habe.«

»Vielleicht haben sie es ihm ja doch nicht gesagt.«

Sie zuckte die Achseln. »Ein Grund mehr für mich, sie nicht anzurufen. Ich will ihnen nicht das Gefühl geben, dass ich sie unter Druck setze. Das wäre unfair. Außerdem – was, wenn er ans Telefon geht? Damit würde ich ihn doch bloß in Verlegenheit bringen, was noch unfairer wäre. Eigentlich wollte ich Jamie bitten, sich als mein Anwalt mit ihnen in Verbindung zu setzen, aber wenn du es tun willst …«

Ja. Das wollte er. Für sie. Er hoffte nur, dass er stark genug dafür wäre. »Ich bitte Alec, mir die Nummer zu beschaffen.«

»Er hat sie mir schon aufs Handy geschickt.«

»Oh. Deshalb der Blick vorhin.«

»Genau. Er wollte meine Privatsphäre wahren. Alec hat nicht gefragt, wer das ist.«

»Er ist ein toller Kerl.« Er hob ihr Kinn und küsste sie zärtlich. »Dir ist klar, dass das nichts an meinen Gefühlen für dich ändert, oder?«

Sie schluckte. »Ich hatte es gehofft.«

»Du hast getan, was in dieser Situation das Beste für Aidan war.« Er erinnerte sich an die Anfangsjahre ihrer Freundschaft, als sie Mühe gehabt hatte, sich über Wasser zu halten, ihr Diplom zu schaffen, um ihren Lebensunterhalt verdienen zu können. Die ersten ein, zwei Jahre war sie zu stolz gewesen, seine Hilfe anzunehmen, und hatte sich weitgehend von Nudelsuppe ernährt.

»Er hat ein wunderschönes Leben bekommen, oder nicht?«

Sie nickte ein wenig zittrig. »Ja, das glaube ich auch, und ich habe ihn aus der Ferne beobachtet. Ich hatte mir vorgenommen, meine Entscheidung rückgängig zu machen, wenn ich erst mein Diplom in der Tasche hätte. Ich wollte ihn gern bei mir haben, aber auch das hätte ich nicht über mich gebracht, selbst wenn ich eine juristische Handhabe gehabt hätte, was nicht so war. Aidan war glücklich. Wann immer ich ihn gesehen habe, wirkte er so glücklich.«

Sie legte die Hand um Tweetys Gesicht, der sich in die Berührung schmiegte, als spüre er ihren Schmerz. »Seit Monaten hoffe ich darauf, etwas von ihm zu hören, aber wenn es nicht passiert, ist es auch in Ordnung. Allein die Hoffnung …« Sie hielt inne. »Am Morgen seines siebzehnten Geburtstags bin ich aufgewacht, voller Traurigkeit, wie immer an dem Tag. Und dann habe ich mich umgesehen und gemerkt, dass ich so tief in die Depression verfallen war und mich so weit vom Leben zurückgezogen hatte, dass ich ihm nicht entgegentreten könnte, selbst wenn er versuchen würde, Kontakt zu mir aufzunehmen. Ich hatte ein ganzes Jahr, um wieder auf die Beine zu kommen. Es hatte fünf Jahre gedauert, um diesen Tiefpunkt zu erreichen, deshalb würde ich es wohl nicht schaffen, über Nacht wieder aus dem Loch zu kommen, aber in einem Jahr schon.«

»Du hattest ein Ziel«, murmelte er. *Hätte sie sich so bemüht, ihr Tief zu überwinden, wenn ich ihr vor all den Jahren gestanden hätte, wie ich für sie empfinde? Wahrscheinlich nicht.* In dieser Zeit war sie nicht bereit gewesen, jenen Teil in ihr erneut zum Leben zu erwecken, den Evan ihr genommen hatte. Mutterliebe dagegen … Er dachte an Stevie und Paige und ihre Babys, an die unfassbare Macht des Gefühls, das so tief reichte, dass es Gwyn letztlich ins Licht zurückgeholt hatte.

»Richtig. Ich habe mir eine Therapeutin gesucht, und dann habe ich Tweety gefunden.« Sie lächelte. »Und dann auch dich. Dabei warst du die ganze Zeit da, direkt vor meiner Nase.«

Er wollte zu einer klugen, tröstenden Bemerkung ansetzen, doch es kam lediglich ein krächzendes »Ich bin froh, dass du es getan hast« über seine Lippen. Denn er war nicht sicher, wie lange er noch durchgehalten hätte.

»Ich auch.« Sie holte tief Luft und sah auf die Uhr. »Es ist zwar schon spät, trotzdem sollten wir sie anrufen. Ich könnte es mir nie verzeihen, wenn über Nacht irgendetwas passieren würde.« Sie reichte ihm ihr Handy mit Alecs geöffneter E-Mail und glitt von seinem Schoß.

»Willst du dabei sein, wenn ich anrufe?«

»Nein, ich gehe nach oben und hole mir ein Glas Wasser. Komm, Tweety.«

Er fühlte sich erfrischt und ausgeruht und zugleich angenehm träge, nachdem er Kathryn unter der Dusche gevögelt hatte. Sie lag
auf dem Sofa, die langen Beine ausgestreckt und unglaublich sexy
in seinem Oberhemd. Heute Abend war sie besonders leidenschaftlich gewesen, denn zusehen zu dürfen, wie ein Mann aufgeschlitzt und zerstückelt wurde, schien das reinste Aphrodisiakum
für sie zu sein – eine Eigenschaft, die er an ihr lieben gelernt hatte.
Seufzend zog er den Reißverschluss seiner Hose zu.
Nystroms Leiche lag im Bestrafungsraum. Patton würde sich
morgen früh darum kümmern.
»Wie willst du jetzt weiter mit Thorne verfahren?«, fragte sie.
»Ich weiß es noch nicht«, antwortete er wahrheitsgetreu. »Er hat
alle um sich herum weggeschickt. Ich weiß zwar, wo sie stecken,
aber an sie heranzukommen, wird schwierig. Sie haben gemerkt,
dass ihre Nachrichten gespooft werden, deshalb müssen wir uns
etwas einfallen lassen.«
Sie zuckte die Achseln. »Sie können ihre Familien nicht ewig anderswo unterbringen. Auf kurz oder lang kommen sie zurück
nach Hause, gehen ihrem Leben wieder nach, und wenn sie am
wenigsten damit rechnen, schnappen wir sie uns. In der Zwischenzeit sorgst du dafür, dass seine Mandanten nicht gut auf ihn zu
sprechen sind und sie ihm den Klub dichtmachen.«
»Stimmt, du hast recht«, sagte er lächelnd. »Bleiben wir heute
Nacht hier, oder gehen wir nach Hause?«
»Lass uns nach Hause gehen. Das mit Nystrom war nett, solange
er geschrien hat, aber jetzt, wo er tot ist und bald anfängt zu stinken, finde ich es eigentlich ziemlich eklig.«
Ihm war das gleichgültig. Der Anblick einer erkaltenden Leiche
hatte ihm noch nie viel ausgemacht. »Gib mir mein Hemd.« Er
nahm sein Handy vom Schreibtisch, als ihm eine neue Nachricht

von Margo ins Auge fiel. Sie hatte zwei Fotos angehängt: eine körnige Aufnahme eines jungen Mannes in Football-Kluft, eine zweite von einer Frau mit einem Baby im Arm. Er vergrößerte Letztere und sah, dass es sich um die blutjunge Gwyn Weaver handelte.

Ich habe da etwas gefunden, lautete die Nachricht. *Er heißt Aidan. Was soll ich mit ihm machen?*

Lächelnd streckte er Kathryn das Telefon hin, die gerade in ihr schwarzes Kleid schlüpfte und ihm sein Hemd reichte.

»Wow! Margo hat wieder mal ins Schwarze getroffen«, rief sie und reichte ihm das Handy zurück. »Was machst du damit?«

»Was schlägst du vor?«

»Patton soll ihn sich schnappen«, antwortete sie nach einem Moment. »Er soll ihn unter Drogen setzen und liegen lassen, bis ihn jemand findet.« Sie lächelte. »Nur um ihr zu zeigen, dass du es kannst. Schick ihr ein Foto von ihm. Das ist für den Moment schlimm genug. Schließlich willst du sie ja noch nicht ganz fertigmachen. Sie ist Thornes kleiner Liebling, deshalb solltest du sie so quälen, dass ihr nichts anderes übrig bleibt, als ihn zu verlassen. Weil sie ihm früher oder später die Schuld geben wird.«

»Das klingt gut.« Er schickte Margo eine Nachricht mit den entsprechenden Anweisungen. *Gute Arbeit. Schlaf ein bisschen, meine Liebe. Wir sehen uns morgen,* fügte er hinzu.

Hunt Valley, Maryland
Mittwoch, 15. Juni, 22.05 Uhr

Thorne wartete, bis er Gwyn die Treppe hinaufgehen hörte, ehe er die Nummer von Aidans Adoptiveltern wählte.

»Hallo?«, meldete sich eine Männerstimme.

»Hallo. Ich würde gern Randy York sprechen.«

»Falls Sie etwas verkaufen wollen – ich bin nicht interessiert.«

»Nein, das will ich nicht«, wiegelte Thorne eilig ab. »Bitte geben

Sie mir einen Moment. Ich heiße Thomas Thorne. Entschuldigen Sie die späte Störung, aber Gwyn Weaver hat mich gebeten, Sie anzurufen.«

Der Mann sog scharf den Atem ein. »Ich weiß, wer Sie sind. Gwyn Weavers Partner. Der Typ, der wegen Mordes gesucht wird.«

Thorne brauchte einen Moment, um sich zu sammeln. Er hätte wissen müssen, dass auch Leute, die nicht in dieser Gegend lebten, von dem Fall gehört hatten. »Das ist nicht ganz korrekt. Ich bin zwar tatsächlich Gwyns Partner, aber ich werde nicht wegen Mordes gesucht.«

»Da habe ich aber etwas anderes in den Nachrichten gehört.«

Thorne massierte sich den Nasenrücken. »Ich nenne Ihnen gern die Ansprechpartner beim BPD und FBI, dann können Sie sich selbst überzeugen. Ich rufe in Gwyns Namen an. Wenn Sie den Fall in den Medien verfolgt haben, wissen Sie sicher auch, dass meine Familie und meine Freunde bedroht wurden und jemand versucht, mich geschäftlich zu ruinieren.«

Einen Moment lang herrschte Stille. »Sie wollen damit sagen, jemand hat es auf Sie abgesehen?«

»Rufen Sie Special Agent Joseph Carter an. Er wird Ihnen sagen, was hier gerade passiert. Aber ich rufe Sie im Auftrag von Gwyn Weaver an«, wiederholte Thorne. »Bitte, Mr York. Es ist wirklich wichtig.«

»Was ist los? Was will Gwyn?« Angst schwang in der Stimme des Mannes mit.

»Sie warnen. Heute Nacht wurde bei ihr eingebrochen. Die Täter haben alles verwüstet und unter anderem ihren Safe mit wichtigen Dokumenten gestohlen, darunter auch Zeitungsausschnitte von Ihrem Sohn, die sie im Lauf der Jahre gesammelt hat. Vielleicht hat es nichts zu bedeuten, aber sie hat Angst, die könnten versuchen, an Aidan heranzukommen, um ihr wehzutun. Was wiederum mir wehtut.«

»Das ist doch … absurd.«

»Meine andere Geschäftspartnerin, Lucy Fitzpatrick, hat nur knapp einen Brandanschlag auf ihr Haus überlebt. Sie und ihre beiden kleinen Kinder mussten die Stadt verlassen. Ihr Sohn, mein Patensohn, ist noch nicht einmal drei Jahre alt, ihre Tochter ist knapp ein Jahr und Gwyns Patentochter.«

»O Gott.«

»Mein Adoptivvater liegt gerade im Krankenhaus in der Kardiologie, weil jemand in sein Haus eingedrungen ist und ihn angegriffen hat. Einer meiner Mitarbeiter hat eine Gehirnerschütterung erlitten, und der Polizist, der auf sie aufpassen sollte, hat eine lebensbedrohliche Schussverletzung davongetragen. Noch ist er nicht über den Berg.«

»Oh. O nein!« Er senkte die Stimme. »Und Sie glauben, diese Leute wollen Aidan etwas antun?«

»Wie gesagt, es könnte auch falscher Alarm sein, aber sie wollte, dass Sie Bescheid wissen, damit Aidan auf der Hut ist. Sie ist davon ausgegangen, dass er noch zu Hause wohnt und noch nicht aufs College geht.«

»Ja, er wohnt noch bei uns.«

»Das ist gut. Das wird sie beruhigen. Was Sie ihm sagen, bleibt natürlich Ihnen überlassen, aber sie vertraut darauf, dass seine Sicherheit an oberster Stelle für Sie steht.«

Mr York stieß den Atem aus. »Gut. Meine Frau und ich werden besprechen, was wir ihm sagen. Für den Moment ist er erst einmal sicher in seinem Zimmer. Hat die Polizei schon einen Verdächtigen?«

»Ich … das weiß ich nicht, deshalb schlage ich vor, Sie rufen Agent Carter an, der Ihnen alles Wesentliche erklären wird.« Er gab dem Mann Josephs Nummer.

»Ich rufe ihn gleich morgen früh an. Wieso … hat Gwyn nicht selbst angerufen?«

»Weil sie Sie nicht in Zugzwang bringen wollte. Und nicht riskieren wollte, dass Aidan selbst am Apparat ist. Vor allem ihn will sie nicht unter Druck setzen.«

»Das ist sehr nett von ihr.« Er zögerte kurz. »Wir haben es ihm gesagt. Als er achtzehn geworden ist. Dass wir ihn adoptiert haben. Und dass wir wissen, wer seine leibliche Mutter ist. Seine Reaktion war … na ja, typisch Aidan eben. Er ist ein sehr introvertierter Junge, der sein Herz nicht gerade auf der Zunge trägt.«

»Wie seine Mutter«, sagte Thorne sanft. »Sie müssen wissen, dass Gwyn vor sechs Jahren etwas Traumatisches erlebt hat. Aber das Wissen, dass Aidan bald achtzehn wird, hat ihr geholfen, sich aus dem Tief zu befreien und wieder die Frau zu werden, die sie vorher war.«

»Ich habe davon gehört. Ich halte mich auch über sie auf dem Laufenden. Ich meine, wir haben es in der Zeitung gelesen. Meine Frau und ich waren so froh, dass es ihr nach dem Angriff wieder gut ging.«

Es ging ihr nicht gut. Nicht einmal heute. Aber sie schafft es. Dafür würde er sorgen.

»Ich erzähle Ihnen das nicht, weil ich Sie damit unter Druck setzen möchte, sondern damit Sie wissen, dass Aidan ihr auch weiterhin sehr am Herzen liegt. Sollte er sich jemals dazu entschließen, Kontakt zu ihr aufzunehmen, ist sie bereit. Im Augenblick ist es aber am wichtigsten, dass für seine Sicherheit gesorgt wird.«

»Danke. Kann ich Sie unter dieser Nummer erreichen, von der Sie mich anrufen?«

»Vorübergehend, ja, aber ich lebe nicht hier, sondern bin gerade bei einem Freund, von dessen Festnetz aus ich angerufen habe. Aber Agent Carter weiß immer, wie ich erreichbar bin.«

»Danke, dass Sie angerufen haben. Ich hoffe, Sie haben all das bald hinter sich.«

»Ich auch.«

25. Kapitel

Hunt Valley, Maryland
Mittwoch, 15. Juni, 22.35 Uhr

Zum dreißigsten Mal innerhalb einer Viertelstunde blickte Thorne auf sein Handy. Gwyn war noch immer nicht wieder heruntergekommen, dabei sollte sie längst hier sein. Mehrere Male hatte er aufstehen und ihr folgen wollen, es sich aber jedes Mal verkniffen. Sie brauchte etwas Raum für sich. Und den würde er ihr geben.

Aber er machte sich Sorgen um sie. Das Haus war sicherer als Fort Knox, und so lange war sie nun auch wieder nicht weg, trotzdem fühlte er sich, als würde er gleich den Verstand verlieren. So sah also ihr Leben jetzt aus? Immer nur in kleinen Grüppchen unterwegs sein? Alle im selben Haus schlafen, während die Mütter und Kinder Hunderte von Meilen weit weg waren?

Ja. Es sah ganz danach aus. *Keiner hält diesen Zustand ewig aus. Und Tavilla weiß das. Sein Sohn ist ins Gefängnis gewandert, und dafür zwingt er uns jetzt, in einem Gefängnis zu leben.*

Wäre die Situation umgekehrt gewesen, hätte man von ausgleichender Gerechtigkeit sprechen können. Aber das hier war die pure Hölle.

Dann spar dir das Gejammer und sieh zu, dass es aufhört. Aber zuerst musst du sie finden, dich vergewissern, dass alles in Ordnung ist.

In Clays Keller herrschte eine geradezu unheimliche Stille. Die Spielsachen im Kinderzimmer lagen säuberlich aufgeräumt in der Ecke, unbenutzt und verwaist. »Gwyn?«, rief er, erhielt jedoch keine Antwort. Er trabte die Treppe hinauf und blieb abrupt stehen. Sie saß mit Clay und Jamie am Küchentisch. Letzterer streichelte ihr das Haar. Sie hatte die Arme um ihren riesigen Hund geschlungen und schluchzte bitterlich an seinem Hals. Auch Tweety wirkte zutiefst betrübt. Clay und Jamie verfolgten das Szenario mit teilnahmsvollen Mienen.

Abermals brach ihm der Anblick das Herz.

Clay deutete auf einen Stapel Jeans und T-Shirts. »Ich habe ein paar von Stevies Klamotten vor dem Baby gefunden, die inzwischen eher Gwyn passen sollten.« Er zog den Kopf ein. »Verratet ihr bloß nicht, dass ich das gesagt habe, sonst kriege ich Schläge!«

Gwyn stieß ein Prusten aus, das eher wie ein Schluchzen klang. »Darauf kannst du wetten«, sagte sie, ohne den Kopf von Tweetys Hals zu lösen.

Jamie sah Thorne hilflos an. »Ich glaube, ihr ist gerade erst aufgegangen, dass bei dem Einbruch alles zerstört wurde.«

Nein, das war nicht der Grund. Sie weinte nicht wegen des Verlusts ihrer Sachen. Aber Thorne konnte ihnen die Wahrheit nicht sagen. Gwyn war diejenige, die ihnen von Aidan erzählen musste – dass sie ihn zur Welt gebracht hatte und dann weggeben musste, dass sie nun Angst um seine Sicherheit hatte, gepaart mit der Trauer, weil er achtzehn geworden war und bislang keine Anstalten gemacht hatte, mit ihr Kontakt aufzunehmen – und zwar zu einem Zeitpunkt, den sie selbst bestimmte.

»Hey.« Er ging neben ihr in die Hocke und schob den Hund zur Seite, der ihm das Gesicht ablecken wollte. »Du musst völlig erschöpft sein. Lass uns schlafen gehen. Wir alle sollten schlafen. Morgen ist ein arbeitsreicher Tag. Tavilla hat uns die ganze Zeit mächtig auf Trab gehalten, jetzt wird es Zeit, dass wir den Spieß umdrehen.«

»Und ihn geradewegs zur Hölle schicken«, brummte Clay.

»Darauf trinke ich«, bestätigte Jamie grimmig.

»Aber wie wollen wir das anstellen?«, fragte Gwyn, das Gesicht immer noch am Hals ihres Hundes vergraben.

»Indem wir uns die Leute vorknöpfen, die *ihm* am Herzen liegen. Zwei Frauen kennen wir jetzt ja, unsere Büroleiterin und unsere Barkeeperin. Sie waren beide auf dem Foto, das letzten Sommer bei seinem Lieblingsitaliener, dem Bruno's, aufgenommen wurde.«

»Wo er bis heute regelmäßig hingeht«, fügte Jamie hinzu.

Thorne nickte. »Ich gehe davon aus, dass die Polizei den Laden überwacht. Wir wissen auch, dass er verschiedene Büros hat. Anne war eine verdammt gute Büroleiterin.«

Gwyn schnaubte abfällig. »Blödsinn.«

Jamie lächelte. »Sie ist ein verdammtes Miststück, aber in dem Punkt muss ich Thorne zustimmen. Diese Frau hat ein spitzenmäßiges Ablagesystem eingeführt und dafür gesorgt, dass kein einziger Geburtstag vergessen wird. Vielleicht schmeißt sie ja auch Tavillas Büro.«

Gwyn hob den Kopf. Ihr Gesicht war tränenüberströmt, dennoch war sie immer noch die schönste Frau, die er je gesehen hatte. »Da könnte was dran sein.«

»In Lauras Facebook-Profil kam doch auch ein Kind vor«, fuhr Thorne fort. »Oder Bianca oder Kathryn oder wie auch immer sie wirklich heißen mag. Kann sein, dass es nicht ihr eigenes ist, aber zu irgendjemandem *muss* es ja gehören. Babys werden krank, müssen geimpft werden, brauchen einen Kinderarzt, der sie betreut. Dort setzen wir an und sehen, wie wir weiterkommen. Wichtig ist, dass wir irgendwo anfangen können. Also, lasst uns jetzt schlafen gehen, und morgen überlegen wir, wie wir weitermachen.«

»Gut.« Sie wischte sich die Tränen mit dem Ärmel ab und nahm den Kleiderstapel. »Danke für die Sachen, Clay. Und natürlich werde ich Stevie nicht petzen, was du gesagt hast, weil sonst dein Sohn bereits den Kindergarten besucht, bevor du wieder Sex haben wirst.«

Clay verzog das Gesicht. »Danke.«

Sie lächelte. »Gern geschehen. Komm, Tweety.« Sie wartete, bis sie ins Gästezimmer zurückgekehrt waren, ehe sie sich Thorne zuwandte. »Hast du sie erreicht?«

»Ja. Sein Vater hat sich für die Warnung bedankt und versprochen, gut auf ihn aufzupassen.«

Sie zögerte. »Sie haben es ihm gesagt, oder? Aber er will nichts mit mir zu tun haben.«

»Gib ihm ein bisschen Zeit«, meinte Thorne, um keine Antwort geben zu müssen. »Komm her.« Er nahm ihre Hand und setzte sie aufs Bett, wo er ihre Bluse aufzuknöpfen begann. »Ich werde dich jetzt ein bisschen massieren, und dann schläfst du eine Runde.«

Hunt Valley, Maryland
Donnerstag, 16. Juni, 01.10 Uhr

Gwyn erwachte in einem fremden Bett, allerdings hatte sie keine Angst, denn noch bevor sie die Augen aufschlug, wusste sie, dass Thorne bei ihr war. Er hatte den Arm um sie geschlungen, seine Hand umfasste fest ihr Hinterteil, während ihr Kopf an seiner Brust wie auf einem riesigen Kissen ruhte. Ihr Bein lag zwischen seinen muskulösen Schenkeln. Vorsichtig versuchte sie, sich zu bewegen.

»Vorsicht mit dem Knie«, murmelte er warnend.

Denn es befand sich nur wenige Zentimeter von seinen Lenden entfernt. Und seiner beachtlichen Erektion. Sie ließ ihre Hand nach unten gleiten und schloss die Finger darum. Er stöhnte auf. Sie legte den Kopf in den Nacken und küsste seinen Kiefer, während sie sich fragte, wie spät es wohl sein mochte. »Hast du auch geschlafen?«

»Nein, ich habe dich nur gehalten.«

Vorsichtig rollte sie die Schultern, spürte jedoch keinerlei Schmerz. »Deine Massage hat funktioniert.«

»Das war der Plan«, sagte er. »Dafür zu sorgen, dass es dir besser geht.«

Nach wenigen Minuten war sie eingeschlafen, deshalb war es bei einem einseitigen Vergnügen geblieben, ohne zum gegenseitigen Verwöhnen zu werden.

Bis jetzt. »Weißt du, was ich besonders toll fand?«

»Wie du regelrecht mit der Matratze verschmolzen bist, als ich deine Schultern massiert habe?«

»Das auch. Aber ich denke gerade an Dienstag. Daran, was sich in meinem Bett abgespielt hat.«

»Hmm.« Er zwirbelte eine Haarsträhne um den Finger. »Um welche Zeit genau?«

»Die ganze Zeit. Aber hauptsächlich, als ich auf dem Rücken lag und dich ansehen konnte.« Sie spürte, wie sich sein Herzschlag unter ihrem Ohr beschleunigte. »Ich hatte gehofft, wir könnten das wiederholen. Bald einmal? Jetzt gleich vielleicht?«

Ehe sie sichs versah, lag sie auf dem Rücken, während er an ihr hinunterglitt und ihre Beine über seine Schultern legte. Augenblicke später spürte sie seine Zunge und stöhnte leise, nicht etwa aus Angst, jemand könnte sie hören, sondern weil der Moment zu wichtig, zu heilig für laute Schreie und Betteln nach mehr schien.

»Thorne«, flüsterte sie.

Er hob den Kopf. »Was brauchst du?«, raunte er. »Sag es mir.«

Zärtlich berührte sie sein Haar mit den Fingerspitzen. »Nur dich. Mehr nicht.«

Mit den Lippen strich er an der Innenseite ihres Schenkels entlang, ehe er seine Zunge neuerlich zum Einsatz brachte, sie rhythmisch vorschnellen ließ, intensiv, aber nicht zu fieberhaft. Noch nicht.

Sie rekelte sich wie eine Katze, packte mit beiden Händen die Messingstäbe des Kopfendes und stieß einen unterdrückten Schrei aus, als er zwei Finger in sie schob.

»Gut?«, murmelte er.

Sie begann, die Hüften zu kreisen, rieb sich an seinen Fingern.

»Ja. Sehr gut. Hör nicht auf. Bitte hör nicht auf.«

»Werde ich nicht.« Sie hörte das Lächeln in seiner Stimme, ehe er ihre Klitoris behutsam zwischen die Lippen zog und daran zu saugen begann, während er einen dritten Finger in sie schob.

Mit jeder Sekunde wuchs der Drang, zu kommen, riss sie mit sich, zwang sie, sich ihm entgegenzuwölben, sich immer weiter zu bewegen. »Thorne, jetzt. Bitte. Ich bin so weit.«

Er hielt inne. Sie sah seine Belustigung im Halbdunkel, als er den Kopf hob. »Aber ich nicht«, sagte er. »Du bist zu ungeduldig.«

»Ja, verdammt.« Verführerisch wand sie sich auf dem Laken, versuchte, ihn erneut zu sich zu locken. Er stöhnte.

»Ungeduldig und gemein«, sagte er.

»Ungeduldig und *wirklich ungeduldig*«, korrigierte sie und wand sich um seine Finger. »Fünf Sekunden noch, dann mache ich es mir selbst.«

Lachend senkte er den Kopf, um seine Zunge ein letztes Mal vorschnellen zu lassen, ehe er sich mit der Anmut und Eleganz eines Raubtiers aufstützte und an ihrem Körper entlang hochschlängelte. Bereitwillig spreizte sie die Beine, während er sich, beide Hände neben ihrem Kopf aufgestützt, an ihrem empfindsamen Fleisch rieb.

»Thorne«, stöhnte sie. »Bitte.«

»Shhh«, raunte er. »Lass mich.«

Sie schlug die Augen auf und sah ihn an. Ihr Herzschlag setzte aus. Da war er, der Blick, in dessen Tiefen sie sich versenken und nie wieder auftauchen wollte. »Ja.«

Ein tiefes Summen entrang sich seiner Brust. »Ja was?«

Sie lächelte ihn an und löste die Finger um das Messinggestell. »Was du willst.«

Ein Schauder durchlief ihn. »Ich will alles. Dich.« Er neigte die Hüften und schob sich in sie, während sie einen leisen Schrei ausstieß.

Sie hatte sich noch nie so erfüllt gefühlt, mit keinem Mann, mit dem sie je zusammen gewesen war, nicht nur körperlich, sondern auch im Herzen. Es war, als verbinde sich ihre Seele mit der seinen. Es war ein geradezu erhebender Moment. Plötzlich spürte sie, wie ihre Augen brannten, und blinzelte, während ihr die Tränen aus den Augenwinkeln liefen und sich in ihrem Haar verloren.

Abrupt erstarrte er. »Habe ich dir wehgetan?«

»Nein.« Sie legte die Hände um sein Gesicht. »Nein. Es ist … perfekt. Du bist perfekt.«

Wieder erschauderte er. »So eng. O Gott. Das werde ich nicht lange aushalten.« Er glitt tiefer in sie, nahm den Rhythmus auf, ohne auch nur eine Sekunde lang den Blick von ihr zu lösen.

Sie schlang die Beine um ihn, hob sich ihm mit jedem Stoß entgegen. Ihr Höhepunkt baute sich immer weiter auf, bis er mit einem Mal da war, sie mitriss wie eine gewaltige Woge, die ans Ufer schlug, ihr den Atem raubte, während sie am ganzen Leib zitterte, seinen Namen auf ihren Lippen.

Er verharrte vollkommen reglos, während ihr Fleisch um ihn pulsierte, ehe er mit einem tiefen, gutturalen Stöhnen seine Stöße beschleunigte, sich immer fieberhafter, unkontrollierter dem Orgasmus entgegenpeitschte.

Sie konnte nur zusehen, erschöpft, fasziniert. *Er ist so wunderschön.*

Schließlich warf er den Kopf in den Nacken und richtete sich auf, den Rücken durchgebogen wie ein Gott, der sich aus den wogenden Fluten erhob. Sie spürte, wie er sich verlor, spürte die Hitze seines Saftes, als er sich pulsierend in sie ergoss.

Schließlich ließ seine Kraft nach, sodass er auf die Vorderarme sank, geschüttelt von heftigen Schaudern.

»O Gott«, japste er und ließ den Kopf sinken. Sein Haar kitzelte ihre Wange. »Gwyn.«

Sie hob die Hand und streichelte ihn. »Danke.«

Er lachte auf. »Ich sollte wohl eher dir danken.«

Mit dem Finger fuhr sie an seinem Nacken entlang, auf dem Schweißperlen glitzerten. So perfekt. »Nicht nur für den Sex.« Ihre Lippen verzogen sich zu einem Lächeln. »Obwohl er unglaublich war. Danke, dass du mir geholfen hast, mich wiederzufinden. Ich hatte solche Angst, dass ich nie wieder so sein könnte. Nur du allein hast es möglich gemacht.«

Sein Kuss war voll berührender Süße. »Ich liebe dich.«

»Ich liebe dich auch«, erwiderte sie mit einem zufriedenen Seufzer.

Leise stöhnend zog er sich aus ihr zurück und rollte sich auf den Rücken, wobei er sie mit sich zog. Sie schmiegte sich an ihn, als er sie an seine Seite bettete, so wie sie zuvor aufgewacht war – in seinem Arm, eine Hand auf ihrem Hinterteil, ihr Kopf an seiner Brust, ganz dicht an seinem Herzen.

Frieden. Sie war fest entschlossen, ihn zu genießen, solange sie es konnte. Zumindest bis morgen früh. Wenn sie Glück hatten.

Hunt Valley, Maryland
Donnerstag, 16. Juni, 08.30 Uhr

Der Friede hielt bis zum Frühstück. Sie saß in Stevies Prä-Schwangerschaftsklamotten bei der zweiten Tasse Kaffee am Küchentisch und scrollte durch die aktuellen Nachrichten.

»Und?«, fragte Jamie mit einer Geste auf den Laptop.

Sie zuckte die Achseln. »Es ist immer noch alles gemischt, allerdings scheint sich die Waagschale allmählich in unsere Richtung zu neigen. Tavilla selbst wird nach wie vor nicht offiziell als Verdächtiger genannt, wahrscheinlich weil Joseph und Hyatt erst alles in trockenen Tüchern haben wollen.«

»Dann sollten sie sich gefälligst beeilen«, bemerkte Frederick.

Thorne kam mit gerunzelter Stirn aus dem Arbeitszimmer und

setzte sich auf den freien Stuhl neben Gwyn. »Immer noch nichts von Colton Brandenberg?«, fragte sie.

»Nein. Und auch Nystrom und Christina Brandenberg sind nicht erreichbar. Danke«, fügte er hinzu, als Frederick ihm Kaffee einschenkte. »J. D. ist schon am Telefon mit Hyatt. Sie wollen das Foto von dem Baby auf Lauras Facebook-Account den Kinderärzten in der Gegend unter dem Deckmantel einer Vorsichtsmaßnahme wegen Gefährdung des Kindeswohls zeigen, mit dem Argument, Laura sei mutmaßlich in den Mord an zwei Mitgliedern der Circus Freaks verstrickt. Sie hätten sie als eine von Tavillas Mitarbeiterinnen erkannt, die versucht hätte, sich in die Gang einzuschleusen, und dann seien die beiden Mitglieder getötet worden. Das ist zwar bestenfalls eine Indizienvermutung, aber ausreichend als Argument für das BPD, zu versuchen, sie über ihr Baby ausfindig zu machen.«

Gwyn sah überrascht auf. »Alistair wird bestätigen, dass sie versucht hat, sich bei den Freaks einzuschleusen?«

Thorne schnaubte. »Du liebe Zeit, niemals. Aber Prew hat es bestätigt. Zumindest dass die beiden Ermordeten sie kannten. Er ist ihnen ja am Sonntagabend gefolgt, nachdem Ming und Mowry sie vor die Tür gesetzt hatten. Prew weiß noch, dass sie sich über die Barkeeperin unterhalten und ihren Boss am Telefon gefragt haben, ob sie sie mitbringen sollen. Natürlich ist Hyatt nicht gerade glücklich damit, das Ganze als Gefährdung des Kindswohls zu tarnen, aber wenigstens scheint er endlich zu kooperieren.«

»Zu wenig und zu spät«, brummte Gwyn. »Wirklich hilfreich wäre gewesen, wenn er uns selbst von dem Mord an dem Rettungssanitäter erzählt hätte. Aber so frage ich mich, was er uns sonst noch vorenthält.«

»So einiges«, sagte eine Stimme, die die Anwesenden aufsehen ließ. Joseph Carter stand mit missmutiger Miene im Türrahmen.

»Joseph.« Thorne nickte ihm zu. »Was führt dich denn hierher?«

»Ich wollte euch abholen.« Er warf einen säuerlichen Blick auf Clay, der mit einem selbstgefälligen Lächeln direkt hinter ihm stand. »Meine Aktentasche hättest du nun wirklich nicht durchsuchen müssen.«

»Ich habe Alec gesagt, er soll seine Aktentasche auf Wanzen checken«, erklärte Clay mit einem verschmitzten Augenzwinkern. Er und Joseph waren enge Freunde, trotzdem schienen die beiden großen Spaß daran zu haben, sich gegenseitig zu piesacken. »Alles, was ins Haus kommt, wird überprüft. Ohne Ausnahmen.«

Joseph verdrehte die Augen. »Du lieber Himmel«, stöhnte er. »Kriege ich wenigstens einen Kaffee?«

Thorne schenkte ihm eine Tasse ein und reichte sie ihm mit versteinerter Miene. »Was hast du uns sonst noch vorenthalten?«

Joseph setzte sich und nahm einen großen Schluck von seinem Kaffee, zuckte allerdings zusammen, weil er brüllend heiß war. »Nystrom ist tot. Ihr könnt also aufhören, ihn anzurufen.«

Thorne schloss die Augen. »Verdammt. Wie?«

»Unter großen Schmerzen, vermute ich.« Joseph schüttelte den Kopf. »Das ist einer dieser Anblicke, die ich gern aus meinem Gedächtnis löschen würde.« Er legte den Kopf schief. »Wie viele Medaillen gab es eigentlich in dieser verdammten Highschool?«

Thorne starrte ihn verwirrt an. »Was?« Dann ließ er die Schultern sacken. »Er hatte auch eine in seinem Körper?«

»Ja, ansonsten aber nicht mehr viel.« Vorsichtig nahm Joseph noch einen Schluck. »Belassen wir's dabei, dass ich keinen sonderlich angenehmen Morgen hatte.«

»Wo wurde seine Leiche gefunden?«, fragte Clay.

»In seinem Haus, allerdings wurde er nicht dort getötet. Seine Anrufliste auf dem Handy zeigt, dass er Hyatt gestern Abend noch angerufen hat. Das war der letzte abgehende Anruf.«

»J. D. hat ihm Hyatts Visitenkarte gegeben«, bemerkte Thorne, »und gesagt, er solle ihn anrufen, wenn er Hilfe braucht. Meine habe ich ihm auch gegeben, aber die hat er gleich zerrissen.«

»Er hat mit seinem Anruf wohl zu lange gewartet«, erklärte Joseph. »Aber es war nett, dass du ihm noch zu helfen versucht hast, Thorne.«

»Auch wenn meine Motive nicht ganz altruistisch waren«, gestand Thorne. »Ich war sicher, dass er über diesen verdammten Schlüsselring Bescheid wusste.« Er drückte Gwyns Hand. »Ich habe auch die ganze Zeit versucht, Christina Brandenberg zu erreichen. O Gott, ich hoffe nur, sie ist nicht auch tot. Schließlich ist sie Coltons Schwester, der damals ebenfalls zu Richards Clique gehört hat. Anscheinend arbeitet er inzwischen als Arzt und versucht wenigstens, etwas Gutes zu tun. Sie schützt ihn.«

»Weiß ich«, sagte Joseph und nippte an seinem Kaffee. »Deshalb bin ich hier. Ich habe eine Nachricht von der Zentrale bekommen, er und seine Schwester sind auf dem Weg zu mir.«

Gwyn fiel die Kinnlade herunter. »Das hättest du auch gleich sagen können.«

Joseph verengte die Augen. »Und ich habe auch einen Anruf von einem gewissen Mr York erhalten.«

Gwyn spürte, wie sämtliche Farbe aus ihrem Gesicht wich. »Was?«

Thorne zuckte zusammen. »Ich habe ihm gesagt, er soll Joseph zur Bestätigung anrufen. Tut mir leid, ich habe vergessen, dich vorzuwarnen.«

Weil er ihr eine fantastische Massage hatte zuteilwerden lassen, gefolgt von noch viel fantastischerem Sex. Sie tätschelte seine Hand. »Ist schon gut. Und was hat er gesagt?«

»Er wollte wissen, ob Thornes Geschichte wirklich stimmt«, antwortete Joseph. »Ich habe alles bestätigt. Nächstes Mal wäre eine kleine Vorwarnung tatsächlich ganz nett.« Sein Blick wurde eine Spur nachsichtiger. »Du hättest es mir sagen müssen, Gwyn, dann hätte ich Personenschutz für seine Familie veranlasst.«

Gwyn spürte, wie sie unter den forschenden Blicken von Clay, Jamie und Frederick rot wurde, und starrte in ihren Kaffee. »Ich

habe einen Sohn, den ich nach der Geburt zur Adoption freigegeben habe. In meinem Safe lagen einige Zeitungsartikel und Fotos.«

»Oh«, stieß Jamie leise hervor. »Deshalb hast du gestern Abend
so geweint. Ach, Süße.« Er kam mit seinem Rollstuhl neben sie,
zog sie an sich und drückte ihr einen Kuss aufs Haar. »Es tut mir
so leid. Hätte ich es gewusst, hätte ich ganz andere Dinge gesagt.«

»Ich weiß, aber trotzdem danke.« Sie ließ sich einen Moment in
seine Umarmung sinken, während sie wünschte, er sei auch ihr
Vater gewesen. »Geht es Aidan gut?«, fragte sie Joseph.

Joseph runzelte die Stirn. Gwyn spürte, wie sich ihre Atemzüge
beschleunigten und Thorne neben ihr erstarrte. »Nein!« Sie hörte die Hysterie in ihrem Tonfall.

Joseph seufzte. »Noch wissen wir nicht, ob ihm etwas zugestoßen ist. Sein Vater war völlig aufgelöst, als er heute Morgen angerufen hat. Die Freunde seines Sohnes sagen, Aidan sei gestern
Abend bei ihnen auf einer Party gewesen und hätte sie zusammen
mit einem Mädchen verlassen. Das Mädchen gibt an, Aidan sei
vor dem Morgengrauen aufgebrochen, um nach Hause zu gehen.«

»O Gott, o Gott, o Gott!« Gwyn presste sich die Hand auf den
Mund, während Thorne sie in die Arme schloss.

»Aber als ich gestern Abend angerufen habe, meinte sein Vater,
er sei zu Hause«, sagte er.

Wieder seufzte Joseph. »Tja, das dachte er. Mr York hatte wohl
beschlossen, heute Morgen zuerst mit mir zu reden, ehe er seinem Sohn Angst einjagt. Seine Freunde haben inzwischen zugegeben, dass er aus dem Fenster geklettert ist. Anscheinend macht
er das seit Jahren.«

*Genauso wie ich. Er ist wie ich. Er klettert aus dem Fenster, um
irgendwo auf eine Party zu gehen. Tavilla hat ihn sich geschnappt,
und jetzt stirbt er. Genauso wie Nystrom.*

»Gwyn.« Thorne verstärkte seinen Griff um ihre Schultern.

»Atme. Du kannst nicht wissen, dass auch er sterben wird. Er könnte genauso gut bei einem Freund sein.«

Gwyn hatte nicht einmal gemerkt, dass sie die Worte laut ausgesprochen hatte. »Das glaubst du doch selber nicht.«

Thorne straffte die Schultern. »Nein. Aber ich weiß, dass wir ihn auch nicht schneller finden, wenn wir jetzt die Nerven verlieren. Ich sage dir jetzt, was du mir am Sonntag gesagt hast. Ich gebe dir nicht die Zeit, darüber nachzugrübeln, weil ich dich hier bei mir brauche, wach, aufmerksam und konzentriert.«

Nein, nein, nein, nein. Das Wort hallte in ihren Gedanken wider. Am liebsten hätte sie sich zusammengekauert und sich vor und zurück gewiegt, so wie damals nach dem Krankenhaus. Nach Evan.

Nein. Nicht jetzt. Reiß dich zusammen, Gwyn. Sie holte zittrig Luft. »Wie willst du ihn finden, Joseph?«

»Die Kollegen vor Ort behandeln die Sache wie eine Entführung und stellen gerade ein Einsatzteam zusammen. Ich wollte nicht, dass ihr es aus den Nachrichten oder sonst woher erfahrt.«

Sie nickte knapp. »Danke. Habt ihr vor, Tavillas Büros und sein Haus zu durchsuchen?«

»Im Moment noch nicht, weil wir noch nichts in der Hand haben, was einen Durchsuchungsbefehl rechtfertigen würde.«

Wieder ließ sie sich gegen Thorne sinken und sog seinen Geruch ein, während sie sich die Verbindungen zwischen den Opfern und den Verbrechern auf dem Crime Board ins Gedächtnis rief. Lediglich auf die Fäden zu Tavilla konnten sie sich bislang keinen Reim machen. Weshalb hatte er ausgerechnet Patricia als Opfer gewählt? Und inwiefern stand all das in Verbindung zu Linden senior? Und die zentrale Frage: Was hatte es mit dem verdammten Schlüsselring auf sich?

»Was ist mit Linden senior?«, fragte sie. »Kriegt ihr wenigstens ihn dran?«

»Zumindest dafür, dass er Eileen Gilson für ihr Schweigen bezahlt hat. Vielleicht auch wegen des Versuchs der Manipulation von Beweismitteln bei den Ermittlungen im Mord an seinem Sohn. Aber das reicht noch nicht, um ihn mit allem anderen in Verbindung zu bringen.«

»Dafür wird Brandenberg sorgen«, meinte Thorne. »Das muss er, schließlich ist er der Einzige, der noch übrig ist.«

Joseph stellte seine leere Tasse auf den Tisch. »Dann sollten wir mit ihm reden. Er will sich mit Hyatt und mir in einer halben Stunde treffen.«

Baltimore, Maryland
Donnerstag, 16. Juni, 09.30 Uhr

»Was hat Clay gesagt?«, fragte Gwyn, als sie im Morddezernat des BPD aus dem Aufzug stiegen. Sie, Thorne und J.D. waren gemeinsam mit Joseph gefahren, dicht gefolgt von Frederick und Jamie in dessen Minivan.

Clay war mit Alec zu Hause geblieben, der sich inzwischen auf die Suche nach der wahren Identität von Anne Poulin gemacht hatte; nicht die Frau, die für Tavilla arbeitete, sondern das Mädchen, das mit einem Studentenvisum aus Montreal in die USA gekommen war. Die echte Anne Poulin war ein weiteres Bindeglied zu Tavilla. Wie es aussah, hatte sie tatsächlich existiert, war jedoch eliminiert worden, damit die Frau, die während des vergangenen Jahres für Thorne gearbeitet hatte, sich ihre Identität zu eigen machen konnte.

Auch Tweety hatten sie bei Clay zurückgelassen, allerdings bereute Thorne diesen Entschluss mittlerweile, weil Gwyn immer noch kreidebleich war und jederzeit die Nerven zu verlieren drohte.

Er verstaute sein Telefon in der Tasche. »Am Ende wurde die Verbindung schlechter, weil wir im Aufzug standen, aber anscheinend hat der Trainer des Lacrosse-Teams von Patricias Sohn heute Morgen Stevie angerufen. Er hat mit Tristan Armistead gesprochen, der zugegeben hat, mit Patricia ›zusammen‹ gewesen zu sein. Sie hat sich an ihn herangemacht, als er siebzehn war, was ihm einerseits geschmeichelt, ihn aber auch verunsichert hat. Von einer älteren, erfahrenen Frau verführt zu werden, war sicherlich ein aufregendes Abenteuer, gleichzeitig war ihm klar, dass Patricias Sohn kein Verständnis dafür haben würde, wenn er davon erführe. Als Patricia ermordet wurde, hat er es mit der Angst bekommen, wusste aber nicht, an wen er sich wenden sollte.« Er musterte Joseph mit zusammengekniffenen Augen. »Er meinte auch, einer von Hyatts Männern hätte mit ihm geredet und gesagt, er solle den Ball schön flach halten.«

Entsetzen flackerte in Joseph auf – etwas, das nur sehr selten vorkam. »Das wusste ich nicht.«

Thorne glaubte ihm. »Tristan hat erzählt, der Cop hätte ihm vorgeworfen, er habe Patricia in der Nacht ihrer Ermordung angerufen und sie aus dem Haus gelockt. Was er leugnet. Er hat sich sogar bereit erklärt, das Anrufprotokoll seines Handys preiszugeben. Seine Mannschaftskameraden hatten ihm erzählt, der Trainer suche nach ihm, deshalb hat er sich bei ihm gemeldet. Anscheinend hat er sich über Tage hinweg rargemacht, weil er Angst hatte, die Cops würden ihn festnehmen oder Richter Segal könnte sich an ihm rächen.«

»Und wer war dieser Cop?«, fragte Joseph, auf dessen Wangen sich eine zornige Röte ausbreitete. Er war stocksauer. Sehr gut. Thorne nämlich ebenfalls.

»Er hat sich als Detective Hooper ausgegeben.«

Frederick schnappte nach Luft. »Genau diesen Namen hat er auch Sally Brewster genannt, als er sie wegen Bernice ausquetschen wollte.«

»Die mich mutmaßlich am Samstagabend von zu Hause wegge-

573

lockt hat«, warf Thorne ein. »Und danach kamen zwei unschuldige Menschen in dem Trailerpark ums Leben, weil jemand dachte, Bernice halte sich dort auf.«

»Aber es gibt gar keinen Detective Hooper«, sagte Frederick. »Das habe ich überprüft.«

»Richtig«, bestätigte Thorne. »Allerdings erinnert mich der Mann, den Tristan beschreibt, auffällig an diesen Schwachmaten Brickman.«

»Dass er ein korruptes Schwein ist, wundert ja wohl keinen«, warf Gwyn bitter ein. »Ich konnte ihn schon vom ersten Moment an nicht ausstehen.«

J. D. blickte zu einem leeren Schreibtisch im Einsatzraum. »Als ich Cesar Tavilla letztes Jahr dann tatsächlich begegnet bin, saßen wir dort drüben. An diesem Schreibtisch.«

»Tavilla war hier?«, fragte Thorne verblüfft. Davon hatte er nichts gewusst.

J. D. nickte. »Ja. Ich hatte alles nach ihm abgesucht, ihn aber nirgendwo finden können. Zwar hat er mehrere Büros, scheint allerdings nie dort zu sein. Ich habe x Nachrichten bei seiner Sekretärin hinterlassen. Damals haben wir nach Gage Jarvis wegen Mordes an seiner Frau gesucht. Es war dringend, weil wir befürchten mussten, dass er versuchen würde, sich seine Tochter zu schnappen, die die Tat mit angesehen hatte. Und dass Tavilla mit Jarvis in Kontakt stand, wussten wir, weil du uns dieses Foto von ihnen beschafft hast, Thorne.«

»Ich hatte es von meinem Kontaktmann Ramirez«, erklärte Thorne grimmig. »Der jetzt ebenfalls tot ist. Willst du damit behaupten, Tavilla sei einfach so hereinspaziert? Wie ist er durch die Sicherheitsschleuse gekommen?«

»Gute Frage. Auf den Aufzeichnungen der Überwachungskamera in der Lobby war er jedenfalls nicht zu sehen, was bedeutet, dass jemand ihn auf einem anderen Weg hereingeschleust haben muss. Wir haben zwar eine interne Untersuchung eingeleitet, die jedoch ergebnislos blieb. Soweit ich weiß, gilt der Vorfall bei der Innenrevision bis heute als nicht geklärt«, sagte J. D.

»Wir sind davon ausgegangen, dass Tavilla über Kontakte hier im Haus verfügt«, warf Joseph verkniffen ein. »Jahrelang hat er es geschafft, uns immer ein paar Schritte voraus zu sein. Was für eine Scheiße. Und ich konnte diesen Brickman genauso wenig ausstehen. Was für ein Drecksack.«

»Und was fangen wir mit der Info an?«, fragte J. D. leise. »Versucht man, Hyatt auszubremsen?«

»Scheiße«, stieß Joseph aufgebracht hervor, ehe er sich zusammenriss und sich um eine neutrale Miene bemühte. »Wir halten die Info über Tristan erst einmal unter Verschluss. Ich informiere Hyatt später darüber, nach dem Gespräch mit Dr. Colt. Sollte Brickman anwesend sein, lasse ich mir etwas einfallen, um ihn rauszuschicken.«

»Das könnte interessant werden«, murmelte Thorne, legte den Arm um Gwyn und zog sie an sich, als ihre Knie für einen kurzen Moment nachzugeben schienen.

Sie hatte entsetzliche Angst um den Jungen, den sie all die Jahre stets nur aus der Ferne beobachtet hatte, was durchaus nachvollziehbar war. Schließlich hatte sie mit eigenen Augen sehen müssen, was Patricia angetan worden war, und wusste von all den anderen Opfern. Es fehlten ihm die Worte, um ihr Trost zu spenden, deshalb zog er sie nur enger an sich und hielt sie fest.

»Halte durch, Liebste, nur noch eine Weile«, flüsterte er, in der Hoffnung, dass er recht behalten sollte. Sie nickte, zwar knapp, aber immerhin.

Er wappnete sich innerlich, ehe er den Konferenzraum betrat – derselbe, in den man ihn gebracht hatte, nachdem auf Gwyn und Stevie geschossen worden war. Direkt nachdem sie mit Brent Kiley, dem Rettungssanitäter, gesprochen hatten. Der nun auch tot war.

Colton Brandenberg erhob sich, als sie eintraten. Er wirkte erschöpft. Und gehetzt. Seine Schwester, die neben ihm saß, warf Thorne einen entschuldigenden Blick zu, den er mit einem kurzen Nicken quittierte. Er verstand, dass sie nur ihre Familie hatte schützen wollen. Er würde exakt dasselbe tun.

»Tommy«, sagte Colton leise. »Oder nennst du dich jetzt Thomas?«

»Nur Thorne. Danke, dass du gekommen bist.«

Colton schüttelte den Kopf. »Du solltest mir nicht danken«, erwiderte er düster. »Bitte nicht.«

Verdammt, dachte Thorne resigniert. *Was jetzt?*

Er zog einen Stuhl für Gwyn auf der anderen Seite des Tisches heraus und setzte sich neben sie in der Gewissheit, Frederick und Jamie hinter sich zu haben. Joseph nahm den Stuhl links von Thorne, während Hyatt die Anwesenden einander vorstellte.

»Dr. Brandenberg wollte nichts sagen, bevor Sie hier sind, Thorne«, erklärte er mit unübersehbarer Verärgerung. »Aber jetzt sollten wir anfangen.«

Colton räusperte sich. »Ich heiße inzwischen Brandon Colt, aber alle nennen mich Colt.« Er sprach mit einem Akzent, den er zu Schulzeiten noch nicht gehabt hatte. Thorne fragte sich, wie lange er wohl schon in den Appalachen lebte.

»Wieso soll ich dir nicht danken?«, fragte Thorne. Wenn Colt ihnen nicht half, wollte er es lieber gleich wissen, statt sich falsche Hoffnungen zu machen.

»Weil ich schon vor neunzehn Jahren den Mund hätte aufmachen müssen«, antwortete Colt bitter. »Aber ich tue es jetzt und hoffe, dass es etwas bewirkt.« Er holte tief Luft und ergriff die Hand seiner Schwester. »Bis heute Morgen, als ich ankam, hatte Christina keine Ahnung, was genau vorgefallen ist.« Er sah Thorne an. »Ich habe deine Nachricht erhalten. Wie hast du mich aufgestöbert?«

»Ich habe tüchtige Freunde.«

»Sieht ganz so aus. Neunzehn Jahre lang hat mich niemand ausfindig gemacht. Weil ich abgetaucht bin und meinen Namen geändert habe.« Er stieß den Atem aus. »Weil ich ein Feigling war. Ich hatte Angst vor Richard Lindens Vater. Und vor Gil Segal.«

Thorne starrte ihn fassungslos an. »Segal? *Richter* Segal? Wieso das denn?«

»Die Angst habe ich nicht jetzt und auch nicht vor ihm als Richter. Sondern damals. Er war mit Patricia auf der Highschool zusammen, allerdings hatten ihre Eltern es ihr verboten, weil er ein gutes Stück älter war als sie und schon aufs College ging, während sie gerade einmal fünfzehn war. Sie hat sich nicht davon beirren lassen.«

Thorne registrierte, wie Gwyn einen leisen Seufzer ausstieß, aber nichts sagte. Unter dem Tisch ergriff er ihre Hand und drückte sie.

»Patricia war immer unglücklich«, fuhr Colt fort. »Anfangs dachten wir, sie sei einfach bloß launisch, aber was wussten wir schon? Wir waren dämliche Teenager, die keine Ahnung von Mädchen hatten. Mit ›wir‹ meine ich mich, Chandler und Darian. Richard war ja der Experte, der mehr Sex hatte als wir. Das Problem war bloß, dass er die Mädchen dazu zwingen musste.«

»Du wusstest also, dass er sie vergewaltigt hat?«, fragte Thorne.

»Nein, anfangs nicht. Erst nachdem wir dich zusammengeschlagen hatten.« Er senkte den Blick. »Wofür ich mich bis heute schäme.« Er sah wieder auf und blickte Thorne in die Augen. »Es tut mir leid, Tommy … Thorne … Es war ein Riesenfehler.«

Noch war Thorne nicht bereit, die Entschuldigung anzunehmen, deshalb nickte er nur. »Erzähl uns von Patricia.«

»Richard dachte, Angie Ospina sei scharf auf ihn. Zumindest wollte er es glauben. An dem Tag, als wir dich verprügelt haben, hat er damit angegeben, sie sei am Abend zuvor regelrecht über ihn hergefallen. Vielleicht sei sie nicht abgeneigt, es mit mehreren von uns auf einmal zu treiben, meinte er.« Er verzog das Gesicht, als stoße ihn selbst heute noch allein die Vorstellung ab. »Chandler und Darian waren sofort Feuer und Flamme. Ich … nicht. Natürlich durfte ich mir prompt ihren Macho-Schwachsinn anhören. Du weißt schon, ob ich ein Weichei sei oder nicht auf Mädchen stehen würde. Damals wussten sie nicht, dass ich es tatsächlich nicht tue.«

Es dauerte einen Moment, bis der Groschen fiel. »Oh«, sagte Thorne.

Colt nickte verbissen. »Ja, genau. *Oh.* Logischerweise hatte ich mich damals noch nicht geoutet, und es war lebenswichtig für mich, mein Geheimnis zu wahren. Und so hetero zu wirken, wie es nur ging.« Er warf seiner Schwester einen Blick zu. »Unsere Eltern waren stockkonservativ. Sie hätten mich vor die Tür gesetzt, wenn sie es mitbekommen hätten.«

Das Lächeln seiner Schwester war verkniffen und traurig und zugleich voller Zuneigung. »Ich hätte dich bei mir aufgenommen.«

»Damals hättest du es dir nicht leisten können, ein weiteres Maul zu stopfen«, wandte er kopfschüttelnd ein. »Aber natürlich hättest du es versucht.«

»Ich habe mich immer gefragt, wieso du dich mit Richard und den anderen abgegeben hast, weil du davor so ein netter Kerl warst«, meinte Thorne.

»Ich weiß. Eigentlich habe ich sie gehasst. Weil ich mich selbst gehasst habe. Ich war völlig am Arsch. Nicht meine gesamte Wut hat sich an dem Tag gegen dich gerichtet, sondern es lag auch daran, dass ich zu Hause Ärger hatte. Als du an dem Tag das Richtige für Angie getan hast … es war, als hätte sich ein Schalter bei mir umgelegt, und all die Selbstverachtung kam hoch. Ich weiß nur noch, dass ich unglaublich wütend war. Als könnte ich plötzlich nicht mehr klar denken. Du warst in dem Moment das einfachste Ziel … noch mal … es tut mir so leid. Später, als ich mein Leben im Griff hatte, habe ich versucht, dich zu finden, aber auch du hattest deinen Namen geändert.«

Mittlerweile war Thorne geneigt, ihm zu vergeben, doch er beschloss, damit zu warten, bis sie alleine wären. Und bis Colt ihnen die Informationen gegeben hatte, die sie so dringend brauchten. »Ich verstehe, wie es dir damals ging«, sagte er deshalb nur. »Kannst du uns mehr über den Tag erzählen, als Richard getötet wurde?«

Colt war nicht entgangen, dass Thorne seine Entschuldigung nicht explizit angenommen hatte, er nickte jedoch. »Richard war an dem Abend in der Schule, weil er deinen Bass kaputt machen wollte. Darian, Chandler und ich sind mitgegangen, aber ich habe in letzter Sekunde Panik bekommen und mich geweigert reinzugehen. Sie haben mich ausgelacht und einfach draußen stehen lassen. Richard hatte seinem Vater den Schlüssel zum Schulgebäude geklaut. Er hatte ihn bei sich zu Hause, weil er zum Beirat gehörte oder so was. Sie haben einen Ziegelstein in die Tür geklemmt, damit sie nicht zufällt und ich nachkommen kann, für den Fall, dass ich es mir anders überlege. Plötzlich tauchte Gil Segal auf ... außer sich vor Wut, wie ein wild gewordener Stier. Er hat mich nicht gesehen, weil ich mich hinter einem Strauch versteckt habe. Wie der letzte Feigling.« Colt holte tief Luft, als wollte er sich beruhigen. »Er hat sich den Ziegelstein geschnappt und ist reingestürmt. Natürlich ist die Tür hinter ihm zugefallen.« Colt blickte in die Ferne, in die Vergangenheit. »Minuten später ging die Tür auf, und Chandler und Darian kamen herausgestürzt. Beide waren kreidebleich und haben wild durcheinandergerufen, Gil würde Richard mit dem Messer aufschlitzen und dabei brüllen, er hätte seine schmutzigen Pfoten von Patricia lassen sollen.«

Colt blinzelte und richtete seine Aufmerksamkeit wieder auf Thorne. »Chandler und Darian haben die Beine in die Hand genommen. Eigentlich wollte ich auch abhauen, war aber völlig erstarrt. Höchstens eine Minute danach bist du mit Sherri aufgetaucht. Ich habe euch noch am Straßenrand reden gehört.« Er schluckte. »Ich konnte Sherri immer gut leiden. Sie war nett zu mir, obwohl ich ein gemeiner, hasserfüllter Arsch war.«

Thorne räusperte sich. »Ja«, krächzte er beim Gedanken an das Mädchen, das er so geliebt hatte. »Sie war ein sehr netter Mensch.«

Gwyn drückte seine Hand und schmiegte das Gesicht an seinen Arm. Sie verstand seine Trauer, missgönnte ihm seine Erinnerungen an seine erste große Liebe nicht, keine Sekunde lang. Auch Gwyn war ein netter Mensch. Unter ihrer sarkastischen, kratzbürstigen Fassade verbarg sich ein butterweicher Kern. Sherri hätte seine Wahl aus vollem Herzen gutgeheißen, daran hatte er nicht den geringsten Zweifel.

»Du und Sherri habt die Tür aufgeschlossen und seid reingegangen«, fuhr Colt fort. »Und ein paar Sekunden später kam Gil Segal heraus, voller Blut und komplett außer sich. Er sah sich um, und einen Moment lang dachte ich, er hätte mich bemerkt, hat er aber nicht. Dann hat er das Messer ins Gebüsch geworfen, wo es vielleicht zwei, drei Meter neben mir landete, und dann auch den Ziegelstein. Ich weiß nicht mehr genau, wo er aufschlug, irgendwo auf dem Parkplatz, wo er in tausend Teile zerbrach.«

Thorne runzelte die Stirn. »Das müssen ja an die dreißig Meter gewesen sein.«

Colt zuckte die Achseln. »Ich habe gehört, wie er auf dem Asphalt aufschlug. Später, als ich mich ein bisschen gesammelt hatte, kam es mir auch weit vor, andererseits war Gil Kugelstoßer im Leichtathletik-Team auf dem College. So ein Ziegel wiegt vielleicht ein Drittel von einer Kugel, und er war ein Riesenkerl mit einer Menge Kraft in den Armen. Ich hatte echt Schiss vor ihm an dem Tag. Er hat regelrecht geschnaubt vor Wut. Wie gesagt, der reinste Bulle.«

»Die Polizei hat den Ziegel nie gefunden«, warf Jamie ein. »Nur das Messer. Was ist dann passiert?«

»Einen Moment lang stand er einfach schwer atmend da. Wieder dachte ich, er hätte mich gesehen, aber dann zog er ein Handy aus der Tasche, das Richards ziemlich ähnlich sah. Vielleicht war es sogar seins. Jedenfalls rief er den Notruf an und meldete, jemand sei in die Schule eingedrungen. Die Cops sollten sich beeilen, er höre Schreie von drinnen. Dann hat er aufgelegt und ist abgehauen. Aber nicht wie Chandler und Darian, die wie die gesengten Säue vom Parkplatz gerast waren, sondern ist bloß zu seinem Pick-up getrabt und davongefahren.«

Thorne sog scharf den Atem ein. »Sein Pick-up? Verdammte Scheiße! Er hat also Sherri und ihren Vater getötet? Gil Segal, der heute ein beschissener Richter ist?«

Colt wirkte erschöpft. »Sicher weiß ich es nicht, aber es sieht ganz so aus.«

Gwyn presste die Stirn gegen Thornes Arm, während Jamie ihm beruhigend die Schulter drückte.

»Okay«, sagte Thorne leise. »Okay.« Er schloss die Augen, in denen plötzlich Tränen brannten. *Ich habe es nicht weiterverfolgt, sondern bin einfach abgehauen. Ich habe zugelassen, dass ein Mörder frei herumläuft. Es tut mir so leid, Sherri, so verdammt leid.* Er holte tief Luft und ließ sie wieder entweichen. »Was ist mit dem Schlüsselring?«

Bedrückt öffnete Colt den Mund und schloss ihn wieder. »Gott.«

»Sag es ihnen einfach«, drängte seine Schwester. »Damit es vorbei ist.«

Colt nickte zaghaft. »Am Abend, nachdem wir dich zusammengeschlagen hatten, fuhren wir zu Richard nach Hause, weil er die neueste Spielekonsole hatte und die Bar seiner Eltern nicht abgeschlossen war. Sie waren an dem Abend nicht da. Patricia kam runter, um sich einen Wodka zu holen, und ich weiß noch, dass ich dachte, ›Was zum Teufel ist das denn?‹, schließlich war sie erst fünfzehn.« Ein bitteres Lächeln spielte um seine Lippen. »Richard hat ihr einen Drink eingeschenkt, den Patricia mit nach oben in ihr Zimmer genommen hat. Später, als wir alle schon ziemlich blau waren, hat Richard den Schlüsselring rausgezogen und vor unserer Nase baumeln lassen. Im ersten Moment waren wir total entsetzt, nach dem Motto ›Bist du wahnsinnig? Einfach ein Loch in deine Medaille zu bohren?‹, aber er meinte, das wäre sein neuer Glücksbringer, obwohl er eigentlich gar kein Glück bräuchte. Dann hat er eine Tüte voll weißem Pulver herausgezogen und gemeint, das sei sein ›Ja-gerne‹-Pülverchen. Damit bekäme er sie im Handumdrehen dazu, Ja zu sagen. Oder zumindest nicht Nein. Dann ging er nach oben, und als er nach einer Weile wieder runterkam, wirkte er sehr entspannt. So als hätte er gerade Sex gehabt. Chandler und Darian haben ihn auch noch bejubelt. Daraufhin hat er ihnen den Schlüssel gegeben und gemeint, sie sollen sich ruhig holen, worauf sie Lust hätten.«

Thorne schluckte gegen die Galle an, die in seiner Kehle aufzusteigen drohte. »Er hatte also den Schlüssel zu Patricias Zimmer?«

Colt nickte. »Ich bin abgehauen. Nach Hause. Auf dem Weg habe ich noch ins Gebüsch gekotzt. Ich hatte keine Ahnung, was ich mit alldem anfangen sollte, aber als ich meinem Vater davon erzählen wollte, fing er an, gegen dich zu stänkern, Thorne. Dass du ein Unruhestifter wärst und ich mich von Schlägern wie dir fernhalten und mich stattdessen lieber mit ›Jungs mit Klasse‹ anfreunden solle, wie Richard. Damit würde ich mir auch den Weg für später ebnen, meinte er, während ich die ganze Zeit bloß daran denken konnte, wie Richard diesen Schlüsselanhänger vor unseren Nasen herumklimpern ließ.« Er schüttelte voller Selbstverachtung den Kopf. »Am nächsten Tag in der Schule haben Richard und die anderen mich fertiggemacht, weil ich abgehauen war. Und wieder haben sie meine Männlichkeit infrage gestellt. Als wir am Sonntagabend in die Schule einbrechen wollten, bin ich eben mitgegangen. Eigentlich hatte ich mir vorgenommen, Richard diese Schlüssel abzuknöpfen und sie in den Fluss zu werfen, aber Gil Segal muss ihn zuerst gefunden haben, denn am Ende steckte er in Richards Leiche.«

Thornes Brauen schossen hoch. »Woher wusstest du davon?«

»Ich habe mich mit Chandler und Darian bei Hinmans zu Hause getroffen, nachdem wir von der Schule abgehauen waren. Dort gab es zwar keine unverschlossene Hausbar, dafür einen Kühlschrank voll Nobelbier. Wir haben uns wieder volllaufen lassen, und da haben Darian und Chandler es mir erzählt. Sie hatten beide gesehen, wie Gil Richard zuerst mit dem Ziegelstein den Schädel eingeschlagen und dann den Schlüssel in die Bauchwunde gedrückt hat, nachdem er ihn aufgeschlitzt hatte. Wir haben einen Pakt geschlossen, niemandem etwas zu verraten. Als ich nach Hause kam, hörte ich, dass Sherri bei einem Autounfall ums Leben gekommen war. Unfall mit Fahrerflucht. Mit einem Pick-up. Natürlich wusste ich sofort, dass Gil das gewesen sein musste. Und dass er mich genauso umbringen würde, wenn ich den Mund aufmachen sollte. Also habe ich geschwiegen. Ich habe zugelassen, dass ein Mörder frei herumläuft.«

Seine Schwester räusperte sich. »Fairerweise müssen wir zugeben, dass Colt danach einen Zusammenbruch erlitten hat. Er war katatonisch. Meine Mutter hat mich angerufen. Ich habe damals schon nicht mehr zu Hause gewohnt, bin aber gleich heimgekommen. Colt saß in seinem Zimmer und hat sich vor und zurück gewiegt und kein Wort mehr gesagt.«

Wie Gwyn, dachte Thorne. Nach Evan.

»Haben Ihre Eltern Sie ins Krankenhaus gebracht?«, fragte Jamie.

»Ja. Ich wurde für zweiundsiebzig Stunden wegen Selbstmordgefahr eingewiesen. Anschließend hat mein Vater mich in eine Privatklinik bringen lassen, ich durfte aber raus, um bei Thornes Prozess auszusagen. In der Klinik habe ich niemandem erzählt, was wirklich passiert war. Vielleicht hätte ich mich schneller erholt, wenn ich mir alles von der Seele geredet hätte. Aber am Ende habe ich mich ein wenig gefangen, zumindest so weit, dass ich entlassen werden konnte, allerdings hatte ich Angst, wieder nach Hause zurückzukehren. Dass ich Darian oder Chandler oder, noch schlimmer, Gil über den Weg laufen könnte. Das einzig Gute, was bei der Therapie herauskam, war mein Coming-out.« Er schnitt eine ironische Grimasse. »Meine Eltern waren alles andere als begeistert darüber und haben mir den Geldhahn zugedreht. Daraufhin habe ich beschlossen, die Gelegenheit beim Schopf zu packen und meinen Namen zu ändern. Ich habe mir eine anständige Schule gesucht, meinen Abschluss gemacht und dann mithilfe eines Studentenkredits Medizin studiert, den ich zurückzahlen konnte, indem ich in abgelegenen Gemeinden ohne anständige ärztliche Versorgung praktiziere. Obwohl der Kredit schon seit Jahren getilgt ist, bin ich geblieben.«

»Buße«, murmelte Thorne.

»Genau«, bestätigte Colt und legte beide Handflächen flach auf den Tisch. »Das ist alles. Ich hoffe, es hilft bei den Ermittlungen.«

Joseph und Hyatt tauschten einen Blick. »Jetzt können wir Durchsuchungsbefehle erwirken.«

Hyatt nickte. »Ihre Angaben, gemeinsam mit Eileen Gilsons Aussage, geben uns auch genug in die Hand, um die Offenlegung von Linden seniors Finanzen zu beantragen.«

»Und sein Haus zu durchsuchen?«, fragte Gwyn zu ihrer aller Überraschung. Dies waren ihre ersten Worte, seit sie den Konferenzraum betreten hatten. »Denn wenn Richard damals einen Schlüssel hatte, muss jemand Patricias Tür mit einem Spezialschloss versehen haben und folglich gewusst haben, dass sie Gründe hatte, sich selbst zu schützen.«

»Ihre Eltern«, erklärte Colt grimmig. »Einer von ihnen wusste, dass Richard seine Schwester missbraucht hat. Vielleicht sogar beide.«

»Oder dass er zumindest andere belästigt oder ein Faible dafür hatte«, warf Gwyn ein. »Sie wussten, wie wichtig dieser Schlüssel war. Immerhin haben sie Kirby Gilson Geld gegeben, bevor

Richards Leiche obduziert wurde. Wäre das mit dem Schlüssel herausgekommen, hätten sie zugeben müssen, dass sie einen Sexualstraftäter in ihrem Haus beherbergen.«

»Das stimmt«, bestätigte Thorne. Daran hatte er noch gar nicht gedacht. »Danke.«

Statt einer Erwiderung drückte sie einen Kuss auf seinen Bizeps.

»Was ist mit Segal?«, fragte J. D. »Er wusste es doch auch. Er hat Richard ermordet und die Tat dann vertuscht. Auch für ihn müssen wir einen Haftbefehl erwirken.«

»Wir können ihn zu einer ersten Befragung herbringen«, meinte Joseph. »Ich würde gern mehr über seine Verbindung zu Tavilla erfahren.«

»Ich werde ihn bitten, sich hier einzufinden«, sagte Hyatt. »Heute findet die Aufbahrung statt, aber erst später am Nachmittag.«

Alle machten Anstalten, aufzustehen, doch Frederick und Jamie hoben beide die Hand. »Entschuldigung«, sagte Frederick. »Aber als Thornes Anwälte müssen wir klar zum Ausdruck bringen, dass wir eine Erklärung des BPD und des FBI erwarten, die unseren Mandanten zweifelsfrei von jedem Verdacht freispricht. Dr. Colt ist lediglich hier, weil Thorne ihn darum gebeten hat. Seinem Klub und seiner Kanzlei wurde durch die eklatanten Verdächtigungen ebenso massiver Schaden zugefügt wie seiner Integrität.«

Wieder musste Thorne schlucken, diesmal jedoch vor Dankbarkeit. Seine Jungs hielten zu ihm, egal was passierte.

»Wir erwarten zudem, dass besagte Erklärung im Rahmen einer Pressekonferenz abgegeben wird«, fuhr Jamie fort. »Das Ganze wird unter keinen Umständen unter irgendwelchem Geschwafel über andere Themen begraben und auch nicht ans Ende einer anderen Pressekonferenz angehängt, sozusagen als Nachklapp.«

Das war keine Bitte, sondern eine Ansage. Und sowohl Hyatt als auch Joseph nickten. »Das können wir machen«, sagte Joseph.

»Entschuldigen Sie«, warf Colts Schwester ein. »Aber was ist mit

Colt? Richards beiden ehemaligen Kumpane sind tot. Werden Sie meinen Bruder beschützen?«

Joseph erhob sich. »Auch das ist möglich. Kommen Sie bitte mit mir, Dr. Colt. Wir bringen Sie erst einmal in einem sicheren Unterschlupf unter.« Er wandte sich Thorne zu. »Und ihr anderen fahrt nach Hause. Haltet den Ball flach. Lasst Hyatt und mich unsere Arbeit tun.«

Thorne nickte. »Natürlich.« Aber hatte nicht die Absicht, in Clays Haus herumzuhocken und Däumchen zu drehen. Er musste weitere Hinweise auf Anne Poulin und Laura finden, weil sie ihn zu Tavilla führen würden. Die Mühlen der Justiz mahlen zu langsam, und seine Freunde und Familie durften nicht länger in Gefahr schweben.

26. Kapitel

Er blickte von seinem Risotto auf, als Patton sich zu ihm herunterbeugte. »Sir? Könnte ich Sie bitte kurz sprechen?«

»Natürlich.« Er entschuldigte sich bei seinen Kunden und folgte Patton in die Küche des Bruno's, in dem Wissen, dass Kathryn sich ihrer annehmen würde – darin war sie spitze. Die meisten Männer waren schon damit zufrieden, einen Blick auf ihr Dekolleté zu erhaschen, und solange sie ihre Finger bei sich behielten, hatte er kein Problem damit.

»Was ist los?«, fragte er. Keiner holte ihn grundlos von einem Geschäftsessen weg. Nur wenige Minuten trennten ihn noch von einem lukrativen Frachtvertrag, mit dessen Hilfe er seine Kontrolle über die Docks massiv erweitern könnte, und wer die Docks kontrollierte, der kontrollierte den Zustrom von … nun ja, von allem.

»Die Polizei wird Lindens Haus durchsuchen.«

Sein Kiefer spannte sich an. Er hatte nicht damit gerechnet, dass es so schnell gehen würde. »Wie haben sie den Durchsuchungsbefehl bekommen?«

»Ein Mann kam heute Morgen aufs Revier, um mit Lieutenant Hyatt und Agent Carter zu reden. Thorne und seine Leute waren auch dabei.« Patton zögerte. »Inzwischen nennt er sich Brandon Colt, aber früher …«

»Hieß er Colton Brandenberg.« Er schob die Hand in die Hosentasche, damit niemand merkte, dass er sie vor Wut zur Faust geballt hatte. »Das ist unmöglich. Brandenberg ist tot.«

Wieder zögerte Patton kurz. »Nein, Sir, ist er nicht.«

Er wählte bereits Margos Nummer. »Wieso ist Colton Brandenberg noch am Leben?«, blaffte er ohne ein Wort der Begrüßung. Es war ihre Aufgabe gewesen, dafür zu sorgen, dass der Mann und sein Gewissen nicht zum Problem wurden.

»Ist er doch gar nicht«, erwiderte sie. Im Hintergrund weinte das Baby. Eine Tür wurde geschlossen, woraufhin das Schreien nur noch gedämpft zu hören war.

»Was ist mit Benny?«

»Er zahnt immer noch. Eines der Zähnchen schiebt sich gerade vollends durch.« Sie seufzte erschöpft. »Worum geht's hier, Papa? Ich habe eine ziemlich schlaflose Nacht hinter mir.«

Er schob jeden Anflug von Mitgefühl beiseite. In diesem Moment war sie nicht seine Schwiegertochter und Mutter seines Enkels, sondern eine Angestellte, die einen kapitalen Fehler begangen hatte. »Colton Brandenberg hat sich heute Morgen mit der Polizei getroffen.«

Sie schnappte hörbar nach Luft. »Das ist unmöglich. Ramirez hat ihn getötet. Ich habe die Leiche gesehen.«

»Und hast du sie auch identifiziert?«

Stille. Eine Sekunde, noch eine. »Nein«, räumte sie ein. »Ramirez hat Brandenbergs Truck von einer Bergstraße abgedrängt. Er ist in eine Schlucht gestürzt und hat Feuer gefangen. Sein Gesicht war bis zur Unkenntlichkeit verbrannt.« Wieder herrschte kurz Stille. »Was hat Brandenberg denen erzählt?«, fragte sie leise.

»Genug, um einen Durchsuchungsbefehl bei Linden zu erwirken.«

»Na ja, als wir Patricia als Thornes ›Opfer‹ ausgewählt haben, wussten wir, dass das passieren könnte. Schließlich haben wir all das nur getan, um Thorne zu diskreditieren, oder? Dass er in den Knast wandert, war nicht unbedingt das Ziel, sondern wäre ein Lottogewinn gewesen.«

Ihre sachlich-logische Argumentation reizte ihn bis aufs Blut, allerdings kam er nicht dazu, ihr eine wütende Entgegnung an den

Kopf zu knallen, weil Patton einen Finger hob. »Das ist noch nicht alles«, flüsterte er.

»Warte«, bellte er und unterbrach das Gespräch. »Wieso haben Sie das nicht gleich gesagt?«

Patton wandte den Blick ab. »Sie waren schon dabei, ihre Nummer zu wählen.«

Die Idee war gewesen, Patton Manieren beizubringen, und nicht, ihm den Schneid abzukaufen. Wie es aussah, würde er sich schon bald eine neue rechte Hand suchen müssen. Und auch Margo war ihrer Aufgabe eindeutig nicht gewachsen. Zumindest im Augenblick nicht. Ihre Prioritäten lagen anderswo.

»Also? Worum geht's?«

Pattons Gesicht verfärbte sich grünlich. »Richter Segal wurde zur Befragung aufs Revier geholt.«

Er spürte, wie er einen Moment lang ins Schwanken geriet, als sämtliches Blut mit einem Schwall aus seinem Kopf in die Beine rauschte, ehe er sich wieder fing. »Wann?«

»Ich habe die Nachricht gerade erst bekommen, als ich das Restaurant betreten habe. Inzwischen sollte er seit etwa zehn Minuten dort sein.«

Er biss die Zähne aufeinander. Der Richter würde reden. Würde einknicken. *Weil er ein Schwächling ist.* »Fahren Sie zu ihm nach Hause, sorgen Sie dafür, dass sein Sohn an die Tür kommt, und schnappen Sie ihn. Aber bringen Sie ihn nicht um. Haben Sie mich verstanden?«

»Ja … Sir«, fügte Patton eilig hinzu.

»Nehmen Sie Kathryn mit. Sie kann ihn aus dem Haus locken. Schicken Sie mir ein Foto, sobald Sie ihn haben.«

»Ja, Sir.« Er wandte sich zum Gehen, hielt jedoch noch einmal inne. »Ist das alles?«

»Wo ist der andere Junge? Gwyn Weavers Sohn.«

»Ich habe ihn gerade abgeliefert, wie Margo es wollte. Sie hat bereits die Fotos, die Sie haben wollten.«

»Gut. Gehen Sie jetzt.« Er hob die Stummschaltung auf. »Margo? Bist du noch dran?«

»Ja.« Margo klang besorgt. »Was ist denn los?«

»Die haben den Richter zur Befragung auf dem Revier antanzen lassen.«

»Was? Nein! Das ist unmöglich!«

»Hast du über das versteckte Mikro nichts davon mitbekommen?«

»Nein.« Wieder entstand eine Pause. »Von dort kommt nichts mehr.«

»Mit anderen Worten, sie haben es gefunden.«

»Ich … sieht ganz so aus. Möglich wäre es.«

Er sog den Atem ein. »Schick mir die Fotos von dem Jungen.«

»Gwyn Weavers Sohn?«

»Ja. Jetzt gleich. Dann rufst du deine Mutter an, damit sie Benny nimmt. Deine Unkonzentriertheit könnte all meine Pläne zerstört haben.«

»Es tut mir leid, Papa.«

»Sir«, korrigierte er. »In dieser Angelegenheit bin ich ›Sir‹.«

Wieder herrschte einen Moment lang Stille. »Es tut mir leid, Sir.« Er hörte die Wut in ihrer Stimme, doch das spielte jetzt keine Rolle. Sie hatte Mist gebaut. Und zwar großen Mist. »Was kann ich tun?«, presste sie mit zusammengebissenen Zähnen hervor.

»Fahr zur Jacht. Auf der Stelle. Und warte in meinem Büro.«

»Ja, Sir.«

Nicht einmal eine Minute später landete Margos E-Mail mit den Fotos von Gwyn Weavers Sohn in seinem Posteingang. Er sah sie kurz durch, bis er etwas Passendes gefunden hatte – es zeigte den Jungen auf dem Rücksitz von Pattons SUV. Die Aufnahme war im Dunkel einer fensterlosen Garage gemacht worden, mit der Innenbeleuchtung als einziger Lichtquelle, gerade hell genug, um die in eine alte Decke gehüllte Wölbung zu erkennen.

Ein Gesicht war nicht auszumachen, weil die Decke seine Kleidung und eine leicht schief sitzende Baseballmütze über seinem Haar verdeckte. Das Foto war so austauschbar, dass es praktisch jedermanns Sohn sein könnte.

Einen Moment lang erstarrte er, als er einen scharfen, sehnsuchtsvollen Stich im Herzen spürte, der ihm die Luft abschnürte. *Colin.* Er vermisste ihn so sehr. Doch er zwang sich, Atem zu schöpfen, und verdrängte den Schmerz. Er würde später trauern, wenn er allein war. Nun war es seine oberste Priorität, Richter Segal zum Schweigen zu bringen.

Er öffnete eine neue Mail, hängte das Foto an und schrieb *Seien Sie klug und halten Sie den Mund,* ehe er auf *Senden* drückte. Mehr konnte er im Augenblick nicht tun, bis Patton und Kathryn Segals Jungen in ihre Gewalt gebracht hatten. Dann würde er weitere Nachrichten schicken, auf denen auch sein Gesicht zu sehen war. Der Richter war ein Schwächling, aber nicht dumm. Und selbst wenn Segal junior in Wirklichkeit Richards Sohn war, liebte der Richter ihn wie sein eigen Fleisch und Blut. Er würde schon das Richtige tun.

Und wenn nicht?

Er könnte mir das Leben sehr schwer machen. Aber am Ende würde sich der Richter selbst immer nur noch tiefer hineinreiten, ganz egal, was er der Polizei erzählte.

Ja, es stimmt, ich bin auf Segal zugegangen. Weil seine geradezu obsessive Recherche zu Thomas Thorne eine bessere Lösung eröffnet hatte, als er jemals zu hoffen gewagt hätte. Dass er damals vom Mordverdacht freigesprochen worden war, mochte eine unabänderliche Tatsache sein, trotzdem *musste* jemand Richard Linden vor all den Jahren getötet haben. Deshalb hatte er immer tiefer gegraben und Fragen gestellt, bis er die Wahrheit aus Darian Hinman und Chandler Nystrom herausgeholt hatte. Der Preis dafür war hoch gewesen, dennoch war es einer der besten Deals, die er je gemacht hatte.

Schon damals hatte er überlegt, die beiden kaltzumachen, was allerdings eine Warnung für Thorne hätte sein können. Und es war ihm wichtig gewesen, dass es Thorne kalt erwischte.

Ja, na schön, ich habe Segal gedroht, sein Geheimnis ans Licht zu zerren. Aber nicht gegen Bares, denn erstens brauchte er kein Geld, und zweitens hatte der Richter keines, weil er und seine Frau alles verpulvert hatten. Finanziell gesehen, stand Segal das Wasser bis zum Hals.

Zudem lebte der Richter seit all den Jahren in panischer Angst, Thomas Thorne könnte ihm eines Tages auf die Schliche kommen und sein Geheimnis lüften. Segal hätte im Leben nicht damit gerechnet, dass der Junge, der damals noch Thomas White hieß, die Sache auf sich beruhen ließe, sondern war davon ausgegangen, dass er den Tod seiner heiß geliebten Sherri rächen würde.

Zumindest hätte ich das getan. Ich wäre nicht einfach abgehauen. Natürlich hatte er gewusst, dass auch Thorne ein Schwächling war, dennoch hatte die Enthüllung des Ausmaßes seiner Feigheit ihn in seiner Meinung über ihn noch bestärkt.

Der Prozess, der Verlust von Sherri und der Verrat durch seine Familie hatten den jungen Thorne gebrochen, und dieser Riss in seiner Persönlichkeit existierte bis heute, allerdings hatte er ihn zu kitten versucht, indem er sich einen neuen Namen und eine neue Identität zugelegt hatte, in der Hoffnung, ihn dadurch verschwinden zu lassen. Nichtsdestotrotz verbarg sich hinter der Fassade ein gebrochener Mann, der in der ständigen Angst lebte, alles, was er sich aufgebaut hatte, jederzeit wieder verlieren zu können.

Auf der Basis dieser Erkenntnisse hatte er seinen Plan geschmiedet. Und Segal die Gelegenheit verschafft, sich für immer von seiner Angst vor Thorne zu befreien.

Der Richter hatte das Angebot angenommen und ihm alles geliefert, was er gebraucht hatte, um das Verbrechen zu fingieren. Mit Ausnahme des Opfers, das in Thornes Bett gefunden worden war, natürlich.

Patricias jungen Liebhaber zu töten, wäre das Dümmste gewesen, was er hätte tun können, und unfair noch dazu. Patricia hingegen hatte es nicht verdient, verschont zu werden. Und dass ihre Leiche in Thornes Bett aufgefunden wurde, hatte seinem Plan erst die richtige Würze verliehen.

Nur der Richter sollte keinesfalls unter Mordverdacht geraten. Das war nie geplant gewesen. Und dazu wäre es auch nicht gekommen, zumindest nicht, wenn Colton Brandenberg wie geplant getötet worden wäre.

Nun, da die Wahrheit ans Licht gekommen war, könnte Segal versuchen, ihn zu opfern, um einen möglichst guten Deal für sich herauszuschlagen.

Am Ende liefe es darauf hinaus, dass das Wort des Richters gegen das seine stand, ganz egal, welche Geschichte Segal der Polizei auftischte. Alles, was Segal erzählte, würde unter dem Aspekt betrachtet werden, dass sie es mit dem Mann zu tun hatten, dem der Mord an Richard Linden vorgeworfen wurde. Selbst der Junge, mit dem Patricia eine Affäre gehabt hatte, würde sich zu Wort melden und behaupten, der Richter hätte ihm gedroht.

Das Problem bei der ganzen Sache war Thomas Thorne. Er war der Dreh- und Angelpunkt der Ermittlungen. So viel stand fest. Was auch immer dem Richter zur Last gelegt wurde, schob automatisch Thorne aus dem Rampenlicht. Vielleicht wurde er sogar rehabilitiert. Zudem hatte er das dumpfe Gefühl, dass Thorne keine Ruhe fände, bis feststand, inwiefern der Richter in die Ereignisse rund um seinen Klub, seine Kanzlei und die Angriffe auf seine Freunde und Familie verstrickt war. *Und welche Verbindung zu mir besteht.*

Zum ersten Mal beschlichen ihn Zweifel, ob er seine Pläne tatsächlich umsetzen könnte, und Thorne zu töten, war eine Alternative, die es in Betracht zu ziehen galt.

Dass Colton wieder aufgetaucht war, änderte auf einen Schlag alles. Margos Fehltritt hatte das fragile Gleichgewicht gefährlich ins Wanken gebracht. Vielleicht war seine Annahme, sie könnte eine würdige Nachfolgerin sein, ja voreilig gewesen. Sie hatte immer so beherrscht gewirkt, so intelligent und souverän, als hätte sie alles im Griff, doch als der Druck zu groß geworden war, hatte sie gnadenlos versagt.

Seine Erwartungen an sie waren zu hoch gewesen. Das wusste er inzwischen. Sie trauerte um Colin und war mit den Gedanken bei ihrem Baby. Natürlich würde sie für ihr Versagen bestraft werden müssen, gleichzeitig musste er zugeben, dass auch er Fehler begangen hatte.

So etwas passierte nun einmal, wenn man um einen Menschen trauerte. Und nun galt es, einige schwerwiegende Entscheidungen zu treffen. Er wählte Kathryns Nummer.

»Ich bin mit Patton unterwegs, um den Jungen zu holen«, sagte sie, kaum dass sie abgehoben hatte. »Wir mussten nur zuerst unseren Verfolger abschütteln. Diesmal waren es wohl die Feds.« Sie zögerte. »Ich will nicht lügen, Cesar. Es sieht nicht gut aus. Dass Brandenberg einfach so aus der Versenkung auftaucht. Er könnte der lose Stein sein, der den gesamten Geröllhaufen in Bewegung bringt. Margo hatte uns doch zugesichert, dass wir uns wegen ihm keine Sorgen mehr zu machen brauchen.«

»Ich weiß«, erwiderte er grimmig. »Der Richter wird sich für den Mord an Richard verantworten und nicht versuchen, mir die Schuld in die Schuhe zu schieben. Schon gar nicht, wenn wir erst seinen Jungen haben.«

»Was ist mit Thorne? Er wird nicht einknicken. Das muss dir klar sein.«

»Auch das weiß ich«, gab er noch grimmiger zurück.

Sie seufzte. »Ich sage es dir nur ungern, aber das Zeitpolster, das wir noch zu haben glaubten, ist drastisch zusammengeschmolzen. Thorne wird so lange graben, bis er etwas findet, das er gegen dich verwenden kann. Und in der Zwischenzeit werden er und seine Leute uns das Leben schwer machen. Die Poulins haben sie schon aufgestöbert.«

Er zuckte die Achseln. »Was das angeht, habe ich bereits vor einem Jahr vorgesorgt, als ich Margo zu ihm in die Kanzlei geschickt habe.« Sie hatten die Poulins eliminiert. Er runzelte die Stirn. Denn genau dasselbe hätte auch mit Colton Brandenberg passiert sein müssen.

»Ja, ja, ich sage nur, dass sie graben und es auch weiterhin tun werden, bis sie am Ende vielleicht etwas finden, womit wir nicht gerechnet haben.«

Sie sprach aus, was sie dachte, dabei sträubte er sich genau gegen diese Gedanken. »Du meinst also, ich soll ihm das Licht ausblasen, statt ihn weiter leiden zu lassen.«

»Ich sage, dass du vielleicht den Luxus nicht hast, es dir aussuchen zu können.«

»Kathryn«, knurrte er.

»Du findest, *du* solltest ihn kaltmachen, richtig?«

Er ertappte sich dabei, dass er wie sein Enkel schmollte. »Ja. Er ist den Aufwand nicht länger wert, in dem Punkt stimme ich dir zu.«

»Dann solltest du das auch tun. Aber sei dir darüber im Klaren, dass es nicht ganz so leicht werden wird. Du kannst ihm nicht einfach Patton auf den Hals hetzen. Er und seine Freunde sind wachsam. Was auch immer du tust, es muss schnell vonstattengehen, mit chirurgischer Präzision und ohne die Möglichkeit, sich zu wehren.«

»Und wie zum Beispiel?« Obwohl er bereits wusste, wie er vorgehen würde, wollte er ihren Input hören. Während er ihrer Schilderung lauschte, wurde ihm ein weiteres Mal bewusst, wie sehr er auf ihr Urteilsvermögen vertrauen konnte. »Kriegst du das hin?«

»Natürlich«, antwortete sie selbstsicher. »Ich muss bloß einige deiner Männer von ihren normalen Aufgaben abziehen. Nicht deine Bodyguards, aber ich brauche einige deiner hochkarätigsten Jungs, die sonst auf der Straße für dich arbeiten.«

Den Verlust des Umsatzes, den seine Männer üblicherweise an einem Tag machten, konnte er problemlos verschmerzen. Womöglich würden ihre Kunden ihre Tagesration ausnahmsweise bei der Konkurrenz beschaffen, aber garantiert zurückkehren, und wenn nicht, würden seine Leute besagte Konkurrenz eben kurzerhand ausschalten. »Okay. Ich muss jetzt zu meinen Gästen zurück.« Zu jenen Männern, mit denen er gleich einen lukrativen Frachtvertrag abschließen würde. »Sie werden sich schon fragen, wo ich abgeblieben bin. Was hast du ihnen als Grund genannt, dass du so überstürzt gehen musstest?«

»Dass du gerade die Verträge von einem deiner russischen Kunden bekommen hättest, die ich dringend sofort übersetzen muss.«

»Perfekt wie immer. Schick mir eine Nachricht, wenn du den Segal-Jungen hast und mit der Planung für den Anschlag auf Thorne so weit bist.« Er beendete das Gespräch und kehrte zum Tisch zurück, wo seine Kunden soeben ihre Mahlzeit beendeten. »Es tut mir unendlich leid, meine Herren. Ich hoffe, das Essen hat Ihnen geschmeckt?«

Einer von ihnen, ein Baum von einem Kerl mit breitem Brustkorb, deutete grinsend auf seinen leeren Teller. »Ich fand's grauenvoll«, witzelte er. »Man musste mich förmlich zwingen, alles aufzuessen.«

Der andere Mann musterte ihn ein wenig argwöhnisch. »Ich hoffe, es ist alles in Ordnung«, fragte er, denn kein halbwegs vernünftiger Geschäftsmann würde so einen Wahnsinnsdeal mit einem Partner abschließen, der seine Angelegenheiten nicht im Griff hatte.

»Alles ist bestens«, wiegelte er ab. »Nur ein kleines Problem, das aber bereits gelöst ist.« Er winkte den Kellner heran, der ihnen Wein nachschenkte. »Also, wo waren wir stehen geblieben?«

»Wir müssen etwas unternehmen«, sagte Frederick leise zu Clay und Jamie mit einem Blick auf Thorne, der mit bedrückter Miene Gwyn beobachtete, die wiederum am Fenster stand und auf den Garten hinausstarrte. Bisher hatten sie kein Wort von den Feds in Virginia gehört, die nach ihrem Sohn suchten.

»Ich kann mir nicht mal ansatzweise vorstellen, was sie gerade durchmacht«, sagte Jamie leise.

»Ich schon«, bemerkte Clay ohne Umschweife.

Frederick zuckte zusammen. Clays Höllenqualen gingen einzig und allein auf seine Kappe. Er war derjenige, der Taylor den Großteil ihres Lebens vor ihrem leiblichen Vater versteckt hatte. Gwyn musste sich seit Stunden mit der Frage auseinandersetzen, ob ihr Sohn lebte oder tot war. Clay hatte sich genau dieselbe Frage über Jahre hinweg stellen müssen.

»Lass das«, brummte Clay ungeduldig.

»Was lassen?«, fragte Jamie.

»Ich rede mit Frederick. Er hat schon wieder diesen schuldbewussten Gesichtsausdruck. Ich habe dir nie einen Vorwurf gemacht.« Clay stieß Frederick sanft mit dem Ellbogen an. »Deine Frau ist schuld an allem.«

»Ach ja«, meinte Jamie kopfschüttelnd. »Ich habe vergessen, dass ihr zwei nicht nur eine Tochter, sondern auch eine Frau gemeinsam habt.«

»Nicht gerade meine liebste Erinnerung«, bemerkte Frederick.

»Meine genauso wenig«, bestätigte Clay. »Außerdem weißt auch du nur allzu genau, was Gwyn gerade durchmacht. Immerhin hast du nächtelang vor Sorge um Carrie kein Auge zugetan, als sie von zu Hause weggelaufen ist.«

Ein scharfer Schmerz schnitt sich in Fredericks Herz, gleichermaßen heraufbeschworen von seinen Erinnerungen und der neuen

Situation. »Ja, das ist wahr.« Er sah Jamie an – dem Anwalt stand die Neugier ins Gesicht geschrieben, zugleich gebot ihm der Anstand, nicht nachzubohren. »Meine älteste Tochter konnte sich nicht an das Leben auf einer Ranch mitten im Nirgendwo gewöhnen.«

»Wo ihr Unterschlupf gesucht hattet«, folgerte Jamie. »Um Taylor zu beschützen.«

»Genau«, bestätigte Frederick bitter. »Aber völlig umsonst. Denn es gab überhaupt keine Bedrohung, nur wusste ich das damals noch nicht.«

Weil ich nicht die richtigen Fragen gestellt, sondern einfach bloß reagiert habe. Ein Vater, der um jeden Preis sein Kind beschützen wollte.

»Carrie ist weggelaufen. Zurück nach Oakland und dann nach L. A. Sie … hat eine Überdosis erwischt. Und nicht überlebt.«

Jamie schnappte nach Luft. »Das tut mir leid, Frederick. Davon wusste ich nichts.«

»Ich spreche nicht oft über sie.« Weil es immer noch so unerträglich wehtat. »Aber, ja, diese Art der Sorge ist mir mehr als vertraut. Ich habe sie jede Nacht erlebt, wenn ich wach lag und gegrübelt habe, ob es ihr gut geht. Oder ob sie in der Gosse liegt, mutterseelenallein und drogenabhängig. Was sich alles bewahrheitet hat. Leider habe ich kein Happy End, mit dem ich Gwyn aufmuntern könnte.«

»Doch«, widersprach Clay. »Weil du die Anzeichen bei Daisy bemerkt und gehandelt hast.«

»Falsch. Taylor hat sie bemerkt. Ich war viel zu sehr darauf konzentriert, meine Töchter zu Kampfmaschinen zu erziehen, damit sie sich gegen eine Bedrohung zur Wehr setzen können, die es gar nicht gab. Taylor hat mich angefleht, Hilfe für Daisy zu organisieren, und das ist der einzige Grund, weshalb ich meine Tochter aus den Augen gelassen habe … gerade so lange, damit sie in eine Entzugsklinik gehen konnte.«

»Aber du hast es getan«, beharrte Clay. »Und jetzt geht es ihr gut. Oder etwa nicht?«

»Ja.« Zumindest hatte es den Anschein. Sie hielt sich von Schnapsläden fern. Die von ihrer Kreditkarte abgebuchten Beträge für Essen und Getränke waren zu gering, als dass sie davon Alkohol gekauft haben könnte. Zumindest nicht in bedenklichen Mengen. »Aber ich habe einige Tage nichts mehr von ihr gehört. Sie reagiert nicht auf meine Nachrichten und Anrufe.«

»Hast du Taylor mal gefragt? Die beiden stehen sich so nahe, deshalb weiß sie vielleicht etwas.«

»Ja, aber Taylor hat bloß herumgedruckst. Sie hat mit Daisy gesprochen, wollte mir allerdings nicht sagen, wieso sie nicht mit mir reden will. Sonst erzählt sie mir alles. Wie es ihr und Julie in Chicago geht und solche Dinge.«

Jamie runzelte die Stirn. »Ruf sie an und verlange eine Antwort von ihr. Es geht nicht, dass du mit dem Kopf woanders bist, sondern du musst sicher sein, dass es deinen Töchtern gut geht. Allen dreien.«

Das war ein Argument. Er trat ein Stück beiseite und wählte Taylors Nummer.

Sie ging beim ersten Läuten ran. »Dad, was ist los? Hast du etwas von Gwyns Sohn gehört?«

»Nein.« Lautes Motorengeräusch war im Hintergrund zu hören. »Wo steckst du?«

»Im Auto. Joseph hat mich vom Flughafen abgeholt.«

Er runzelte die Stirn. »Du kommst nach Hause?« Sie hatte zwar vorgehabt, nach Baltimore zurückzukehren, trotzdem hatte er gehofft, sie würde in Chicago bleiben, wo sie sicher war. Er hätte es wissen müssen.

»Ja. Der Verkehr hat ziemlich zugenommen, trotzdem sollten wir bald da sein. Bis später, Dad.«

»Moment noch. Ich wollte dich etwas fragen. Ich muss wissen, ob es Daisy gut geht.«

Schweigen. »Ja, es geht ihr gut, Dad. Versprochen.«

Trotzdem hörte er an ihrer Stimme, dass sie ihm etwas verschwieg. »Taylor, mir wurde gerade gesagt, dass ich mir nicht leisten kann, mit den Gedanken anderswo zu sein. Bitte erzähl mir, was los ist. Wieso fliegt sie früher zurück als geplant? Und wieso redet sie nicht mit mir?«

Taylor seufzte. »Du hast sie überwacht, stimmt's?«

Instinktiv ging er in die Verteidigungshaltung. »Wovon sprichst du?«

»Komm schon, Dad. Du willst die Wahrheit hören, und dann spielst du den Ahnungslosen? Du hast sie die ganze Zeit überwachen lassen und ihr während der ganzen Zeit in Europa hinterherspioniert, stimmt's?«

Seine Wangen wurden heiß. »Na ja, vielleicht nicht direkt hinterherspioniert.«

»Wie würdest du es dann bezeichnen? Ich an ihrer Stelle wäre auch stocksauer. Bei mir solltest du das lieber nicht versuchen«, fügte sie warnend hinzu.

»Tue ich auch nicht. Aber, ich … ich wollte nur sicher sein können, dass ihr nichts passiert und es ihr gut geht.«

»Es geht ihr gut. Zumindest körperlich. Aber sie ist stinkwütend, Dad. Du wirst einiges an Wiederaufbauarbeit leisten müssen, um ihr Vertrauen zurückzugewinnen, so viel steht fest.«

»Kommt sie trotzdem nach Hause?«

»Ja. Also überleg dir, wie du es wiedergutmachen willst. Ich muss Schluss machen. Hab dich lieb.«

»Ich dich auch«, murmelte er, steckte sein Telefon ein und kehrte zu den anderen zurück. »Daisy geht es gut. Sie ist nur wütend auf mich.«

Clay hob die Brauen. »Was hast du angestellt?«

Er ließ sich auf einen Stuhl fallen. »Ich habe dafür gesorgt, dass jemand sie im Auge behält, während sie in Europa war.«

Jamie zog die Schultern ein. »Selbst ich wusste, dass ich so etwas lieber bleiben lassen sollte, auch wenn ich mir damals noch so große Sorgen um Thorne gemacht habe.«

Clay hingegen sah ihn mitfühlend an. »Ich verstehe das. Aber auch, wieso sie wütend auf dich ist. Sie ist fünfundzwanzig und kein Kind mehr.«

»Ich habe mir Sorgen um sie gemacht, schließlich gibt es an jeder Ecke Versuchungen. Natürlich sollte sie sich ausprobieren, aber ich wollte eben nicht, dass sie sich die Finger verbrennt. Und in Frankreich gibt es an jeder Ecke eine Bar, in der Alkohol ausgeschenkt wird.«

»In den USA gibt es auch überall Bars«, wandte Clay ein – eine Logik, der man nichts entgegensetzen konnte. »Du wirst lernen müssen, ihr zu vertrauen, Frederick.«

»Ich weiß.« Er massierte sich die Schläfen. »Wenigstens weiß ich jetzt, dass sie lebt. Obwohl mir wohl noch einiger Ärger ins Haus steht, ist damit die Gefahr, dass ich mit dem Kopf nicht bei der Sache bin, fürs Erste gebannt, zumindest so weit, dass ich mich auf sie und das hier konzentrieren kann.« Er deutete auf Thorne und Gwyn und das Crime Board mit dem Geflecht aus Fotos und Fäden. »Also, was können wir tun?«

Clay zuckte die Achseln. »Tavilla aufstöbern, ihm die Seele aus dem Leib prügeln und ihn dann liegen lassen, damit die rivalisierenden Gangs ihn in Stücke zerlegen, vielleicht?«

Jamie nickte. »Klingt gut. Ich frage mich schon die ganze Zeit, ob Hyatt und Joseph Carter wussten, wo Tavilla sich aufhält, als wir vorhin mit ihnen geredet haben. Es ist ja bekannt, dass er dieses Restaurant, in dem auch das Foto mit Anne und Laura aufgenommen wurde, regelmäßig besucht.«

»Ich bin sicher, sie lassen den Laden observieren«, meinte Clay. »Während ihr auf dem Revier wart, haben Alec und ich nach Hinweisen zu Anne Poulin in Montreal gesucht. Alec hat einen Bericht über eine Sechzehnjährige mit diesem Namen gefunden, die von zu Hause abgehauen ist, und auch eine Telefonnummer der Familie. Ich habe eine Nachricht auf ihrem Anrufbeantworter hinterlassen, allerdings ist die Ansage auf Französisch, und meine Sprachkenntnisse sind erbärmlich. Ich habe meine Nummer hinterlassen und auch die von Thorne und Joseph. Bislang haben wir allerdings noch nichts gehört. Einträge ins Geburts- oder Sterberegister haben wir nicht gefunden, was von den USA aus auch wesentlich schwieriger ist. Ich bin sicher, dass Tavilla das wusste und für seine Zwecke genutzt hat.«

»Und hat sich bei der Suche nach dem Baby in den sozialen Medien etwas ergeben?«

Clay schüttelte den Kopf. »Leider nein.«

In diesem Moment ließ das Summen eines der Handys auf dem Couchtisch sie alle zusammenzucken. »Das ist deines, Thorne«, rief Jamie, woraufhin Thorne herbeieilte, um den Anruf entgegenzunehmen. Die Mischung aus Hoffnung und Furcht auf Gwyns Zügen, als sie sich vom Fenster abwandte, brach Frederick das Herz.

»Die Nummer kenne ich nicht«, sagte Thorne.

»Das ist die Vorwahl von Montreal«, bemerkte Clay, der einen Blick über Thornes Schulter warf, als Thorne das Gespräch annahm und den Lautsprecher einschaltete.

»Ja?« Thornes Stimme verriet nichts von seiner Nervosität.

Clay hatte bereits sein eigenes Handy gezückt und schrieb eine Nachricht, wahrscheinlich an Alec, weil das junge IT-Genie Sekunden später mit aufgeklapptem Laptop ins Wohnzimmer geeilt kam.

»Hallo.« Die Stimme klang zittrig und hatte einen ausgeprägten französischen Akzent. »Ich würde gern Thomas Thorne sprechen.«

Ja, eindeutig französisch, dachte Thorne. Sein Herz zog sich zusammen, als er zusah, wie der hoffnungsvolle Ausdruck von Gwyns Miene verschwand, als sie begriff, dass der Anruf nichts mit ihrem Sohn zu tun hatte.

»Ja, hier spricht Thorne«, sagte er. »Was kann ich für Sie tun?«

»Mein Name ist Frannie Poulin«, sagte die Frau langsam und betont. »Ich habe die Nachricht auf unserem Anrufbeantworter abgehört. Entschuldigen Sie mein schlechtes Englisch, aber es ist nicht meine Muttersprache.«

»Kein Problem«, erwiderte Thorne. »Was kann ich für Sie tun?«, wiederholte er.

»Ihre Nachricht … Sie sagten, Sie suchen nach meiner Tochter Anne.«

»Ja, das stimmt. Wann haben Sie sie zuletzt gesehen?«

»Persönlich? Vor etwa zehn Jahren. Aber wir telefonieren. Immer wieder.«

Thorne runzelte die Stirn und sah zu Frederick hinüber, der eindeutig denselben Gedanken hatte: Das Ganze war eine Spur zu passend. »Sie hat Sie also nie besucht? In all den Jahren kein einziges Mal?«

»Nein. Aber sie ruft an, damit ich weiß, dass sie noch lebt. Das ist alles. Sie ist weggelaufen, verstehen Sie?«

»Warum?«, fragte Thorne und sah zu Alec hinüber, der ihm bedeutete, fortzufahren. Er zeichnete das Gespräch auf, um weitere Informationen über den Aufenthaltsort und die Identität der Anruferin zu bekommen.

»Weil ihr Stiefvater … na ja, die beiden haben sich nicht verstanden.«

»Ah. Und haben Sie vielleicht eine Adresse, unter der wir sie finden können?«

»Ja.« Sie nannte sie ihm. »Wieso suchen Sie sie denn?«, fragte sie, während Thorne sie notierte.

Thorne zögerte. »Wir haben Grund zur Annahme, dass sie in Gefahr sein könnte.«

»O nein!« Wieder begann die Stimme der Frau zu zittern, diesmal vor Angst. »Bitte sagen Sie mir Bescheid, wenn Sie sie gefunden haben.«

»Das werden wir. Danke.« Mit einem Seufzer legte Thorne auf. »Wer von euch glaubt, dass der Anruf echt war?«

Frederick schüttelte den Kopf. »Sie hat noch nicht mal gefragt, weshalb ihre Tochter in Gefahr schwebt, wer du bist, wo du lebst und woher du sie kennst. Ich würde all das wissen wollen, wenn meine Tochter weggelaufen wäre.«

Erstaunlicherweise teilte Alec ihre Meinung nicht. »Aber es war dieselbe Stimme wie die auf dem Anrufbeantworter, und die Nummer entspricht der, die im Telefonbuch von Montreal verzeichnet ist. Und auch der Nummer in Annes Vermisstenanzeige bei der Polizei vor Ort. Was das angeht, scheint alles stringent. Wenn ihr wollt, wählt einfach die Nummer noch mal und hört, wer rangeht. Sollte es sich um einen Spoofing-Anruf handeln, wird es nicht dieselbe Frau sein.«

»Nimm eines der Wegwerf-Handys«, sagte Clay.

Thorne gehorchte, und zu ihrer aller Überraschung hob dieselbe Frau ab. »Hallo?«

»Hallo, Madame Poulin«, sagte Thorne eilig. »Bitte entschuldigen Sie, wenn ich Sie noch einmal behellige, aber ich hatte gehofft, Sie haben vielleicht Fotos von Anne.«

»Nur ein paar Schnappschüsse aus ihrer Kindheit. Sie sind allerdings verpackt.«

»Verstehe. Haben Sie vielleicht ein neueres?«

»Nein. Kein einziges. Ich wünschte, ich hätte eines.«

»Tja, trotzdem vielen Dank.« Thorne beendete das Gespräch und wandte sich den anderen zu. »Das könnte tatsächlich ein brauchbarer Ansatz sein«, meinte er. »Vielleicht fühlt es sich nur deshalb falsch an, weil er uns im Gegensatz zu allen anderen praktisch in den Schoß gefallen ist.«

»Als *in den Schoß gefallen* würde ich es nicht gerade bezeichnen«, protestierte Alec. »Es war verdammt schwierig, diese Vermisstenanzeige aufzustöbern. Ihr tut ja gerade so, als hätte ich sie mir aus den Fingern gesogen.«

Thorne hob beschwichtigend die Hände. »Tut mir leid, ich wollte dich nicht beleidigen, sondern bin nur … skeptisch.«

»Von mir aus«, brummte Alec. »Aber tu nicht so, als sei das ein Kinderspiel gewesen.«

»Entschuldige«, sagte Thorne noch einmal. »Und keine Sorge, Alec, mir ist sehr wohl bewusst, wie froh ich sein kann, dich hier im Team zu haben.«

Alec schien immer noch verdrossen zu sein, nickte jedoch. »Annes Adresse ist ein Apartmentkomplex. Ohne Aufzug, wie es aussieht.«

»In dem Fall bin ich raus«, erklärte Jamie verärgert. »Gib Joseph die Adresse durch. Er soll sie überprüfen lassen.«

Thorne sah ihn zweifelnd an. »Wenn, dann fahre ich gemeinsam mit ihm hin. Sollte es tatsächlich ein brauchbarer Hinweis sein, will ich dabei sein und herausfinden, was Anne mit Tavilla zu tun hat.«

Alec nickte. »Klingt nach einem klugen Schachzug, zumal euer Fed ja offensichtlich Informationen zurückgehalten hat. Gerade in diesem Moment nehmen ein paar Anzugträger das Haus des Richters auseinander. Sie haben einen Durchsuchungsbefehl erwirkt.«

»Woher weißt du das?«, fragte Thorne verblüfft.

»Zuerst war es im Polizeifunk, und inzwischen kommt es sogar in den Nachrichten. Die ersten Reporter sind schon vor Ort. Da niemand zu Hause war, haben sie die Tür eingetreten und tragen jetzt sämtliche Computer und Kartons voller Akten heraus. Einer der Reporter meinte, der Richter hätte in letzter Zeit einige fragwürdige Urteile gefällt, was Paige uns vor ein paar Tagen ja auch schon erzählt hat. Ich war gerade bei der Recherche, als Clay mich gerufen hat, weil Mrs Poulin am Telefon war.«

»Verdammte Scheiße«, stieß Thorne hervor. »Und ich habe Joseph vertraut.«

»Das kannst du auch jetzt noch«, warf Clay ein. »Er ist ein Fed und muss seine Arbeit erledigen, trotzdem ist er einer der Guten. Immerhin habe ich ihm meine Familie anvertraut, Thorne.«

»Das stimmt. Und im Grunde weiß ich es selbst.« Thorne massierte sich den Nacken. »Ich bin nur ein bisschen angespannt.«

»Wozu du jedes Recht der Welt hast«, erwiderte Clay nachsichtig. »Wir alle sind nervös. Denk einfach noch mal in Ruhe darüber nach.«

»Vielleicht hatte Joseph einfach bloß noch keine Gelegenheit, dich auf den neuesten Stand zu bringen«, meinte Frederick.

»Er war doch vorhin mit Taylor im Wagen unterwegs. Da hätte er es dir sagen können«, entgegnete Thorne.

Clay seufzte genervt. »Vielleicht war er auch anderweitig beschäftigt. Rufen wir ihn einfach an, geben ihm Anne Poulins Adresse durch und sagen ihm, dass wir uns dort treffen.«

Thorne wählte Josephs Nummer und stieß einen frustrierten Seufzer aus. »Der Anruf ging direkt auf die Voicemail. Offenbar telefoniert er gerade. Ich schreibe ihm, er soll mich anrufen. Auf der Voicemail will ich so eine Information lieber nicht hinterlassen, sondern sicher sein, dass er sie auch wirklich abhört. Also, wer kommt mit?«

»Ich«, antworteten Frederick und Clay wie aus einem Munde.

»Ich auch.« Gwyn ging bereits zur Tür.

Thorne vertrat ihr den Weg. »Nein.«

Sie starrte ihn wütend an. »Doch. Je dichter ich bei dir bin, umso sicherer ist es für mich. Solange ich mich in deiner Nähe aufhalte, werde ich weder erschossen noch zerstückelt oder in die Luft gejagt, weil er dich schließlich nicht töten will.« Sie sah ihm direkt in die Augen. »Und wenn ich schlimme Nachrichten wegen Aidan bekomme, brauche ich dich.«

Thorne schien etwas entgegnen zu wollen, doch ihr letzter Einwand schien seinen Widerstand erlahmen zu lassen. »Also gut. Aber du bleibst dicht bei mir.«

Erschossen oder zerstückelt … Gwyn saß auf dem Rücksitz des geborgten SUV und schluckte gegen die Galle an, die in ihrer Kehle aufstieg. Genau das könnte in dieser Sekunde mit Aidan passieren.

Weil er mir viel bedeutet und ich Thorne viel bedeute. Sie hatte die Verzweiflung in seinem Blick sehr wohl bemerkt, denn auch er wusste, dass es die Wahrheit war. Seine Familie, seine Freunde, sie alle waren angegriffen worden, weil sie ihm am Herzen lagen. Er wusste, dass sie früher oder später unter dem enormen Druck nachgeben würden. Bislang war keiner ernsthaft zu Schaden gekommen, mit Ausnahme von Agent Ingram, doch auch er schien zu überleben. Noch lag er zwar auf der Intensivstation, doch zumindest war sein Zustand von kritisch auf ernst heruntergestuft worden.

Aber was, wenn einer von ihnen umkäme? Was dann? Thorne würde fortgehen, wenn er sie damit schützen könnte. Das wusste sie. Er würde sich Tavilla ausliefern, aber was, wenn es nicht funktionierte? Darüber wollte sie lieber gar nicht erst nachdenken.

Sie wandte sich ihm zu, musste sein Gesicht sehen, seine Stimme hören, die ihr versicherte, dass alles gut werden würde, sie Aidan lebend fänden, Tavilla aufstöbern würden und all das hier dann ein Ende hätte. Doch sein Blick schweifte ziellos umher, versuchte, jede potenzielle Gefahr zu erkennen, um sie rechtzeitig auszumerzen. Clay, der auf dem Beifahrersitz saß, tat genau dasselbe, während Frederick mit grimmiger Miene auf die Straße blickte, als bereite er sich mental auf einen Hindernislauf vor.

Ich hätte nicht mitkommen sollen. Sie werden versuchen, mich als Erstes zu beschützen. Gerade als sie Frederick bitten wollte, kehrtzumachen und sie zu Clays Haus zurückzubringen, läutete Thornes Handy.

»Joseph«, sagte er. »Ich habe versucht, dich zu erreichen.« Er erzählte ihm von dem Anruf aus Montreal. »Ich wollte es dir selbst sagen, um sicherzugehen, dass die Nachricht auch ankommt. Gerade sind wir von Clay losgefahren. Wir treffen uns bei Annes Adresse.« Offenbar hatte Joseph ihm befohlen, zu Clays Haus zurückzukehren, denn Thorne machte ein finsteres Gesicht. »Nein. Wir treffen uns dort. Wieso hast du uns nicht gesagt, dass ihr einen Durchsuchungsbefehl für Richter Segals Haus erwirkt habt?«

Gwyn lauschte immer noch Thorne, als eine Nachricht auf ihrem eigenen Handy einging. Die Vorschau eines Fotos. Auf dem Display war dann eine Gestalt unter einer Decke zu erkennen. Neuerliche Furcht packte sie. Sie öffnete die Nachricht und stieß einen Schrei aus, als sie ein weiteres Bild sah.

Es war Aidan, der auf dem Betonfußboden lag, sein Kopf inmitten einer riesigen Blutlache. »Nein«, schrie sie heiser.

Thorne beugte sich herüber und fluchte. Frederick ging vom Gas, um am Ende von Clays langer Auffahrt in die Straße einzubiegen, blickte in den Rückspiegel und …

Der plötzliche Aufprall ließ Gwyn neuerlich aufschreien, diesmal vor Schmerz. Aus dem Augenwinkel hatte sie den Geländewagen, ein Hummer, zwischen den Bäumen hindurchbrechen sehen, Sekunden, bevor das Gefährt sie seitlich rammte. Frederick hatte Mühe, das Steuer des SUV unter Kontrolle zu halten, als er von der Straße gedrängt wurde und einen kleinen Abhang hinunterschlitterte, ehe er gegen einen Baum prallte.

Mit einem Mal war alles ganz still. Zu still. Mit hämmerndem Herzen strich Gwyn sich das Haar aus dem Gesicht und blickte auf. Die Vorder- und Seitenairbags hatten sich aufgeblasen. Frederick wählte bereits den Notruf. Thorne tastete nach seinem eigenen Handy, das ihm durch die Wucht des Aufpralls aus der Hand geflogen war. Clay starrte ungläubig auf seine Seite des Wagens, die den größten Teil der Kollision mit dem Baum abbekommen hatte.

Die ersten Kugeln schlugen in einem perfekten Rhythmus in die Reifen, *eins, zwei, drei,* ehe ein regelrechter Hagel von allen Seiten gegen die kugelsicheren Fensterscheiben ratterte und den SUV zum Erbeben brachte, ohne sie jedoch zerbersten zu lassen.

»Es sind mindestens sechs Schützen«, rief Frederick ins Telefon. »Alles klar bei dir, Clay?«

»Ja«, antwortete Clay mit leicht zittriger Stimme, während er den erschlafften Airbag zur Seite schob und sich bückte, um ein Gewehr unter seinem Sitz hervorzuziehen.

Gwyn zog ihre Waffe und reichte sie Thorne, als der nächste Kugelregen auf den Wagen niederging. Inzwischen hatten sich erste Risse in den Scheiben gebildet, sodass sie nicht länger hinausblicken konnten.

Sie zog eine zweite, kleinere Waffe aus dem Holster an ihrem Oberschenkel und vergewisserte sich, dass sie geladen war.

»Ich gehe raus«, sagte Thorne. Seine Stimme klang dünn und angespannt. »Sollen sie auf mich schießen.«

»Nein!«, riefen die drei wie aus einem Mund.

Thorne zog den Schlitten der Waffe zurück, die Gwyn ihm in die Hand gedrückt hatte. »Ich werde nicht zulassen, dass ihr hier drin umkommt. Die Fensterscheiben halten nicht mehr lange durch. Ich lasse das nicht zu.«

Frederick steckte sein Handy ein und warf Clay einen Blick zu, der nickte. »Wir werden Folgendes tun«, sagte er ruhig, aber mit Autorität. »Thorne, Finger weg vom Türgriff.«

Weitere Kugeln prasselten gegen die Scheiben, alle auf einen Punkt – ein winziges, quadratisches Loch auf Fredericks Seite.

Thorne gehorchte. »Und dann?«, fragte er barsch.

»Clay und ich machen die Türen auf, lassen uns herausfallen und eröffnen das Feuer. Ihr beide wartet fünf Sekunden, dann tut ihr dasselbe. Wir machen so viele fertig, wie wir nur können. Es steht sechs gegen vier. Das ist nicht ganz so schlecht.«

Und sie trugen allesamt kugelsichere Westen. Gwyn löste ihren Gurt. *Wir können es schaffen. Wir müssen.*

»Auf mein Kommando«, befahl Clay. »Eins, zwei, drei.«

Frederick und Clay rissen ihre Türen auf und eröffneten das Feuer, während Thorne Gwyn packte und in den Fußraum zog, sich über sie warf und zugleich die Tür öffnete. Einen Moment lang hörte sie nichts als das Knallen der Schüsse. Gwyn begann, sich zu winden, als sie spürte, wie er zusammenzuckte und erschauderte.

»Ein Betäubungsgewehr«, ächzte er und fiel auf sie, sodass sie beinahe keine Luft mehr bekam. »Nicht wehren«, presste er hervor. »Warte, bis sie versuchen, mich wegzuziehen, dann feuerst du.«

Die Schüsse endeten abrupt, und mit ihnen schien auch Gwyns Herzschlag auszusetzen. *Frederick und Clay.* Sie konnte nur hoffen, dass mit ihnen alles in Ordnung war. In diesem Moment ertönte eine laute Stimme. »Los, auf die Knie.«

Sie gehörte weder Frederick noch Clay. *Verdammt.*

Immerhin waren die beiden noch am Leben, sonst könnten sie nicht gezwungen werden, auf die Knie zu gehen.

Thorne lag schwer auf ihr. »Ich liebe dich«, flüsterte er ihr ins Ohr.

»Ich dich auch«, wollte sie erwidern, doch mit jeder Sekunde wurde das Atmen zur Qual.

Plötzlich spürte sie, wie Thorne von ihr heruntergezogen wurde, und hörte einen unterdrückten Fluch, der aus der Nähe seiner Füße zu kommen schien. »Scheiße noch mal, ist der Drecksack schwer. Dabei hab ich ihm gar nicht viel verpasst, ich schwör's.«

»Besser wär's«, sagte die zweite Stimme. »Die beiden Jungs, die ihm beim letzten Mal eine Überdosis verpasst haben, hat der Boss regelrecht ausgeweidet. Ganz übel.«

»Super, danke, dass du es mir noch mal sagst.«

Gwyn, die ein zusätzliches Magazin aus ihrem Holster zog, sah auf, genau in dem Moment, als ihre Tür ein Stück weiter geöffnet wurde. Sie stützte sich auf die Ellbogen, zielte und feuerte das ganze Magazin ab, so wie Thorne sie angewiesen hatte.

»Scheiße!«, stieß der Kerl hervor und taumelte rückwärts, während Gwyn reflexartig nachlud. Ein zweiter Mann knallte die Tür zu. Sie setzte sich auf, den Rücken gegen die Wagentür gepresst, sodass sich die Ausbeulungen der Einschusslöcher in ihren Rücken bohrten. Inzwischen hatten die beiden Männer Thorne aus dem Wagen gezerrt. Er lag auf dem Rücken, schlaff und reglos.

»Elende Schweine«, schrie Gwyn. Wenn sie ihn getötet hatten, würde sie …

In diesem Moment wurde die Tür erneut aufgerissen und sie gepackt. »Nein!«, schrie sie und versuchte, sich dem Griff zu entwinden, doch die Arme hielten sie wie ein Schraubstock umfangen.

»Nimm ihr die Scheißwaffe weg«, befahl der Mann hinter ihr. »Sie ist … Herrgott noch mal, es ist, als würde man eine beschissene Schlange festhalten wollen.«

Gwyn zielte nach unten und feuerte mehrere Schüsse auf die in Stiefeln steckenden Füße. Der Mann stieß einen Fluch aus und packte sie so fest am Handgelenk, dass sie ein Knacken hörte. Sie ließ die Waffe los, schlängelte sich aus seinem Griff, kam wieder auf die Füße und begann zu laufen, weg vom Wagen und in Richtung von Clays Haus.

»Stehen bleiben!«, ertönte eine Stimme. »Noch ein Schritt, und dein Loverboy stirbt!«

Abrupt blieb sie stehen und wandte sich um. Ein maskierter Mann kniete neben Thorne und hielt ihm eine Waffe an die Schläfe. *Lauf!* Sie hörte seine Stimme in ihrem Kopf widerhallen, doch ihre Beine versagten ihren Dienst.

»Kluges Mädchen«, sagte der Maskierte.

Sie ließ den Blick umherschweifen – bei dem Hummer, der sie gerammt hatte, handelte es sich um ein älteres Modell, das keinerlei Schaden davongetragen hatte, wohingegen ihr SUV nichts als ein Haufen Schrott war.

Zwei der maskierten Männer lagen reglos auf dem Boden. Auf ihren schwarzen Kleidern hatten sich dunkle, glänzende Flecke gebildet, und Blutlachen sammelten sich unter ihnen. Ein dritter Mann lag zusammengekauert wie ein Säugling auf Gwyns Seite des SUVs und rollte sich stöhnend hin und her.

Grimmige Befriedigung durchströmte sie bei seinem Anblick, die jedoch nur Sekunden anhielt. Einen hatte sie erwischt, trotzdem waren noch drei übrig. Zwei hatten sich über Frederick und Clay aufgebaut und starrten mit kalten Mienen herüber. Der Dritte, der neben Thorne kniete, erhob sich.

»Ich bin wahrscheinlich älter als Sie«, konterte sie tonlos.

»Hä?«, fragte er verständnislos.

»Ich bin kein Mädchen, sondern wahrscheinlich älter als Sie.«

»Und ein verdammt rabiates Miststück noch dazu«, brummte der Kerl. »Für diesen Job müssten wir eigentlich doppelt Kohle kriegen. Und jetzt schaff deinen Arsch hier rüber, ich renne dir nicht auch noch hinterher.«

Wahrscheinlich weil er derjenige war, dem sie in den Fuß geschossen hatte. *Gut für mich,* dachte sie, trat zu Thorne, ging neben ihm auf die Knie und nahm seine Hand. Ihr Herz hämmerte so heftig, dass sie kaum atmen konnte.

Sie tastete seinen Puls, der langsam, aber kräftig war. Er lebte. Einen Moment lang war ihr beinahe schwindlig vor Erleichterung.

Der Typ gab den beiden anderen, die sich über Clay und Frederick aufgebaut hatten, ein Zeichen. »Los, fesselt sie an Händen und Füßen. Einer von euch bleibt bei ihnen, der andere kommt rüber und hilft mir mit Thorne.«

Ein Transporter kam zwischen den Bäumen hervorgerollt und blieb direkt vor Thorne stehen. Die beiden Männer rissen die Tür auf, der eine packte Thorne bei den Füßen, der andere unter die Achseln. Gemeinsam schwangen sie ihn in den Ladebereich des Vans und fesselten auch ihn mit Kabelbindern.

Der Angeschossene machte eine Verbeugung und deutete auf die offene Transportertür. »Rein da, sonst helfe ich nach«, blaffte er.

Mit einem hilflosen Blick auf Frederick und Clay, die das Geschehen mit düsteren Mienen verfolgten, kletterte Gwyn in den Transporter und erstarrte, als sie die Frau hinter dem Steuer erblickte.

Laura. Ihre Barkeeperin. Alias … »Kathryn«, knurrte Gwyn.

Kathryn lachte erstaunt auf. »Hallo. Ich wüsste ja gern, woher ihr meinen richtigen Namen kennt, aber darüber unterhalten wir uns später. Fesselt sie. Und vergewissert euch, dass sie keine weiteren Waffen bei sich hat.«

Der Mann gehorchte, ehe er hinter ihr einstieg. »Los, hilf ihm, die Leichen in den Hummer zu schaffen und die beiden alten Säcke einzuladen«, sagte er zu seinem Kumpan. »Wir treffen uns dort.«

Dann wurde die Tür zugeschoben, und Kathryn lenkte den Transporter den Hügel hinauf und auf die Straße.

»Ich würde dich ja gebührend begrüßen«, erklärte sie gut gelaunt, während sie das Gaspedal durchtrat, »aber lange wirst du nicht mehr hier sein. Und die Zeit bis dahin wird nicht gerade ein Zuckerschlecken werden.«

27. Kapitel

Frustriert sah Frederick zu, wie der Transporter aus seinem Blickfeld verschwand. »Scheiße«, murmelte er. »Thorne und Gwyn wurden in den weißen Transporter geschafft, der jetzt wegfährt.« Er sprach so deutlich wie möglich, in der Hoffnung, dass er immer noch mit der Notrufzentrale verbunden war, ohne dass die beiden bewaffneten Typen merkten, was er tat.

»Weiß ich«, murmelte Clay. »Er hat uns als alte Säcke bezeichnet.«

Ein schnaubendes Lachen drang aus Fredericks Kehle. »Halt den Mund. Die Lage ist ernst. Was machen wir jetzt?«

»Ihr haltet erst mal schön die Schnauze«, blaffte einer der Bewacher und trat Clay in die Rippen. »Wenn nicht«, fuhr er fort, »mach ich euch alle. Der Typ, den ihr kaltgemacht habt, war mein Cousin.«

Clay ließ langsam den Atem entweichen. Frederick kannte ihn gut genug, um zu wissen, dass er damit sein schmerzerfülltes Stöhnen kaschieren wollte. Frederick sah den Typen, der geholfen hatte, Thorne in den Transporter zu schaffen, auf den Hummer zuhumpeln. Der Angreifer, den Gwyn in den Fuß geschossen hatte, war mit dem Transporter weggefahren, folglich musste entweder er selbst oder Clay ihn erwischt haben. Diese Erkenntnis könnte sich noch als nützlich erweisen.

Frederick sah Clay an, der genau denselben Gedanken zu haben schien.

Der Typ, der Clay getreten hatte, ging neben ihnen in die Hocke. »Der Boss wird euch beide bei lebendigem Leib aufschlitzen.

Das wäre nicht das erste Mal. Die armen Teufel schreien und schreien, bis sie das Bewusstsein verlieren. Dann wartet der Boss, bis sie wieder zu sich kommen, und fängt von vorne an. Hoffentlich lässt er mich diesmal helfen ... dann schlitze ich euch auf, vom Nabel bis zum Hals hinauf.« Er hielt die Waffe am Griff fest, holte aus und war im Begriff, sie auf Clays Kopf herabsausen zu lassen. Clay schloss die Augen und biss die Zähne aufeinander.

Mittlerweile war es Frederick gelungen, auf die Knie zu kommen. Gerade als er sich gegen den Killer werfen wollte, ertönte ein weiterer Schuss. Der Kerl wurde von der Wucht der Kugel herumgerissen, ehe er mit einem lauten Stöhnen zusammensank. Verblüfft sah Frederick sich um.

»Was zum Teufel war das denn?«, stieß Clay hervor, rollte sich auf den Rücken und setzte sich umständlich auf, wobei er neuerlich vor Schmerz zusammenzuckte. Rippenbruch, vermutete Frederick.

Der letzte Angreifer rannte los, auf den Hummer zu, als fünf weitere Schüsse abgegeben wurden, vier davon in die Reifen, so wie die Angreifer es zuvor bei ihrem SUV getan hatten. Der Mann schwenkte um und stürzte in Richtung der Bäume, aus denen er jedoch Augenblicke später hinkend und mit erhobenen Armen wieder auftauchte, gefolgt von zwei jungen Frauen mit Gewehren im Anschlag. Die eine war groß, mit langem schwarzem Haar, die andere eine zierliche Blondine.

Frederick stieß den Atem aus. »O mein Gott.«

»Was denn?« Clay, der immer noch mit dem Rücken zu dem Wäldchen saß, versuchte, sich halb um die eigene Achse zu drehen. »Taylor?«

»Und Daisy.« Die nicht gerade erfreut zu sein schien, ihren Vater zu sehen.

Taylor kam angelaufen. »Dad! Paps!« Sie trat die Pistole des blutend am Boden liegenden Killers beiseite, ließ sich auf die Knie fallen und zog ein Messer aus ihrem Stiefel, mit dem sie die Fesseln löste, ehe sie die beiden Männer in Augenschein nahm.

»Was ist passiert?«, fragte sie mit einem Blick auf den zerstörten SUV.

»Dasselbe könnte ich dich fragen«, erwiderte Clay und rieb sich die Handgelenke, während er zu dem Hummer mit den platt geschossenen Reifen hinübersah. »Gut gemacht, Schatz.«

»Ich habe nur eine Seite erledigt, Daisy hat die andere übernommen.« Taylor erhob sich, trat zu einem der toten Angreifer und tastete seine Taschen ab.

»Was machst du da?«, fragte Daisy ungeduldig.

»Ich suche nach Kabelbindern. Ah, da sind sie ja.« Sie kramte die Plastikteile heraus und fesselte beide überlebenden Angreifer. Jener, der Clay die Waffe hatte überziehen wollen, lag immer noch laut stöhnend am Boden.

»Es sieht so weit gut aus. Entspann dich«, sagte Taylor zu Daisy, die zwar ihr Gewehr sinken ließ, aber keineswegs überzeugt zu sein schien.

»Du hast doch behauptet, auf dem Land sei es schön ruhig und friedlich«, sagte sie, an Taylor gewandt. Frederick war sehr wohl bewusst, dass sie ihn mit voller Absicht ignorierte.

»Stimmt, nur diese Woche nicht so ganz«, erwiderte Taylor und streckte ihren beiden Vätern die Hände hin, um ihnen aufzuhelfen. Clay stöhnte leise. »Was ist mit dir?«, fragte sie besorgt.

»Wahrscheinlich eine geprellte Rippe«, antwortete Clay. Frederick widersprach ihm nicht. Clay zog sein Handy heraus. »Wir müssen das melden. Seid ihr an einem weißen Transporter vorbeigekommen? Die haben Thorne und Gwyn mitgenommen.«

»Ja.« Taylor nickte ernst. »Joseph hat schon die Verfolgung aufgenommen.«

»Voicemail«, sagte Clay und schrieb dann eine SMS an Joseph.

»Wie seid ihr beide hergekommen?«, fragte Frederick, während Clay den Notruf wählte, um den aktuellen Stand durchzugeben.

Er hoffte, dass sie Glück hatten und die Verstärkung dank Fredericks Anruf aus dem SUV inzwischen unterwegs war.

»Joseph hat zuerst mich, dann Daisy am Flughafen abgeholt. Wir waren schon auf halbem Weg hierher, als du angerufen hast«, antwortete Taylor. »Eigentlich wollte er uns bei Clay absetzen und dann weiter zu Richter Segals Haus fahren, als Thorne angerufen hat. Joseph hat den Unfall am Telefon mitbekommen und wusste, dass ihr Hilfe brauchen würdet. Zum Glück hatte Thorne ihm gesagt, dass ihr gerade von Clays Haus aufgebrochen wart. Die Einsatzzentrale hat ihm alle Informationen weitergeleitet, die du ihnen gegeben hattest, Dad. Er hat auch die Nachricht verstanden, dass Thorne und Gwyn in diesem weißen Transporter weggebracht wurden. Wir waren schon fast vor Clays Auffahrt. Er hat angehalten und uns aussteigen lassen, um gleich die Verfolgung aufnehmen zu können. Er wollte nicht, dass wir ins Kreuzfeuer geraten. Daisy und ich wussten, dass ihr in Gefahr seid, deshalb haben wir uns die zusätzlichen Gewehre geschnappt, die Joseph im Wagen hatte. Wenige Sekunden später kam auch schon der weiße Transporter vorbei. Wir konnten den kaputten SUV sehen und wie dieses Arschloch hier« – sie verpasste dem sich immer noch am Boden windenden Angreifer einen Tritt mit dem Stiefel – »Clay mit seiner Waffe eins überziehen wollte. Deshalb habe ich auf ihn geschossen. Dann haben wir den anderen Dreckskerl gesehen und auch ihn geschnappt. So, jetzt seid ihr informiert.«

»Gutes Timing«, bemerkte Frederick, doch Daisy würdigte ihn immer noch keines Blickes.

Taylor quittierte den stummen Tadel ihrer Schwester mit einem Seufzer. »Nicht gut genug, schließlich haben sie Thorne und Gwyn.« Sie zwang sich sichtlich, die Schultern zu entspannen. »Übrigens hat Joseph gerade mit seinem Team telefoniert, als Thorne anrief. Die durchsuchen das Haus von Richter Segal.«

Frederick nickte. »Das wussten wir schon. Alec hat es im Polizeifunk abgehört.«

Taylor runzelte die Stirn. »Dann bekommt er das jetzt auch alles mit und wird sich Sorgen machen.«

»Moment.« Frederick rief Alec an, um ihm alles zu erzählen. Ehe er auflegte, kam Jamie an den Apparat. »Was ist passiert?«

Frederick seufzte. »Die haben Thorne unter Drogen gesetzt, in einen Transporter geworfen und gedroht, ihn zu töten, wenn Gwyn nicht kooperiert. Also ist sie auch eingestiegen. Aber zumindest waren beide noch am Leben.«

»O Gott«, stöhnte Jamie. »Nein. Bitte nicht.«

»Es tut mir so leid«, sagte Frederick leise. »Sie waren zu siebt in zwei Fahrzeugen. Drei haben wir erwischt, aber einer der Burschen ist mit dem Transporter davongefahren. Und die Barkeeperin aus dem Klub saß am Steuer.«

Jamie stöhnte. »O nein. Ich habe ihm doch gesagt, er soll das Joseph überlassen.«

»Er hat bereits die Verfolgung aufgenommen«, erwiderte Frederick – bessere Nachrichten hatte er leider nicht für Jamie.

»Gut«, sagte Jamie. »Ich muss es Phil sagen. Das könnte ihn umbringen.«

»Wir finden sie und holen sie zurück«, erklärte Frederick fest. »Ich schwöre es.«

»Wie … Wieso seid ihr noch da draußen? Haben die euch einfach zurückgelassen?«

»Nein. Wie gesagt, sie kamen in zwei Fahrzeugen. Wir sollten in den zweiten steigen, aber dann waren Taylor und Daisy plötzlich da. Einer der Täter ist noch am Leben. Ihn bringen wir dazu, auszupacken.«

»Aber wie wollt ihr das anstellen?« Jamie klang völlig aufgelöst.

Frederick starrte den Angreifer an, der zu flüchten versucht hatte. »Mach dir darüber mal keine Gedanken. Er wird reden. Ich muss jetzt Schluss machen, melde mich aber wieder.«

Clay, der mittlerweile aufgelegt hatte, trat wieder zu ihnen. »Was hast du vor?«

»Frag lieber nicht«, meinte Frederick, »sonst kannst du später nicht behaupten, du hättest nichts gewusst. Glaubhafte Abstreitbarkeit.«

Clay schien hin- und hergerissen zu sein. »Tu nichts, womit du später nicht leben kannst.«

»Ich kann definitiv nicht damit leben, dass Tavilla Gwyn aufschlitzt, während Thorne dabei zusehen muss«, erwiderte er bitter.

Clay nickte. »Wie kann ich dir helfen?«

»Indem du dafür sorgst, dass meine Töchter das hier nicht sehen«, flüsterte Frederick.

»Gut.« Clay drückte die Schultern durch. »Thorne würde wollen, dass deine Seele keinen Schaden nimmt.«

Frederick war ziemlich sicher, dass Thornes Hauptsorge Gwyn galt und dass sie nicht ums Leben kam. Er trat zu dem Angreifer, der an Händen und Füßen gefesselt bäuchlings am Boden lag. *Dann wollen wir doch mal sehen, ob der Junge uns nicht sagen will, was er weiß.*

Er warf einen Blick über die Schulter und sah, dass Clay die beiden Mädchen ein Stück weggeführt hatte und auf sie einredete. Wahrscheinlich erklärte er noch einmal genauer, was in den letzten Minuten vorgefallen war.

Er beugte sich über den verletzten Angreifer. »Sie werden mir jetzt sagen, wohin Sie uns bringen wollten«, befahl er mit tödlicher Ruhe.

»Fahr zur Hölle«, spie der Kerl hervor, wobei winzige Speicheltröpfchen auf Fredericks Schuhen landeten.

»Da bin ich vermutlich ohnehin schon«, erwiderte Frederick und zog ihn auf die Füße, ehe er ihn bei den Haaren packte und seinen Kopf nach hinten riss. »Los, raus mit der Sprache.«

Vergeblich versuchte der Angreifer, sich zu befreien. »Fahr. Zur. Hölle.«

Verdammte Scheiße! Er wollte das nicht tun müssen. Frederick kreuzte zwei Finger und rammte sie ihm in die Drosselgrube, ohne sich beirren zu lassen, als er erstickt zu husten begann. »Los, raus damit.«

Der Angreifer wandte sich zu ihm um und begann zu würgen, ehe er sich mit einem Schwall übergab. Zum Glück hatte Frederick das Desaster kommen sehen und war einen Schritt zur Seite getreten.

»Sagen Sie es mir«, knurrte er, presste seine Finger neuerlich in die kleine Kuhle und begann zu drücken. Wieder übergab sich der Kerl.

»Nein«, bettelte er. »Nein, nein, nein.«

Frederick legte beide Hände um den Schädel des Kerls und drückte abermals zu. Mit aller Kraft. Ein scharfer Schmerzensschrei drang aus seiner Kehle, woraufhin Frederick von ihm abließ. Am ganzen Leib zitternd, sackte der Kerl zusammen, wobei sich die Vorderseite seiner Hose dunkel färbte, als er die Kontrolle über seine Blase verlor.

Wieder packte Frederick ihn bei den Haaren und zerrte ihn hoch. »Los jetzt.« Ein weiteres Mal drückte er auf die kleine Kuhle an seinem Hals. »Wenn Sie es mir sagen, höre ich auf.« Er drückte ein wenig fester zu, wobei ihm bewusst war, dass die Zeit knapp wurde. Die Cops müssten jeden Moment hier sein, und sobald der Kerl die Sirenen hörte, hätte Frederick kein Druckmittel mehr. »Er wird nicht erfahren, dass Sie gesungen haben.« Er drückte noch etwas fester zu. Wieder begann der Kerl zu kotzen. »Los jetzt.«

»Ein Boot«, krächzte der Kerl. »Er ist auf einem Boot.«

»Sehr gut.« Frederick ließ nach, ehe er erneut zudrückte. »Wie heißt das Boot?«

»Señ... *Señor del Mar*«, stöhnte er. »Er wird mich umbringen.«

»Nicht, wenn ich ihn vorher erwische«, raunte Frederick. »Das ist Ihre einzige Hoffnung. Wo liegt dieses Boot?«

In der Ferne ertönte das Heulen der Sirenen, als der Kerl sich erneut vor Fredericks Füßen übergab, während ihm die Tränen übers Gesicht liefen. »Fahr zur Hölle.«

Frederick ließ von ihm ab, sodass er neuerlich zu Boden fiel. »Sagen Sie mir, wo das Boot liegt. Wenn wir ihn kriegen, kann er Sie nicht töten. Ich bin im Moment Ihre größte Chance, das Ganze hier zu überleben.«

Wieder stöhnte der Kerl. »Chevalier. Und jetzt lass mich in Ruhe.«

Unvermittelt überkam Frederick ein tiefes Gefühl der Erschöpfung. Er wandte sich ab und hastete zu den Bäumen hinüber, ließ sich auf die Knie fallen und übergab sich heftig … alles, was er zu sich genommen hatte, was glücklicherweise nicht allzu viel gewesen war. Unschöne Erinnerungen wirbelten wild in seinem Kopf umher. Erinnerungen, die er für immer in seinem Innern vergraben geglaubt hatte.

Doch so etwas wie »für immer« gab es nun einmal nicht.

Und sie hatten es mit angesehen. Zumindest hatten sie die Schmerzensschreie des Angreifers gehört.

O Gott. Ich bin ein grauenvoller Mensch. Immerhin konnten sie sich nun auf die Suche nach Thorne und Gwyn machen. *Ich muss aufstehen.* Doch sein Körper wollte ihm nicht gehorchen. Er zitterte am ganzen Leib.

»Shhh. Ist schon gut.« Taylors Stimme drang an seine Ohren, warm und beruhigend, während sie mit der Hand langsame Kreise auf seinem Rücken beschrieb. »Es geht dir gut. Uns geht es gut. Und Thorne und Gwyn holen wir auch zurück.« Sie drückte ihm eine Wasserflasche in die Hand. »Trink.«

Er hatte Mühe, die Flasche aufzubekommen. »Verdammt!«

Sie kniete sich neben ihn und gab ihm einen Kuss auf die Schläfe. »Komm, ich helfe dir, Dad.« Sie nahm ihm die Flasche aus der Hand, drehte mit einer beherzten Bewegung den Deckel auf, drückte Frederick ein Stück nach hinten auf die Fersen und hielt ihm die Flasche an den Mund. »Trink.«

Er gehorchte, wobei ihm überdeutlich bewusst war, dass ihre Rollen vertauscht waren. Vorsichtig spülte er sich den Mund aus, ehe er die Flasche mit langen, gierigen Zügen leerte. Ganz allmählich ließ das Zittern nach.

Sie legte ihm den Arm um die Schulter. »So ist es gut. Das wird schon wieder.«

»Ich weiß«, murmelte er. »Trotzdem wünschte ich, du hättest das nicht sehen müssen.«

»Na ja, in dem Punkt kann ich dir leider nicht widersprechen«, erwiderte sie pragmatisch und zog ihn an sich, sodass sein Kopf an ihrer Schulter ruhte. »Was hast du herausgefunden?«

»Er hat ein Boot. Die *Señor del Mar*.«

»*Der Herrscher des Meeres*«, sagte sie leise. »Eigentlich logisch. Tavillas Gang nennt sich *Los Señores de la Tierra, die Herrscher der Erde*.«

Ja, es war tatsächlich logisch. »Sie liegt in einem Jachthafen namens Chevalier. Wir müssen Joseph Bescheid sagen. Vielleicht kennt er ihn ja.«

»Clay wird es ihn wissen lassen. Er steht direkt hinter uns und schreibt ihm schon eine Nachricht.«

»Er hat es gehört«, murmelte Frederick betroffen. Er hatte nicht gewollt, dass jemand mit ansah, wie er dem Angreifer ein Geständnis entlockte. Eigentlich hätte Clay dafür sorgen sollen, dass seine Töchter es nicht sahen. Aber wenn Clay und Taylor es mitbekommen hatten, dann Daisy vermutlich ebenfalls.

Taylor seufzte. »Ja, wir haben alles gehört. Er hat sich Sorgen um dich gemacht, Dad, und ich auch.«

»Mir geht's gut«, sagte er. »Weil du es gesagt hast.«

»Dann muss es stimmen, denn ich irre mich nur selten.« Sie lachte, als er ein Schnauben ausstieß. »Und dass der Jachthafen Chevalier heißt, ist auch logisch. Das heißt übersetzt *Ritter*. Wenn er der Herrscher der Welt ist, müssen seine Gangmitglieder seine Ritter sein.«

Dass Tavilla dem Jachthafen einen Namen verliehen hatte, war kein gutes Zeichen, weil es bedeuten könnte, dass es keine richtige Marina war, zumindest keine öffentliche. »Der Mann ist ja ein verdammter Dichter.«

»Hoffentlich bald ein toter Dichter«, bemerkte sie und stieß den Atem aus. »Wo hast du gelernt, was du da gerade getan hast?«

Das nennt man Folter, Schatz, dachte er, sprach es jedoch nicht laut aus. Es bestand keine Notwendigkeit, dem Gräuel auch noch einen Namen zu geben. »Erfahrung«, platzte er unwillkürlich heraus.

Sie zuckte kaum merklich zusammen. »Aus deiner Armeezeit?«

»Nein.« Er presste die Lippen zusammen.

Doch Taylor war ein schlaues Mädchen. Sie hielt inne und ließ erneut ganz langsam den Atem entweichen. »Daddy?«, flüsterte sie leise. »Hat jemand dasselbe mit dir getan?«

Er seufzte. »Wir werden nicht darüber reden.«

»Bitte. Ich muss es wissen.«

Nein, musst du nicht, Schatz. Wirklich nicht. Dennoch antwortete er auch jetzt. »Mittelamerika. Achtzigerjahre. Ich war einige Wochen in Gefangenschaft geraten. Aber das liegt lange hinter mir.«

»Nein. Nicht, wenn es so etwas in dir auslöst. Aber ... ich respektiere es.«

»Danke.« Er sah an sich hinunter. »Ich muss mich dringend umziehen.«

»Allerdings. Gehen wir zu Clays Haus, dort kannst du dich waschen und frische Sachen anziehen, Dad.« Sie stand auf und zog ihn mit sich.

Seine Knie zitterten immer noch, gaben jedoch nicht mehr nach. »Danke, Schatz.«

Sie blinzelte. »Ich hab dich lieb, Daddy.«

Er wandte sich um und seufzte erneut. Clay und Daisy standen direkt hinter ihnen. Er breitete die Arme aus und atmete erleichtert auf, als Daisy zu ihm trat und sie beide umschlang.

»Du stinkst, Dad«, flüsterte sie.

Er drückte einen Kuss auf ihren Kopf. Ihre Mutter war so klein und zart gewesen, ebenso wie sie. »Ich weiß. Tut mir leid.«

»Ich bin immer noch sehr wütend auf dich. Aber darüber reden wir später.«

»Gut.« Er berührte Taylors Arm. »Dieser elende Mistkerl hat Clay mit voller Wucht in die Rippen getreten. Sorg dafür, dass er auf sich achtgibt.«

»Okay.« Sie trat zu ihrem leiblichen Vater und legte den Arm um ihn.

»Clay scheint ein netter Kerl zu sein«, sagte Daisy leise.

»Ja, das ist er.« Frederick wandte sich ihr zu. »Und du hast gut geschossen. Das hat uns gerettet. Danke.«

Ein Lächeln spielte um ihre Mundwinkel. »Gern geschehen.«

Sie führte ihn durch das Wäldchen zu der Stelle, wo sich die Polizisten mittlerweile eingefunden hatten, unter denen sich zu seinem Erstaunen auch Joseph befand.

»Du bist ganz grau im Gesicht, Frederick«, stellte er fest.

»Herzlichen Dank. Hat dich der Transporter mit Thorne und Gwyn abgehängt?«

Joseph deutete auf seinen SUV. Der Frust war ihm ins Gesicht geschrieben, was ungewöhnlich für ihn war. Normalerweise zeigte er nur sehr selten Emotionen. »Ja.« Die Fensterscheiben waren ähnlich zerschossen wie die des SUV, den er ihnen geliehen hatte.

»Die gute Nachricht ist, dass die Scheiben eine Menge aushalten. Das wird meine Frau sehr freuen.«

Frederick wünschte, ihre Scheiben hätten einige Kugeln mehr ausgehalten, dann wären Thorne und Gwyn immer noch hier, doch er verkniff sich die Bemerkung, denn ohne Josephs Wagen wären sie gleich im ersten Kugelhagel umgekommen. »Konntest du etwas damit anfangen, was Tavillas Handlanger mir erzählt hat?«

»Noch nicht. Chevalier taucht nirgendwo in den Verzeichnissen der Jachthäfen auf. Aber er könnte dich auch belogen haben.«

»Vielleicht, was den Namen des Jachthafens angeht.« Zu diesem Zeitpunkt hatte der Angreifer bereits die Sirenen gehört. »Aber der Name des Boots stimmt, denke ich.«

Joseph warf ihm einen eindringlichen Blick zu, als wisse er ganz genau, was Frederick getan hatte. »Gut«, sagte er nur.

»Können meine beiden Dads jetzt nach Hause gehen, Joseph?«, fragte Taylor. »Sie sind beide ziemlich mitgenommen.«

»Ja, natürlich. Ich schicke später jemanden vorbei, der ihre Aussagen aufnimmt. Ich muss aufs Revier. Die Beweise, die bei der Durchsuchung von Richter Segals Haus sichergestellt wurden, kommen langsam herein. Ich hoffe, es ist etwas dabei, das auf eine Verbindung zu Tavilla hindeutet.«

Am liebsten wäre Frederick explodiert. »Dass er uns gerade seine Männer auf den Hals gehetzt und dafür gesorgt hat, dass Thorne und Gwyn entführt werden, reicht noch nicht?«

Joseph schüttelte den Kopf. »Leider nein. Es sei denn, ich kann den Kerl, den du gefesselt hast, zu einem Geständnis bringen, dass Tavilla sein Boss ist. Aber dass er den Angriff in Auftrag gegeben hat, können wir nicht nachweisen.«

»Kannst du wenigstens jemanden vor diesem Restaurant postieren, das er so gern besucht?«, fragte Frederick. Die Langsamkeit der Behörden war zum Haareraufen. Tavilla hatte Thorne und Gwyn in seiner Gewalt. Und sie alle wussten, was er mit seinen Feinden anstellte.

Eilig kämpfte er dagegen an, als sein Magen neuerlich zu rebellieren drohte.

»Schon geschehen«, erwiderte Joseph. »Er war heute dort zum Mittagessen, schafft es allerdings immer wieder, unsere Leute abzuschütteln. Der Kerl ist der reinste Aal.«

»Aber es war nicht zufällig Detective Brickman, den ihr auf ihn angesetzt hattet, oder?«, fragte Clay bissig.

Joseph warf ihm einen vielsagenden Blick zu. *Hör auf, dich wie ein Arsch zu benehmen.* »Nein. Detective Brickman wurde vorübergehend beurlaubt. Das Problem ist, dass er leider wie vom Erdboden verschluckt ist.«

»Herrgott noch mal«, stieß Clay hervor. »Echt jetzt, Joseph?«

»Hey«, erwiderte Joseph scharf. »Er ist abgetaucht, bevor du mir von seinem Besuch bei Patricias ... Opfer erzählt hast. Ich kann mich nach wie vor nicht überwinden, einen gerade erst Achtzehnjährigen als Liebhaber zu bezeichnen. Wie auch immer. Jedenfalls sind wir an ihm dran und tun unser Bestes. Ich will, dass du das weißt. Thorne und Gwyn sind auch meine Freunde.«

Clay wandte den Blick ab. »Das weiß ich.«

Frederick rang sich ein Nicken ab. »Ich muss Jamie auf den neuesten Stand bringen. Er ist bestimmt schon halb verrückt vor Angst.«

»Warte«, rief Clay, als Joseph sich zum Gehen wandte. »Was ist mit der Adresse, die Thorne dir durchgegeben hat? Die von Anne Poulin.«

»Das Apartment ist unbewohnt«, sagte Joseph. »Ich denke, das war ein Trick, um euch aus dem Haus zu locken. Sie haben euch aufgelauert.«

Das war auch Fredericks Vermutung, so bitter die Pille auch sein mochte. »Gibst du uns Bescheid, wenn es etwas Neues gibt?«

»Natürlich«, antwortete Joseph freundlich.

Annapolis, Maryland
Donnerstag, 16. Juni, 17.05 Uhr

Sie befanden sich auf einem Boot. Einem verdammten Boot. Das war übel, weil es die Rettung erheblich erschweren würde, vor allem, sobald Kathryn und ihre Begleiter beschlossen hatten, die Segel zu setzen.

Die Barkeeperin stieß Gwyn vor sich her in die winzige Kabine unter Deck. Sie schien wütend zu sein. Irgendetwas musste schiefgelaufen sein, denn von Frederick und Clay war nichts zu sehen. Am liebsten hätte Gwyn triumphierend die Faust gereckt, denn das bedeutete, dass sie in Sicherheit waren. Gleichzeitig hieß es, dass Thorne und sie auf sich gestellt waren.

Thorne war in einen ausrangierten Kühlschrankkarton verfrachtet worden, den Kathryn und ihre beiden Begleiter unter Ächzen und Stöhnen zuerst in ein kleines Beiboot und schließlich auf die Jacht gehievt hatten – ein Dreißigmeter-Prachtstück, das Gwyn zu einem beeindruckten Pfiff veranlasst hätte, wenn sie nicht so entsetzt wäre.

Dass sie ihr nicht die Augen verbunden hatten, war kein gutes Zeichen. Zuerst hatten sie sie zu einer Villa direkt am Wasser außerhalb von Annapolis gebracht und in dem kleinen Motorboot warten lassen, während sie sich um Thorne kümmerten. Gwyn konnte nur hoffen, dass er in dem Karton genug Luft bekam. Es war wichtig, dass er durchhielt, bis sie sich eine Fluchtmöglichkeit überlegen konnte. Die Angreifer hatten ihr lediglich Handschellen angelegt – etwas, woraus sie sich durchaus befreien konnte. Immerhin hatte sie Routine darin.

Der Karton wurde hinter ihr in die Kabine geschoben. Ein leises Stöhnen drang aus dem Inneren. Also war Thorne zumindest noch am Leben. Sie atmete erleichtert auf.

»Arschloch«, stieß einer der Männer leise hervor und trat gegen den Karton. Er gehörte nicht zu den sechs Schützen, sondern hatte neben Kathryn auf dem Beifahrersitz gesessen.

Patton, so hatte Kathryn ihn genannt, als sie zu dem privaten Jachtklub gefahren waren. Der Hafen war leer, weit und breit war keine Menschenseele zu sehen. Verdammt. Auch das war kein gutes Zeichen. Selbst wenn ihr die Flucht gelingen sollte – an wen könnte sie sich um Hilfe wenden?

Kaum waren sie von Clays Anwesen in die Straße gebogen, hatte der Schütze seine Maske vom Gesicht gezogen. Es war Detective Brickman. Natürlich. Er hatte sie höhnisch angegrinst. Am liebsten hätte sie ihm einen Tritt verpasst, beherrschte sich jedoch. Das würde sie sich für später aufheben.

Kathryn und die beiden Männer schlossen die Kabinentür. Gwyn hörte das Klicken, als sie sie von außen verriegelten. Das war zu erwarten gewesen. Es war düster im Raum. Das einzige Licht drang durch ein Bullauge in der Nähe der Kabinendecke, die Sonne befand sich auf der anderen Seite der Jacht. Zwar gab es eine Deckenbeleuchtung, allerdings konnte sie nirgendwo einen Schalter ausmachen.

In der Mitte des Raums standen zwei auf dem Boden verschraubte Stühle. An deren Vorderbeinen waren Ketten mit Handschellen daran befestigt, die über die Armlehnen hingen. Gwyn vermutete, dass es sich bei den roten Flecken auf den Stuhlbeinen wohl nicht um Farbe handeln dürfte.

An einer Wand war ein heruntergeklappter Metalltisch mit Scharnieren befestigt, der ebenfalls mit an Ketten hängenden Handschellen versehen war. Auch er wies unübersehbare rote Flecke auf.

Sie zwang sich, den Blick loszureißen, weil ihre Fantasie bereits allerlei Szenarien heraufbeschwor, was auf diesen Tischen passiert sein mochte. Und auf den Stühlen. *Und mit uns vielleicht auch passieren wird.*

Ihr Blick fiel auf eine Gestalt in der Ecke. Ein Junge. Ihr Herzschlag beschleunigte sich. *Aidan?* Doch als ihre Augen sich an das Halbdunkel gewöhnten, sah sie, dass der junge Mann sehr schlank und blond war, wohingegen Aidan ein breitschultriger, dunkelhaariger Hüne war.

Sie verdrängte ihre Enttäuschung und die Angst. *Nicht Aidan.* War ihr Sohn tot? Diese Blutlache ... war es sein Blut gewesen? *O Gott. O Gott. O Gott.*

»Hör auf«, murmelte sie. Jetzt in Panik zu verfallen, half auch keinem weiter. Weder Aidan noch Thorne, noch dem Jungen in der Ecke.

Der keine Anstalten machte, sich auf sie zu stürzen. Also stellte er folglich keine akute Bedrohung dar. Sie sank neben dem Karton mit Thorne auf die Knie. »Geht es dir gut?«, fragte sie. Ein leises Stöhnen drang an ihre Ohren. Noch war er nicht ganz wieder bei sich, aber eindeutig auf dem Weg dahin.

Immerhin etwas. Bestimmt warteten sie, bis er vollends bei Bewusstsein war, ehe sie mit ihrer Folter begannen. *Und ich werde jetzt nicht darüber nachdenken, weil ich sonst vor Angst den Verstand verliere.*

»Wer bist du?«, rief sie der Gestalt in der Ecke leise zu. Der junge Mann antwortete nicht, deshalb kroch sie zu ihm hinüber, wobei sie feststellte, dass sie sein Gesicht schon einmal gesehen hatte – auf dem Foto in einem Jahrbuch, an dem Abend, als sie alle zusammen bei Clay gewesen waren. »Oh. Jetzt weiß ich, wer du bist. Patricias Sohn. Blake.«

Er hob den Kopf. Sein Gesicht war kreidebleich im fahlen Licht, mit tief in den Höhlen liegenden Augen, in denen die Trauer geschrieben stand. Vor nicht einmal einer Woche hatte er seine Mutter verloren. »Ja. Und wer sind Sie?«

»Gwyn Weaver. Hast du zufällig noch andere Jungen in deinem Alter hier gesehen?«

Er schüttelte den Kopf. »Wieso? Haben Sie einen verloren?« Er bemühte sich um einen rotzigen Tonfall, doch das Zittern in seiner Stimme verriet ihn.

»Ja. Allerdings. Meinen … Sohn.«

Blakes Miene veränderte sich. »Das tut mir leid«, sagte er leise.

»Weißt du, wieso du hier bist?«

Er schüttelte den Kopf. »Sie?«

»Ja. In dem Karton dort drüben liegt ein bewusstloser Mann, der mich liebt. Sie wollen mich töten, während er dabei zusieht.«

Er schloss die Augen. Sein Kiefer mahlte. »O Gott«, flüsterte er.

»Ich kann mir denken, weshalb du hier bist«, fuhr sie fort. Sie musste den Jungen auf ihre Seite bringen. Wenn es ihr gelang, ihre Hände freizubekommen, könnte sie möglicherweise durch das Bullauge klettern, was ihr ohne Hilfe allerdings nicht gelingen würde. »Was weißt du über deinen Dad?«

Er runzelte die Stirn. »Dass er Richter ist.«

»Das stimmt. Die Polizei durchsucht gerade euer Haus. Er steht im Verdacht … alles Mögliche getan zu haben.«

Seine Kiefermuskeln spannten sich an. »Glauben Sie, er hat meine Mutter getötet?«

Ihre Augen wurden groß. »Glaubst du das?«

»Nein, aber ich habe mitbekommen, wie die Freundinnen meiner Mutter darüber geredet haben.«

Oh. Das muss sehr schwer für dich gewesen sein, mein Junge.

»Ehrlich gesagt, glaube ich es auch nicht, allerdings denke ich, er weiß, wer es getan hat. Derjenige, der auch mich töten will. Was ich gern verhindern würde.«

»Und was soll ich dabei tun?«, fragte er – ganz offensichtlich hatte er ihre Absichten durchschaut.

»Mir helfen, durch dieses Bullauge da zu klettern.«

Er riss die Augen auf. »Wollen Sie mich verarschen? Da passen Sie doch nie im Leben durch.«

»Unterschätz mich nicht. Aber zuerst muss ich diese Handschellen loswerden. Bist du gefesselt?«

»Ja. Die Hände auf dem Rücken.«

»Verdammt.« Dann würde sie es auf die harte Tour hinter sich bringen müssen. Immerhin hatte Kathryn sie gezwungen, ihre kugelsichere Weste abzulegen, als sie in den Transporter gestiegen war. Das war ein Vorteil, denn sie hätte ihr niemals die Bewegungsfreiheit gegeben, die sie brauchen würde. »Du willst dir das vielleicht lieber nicht ansehen«, warnte sie, holte tief Luft und zwang sich, ihren Körper zu entspannen, ehe sie ihre Schulter aus dem Kugelgelenk springen ließ.

Sie holte scharf Luft – sie hatte völlig vergessen, wie weh das tat. »Heilige Scheiße«, fluchte sie. Der Junge sah ihr wie gebannt zu, als sie die Knie anzog, ihre verschlungenen Arme unter ihrem Gesäß durchführte und ihre Schulter wieder zurück ins Gelenk schnappen ließ.

»Hei-li-ge Schei-ße«, stieß sie noch einmal hervor, rollte die Schultern und blinzelte gegen die Tränen an. »*Herrgott* noch mal, tut das weh.«

»Aber verdammt cool war's trotzdem.« Er schien schwer beeindruckt zu sein.

»Klar. Ist es auch, wenn man es nicht selbst tun muss.«

Nun, da sie ihre Hände sehen konnte, galt es nur noch, die Fesseln loszuwerden, allerdings waren sie zu eng, um ihre Handgelenke herauszuwinden, doch sie hatte das entsprechende Werkzeug. Mit einem Ruck zog sie ihren Rock hoch und begann, an dem leeren Holster zu fummeln, in dessen Saum zwei der Hartplastik-Dietriche verborgen waren, die sie früher für ihre Auftritte benutzt hatte. Nach mehreren Versuchen gelang es ihr, einen davon aus dem schmalen Loch im Saum zu pfriemeln. Hochzufrieden hielt sie ihn schließlich in der Hand.

Doch nun kam sie zum schwierigen Teil: Das Schloss der Handschellen aufzubekommen, war an sich schon eine höchst delikate Angelegenheit, außerdem hatte sie in letzter Zeit wenig Übung gehabt. Bei den ersten beiden Versuchen ließ sie den Dietrich fallen und musste sich zwingen, ruhig zu bleiben und nicht darüber nachzudenken, dass Thorne hilflos in dem Karton lag und Aidan längst tot sein könnte. Zur Ablenkung summte sie einen von Thornes Lieblingssongs und spürte, wie sich ihre Muskeln allmählich lockerten.

Es wäre ein zusätzlicher Vorteil, wenn Thorne sie hören könnte und wüsste, dass sie bei ihm war.

Sie brauchte zwei weitere Versuche, ehe es ihr gelang, das Schloss aufzubekommen und die Handschellen abzustreifen. Eilig kroch sie zu dem Karton und riss die Rückseite auf.

Ein erschrockenes Wimmern drang aus ihrem Mund, als sie

Thorne regungslos daliegen sah. Sein wunderschönes Gesicht war von lila Blutergüssen übersät.

Der Laut riss sie aus ihrer Erstarrung. Behutsam berührte sie seine muskulöse Schulter und schob ihn zur Seite, um an seine Fesseln zu gelangen. Obwohl sie kein Wort sagte, bewegte er sich mit, sodass sie kurzen Prozess mit den Schlössern machen, diese in seine Hosentasche stecken und ihn auf den Rücken rollen konnte, um seine Arme kräftig zu rubbeln, damit der Blutfluss wieder in Gang kam. Währenddessen nahm sie ihn in Augenschein, konnte jedoch keine weiteren Verletzungen entdecken. Kein Blut, keine Schusswunden.

Sie beugte sich vor und küsste ihn vorsichtig auf den Mund. »Ich werde jetzt abhauen«, raunte sie. »Und dann komme ich wieder und hole dich. Ich liebe dich.«

Flatternd hoben sich seine Lider. »Lauf«, flüsterte er heiser. »Verschwinde.«

»Ich muss schwimmen. Wir sind auf einer Jacht.«

»Scheiße«, stieß er leise hervor. Wider Erwarten hörte sie ein Lachen in ihrer Kehle aufsteigen.

»Allerdings.« Noch einmal strich sie ihm zärtlich übers Gesicht, ehe sie sich erhob. »Deine Knöchel sind mit Kabelbindern gefesselt. Ich brauche ein Messer.«

Thorne stützte sich auf die Ellbogen, schüttelte heftig den Kopf und sah sich um. »Scheiße. Wo sind wir hier?«

»Wie gesagt, auf einem Boot … mit einer Folterkammer«, antwortete sie. »Willkommen im Chez Tavilla.«

»Sehen Sie mal in der Kommode an der Wand nach«, sagte der Junge in der Ecke. »Ich habe sie reden gehört, als sie mich hergebracht haben. Sie dachten, ich sei ein bisschen daneben, und dann sagte die Frau etwas von wegen, dass sie wünschte, sie hätte den Schlüssel … weil sie …« Er erschauderte. »Weil sie ihr Messer in dem Butler stecken gelassen hätte.«

Gwyn sah zu der an der Wand verschraubten Walnusskommode

hinüber. Blake hatte die Augen geschlossen und den Kiefer angespannt. Tränen liefen ihm über das Gesicht.

Sie trat zur Kommode und schob den Dietrich ins Schloss. »Butler? Was meinst du damit?«

»Meinen … Hauslehrer. Zumindest war er das offiziell. Inoffiziell
war er derjenige … der sich um mich gekümmert hat. Seit ich
denken kann.« Wieder drang ein schluchzender Laut aus seinem
Mund. »Er hat sich immer als männliches Kindermädchen bezeichnet.«

»Es tut mir sehr leid«, sagte Gwyn sanft und ohne jeden Hohn. In
diesem Moment sprang das Schloss auf und … »Heilige Scheiße!«
Thorne drehte sich so, dass er die Kommode sehen konnte. »Wow.«
Messer in sämtlichen Größen und Ausführungen lagen ordentlich aufgereiht vor ihnen. Gwyn wählte ein Springmesser für sich
und ein großes Jagdmesser für Thorne, trat wieder zu ihm, schnitt
die Kabelbinder durch und reichte ihm das Messer.

Das Springmesser ließ sie in ihre Rocktasche gleiten und schloss
den Knopf. Sie konnte nur hoffen, dass sie es im Wasser nicht
verlieren würde. Noch einmal ließ sie den Blick über das Arsenal
schweifen und überlegte: Wenn sie mit Messern bewaffnet waren, könnten sie sich gegen die Killer wehren, sobald sie die Ka-
jüte betraten. Und das würden sie auf kurz oder lang tun. Tavilla
würde sie sich vorknöpfen. Sie hatte gehört, wie Kathryn und
ihre Handlanger darüber redeten.

Während sie ihre Halbautomatikwaffen geladen hatten.

Gwyn verwarf ihre Idee, sich gegen sie zur Wehr zu setzen. Nur
ein Vollidiot würde es auf einen Kampf mit einem Messer gegen
eine Schusswaffe ankommen lassen.

»Kannst du aufstehen? Ich muss an dieses Bullauge herankom-
men. Eigentlich wollte ich den Jungen fragen, aber du bist größer. Wenn du mich hochhebst, schaffe ich es leichter, mich hoch-
zuschwingen.«

Thorne rappelte sich auf, schwankte jedoch gefährlich, ehe er zu der Wand unterhalb des Bullauges taumelte. Seine Größe erlaubte ihm, ungehindert hinauszusehen. »Wir sind ein ziemliches Stück vom Ufer entfernt, Babe«, stöhnte er.

»Ich weiß. Ich war bei Bewusstsein, als sie uns hergeschafft haben.« Wieder sah sie zu dem Bullauge. Für so eine lange Schwimmstrecke konnte sie keinerlei Einschränkungen gebrauchen, deshalb löste sie zuerst das Schulterholster unter ihrer Bluse, ehe sie sich auch von dem Schenkelholster befreite.

Unterdessen machte Thorne sich an dem Bullauge zu schaffen. »Das Ding wurde schon eine ganze Weile nicht mehr aufgemacht«, ächzte er. »Es klemmt.«

Sie zuckten vor Schreck zusammen, als sich der Riegel endlich löste und das Fenster mit einem lauten Knarzen aufging.

Gwyn hob beide Arme, während Thorne sich gegen die Wand lehnte, mit beiden Händen ihre Taille umfasste und sie anhob. Sie umschloss sein Gesicht und küsste ihn mit Nachdruck. »Ich hole Hilfe.«

»Bring dich erst mal in Sicherheit«, murmelte er. »Ich liebe dich.«

Er hob sie noch ein Stück weiter nach oben, sodass sie die Schultern durch die Öffnung zwängen konnte, wobei ihr ein Schmerzenslaut über die Lippen kam, als sie sich die Haut an den Oberarmen aufschürfte. Das Salzwasser würde höllisch brennen.

Sie hangelte sich noch etwas weiter nach oben, bis sie sich mit den Hüften hinausschieben konnte und über dem Wasser baumelte. Kurz kam ihr der Gedanke, dass es hier Haie geben könnte, und das jetzt, wo ihr Arm blutete.

Mach dich nicht lächerlich. Die Gefahr, die von Tavilla ausging, war erheblich größer, als von einem Hai erwischt zu werden. Sie zog sich noch einmal hoch und spähte zu Thorne, der sie mit einer Mischung aus Erleichterung und Angst ansah. Und Hoffnung. Und verzweifelter Liebe.

»Ich liebe dich auch«, flüsterte sie und ließ sich in das Wasser der Bucht fallen.

Thorne hörte das leise Platschen und schloss das Fenster wieder. Ja! Gwyn war die Flucht gelungen. Dabei hätte sie gar nicht erst in den Transporter steigen, sondern gleich abhauen sollen. In seinem Kopf hatte er ihr genau das zugerufen, doch sein Körper und damit auch seine Stimme hatten ihn im Stich gelassen.

»Ich weiß, wer Sie sind«, sagte der Junge in der Ecke.

»So?« Mit unsicheren Schritten wankte Thorne zu ihm und ging auf die Knie. »Dreh dich um, damit ich versuchen kann, dir die Handschellen abzunehmen.« Der Junge gehorchte, sodass Thorne sich mit dem Dietrich an dem Schloss zu schaffen machen konnte. »Gwyn kann das besser als ich.« Seine Finger brannten wie Feuer, da die Blutzirkulation nach der langen Zeit in Fesseln erst allmählich wieder in Gang kam.

»Sie sind Thomas Thorne. Der Mann, von dem mein Vater sagt, er hätte meine Mutter getötet.«

Thorne hielt inne, ehe er seine Tätigkeit wieder aufnahm. »Und was glaubst du?«

»Ich glaube, Sie werden gelinkt, genauso wie mein Vater.«

Tja, das mit dem »Vater« könnte nicht verkehrter sein, dennoch beschloss Thorne, den Jungen noch für eine Weile im Unklaren zu lassen, für den Fall, dass er seine Hilfe benötigte, sollte sich die Möglichkeit zur Flucht ergeben.

Er hatte nicht damit gerechnet, dass sie ihn auf ein beschissenes Boot verfrachten würden, und konnte nur hoffen, dass Gwyn eine gute Schwimmerin war. Andererseits war sie auf einem Krabbenkutter aufgewachsen, folglich sollte das Meer ihr natürliches Element sein.

Endlich sprang das Schloss an Blakes Handschellen auf. Er nahm sie ab, drehte sich um und massierte sich das Handgelenk, während Thorne Gelegenheit hatte, ihn das erste Mal anzusehen.

Du lieber Gott, der Junge war Richard Linden tatsächlich wie aus dem Gesicht geschnitten. Es war, als wäre er auf einen Schlag neunzehn Jahre zurückversetzt.

»Was ist?«, fragte Blake. »Sie sind … keine Ahnung, einen Moment lang haben Sie ein Gesicht gemacht, als hätten Sie ein Gespenst gesehen.«

»Habe ich gewissermaßen auch«, murmelte Thorne und zwang seinen Körper, ihm wieder zu gehorchen – er musste aufstehen, Distanz zwischen sich und den Jungen bringen, der so sehr wie das Schwein aussah, das sein Leben zerstört hatte. Prompt wurde ihm schwindlig. »Das reinste Déjà-vu«, murmelte er, als ihm aufging, dass er sich am Sonntag beim Aufwachen im Krankenhaus ganz genauso gefühlt hatte.

Blake beäugte ihn, als wäre er ein seltener Einzeller unter einem Mikroskop.

»Was ist?«

Der Junge schüttelte den Kopf. »Ich überlege, was ich über Sie denken soll.«

»Ich bin unschuldig«, erwiderte Thorne seufzend. »Ich hoffe, das ist der Schluss, zu dem du gelangst.«

»Haben Sie meinen Onkel Richard umgebracht?«

Thorne starrte ihn fassungslos an. »Nein. Ich habe versucht, ihm das Leben zu retten.« *Und er war auch nicht dein Onkel, sondern dein Vater, Junge.*

»Ich habe vor einigen Jahren davon gelesen. Alles über den Prozess, meine ich. Meine Mutter wollte es nicht, und mein Vater hat es mir sogar verboten.«

Thorne konnte sich ein Grinsen nicht verkneifen. »Also *musstest* du es natürlich tun. Das kann ich gut verstehen.«

Er stieß den Atem aus.

»Okay. Das mit deiner Mutter tut mir sehr leid. Ich hatte sie fast zwanzig Jahre nicht mehr gesehen. Und auch am Sonntagmorgen eigentlich nicht. Weil ich bewusstlos war.«

»Auch das habe ich gelesen. Online.« Er fummelte an der zweiten Handschelle herum.

»Steh auf, damit ich versuchen kann, das Ding zu öffnen.«

Wieder gehorchte Blake und hob die Hände, während er Thorne weiterhin musterte. »Kannten Sie meine Mutter gut?«

»Nein.« Thorne fummelte an der zweiten Handschelle herum. »Sie war ein paar Jahre jünger als ich und eher schüchtern.«

»Das kann ich mir bei ihr eigentlich nicht vorstellen«, murmelte er. »Kannten Sie meinen ... Onkel gut?«

Thorne, dem die absichtliche Pause nicht entging, hob den Kopf und sah Blake an. Der Junge wusste es. Oder zumindest hatte er einen Verdacht.

»Ja.«

Blake stieß einen frustrierten Laut aus. »Und? Wie war er so?«

Thorne seufzte. »Meine Antwort wird dir nicht gefallen. Können wir also einfach so tun, als hättest du nicht gefragt?«

»Nein.« Blake packte Thorne am Ärmel. »Ich muss es wissen. Keiner will mir etwas darüber sagen, aber ich muss es wissen.«

In diesem Moment sprang die Handschelle auf. Er nahm sie ihm ab und schob sie in seine Tasche, wo ja bereits seine eigenen steckten, dann ließ er den Blick über den Fußboden schweifen, um Gwyns ebenfalls an sich zu nehmen, wie auch ihre Holster, die unübersehbaren Beweise für ihre Flucht. Als er sie aufhob, stieg ihm ein intensiver Duft in die Nase.

Seine Brust brannte. *Lavendel.* Unverkennbar. Er schob sich die Holster unters Hemd und wandte sich Blake Segal zu, der ihn mit beinahe verzweifelter Miene beobachtete.

»Was genau willst du wissen, Blake?«, fragte Thorne.

»Ich sehe wie er aus.«

Thorne tat nicht einmal so, als hätte er die Frage missverstanden. »Ja. Sehr sogar.« Er trat zu der Kommode, nahm ein Springmesser und ein Allzweck-Armeemesser mit kurzer Klinge heraus und verstaute beides in seinen Taschen, wohl wissend, dass Tavilla sie als Folterwerkzeuge benutzte. Er konnte sich nur fragen, wie viele Menschen bereits damit getötet worden waren.

»Haben Sie schon mal jemanden getötet?«, fragte Blake.

»Nein. Ein paar Burschen habe ich zusammengeschlagen, aber nur, wenn sie angefangen haben.« Er warf dem Jungen einen Blick zu. »Kann ich dir ein Messer anvertrauen?«

»Ja«, antworte Blake nur. »Aber wenn Sie mich bedrohen, benutze ich es und bringe Sie um.«

Verständlich. »Ich werde dich nicht bedrohen.« Thorne konnte nur darauf vertrauen, dass der Junge kein verlogener Soziopath wie sein Vater war. Er reichte ihm ein Messer mit mittelgroßer Klinge und gut in der Hand liegendem Griff.

»War Richard mein Vater?«

Thorne holte tief Luft und schloss vorsichtig die Kommode. »Ja. Ich glaube es zumindest.« Er wandte sich wieder dem Jungen zu, der die Augen geschlossen hatte und mit raschen, flachen Zügen atmete. Er hatte nicht die leiseste Ahnung, was in Blake vorging, deshalb ersparte er sich irgendwelche Plattitüden. »Hattest du es bereits vermutet?«

»Ja. Sie haben mir erzählt, ich sei adoptiert. Dann, später, als ich Fotos von meinem Onkel gesehen habe, erzählten sie mir, sie hätten mich ausgesucht, weil ich sie so an ihn erinnert hätte ... von seinen Babyfotos.«

»Das ist ... definitiv nicht wahr.«

Blake blinzelte. »Er hat sie also vergewaltigt? Meine Mutter, meine ich?«

»Ich fürchte, ja. So lautet zumindest die Aussage eines Mannes, der früher mit ...« Thorne wusste nicht recht, was er sagen sollte. Mit *deinem Vater? Deinem Onkel?* »Der früher mit Richard befreundet war. Na ja, befreundet trifft es nicht ganz. Er war eher Teil seiner Gefolgschaft. Richard war ziemlich beliebt.«

»Bis er tot war.« Unvermittelt sog Blake den Atem ein, als sei ihm gerade eben etwas in den Sinn gekommen. »Aber wenn Sie ihn nicht getötet haben, wer war's dann?«

Thorne zögerte. »Okay, Junge … Blake. Sehen wir erst mal zu, dass wir hier rauskommen, okay? Dann beantworte ich jede deiner Fragen nach bestem Wissen und Gewissen, versprochen.«

»Das haben Sie gerade schon getan«, konterte Blake niedergeschlagen und holte tief Luft. »Also, was soll ich tun?«

Die Frage kam keine Sekunde zu früh, denn ein Scharren ertönte an der Tür, als jemand das Schloss öffnete.

Thorne bedeutete Blake, sich wieder in seine Ecke zurückzuziehen, während er sich hinter der Tür postierte. Sein Herz hämmerte so laut, dass es sämtliche anderen Geräusche im Raum übertönte. Eilig ließ er den Blick umherschweifen, um zu sehen, ob etwas auf Gwyns Flucht durch das Bullauge hindeutete.

Nichts. Gut. *Dann sollen sie erst mal an Bord nach ihr suchen.* Schon wenige gewonnene Sekunden könnten ausschlaggebend sein. Leider hatte er nicht daran gedacht, den Karton so zu arrangieren, als liege er noch darin.

Die Tür ging auf, und ein schlanker Mann kam herein. Thorne hatte keine Ahnung, wie viele Leute sich an Bord aufhielten, aber die Zahl würde sich gleich um einen reduzieren. Thorne wartete, bis der Mann ein paar Schritte weiter eingetreten war, schlug die Tür hinter ihm zu, packte ihn, presste ihm eine Hand auf den Mund und schlang ihm den Arm um den Hals.

Der Kerl würde kein Problem darstellen. Er war schmächtig. Er war …

Scheiße. Es war Detective Brickman. Herrgott noch mal! Einen Cop konnte er nicht töten, nicht mal einen korrupten. Vorsichtig hielt er die Klinge an Brickmans Hals. »Keine Bewegung«, raunte er. »Kein Laut, sonst schlitze ich Ihnen die Kehle vom einen Ohr zum anderen auf.«

Er spürte, wie Brickman erschauderte. *Gut.* Eilig zog er das kleinere von Gwyns Holstern heraus und stopfte es Brickman in den

Mund, ehe er den Detective zu Boden stieß, sich auf seine Beine kniete, ihm die Arme auf den Rücken riss und ihn mit denselben Handschellen fesselte, die Brickman ihm zuvor angelegt hatte.

»Alles rächt sich früher oder später«, murmelte er und schloss das zweite Handschellenpaar um Brickmans Knöchel, ehe er den Cop in die Ecke hinter der Tür zerrte und die Überreste des Kühlschrankkartons über ihn breitete. Als er sich umdrehte, blickte er in Blake Segals weit aufgerissene Augen.

»Heilige Scheiße!«, stieß der Junge hervor. »Wieso haben Sie ihn nicht getötet?«

»Weil er Polizist ist«, antwortete Thorne, woraufhin die Augen des Jungen noch größer wurden. »Tut mir leid, wenn ich dir die Illusion nehme, aber nicht alle Cops sind anständige Leute.«

»*Das* weiß ich«, erwiderte Blake grimmig. »Und auch nicht alle Richter sind anständige Leute. Ich glaube zwar nicht, dass mein Vater meine Mutter getötet hat, aber er hat sich bestechen lassen. Meine Eltern haben sich deswegen gestritten. Unmittelbar bevor Mom …« Seine Stimme brach. Er wandte den Blick ab. »Scheiße!«

Thorne wünschte, ihm fiele etwas ein, um den Jungen in seiner Trauer zu unterstützen, doch in Ermangelung der passenden Worte konzentrierte er sich auf das, was es als Nächstes zu tun galt: Er nahm Brickman seine Waffe ab und steckte sie sich hinten in den Hosenbund, ehe er ihn abtastete, wobei er auf das Handy des Polizisten stieß.

Perfekt! Er wählte Josephs Nummer und atmete erleichtert auf, als der FBI-Mann gleich beim ersten Läuten ranging.

»Carter.«

Zu seiner Verblüffung spürte Thorne, wie seine Kehle eng wurde. »Ich bin's, Thorne.«

»Thorne? Wo steckst du?«

»Ich weiß es nicht genau. Irgendwo auf einer Jacht.« Thorne sah den Jungen an. »Weißt du, wo wir genau sind?«

Blake schüttelte den Kopf. »Nein. Ich war komplett am Arsch, als die mich hergebracht haben. Aber ich glaube nicht, dass es weit von mir zu Hause weg ist.«

»Wer ist da bei dir?«, fragte Joseph.

»Der Segal-Junge. Blake. Es geht ihm gut. Mir auch.«

»Jetzt verstehe ich. Aus seinem Vater war kein Wort herauszubringen, obwohl wir mehr als genug belastende Beweise in seinem Haus und Büro sichergestellt haben.«

Thorne zögerte kurz, dann sprach er es aus – der Junge war achtzehn und kein Kind mehr. »Die haben Blake nicht die Augen verbunden. Vielleicht bewirkt das ja etwas, wenn du es dem Richter sagst.«

»Mache ich. Was ist mit Gwyn?«

»Sie konnte entkommen und schwimmt gerade zum Ufer.« *Hoffe ich zumindest. Gott, bitte mach, dass es ihr gut geht.* »Brickman ist hier. Ich habe ihn gefesselt und geknebelt. Das ist sein Handy.«

»Gut. Ich bleibe dran, leg nicht auf. Wir orten das Telefon.«

»Okay.« Er wünschte nur, Gwyn wäre hier. Sie war die Einzige, die klar genug gewesen war, um etwas von ihrer Umgebung mitzubekommen. »Wir versuchen, hier rauszukommen«, sagte er, sowohl zu Joseph als auch zu Blake. »Die haben uns in eine Art Folterkammer gesteckt, und ich will lieber nicht erst warten, bis Tavilla auftaucht.«

»Vor allem, da er Blake Segal nicht die Augen verbunden hat«, bekräftigte Joseph. »Aber sei vorsichtig, Thorne.«

»Das werde ich.« Er sah Blake in die Augen. Der Junge straffte die Schultern. »Kannst du schwimmen?«

»Ja. Aber wir passen beide nie im Leben durch dieses Bullauge.«

Thorne hätte um ein Haar aufgelacht. »Wir versuchen, an Deck zu gelangen, springen von Bord und schwimmen ans Ufer. Ich bleibe direkt hinter dir, denn ich biete durch meine Größe mehr Angriffsfläche.« *Und ich trage keine kugelsichere Weste mehr.* Die Angreifer mussten sie ihm ausgezogen haben, während er bewusstlos war. »Wenn es mich erwischt, schwimmst du weiter. Verstanden?«

»Alles klar.« Blake zögerte. »Danke.«

»Du bist genauso ein Opfer wie ich in dieser Sache, und ich will, dass wir beide lebend hier rauskommen.«

Ein lautes Hämmern gegen die Tür ließ sie zusammenzucken.

»Scheiße, *Dick*man«, dröhnte eine Männerstimme von draußen. »Mach die verdammte Tür auf. Du hast den Scheißschlüssel.«

Thorne stellte Brickmans Telefon auf Lautsprecher und schob es in seine Hosentasche, ehe er Blake bedeutete, sich in seine Ecke zurückzuziehen. Wenn Brickman nicht reagierte, würde der Typ vor der Tür bloß Verdacht schöpfen und Verstärkung holen.

Es war sinnlos, auch nur zu versuchen, Brickmans Fistelstimme zu imitieren, deshalb umfasste Thorne den Griff seines Jagdmessers fester, riss die Tür auf und zog den Mann herein, dem sogar noch genug Zeit blieb, einen kurzen Schrei auszustoßen, ehe Thorne ihm die Klinge in den Hals rammte. Blut sprudelte aus seinem Mund, ehe er zu Boden ging.

Einen Moment lang stand Thorne wie gelähmt vor Entsetzen da und starrte den Toten an. Er hatte Kampfkunst trainiert, war erfahren und hatte mehr als genug Straßenkämpfe gesehen, sowohl auf Video als auch nachgestellt im Zuge von Verteidigungsstrategien für seine Mandanten … aber das hier war real. *Das habe ich getan.*

In diesem Moment spürte er einen sengenden Schmerz im Rücken und schrie auf. Seine Hand schnellte nach hinten, ertastete einen schlanken Messergriff, spürte das Blut, das bereits durch den Hemdstoff drang, während Brickmans Waffe aus seinem Hosenbund gezogen wurde.

Dieses elende, verreckte Dreckschwein.

Er wandte sich um und blickte geradewegs in das lächelnde Gesicht von Cesar Tavilla, der Brickmans Pistole in der Hand hielt.

»Willkommen an Bord, Mr Thorne. Ich habe Sie bereits erwartet.«

28. Kapitel

Am liebsten hätte Gwyn vor Schmerz aufgeschrien, als das Salzwasser ihre aufgeschürften Arme umspülte, doch nach kurzer Zeit wurde das Brennen erträglicher, und beinahe so etwas wie Euphorie erfasste sie. Sie hatte es geschafft! Sie war geflohen!

Und nun musste sie schwimmen, und zwar ein ziemliches Stück. Bis zum Ufer war es bestimmt über eine halbe Meile.

Über sechs Jahre waren vergangen, seit sie das letzte Mal im Wasser gewesen war. Früher hatten Schwimmeinheiten zu ihrem gewohnten Training gehört. Vor Evan. Danach hatte sie sich auf Krafttraining und Kickboxen konzentriert – Sportarten, die darauf ausgelegt waren, sich im Zweifelsfall verteidigen zu können. Daher war sie eingerostet, zudem pochte ihre Schulter immer noch von dem Gewaltakt, sie sich auszukugeln, um sich von den Handschellen zu befreien. Wenigstens war das Wasser nicht allzu kalt. Den Blick auf das Ufer gerichtet, wo sich Tavillas beeindruckende, zweigeschossige Villa direkt am Strand erhob, schwamm sie weiter. Sie würde nicht riskieren, in die Nähe des Anwesens zu kommen, allerdings waren ihr keine anderen Häuser in der unmittelbaren Nähe aufgefallen, als sie auf das Gelände gefahren waren, doch am Anleger war ein Boot festgemacht. Es schien sich um dasselbe Motorboot zu handeln, das sie auf die Jacht gebracht hatte. Ohne auf ihre schmerzende Schulter zu achten, schwamm sie an der Jacht vorbei, sorgsam darauf bedacht, keine allzu heftigen Bewegungen zu machen, als sie sich dem Bug näherte. Ja, es musste dasselbe Motorboot sein, denn hier war kein Beiboot an der Leiter festgemacht.

Jemand hatte folglich die Jacht verlassen, zumindest vorübergehend. Sie hoffte inbrünstig, dass dies Thorne ein wenig Zeit verschaffen würde. Und sobald sie den Anleger erreichte, würde sie das Motorboot nehmen und Hilfe holen. Sofern die Schlüssel im Zündschloss steckten, was der Fall gewesen war, als Kathryn sie hergebracht hatte.

Falls nicht, würde sie sich zur Straße durchschlagen und das erstbeste Auto anhalten. Wie auch immer – sie musste zu dem Anleger schwimmen.

Einen Moment lang ließ sie sich treiben, um ein Gefühl für die Strömung zu bekommen, ehe sie den Blick wieder auf den Anleger richtete. *Ich kann es schaffen. Ich muss.* Thorne brauchte sie. Genauso wie der Junge. *Ich werde es schaffen.*

Brustschwimmen wäre die schmerzloseste Technik für ihre angeschlagene Schulter, außerdem konnte sie dadurch den Anleger im Auge behalten, wann immer sie Atem schöpfte. Sie holte tief Luft und schwamm los.

Annapolis, Maryland
Donnerstag, 16. Juni, 17.30 Uhr

Thorne taumelte aus der Kabine und mehrere Meter den schmalen Korridor entlang, ehe seine Beine unter ihm nachgaben. Ein Fluchtversuch war sinnlos, das war ihm klar, doch wenn es ihm gelänge, Tavilla für ein paar Momente abzulenken, könnte der Junge möglicherweise entkommen und Gwyn folgen.

Gwyn. Er wünschte, sie wäre bei ihm, gleichzeitig war er unendlich froh, dass ihr die Flucht gelungen war. *Bring dich in Sicherheit. Und komm nicht zurück.*

Sie würde Hilfe schicken, ganz bestimmt, sobald sie Gelegenheit dafür bekam. Er konnte nur hoffen, dass er so lange durchhalten würde. *Denn es tut so verdammt weh.*

Tavilla packte ihn am Kragen und beugte sich über ihn, sodass er seinen warmen Atem an seinem Ohr spürte. »Hoch«, befahl er barsch. »Stehen Sie auf.«

Der Pistolenlauf drückte sich in Thornes Schläfe. »Sie werden mich nicht töten«, stieß er heiser hervor. »Sie wollen mir nur wehtun, nicht mich töten.«

Tavillas bitteres Lachen hallte in seinen Ohren wider. »Heute Morgen war es noch so. Aber jetzt nicht mehr.« Er presste die Waffe fester gegen Thornes Kopf. »Los, bewegen Sie sich!«

»Nein.« Er zwang sich, seinen Körper schwer zu machen. Nicht zurück in diese Folterkammer!

»Na schön.« Tavillas Stimme wurde sanft, ehe er ausholte und ihm mit dem Stiefel in die Rippen trat.

Vergeblich versuchte Thorne, ein Stöhnen zu unterdrücken, und dachte an das Telefon in seiner Tasche. Möglicherweise überlebte er all das hier nicht, aber Joseph hörte immer noch mit – und nahm es hoffentlich auf –, sodass sein Tod wenigstens etwas Gutes hatte. Außerdem erhöhten sich Gwyns Überlebenschancen mit jeder Minute, die er durchhielt. Und das war das Wichtigste. »Wieso?«, krächzte er. »Was soll das Ganze?«

»Weil mein Sohn tot ist, Mr Thorne.« Wieder traf ihn der Stiefel, diesmal in die Hüfte. »Und Sie sind dafür verantwortlich.«

»Ihr Sohn ist selbst dafür verantwortlich, Mr Tavilla«, stieß Thorne zwischen zusammengebissenen Zähnen hervor. »Er hat die Verbrechen begangen, niemand sonst.«

Tavilla zerrte ihn ein Stück in Richtung der Kabine, ehe er innehielt und sich schwer atmend gegen die Wand sinken ließ. »Das ist doch albern. Ich weiß genau, wie ich Sie dazu bringe, Ihren Hintern zu bewegen.« Er ließ Thorne auf dem Fußboden liegen und stapfte in Richtung Folterkammer.

Ein Wutschrei hallte durch den Korridor. »Wo ist sie?«

Mit angehaltenem Atem lauschte Thorne. Es konnte höchstens Sekunden dauern, bis Tavilla Blake Segal bemerkt hatte, doch stattdessen drangen lediglich weitere zornige Rufe und das Ratschen von zerreißendem Karton aus dem Raum.

Schließlich stand Tavilla wieder über ihm und verpasste Thorne einen weiteren Tritt. »Wo ist sie? Ihre Geliebte?«

»Ich weiß es nicht«, antwortete er wahrheitsgetreu. Er wusste es tatsächlich nicht, sondern konnte bloß hoffen, dass sie es zum Ufer schaffen würde. *Bitte, pass auf dich auf. Ich liebe dich.*

»Und der Junge? Der Sohn des Richters?«

Er versteckt sich. Gott sei Dank. »Auch das weiß ich nicht«, sagte Thorne.

Tavilla versetzte ihm einen weiteren Tritt, diesmal gegen den Kopf.

»Doch, Sie wissen es, Mr Thorne.« Seine Stimme wurde leiser und so kalt, dass Thorne ein Schauder überlief. »Und ich weiß auch, wie ich Sie dazu bringen kann, es mir zu sagen.«

Baltimore, Maryland
Donnerstag, 16. Juni, 17.40 Uhr

»Am liebsten würde ich das verdammte Schwein umbringen«, stieß Jamie mit erstickter Stimme hervor.

Frederick löste den Blick von Richter Segal, der allein am Tisch in einem der Befragungsräume des BPD saß, und musterte Jamies Gesicht, das der Einwegspiegel der Beobachtungskammer reflektierte. Auf Jamies Zügen zeichnete sich der Schmerz eines Vaters ab, der wusste, dass sein Kind in Gefahr schwebte, aber nichts dagegen tun konnte.

Frederick kannte dieses Gefühl nur allzu genau, ebenso wie den Ausdruck. Er hatte ihn nach Carries Verschwinden tagtäglich auf seinem eigenen Gesicht gesehen, wenn er morgens in den Spiegel geblickt hatte. Später, nachdem sie tot aufgefunden worden war, hatte sich die abgrundtiefe Trauer um sie darin eingegraben.

Er betete insgeheim darum, dass Jamie dies erspart bleiben würde.

Auch Frederick hätte den Richter gern getötet, gleichzeitig wünschte er sich, genau dasselbe mit ihm anstellen zu dürfen wie mit dem Killer im Wald – ihn zum Reden zu bringen, ganz egal, mit welchen Mitteln. Denn was er dem Killer entlockt hatte, war nicht genug gewesen. Sie wussten zwar, dass Thorne und Gwyn auf einer Jacht festgehalten wurden, aber nicht genau, wo sie lag.

Joseph hatte veranlasst, dass das Gebiet großräumig von Hubschraubern abgesucht wurde, bislang allerdings ohne Erfolg.

»Ich verstehe das nur zu gut«, murmelte J.D., der auf der anderen Seite von Jamies Rollstuhl stand. »Aber wir müssen darauf vertrauen, dass Hyatt und Joseph ihre Arbeit machen.«

»Und zwar welche?«, zischte Jamie. »Wo zum Teufel stecken die beiden überhaupt?«

Joseph hatte ohne Vorwarnung den Raum verlassen, um einen Anruf entgegenzunehmen, dicht gefolgt von Hyatt. Seit mehreren Minuten waren sie verschwunden, was die Anspannung in der Beobachtungskammer noch verstärkte.

Frederick drückte Jamie lediglich wortlos die Schulter und richtete den Blick wieder auf Richter Segal, dessen Miene zwar nichts verriet, doch seine Hand auf seinem Oberschenkel war so fest zusammengedrückt, dass die Fingerknöchel weiß hervortraten. Der Mann hatte die Hosen voll. Das sollte er auch.

Die FBI/BPD-Task Force hatte Beweise gefunden, dass Segal Bestechungsgelder angenommen hatte. Und zwar in beträchtlicher Höhe.

Trotzdem hielt er dem Druck weiter stand, hatte noch nicht einmal nach seinem Anwalt verlangt. Was keinerlei Sinn ergab.

Die Tür des Befragungsraums ging auf, und Joseph und Hyatt traten mit grimmigen Mienen ein.

Jamie schnappte nach Luft. Wieder drückte Frederick seine Schulter, obwohl sein eigener Puls zu rasen begonnen hatte. »Nur die Ruhe, Jamie«, flüsterte er. »Du erfährst es als Allererster, sollte irgendetwas passiert sein.«

Nein. Ich will lieber gar nicht erst daran denken.

Joseph setzte sich Segal gegenüber an den Tisch. Hyatt nahm direkt neben dem Richter Platz, drang damit in seine Distanzzone ein, ohne ihn jedoch dabei zu berühren. Segal schien sich unwohl zu fühlen, rückte aber keinen Millimeter ab.

»Sie hätten uns sagen müssen, dass Tavilla Ihren Sohn entführt hat«, erklärte Joseph ohne Umschweife.

Segal zuckte zusammen und wurde noch bleicher. »Sie haben ihn gefunden? Blake?«

»Nein, aber wir wissen, dass Tavilla ihn auf einer Jacht festhält. In einer Art Folterkammer.«

Segal schloss die Augen, wenn auch nicht schnell genug, als dass das blanke Entsetzen darin nicht erkennbar gewesen wäre. »Sie lügen.«

Joseph und Hyatt kniffen beide die Augen zusammen. »Sie wissen, dass es die Wahrheit ist«, erwiderte Hyatt leise. »Was wissen Sie über diese Folterkammer?«

»Gar nichts«, antwortete Segal steif und öffnete die Augen wieder, nachdem er sich offenbar ein wenig gefangen hatte. »Rein gar nichts.«

Joseph musterte ihn. »Ich habe seine Stimme gehört. Er schien zu glauben, dass er sich nicht weit von Ihrem Zuhause entfernt befindet, gleichzeitig stand er ein bisschen neben sich, weil die Entführer ihn unter Drogen gesetzt hatten.« Er hielt inne. »Blake wurden die Augen nicht verbunden, Richter Segal. Er hat ihre Gesichter gesehen.«

Segal sog scharf den Atem ein, als ihm zu dämmern schien, was das bedeutete. »Lieber Gott!«, flüsterte er.

»Wir wissen, dass sie sich auf einer Jacht aufhalten«, wiederholte Joseph. »Der Name lautet *Señor del Mar,* und sie liegt in einer

Marina namens Chevalier.« Er musterte Segal durchdringend.
»Wir hatten gehofft, Sie könnten uns helfen.«

Nervös befeuchtete Segal die Lippen mit der Zunge. »Aber wie? Woher soll ich das wissen?«

»Weil Sie sich mit Tavilla zusammengetan haben, um Thomas Thorne loszuwerden.«

»Oh«, stöhnte Jamie. »Sie haben also etwas gefunden.«

Segal setzte zwar ein höhnisches Lächeln auf, doch die Schweißperlen auf seiner Oberlippe verrieten ihn. »Pure Spekulation, Agent Carter.«

Statt einer Antwort schob Joseph ihm ein Blatt Papier zu. Hyatt, der über die Schulter des Richters spähte, schüttelte den Kopf. »Für mich sieht das ganz übel aus, Richter«, erklärte der Lieutenant mit aufgesetztem Mitgefühl. »Eine Aussage, von Ihnen unterschrieben.«

Beim Anblick des Blatt Papiers war Segal stocksteif geworden. Seine Hände zitterten, als er es an sich riss, doch nicht vor Angst, wie es schien, sondern vor Wut. »Woher haben Sie das?«

»Aus Ihrem Bankschließfach«, antwortete Joseph. »Wir hatten einen Durchsuchungsbeschluss. Von einem Richter unterzeichnet.«

»Ein Geständnis für den Fall eines ungeklärten Ablebens zu deponieren, ist immer eine heikle Angelegenheit«, fügte Hyatt hinzu, die Stimme noch immer vor Hohn triefend. »Vor allem, wenn man am Ende dann doch überlebt.« Er tippte auf den unteren Blattrand. »Hier steht, dass Sie Tavilla auf einer Jacht aufgesucht und wegen des Mordes an Ihrer Frau Patricia zur Rede gestellt haben. Er hat ›ohne Umschweife‹ zugegeben, dass die Tat auf sein Konto geht, und Ihnen gedroht, Ihren Sohn zu ermorden, falls Sie ihn verpfeifen sollten.«

Joseph zog die Brauen hoch. »Sieht ganz so aus, als sei er Ihnen zuvorgekommen, denn er hat ihn bereits entführt.«

Segal legte das Blatt Papier hin und faltete die Hände darauf.

»Wer hat Ihnen gesagt, dass Blake auf der Jacht ist?«, fragte er, obwohl seine Schultern resigniert herabsackten.

»Thomas Thorne«, antwortete Joseph knapp. »Er ist auch dort, und sie versuchen gerade zu fliehen.«

Wieder schloss Segal die Augen. »Thorne?«, stöhnte er. »Thorne ist bei meinem Sohn? O Gott. Er wird ihn umbringen. Er wird ihn umbringen.«

Hyatts Kiefer mahlte. »Sie sollten froh sein, dass Thorne bei Ihrem Sohn ist, Richter. Viele würden das als Gelegenheit nutzen, sich dafür zu rächen, weil sie eines Mordes bezichtigt wurden, den Sie begangen haben. Aber so etwas würde Thorne nicht tun.« Er schüttelte den Kopf. »Der Mann würde eher eine Kugel kassieren, wenn er dadurch verhindern könnte, dass Ihrem Sohn etwas passiert.«

Jamie gab einen kläglichen Laut von sich.

Noch einmal drückte Frederick ihm mitfühlend die Schulter. »Wir wissen nicht, ob das tatsächlich passiert«, sagte er leise. »Hoffentlich verrät dieses Arschloch ihnen endlich, wo die verdammte Jacht liegt.«

»Aber Hyatt …«, flüsterte Jamie. »Das war wirklich nett von ihm, so etwas zu sagen.«

J. D. räusperte sich. »Nett und wahr.«

»Er hat recht«, sagte Joseph in diesem Moment auf der anderen Seite des Spiegels. »Und jetzt helfen Sie uns endlich, die beiden zu retten, bevor es zu spät ist.« Er beugte sich über den Tisch und blickte Segal durchdringend an. »Wo befindet sich diese Jacht?«

Segal zog ein Taschentuch heraus und wischte sich die Stirn ab. »Genau weiß ich es nicht. Irgendwo in der Nähe der Muddy Creek Road, an der Flussmündung.«

Joseph fuhr hoch. »Des Rhode River?«

Segal nickte. »Ja, ich glaube schon. Oder dort in der Nähe. Mir hat man die Augen verbunden, deshalb kann ich es nicht genau sagen.«

Hyatt runzelte die Stirn. »Aber wie kommt es dann, dass Sie es überhaupt wissen?«

Segal wurde rot – zwei Streifen in seinem ansonsten bleichen Gesicht. »Ich hatte ein Ortungsgerät bei mir, das aber am Ende den Geist aufgegeben hat.«

Auch Josephs Miene verfinsterte sich. »Tavilla hat Sie an Bord gelassen, ohne zu überprüfen, ob Sie ein Ortungsgerät bei sich haben?«

Segals Röte vertiefte sich noch. »Er hat mich bis aufs Letzte überprüft, genauer gesagt sein Bodyguard, Patton, aber ich …« Er hob den Kopf. »Ich hatte es versteckt. Ich hatte gehofft, ich könnte genauere Angaben über den Ort herausfinden, an den man mich gebracht hat, und das als Druckmittel einsetzen.«

Für den Bruchteil einer Sekunde weiteten sich Josephs Augen vor Verblüffung … so kurz, dass Frederick es um ein Haar nicht mitbekommen hätte. »Ah. Versteckt. Verstehe.«

Frederick tauschte einen Blick mit Jamie und J. D. »O Gott«, murmelte er. »Er hat sich das Ding in den …«

J. D. wand sich. »Sieht ganz danach aus.«

Jamie schloss sichtlich erleichtert die Augen. »Die Muddy Creek Road. Das ist ein relativ überschaubares Gebiet. Sie werden Thorne bestimmt finden, bevor es zu spät ist.«

»Haben Sie das mitbekommen, Detective Rivera?«, sagte Joseph in das Mikrofon an seinem Revers.

Die Tür zum Befragungsraum ging auf, und Rivera sah herein. Der Knopf in seinem Ohr war deutlich zu sehen. »Ja, Agent Carter. Ich gebe es sofort an den Suchtrupp weiter, damit sie Kurs auf die Jacht nehmen können.«

»Sonst noch etwas Neues von Mr Thorne?«, fragte Hyatt.

Rivera schüttelte den Kopf, während sein Blick zum Einwegspiegel schweifte. »Nein, aber wir sind noch mit ihm verbunden.«

»Mit Thorne«, flüsterte Jamie. »Sie haben ihn nach wie vor am Telefon. Das heißt, er lebt.«

Gwyn hatte das Gefühl, sich gleich übergeben zu müssen. Im Meer zu schwimmen war eine völlig andere Geschichte, als im Pool seine Bahnen zu ziehen. Obwohl es nicht windig war, warfen die Wellen sie umher, und sie hatte eine Menge Wasser geschluckt. Aber sie hatte es geschafft. *Danke. Danke.*

Sie schwamm unter den Anleger, zog sich in den Sand hoch und blieb einen Moment liegen.

Ringsum war es still. So still, dass sie eine zuschlagende Wagentür hörte.

Verdammt. Jemand ist hier. Beeil dich. Sie zwang sich, aufzustehen und zum Boot zu waten, an dessen Seite sich eine kurze Leiter befand, damit jeder, der im Wasser war, bequem hinaufklettern konnte. Sie zog sich weit genug hoch, um über die Reling spähen zu können. *Bitte, mach, dass der Schlüssel steckt.*

Kein Schlüssel im Zündschloss. *Scheiße.* Sie könnte ihren zweiten Dietrich zu Hilfe nehmen, Motoren kurzzuschließen war allerdings noch nie ihre Stärke gewesen, sondern Thornes.

Stimmen ertönten. Zwei Frauen, die einander riefen.

Scheiße, scheiße, scheiße. Gwyn kannte zumindest eine der Stimmen. Sie gehörte Laura oder Kathryn oder wie auch immer sie sonst heißen mochte.

Hör auf. Beruhige dich. Sie holte tief Luft und zwang sich, Ruhe zu bewahren, sich zu sammeln, sich zu konzentrieren. Die Stimmen wurden lauter. Sie musste nachdenken.

So leise wie möglich glitt sie ins Wasser zurück und tauchte unter dem Anleger ab, gerade als Schritte die Holzbohlen über ihrem Kopf erbeben ließen.

»Geht's dir gut?« Das war Kathryn. Elendes Miststück.

Bleib ruhig.

»Eher nicht.«

Gwyn blinzelte. Das klang nach Anne. Leise und ein wenig zaudernd, wie sie sie aus der Kanzlei kannte. *Und keinerlei französischer Akzent. Alles aufgesetzt. Aber womöglich war ihre Zögerlichkeit nicht aufgesetzt.*

»Ist er sehr wütend?«, fragte Anne.

Einen Moment lang herrschte Stille. »Ja, Süße. Ist er.« Kathryn seufzte, ehe sie mit mildem Tadel fortfuhr. »Du hast echt Mist gebaut. Du hättest doch dafür sorgen müssen, dass Colton Brandenberg stirbt.«

»Aber es war Ramirez' Fehler, nicht meiner.«

»Wenn ich du wäre, würde ich ihm gegenüber lieber nicht diesen Ton anschlagen. Bleib einfach bei ›Ja, Sir‹ und ›Nein, Sir‹, das ist das Beste. Mir ist aufgefallen, dass dir die Doppelbelastung ziemlich zusetzt. Na ja, eigentlich ja sogar Dreifachbelastung. Tagsüber hast du für Thorne gearbeitet, abends für Cesar, und dann hast du dich auch noch um Benny gekümmert. Ist doch klar, dass du völlig erschöpft und übermüdet bist. Ich habe gestern Abend sogar erwähnt, dass du dringend Urlaub brauchst. Das solltest du ins Spiel bringen, vielleicht auch ein bisschen aufbauschen. Er wird stinkwütend werden und herumschreien, aber wenigstens haben wir es im Griff.«

»Habt ihr den Richter geschnappt?«, fragte Anne.

»Nein. Die Cops waren schneller. Dafür haben wir seinen Jungen. Ich musste zwar den Butler kaltmachen, um ihn aus dem Haus zu locken, aber jetzt ist er auf der Jacht. Deshalb wird der Richter schön die Schnauze halten.«

»Und was ist mit Thorne?«

»Den haben wir auch. Und seine Freundin, dieses verdammte Miststück.«

Gwyns Miene verfinsterte sich. *Miststück?* Sie legte den Kopf schief und lauschte angestrengt, da die Stimmen etwas leiser geworden waren.

»Was hat sie denn getan?«, fragte Anne.

»Sie und ihre Aushilfsbodyguards haben drei meiner Männer kaltgemacht.«

Wieder herrschte eine lange Pause. »*Deine* Männer?«

»Na ja, Cesars Männer.« Kathryn lachte. »Reg dich ab, Schwesterchen. Ich habe nicht vor, auf deinem Terrain zu wildern. Aber er wird wohl etwas Hilfe brauchen, wenn er sich neu formiert und du dich um Benny kümmerst.«

Schwestern. *Kathryn und Anne, oder wie auch immer sie in Wahrheit heißen mag, sind Schwestern.*

»Mich um Benny kümmern?«

»Ja. Na ja.« Kathryns Lachen war verklungen. »In nächster Zeit wird er dir wohl kaum über den Weg trauen. Das ist dir doch klar, Margo?«

Margo. Anne Poulin heißt also Margo. Allmählich ergab alles einen Sinn.

»Es war trotzdem nicht meine Schuld«, beharrte Margo. »Ich werde ihn schon überzeugen. Unterstützt du mich?«

»Du weißt doch, dass ich ...« Tango-Klänge ertönten. »Cesar? Wir sind schon ...« Sie hielt inne. »Weg? Sie ist klein und wendig. Hast du unter dem Bett und im Schrank nachgesehen?«

Scheiße. Sie haben mitbekommen, dass ich abgehauen bin. Ich hätte schneller sein müssen. Aber sie war so zügig geschwommen, wie sie nur konnte. Mit angehaltenem Atem wartete sie ab.

»Der Junge auch? Herrgott noch mal, Cesar! Ich hatte sie alle gefesselt und eigenhändig abgeklopft.« Kathryn schien wütend zu sein. »Ich überprüfe die Überwachungsbänder. Gib mir zwei Sekunden.«

»Müssen wir dafür reingehen?«, fragte Margo.

»Nein. Ich kann die Kameras auch übers Handy abrufen.«

Natürlich. Gwyns Herzschlag begann zu rasen. Sie tastete nach dem Messer in ihrer Rocktasche, löste den Verschluss der Scheide und zog es langsam heraus. Sie würde keinesfalls kampflos untergehen.

»Gwyn?«, rief Kathryn. »Wir wissen, dass du unter dem Anleger bist. Ich kann dich sehen.«

Gwyn sah hoch. Eine Kamera. Natürlich. *Verdammt.*

»Du sitzt fest, deshalb kannst du genauso gut rauskommen«, rief Margo.

Gwyn schwieg. *Kommt doch und holt mich.* Lebend käme sie aus der Nummer ohnehin nicht raus, deshalb würde sie alles daransetzen, dass diese beiden Miststücke mit ihr untergingen.

Kurz war es still, dann hörte sie Schritte auf den Holzbohlen. Sie wich weiter zurück in Richtung Strand. *Tavilla will mich benutzen, um Thorne wehzutun. Deshalb werden sie mich wohl nicht erschießen.*

Trotzdem hämmerte ihr Herz. Sie schloss die Finger fester um das Messer und wartete.

Ein lautes Poltern ertönte vom Boot. Eine der beiden war hineingeklettert. Gwyn erhaschte einen Blick auf einen langen blonden Pferdeschwanz. Anne. *Nein, Margo.*

In dieser Sekunde packte sie jemand bei den Haaren und begann zu zerren. Obwohl sie wusste, dass es Kathryn war und nicht … Evan war tot … aber es spielte keine Rolle.

Sie erstarrte. Ihr Herz schlug so rasch, dass ihr schwindlig wurde. Er hatte sie bei den Haaren gepackt und …

Galle stieg in ihrer Kehle auf, als ihr alles wieder einfiel, was er getan hatte. Wieder und wieder.

Ein gequälter Schrei drang aus ihrer Kehle. Sie begann, sich zu winden, sich aus seinem festen Griff zu befreien, während sie die Hand vorschnellen ließ, spürte, wie das Messer auf etwas Hartes prallte.

Ein schrilles Kreischen zerriss die Stille, gefolgt von zornigen Flüchen.

Die Tonlage schnitt sich in ihr Bewusstsein, katapultierte sie ins Hier und Jetzt zurück. Sie war hoch. Falsett. Keine Männerstimme. Und auch die Flüche nicht. *Nicht Evan.*

Die Hand ließ ihr Haar los, sodass Gwyn sich zurückziehen konnte, wie ein Krebs in seine Muschel.

Kathryn. Nicht Evan.

Dabei spielte es keine Rolle, denn beide hatten ihr eine Waffe direkt vor die Nase gehalten.

Gwyn blinzelte, als der Lauf vor ihrem Gesicht immer größer wurde.

»Los, steig in das Scheißboot«, befahl Kathryn mit zusammengebissenen Zähnen. »Auf der Stelle.«

Gwyn hörte ein Platschen hinter sich, gefolgt von Margos akzentfreier Stimme. »Ich habe sie, Kat. Bist du okay?«

»Ja.« Doch Kathryns Stimme klang atemlos und schmerzerfüllt. Das Wasser rings um ihren Arm färbte sich rot. Sie blutete stark.

Ich habe sie erwischt! Ha! Doch Gwyns Freude währte nur kurz, denn auch Margo hatte eine Waffe.

»Los, steig ins Boot, Kathryn. Ich lasse nicht zu, dass sie entkommt. Sobald wir sie an Bord geschafft haben, kümmere ich mich um deine Verletzung.«

Kathryn watete an Gwyn vorbei zum Boot. »Verdammte Schlampe«, stieß sie hervor. Einen Moment lang schoss ein sengender Schmerz durch Gwyns Gesicht, als der Griff von Kathryns Waffe auf ihren Wangenknochen traf.

»Solange du lebst, bleibt auch Thorne am Leben«, sagte Margo zu Gwyn. »Ich habe jetzt schon heftigen Ärger mit meinem Schwiegervater.«

Moment mal. Wie war das? Margo war Tavillas Schwiegertochter? *Wir haben ein ganzes Jahr lang Tavillas Schwiegertochter in unserer Kanzlei beschäftigt? Du lieber Gott!*

»Solltest du noch mal versuchen abzuhauen, bringe ich dich lieber um, als zu riskieren, dass er noch wütender wird. Also tu uns allen einen Gefallen. Sorge dafür, dass Thorne noch eine Weile leben bleibt, indem du jetzt in dieses verdammte Boot steigst.«

Gwyn schossen die Tränen in die Augen – sowohl vor Schmerz,

der sich immer schneller auf ihrem Gesicht ausbreitete, als auch vor Enttäuschung, weil ihre Chance, Thorne zu helfen, zunehmend schwand. Doch selbst durch den Tränenschleier bemerkte sie, dass Margo eine .45er mit Schalldämpfer in der Hand hielt. Die Frau machte Ernst. Gwyn holte tief Luft und nickte, wobei sie die Sterne ignorierte, die vor ihren Augen tanzten.

»Sehr gute Entscheidung«, lobte Margo höhnisch und wartete, bis Gwyn über die kleine Leiter in das Boot geklettert war, ehe sie ihr folgte. »Kannst du das Steuer übernehmen, Kat? Ich muss die Schlampe hier im Auge behalten.«

Kathryn nickte. »Ich denke schon.« Sie schluckte. »Es ist ziemlich … heftig, Margo.« Sie deutete in Richtung Jacht. »Ich hoffe, ich schaffe es gleich die Leiter an Bord hinauf.«

»Ich helfe dir schon«, versprach Margo. »Die Flut hat gerade eingesetzt, deshalb sind es nicht allzu viele Sprossen.«

Mit entschlossener Miene packte Kathryn das Steuer und gab Gas, sodass das kleine Motorboot aufs Wasser hinaus in Richtung Jacht schoss. So schnell, wie sie fuhren, würde es nicht allzu lange dauern.

Gwyn sah, wie der Anleger immer kleiner hinter ihnen wurde, und wappnete sich innerlich. Sie würde sich etwas einfallen lassen, wie sie Hilfe für Thorne und Blake Segal holen konnte. *Ich werde es schaffen. Ich muss.*

Nach wenigen Minuten hatten sie die Jacht erreicht. Widerstandslos ließ sie sich die Leiter hinaufschieben. Sie würde warten, bis sich eine bessere Gelegenheit zur Flucht bot. Eigentlich war sie davon ausgegangen, dass sie sie bekäme, noch bevor das Motorboot losgefahren war, wenn Margo Kathryn einen Druckverband anlegte, da die Wunde immer noch heftig blutete. Doch dazu war es nicht gekommen. Auch nun, an Bord der Jacht, machte Margo keinerlei Anstalten, sich um ihre verletzte Schwester zu kümmern. Nachdem sie Gwyn die Leiter hinaufgeschoben hatte, folgte sie ihr, ehe sie Kathryn die Hand hinhielt und sie an Bord wuchtete.

Kathryns Gesicht war kreidebleich, als sie auf dem Deck zusammensank. »Was soll die Scheiße, Margo? Das hat verdammt wehgetan. Du solltest mir heraufhelfen und mich nicht an Deck schleudern wie einen Fisch.«

Anmutig erhob Margo sich, trat an ihre Schwester heran und jagte ihr, ohne zu zögern, eine Kugel zwischen die Augen.

Gwyn schnappte nach Luft. »Was ... o mein Gott«, hauchte sie und starrte Margo entsetzt an. »Wieso hast du das getan?«

»Das geht dich nichts an«, blaffte Margo. »Und jetzt sieh zu, dass du die Treppe runterkommst, sonst blüht dir dasselbe.«

29. Kapitel

»Los«, befahl Margo und stieß Gwyn die Treppe hinunter und einen schmalen Korridor entlang mit einer geöffneten Tür am Ende. Gwyn schnappte nach Luft. *Thorne!*

Er war auf Händen und Knien, sein Gesicht kreidebleich, seine Hände voller Blut. Sein rot verfärbtes Hemd hing ihm offen von den Schultern und gab den Blick auf mindestens ein halbes Dutzend Stichwunden frei, aus denen zwar Blut quoll, zumindest aber nicht in Strömen floss.

Folterspuren. *Tavilla hat Thorne gefoltert.* Der Mistkerl stand hinter ihm und hielt ihm seine Waffe an die Schläfe.

Gwyn wollte zu Thorne laufen, doch Margo packte sie bei den Haaren und riss sie zurück. »Hiergeblieben«, befahl sie, als wäre Gwyn ein ungehorsamer Hund.

Thorne sah auf und begegnete ihrem Blick. Am liebsten wäre Gwyn in Tränen ausgebrochen. Er hatte Schmerzen, schlimme Schmerzen, doch sie erkannte die Angst, die sich dazu mischte, als er sie sah. Mit einem Mal schien jeder Widerstand in ihm zu erlahmen.

Nein. Nein, Thorne. Noch ist es nicht vorbei!, dachte sie voller Inbrunst, in der Hoffnung, dass sie irgendwie bei ihm ankamen.

»Ah, Margo«, sagte Tavilla sanft. »Was hast du für mich?«

»Ich habe sie gefunden, als sie abhauen wollte. Kathryn hätte ja auf sie aufpassen sollen, aber sie hat versagt.«

Tavilla runzelte die Stirn. »Wo steckt sie überhaupt? Sie meinte, sie würde mit dir herkommen.«

»Sie ist tot«, informierte Margo ihn beiläufig, als stelle sie fest, dass es draußen regnete.

Tavilla fiel die Kinnlade herunter. »Was?«, fragte er leise.

Sie zuckte die Achseln. »Eine Kugel mitten zwischen die Augen. Sie liegt oben an Deck, falls du dich selbst überzeugen willst.«

Tavilla starrte sie fassungslos an. Ein Muskel an seinem Kiefer begann zu zucken. »Wer hat das getan?«

»Ich«, antwortete Margo.

Gwyn riss gerade noch rechtzeitig den Blick von Thorne los, um zu sehen, wie Tavilla blass wurde. »Aber … du … ich … ich verstehe nicht, Margo.«

»Ich weiß. Brauchst du auch nicht.« Sie richtete die Waffe auf Tavilla und schoss ihm in den rechten Arm, ehe sie in aller Ruhe wieder auf Gwyns Schläfe zielte. In einer Mischung aus Schock und Entsetzen blickte Tavilla zu Boden, auf seine eigene Waffe, während er hilflos die Finger bewegte. Er starrte auf die blutende Wunde, dann sah er Margo an.

»Warum?«, fragte er betrübt, beinahe wie ein Kind.

Ihr Lachen klang bitter. »Wegen Colin. Die ganze Zeit hast du Thorne dafür verantwortlich gemacht, dass Colin ins Gefängnis kam, dass Madeline während seiner Inhaftierung gestorben ist, dass Colin auf dem Gefängnishof ermordet wurde. Aber all das war nicht Thornes Schuld, sondern deine. Du konntest ihn ja kein normales Leben führen lassen, sondern brauchtest unbedingt einen Sohn, der deinen Namen weiterführt, einen Nachfolger für dein beschissenes Imperium, ganz egal, was Colin wollte. Du hast ihn dazu getrieben, seinen besten Freund zu töten. Du hast ihn dazu getrieben, das Verbrechen zu begehen, wofür er letztlich ins Gefängnis kam. Und wofür das alles? Bloß um Ärger mit einer anderen Gang zu provozieren. Tja, ich sage dir was. Du wirst verschwinden. Für immer. Und ich werde dein beschissenes Vermächtnis fortführen.«

»Ich hätte dir sowieso alles übertragen«, sagte er traurig.

»Nein, das ist eine Lüge. Du hättest alles Kathryn übergeben. Anfangs wollte ich all das gar nicht, sondern nur mit Colin zusammen sein.« Ihre Stimme brach. »Ich wollte, dass wir beide ein ganz normales Leben führen, mit unserem Sohn. Aber du konntest Colin ja nicht in Ruhe lassen. Deshalb nehme ich jetzt alles.«

Gwyn sah Thorne in die Augen, ehe sie den Blick zu Tavillas Waffe schweifen ließ, die nur rund zwanzig Zentimeter hinter Thornes linkem Fuß auf dem Boden lag. Thorne gelang trotz seiner zunehmenden Schwäche ein Nicken.

Margo musste es bemerkt haben, denn sie riss Gwyn abrupt an den Haaren zurück, woraufhin Gwyn aufschrie, während ihr neuerlich die Tränen in die Augen schossen. Diesmal jedoch wurde sie nicht von Erinnerungen an Evan überwältigt, sondern blinzelte die Tränen zurück, während sich der Lauf von Margos Waffe schmerzhaft in ihre Schläfe bohrte.

»Waffe wegschieben«, befahl Margo und zerrte Gwyn an den Haaren mit sich, bis sie nur wenige Zentimeter von Tavillas Pistole trennten. »Da rüber, an die Wand.«

Nein, nein, nein, dachte Gwyn und durchforstete ihr Gehirn fieberhaft nach einem Plan B, doch ihr wollte nichts einfallen. Sie konnte nur gehorchen und die Waffe mit dem Fuß dorthin befördern, wo Margo sie haben wollte.

»Braves Mädchen«, lobte Margo spöttisch. »Und jetzt auf den Boden, Gesicht nach unten.«

»Lass sofort meine Haare los«, schnauzte Gwyn sie an und sog scharf den Atem ein, als Margo abermals heftig daran zog, ehe sie sie von sich stieß. Sie landete bäuchlings auf dem Boden, in einer Position, aus der sie lediglich Margos Gesicht und Tavilla von hinten sehen konnte.

Thorne befand sich außerhalb ihres Blickfelds.

»Du«, stieß Tavilla hervor. »Du hast mich belogen. Du hast behauptet, Brandenberg sei tot, aber du wusstest, dass dem nicht so ist, habe ich recht? Du wusstest, dass er zurückkommen würde. Und diese Brown. Bernice. Du wusstest, dass auch sie nicht tot war, als du Thorne unter ihrem Namen aus dem Haus gelockt hast.«

»Das mit Brandenberg ist richtig. Davon wusste ich tatsächlich. Ramirez hat ihn nicht von der Straße abgedrängt, und es kam auch niemand in der Flammenhölle seines Wracks zu Tode. Das mit dieser Brown war ein Fehler. Wir wussten, dass sie Thorne als Alibi dienen könnte, wenn sie noch am Leben war, und dass er ihr sofort zu Hilfe eilen würde, wenn sie entführt würde. Eigentlich hätte sie sterben sollen, weil ich wusste, dass Thornes sämtliche Freunde zur Stelle wären und nach Hinweisen suchen würden, wenn herauskäme, dass sie ihn gar nicht angerufen hat.« Sie schüttelte den Kopf. »Patton hat Scheiße gebaut und den falschen Trailer angezündet.«

Margo spähte in den Raum, in dem Gwyn und Thorne gefangen gehalten worden waren. »Aber es sieht so aus, als wäre Patton nicht länger ein Problem. Ich hatte vorgehabt, ihn umzubringen, aber Mr Thorne scheint das ja bereits für mich erledigt zu haben. Wo wir schon dabei sind ... deine gesamte Führungsriege ist eliminiert, Papa. Dafür hättest du dich bei Kathryn bedanken können. Sie hat sechs deiner besten Leute mitgenommen, um diese zwei hier kaltzumachen. Aber jetzt kannst du das leider nicht mehr tun, weil sie tot ist.« Tavilla wurde stocksteif und ballte die Rechte zur Faust. »Vier deiner umsatzstärksten Leute sind tot, einer sitzt in Untersuchungshaft, und der Einzige, der noch übrig ist ...« Sie sah sich um »Wo steckt Brickman überhaupt?«

Gwyn biss die Zähne zusammen. Thorne verblutete hier, während Margo und Tavilla sich wie ein altes Ehepaar zankten. *Tu etwas.* Sie spannte sich an, machte sich sprungbereit, doch mit einem Mal schien Tavilla förmlich in sich zusammenzusinken.

»Er wird sich sicher freuen, wenn er hört, dass du vorhattest, alle meine Spitzenleute loszuwerden, sobald du das Ruder übernommen hast«, sagte er lächelnd. »Stimmt's, Detective?«

Gwyn sah, wie Margo sich versteifte, obwohl niemand hinter ihr stand. Es schien, als sei die junge Frau tatsächlich auf diese albernste Finte aller Zeiten hereingefallen.

»Das habe ich nie behauptet«, erwiderte Margo und ließ den Blick unbehaglich aus den Augenwinkeln umherschweifen.

Tavillas Selbstbewusstsein schien im selben Maße zu wachsen, wie Margos sank, als sie dem Drang nachgab, einen kurzen Blick über die Schulter zu werfen.

Genau diesen kurzen Moment der Schwäche nutzte Tavilla, machte einen Satz vorwärts und riss ihr die Pistole aus der Hand. Einen Moment lang rangen die beiden erbittert miteinander, was Gwyn die Gelegenheit gab, auf die sie gewartet hatte. Auf dem Bauch robbte sie über den Fußboden und schnappte sich die Waffe, die immer noch an derselben Stelle lag, als ein lauter Schmerzensschrei ertönte, gefolgt von einem dumpfen Poltern.

Thorne lag auf der Seite, einen Arm in Tavillas Richtung ausgestreckt, der auf die Knie sank. Aus seinem Rücken ragte das Heft eines kurzen Messers. Margo stand immer noch mit der Waffe in der Hand da. Sie schien unverletzt zu sein, während mitten auf Tavillas Stirn ein Einschussloch prangte.

Gut.

Margos Blick fiel auf die Waffe in ihrer Hand, und für den Bruchteil einer Sekunde glaubte Gwyn, sie lasse sie fallen, doch dann hob sie den Arm, zielte auf Thorne und …

Gwyn riss die Waffe vom Boden und feuerte einen Schuss auf Margos Brust ab. Die junge Frau taumelte rückwärts und landete auf ihrem Hinterteil. Doch auch jetzt war kein Blutfleck auf Margos Bluse zu erkennen. Und kein Schmerzenslaut drang aus ihrem Mund. *Sie trägt eine kugelsichere Weste. Verdammt.*

Margo kam auf die Knie und zielte neuerlich, diesmal auf Gwyn.

Reflexartig hob Gwyn die Waffe, diesmal ein Stück höher, konzentrierte sich auf ihre Atmung und feuerte.

So wie sie es in den letzten sechs Jahren immer wieder geübt hatte. Zahllose Male. Und diesmal traf die Kugel ihr Ziel. Margos Kopf wurde nach hinten gerissen, als die Kugel in ihren Schädel schlug, genau zwischen die Augen. Sie kippte zur Seite, die Waffe fiel ihr aus der Hand und landete polternd auf dem Boden.

Gwyn schluchzte auf. »Thorne. Thorne!« Sie kroch zu ihm, ließ die Waffe fallen und tastete nach seinem Puls. In diesem Moment packte sie jemand an der Schulter. Sie schrie auf.

Ein kreidebleicher Blake Segal stand vor ihr, ein Telefon in der einen, mehrere Handtücher in der anderen Hand. »Lebt er?«, fragte der Junge, und Gwyn musste ihm die Worte von den Lippen ablesen – der Widerhall hatte ihr Hörvermögen vorübergehend lahmgelegt.

Sie schnappte die Handtücher und presste sie auf die am tiefsten aussehende Stichwunde in Thornes Rücken. »Ja. Aber es geht ihm nicht gut. Wem gehört das Telefon?«

Blake kniete sich neben sie und zeigte hinter sich auf den Raum, in dem sie gefangen gehalten worden waren. »Dem Typ mit dem Messer im Hals. Der Große, der Sie und Thorne hergebracht hat. Ich habe schon den Notruf gewählt. Die müssen bald hier sein.«

Gwyns Körper drohte vor Erleichterung weich wie Pudding zu werden. »Sag ihnen, die sollen einen Hubschrauber schicken. Er hat sehr viel Blut verloren. Los, mach schon!«, schnauzte sie ihn an, als er immer noch reglos neben ihr verharrte.

»Die können Sie hören«, rief er. »Hören Sie auf zu brüllen!«

»Entschuldigung!«

Thorne bewegte sich, wollte nach ihrem Arm greifen. »Hey.«

Ihr war beinahe schwindlig vor Erleichterung, als sie sich zu seinem Ohr hinunterbeugte. »Wage es nicht, zu sterben, Thomas Thorne. Hast du mich verstanden?«

Sein Mund verzog sich zu einem angedeuteten, wenngleich selbstgefälligen Lächeln. »Ja. Ich liebe dich.«

Ihre Augen begannen zu brennen, doch sie blinzelte gegen die Tränen an. »Ich liebe dich auch.« Blake trug bereits frische Handtücher herbei, kniete sich neben Thorne und tauschte die blutdurchtränkten gegen saubere aus. »Danke«, sagte sie.

»Gern geschehen.« Erst als er den Kopf hob und ihr direkt ins Gesicht sah, wurde ihr bewusst, wie jung er noch war. Kaum älter als Aidan. »Ich habe eine Nachricht von einem Mann namens Carter für Sie.«

»Ja?«

»Ich soll Ihnen etwas ausrichten, meinte er. ›Es geht ihm gut.‹«

Eine neuerliche Woge der Erleichterung durchströmte Gwyn. *Aidan.* »O Gott«, flüsterte sie. Thorne drückte ihre Hand. Wenn auch so schwach. Sie richtete ihre Aufmerksamkeit wieder auf ihn, darauf, es ihm möglichst bequem und angenehm zu machen, während Blake die Handtücher auf die Wunde presste.

Er rettet ihn. So wie Thorne Richard retten wollte. Blakes Vater. Eine Wiederholung der Ereignisse, deren Ironie Thorne sicherlich gefallen würde. Sie räusperte sich. »Solltest du irgendetwas brauchen, wenn wir hier rauskommen, Blake … frag einfach, okay?«

Er schluckte. »Ja. Mach ich. Danke.«

Thorne deutete schwach auf das Telefon, das Blake beiseitegelegt hatte. Die Einsatzzentrale war immer noch dran. »Woher wusstest du, wo wir sind?«

Blake zuckte die Achseln. »Ich habe mich mit Pattons Finger in das Telefon eingeloggt und auf Google Maps unsere GPS-Daten gecheckt.«

Thorne verdrehte die Augen. »Echt clever. Darauf hätte ich selbst kommen können. Wo hattest du dich versteckt?«

»Im Schrank. Unter einer Decke. Er hatte es zu eilig, um dort nachzusehen.« Blakes Adamsapfel hüpfte auf und ab, als er zu schlucken versuchte. »Ich hatte echt Glück«, sagte er, um einen unbeschwerten Tonfall bemüht, doch dann brach seine Stimme.

»Sehr schlau«, sagte Thorne noch einmal.

Gwyn legte ihre Finger auf seinen Mund und beugte sich zu ihm hinunter. »Du musst jetzt still sein.«

Er küsste ihre Fingerspitzen und schlug die Augen auf, um sie anzusehen. »Bitte, lass mich nicht allein.«

»Niemals.«

Thorne erwachte aus seinem x-ten Nickerchen an diesem Tag und roch Lavendel. »Diese Treffen müssen endlich anders laufen. So geht das nicht weiter«, sagte er leise. Gwyn lachte unter Tränen. Sie hatte Wort gehalten und ihn nie länger als ein paar Minuten am Stück allein gelassen, seit er mit dem Hubschrauber ins Krankenhaus gebracht worden war.

Sie streichelte seinen Arm, was sie gefühlt fünfzehn Mal am Tag tat, doch er beschwerte sich nicht darüber. Wie es aussah, wäre er um ein Haar gestorben, und ihre ständigen Berührungen waren eine Art Rückversicherung für sie, dass er es am Ende doch geschafft hatte und lebte.

Und sie war nicht die Einzige. Jamie drückte flüchtig seinen Knöchel. »Geht's dir gut?«

»Fit wie ein Turnschuh«, antwortete Thorne.

Jamie schnaubte. »Ein ziemlich ausgelatschter.« Jamie wechselte ununterbrochen zwischen Thorne und Phil hin und her, der aus der streng gesicherten Spezialklinik mittlerweile auf die Kardiologie desselben Krankenhauses verlegt worden war, in dem auch Thorne behandelt wurde. Zwar wirkte er ziemlich erschöpft, doch die Sorgenfalten hatten sich zu Thornes Beruhigung endlich geglättet.

Am Vormittag war Thorne von der Intensiv- auf die normale Station verlegt worden, wo er Besucher empfangen durfte. Gwyn hatte ihn rasiert, nachdem er sich dank seiner zittrigen Hand um ein Haar die Kehle aufgeschlitzt hatte. Die Ärzte hatten ihn beruhigt, dass das Gefühl der Schwäche schon bald nachlassen würde.

Was eine gute Nachricht war, auch wenn es eine ganz eigene Intimität hatte, von der Frau rasiert zu werden, die er schon seit so langer Zeit liebte. Was er ihr auch ins Ohr geflüstert hatte. Prompt war sie errötet und hatte versprochen, die Prozedur zu wiederholen, wann immer ihm der Sinn danach stand.

Etwas, dem er mit Freude entgegenblickte.

Er setzte sich auf und tätschelte den Platz neben sich. Gwyn nahm die wortlose Einladung, ohne zu zögern, an und schmiegte sich an ihn. Er machte sich Sorgen um sie. Sie war blass und hatte in den wenigen Tagen seit seiner Einlieferung sichtbar Gewicht verloren. Doch sie würde wieder auf die Beine kommen. Weil auch er wieder auf die Beine kam. Und umgekehrt.

Sie saß auf der Bettkante und hielt seine Hand. »Es wartet eine ganze Armee an Besuchern im Warteraum. Jamie und ich haben ihnen schon verklickert, dass du es jederzeit sagen kannst, wenn es dir zu viel werden sollte.«

»Rein mit ihnen«, sagte er, obwohl er bereits ein Gähnen unterdrücken musste. Die verdammte Operation. Verdammte Verletzung. Dieses verdammte Schwein Tavilla. Thorne hasste es, so schwach zu sein. Andererseits hätte es viel schlimmer kommen können.

Joseph und Hyatt waren die Ersten. »Du siehst schon besser aus«, bemerkte Joseph.

»Was nicht gerade schwierig ist«, fügte Hyatt hinzu.

»Ich würde euch beide den Stinkefinger zeigen, wenn es nicht so anstrengend wäre«, erwiderte Thorne. »Ist das hier die Nachbesprechung meines Einsatzes?«

»Gewissermaßen«, antwortete Hyatt. »Wir haben ja am Telefon schon das meiste von dem mitgehört, was sich auf Tavillas Jacht abgespielt hat.«

Thorne erinnerte sich vage daran, wie er sich Brickmans Handy in die Hosentasche geschoben hatte, während Joseph noch am Apparat gewesen war.

Joseph zog einen Stuhl heran und setzte sich. »Was von Brickmans Telefon kam, war ein wenig gedämpft, aber das Wesentliche konnten wir hören. Den Rest haben uns Gwyn und Blake Segal erzählt.«

»Und Brickman«, fügte Hyatt verdrossen hinzu. »Der Kerl singt wie ein Vogel im Frühling. Ich muss mich im Namen des gesamten Dezernats bei Ihnen entschuldigen. Brickman wurde festgenommen und umgehend aus dem Polizeidienst entlassen. Logischerweise.«

»Logischerweise«, murmelte Gwyn. »Konnte er Ihnen Genaueres über Tavillas Machenschaften erzählen?«

Hyatt nickte. »Ja. Er hat bereits mehrere Jahre für Tavilla gearbeitet und uns die Namen von einem halben Dutzend weiterer Beamter beim BPD genannt, die ebenfalls mit seiner Organisation in Verbindung stehen oder Tavilla Informationen verkauft haben. Außerdem haben wir von ihm den Namen der Frau erfahren, die seit zwanzig Jahren seinen Laden schmeißt. Jeanne Bruno. Ihrem Mann gehört Tavillas Lieblingsrestaurant. Jeanne war eine enge Freundin von Madeline, Tavillas mittlerweile verstorbener Frau.«

»Sie ist nach langem Kampf gegen eine Herzerkrankung gestorben«, fügte Joseph hinzu. »Und zwar wenige Tage, nachdem Colin Tavilla für schuldig befunden wurde und ins Gefängnis kam.«

Thorne seufzte. »Wofür Tavilla mir die Schuld gegeben hat.«

»Aus tiefstem Herzen«, fügte Joseph trocken hinzu. »Jeanne hat – hatte – zwei Töchter.«

»Lass mich raten«, bemerkte Gwyn. »Drizella und Anastasia.«

Josephs Lippen zuckten belustigt. »Nein, aber nahe dran. Margo und Kathryn.«

»Alias Anne und Laura«, bemerkte Thorne. »Die Büroleiterin der Kanzlei und die Barkeeperin im Klub. Was ist mit dem Baby? Das Kathryn auf ihrem Facebook-Profil als ihres ausgegeben hat?«

»Das ist Margos und Colins Sohn«, antwortete Joseph. »Er kam nach Colins Inhaftierung zur Welt. Kathryn war die Tante. Wir haben den Kleinen gefunden, als wir Jeanne festgenommen haben. Jeanne werden allerlei kriminelle Machenschaften zur Last gelegt, und sie sitzt derzeit in Untersuchungshaft ohne die Möglichkeit einer Freilassung auf Kaution, und der Kleine ist bei einer Pflegefamilie untergebracht.«

»Margo schien Colin aufrichtig zu lieben«, sagte Gwyn leise. »Allerdings bin ich nicht sicher, inwiefern man ihr glauben konnte, wenn man bedenkt, wie sie Tavilla hinters Licht geführt hat, um das Ruder zu übernehmen. Sie hat zwar behauptet, diesen Plan hätte sie erst nach Colins Tod geschmiedet, aber …« Gwyn schüttelte zweifelnd den Kopf. »Die Frau hat ein ganzes Jahr lang für uns gearbeitet.«

»Tavilla hat ihre falsche Identität schon vor Jahren initiiert.« Hyatt wirkte völlig erschöpft. Thorne ertappte sich dabei, dass er tatsächlich so etwas wie Mitgefühl mit dem schnoddrigen Lieutenant empfand. »Er hatte Sie schon einige Zeit auf dem Schirm, Mr Thorne, und wusste genau, welche Anforderungen Sie an eine Büroleiterin stellen würden. Außerdem hat er jeden anderen Bewerber von einer Anstellung bei Ihnen abgebracht.«

»Wie bitte?« Thornes Blick schweifte zu Jamie. »Wie das denn?«

»Indem er ihnen einen Job bei besserer Bezahlung in Konkurrenzkanzleien in Aussicht gestellt und ihnen gedroht hat, sollten sie Nein sagen.« Jamie schüttelte den Kopf. »Ich habe einige der

Bewerber von damals aufgestöbert, die alle zugegeben haben, dass sie aus Angst abgelehnt hätten.«

Thorne spürte, wie er bleich wurde. »Unsere Büroleiterin vor Anne ... sie hatte einen Autounfall und musste kündigen. Steckt Tavilla dahinter?«

Jamie schloss kurz die Augen und nickte. »Wir wussten nichts davon, Thorne. Und sie auch nicht. Sie macht dir keinen Vorwurf deswegen.«

Gwyns Finger schlossen sich fester um Thornes Hand. »Wie habt ihr all das herausgefunden?«

»Wir haben Margos Laptop sichergestellt«, antwortete Hyatt. »Sie hatte massenweise Informationen abgespeichert, darunter auch belastende Dokumente Ihrer Mandanten.« Er hob die Hand, um Thornes bevorstehenden Ausbruch zu unterbinden. »Inzwischen haben wir alles unter Verschluss genommen, bis ein Gremium beschließen wird, was wir davon für unsere Ermittlungen verwenden dürfen und was nicht.«

Thorne biss sich auf die Innenseite seiner Wange. Der scharfe Schmerz in seinem Kopf ließ keinen Zweifel daran, dass sein Blutdruck bedenklich in die Höhe geschossen war. Das war inakzeptabel. Und nicht richtig. Er war nicht so weit gekommen, nur um jetzt erleben zu müssen, wie einigen seiner Mandanten übel mitgespielt wurde.

Jamie blickte zu den Anzeigen der Monitore hinauf. »Du musst dich beruhigen, Thorne, sonst kommt die Schwester und wirft uns alle raus.«

Thorne nickte abrupt. »Und wer sitzt in diesem Gremium?«

»Grayson«, antwortete Joseph. »Und Daphne.«

Thorne entspannte sich. Grayson Smith, Paiges Ehemann, war der eine von zwei Staatsanwälten, denen er über den Weg traute. Josephs Frau Daphne war die zweite.

»Dazu Frederick und ich«, fuhr Jamie fort. »Keine Angst, Thorne, wir lassen nicht zu, dass deinen Mandanten etwas passiert.«

Thorne ließ den Kopf ins Kissen fallen, während der Schmerz allmählich verebbte. »Okay. Was habt ihr sonst noch auf Margos Laptop gefunden?«

»Eine Liste von Mandanten, die sie nach der Übernahme von Tavillas Geschäften erpressen wollte«, antwortete Joseph. »Nach allem, was wir bislang wissen, beschränkt sich ihr Tun zunächst aber nur auf erste Anrufe. Auch diese Liste wurde dem Gremium bereits weitergeleitet. Wir werden uns darum kümmern. Freuen wird dich bestimmt die Verbindung zwischen Tavilla und Richter Segal. Er lief Tavilla vor etwa acht Monaten vor die Flinte. Tavilla hatte in deiner Vergangenheit gegraben, um herauszufinden, wie er dir am besten Schaden zufügen kann. Der Plan war, auf allen Ebenen anzugreifen – in deinem Freundeskreis, in deinen geschäftlichen Aktivitäten und zudem deine Integrität zu zerstören, mit dem Ziel, dass du am Ende im Gefängnis landest, aber töten wollte er dich eigentlich nicht.«

»Wieso hat er uns dann auf diese Jacht schaffen lassen?«

Joseph verzog das Gesicht. »Laut Brickman hatte Tavilla entschieden, dass du die Mühe nicht wert bist. Vorgesehen war, alles so hinzudrehen, dass euer Tod dem Richter zugeschrieben wird, als Rache für den Tod seiner Frau und die Entführung seines Sohnes. Auf diese Weise hätte niemand Segal geglaubt, wenn er behauptet hätte, dass Tavilla seine Frau umgebracht hat.«

»Nur dass Margo andere Pläne hatte«, warf Thorne ein. »Sie hat ihre eigene Schwester getötet.«

»Könnte sein, dass sie ein bisschen …« Hyatt tippte sich gegen die Schläfe. »Gleichzeitig war die Frau ein administratives Genie.«

»Die beste Büroleiterin, die wir je hatten«, stimmte Jamie niedergeschlagen zu.

Gwyn runzelte die Stirn. »He!«

Jamie lächelte nachsichtig. »Du weißt, dass wir dich alle von Herzen lieben, Gwyn, aber dein Ablagesystem war in Wahrheit nichts als ein riesiger Papierhaufen.«

Sie seufzte. »Das muss ich wohl zugeben.«

Hyatts Miene blieb ernst. »Soweit wir wissen, sollte es so aussehen, als hätten Thorne und Tavilla sich gegenseitig umgebracht. Auf diese Weise hätten Tavillas Kunden auch weiterhin ihre Geschäfte mit Margo gemacht.«

»Was ist mit Tavillas Verbindung zu Patricia?«, fragte Thorne. »Hat ihr Ehemann sie aufgegeben?«

»Das glauben wir nicht«, antwortete Joseph. »Die Hausdurchsuchung bei Segal hat so viel zutage gefördert, dass wir die Öffnung des Bankschließfachs erwirken konnten. Er hatte ein detailliertes Geständnis über seine Vereinbarungen mit Tavilla niedergeschrieben, der wegen seiner Verbindung zu Thorne an ihn herangetreten war. Tavilla hatte bereits monatelang gewusst, dass Segal Richard Linden getötet hatte, weil er Darian Hinman und Chandler Nystrom bestochen hatte. Irgendwie hatte er auch in Erfahrung gebracht, dass der Richter in der ständigen Angst lebte, Thorne könnte ihm auf die Schliche kommen. Oder vielleicht lag es auch nur an seinem schlechten Gewissen, keine Ahnung. Jedenfalls hat Tavilla sich diese Tatsache zunutze gemacht und Segal eingeredet, es sei zu seinem eigenen Besten, wenn er ihm helfe, Thorne loszuwerden. Allzu viel Überzeugungskraft war dafür nicht notwendig.«

»Wusste Segal, dass Tavilla vorhatte, Patricia zu töten?«

Joseph schüttelte den Kopf. »Laut seinem Geständnis im Schließfach nicht. Er und Tavilla hatten sich auf ein ›anderes Ziel‹ geeinigt. Ich persönlich glaube, Segal ging davon aus, Tavilla würde Tristan Armistead töten, weil er eine Affäre mit Patricia hatte. Tristan wurde zu einer Bank im Park gelockt. Der Junge dachte, die Nachricht stamme von Patricia, aber ihre Handyprotokolle zeigen, dass sie die Nachricht nicht geschickt hat, die auf Tristans Telefon einging. Ich gehe davon aus, dass Segal sie geschickt hat.«

»Aber stattdessen hat Tavilla Patricia getötet«, folgerte Gwyn.

»Genau.« Joseph hob eine Schulter. »Der Mord an Patricia war die Initialzündung. Danach hat Tavilla angefangen, systematisch sämtliche losen Enden zu kappen.«

»Aber wieso brauchte er den Richter dafür?« Thorne kniff verwirrt die Augen zusammen. »Darian Hinman und Chandler Nystrom hatten ihm doch alles erzählt.«

»Segal glaubt, Tavilla hätte vorgehabt, ihn am Ende zum Sündenbock zu machen«, antwortete Hyatt. »Dass Segal am Ende unter Verdacht geriete, vor allem, weil er ja Tristan Armistead bereits wegen dessen Affäre mit seiner Frau auf die Pelle gerückt war. Tavilla wusste, dass Segal nach Patricias Tod nicht den Mund aufmachen konnte, ohne sich selbst wegen des Mordes an Richard zu belasten und zum Verdächtigen im Mord an seiner Frau zu werden.«

»Er hat sein Geständnis erst nach Patricias Tod aufgeschrieben«, fügte Joseph hinzu. »Als ihm dämmerte, dass er eine Handhabe gegen Tavilla brauchen würde.«

»Was ist mit Linden senior?«, wollte Thorne wissen.

»Ihm ging es einzig und allein darum, die Gründe unter Verschluss zu halten, weshalb Richard sich an Patricia vergangen hat. Er hat es zugegeben, als wir ihn ein bisschen unter Druck gesetzt haben«, antwortete Hyatt.

Thorne war fassungslos. »Er hat es zugegeben?«

»Angesichts von Eileen Gilsons Aussage, dass ihr Ehemann Geld genommen hat, um den Schlüsselring verschwinden zu lassen, und später deswegen ermordet wurde, blieb ihm nichts anderes übrig«, warf Jamie ein. »Und die Schweigegeldzahlungen über vierzehn Jahre hinweg sind ein weiterer Beweis.«

»Eigentlich brauchte Linden es noch nicht einmal zu gestehen«, korrigierte Joseph. »Er hätte uns ohne Weiteres vor Gericht zerren können. Aber wir konnten ihn überzeugen, dass wir einen DNS-Test seines Enkels beantragen würden, wenn er es nicht tut. Damit wäre Blake offiziell in den Gerichtsakten als Richards und Patricias Sohn erschienen. Was wir ohnehin bereits aus Segal herausgequetscht hatten, deshalb war es im Grunde überflüssig.«

»Blake weiß es ohnehin«, sagte Thorne leise. »Er hat es mir gesagt. Unmittelbar bevor Brickman und Patton hereinkamen. Wie geht es dem Jungen überhaupt? Gwyn und ich haben uns Sorgen um ihn gemacht.«

Joseph runzelte die Stirn. »Wie hat er es herausgefunden?«

»Auf demselben Weg wie wir«, antwortete Thorne. »Er hat ein Foto von Richard gesehen und den Schluss daraus gezogen, dass Richard seine Mutter vergewaltigt haben muss. Wir werden uns wohl überlegen müssen, ob wir ihm sagen wollen, dass er einen Halbbruder hat, denn auch Angie Ospinas Sohn Liam ist ein Produkt von Richards Umtrieben. Ich an seiner Stelle würde es wissen wollen.«

»Diese Entscheidung sollten wir lieber Angie überlassen«, warf Gwyn leise ein. »Liam lebt in Iowa, allerdings hat Angie mir erzählt, dass er einen Platz an der Johns Hopkins hat und im Herbst nach Baltimore zieht. Ich bin mir noch nicht mal sicher, ob Liam überhaupt weiß, dass seine Tante Angie in Wahrheit seine Mutter ist. Das könnte eine viel größere Bombe sein als die Neuigkeit, dass er einen Halbbruder hat.«

»Stimmt«, bestätigte Jamie. »Du würdest es vielleicht wissen wollen, Thomas, trotzdem bleibt es immer noch bei der Tatsache, dass die beiden durch Vergewaltigung gezeugt wurden. Und als Opfer ist es einzig und allein Angies Entscheidung, ob sie das preisgeben will oder lieber nicht.«

Hyatt fiel die Kinnlade herunter. »Wie bitte?«

Josephs Augen weiteten sich. »Das müsst ihr uns erklären.«

»Ach ja«, sagte Thorne und schilderte, wie sie herausgefunden hatten, dass auch Angie Opfer von Richard geworden war. »Es wurde gerade etwas turbulent, nachdem wir das herausgefunden hatten. Meiner Meinung nach stünde es ihr durchaus zu, die Lindens zivilrechtlich zu belangen, andererseits hatten sie sie über Jahre hinweg bezahlt. Als Kindesunterhalt kann man das zwar nicht bezeichnen, trotzdem hat sie Geld bekommen.«

»Jamie hat recht«, warf Hyatt überraschend ein. »Sie sollte das entscheiden, schließlich ist sie das Opfer. Ich enthülle nicht die Namen von Vergewaltigungsopfern ohne deren Einwilligung.« Er sah Joseph an. »Ist das alles?«

Joseph nickte. »Allerdings haben wir noch gute Nachrichten für dich, Thorne.«

Hyatt schwenkte die Einkaufstasche in seiner Hand. »Wir haben mehrere Medaillen von Ihnen in Richter Segals Bankschließfach gefunden.«

Thorne blinzelte ungläubig. »Also hatte er sie? Die ganzen Jahre über?«

Hyatt nickte. »Ja, aber das ist nicht das Einzige. Wir haben im Keller seines Hauses vier große Kartons mit Ihrem Eigentum gefunden.« Er zog zwei dicke Fotoalben und zwei gerahmte Aufnahmen heraus. »Gerade sind sie für die Beweisaufnahme bei uns, wir geben sie aber so schnell wie möglich frei. Diese hier habe ich allerdings gleich herausgenommen.«

Thorne war sprachlos. Und hatte beinahe Angst davor, sich Hoffnungen zu machen, was sie enthalten könnten. Behutsam nahm Gwyn sie entgegen und legte sie in ihren Schoß.

»Darf ich?«, fragte sie mit einem bezaubernden Lächeln.

Er nickte wortlos. Hoffte. Hoffte so sehr.

»Oh! Thorne«, lachte sie. »Sieh dir das an. Wie süß!«

Jamie rollte näher. »Wow!«, stieß er verzückt hervor. »Und wie! Phil wird begeistert sein, wenn er sie sieht.«

Thorne zwang sich, einen Blick auf das Album in Gwyns Händen zu werfen, und spürte, wie sich ein dicker Kloß in seiner Kehle bildete. »O Gott.« Mit dem Finger strich er über ein Foto von ihm mit seinem leiblichen Vater, Thomas Thorne. Er erinnerte sich sogar noch an den Tag. Damals war er vier gewesen, und sein Dad hatte ihn ins Aquarium mitgenommen. Das Album war voller Fotos von seinem Vater. »Ich dachte, die Bilder wären … für immer verloren.« Er atmete tief durch und sah Hyatt an. »Danke«, flüsterte er.

»Das war das Mindeste, was wir tun konnten«, brummte Hyatt. »In den Kartons waren auch noch andere Sachen. Trophäen und Comics und all so was. Sie bekommen alles so schnell wie möglich zurück.«

»War auch ein Ball dabei?«, fragte Thorne, auch jetzt voller Angst, sich Hoffnungen zu machen. »Ein Rugby-Ball?«

Hyatt nickte. »Ja, mit ganz vielen Spielerunterschriften drauf.«

»Der gehörte meinem Dad.« Seine Stimme brach. Er räusperte sich. »Ich dachte, ich sehe die Sachen nie wieder.«

Gwyn hob seine Hand an ihre Lippen. »Ich freue mich so für dich.«

Joseph lächelte. »Segal hat zugegeben, dass er am Tag nach deiner Verhaftung zu dir nach Hause gefahren ist. Sein Adrenalinrausch, nachdem er Richard getötet und Patricia alles erzählt hatte, ließ allmählich nach. Linden senior war zu dem Zeitpunkt schon völlig außer sich wegen des Schlüsselrings, den Segal in Richards Bauchwunde gestopft hatte. Einer der Cops am Tatort – nicht Prew, sondern einer seiner Kollegen – hatte ihn vorgewarnt, und Linden senior war zu Kirby Gilson gegangen, um ihm Geld zu bieten, damit er den Ring verschwinden lässt. Segal war nervös, regelrecht paranoid. Er war nicht sicher, was du deiner Mutter und deinem Stiefvater erzählt hattest, deshalb ist er bei dir am Haus vorbeigefahren, hat deine Habseligkeiten am Straßenrand stehen sehen und alles in seinen Truck gepackt.«

Beim Wort *Truck* kam Thorne automatisch Sherri in den Sinn. »Hat er auch den Mord an Sherri zugegeben?«

»Noch nicht«, antwortete Hyatt. »Aber die Staatsanwaltschaft hat ihn deswegen bereits in der Mangel. Die werden ihm alle möglichen Deals anbieten, wenn er den Mund aufmacht«, fügte er angewidert hinzu.

Joseph lachte leise. »Das werde ich Daphne lieber nicht sagen. Sie ist die leitende Staatsanwältin im Segal-Fall, worüber sie mehr als froh ist. Eigentlich hatte sie uns helfen wollen, aber ihr war klar, dass sie sich keinen Interessenskonflikt leisten konnte, wenn wir den Täter erst einmal geschnappt haben.«

»Ich bin genauso froh wie sie«, erklärte Thorne wahrheitsgetreu. »Und dass auch Grayson wieder zu Hause ist und sie unterstützen kann.« Grayson und alle anderen waren am Tag nach Tavillas Tod aus Chicago zurückgekehrt. Lucy war seitdem jeden Tag im Krankenhaus gewesen, wohingegen die anderen sich abgesprochen hatten, da Thorne auf der Intensivstation maximal zwei Besucher auf einmal empfangen durfte.

»Wir werden alle erst mal eine Weile beschäftigt sein. Allein der Papierkram um Tavillas Opfer ist ...« Joseph schüttelte sich. »Und wir reden hier nur von jenen, von denen wir wissen.«

»Wie viele sind das?«, fragte Thorne, obwohl ihm vor der Antwort graute.

Joseph seufzte. »Alles in allem zwanzig, die unmittelbar mit den Vorfällen zusammenhängen. Einige davon gehen auf Tavillas Konto, andere auf Pattons. Wir sind gerade noch dabei, alles nachzuvollziehen. Natürlich ist da Patricia, dann die beiden Circus-Freaks-Typen, denen er die Sheidalin-Streichholzbriefchen in die Wunden gestopft hat, dann Ramirez und seine Frau, Darian Hinman und Chandler Nystrom. Die Professorin und ihr Ehemann, die versehentlich in ihrem Trailer umkamen. Brent Kiley, der Rettungssanitäter. Blake Segals Hauslehrer, der auch als Butler fungierte. Laut Richter Segal hat Tavilla auch die beiden Männer getötet, die dich und Patricia unter Drogen gesetzt haben, Thorne. Margo hat ihre Schwester Kathryn getötet. Dann haben wir da noch ...«

»Und Tavilla«, unterbrach Gwyn.

Joseph zuckte die Achseln. »Kommt darauf an, wen man fragt. Laut Rechtsmediziner ist Verbluten die Todesursache. Aber er weiß nicht genau, welche Verletzung zum Tod geführt hat, Margos zwei Kugeln oder Thornes Messer. Deshalb gebührt dir die Ehre, Thorne.«

»Nein. Danke, aber nein.« Thorne schüttelte den Kopf. Allein bei der Erinnerung daran, wie er Patton erstochen hatte, wurde ihm ganz anders. Natürlich hätte er auch ein zweites Mal getötet, da es aus Notwehr passiert wäre, aber … »Nein.«

Wieder war Josephs Lächeln sanft, als verstehe er nur allzu gut. »Dann setzen wir Tavilla auf Margos Liste.«

Thorne kämpfte gegen die aufsteigende Galle in seiner Kehle an. »Danke.«

»Allerdings geht Patton auf Ihr Konto«, bemerkte Hyatt, der Thornes Bestürzung offenbar nicht bemerkte. »Und Gwyn schreiben wir Margo und einen ihrer Männer zu, die an dem Überfall auf den SUV beteiligt waren. Frederick und Clay haben auch jeweils einen erwischt. Ihre Freunde haben ganze Arbeit geleistet.«

Gwyn drückte Thorne in stummem Trost die Hand. Für beide war es das erste – und hoffentlich einzige – Mal gewesen, dass sie einen Menschen getötet hatten. Sie hatten getan, was sie tun mussten, um zu überleben, ebenso wie Frederick und Clay. Keiner von ihnen war froh darüber, gleichzeitig würden sie lernen, damit zu leben.

Jamie räusperte sich. »Natürlich sind da noch all diejenigen, die es geschafft haben. Phil, Sam, Chad Ingram.«

»Und Blake Segal und Aidan York«, fügte Joseph hinzu. »Sie dürfen wir nicht vergessen.«

Thorne spürte, wie Gwyn neben ihm steif wurde, und stellte die Frage, die sie gerne stellen wollte, sich aber nicht traute. »Was ist mit Aidan York passiert, Joseph? Wir haben nur gehört, dass es ihm gut geht.«

»Ja, man hat ihn gefunden, kurz nachdem ihr beide entführt wurdet. Er war auf dem Heimweg von seiner Freundin im Morgengrauen gewesen. Kathryn und Patton haben ihn vor dem Haus abgepasst, als er sich reinschleichen wollte. Sie sind eine Weile mit ihm herumgefahren und haben ihn dann irgendwo rausgeworfen. Soweit ich weiß, ist er unverletzt geblieben. Mehr kann ich dir nicht sagen, tut mir leid, Gwyn.«

Sie nickte nur wortlos.

»Danke«, sagte Thorne und streichelte mit dem Daumen Gwyns Hand, in der Hoffnung, ihr Trost zu spenden. Doch sie hatten nichts von den Yorks gehört, weder von den Eltern noch von Aidan selbst. Und Gwyn würde sie nicht bedrängen. Obwohl es Thorne wütend machte, dass sie litt, respektierte er ihre Wünsche und würde es dabei belassen.

Joseph erhob sich. »So, das war's fürs Erste, Thorne. Ruh dich ein bisschen aus. Du auch, Gwyn.«

»Und … danke«, fügte Hyatt mit angewiderter Miene hinzu, als hinterlasse das Wort einen schlechten Geschmack auf seiner Zunge.

Thorne wartete, bis sie den Raum verlassen hatten, ehe er ein hohles Lachen hören ließ. »Ich hatte schon Angst, er erstickt an dem Danke.«

Jamie lachte. »Das ist ein Tag, der in die Geschichte eingeht, mein Junge. Eine Entschuldigung *und* ein Dankeschön vom BPD. Das sollten wir feiern.«

Thorne ließ sich tiefer in die Kissen sinken. Gwyn auf einer Seite, Jamie auf der anderen, die Erinnerungen an seinen leiblichen Vater in dem Album auf Gwyns Schoß, Phil in Sicherheit in seinem Zimmer in der Kardiologie-Reha. Seiner Familie und seinen Freunden ging es gut, keiner schwebte in Gefahr. Das war alles, was zählte. »Das tue ich bereits. Jetzt und hier.«

Epilog

»Das ist der absolute Wahnsinn«, sagte Clay zu Thorne, der hinter der Bar des Sheidalin auf einem Hocker saß. »Danke.«

Thorne lächelte Clay und Stevie an, die ihre Gäste für ein paar Minuten allein gelassen hatten, um sich zu ihm zu gesellen. Alle amüsierten sich prächtig, tanzten zu der Musik der familienfreundlichen Band und plauderten, denn ihm war es wichtig gewesen, dass die After-Taufe-Party, wie sie offiziell tituliert wurde, perfekt war. »Gern geschehen. Aber Gwyn hat die Hauptarbeit erledigt.«

»Dasselbe hat sie von dir gesagt«, warf Stevie ein, ohne Sally aus den Augen zu lassen, die ihren Kleinen auf dem Arm hatte.

»Sally ist Krankenschwester, Stevie«, bemerkte Clay. »Ich habe sie auf Herz und Nieren überprüft, bevor wir sie eingeladen haben.«

Gwyn trat zu Thorne hinter die Bar und schlang ihm den Arm um die Taille. »Weil Frederick sie sehr gern mag. Sie sei seine ›Gefährtin‹, sagte er, weil er es albern fände, in seinem Alter noch eine Freundin zu haben.«

»Die beiden sind seit fast sechs Wochen zusammen«, bemerkte Thorne, »und er meinte, die Mädchen würden sie lieber mögen als ihn.«

»Taylor und Julie ziehen ihn bloß auf. Bei Daisy hingegen … bin ich mir nicht so sicher. Sie ist immer noch stinkwütend auf ihn«, sagte Clay.

»Das sollte sie auch«, erklärte Gwyn. »Ich mag Frederick wirklich gern, aber Detektive anzuheuern, die ihr kreuz und quer durch Europa folgen, war so was von daneben. Das Mädchen ist fünfundzwanzig, Herrgott noch mal.«

»Der Mann hat das Herz am rechten Fleck«, warf Clay betrübt ein. »Trotzdem muss ich dir recht geben, Gwyn. Ich hoffe sehr, er und Daisy vertragen sich bald wieder. Das Leben ist zu kurz für so alberne Streitereien.«

»Ein wahres Wort«, stimmte Stevie zu. »Hoffentlich finden sie die Zeit, sich auszusprechen und die Unstimmigkeiten zu bereinigen, weil Daisy Kalifornien zu vermissen scheint. Könnte sein, dass sie zurückgeht.«

Clay zuckte die Achseln. »Aber sie weiß, dass sie jederzeit willkommen ist. Oh, Mist. Cordelia verputzt den nächsten Cupcake. Das ist schon ihr siebter. Wenn sie nicht bald aufhört, den ganzen Zucker in sich reinzustopfen, haben wir spätestens heute Abend eine Verabredung mit der Keramik.«

Stevie folgte ihm, mitten hinein in das Meer aus Gästen, während Gwyn und Thorne allein zurückblieben.

»Ich bewundere Stevie«, murmelte Gwyn. »Allerdings glaube ich nicht, dass ich das wollen würde. Ein Baby … in unserem Alter.«

»Ich habe dir doch gesagt, dass das für mich völlig in Ordnung ist«, erwiderte Thorne wahrheitsgetreu. Er genoss es in vollen Zügen, für die Kinder ihrer Freunde den Babysitter zu spielen, war aber jedes Mal heilfroh, die Kleinen wieder an ihre Eltern zurückzugeben. Vor allem, wenn die Windeln voll waren. Er war schließlich kein Dummkopf. *Apropos kein Dummkopf …* Er zog Gwyn auf sein Knie. »Außerdem haben wir mit Blake alle Hände voll zu tun.«

Nach Thornes Entlassung aus dem Krankenhaus hatten er und Gwyn den Jungen bei sich aufgenommen. Blake war ein toller Bursche, der niemanden mehr auf der Welt hatte. Seine Mutter war tot, dem Mann, den er all die Jahre als seinen Vater bezeichnet hatte, stand eine lebenslängliche Gefängnisstrafe bevor, und sein »männliches Kindermädchen«, das seit seinem dritten Lebensjahr stets an seiner Seite gewesen war, hatte er zu Grabe tragen müssen.

Thorne betrachtete es als eine Art Schicksal, dass er dasselbe für Blake tat, was Jamie und Phil damals für ihn getan hatten. Bislang erwies sich der Junge als ausgesprochen pflegeleicht. Er hatte einen Studienplatz für Ingenieurswesen an der Georgetown University bekommen und fasste allmählich in seinem neuen Leben Fuß.

Blake wusste, dass Liam Ospina sein Halbbruder war. Gwyn hatte Angie von ihm erzählt, die wiederum zu dem Entschluss gelangt war, dass es das Beste sei, all ihre Geheimnisse zu lüften. Anfangs war Liam stinkwütend gewesen – auf Angie ebenso wie auf Gwyn und Thorne, weil sie sich in sein Leben einmischten, wohingegen er sich Blake gegenüber recht freundlich zeigte. Sobald Liam nach Baltimore umzog, bekämen die beiden Gelegenheit, sich näher kennenzulernen und eine Bindung zueinander aufzubauen.

»Wo steckt Blake überhaupt?« Gwyn sah sich suchend im Raum um.

»Er ist kurz weg, um etwas zu erledigen, meinte er.« Zwar wusste Thorne nur zu gut, was Blake vorhatte, wollte aber nichts sagen, für den Fall, dass Blakes Plan nicht aufging. Und es sah auch nicht gut aus. Der Junge hätte schon vor fast einer Stunde zurück sein sollen.

In diesem Moment gab ihm Ming, der an der Tür stand, ein Zeichen. Daumen hoch. O Gott. Er war gekommen. *Er ist hier.* Sein Herz begann zu hämmern. Er wünschte es sich so sehr für Gwyn.

Blake schob sich durch die Menge, dicht gefolgt von einem breitschultrigen jungen Mann mit gewelltem, kurz geschnittenem dunklem Haar. Thorne fragte sich, ob er wohl dichte Locken hätte, wenn er es länger trug.

Gwyn unterhielt sich gerade mit der neuen Barkeeperin, die sie engagiert hatten – mit erstklassigen Referenzen und nach einer

Überprüfung, die selbst CIA-Standards genügt hätte –, als sie unvermittelt erstarrte.

»O mein Gott, Thorne.« Sie sah ihn fragend an. »Ist das … bin ich …?«

»Ja, er ist es«, antwortete Thorne. »Und nein, du bist nicht in einem Traum.«

Den Blick auf den jungen Mann hinter Blake gerichtet, ließ sie sich von Thornes Knie gleiten. Sie war kreidebleich geworden, dennoch glomm Hoffnung in ihren Augen. Thorne sandte ein Stoßgebet gen Himmel.

»Aidan«, sagte sie leise und streckte ihm förmlich die Hand hin. »Es freut mich so, dich kennenzulernen. Ich bin Gwyn Weaver.«

»Weiß ich.« Aidan, der bestimmt einen Meter neunzig groß war, blickte auf sie herunter. »Ich … ich hoffe, es ist okay, dass ich gekommen bin. Blake meinte, es sei eine gute Gelegenheit, dass wir uns kennenlernen.«

Tränen glitzerten in Gwyns Augen, als sie sich Blake zuwandte. »Danke.«

Blake wurde rot. »Halb so wild.«

Sie wandte sich wieder an Aidan. »Ich … ich freue mich, dass du gekommen bist und ich dich kennenlernen darf.« Sie schien völlig überwältigt zu sein und holte erst einmal tief Luft, um sich zu sammeln. »Wollen wir uns ein bisschen unterhalten? Das wäre schön. Ich würde gern mehr über dich und dein Leben erfahren.« Sie deutete auf einen leeren Tisch in einer ruhigen Ecke, ein gutes Stück von der Band entfernt. »Hast du etwas Zeit?«

Aidan nickte. Sie gingen zu dem Tisch und setzten sich. Einen Moment lang saßen sie schweigend da und musterten einander, ehe sie zögernd zu reden begannen.

»Du irrst dich«, sagte Thorne zu Blake. »Das war definitiv nicht halb so wild. Für sie ist das unglaublich wichtig.«

»Ich weiß«, sagte Blake sanft. »Sie ist so nett zu mir, deshalb wollte ich ihr etwas Gutes tun.«

»Das ist dir gelungen. Und jetzt muss ich mir überlegen, wie ich noch einen draufsetze. Schönen Dank auch, Junge.«

Blake grinste. »Ich hole mir etwas zu essen. Ich habe einen Bärenhunger.«

»Na klar«, murmelte Thorne. »Der Bursche frisst mir die Haare vom Kopf.«

»In seinem Alter hast du sechs Mal mehr verdrückt«, bemerkte Jamie, der unbemerkt hinter ihm herangerollt war.

»Vielleicht sogar sieben«, fügte Phil hinzu. Er wirkte ausgesprochen fit und gesund. »Ist das …?«

»Ja«, antwortete Thorne. »Blake hat ihn so oft eingeladen, bis Aidan zugesagt hat, nur damit er Ruhe gibt. Drückt ihr die Daumen, dass es gut läuft.«

»Und die Zehen gleich dazu«, sagte Phil. »Tolle Party, Thorne. Schön, dass der Klub wieder geöffnet ist.«

»Außerdem haben wir vor zwei Wochen die Arbeit in der Kanzlei wiederaufgenommen«, sagte Thorne. »Dank der positiven Presse, die uns rehabilitiert hat, kriegen wir jede Menge neuer Mandanten. So weit, so gut.«

Und gut war es. Alles. Denn alle, die Thorne am Herzen lagen, waren hier, unter seinem Dach, glücklich und in Sicherheit. Er war fest entschlossen, den Moment festzuhalten, denn es würde nicht immer so bleiben.

Doch was auch immer kommen mochte: Er war nicht länger allein, sondern mit all den Menschen in diesem Raum verbunden. Mit manchen mehr als mit anderen, dachte er, als Gwyn ihm einen Blick zuwarf, der ihre überschäumende Freude widerspiegelte. Die Menschen hier, sie waren seine Familie. Und zumindest heute war alles gut.

Dank

Terri, Kay, Sonie, Mandy und Amy für all eure Liebe und Unterstützung.

Chris, Cheryl, Brian, Kathy, Susan und Sheila für die Storyentwicklung.

Julie Gerhart-Rothholz für die Hilfe, um Julie korrekt darzustellen.

C. L. Wilson für die Erlaubnis, dein Sheidalin umzufunktionieren.

Sarah Hafer für die Redaktion all der Seiten (auch jener, bei denen du rot wurdest).

Beth Miller und Sarah Hafer fürs Korrekturlesen.

Claire Zion und Alex Clarke für ihre Ratschläge, um dieses Buch noch besser zu machen.

Alle Fehler gehen wie immer auf mein Konto.

Karen Rose bei Knaur

Eine Liste aller Karen-Rose-Romane
in chronologischer Reihenfolge:

1. Eiskalt ist die Zärtlichkeit (Don't Tell)

Chicago, North Carolina
Dr. Max Hunter / Caroline Stewart
Dana Dupinski / David Hunter / Eve Wilson / Special Agent
Steven Thatcher / Nicky Thatcher / Aunt Helen

Die Rolle der glücklichen Ehefrau spielt Grace Winters perfekt – doch in Wahrheit ist ihr Leben die Hölle. Ihr Ehemann Robb ist ein unberechenbarer Psychopath. Schließlich setzt die junge Frau alles auf eine Karte: Sie täuscht ihren eigenen Tod vor, um endlich frei zu sein. Und der Plan geht zunächst auch auf. Doch während Grace sich in ihrem neuen Leben einrichtet und sich schließlich sogar einer neuen Liebe zu öffnen wagt, hat Robb ihre Spur aufgenommen. Er will sich zurückholen, was ihm gehört!

2. Das Lächeln deines Mörders (Have You Seen Her?)

Raleigh, North Carolina
Fortsetzung der Ereignisse aus *Eiskalt ist die Zärtlichkeit* um Familie Thatcher
Steven Thatcher / Dr. Jenna Marshall
Detective Neil Davies / Brad Thatcher / Nicky
Thatcher / Aunt Helen

Sie alle verschwinden in der Nacht, sie alle sind hübsch, haben lange dunkle Haare, und sie alle werden wenig später tot aufgefunden. Special Agent Steven Thatcher hat sich geschworen, den Serienmörder zu stellen, der die jungen Frauen auf dem Gewissen hat. Die Zeit drängt ... Und wie soll Steven in dieser Situation die Zeit finden, sich um seinen schwierigen Sohn zu kümmern? Bei dessen höchst attraktiver Lehrerin Jenna Marshall findet er Verständnis – und mehr. Was die beiden nicht ahnen: Der Mörder hat sein nächstes Opfer gewählt. Er hat seine Fallen ausgelegt. Er wartet bereits – auf Jenna.

3. Des Todes liebste Beute (I'm Watching You)
Chicago
Detective Abe Reagan / Kristen Mayhew
Detective Mia Mitchell / Aidan Reagan

Staatsanwältin Kristen Mayhew hat einen Verehrer. Er bezeichnet sich selbst als ihren ergebenen Diener – und schickt ihr regelmäßig Fotos seiner grausam zugerichteten Opfer: Alles Verbrecher, gegen die Kristen vor Gericht keine Verurteilung durchsetzen konnte. Als der selbst ernannte Rächer den Sohn eines Mafiapaten auf seine Todesliste setzt, ist Kristen in Gefahr. Denn nun hetzt die Mafia ihre Killer auf sie. Detective Abe Reagan, der in der Mordserie ermittelt, setzt alles daran, die schöne Staatsanwältin zu schützen.

4. Der Rache süßer Klang (Nothing to Fear)
Chicago
Detective Ethan Buchanan / Dana Dupinski
Caroline Stewart / David Hunter / Eve Wilson

Als Sue und ihr Sohn Zuflucht im Frauenhaus suchen, hat dessen Leiterin Dana Dupinski keinen Grund, an ihrer Geschichte vom gewalttätigen Ehemann zu zweifeln. Wie sollte sie auch ahnen, dass sie damit dem Tod die Türe öffnet? Denn Sue ist eine psychopathische Killerin, die vor nichts zurückschreckt, um ihre Rachegelüste zu befriedigen: nicht vor der Entführung eines taubstummen Jungen, nicht vor mehrfachem Mord. Danas Name steht schon bald ganz oben auf ihrer Abschussliste – und nur der Privatdetektiv Ethan Buchanan, der Sues Spur verfolgt hat, könnte Dana retten.

5. Nie wirst du entkommen (You Can't Hide)

Chicago
Detective Aidan Reagan / Dr. Tess Ciccotelli

»Komm zu mir!«, lockt die Stimme, die Cynthia seit Wochen verfolgt. Gequält von entsetzlichen Erinnerungen, stürzt sich die junge Frau schließlich vom Balkon ihrer Wohnung. Sie ist nur die Erste in einer ganzen Serie von Toten. Allen ist eines gemeinsam: Es sind Patientinnen von Tess Ciccotelli. Detective Reagan, der die Ermittlungen leitet, hält die bildschöne Psychiaterin zunächst für eine äußerst gefährliche Frau. Bis er endlich erkennt, dass Tess Opfer einer bösen Intrige zu werden droht, ist es beinahe zu spät.

6. Heiß glüht mein Hass (Count to Ten)

Chicago
Lieutenant Reed Solliday / Detective Mia Mitchell
Aidan und Abe Reagan / Ethan Buchanan / Todd Murphy

Zu spät erkennt die Studentin Caitlin, dass ihr Leben in Gefahr ist – wenig später verschlingen Flammen ihren toten Körper … Sie ist nicht das erste Opfer eines Mörders, der in Chicago wütet und seine Taten dann durch Brandanschläge zu vertuschen sucht. Um ihn zu fassen, muss Detective Mia Mitchell mit dem eigenwilligen Brandexperten Reed Solliday zusammenarbeiten. Als der Killer Mia auf seine Todesliste setzt, ist Reed ihre einzige Hoffnung.

7. Todesschrei (Die for Me)

Philadelphia
Detective Vito Ciccotelli / Dr. Sophie Johannsen

Als die Polizei von Philadelphia auf einem verwilderten Grundstück eine Leiche findet, bittet sie Sophie Johannsen, Archäologin und Spezialistin für mittelalterliche Kunst, um Hilfe. Mit einem Ausgrabungsdetektor sucht sie nach weiteren Toten – und wird fündig. Und noch während sich Detective Vito Ciccotelli fragt, warum der Mörder die Leichen wie mittelalterliche Grabfiguren drapiert hat, nähert sich der Täter schon seinem nächsten Opfer.

8. Todesbräute (Scream for Me)

Dutton, Georgia
Special Agent Daniel Vartanian / Alex Fallon
Luke Papadopoulos / Meredith Fallon / Deputy Randy Mansfield

In Dutton geschieht ein kaltblütiger Mord an einer jungen Frau, der dreizehn Jahre zuvor schon einmal genauso passiert ist. Als Special Agent Daniel Vartanian die grausam zugerichtete Frauenleiche sieht, setzt er alles daran, den Mörder zu finden. Eine erste heiße Spur führt zu seinem toten Bruder Simon.
Zur gleichen Zeit macht sich in Washington, D.C., Alexandra Fallon auf die Suche nach ihrer verschwundenen Stiefschwester Bailey und muss dazu nach Dutton, an den Ort, an den sie niemals zurückkehren wollte. Dort angekommen, gerät sie ins Visier des gnadenlosen Killers.

9. Todesspiele (Kill for Me)

Dutton / Georgia
Luke Papadopoulos / Susannah Vartanian
Daniel Vartanian / Meredith Fallon / Dr. Felicity Berg

Ein Bunker voller Mädchenleichen, die von ihren Mördern versklavt, vergewaltigt und gebrandmarkt wurden, bevor sie qualvoll sterben mussten. Susannah Vartanian und Special Agent Luke Papadopoulos stehen vor einem Albtraum. Die Suche nach dem Kopf des Mädchenhändlerrings ist schwierig und lebensgefährlich. Susannah fühlt sich am Scheideweg ihres Lebens, ihrer Karriere und ihrer Träume. Auch sie hat ein Brandzeichen auf der Haut. Um diesen Fall zu lösen, muss sie sich ihren Ängsten und ihrer traumatischen Vergangenheit stellen. Und dieses Mal will sie das Richtige tun.

10. Todesstoß (I Can See You)

Minneapolis, Minnesota
Noah Webster / Eve Wilson
Caroline (Stewart) Hunter / Max Hunter /
Dana (Dupinski) Buchanan

Eve Wilson hat die Hölle auf Erden erlebt: Ein Wahnsinniger hatte einen Mordanschlag auf sie verübt und sie dabei schwer verletzt. Nach einer Reihe langwieriger Operationen versucht sie nun, in Minneapolis ein neues Leben zu beginnen. Sie studiert Psychologie. Für ihren Abschluss untersucht sie die Teilnehmer einer virtuellen Plattform. Doch als sechs ihrer Versuchsobjekte auf grausame Art ermordet werden, erlebt Eve ein schockierend grausames Déjà-vu. Kann es sein, dass sie erneut auf der Liste eines verrückten Killers steht?

11. Feuer (Silent Scream)

Minneapolis, Minnesota
David Hunter / Detective Olivia Sutherland
Noah Webster / Micki Ridgewell / Tom Hunter /
Phoebe Hunter

Eine verheerende Brandserie hält Feuerwehrmann David Hunter und Detective Olivia Sutherland in Atem. Wer könnte Interesse daran haben, ganz Minneapolis in Angst und Schrecken zu versetzen? Eine fatalistische Umweltorganisation, die eigentlich seit zwölf Jahren nicht mehr aktiv ist? Oder doch die vier College-Studenten, die sich aus unerfindlichen Gründen immer in der Nähe der Tatorte aufhalten? Ein Wettlauf gegen die Zeit und gegen einen skrupellosen Erpresser beginnt ...

12. Todesherz (You Belong to Me)

Baltimore, Maryland
Lucy Trask / J. D. Fitzpatrick

Die erfahrene Gerichtsmedizinerin Lucy Trask ist einiges gewohnt. Doch der Anblick dieser verstümmelten Leiche schockiert selbst sie nachhaltig. Zunge und Herz wurden dem Toten fachmännisch entfernt. Nur wenige Tage später erhält Lucy ein grauenvolles Paket. Darin: ein blutiges Herz. Detective J. D. Fitzpatrick vermutet einen persönlich motivierten Rachefeldzug. Doch wer könnte solchen Hass auf die attraktive Gerichtsmedizinerin haben? Als die Polizei auf eine weitere brutal zugerichtete Leiche stößt, drehen sich Lucys Gedanken nur noch um folgende Fragen: Gibt es tatsächlich eine Verbindung zwischen ihr und dem Killer? Und wer weiß von ihrem gefährlichen Doppelleben?

13. Todeskleid (No One Left to Tell)

Baltimore, Maryland
Privatdetektivin Paige Holden
Staatsanwalt Grayson Smith

Privatdetektivin Paige Holden ermittelt für einen Klienten, der wegen Mordes im Gefängnis sitzt. Unschuldig, behauptet er. Doch dann wird seine Frau auf offener Straße von einem Scharfschützen erschossen. Ein zweiter Schuss fällt – und verfehlt die attraktive Paige um ein paar Millimeter. Die Geschehnisse der nächsten fünf Minuten entscheiden über Leben und Tod …

14. Todeskind (Did You Miss Me?)

Baltimore, Maryland
Anwältin Daphne Montgomery
FBI-Agent Joseph Carter

»Habe ich dir gefehlt?«, stammelt der 20-jährige Ford wieder und wieder. Er liegt verwirrt im Krankenhaus. Tagelang irrte er durch verschneite Wälder, auf der Flucht vor seinen Entführern. Doch er kann sich an nichts mehr erinnern. Seine Mutter, Daphne Montgomery, ist schockiert, als sie hört, was ihr Sohn wie ein Mantra vor sich hin murmelt. Seit Jahren wird sie von quälenden Erinnerungen gepeinigt. Ausgerechnet diese Worte flüsterten die Männer, die sie selbst als Kind gefangen gehalten und missbraucht haben. Sie vertraut sich FBI-Agent Carter an, der alle Hebel in Bewegung setzt, um der attraktiven Anwältin und ihrem Sohn zu helfen. Die Wahrheit muss endlich ans Licht …

15. Todesschuss (Watch Your Back)

Baltimore, Maryland
Detective Stevie Mazzetti
Privatermittler Clay Maynard

Drei Anschläge innerhalb von zwei Tagen: Knapp entgeht die attraktive Polizistin Stevie Mazzetti den tödlichen Schüssen. Glück oder Zufall? Als auch ihre siebenjährige Tochter ins Fadenkreuz des Killers gerät, ist Stevie vor Angst wie von Sinnen. Doch Stevie weiß, dass sie ihr Leben und das ihrer Tochter nur retten kann, wenn sie den Grund für die Attentate herausfindet. Zusammen mit Privatermittler Clay Maynard stößt Stevie bei ihren Ermittlungen auf eine Reihe alter Fälle, die nur einen einzigen Schluss zulassen: Ihr Tod ist Teil eines sorgfältig kalkulierten Plans ...

16. Dornenmädchen (Closer Than You Think)

Cincinnati, Ohio
FBI-Agent Deacon Novak
Psychotherapeutin Faith Corcoran

Gnadenlos gejagt von einem Stalker, flieht Faith in das leer stehende Herrenhaus ihrer Familie. Hier will sie einen Neuanfang wagen – doch ihre vermeintliche Zufluchtsstätte entpuppt sich als Ort des Schreckens. Im Keller der Villa macht das FBI einen grauenhaften Leichenfund, und Faith gerät ins Visier der Ermittler. Auch FBI-Agent Deacon Novak kann sie als Täterin nicht ausschließen, doch gleichzeitig fasziniert ihn die hübsche Frau. Gemeinsam betreten sie einen düsteren Pfad, der weit in Faiths Vergangenheit führt.

17. Dornenkleid (Alone in the Dark)

Cincinnati, Ohio
Detective Scarlett Bishop
Marcus O'Bannion
FBI-Agent Deacon Novak

Ein Schuss fällt in der Dunkelheit. Vor Marcus O'Bannions Augen bricht eine junge Frau zusammen. Ihr Name ist Tala. Über Wochen hat er sie ermutigt, sich ihm anzuvertrauen. Weil sie verzweifelt wirkte. Weil sie offensichtlich misshandelt wurde und Marcus ihr helfen wollte. Sie stirbt in seinen Armen.

Marcus, ein Journalist und Ex-Soldat, schwört sich, ihren Mörder zu finden. Gemeinsam mit Detective Scarlett Bishop, der einzigen Polizistin, der er vertraut, legt er sich mit übermächtigen Gegnern an.

18. Dornenspiel (Every Dark Corner)

Cincinnati, Ohio
FBI Special Agent Kate Coppola
FBI Special Agent Griffin »Decker« Davenport

Als Griffin »Decker« Davenport nach mehreren Tagen aus dem Koma erwacht, wandern seine Gedanken sofort zu seinem letzten Fall. Er hat drei Jahre damit zugebracht, als Undercover-Agent einen Menschenhändlerring auszuheben. Doch er weiß auch, dass ihm das nur teilweise gelungen ist – und dass Kinder in Gefahr sind …

FBI Special Agent Kate Coppola ist entsetzt, als sie von Decker erfahren muss, dass ein Partner des Rings Jugendliche für seinen Online-Sexhandel benutzt. Sie und Decker eröffnen die Jagd auf ihn und werden gleichzeitig zu Gejagten. Denn ihr Gegner beseitigt alle, die ihm in die Quere kommen …

19. Dornenherz (Edge of Darkness)

Cincinnati, Ohio
Psychologin Meredith Fallon
Detective Adam Kimble

Die Kinder- und Jugendpsychologin Meredith Fallon betreut Opfer von sexuellem Missbrauch und hilft ihnen, die Vergangenheit zu verarbeiten und wieder einen Platz in der Welt zu finden. Als sie einem Mordanschlag nur knapp entkommt, wendet sich Meredith an Detective Adam Kimble vom Cincinnati Police Department. Während Adam noch mit den Dämonen seiner eigenen Vergangenheit kämpft, geschehen weitere Morde – und auch Meredith gerät erneut in Gefahr …

20. Todesfalle (Monster in the Closet)

Baltimore, Maryland
FBI-Agent Joseph Carter / Detective J. D. Fitzpatrick /
Detective Hector Rivera
Privatermittler Clay Maynard / Taylor Dawson

Hinter einem Sessel versteckt sich die elfjährige Jazzie vor dem Mann, der eben ihre Mutter im Zorn erschlagen hat. Sie hat ihn sofort erkannt – er aber hat sie nicht gesehen. Kein Wort wird Jazzie sagen, denn nur so kann sie sich und ihre kleine Schwester vor dem Bösen schützen.
Die beiden traumatisierten Mädchen kommen in einem Therapieprogramm unter und fassen langsam Vertrauen zu der jungen Praktikantin Taylor. Taylor ahnt, dass Jazzie weiß, wer ihre Mutter getötet hat. Was Taylor nicht ahnt: Der Killer hat längst beschlossen, sie alle drei aus dem Weg zu räumen.

21. Todesnächte (Death is not enough)

Baltimore, Maryland
Strafverteidiger Thomas Thorne
Strafverteidigerin Gwyn Weaver

Ein Mordanschlag, den sie nur knapp überlebt hat, hat Strafverteidigerin Gwyn Weaver zu einer toughen Frau werden lassen. Trotzdem ist sie kurz davor, ihrem Freund und Kollegen Thomas Thorne ihre Gefühle zu offenbaren. Doch dann findet man den Anwalt neben der Leiche einer Frau, ihr Blut an seinen Händen. Thomas kann sich an nichts erinnern. Gwyn, die an seine Unschuld glaubt, setzt alles daran, ihrem Freund zu helfen. Keiner von beiden ahnt, dass dies erst der Anfang eines gnadenlosen Rachefeldzugs ist: Jemand ist gekommen, um Thomas alles zu nehmen – vor allem jene, die er liebt …

22. Dornenpakt (Into the Dark)

Cincinnati, Ohio
Dr. Dani Novak
Diesel Kennedy

Michael hat sich schon immer um seinen kleinen Bruder Joshua gekümmert. Ihre Mutter ist drogenabhängig, der Stiefvater gewalttätig. Eines Tages wird der Vierzehnjährige Zeuge, wie sein Stiefvater von einem Fremden brutal ermordet wird. Michael flieht mit Joshua, doch weiß nicht, wem er sich anvertrauen kann. Er ist gehörlos und außer sich vor Sorge. Fußballtrainer Diesel Kennedy ahnt, dass etwas nicht stimmt. Gemeinsam mit der Ärztin Dani Novak, für die er mehr als nur Freundschaft empfindet, gewinnt er langsam das Vertrauen von Michael. Doch inzwischen weiß der Killer, dass es einen Zeugen gibt – und eröffnet eine tödliche Jagd …

23. Tränennacht (Say You're Sorry)

Sacramento, Florida

Gideon Reynolds (FBI)

Daisy Dawson

Ein Serienkiller geht in Sacramento um, der Jagd auf Frauen macht. Als er jedoch die junge Daisy Dawson als neues Opfer auswählt, gerät er an die Falsche. Daisy weiß sich zu wehren, schlägt ihren Angreifer in die Flucht und reißt ihm dabei ein silbernes Medaillon vom Hals. Dessen Gravur eines Lebensbaums entspricht exakt der Tätowierung, die FBI-Agent Gideon Reynolds einst unfreiwillig zugefügt wurde.

Die Spur führt Daisy und Gideon direkt in die Schusslinie des Serienkillers – und zu der verborgenen Sekte »Church of Second Eden« ...

Verzeichnis der auftretenden Figuren in den Romanen von Karen Rose

Die Nummerierung in Klammern
entspricht den jeweiligen Titeln.

1. Eiskalt ist die Zärtlichkeit
2. Das Lächeln deines Mörders
3. Des Todes liebste Beute
4. Der Rache süßer Klang
5. Nie wirst du entkommen
6. Heiß glüht mein Hass
7. Todesschrei
8. Todesbräute
9. Todesspiele
10. Todesstoß
11. Feuer
12. Todesherz
13. Todeskleid
14. Todeskind
15. Todesschuss
16. Dornenmädchen
17. Dornenkleid
18. Dornenspiel
19. Dornenherz
20. Todesfalle
21. Todesnächte
22. Dornenpakt
23. Tränennacht

Dr. Russell Bennett (12)
Dr. Felicity Berg (8, 9)
Scarlett Bishop (16, 17, 18, 19, 22)
Dana Buchanan (1, 4, 6, 10)
Ethan Buchanan (4, 6, 15)
Mercy Callahan (23)
Joanna Carmichael (5, 6)
Joseph Carter (13, 14, 15, 20, 21)
Michael Ciccotelli (5, 7)
Tess Ciccotelli (5, 7)
Vito Ciccotelli (5, 7, 14)
Kate Coppola (14, 15, 17, 18, 19, 22)
Faith Corcoran (16, 17, 18, 19, 22)
Bailey Crighton (8, 9)
Hope Crighton (8, 9)
Griffin »Decker« Davenport (17, 18, 19, 22)
Neil Davies (2, 16)
Daisy Dawson (23)
Frederick Dawson (21, 23)
Taylor Dawson (20, 21)
Dana Dupinski (1, 4)
Ford Elkhart (14, 15, 20, 21)
Alex Fallon (8, 9)
Meredith Fallon (8, 9, 16, 17, 18, 19, 22)
J. D. Fitzpatrick (12, 13, 14, 15, 20, 21)
Lucy Fitzpatrick (21)
Aunt Helen (1, 2)
Paige Holden (11, 13, 15, 21)
Caroline Hunter (1, 4, 10)
David Hunter (1, 4, 6, 10, 11)
Dr. Max Hunter (1, 4, 10)
Phoebe Hunter (1, 4, 11)
Tom Hunter (1, 4, 10, 11, 23)

Peter Hyatt (21)

Jazzie Jarvis (20)

Sophie Johannsen (7, 16)

Diesel Kennedy (22)

Adam Kimble (16, 17, 18, 19, 22)

Randy Mansfield (8, 9)

Dr. Jenna Marshall (2)

Jamie Maslow (21)

Kristen Mayhew (3, 5, 6)

Clay Maynard (12, 13, 14, 15, 20, 21)

Stevie Mazzetti (12, 14, 15, 20, 21)

Mia Mitchell (3, 4, 5, 10)

Daphne Montgomery (12, 13, 14, 15, 16, 20)

Todd Murphy (3, 5, 6)

Dr. Dani Novak (16, 17, 18, 19, 22)

Deacon Novak (14, 15, 16, 17, 18, 19, 20, 22)

Marcus O'Bannion (16, 17, 18, 19, 22)

Stone O'Bannion (16, 17, 19, 22)

Luke Papadopoulos (8, 9)

Abe Reagan (3, 4, 5, 6, 19)

Aidan Reagan (3, 5, 6)

Kristen Reagan (3, 5, 6)

Gideon Reynolds (23)

Micki Ridgewell (10, 11)

Hector Rivera (20)

Joshua Rowland (22)

Michael Rowland (22)

Grayson Smith (12, 13, 14, 15, 21)

Irina Sokolov (23)

Karl Sokolov (23)

Raphael »Rafe« Sokolov (23)

Sasha Sokolov (23)

Reed Solliday (5)

Marc Spinelli (3, 4, 5, 6)
Caroline Stewart (1, 4, 10)
Olivia Sutherland (6, 10, 11)
Brad Thatcher (2)
Nicky Thatcher (1, 2)
Steven Thatcher (1, 2, 9)
Thomas Thorne (12, 13, 15, 20, 21)
Lucy Trask (12, 20, 21)
Sg. Jack Ungerer (3, 5, 6)
Daniel Vartanian (7, 8, 9)
Susannah Vartanian (9)
Gwyn Weaver (12, 20, 21)
Noah Webster (10, 11)
Myrna Westcott (12)
Chase Wharton (8, 9)
Eve Wilson (1, 4, 10)